长篇小说

# 八棵棒

孙雨舟 著

团结出版社

**图书在版编目（CIP）数据**

八棵桦 / 孙雨舟著 . -- 北京：团结出版社，
2023. 10

　　ISBN 978-7-5234-0505-5

　　Ⅰ . ①八… Ⅱ . ①孙… Ⅲ . ①长篇小说-中国-当代
Ⅳ . ①I247. 5

　　中国国家版本馆 CIP 数据核字（2023）第 207594 号

出　　版：团结出版社
　　　　　（北京市东城区东皇城根南街 84 号　邮编：100006）
电　　话：(010) 65228880　65244790（出版社）
网　　址：http://www. tjpress. com
E － mail：zb65244790@ vip. 163. com
**出版策划**：力扬文化
经　　销：全国新华书店
印　　装：四川科德彩色数码科技有限公司

开　　本：170mm×240mm　16 开
印　　张：28. 5
字　　数：570 千字
版　　次：2024 年 3 月　第 1 版
印　　次：2024 年 3 月　第 1 次印刷

书　　号：ISBN 978-7-5234-0505-5
定　　价：68. 00 元

# 简　介

　　正能量，主旋律，土腥气，对话体。以东里西里，方言俚语，家长里短地对话了一个长江入海口连着黄海之滨的故事。一群咸水里长大的年轻人，从受了党的启蒙教育开始，个个如一根筋样贴牢共产党。身外之物，视作粪土。随着改革大潮的推进，他们不忘初心，成为社会中坚，以正能量撬动了社会进步。他们改用先贤的话语说：党的中高层领导为国为民，基层党员为友为邻，起码的，能坐实。

# 目 录

/

Contents

# 引子

　　墨斗师傅瘪嘴佬近四十成了亲，添了丁，心中美滋滋的，承蒙娘俩个不嫌弃他这个个头不起眼、说话嘴漏气的糟老头，拐弯抹角浪推着涌到身边。这辈子不能亏待了，建个像模像样的安乐窝那是必需的。心动手动，手艺人小打小敲、翻造桌椅柜凳，不温不火的成不了气候。门路在哪呢？八棵榉湾斜对着黄海，靠海赶海呀！

　　瘪嘴佬唤来了仲姓徒弟，说：你与钮家兄弟东西场住着，我俩四家建造条渔船下海，动用钮家祖传的榉树，去探探意向。仲徒弟说：榉树长得蛮粗大。当中一半长得弯弯绕，成不了船材吧。瘪嘴佬说：外行了吧，我算过，弯得在理，正是现成的龙骨料。榉树喜水、泡水、玩水于树材之外，上等的造船料。待到成船之日，做一场法事，祭拜了水龙王，举家榉船行得百年安。徒弟说：师父周到了，不晓得钮家兄弟怎想个？师父：钮家兄弟盼着呢，三年前仍提起合伙的事。那会儿，我没那心思没答应。徒弟：眼下一个要补锅，一个寻补锅啰。怎个的合伙法？师父：钮家兄弟一伙，出手榉树。我俩师徒出钱置买陀锚、浆帆、粗线渔网钓钩等小物件。徒弟：紧紧嘴巴子手把子，跟着师父下海有盼头了。不知请来哪路高手打造渔船？师父：请我自个儿呀。师父的师父是个造船能手。跟着师父打造过四桨二帆廿吨的桨蓬船，八棵榉树我量身码算过，至多打造出双桨单帆，不出十吨的小渔船，小菜一碟哟。徒弟：师父早在心中弹好墨线，大半成船了。钮家兄弟接了话，也说成啊，没有不成之理。

　　榉树锯倒下。瘪嘴佬说：我承头，听我嚷，不要你眼望我眼，动起身，带起劲，徒弟跟牢，我摆龙骨阵，陀锚位。钮家兄弟手劲大，力道足。照着墨线线拉大锯。讨问多早晚完工？才开了头，心急个啥，大约莫半年多吧。

五个月光景了。四条汉子眼馋起大海，心在跳，鱼在跃。

成船日，瘪嘴佬手在舞脚在蹈，哈哈，比奶娌婆娘十月怀胎早一个月落地呢！啥，网钩备齐了，别急着下海，没祭拜天地、祭拜大海呢。要通融望归庙里的妈祖娘娘，渔船是我造，起名泗水号，随船下海人，起个带水名，抽签到水甜、水平、水生、水长，四人随意抽一名。龙王爷见水识得自家人，从今再不为难你。

起锚了！瘪嘴佬拔下烟嘴，振臂一呼。锚振得海水活楞楞涌。自个儿振绽了嘴，吹风说：赶海呀，不能贪大、贪多。遇上滚钓钩一人拽不动、松手。粗线网四人拉不起、撒手。渔船儿小模小样、不敢飘远了。耐住性子在腰沙（海沟）间的黄水里捕些小鱼小虾，不可心血来潮驶向冷家沙（海沟）外的蓝水中。起水日顺着潮流出海，赶着顺流归港。顺水顺潮行，归来鲜满仓。

四水泗船忙开了捞鱼摸蟹生活。黄水中捉弄来梭子蟹、梅子鱼。低潮时，船泊浅水道，下得滩涂脚踩手捉泥螺、文蛤、蛏子。遇上春秋季的大渔汛，船舱里躺满了黄鱼、鲳鱼、鳗条鱼，一色的时鲜货，卖得起价钱。眼睁着财从海上起，福祉旺上身。几回回的寒转暑，四水一家立了业成大户。跃跃欲试着闯通州府、上海滩跑码头，开商号。脱胎成八棵榉村的土豪，能，皆能，希望在海上，希望在船上。他们出海勤了。

这一天，下午潮，四水一家三更起赶上潮头出海。进了伏季，潮水没魂个大，裹挟着泗水号汩流在黄水中。船至鱼群海界，天尚不见个亮，水上汉子对天对海嚎歌打唱起：郎个里个郎，出海打鱼为爷娘，来个里个来，打上鱼来喂伢儿，满上！满上的换了调。是在吃酒还是打鱼呀？一溜不合韵的海潮音，不合拍的浪花调。能解闷的拉网号子加混曲哼完还上黑下白的。熄了船灯，铺仓里眠个猫儿窟吧。落下铺，咦！仓旮旯里跟进只知了，啥也不避讳"吃掉吃掉"的聒噪不休。水生说：吃啥吃了的飞远点。水甜：它高兴唱唱调，闹猛点。碍你啥事？碍我困觉，捉到了掐死它。撑陀的水长说：出海在外，嘴巴干净点，说些和善话。水平说：忌讳啥你说啥，讨骂呀。水生：

省了互相厌恶，我把它赶到海里云。水长说：不可以，海上没落脚点，往绝处赶呀。让它靠在船帮上，无意跟着来，有心带它回，按出海规矩办。水生：老大考究呢，知了当人待，泗水号航得万里海疆啰！

猫儿窜醒来。大天白亮了。天黑时无风绝浪，天亮起了风，云跟着涌起。船像只窠篮，浪推着一摇一摆的。四周探探，水浪改了色，黄变蓝也。啥时飘到蓝水界了？兴许暗潮出暗力，船无知无觉地推进了深水中。船老大说：天爷变脸了，扯满蓬归岸。只是旋风逆潮的，船在水中划圈圈，划了大圈划小圈，划来划去出不了圈。老大说：乌云黑暴来了！落蓬，进仓避风浪。那只知了还躲在一隅，不动也不"吃"了。四条汉子凝视着它，和着它噤了声。仓盖留着条缝，四双怨眼轮番窥海天。水甜第一个看到了黑龙；水平看清了黑龙在吸水；水生看呆了，黑龙在摇头摆尾；水长老大看时，分不清黑龙白龙，无数条地向他压来。龙爷呀，我侪改了水姓的，一家人不识一家人了。祷告时，龙身卷起了泗水号，上天入海间，掼向了牡蛎礁。船散了架、人散了架，散架的船帮驮着只活动的知了冲回了沙滩，知了抖抖双翼飞上了高枝。它呀它，比人的命硬。

四水四家办着丧事。悲情笼罩着八棵榉，全村如同一样地遭遇了灭风大潮。忙坏了村中的宁郎中，他在阳间为人诊脉看病，照样能操持阴间灵魂超度。进了四家的伤心地，进一家都板着脸韶叨：哭得昏天黑地的，哭死人还是哭死活人呀。退一步，活着的仍要活下去，留着水分润润伢儿。退两步，死者没葬身大海，保着全尸归户为家留条后路呢。四条汉子均活过了三十六岁。晓得哇，兵荒马乱的现世，人均阳寿三十五岁，死者全是真阳寿了，全部过了奈何桥，成寿了。成寿的男人保佑着后代呢。

这一年，钮扣扣五岁。失去了亲爹爸爸的护身符。亲娘妈妈又当爹又当妈。扣扣说：娘，叫声亲爹妈妈吧，叫着顺口，两全。娘说：哪来的两全哦。扣扣：我和妈妈呀。娘说：也对，拼凑拼凑呗。大头宝宝儿投胎时五行缺金。金木水火土，五年一轮回，六岁时摊上本金年。宁郎中说了，到时去通州琅山敬香大圣菩萨，为我儿打造一块护身锁片，保佑我儿灵动长命。扣扣：没过年，没长岁呢。娘说：年节近在眼前了，亲爹妈妈独自积攒锁片钱，打造不来黄金片，定要打造来黄铜片。扣扣：自个赚钱买。娘说：小小年纪，没到临阵时呢。扣扣：跟娘去扛工呀，娘刈麦，我捡麦；娘莳稻我甩秧。娘说：这不是扛工，扛张嘴混来一日三餐，混饥饱。东家抬手高，不撵不嫌你，娘心里过不去呢。扣扣：不想吃白来食，东家令子硬拉扯去的。

令子、扣扣同岁。扣扣大半年的跟着娘扛季工，两小混个面熟。有时，娘早工早去，扣扣跟不上，令子定会吵到家，拉着扣扣一路追逐至橱堂，两小占了张四仙桌，赶上了饭时末梢。令子饭量小，放筷在前，瞪着扣扣饭淘淘汤水一齐下肚。令子眼尖，拦挡说：汤里一只苍蝇，放碗。扣扣撩了说：饭苍蝇，没香没臭。令子：蚊虫苍蝇吞了坏肚子。扣扣：没事。趁着令子没强求。捧起汤碗一口气吃下肚。令子：你丑！吃了生毛病，不听小囡言，告大人去。大通桌吃完饭正要下田的扣扣娘哄住说：扣扣惹得小姐生气，罚他个猪叫三声。令子：猪猡喝下半碗没小菜的苍蝇汤，罚他臭烘烘。扣扣：汤里搁了酱油，味气香。令子：酱油有啥稀奇，橱堂里大坛小瓶摆着。扣扣：我家里一滴没有。令子眨眨双眼：真的？求证着仰望扣扣娘。好啦！娘说：一个说不是穷品馋相，吃下舍不得油酱；一个说不干不尽，吃了生病，大道理在令子小姐一边。扣扣颈项一拧，跑开去了。

令子追了一阵，没追上扣扣。第二天追上了门，送来一瓶酱油，朝桌面上一搁说：送你的。扣扣：你家的，不喜见，不要！收回吧。令子：我送人东西，从不打回票，不收，把它掼到河浜去，说完出门了。娘说：不收礼在理，回话要和软点，快去追令子客客气气地还了。令子等着扣扣追上，不接酱油瓶，说：说好的，掼到河浜里呀，扣扣：你的东西你做主。令子接过瓶，使出浑身力气掼碎了。扣扣：吃物呀，你真掼，当心雷响敲你头。

几天了，扣扣钻进酱油瓶中出不来。令子又送来一瓶说：大人责怪我使臭心，不作兴的，添上一瓶赔礼。扣扣：反礼，不收。令子：不收还掼！扣扣没话。令子昂着头走了。娘家来听了缘由。说：东家丫头送酱油送出了心病，暂且收下来。歇夏日子转眼就到。娘俩自家生火煮饭用堆钱，酱油汤泡饭图个肚儿圆吧。扣扣：娘说的掺子粥咸菜搅吃着省粮，只吃两顿更省，吃粥吧。娘亲了扣扣的额头，说：比娘还节省呢。饭粥花搭着上桌，省下来饭钱置铜锁片。

轮上吃粥天，扣扣包干了烧煮两顿粥。煮好上餐的粥。扣扣烧得额头发烫。出门凉快，已是八九点钟的太阳了。咦？暑热的阳光与灶火一样火辣辣。他欢快地找娘说：找上个节省柴火的门槛，只要煮一顿粥。娘：还有顿呢？扣扣：头天夜档多煮点，二天早上晒粥呀。娘笑笑：试试吧。

扣扣把两碗冷粥搁上小趴凳，放在门外晒。自个坐在门槛上守着。娘说：像敬太阳公公呢。用不着看管。帮着娘把一缕鞋底线理顺啰。娘两个一个双手绷紧着线条，一个绕成线团。太阳升高，冷粥散发热气了。家养的芦花公鸡路过粥碗鸹出了粥洞，东宅的竹节猫赶走了鸡舔出了粥坑。扣扣把暖和洋洋的粥碗端上桌面时说：一只碗猫鸡尝过了，能吃？娘说：家猫鸡婆通人性，不碍事的。她抢先吃了有坑有洞的浅碗粥。满满当当的留给了儿子。

为娘的灾难从头晕开始。夜档，娘躺下不思茶饭了。身上忽冷忽热，上吐下泻，大半夜进五六次茅厕。扣扣：娘病得重，我去请宁郎中。娘说：黑更大夜了，天亮了去。扣扣：我不怕夜。娘说：娘怕夜，娘闹肚子。呕出来要好点。走夜路，加重娘的病呢，我儿可懂？

扣扣一千个懂，一万个怕，怕亲娘妈妈支撑不起。双眸盯着窗棂盼亮光，有一束亮点闪过，他说：娘，天亮了，动身了。娘喘着粗气说：去吧。

扣扣走的还是夜路。唤来了宁郎中，唤来了四水一家的大婶娘、二婶娘、三婶娘。宁郎中先一步到，诊脉血，观面相，拿捏手指螺纹，塌陷了像瘪螺疹凶症。他说，一刻不能拖了，送余镇医院。一阵慌乱，三个婶娘抱头抬脚把病人拥上木轮手推车。小车走得急，吱嘎吱嘎直响。宁郎中说：女人推车吃力，往车轴膏膏油。扣扣：家里没油，蘸点水断响，我试过的。宁郎中：带罐水吧，喂喂你娘。手推车沉默了，送医的人声无气哈，急吼吼赶路。一人推车，一人拉车，一人扶车，扣扣时不时地喂娘口水，宁郎中助力。八里沙泥路，终于在每天都有的七八点钟太阳耀光时进了医院。

医生皱眉咂嘴，直说误时了误时了。急救了一天一夜没能救回扣扣的亲爹妈妈。欠下扣扣一块锁片，一个干瘪如柴的妈妈娘留下这句话走了。与亲爹会傅去了。四水一家的强强哥、长顺哥、布财哥失去了爹，娘还在。唯有扣扣没了爹没了娘。大婶娘、二婶娘、三婶娘说了：有她们呢。扣扣不放单。

# 上篇

## （一）

今朝是强强大婚日子。扣扣大早起床。换了大婶娘逼迫他穿上的淡士林布新夹袄。扣扣说：自小不乐意穿新衣裳，穿上身像浑身蚂蚁在爬。强强哥穿成半旧我再穿吧。大婶娘说：强强有强强的份，这件是你的份。穿上它进镇一趟，补买两扎大炮仗，十串小炮仗，一对尺八高的红喜烛。扣扣说：没到闹房时，置喜要见新呀。大婶娘说：当然啰。

扣扣置回了高升喜烛。自寻活计猫在一隅剖鱼（方言：杀鱼）。剖得小心小胆，生怕剖破了鱼胆带出苦。不大会儿，长顺和二婶娘来到。长顺穿着与扣扣一样的夹袄。走路一个劲瞟自个儿的新衣。二婶娘说：抬起头来，新衣招惹亲眷朋友看好的，自个儿看哪门子戏。快帮扣扣剖鱼去。长顺：我不，剖出鱼血鱼肠来新衣裳弄脏了。二婶娘：偷懒找个狗屎理呐。这副腔调，多早晚娶个媳妇哟。大婶娘说：急不得，要随缘分。二婶娘：痴不痴，乖不乖的摊上强强扣扣一半精气神，当娘的烧高香啰。缘分结上难呢，真怕仲家断了香火。大婶娘：别说丧气话，我俩四水一家接上地气，强强成婚了。轮上长顺。一大家子一齐使劲，使大劲喜气自会上门。长顺侄儿，快去接接老三家的，他们来了。

布财在肩掮上一条凳，凳上扣着另一条凳，右手夹着一条凳，同样扣着另一条凳。三娘娘双手还托着一条凳。长顺接下这条凳。布财放下四条凳，说：还差几条凳。大婶娘：哟！布财侄儿头脑活络，掮上凳像打博戏呢。把家中凳统统掮来。待待凑闹热的看客，省得他们不站不坐隑（gāi，方言：靠着，依靠）墙壁。

随机定下的大婚日子。大婶娘决计不收人情。邀了主婚的宁郎中，陪新娘子的东令子。抬陪嫁的，迎新娘的，开伙仓的，清一色嫡亲娘家，四水一家的人。饭时到，大婶娘对扣扣耳语：令子没来呢？扣扣：她高兴轧闹猛（方言，凑热闹），不在乎用顿饭菜。二等不来，再去唤她。大婶娘：好呀。等接回衣香，你与令子算三个，加上长顺、布财、宁郎中六个，加四个娘家小伙抬陪嫁推小车。去九回十，满堂彩。

## （二）

衣香是个冲喜丫头，自小在大婶娘身边长大。在大东地界。小两口成了亲，二三年的不添丁，当家的公婆就操心来冲喜丫头。也有的家，把自个生养的丫头过继给别家，又领养来另一家的丫头，图个"多一条裙带，增点底气"，携手应对多灾多难的岁月。

冲喜丫头成人，有成为女儿的，有成为媳妇的。衣香抱养来的当年，强强出生了。谢天谢地有儿有女，大婶娘把一对儿女当龙凤胎养育。小冤家在一个被窝里哭哭笑笑长到十来岁，老爹被黑龙卷走。日子的苦楚接踵袭来，至强强十五六岁时接上把。忙种忙收时，娘儿仨从鸡叫忙到狗叫。闲下时，强强去抱山街铁店学砸铁。八磅大锤见天砸铁坯，砸出了钉耙铁锹锄头，砸出了一身的腱子肉，像个大小伙。衣香也像个大丫头了，着装缚上身越缚越鼓，揩面揩身把个屋门闩得严严实实，长时间没让强强在她背上挠痒痒了。几天见面搭不上两句话。身长心也长，该给两人圆房了。

大婶娘萌发喜庆的当日，强强砸铁归家领来个人。进门喊大妈。大东地界不兴唤大妈，来者改口喊了大婶。客帮口音，贵人呀？强强告知：他是共产党里的徐浩区长。来规劝我当兵去。哦！大婶娘看着来人左肩朝右襟挂着盒子枪，右肩朝左襟挂着公文包。先前见过他在大公众面前讲二五减租，土地改革，原来是个区长。她说：日本赶跑了，还添丁打仗？区长：扩充队伍不光为打仗，还有为打仗服务的。大婶同意儿子去，就还是打铁老本行，干军工。大婶娘第一回听说军工。区长破解：造枪造炮造子弹。大婶娘：一样的"开火"呀，我就一个光杆儿子，没成家呢，舍不得舍不得个。强强和区长对望望。一时想不出词。区长：普天下母亲一个心思，恋儿，不强求。娘儿俩沟通沟通，等着进展吧，眼下是动员阶段，离出发有段日子呐。

区长走人，大婶娘回过神来。共产党看中了强强，要人客客气气，还进家来通融娘亲，遇上中央军抓丁，一杆枪把子，一根麻绳子，早牵着打着走了。平头百姓也得讲究个好人有好报呀，强强挺乐意的，就等着为娘松口了。她说：娘拦挡不了你当兵，必定的，你和衣香圆了房放你走。强强：鸡头不对鸭嘴，我不！大婶娘：你不我也不！管住你哪儿也走不了。强强不吭声了。衣香也不回话，两人不点头也不摇头，像是支配他俩去挑泥挖沟做生活（方言：干活、工作、做事），随而便之。大婶娘：娘亲做主了。第一步，把衣香送回娘家门，住够七天以上待嫁日子。

## （三）

衣香娘家驻赵家沟。八棵榉步程稀落落一个时辰。宁郎中一行九人捎着杠棒，推着木轮车，踩着正点时辰进了衣香娘家门。喝了糙米红糖茶，吃了糯粉红印糕，燃放了大小炮仗，宁郎中一声唤：上轿啰。车代轿，衣香坐上木轮手推车。出门三里，衣香扯下红盖头巾。哇！清一色的儿时伙伴接应她，只一个老相的宁郎中压阵。他说：新娘子，咋把盖头扯下来？公婆晓得了会怨怪的。衣香：亲婆是亲娘，依着我性子的。说着，自顾自地踏下地。推着车的扣扣说：衣香姐自小没坐过车，坐不惯，踏地走着自在。宁郎中：乱套了，光头赤脚跑着走着进婆家。脚踏地，穷不尽呀。衣香：穷富没定规，宁大叔看好我家穷富呀？宁郎中：一天吃两顿饭的算个穷，吃三顿饭的算个富，只吃一顿饭的变个苦了。扣扣说：有钱人家加点心加夜宵的怎个讲？宁郎中：一天加到四顿五顿加成个病了，医书上讲，太多的病是吃出来的。衣香：我的家吃一二顿的日子多，吃三顿的日子少，四顿五顿的没得吃，照这算来只有穷和苦没得病和灾。我不怕苦，乐意娘和强强身坯硬朗，肚皮里迟早要出世的伢儿没病没灾。令子诧异：没拜堂呢，你有了！衣香：拜堂是眼前的事，我想的是长远的事。等上几年，等你和扣扣成亲了，你自会想到生养的事。

令子：没影儿的事，招人见笑。衣香：贴在你脑筋里了，两人从小要好，人又般配。穷富不均，你不能欺贫哟，你俩拜过堂的！令子愣了：造话（方言：说假话，也申引为胡说）呢！我要发火了！衣香：小辰光（方言：小时候），在一起办小人家家时，你拉着扣扣认我婆婆，磕着头拜高堂呢！真的！令子捂她嘴说：记不得了，轻声点，伙伴们听到，落下话柄！她着意瞄瞄扣扣，他浑然不觉，蛇游路似的推着车。一边坐着衣香，一边放着台箱时，两边平衡推行着轻巧巧的。衣香下了车，推起来扎角。三分的推力，七分的扭力，扭得手心流出汗。布财靠近来，说：嫁妆少，人手多，有人轮了空。替你推一程吧。扣扣：刚推顺手了。布财：你推我坐了。一屁股挪上衣香的位置，拍拍另一侧的台箱：分量重不重？扣扣：有点儿压手。布财：衣香娘家看着蛮穷的，摆进三捆兰花印布，芦席花花织布，一身换装衣裳不压手的，保不住装上半箱砖瓦赚面子呢。扣扣：你说的，尽往坏处想。布财：上半年赵家沟有个大户人家嫁丫头，陪嫁排了二里路长，金银铜铁，绫罗绸缎，桌椅柜凳，糯米白面。吃的穿的，玩儿的，想到啥有啥，那才叫个财气旺。比画比画眼前，你我白活在世上了。扣扣：眼不见为净，眼馋富家，自家不安生。布财：那是，有本事楼上楼，没本事楼下搬砖头。搬到猴年马月还是块砖头，永不成金。扣扣没跟腔，两人落在队伍老末，听到宁郎中高调唤叫：婆家门近了，手推车靠前来！咦！新娘位上坐着个小瘟三，无头大乱了，日后有变故，拿你是问。布财身材小，慌忙滑下车，拖后一截。随大流走完过程。直至宁郎中吃完夜酒走人，他活泛点了。大婶娘：大侄子是个说好搞笑的人，抿着嘴不乐开呀。布财：好得哇。进门令，酒席令、拜堂令，人人抢着发令，好听话淘尽。没轮上开口呢。大婶娘：洞房令该你了。布财：来一段昏（荤）说令吧，洋烛点火熺又僖，床帮中坐只小母鸡，白日亲朋好友看把戏，夜里新相公当马骑。哄笑声起，有人提议再来一段，布财却开溜了。

## （四）

　　婚嫁终于结束。扣扣着手刈（yì，方言：割）苇子。四水一家院沟苇子，他包干了。没特别刈苇本领，他乐意。挂了镰，他乐意叉鱼。初冬不寒，河浜的鱼还没硬口,大胆觅食好冬眠。扣扣握着强强为他定制的五齿叉篙。院沟转一圈,有鲫鱼蕴草丛中泼嘴,他赚它小没下叉。转上运盐河,探头即见两三条两三斤的鲢鱼并排着鼓鳃吸氧。对准了一条、靠近、静气、后倾右肩、投叉没来得及。奇巧有人唤他,叉篙一晃,鱼儿晃没了。

唤他的人是东家私塾的教书先生鲍枫,扣扣认识他好几个年头了。在东家扛工,刮风下雨扛不上农活,扣扣着意进学堂蹭不出钱的课听。先生也随意教,面带笑意教全班学生。

在大东地界,在日本人逞凶时,国民党、共产党的两面人物分了又合,合了又分、分分合合、你来我往拉大锯,没有谁能坐稳大东地盘。扣扣在意到,共产党一时得势时,鲍先生会同徐区长见天朝穷滴滴的家中跑,讲解民主政府土地改革、二五减租、翻过身子做主家。

扣扣跟进先生的备课房间,一只大花猫蹭着先生裤管。先生:别叫唤。客来两手空空,没逮着一条鱼。扣扣:过会儿叉条鲫鱼它吃。先生:不理它。想找个事你做,帮着徐区长忙忙勤务。扣扣:当勤务兵呀,乐意。先生:不算兵,游击游击吧。来事了叫上你,完了照常种地打鱼。唉!眼前几岁啦?扣扣:十七岁。先生:当地人报的都是虚岁,长两年身体当兵去。过冬口粮够吗?扣扣:足够的。令子家大方呢,说我长身体时饭量大,加多饭钱呢。先生:我摸过底的。东家财主开明绅士一个,不扣压劳工力钱,缴纳税租大户。不过呢,地主阶层的本质是抵触我们的,算个朋友吧。不像你钮扣扣雇工阶层,是共产党的根。没有根,我们就立不起,长不大。扣扣:恁讨巧呀。真想跟着先生做事。先生:不忙。把家务事理理顺,在家开窍开窍大婶娘。送儿去兵工厂从军,要送得开心。扣扣:她一时开心,一时烦心,一时三变的。只能依着她敲敲边鼓,有点儿难。

回到运盐河边。布财手握叉篙候着他。扣扣灵光一闪,有门儿了。他要和布财、长顺、强强拢在一起去打通大婶娘关节,放走强强。少儿时,四水四兄弟见天抱团在一个被窠里打闹。长辈立床头,看得像喝了两碗酒酿,微醺醺,甜蜜蜜。在谁家玩儿,谁家陶醉。扣扣比三个哥儿小了三四岁,在一起从没红过脸。唯一讨厌的与布财困一起他要动手抓小鸡鸡,还不准反抗。抓到他熟睡了,才松开手。三婶娘觉察到挪开布财的贼手,责怪:讨打呀!

摸得长不大，扣扣娶不成媳妇，人情债大于天呢！

布财把叉篙扔给扣扣，说：教书先生游说了强强去充军，又猫上你去当炮灰啦？扣扣：我不够格。布财哥的三寸不烂之舌相帮着开窍大婶娘去，不拖强强的后腿。布财：出力不讨好的说客，才不呢。你也别去。眼下，国民党占着城里的地盘得大势，共产党猫在乡间不得势。前段时日闹民主，闹土地改革，闹得半荤半素的。国民党一到，贫雇农分到田地不敢种。小老百姓不跟两方面掺和了，兄弟两个做生意去。扣扣：做啥生意？布财：贩卖私盐。扣扣：犯法呀！布财：你不懂。现时衙门一门心思防备共产党，管不清公与私，混水好摸鱼，在小火灶里搞点货，朝撑篙船中一罩，运盐河上撑上五十里水路，撑过缉私桥，就出了圈。私盐坝上，大小商号见夜收货，过了秤算盘珠子一拨拉，钱到手了。扣扣：天落馒头呀，不喜见。布财：你怎么不开窍呢，共产党穷着呢！那个姓徐的官儿见天穿着补丁衣裳，你跟着他，穷跟穷，没啥花头，到头来一世穷。扣扣：不见得吧，徐区长认穷也认理，开导穷人翻身呢。布财：你也跟着认死理呀。不说盐了，说说本村，覃姓财主置办了一艘机帆渔船，正在招船工。怎样？兄弟俩结伴像上代样打鱼去，在海上互相有个照应。下一回海，胜过半年农工呢。扣扣：我答应鲍先生了，打杂，跟着认字。布财：帮到家了。你硬朝死胡同里钻，是祸不是福，不关我的事了。

# （五）

鲍先生光顾了扣扣的落屑屋。

堂门虚掩着，扣扣不在屋。先生信步屋前屋后留心察看。茅屋泥墙垒成，屋顶苫厚茅草。雨水挡得住，见风夜夜愁。茅屋二三年不苫新草。风震草屑子满屋飘，比漏雨烦心。屋室开间清一色大东模式，中间堂屋，两头灶屋睏屋。坐屋就近对南一茅屋，对东一茅屋。再及目到的屋架见远见矮，里数开外了。运盐河从东南方逶迤而来。一水朝西北从屋前绕到了屋后，距运盐河十来条地皮，即是通潮河。两条河流相好着并肩西流，流经苍头渡相了鼻梁和合着西进长江。三处住宅被两条河流牢牢包裹着。好一处缜密的水包地。

篱笆夹得紧，小猫小狗钻不进。

扣扣回屋来。先生指点南宅东宅说：邻舍相处得果好？扣扣：东宅二婶娘，南宅大婶娘胜亲娘，长顺强强两哥哥胜似亲兄弟。看不出来的好，真好。先生：邻舍好，赛金宝。领我去钮强强家访访。

大婶娘、二婶娘、衣香经好了纱，两层纱嵌进扣中，绷紧着朝织布机上绞。见得两人进场，大婶娘唤扣侄人客堂屋上坐，一息完事，完事了再说话。先生：生活为先，帮点小忙，把布机挪进屋，我和扣扣配上男子汉的用处，抬重头。轻头吗，随意搭把手。衣香：我来。大婶娘：躲远点，有我呢。衣香：我手劲大，出门是我搬，轻巧巧的。大婶娘：布机上添了两匹布纱，不能拆卸进出。进门出门两码子事了，你千万动不得。也巧了，想唤长顺扣扣帮忙，不请自到，还带着帮手。先生说：听帮手的口令，一二！起了、进了，蹲了，平稳过渡。大婶娘：教书先生有把子手劲。抬手高过门槛，蹲地四平八稳，预兆着喜事连连呢。吃碗红糖茶，甜甜嘴巴。扣扣：白开水吧，大婶娘坐下歇歇，鲍先生有话说。大婶娘：这碗红糖茶一定要喝。强强的事我想通了，同意他为队伍上打铁。先生：不要给我面情，想不开，别勉强。大婶娘：强强扣扣几天吹一面风了。他们全乐意，为娘不能夹在中间当臭人。先生：好来！我替队伍上谢谢强强娘。这就通报去，新四军多帆船海边停靠等兵员呢，动身也就近几天了。

扣扣满脸的狐疑。先生一走急切讨问：多少日子没开窍，今朝无事拉扯一下子松了口？大婶娘：有了。扣扣：有啥了？大婶娘：衣香有喜了，撞门喜呀。为娘的开心劲一上来，随而便之了。当地外地一样的打铁，强强三年二载荣归，伢儿能唤爹了。

## （六）

天刚麻花亮。鲍先生上门约扣扣去江家浦。

先生：带上你的叉篙上路。扣扣：天说冷就冷了，大鱼小鱼沉底进洞，戳不着它了。先生：在理的。没鱼露头，掮把叉篙河岸上走不伦不类的。带上扁担，担绳吧。扣扣：现存的拿手就走。

天色添亮，透视出人影。两人绕过十余家的宅沟宅院，迈过了运盐河上环拢桥，蹭上运盐河南的牛车路。扣扣去过江家浦，为令子家往那交过公粮。顺牛车路斜插着一路走下去，即到江家浦。雾气弥漫，牛车路霜白了起滑溜。先生提醒：当心滑掼跤。扣扣：不碍事，跌得快，立得快。先生：带你去见徐浩区长，他说熟识你。扣扣：碰过面，交谈过。在这运盐河边，他遇见我叉上黑鱼三斤重，夸好枪法。我盯住他的盒子枪，说：枪也能叉鱼？他说：用枪大材小用了，用你的梭镖稳妥，我来试试。鱼现河中央，区长像投掷缨枪脱手投向河中。篙竖在水中搅动，叉住了鱼？我纵身跳下，把叉嵩连鱼一并凫上岸。他又夸了一句：好水性。我说：当是热天热身洗个凉水澡。过运盐河，过通潮河还省得过桥过渡，一个猛子扎过去省时省脚劲。他说：练好水性，练好枪法，练好体能，来年保家卫国一把好手。我说：叉鱼、洗澡，担百斤行百里与枪啊弹啊不联手的。他说：联手得多啦，在家练着等着。

　　太阳露出了全脸，河道雾气散尽，江家浦尽收眼底，码头喧嚣声渐起，各路人马涌来。码头边泊着的撑篙船，蓬帆船，机帆船摇摇欲动期盼着装卸货。搬运工两人一组，用毛竹扛棒抬着二百来斤的玉米元麦走跳板朝船上装。扣扣在通潮河边抬过几次砖瓦，双人走动一定要哼起号子，像学堂里伢儿唱歌打节拍一样，节拍乱了不成歌。两人乱了步调，轻则吃重吃力，重则闪腰落水，真个的抬杠打夯偷不了半点懒。先生唤了声：跟上，朝里走要落单的。扣扣紧迈着追上来，跟着鲍先生七拐八弯，拐进了徐浩的办事住处。一个四到八处有士兵站岗的地方。区长见面像见了老熟人。一把拉扣扣进屋坐下，倒杯热水在外间歇着。听到里面互相称谓着营长、政训员。啥称呼呀？扣扣想以后会听懂的。区长声嗓蛮高，没有瞒他的意思，发话：四分区军需物资今冬缺口难补呢。先生：主要的通潮河四周的租税没收全。区长拍着账簿：差大头呢，这些个地主商贾瘟得很，不促不打，挤不出水来。筹备好了，今夜促一下。先生：再卜回馆子。区长：土豪，嘴巴娇着呢，无酒不下菜，无荤不下饭。高兴这一口，先礼后兵吧。政训员看呢？先生，羊毛出在羊身上，会有收获的。办细致点，多带人手。区长：办过一回有底数了。带上扣扣内外传传话吧。

　　二人转话听不全，听出了打封建的味道，急事大事呀。徐区长要带上他去传话，传得开吗！扣扣热着身，不由自主地出门朝码头上走，他要去抬抬扛扛，做自个拿得出手的活。区长出门叫住他不要走远，快开饭了。

饭时饭，一个士兵用带环的淘箩拎着送来的。玉米、黑麦、番芋面粉混着贴锅成的饼，一碟雪里蕻咸菜点缀几粒毛豆。扣扣手抓饼站着，吃完一块，区长加他一块，手心大的薄饼，扣扣吃了五块。再加码时，扣扣摆手：饱了。先生吃了三块，洗了手说：淘箩里的饼，足够六个人的饭食呀。下午我送新兵登新四军的船，下顿少了个人头。扣扣多吃两个，扣扣：吃得余到嗓子口，嗳出来一股酸粝味了。区长：当真的人是铁饭是钢，多吃多占了变成脏。扣扣夸张了没到指数，下次不要作客。把剩下的打点好，带到抱山街去。

从江家浦到抱山街，必经运盐河的环拢桥，通潮河的淖泥渡。三人原路返回，环拢桥墩分了手。扣扣随区长直奔淖河渡。渡口有只比罱泥船大三倍的渡船，一根钢链两头固定两岸，中间压牢渡船的滑轮。有专人拉链，渡船，收银。渡人不在，渡河人自个拉链过渡，丢下零头钱。过了渡，抱山街时隐时现了。街区因咸盐堆成小山而名。咸盐慢慢进了铺面，后人不见堆盐只见街面，抱山盐唤抱山街了。如八棵榉失了榉，唤八棵村了。傍黑时分，街上依样闹闹熙熙。海鲜滩、南货铺、磨坊、铁店剃头店、客栈酒肆馆，还在一着不让做生意。扣扣多次随强强进街看街。强强指点街上驻有东南警卫团的人马。属共产党的地界。抗击日本时，余镇那边的缉私队、警察署、乡团乡丁，扛枪的不来，六十里外县城的中央军也远离这儿。日本投降些日程了，窠里斗的风声枪声四起，一对冤家啥个走向不得而知，轮不到扣扣思忖。

走进抱山街北市梢的朱家饭店，店内挂着耀眼的汽油灯。进得店来，扣扣按区长指点站立里间外间的夹档处，里里外外一目了然。外间，留意到有士兵扛枪行的走动哨。里面，摆正了五个桌面的酒菜。区长嘴不停，手不停地招手抬手握手。熟识的、生疏的、叫得上名，叫不上名的他都一一招呼入座，招呼到家。四乡十八村的吃客，穿着绸缎的，套马褂的、戴礼帽的，留分头的互相套着近乎。扣扣认定来者清一色有钱有势，有钱没势的大户家。当中，认出个熟人，令子家的小叔东定元，帮令子家打理乡下田地的，扣扣去扛活，受他支配。小叔眯瞪着满桌菜肴，在意不到扣扣。只听得厨小二三更一声唤开桌动筷子。满间的哑哑声四起。区长耳语扣扣，要去与士兵沟通吃饭问题，有事儿找他。扣扣点头，目送区长消失在夜色中。

三更是八棵榉人，与扣扣，还有他哥五更自小一起洗冷水澡长大。他端着菜盆一次次从扣扣眼前过，一副碌忙派头。菜齐歇下他拎着托盘站在扣扣眼前，说：不吃不走，陪着东家来的。扣扣：不是。三更：为共产党区长站门的。扣扣：是，啊，不是，找强强图个闹热的。三更：强强走了哇。八棵榉一并走的有五更、扣碗、豆子、帮子共五个，抱山街地界拢共不少于五十号人。我以为订的酒肆招待新兵的，倒头来一色老爷。扣扣：共产党不兴大吃白喝，填满肚子心跟着满。三更：共产党清苦着，五桌大餐，八碗六盘子外加一盆羊肉炖粉丝大菜，图个啥，怎不开讲说个明白呢？扣扣：时刻没到吧。待到酒酣嘴短了，开讲不迟。三更：吃客抬头抹嘴，该露面了，我该收拾碗盏去了。

扣扣焦心间，区长适时出现了。拍拍扣扣肩膀，进去蹬上一张条凳。双手下压，示意屋内人静下坐下，安顿了开讲：大家吃好喝好了。在座的各位都是清白起家致富的大户人家，共产党的新老朋友。朋友吗，理当宾客相待，有话明说。请大家来喝点小酒，又要破费大家了。年头，我们民主政府与大家商定的税赋，有百分之八十的户主没交足够。本区长理解大家生意兴隆，抽不出时间交纳。今儿个为提个醒，年关近了，大家原样支持我们政府，按二五减租法，交清。本区长在江家浦区政府恭候了。店内一阵骚动，私语声似成群蜜蜂振鸣。有人拉高腔调：日本赶跑了，用不着抗日政府，今朝交清了，明朝子民国政府再来收双份，我俩亏大了。区长：大家有所不知，现时两党正在谈判成立联合政府，不会发生双重征收的，起码今年不会。区政府区武装为大家担当一切，决不能让朋友吃哑巴亏。有人嘀咕：这一顿酒肆吃得个上不下，不吃请吧，兵卒子催逼着来。吃请了，嘴变短了，不交不过意了。有人附和：有请有吃的，该交清了，省得找上门来罚错，体面交的好。众人表态：共产党理道足，不交税没理道。交清，年节前交清。年节太远，五天内交清。五天太长，我保证三天内送到江家浦。区长：谢谢老朋友，谢谢新朋友。吃客簇拥着区长走出店堂。四处走动的哨兵聚拢来，齐刷刷立正区长身后。扣扣夹在中间，俨然一个战场勤务了。

宴散人散，区长扣扣回走淖河渡。上了船，区长说：扣扣掬饼呀！咱两个也该开饭了。队伍上的人，大多日子一天吃二顿饭。我有心为设岗的战友们加个餐。他们口径一致，吃完二餐来的，不要石头朝山里背了。新人做客，二顿习惯吗？扣扣：合我胃口，点儿不饿。看着这些个东家老财，店铺老板，生意精灵乖乖地交税交份子，先礼后兵真灵。区长：水分大着呢。当中老油条一大帮。打个六折七折赚了，应有这个变数。区长抖掉衣襟上的饼屑子，又说：抗战十四年。民国政府谈妥了供给我们军饷物资。三年未到，狗日的军政部军需局就停发了我们的经费。逼迫我们一边打仗一边找饭吃，难啊。劳苦大众心向我们，可他们自身艰难，不忍心在他们碗中扒饭吃呀。难以为继时，不得不这样多开财路。筑牢穷人的政府，做好战场勤务、穷人勤务。扣扣：懂了一点，穷党加穷兵加穷人，穷帮穷，建个穷政府，为天下穷人谋个好前程。区长：有悟性，从吃得起苦挨得起饿起步吧。七天后，再到江家浦一趟，我在那等着你。

## （七）

强强走了，随队伍开拔了。进得大婶娘家，扣扣一阵失落。衣香见了说：喂！扣扣，定啥神呢？他回过神看着衣香坐上布机穿梭织布。大婶娘闻声从灶屋冲过来制止：祖宗喂，说定不许你动的，怎个不懂轻重呢。两脚上下踩动，小腿会带动全身，可不敢大意了。衣香收了手，说：只吃不做，像令子当上大小姐了。扣扣你一整天不落家，令子来寻你两回了。扣扣：没啥事体的。衣香：田上的生活呗。扣扣：我得扛活去，不替你织布了。他十岁时学会了穿梭织布。

东令子家。三关厢青砖瓦房紧挨着东家学堂。两处房舍一样的走向。房脊上塑着龙，梁柱上雕着凤，正房正南，东西厢房。腰房殿房合抱着两块院地。在八棵榉，东家的庄院与覃家财主的庄院一样齐名。发家至令子父亲的辈份，东家不再置地买田，热衷于做买卖，开商号了。先余镇、县城、州城，再跨江过岛，商号开进了上海滩。令子的大哥二哥在那儿的教会学堂念书。

令子在自家私塾读完课程后，老爸催促她随哥哥去深学，令子不肯去，说是在乡下陪伴亲妈，几回回，被逼着去学习织造、护理课程，几次学了点皮毛打道回乡了。老爸无奈说：女人家家的，学问不在多，够开销了。亲妈说：大家户头的家小，带不像大户人家的小姐了，随她吧。为娘惯的。

令子自小没兴致在闺房逗花猫玩字画，见天与长工短工家的小囡伢儿野在一起。四水一家靠近东家学堂，强强、长顺、布财、扣扣、衣香，外加个瞎爹家的丫头细凤，聚堆在一起办小人家家。令子一出现，一下子冲散了捏成的家当。领头的衣香说：令子妹妹，你还小，办不成的。令子：不搭我吵起火！斗鸡，谁赢谁办。强强二话没说，双手端起脚脖子，金鸡独立斗膝盖。没三个回合，斗倒了令子。她不服：大伢儿欺负小囡，不公平，同龄人斗，我生肖属鸡，是鸡的立身，扣扣细凤同时靠近，令子选择与扣扣斗。三来二去的，令子快顶不住了，自动停下说：历来公鸡强大母鸡软弱，不好比试的。细凤帮我，两只母鸡斗一只公鸡，看他还逞能。三人转了两圈，衣香喊叫：斗了个平跤，一齐办小人家家了。男伢儿撒尿冲烂泥坡子和稀泥，筑灶台。女小囡升火煮饭。强强四人一字排开冲劲蛮大的。令子：一股臊冒气。衣香挡住令子眼光说：不要看小鸡鸡，困觉要做梦的。令子：哪个说的？衣香：菩萨说的呀。令子：菩萨听我的。在家拜念灶君全是一个人说，菩萨从不开口。衣香：要成对，像意着一只锅里盛饭吃。我和强强一对，令子和扣扣一对，细凤和布财一对。长顺靠后。令子拜完，走近长顺。说：落单怪可怜的，我来成全你吧。衣香：住手！一女不嫁二男，不能和两个男人拜天地的。令子：又是菩萨说的。衣香：亲娘说的，男伢儿来帮忙。布财：我来。他拉起长顺的手，不拜天、不拜地，原地转起圈来。越转越快，越快越转，转到长顺龇牙咧嘴了，猛一松手，长顺像只满存的麻袋掼在地头，身下的灶台掼了个稀巴烂，身上沾满了尿水泥巴，他爬起不哭不恼。伙伴们捂着肚子笑，他也跟着笑了。

为着长顺的迟钝，二婶娘一直眉心紧锁，见风流泪。扣扣一样系着心结。虽说十个指头有长短，长顺也短得离奇了。二婶娘说儿子自小头颅长得出奇的大，周岁不足蹒跚走步了。宁郎中见了指点说，伢儿头大竖着头走路早影响脑神经发育呢。脑神经顺脑瓜竖着长的，要让伢儿多学学爬着走。爬着走不是大头牲畜吗？二婶婶问：菩萨老爷说的？宁郎中：我想的，伢儿幼小多爬爬有益无害。噢！婶娘没朝深处去，一门心思抱着兜着大头儿子，把比长顺小两岁的丫头长花，送与别人家压头了。

长顺长个桩了，心眼不看长。二婶娘自肉自痛自慰：又不折脚瞎眼，成人了坐不上八仙桌，坐四仙桌。细巧生活，三天学不会，学三个月、三年。慢慢等呗。有一件不能等了——八棵村出门见河，低头见水，男伢儿要过落水关。扣扣五岁跟着强强布财学会了凫水。长顺十岁冒头了还关着呢。二婶娘拢来三个大侄子说：扣侄一学就会。长顺年年学不会，毛病出在哪块？强强：像是不扑胆，缩手缩脚，不听脑瓜支配，难呢。二婶娘：不出落水关，为娘丢不开。三个大侄子变个法子教会他，婶娘做糯米烧饼吃。布财拍胸保证：有好吃的，包在我身上了，长顺再学不会，我也不会了。

强强：讲的江南嗲呀，成技不脱身的。布财：长顺的症结在于怕死。今朝逼他死一回。扣扣去请三更、五更帮忙，不带水桶菱盆，不去运盐河，去水面宽阔的通潮河。强强：长顺见得不肯下河了。

通潮河水宽运盐河双倍，像三更五更样的潜水好手，扎猛子也得河心换口气靠岸。下了河拍水热身，布财：两人托手，两人托脚，我托下巴，划水前行。众伙伴驾着缩身的长顺向深水区游去。近了河心，布财指点：抽手！嗯，手晓得比画了。三更五更抽手，怎个一只脚打着弯联动，一只像条包着铁皮的桑木扁担，直笔笔朝下沉。嗨，不长记性。布财抽手，长顺一头闷进水。嘴角咝咝冒气泡。强强：咸水呢，不敢多喝。扣扣：泡冒大，咸水进胸了。布财：起！他和强强两人薅着长顺头发，薅出了头面出水吐水，扣扣双手挤压长顺胸腔的水。水尽，长顺不顺，惊吓的面色煞白，无光的双眼对天，念念有词：回头，回岸。布财：你个脓包浆，连句救命声也不会唤。这块儿水深好几丈呢，沉了底我俫捞不上来你。长顺勾紧了布财的手。五更游近说：面朝天仰着试试水。我三岁时，就是仰着学成凫水的。布财：好呀，死马当活马来医，糯米烧饼难到嘴呢。长顺被翻过身，五虎水将支撑他的原处，仰动着随水波动，不用踩水了，得以休养生息一会儿。五更贴近长顺的耳根说：小兄弟，身在水中手脚不动，傲不起头叹不出气，要动起来。对啰！双手撑开来划水要像鸭子。双腿像老花田鸡一伸一蹬踩水，唉！像模像样了。记住，吃力了慢点动，只要不停歇，人就不下沉。布财：配合你，开始吧。三更五更同时钻进长顺的身后，一个顶住了脊背，一个顶住了屁股，只有手脚泡在水中，就像被人在陆地抱起后手脚不由自主地挣扎挣脱，配合着撩拨着，不让长顺手脚停歇。他动得慢了，顶的顶高点，动得快了，顶低点，一高一低潜游了好多回，两人试着游离，长顺手脚仍在动。布财偷着松开托头的手，长顺抖动了两下，呛了两口水，手脚要命加快了划动，额颅上傲，身子稳定在水面了。布财：五更老甲鱼，鬼点儿多，这招显能了。

仰着游了一阵。布财指点长顺翻身田鸡游。高傲头，嘴出水。对了！怎个样，开了头，不会难了，翻身自如轻松戏水了。小弟小哥们，打道回府啰！五虎水将围着长顺朝岸边游。远望着，像推着一只装满菱角的长腰菱盆，满载而归。

# （八）

东家大宅院，粟黄卷毛狗摇肥蹭腿迎扣扣。他回头歇脚时戏训了它。训到丢块淖泥河中它跟着跳下水去接的程度。令子：戏弄大头牲畜像个竖头猔牲（方言：牲口、畜生，也写作"宗桑"，骂人话，也有调侃意）。扣扣：听从了，没有下次。一年中的大半年扣扣在东家田间忙过，混了个地熟人熟。熟识小叔小婶，娘姨二胖，账房先生杜常，还有六岁进门的厨工细凤。地间碰面的伙计无数了。主家的亲属，熟识令子与令子的亲妈（二妈），令子的老爸半生不熟，难得从大都市归家。令子家的大妈三妈，大哥二哥二姐三姐，三弟四妹在意着没回过八棵桦，驻在上海滩消磨资本生活呢。

小叔顺着狗叫出门。扣扣迎着过问：有活计了？小叔：前朝两天有，今朝没，明朝后朝有。夏收的一仓元麦，没晒干，有点儿霉味，唤你相帮去余镇卖了。没料到江家浦共区又请又吃又指令补交租税，看势头拖不过去，晚交不如早交，明朝就去江家浦交货。扣扣：顶好先卖，换成钱去交。今朝下昼我去卖。小叔：多一道生活了。扣扣：闲着也是闲着，不能以次充好上交发霉粮呀。令子出现了，说：扣扣说得在理，糊弄共产党，要被打封建的。打折换成银票钱的去交妥当。小叔：好吧！饭后套牛车卖去。

饭时，令子瓷实盛了一海碗的饭。细凤：不会自个用吧，撑破肚皮也用不完。令子：竖头牸牲用的。扣扣没推诿，接过饭碗猛扒饭，饭里漏出话：吃饱了好扛麦包。卷毛狗来蹭腿，丢给它一根筒子骨。扣扣饭后进院场套车，卷毛狗还在场边啃骨头。传来几声同类的吠声，它丢了骨头竖起了耳朵，吠声转换成唔唔声，它像支箭射向了同类。小叔见了，啧啧称道：看门狗不看门，狗连蛋逍遥去啰。令子闻声赶出来，追问：狗连蛋在哪？小叔：跑远了。令子：下回见了，早点唤我。小叔心头不解：快成大丫头的侄女关照狗连蛋的事，不害臊吗？嘴上说：晓得啰。小叔一贯听从侄女支配，就像侄女依从扣扣一样。真个的卤水点豆汁一物降一物呢。依老黄历，扣扣是下人佣人，侄女难得与他婚配的。可冒出了江家浦的边区政府造势，佣人下人变作高人，富人贵人变落水兔子的不鲜见。阵势翻来覆去的变，实难预料。大哥若是跟得上趟，把扣扣带进城用心栽培去。他吃得起苦，耐得住劳，见啥学啥会啥，栽培成材不在话下。大哥若是看不上眼，该把令子收进城里，箍在身边，断绝侄女的念想。嘻！这是大哥的心头事，当小叔操的啥闲心，镣自个脚面吧。当年，父辈置下的田地一分为二分给兄弟俩时，他着实伤透了脑筋。几万万步的地皮转到名下。分成多少租田，多少自田合适？租田租率多少，半年收一次还是一年收一次？自田配备多少壮工，多少临工小工和管工？地皮翻耕，配茬，播种，施肥，培管，进仓需分个轻重缓急吧？扛活的长短工要吃饭，配多少个厨娘烧煮？完工了力钱饭钱怎个算为标配？配发多啦，少啦，打哭一个，引笑一个，背地下骂你娘，烦煞着。丢开手转让给大哥吧，落得个一身轻。大哥说：好啊，受领了，亲兄弟明算账，按市面价签地契，现卖现买。买卖后你得为我经管。小叔：我怕经管才转让。一田的人一地的物，见了头疼。大哥：不是让你一人管，我会招领一批人马。主要的当紧关口物色来四五个当紧承头。你要管住的，就这四五个人。再说了，后半辈子你不能吃利息度日，总得有项业经手呀。小叔：只管五个人头呀，大哥看重小弟，不承领，不算亲兄弟了。

　　转让后，东小婶嘲弄东小叔，说：一母所生，一个是生意精，一个是死脑筋，兄弟两个不是一根筋，你有根懒筋。小叔不承认：抛开地，换成银，钵满盆满，心底里安稳定心。小婶：地没了，租没了，利没了，坐吃三年海也干呢。

## （九）

买卖做成，牛车回到东家。卸套时，令子朝扣扣唤叫，快家去，你二婶娘投沟了。恶作剧吧？扣扣随口回应：二婶娘会洗澡，投江投海淹不死。令子没计较，拽着扣扣进大道朝北望。真是一群人围着，像是有人哭，有人劝着，他抬脚奔去。令子在后追，抱怨：我告你的，等等我呀。

扣扣奔到，在场的大婶娘，三婶娘轮番告知：是长顺不懂事，偷拿家中的一块银钱换了糖吃。扣扣：追呀！追上糖担子赎回来。大婶娘：上昼的事，糖担子走没了，人说是张生面孔呢，怕赎不回了。三婶娘：我知底的，这块银钱比袁大头珍贵几倍呢。两块成双，银面上跑着白虎，压箱底的宝货。没了一块，变单了。

二婶娘能不急火攻心吗，得知了，围着院沟追打长顺。怒气生骂：败家子的，生下你，娘就没安稳过，不如血盆里倒掉你清净。骂气生变，一不小心，脚底打滑摔下院沟。长顺愣住，只是等着娘将住芦柴爬上岸，不再逃避。二婶娘多处来气，拎着长顺耳根：你这不长记性的摆设，长着出气的。三拧二拧，长顺吱哇两声，耳根豁了边。

扣扣发觉了长顺耳边生血，拉起令子朝外奔。令子甩开他，说：长顺耳朵要落地，救治呀，拉我干啥？扣扣：拿药治呀、跌打受伤的白药治，你家有，上海码头进的货。令子不出声。扣扣：我用过的，手指割破时，你拿来白药治好的，你忘啦！问你话呐，问了根杨树棒头呀。令子：你才像根杨树棒头呢，我在忆想呢，有了！亲妈经管着。好嘞！扣扣三跳两跳地跳远了。令子看着难追赶，索性走慢步。多少回的他在前，我在后，为啥追赶的总是我？必须谋出法子让他追赶我，围着我的脚转。杨树棒头，你等着。

## （十）

麦袋换成银钱，用不着扣扣交粮江家浦了。约定的日子，鲍先生当面送来话：不急，下昼去，带上扁担、担绳行头，遮遮熟人眼。

鲍先生徐区长都是说半句留半句的,扣扣走在去江家浦的路上,反复酝酿着刚进入耳鼓的机要机密含义,自然不得要领。

江家浦正街,码头骤然比前几天增多了交钱交粮,收钱收粮,护钱护粮的人群。扣扣避开人头,抄近路进了徐区长办事的小屋。区长没回头,却说:钮扣扣吧,门外站会儿。没关门,扣扣在意到区长的桌对面,坐着位年轻汉子,穿条队伍上的灰布裤,穿件黑式对襟夹袄。台面上堆满银圆券,钱币、银钱。两人核钱核账妥当。区长唤话:扣扣!干活了。他抱起装钱的纸盒,随区长绕过两间小屋,走进深层密室。哇!这块摆着四只铁皮箱子,每只箱子存着不同的钱币。扣扣按区长提示把抱来的钱币对号入箱。区长核准了现款现账,拉上扣扣一齐坐上铁皮箱,说:这些钱,你全数运回家,有把握吗?扣扣:钱身不重,铁皮箱重了点,能经过往。区长:四只铁皮箱。挪着显眼,失真,钱易露馅。铁皮箱撒下。这儿有旧床单,包袱皮,干粮袋,用这些生出个法子把钱包裹严实,外表看上去一团破衣烂衫。挑也行捎也行。路人笃定走眼。扣扣把箱里纸币码成三叠,包进三块包袱皮,四角系成十字结,纸币基本坐牢不走动了。再用床单把三捆绑在一起。一层单小,绑两层,两层外用担绳捆严实,绳子余头打结成扁担圈,圈套扁担掂掂分量轻巧,顺溜。

干粮袋装配银钱不顺溜。试了几次,袋中的银钱扎不牢,晃荡起来叮当作响。区长:遇上难题了。扣扣一拍额头:笨呢,绑牢你的手脚,量你动不了。他飞快把破被单撕成条状布条,缠绑银钱,二十块一条,没得操边的针线,他用布条筋中间绑紧,两头封牢,严实得如竹筒,一筒筒塞进五六条干粮袋,袋中角落塞满破布,不留空档。粮袋的自身腰带绑紧了袋口。扣扣用力朝地下掼,只闻噗噗声,没有当当响,像扔了一捆破布衲片包着的咸鱼。扣扣包装得意,区长满意,说:一路上不敢粗心马虎,碰上熟人生人,少说话,不搭腔。先前想指配几个战士护着你。再一想,这不是此地无银吗,还是你独来独往妥当。这一路地界还算太平,白天来往的全是自己人。夜间么让巡防小分队朝你家附近多转转,防防夜鬼。

扣扣,这回得了要领。

区长朝扣扣夹袄里塞了一本账薄,一支水笔,说:回八棵榉,有鲍政务关照你,不顺当时,找他说事。他夸你自小缠着东家财房学记账算账,算盘拨拉得滴溜溜圆,能独当一面。这几天呢,哪儿不去,定心坐家,闭门结账。把肩上的钱坨坨核准数目记实账,我会派人来取。走吧,我送你出街。

一路行来,熟识面孔没遇见,陌生面孔稀稀少少,担子分量不重,扣扣没换肩。心头担子重呢,垓多钱,可是队伍上的身家生计,压身的伙计要担责,担运,担管,担算,担记账,出不得半点纰漏呀。

扣扣迈开大步甩起臂。两头的钱袋晃起来,手臂甩得快,钱袋晃得越来劲,像荡起了秋千,一意要晃开扁担,跳进运盐河洗冷水澡。他远望近看,身前不再刮风,身后不再落雨,天上云彩朵朵,地下蟋蟀嚾嚾。唯有扁担两头的钱袋鬼鬼祟祟晃荡。真应验了办小人家家时跳着唱着的:钱是大爷,走路一步三摇。

扣扣哑然失笑,真把租田当自田了,忘却自个是伙计。从来都是财神财鬼二伙串道,结伴着跳神跳鬼的。我要让它们翻个过,跳不上路。他迅快把两头钱袋捆结到一头,扁担掮上肩,钱袋甩脑后,空头压胸前,弯腰趋向前,重压肩累点,钱袋不再晃,乖乖听话着呢。

# (十一)

徐暗光,扣扣进了落屑屋。他在路中想妥了放钱的私密处:自身的睏床。他捧掉盖被,钱袋平展在褥子再盖上,不妥,盖褥漏缝大,被钱袋撑的。再布置,钱袋放在芦苇垫毡上,被子褥子双盖头,双保险了。

天是完全的黑了,扣扣点上油灯,灯芯草短了吸不上油,换根新的,火苗提升到三粒黄豆高,窜窜摆摆的近了直烘手。他将单包取出放在桌面上,想起水笔账簿有了,缺合钱的算盘呀。只能去账房先生处捞借了。

扣扣正要吹灯锁门走。鲍先生进了屋:闪亮的灯,熄了去哪?扣扣:令子家借算盘。先生:噢,导向缺失,珠算比口算纸算来得快又准。快去吧!卖点关子,实用假说为工作。扣扣:明了。他蹦跶着消失夜色中。

东家大院亮灯的没几扇窗了,还好杜常的睏房兼帐房亮着灯。扣扣贴近门预备着开口唤时,屋门吱呀一声打开,杜常端着脚盆泼洗脚水。跃使着朝外泼时眼前站条黑影,紧急着朝内收。一泼一收间脏水淋了自身,直叫晦气!扣扣不过意，帮着倒尽脏水，进屋用毛巾擦干杜常身上水珠。说：短衣短裤的溅湿身，当心冻着。杜常：料定是你扣扣。深更半夜的没外人串我门。扣扣：才黄昏头呢，被脏水泼糊涂啦。杜常：一时糊涂，半时清醒，找我啥事体？扣扣：借把算盘用用，两复时后现时归还。杜常：借不借在我，还不还在你。在账桌上摆着，你要哪把拿哪把。真顺当，扣扣拿着算盘走到半道，想起来钢笔有水没水？足不足？杜常的桌面上摆着成瓶墨水呢。他二次返回，眍屋黑灯瞎火了。他弹指敲门，双掌拍门，胳肘推门，没半点回音。他睡熟了？没恁快的，沉思了一歇，拍额头想起当中过门法，你擂门踹门轰不开门的。

　　扣扣拜师杜常学算术，算盘，算账。令子插进来一杠，掺和着学，几回回不哼不哈猫人身后，推翻了条凳，敲响了脸盆。引得两人一惊一乍的。令子掩嘴笑。扣扣：你不进香，还吵庙。杜常：进门出门有讲究的。掌故里说进门推门敲门的推敲了半夜没定准推门还是敲门。依我之见，不推不敲唤名道姓顶文雅。不报出你的名，唤不出我的姓，推敲一宿我也不开门。

　　扣扣自报家门指名道姓唤开了门，直借墨水带瓶。杜常：墨水就此一瓶，借了早早归还。扣扣应了抬脚走人，令子堵住了门。她刚汏（方言：洗，音dà）了脚，裤管卷过膝盖，黑暗中，抬起白白嫩嫩的腿肚拦住扣扣，质问：夜档了，恁大声响练嗓门呢？扣扣：借算盘，练珠子。令子：不信！扣扣：我只会加减想学会乘除。令子：二一添作五，三下五除二你比我学得门槛精，说谎说穿帮了。扣扣一时无语，低头凝视着，没勇气跨过露白的小腿。期盼着令子开恩，她会的。令子觉察了扣扣的尴尬，得意洋洋，今朝可围着我腿转了一回了。她收起腿：请！走吧。望着扣扣走远，令子细想：说谎不周全，从不这样的。改了自个禀性，犯得上说黑道白吗？明天，她要寻扣扣叨问明白。

　　天色黑乎乎。扣扣小跑得热乎乎。跑至长顺家院沟坝埂时，不小心踩落沟肩趴起来扬手时，扬起了算盘珠子响。紧跟着长顺的和风细语声：扣弟呀，小心点点，扣扣：不碍事的，墨黑黑的，长顺哥别外跑了，早点儿歇着。嗯呐，长顺应允了，腿脚仍朝院沟外迈去。扣扣知晓他夜饭后有转夜路的习性，有时半夜醒来没醒来的，爬起来转了一圈夜路不声不哈地回到原处。宁郎中说他是脑中注定的夜游魂。不看管他时成年累月不夜游，看管他时就在你身边溜了。扣扣没再过问他，惦记鲍先生焦急了，撞进了自家门。先生说：怎么快回啦。扣扣：还快呀，像熬过三更天了。先生盯住他说：没事吧？扣扣：遇上两个自家人，说了两句家长话，没额外事。先生：很好。我该走了。扣扣：先生别走，走了我心里没底气。先生：动手做，做起来生底气。一人做，任何人不能插手。这是"三查三整"立的新规矩。扣扣听到了眉目。在江家浦接钱时，依稀听到徐区长对着上下交接钱财的各路人马交底。要用新举措，查验钱财的收管放，整饬财务人员的风气、得性、品行。怎个的查？怎个的整？扣扣说：明了一点点。要能算会记，算出个新规矩来。先生：对上号了，找准你找准了人，算盘底子不错，国语差点，得给你补补课。扣扣一蹦三尺高：做梦想着呢，明朝找东小叔预付点扛工费，交上学费书费。先生：免去，我起早贪黑教你，与学堂无关。扣扣呀，为队伍上做事、做财事，首要的心态好思想正。战场勤务，瞬息万变，唯这勤务中的财务难搞也。正规队伍有法则，分区的游击大队，区小队时刻在运动中，住无定所，吃饭经费胸前挂，队员临时轮流背负。有时打胜了仗一人分发银钱一块，买烟抽，也有化在与吃穿无关项款上的，化光了结结账。拨钱来路不准，背钱的混天糊涂，受钱的行军开仗，过命中没心记住钱多钱少，人人是个背钱者，又是个用钱者。一笔糊涂账。扣扣：所以想法子监管在前，进出记账，记流水账，阿是！先生：要监管，筹集来的钱财、粮秣，没个粮行没个财所不行。扣扣：又懂了，看上三间茅屑屋了。先生：我查验了。东西两间有天窗，窗棂，有亮光透出。堂屋前严后实。关牢两边里门，关牢了丝丝光亮，你夜间堂屋理账，我出门在外反锁了堂门，没啥纰漏了。

扣扣生来第一次理财，理的还是大财。先从纸币动手吧，他学着杜常，把拾、百、千、万的各种面额分拣开来。结成拾张一沓。捏捏不够厚，二十张一沓，一沓沓排整台面，手指磨躁了，蘸点吐沫润润，台面排满！汇拢记账。钱币的称谓写不出画符号，银圆券上的人头瘦瘦的画了个小头，银钱上的人头胖胖的画大头。没人头画上三角子。一顺算来记来，忘却钱币外的黑夜啥时辰了。管它是早是晚，反正兴致正高，两日的编排一夜完工吧。

扣扣记账银钱，十块一摞的合算，算至两三摞时，油灯的火苗摇曳起来。堂屋没些微缝隙，那来扇起火苗的风？码钱轻拿轻放，算盘珠子开始沾了水分。他主动停了手。火苗摇曳加快，一边倒的朝里倾斜。这铁定风从屋外来。他回转头对外，堂门洞开，一股斜风吹灭油灯，一条黑影朝扣扣压来。他挥起手臂扫挡过去，黑影应声倒地，接下抬脚过去，被抱住了。扣扣心中念叨：我是男子汉，不怕活鬼！不怕死鬼！正要下狠，黑影出声了：扣弟，我怕，我痛。嗨！扣扣全身软耷下来。不是长顺能是谁。他稔知猫儿洞的开门钥匙。他进门出门从来不推不敲不唤，咋就忘了茬，不问不看翘拳捋臂过去，苦了长顺哥了。

扣扣点燃油灯，扶持长顺坐上靠桌条凳，台面上的银钱，经长顺扭屁股，伸腿挪胳膊的散满了堂间。乱就乱点吧，首要的过问长顺哪块痛，长顺不语，两眼直勾勾盯着满堂钞票。看架势，惊吓得不轻，扣扣捏捏他后背，肩胛，没动静，摁摁腰盘肋骨，没反应，敲敲手脚，没感觉。看来毛病出在脑子里，扣扣瞄准，在他的天灵盖后脑勺之间，猛拍一掌，再一掌，无动于衷呀。在前，他犯傻时，扣扣扇上两巴掌，长顺准能缓过神来，今朝邪气了。扣扣拢紧他说：再哼两声，我也有个交代呀。长顺真开声了：银钱，钱，垓多钱。扣扣：总算有声了。说些钱外话呀！长顺还是：银钱，垓多钱。买鱼，买肉，买糖，买饼，买，买呀。他头一歪，伏倒在桌面，扫得银钱满地滚。扣扣掰起面孔。看出他脸色煞青，双珠藏白眼，见了这阵势，扣扣心里有底了。宁郎中说的这是脑神经紊乱，抽疯了。慢用劲，使长劲掐人中，掐出了长顺的一股浊气，满嘴叫痛，全身痛。扣扣：晓得痛没事了，扣弟对不住了，又拍又掐的使你吃尽了苦头，送你回家吧，眠一窟（方言：睡一觉，窟音 hū）消痛了。

安顿长顺躺下，扣扣回屋拾掇散落的钱币。码整状了，寻思着要不要二次过手轧账目，长顺又跑来了，嚷着银钱痛，痛银钱的混账话。今夜没法再理账了，他拢统捆扎好放进眠床，作张着陪着长顺眠觉去，要不然，送走又来的没个消停。

长顺眠床搁置外屋。几经几出吵醒了里屋的二婶娘，唤起：二家子半夜三更老牛转磨坊呢。扣扣三五天的陪上长顺一宿，外屋有动静，二婶娘断定了是他，今夜得瞒过她，扣扣佯呼噜打得应屋响。二婶娘：吃力煞了，着床呼大了。做啥力气活了？长顺坐起，扣扣按下他自个应答：弟兄俩戳田鸡归来。二婶娘：

寒东腊月田鸡进洞哉，冻煞哉。做梦吧！扣扣：做梦呢，听到田鸡敲鼓来着。二婶娘：绝声吧。早睏早起，晚睏晚起，她重复着把自个催眠了。

## （十二）

早起归屋，开锁进了门。零乱的三间收拾一遍还是个乱。鲍先生进屋了。他从堂屋走进睏屋，说：满屋里真没个安生藏钱地，就数床铺合适。挡住你睡身了。扣扣心头一紧，说：夜里自家兄弟串门，搅乱了算记，哄着他陪他了。先生：是东宅的长顺兄弟吧。有点二五眼，人挺和善的。他捏住被角扇了扇，有两张纸币扇出被。又说：自家兄弟犯傻了？扣扣口干舌燥起，操起水瓢舀满冷水，咕嘟咕嘟一气灌下肚。空肚皮清凉透彻，出口顺溜。夜中的一幕细细道来。先生舒口气，说：粗心加警惕不足呢，我粗心连带着你粗心了。锁定门锁时，没提醒闩牢门闩，发生了不该发生的一幕。不足的是你背对着堂门坐。正规坐法应是面对堂门坐。像睏觉时脚对门，头靠壁一样。遇险时鲤鱼一打挺，争得来上手的先机。像昨夜，出现了第一幕，断绝了第二幕了。好在闯入了自家兄弟，遇上敌人强盗，背上插一刀，人财两空了。扣扣：当时没确认长顺时，我也豁出去了。先生：特殊兄弟有特殊爱好，窜夜喜光。那你白天多做，夜里歇手。不点灯避开他。也可锁牢家门去陪他一起睏觉，堵住串门的漏洞。扣扣：有设想了。

先生满意走人。扣扣按设想在外锁了堂门，猫洞里的钥匙收起，自己从睏屋的窗口跳进屋，关窗，合严自制的拼布窗帘。推上堂门闩，接上夜里的茬，在天窗底下算起账来。

天窗一尺见方。晴朗天一束阳光折射进屋。不开窗不开门，可凭它做成零碎家务。今个一早起，天灰蒙蒙的，难见太阳露脸。招寒的西北风刮起了声响，败落的茅屑草飘在天窗上面转着圈儿，天色变坏，光线变暗，扣扣无奈撩起两指帘布添亮。这一转眼，瞅见令子跳跃式进了宅院。两条翘翘辫子一摇一摆的。扣扣拉合帘布，贴到墙旮旯，大气不敢出。他料定她会来的。紧闭了门窗避她。昨夜没报告令子的插曲，信任她知不了他的秘密，知密了也会保密。

令子贴眼门缝，窗棂，黑咕隆咚。贴耳三间屋一间间的过堂。她料定他布置了假像，不在屋中睏大头觉，一定有天大的秘密瞒了她。她要探个究竟。贴耳到扣扣的靠墙处。两人似乎都听到了对方的呼气声。闷声不开口。奇巧扣扣肚里的半瓢冷水咕噜噜发酵，牛吸水声。哈哈！令子在墙外笑开了，竖头猄牲骗不了人，本小姐胜过诸葛亮，料事如神，开门啰！

　　扣扣苦笑笑。

　　不见动静，令子踢堂门，擂窗棂，大唤大叫逼开门。扣扣生怕惊动邻居，路人，拉开帘布：小声点，就你一个？有闲人没？令子：闲人是你，连着你两人。她从窗棂洞接了钥匙，进门像鲍先生样直奔睏屋。直说：满床铺的钱财。做贼做强盗了，抢来垓多钱。扣扣：别胡说八道，穷人家不兴存俩钱。令子盯牢扣扣转了一圈。说：你不识数呀。这是俩钱吗！快坦白，哪来的？扣扣：我不能说，看在好朋友的份上，别问了。令子：偏要问。偷啦抢啦我才不认要好朋友呢。扣扣：没偷没抢，不说不犯法，说出来犯错犯法。令子：哟！歪嘴理道。说不清来路。告诉大公众去。扣扣：来路正，告到衙门也不怕。令子较上真了，惹怒她真会四处放声去，完不了工事小，泄漏了风声事大。第一件承头运动中的财务就坍了台，真没用。令子又催逼：咋？咬紧牙关不开口，做贼心虚啦。扣扣：我心虚，你心狠呢，讲清爽了你不懂，这是命钱。令子：你说出来救命钱还是索命钱我就懂了。扣扣：革命，天命、玩命、算命、命中钱明白了吧。令子：你算命了，命中就值这堆钱，也太小家子气了。扣扣：聪明人咋不明事理呢，鲍先生他们的革命本钱。来路出路大如天呢。令子：早说呀，听了明了，不过问了。扣扣：先生托付我看管，轧账，不许人看，不许人问，不许人插手，你倒逼着我犯忌呀。令子：晓得的，先生规矩多，不好犯的。他用戒尺鞭过我，说起来吓势势，你相帮着办事，不该怕呀。扣扣：怕戒规呀。先生走动不定规，说来就到的。你避开眼走人了事。看在眼里的钱园（方言：藏，音：kàng）在肚里，不和你阿爸阿妈说；不和小叔小婶说，不和杜常胖姨细凤说；东家人，西家人一个不说。令子：晓得了，给你点好眼光，啰唆没完了。一报还一报噢，在后回报我三回，扣扣：东家唤东不朝西，唤担不空肩。令子：不能帮你不能陪你，煮饭你吃。扣扣：不行！说妥的不久留的。令子：在东家煮，西家不去呀。扣扣：不扛重活，在自家吃二顿。扰你家第三顿，像个啥了。令子：像只猪猡呀。你不去，我赖着不走等鲍先生，出你洋相。扣扣：好茶饭没有不吃之理，不限时辰，肚饥了吃。令子：你肚皮饥得应天响，才思量到煮饭。等你不到，扠你两拳头。

回走路上，令子敲定青菜漉漉油掺煮手工面条了。搋（方言：以手用力揉压，音：chuāi）面椁面是令子的一向喜好，小人家家演化来的。大灶间吃腻了她起火小灶间，菜粥菜饭菜面二者合一，成食简单。出粥出饭出汤出菜讲个三鲜汤什锦菜。令子嫌繁杂，不想学，有这功夫不如多听回留声机。

亲妈帮令子择菜。大冬天的绿油油的青菜带生吃得下肚呢。亲妈：又是扣扣要来？令子：邀他来的。亲妈：这个年节城里只你老爸单独归来。说好的阖家团圆泡汤了。令子：不回来的清静，大妈倒也靠身，穿旗袍的小妈眉梢吊吊的，嘴唇红红的，难见眉开眼笑时。

有的年节老爸不回。令子娘儿俩进城去。与小妈难得碰一回面，三分客气难见到，两相说不整三句话。上个年节吧，小妈的眼神忒阴毒。见面盯住令子，看嘴看脸看下身。看得令子心发毛，忍下头，浑身的不自在。末了像耍猴样拉着根皮尺，尺量令子的肩胸臀，横着量了，竖着量。皮尺伸进令子的贴身兜肚里，尺量令子微微隆起的乳房高度。羞得呀，脸膛红一阵白一阵，情绪冰点又不敢逃离，长辈吗，给小辈检体呢。事后，亲妈讨问：三房家的，戏班子托你物色戏子呢？令子不敢当的。小妈：戏班子要好声嗓，好面容，好身段。令子离谱八千里，横着长肉呢。你个当姆妈的失职，断档了她的豪门路。

令子：啥豪门寒门的，城里路，不想走，过年过节的，不再来了。阿爸的话，不听，阿爸只身回了，说：不进城过节，乡间有变故？亲妈：令子不肯，不能捉她去呀。阿爸：任性过了头，又不长住。亲妈：办法有一个，扣扣去了。令子乐意去的。阿爸警觉：从何谈起，亏你想得出来。亲妈：扣扣自小绑牢在东家，长成一副硬身板，一双勤手脚。令子相处多了上了心。我也跟令子上了心。阿爸：文化！懂吗？缺少文化知识一事无成！亲妈：栽培呀！当家的若也上了心，栽培他文化知识呀。近二年，乡下跟城市大不同了，打眼头碰头的共产党，讲究个雇主雇工平等，当初你跟我平等了，再平等一回吧。阿爸：城里共产党也一样多。城里的学堂变脸快，难分难找呢，一不留心，进校学文化知识变成学政治，学拳脚了。家小的事不和党派比画。年轻人想成事先在乡下跟着定元、杜常他们学好管地、管家、管财的事。一样大有学问，三年打底见分晓呢，相女婿自然是三年以后了。

（十三）

　　鲍先生落下话：取钱的今日到，扣扣在家候着。扣扣：多早晚，几个人？先生：晚间，三五个，七八个的，难定数。扣扣：备一桌夜饭了。先生：用不着，队伍上不兴跑百家吃百家的。扣扣：那是队伍上客气，该备的还得备。大东地界的穷家富家好待陆地上门客，缘是祖先陆地逃乱来，扰千家汤水，游离至蛮荒滩涂，无路可行，筑起了海堤，挡住了潮水，烧结成咸盐，繁衍生息下来。遭来海上倭寇的上门掳掠。祖先发话海上来的是盗，群起驱之。陆上来的是客，开门相迎，叫花子概不离外，何况徐区长是熟客呢。

　　备些啥呢？扣扣找细凤暗中赊借三斤白面三斤白米。细凤：哪来的高贵人客，恁考究。前赊后空，赊起个漏洞漏下去，朝后不过日子啦。扣扣：两种借一种，节省点吧。细凤：节约不是一点半点呢。不在过年过节时。陌生面孔上门，有啥吃啥的好。扣扣：家中半坛玉米糁子，两谷升元麦粞，拿不出手呢。细凤：焫（方言：烧，音：ruò）蕃芋代饭呀，用不着汤，用不着菜，蕃芋冻浆过，上口甜津津，时鲜呢。扣扣：一篮子蕃芋不够一桌人用呢。细凤：剩下的我补上。扣扣：不能拣你家饭碗的。细凤：两家话了。大秋里在蕃芋筋里捡漏落小蕃芋拣到五斗桶冒尖一桶。幸亏你相帮呢。扣扣：抬手的事，忘记了。细凤：我不忘记。

　　在东家收挖上百亩的蕃芋时，遗下的蕃芋筋一股脑儿推进水汪凼（方言：大水坑、大水池，凼音：dāng）沤肥。细凤上了心，对话扣扣找东小叔求个情。她要这些蕃芋筋喂两只羊。筋里遗漏的，上不了台碗的，土豆般大小的小蕃芋能当粥当饭呢。扣扣谈妥了，有意无意间加到收挖蕃芋的行列，把蕃芋筋里可摘可剩的剩下来，装满二桶拳头大小以上的，扣扣哼唝哼唝挑起送往东家，蕃芋筋装满两桶了送往细凤家。没轻没重地走着来回路，两三回合下来，蕃芋筋轻飘也热身呢。细凤爹娘关注到屋檐下粗重叹息声。唤叫：哪个呀，吃力得，进门喝口水。扣扣倒下蕃芋筋，舔舔嘴唇走了。他需润口水的，但他怕进这扇门，怕对上一双呆呆坐的瞎子，不落眼泪，也难。

细凤爹娘加起来半只明眼。细凤出世辰光，爹的双眼周全的，娘患着眼疾，一只眼全瞎，一只眼半瞎。细凤三岁时，爹的双眼生出瘴来，见人成影，白天一抹白，夜到了墨墨黑。瞎爹说：退还租田吧，细凤送个明眼人家。半只眼满社会度残生，天灭我也。娘说不，讨饭要在一起，细凤她眼明亮呢。看得清前头、前头有路呢。啥路呀，瞎子算命的路呗。瞎爹托人画了几十张的花草虫鱼、豺狼虎豹八卦画，拜师宁家中堂宁郎中的大弟小弟——宁算命宁风水。学了点皮毛，上路测画算命了，反正以乞讨为主，算命为辅，不在门槛精，而在化缘心。

八棵榉四散开去的河沿上，田埂里，乡间的土路上，细凤娘一根杨树棍牵动瞎爹，一只手扛着竹篮，当中放一只讨糁子的黑布袋，合用的一双筷子一只碗，小不点的细凤拽牢为娘的衣襟，喳喳叫着在前探沟探路，前行。吃不饱饿不煞的漂泊生活一晃几年，瞎爹的一件长衫补缀成短褂接着穿，原配的一间泥墙小屋，一副单锅灶台，一铺一盖一张硬板硬棍拼床照旧。细微变化的是细凤与令子扣扣成了小朋友，因办小人家家开始，细凤扣扣啥都会造。令子啥都不会，回报给亲妈，把细凤扣扣找来当娘姨爷叔。亲妈：为啥呀？令子：大娘姨大爷叔礼节礼貌烦煞来，小娘姨小爷叔合得来，天天在一起开心煞来。亲妈：年龄不到把呢。吃喝是小事，住行活动性命交关呢。令子：亲妈小气鬼一个。找来我领头好了哇！亲妈：好好好！先让我拔拔两人的苗头可以哇。令子：苗头拔了两三年了，菩萨怎个还在庙里。亲妈：你进城求学走了，没人催逼我呀，家来就烦我。令子：不走人了，想到他两个，帮帮忙了。亲妈：亲妈哪有不帮亲丫头的，招进来三好带一好，我早就上心了。

令子传喜讯。细凤成会东家厨工，扣扣成杂工，啥都干。一年到头后两人受领了东家的第一次力钱，击掌欢庆。细凤：生钱了，你配啥用场？扣扣：没想好。细凤：我想了。首要的为爹娘置身护体衣裳。我嘛，添单人床板。不用钻爹娘被窝了。扣扣：你心浪呢，这俩钱配套完不吃不喝啦。瞎爹瞎娘上了年龄，半只眼睛走陌生路，难免有失脚踩空时，掉进河浜摸不着岸，爬不上路，后果后怕呢，不出门的为妥，吃喝为重。细凤：听你的。扣扣：旧衣裳露皮露肉的，驻家能凑合，床铺吗，屋地小摆不上两张床。只能在边上加宽三尺板皮暂且凑合。我家中正好有硬树三尺，先用着。细凤：不要你用心，我手脚周全眼明亮堂，心态正呢，一天一天会好起来的。扣扣：你担子重呢，管着三张嘴。我一人吃饱，全家不饿，肚子不亏呢。你说的两件事我要贴补点的。细凤：有人贴补了。扣扣：你找由头糊弄我吧！细凤：真的假不了，有名有姓的。是五更三更的老爹，我未来的公爹！扣扣：不能吧，你才十几小岁，不是大岁，小配吧。听说这老头死去老婆以后不问不闻三更五更日常生计，能贴补你家？细凤：真的假不了。后悔没拒当初。事到如今，没勇气推诿了。扣扣一时无语。

连着的多日无语。多年了，扣扣从没提起过这档事，像是天爷要下雨，他与细凤都作不了主似的。

细凤早早涮洗完昼饭锅碗，家来装满两篮子蕃芋。试试分量，蛮沉重的，拎着不如挑着省力。蓝环上系着现成布条筋，挂上锄头柄两头，从八棵村的大南头挑到大北头。扣扣接下自责：明晓得你要送的，为何不去接担呢。一篮胖足，二篮回炉，该我送回了。细凤：粮满缸，心不慌。来了一桌半，二桌人呢，你咋办？扣扣：也是，夜到了来，兴许住半宿，得加餐呢。细凤：蕃芋不急着下锅，提前出锅，吃凉蕃芋硬口不和软。焖蕃芋要满锅，蕃芋整个的不削皮不分段，大个头贴锅，小个头堆中间，生火时放满水。旺烧到贴锅蕃芋贴出痂疤来，再一圈圈泼冷水。水冷激旺锅，唰啦啦冒青烟，出了焦味出甜味，焖蕃芋变作烤蕃芋，风飘三里香。扣扣：自小的厨工厨到家了。令子学你菜粥菜饭菜面，常变样不走样，我也学了一招焖蕃芋了。

送走细凤，待天擦黑，按钟点点燃了灶火。扣扣烧锅得法，柴火少进快进，不积烟，烧火旺，不大会儿，蒸气四溢，火油灯亮在雾气中变绿豆小光。泼一回水，三间屋里闻香气。再拨开了堂门，像赶小鸡小鸭样朝外赶香气。起码点，徐区长他们走近院沟能嗅到蕃芋味了。

鲍先生先进的门，说：烟雾腾腾的，什么状况。扣扣：没外人，赶气雾呢。先生招进了徐区长，一个粮秣员，三个肩扛七九式步枪的兵士簇拥一辆掉链子的，只能手推不能脚蹬的脚踏车。车挂着两只藤条编成的挂篮。扣扣接手装钱的蓝框进屋。招呼上门客：歇下来，洗把手，用饭。先生：来口福了，蕃芋面，红苕粉，地瓜瓢子番薯心，一样的香气扑嘴。备下了，尝尝香，厚厚脸皮、饱饱肚皮。粮秣员：用过餐了。先生：给主家个面子吧。他揭开釜冠，抓了个蕃芋烫了手。呼呼吹着两手间倒来倒去的散热，说：慢着，蕃芋好吃咬手呢，凉凉热气，装完车吃吧。

　　车框装结实了，两位兵士抬起脚跨门槛。扣扣打开双臂挡住门。生怕他们不吃不喝一走了之。区长拍拍扣扣肩，说：进门闻到大餐味了，不尝尝甜头不走的。怎知道我们肚饥呢？扣扣：听你说的哇。区长：我进门没开口呢。扣扣：不是今朝说的。前早日子在抱山街，你说队伍上作兴吃二顿饭。区长：所以，你给加餐了。大伙儿都不容易的，下不为例了，今朝领情，来，敞开肚皮吃。农家小锅，碰顶着也就一二十碗的蕃芋，干掉它。

　　区长看清了账本，指点着代指符号送鲍先生过目，说：不认字有难处，扣扣找到了巧处，看来，调教文化政训员责无旁贷了。扣扣：鲍先生早就答应了。两人相视笑笑。区长把账本还了扣扣，说：保管精细点，下次接着用。够用三五次的。扣扣接上捂在胸门口，意识到万事才开始，担心自个儿一无口才，二无文才难胜任呢。客人预备着出门，扣扣缓过神来，相送着出走。夜色中，围着脚踏车，一人扶着把，一人推着架，一人走车前，一人步车后，徐区长靠车身，照看左右。扣扣望人影远去，想着脚踏车链条是有意卸下，还是无意断了的。反正不能骑行的车，合着一群人的步，走夜路悄无声息挺般配的。

## （十四）

　　隔一天，扣扣炳了剩下的蕃芋。趁着热气，给二婶娘送去。煤油灯下，长顺躺着，二婶娘坐着，盯着灯光出神。扣扣：热蕃芋，趁热吃。二婶娘：我吃过啦，长顺醒起来吃。扣侄抓啥药呀？长顺服了睏的时段长，醒的时段短。扣扣：宁郎中开的药方是睏药。睏得香了，病情好一半了。二婶娘：醒来重送三四几句话，不叫我娘了，叫钱、钱娘。叫你钱弟子，扣扣钱。满嘴的钱。是借你钱了还是你送他钱了。扣扣：全不是。二婶娘：一定是跑夜碰上无常鬼落水鬼吓掉魂了。找到因头、征兆通陈通陈祖宗三代，唤回来长顺的魂。

因头有，征兆有，现场也有，扣扣不能告知，坏了队伍上的规矩呀。他说：明朝找宁郎中调配几味药，长顺的病能治好的。

离开二婶娘，扣扣送焖蕃芋给大婶娘。扣扣自定的规矩。吃到一顿上口的饭菜，必须照原样送四水一家品尝。衣香顶喜蕃芋，拿来就吃，吃了发问：前朝夜里屋里屋外进进出出许多的人，夜色里引得塞光闪闪呢。扣扣明白是长枪头上的刀泛白呢。他岔开话题：衣香姐几个月下来，胖得呀变了个人。衣香不避讳，照实说：你是说我屁股圆了，肚子翘了。不是变，是多了个人，扣扣乐了，大婶娘笑了，从饭里拿下一半的蕃芋，催促扣扣快送三婶娘，晚一步她要吹灭油灯了。

没有哇，三婶娘还在油灯下纺纱呢。抬手回高回底，锭子呜呜响着。迎来扣扣，停了纺车。端橙端水，留喝留宿：送吃的来睏一宿走。布财的床位空着呢。扣扣：他哪块儿寻大钱了？三婶娘：一说航船做买卖，又说航船捕鱼虾。早更头里归宿来，半夜三更出门去，没个头绪，懒得过问。扣扣：不宿了，布财家来蕃芋热热再吃。

扣扣走出布财家的明三暗五瓦房，望见了邻近的宁家中堂灯火通亮。宁姓户族里，老弟兄三个全是先生，人称宁郎中，宁算命，宁风水。三房合伙砌了间中堂屋，算命看病指点风水。今夜郎中独坐中堂看医书。看清进堂的扣扣，说：摸黑来，急事呀？扣扣：问病，问长顺的病。郎中：起色不大。他的病不像风、寒、署、湿、燥、火六淫引发的。医书上翻看，像是癔病底子。扣扣：癔病，没见过。郎中：痴病，发痴呀。脑的病因五花八门，大体上以花痴、官痴、财痴为多。他暗地里可有女子相好。扣扣：明里暗里没有，没提过亲呢。郎中：排除花痴，他不认字，没得名落孙山这一愁，天上落不下官帽他戴。只能为钱财所困了。扣扣：正是！成沓成沓的现钱，他看花眼了。郎中：可拿准了，他不是厌恶钱，不为欠债还钱而是喜见钱？阿是过眼大把大把的钱财了？诶！哪来恁多钱入他眼呢？扣扣想想说：他娘经手钱不避他，又不准他随意用，久而久之这样了。郎中：难料呢！这户人家外在看来穷得淌淌滴，内底子厚满着呢。妥了，找到病根了，明朝大早去会诊。

天明了，是阴天。扣扣郎中同步进的门。二婶娘迎着，脸庞跟长天一色。长顺眯着眼，眼皮浮肿着。扣扣唤两声，他眼开又闭了。郎中打开诊包，抽出一沓钱，在长顺眼前晃动，吹嘘：耶！只当是处方笺！哪来的垓多钱呀！他把钱散开成扇形，甩得啪啪响，叫得声嗓高：钱哇钱！一坨坨的钱。买田买地买瓦房，叫得长顺睁开了眼，坐起了身，翻身立地围着钱转开了。

郎中适时收起了钱。长顺唤叫：郎中，钱钱郎中。二婶娘：郎中有钱个。听郎中话，病好得快。扣扣郎中对了眼神，不号脉，直截了当开起了药方。郎中：疗愈它我有祖传秘方：主药两味，萱草根，凤眼草，扣扣能谋来。扣扣：草呀根的我不识它，它不识我呀。郎中：萱草根忘忧草是也，土话金针菜。凤眼草乃香椿枝种子，赵家沟一户陈姓人家满院子。金针菜嘛，村东头步鞋家里有干货，存着卖呢。两味主药每节方子配二两。菖蒲、杭芍、茯神、甘草、胆星、明矾等调和药在药铺买，每节药二钱量，按五节药方配置哟。扣扣：清爽了。郎中：煎药吃着要忌东西呢。二婶娘：懂个，和药方对冲的东西不吃。郎中：这回不忌口，忌手眼。眼不看大钱，手不经小钱。二婶娘懵懵的：哪有和钱作对的。家中大钱没得，小钱紧巴巴随来随去的，想来没这种忌法的。郎中：家中不宽裕，没大把大把的钞票，咋会得这种病。二婶娘：缺钱少钱才犯病呢。郎中：也对也对，招呼扣扣快去抓药，平昼午时能熬上喝上了。二婶娘：慢着，我拿药钱去。扣扣：今朝忌钱、不说钱，我填上。二婶娘：扣侄小船吃水浅，不能一了烦劳你。她转身开箱取钱，扣扣抬脚飞跑了。她追出门唤：钱！带上钱。长顺见状跟出门唤：扣扣钱，垓多钱。郎中拦住长顺。拉住二婶娘，说：这俩小钱叫啥叫。喝了药后，不许大声钱钱钱了，性命关天，懂不懂呀！二婶娘瓷住了，无助望天，阴沉照旧，天爷开开眼吧！凡人难呀！凡人难懂凡人事了！

## （十五）

日头西沉，先生说：来得一天比一天早了，今夜档来个急用先学、现学现卖。他拿出两张写着钱币的纸张，摊在扣扣眼下指点：查不清的钱，识不完的币。十朝八代金银铜铁铅全铸过币，就数银币出跳。清朝拿它当本币传到今天，有银圆变银票，变银圆券流转，百姓说花花纸头不及硬通货了。扣扣：满纸的钱币，今夜贪学怕记不牢。先生：还有冀南币抗币没上纸呢。两只钱币在北方民主区里流转比袁大头看涨呢。兴许你会经手。添上纸，扣扣唱着字写了抗币，冀南币。说：冀身上毛多，笔画多呢。引得在后观察的令子笑出了声：北方冀币，南方母鸡。亏你连得起来，想想也对，掏钱买鸡吗。先生递给一本国语课本。说：令子来了，练练阅读吧。令子：扣扣学啥我学啥。先生：改日我来编排。今个凑合吧。

她顺从接过书，坐到一边，随意翻开一页轻轻读起声：三只羊吃草，二只羊也吃草，一只羊不吃草，它看着花。翻一页读：一条蚯蚓死在路中，蚂蚁见了眼红，把它拖进洞中。没完，读了无聊，看着先生扣扣一唱一和认钱认字。令子初年级时，鲍先生进了东家学堂，面对面教令子认字认字意。南腔北调的，令子呼不全字和意、自嘲着傻笑变嬉笑、讥笑。先生顺眉顺眼不责怪令子，责怪自个儿。抽空走访当地秀才学问当地话。令子：等了，等先生会了，再来学，三天两头的不进书屋。被迫着进了，坐凳不稳，前后扭捏，左右喳喳，搅起一屋的喧嚣。一而再、再而三的学生音量高，先生的音量低。先生终无法忍了动了真格，惩戒令子三教鞭。满屋的惊异，先生鞭了东家千斤，了得呀。令子揉着眼帘忍住哭，回到爸妈身旁放肆哭。亲妈塞她块丝绢抹泪，没过问，老爸：学堂有戒律，犯了错，鞭戒是轻的，在大学堂，轻者禁闭，重者开除。令子：巴不得开除呢，不出门陪亲妈。老爸：在校受教，先生说了算，避学还得挨鞭子。她摇动亲妈求实，没反应。不明理爸妈没一点要为她申冤架势。其实呢，是先生老爸串通一气做作她的，为了压压她的骄娇之气。亲妈哄她：开开朗朗去上学，进校门先生好，同学好。出校向先生鞠躬，祝先生吉祥。鲍先生感慨：子不教，父之过。这位开明绅士，教女有方呢。

令子不知不觉出了教室，扣扣余光了一下耶了一声。先生：令子走了。扣扣：她离家近，说来就到，不说走偷跑了。先生：你俩蛮合得来的。扣扣：两个同岁，自小在一起。先生：令子长得像穷人家的孩子。不说她，你同样，十八岁后，变数大呢。扣扣：变勤快，变灵性，变与令子认一样多的字。先生：满足你，互相抓紧，写一组字给你：革命，党派，生死，苦甜。眠在被窠里默念。扣扣：我夜里默念他二十篇，过夜不忘了，默念五十篇，三个月不忘了。先生：革命二字要日日在心。俩字可拆开解呢。革是改变，命是天命。历代皇上自命天子，代天立言，立行。革命就要革天命，改天怒人怒变天公地道。扣扣：革命道道多呢。先生：首道顺天意，顺民心。共产党人替受苦受难的大公众受苦受难呢，自愿！扣扣：菩萨心肠，救苦救难。先生：菩萨有正身没真心，不动不做。共产党有血有肉有人，大公众需求时，吃苦在先不得福，拼命在前不怕死。扣扣：心思顾着大家，不顾自家，装着大公众，我能革命。先生：你加入了呀，徐区长捎话来，准备着二次接活，原封不动照上次做。扣扣：革钱的命，算条道呀？诶！钱，离不开的钱。害得长顺得了脑子病。不经意间说了谎，骗了二婶娘，宁郎中，杜常，衣香，细凤。令子得了风声，暂时封住了口。万一惹她发怒呢？一笔糊涂账了。

## （十六）

茅屑屋二次进了钱，限时停留三天，扣扣直挠头。鲍先生：有难处？扣扣：怕守不住，令子要我见天去东家报到一次，两天不露面她必来找我。先生：令子呀！你不管，有我呢。扣扣吃了定心丸，先生与东家有交情，拿得下令子，上次瞒报成小事一桩了。先生诓令子，抬令子还是唬令子？不得而知。实在的是三天了令子没露脸，扣扣得以白天安心理财。夜到了黑灯瞎火，门窗紧闭，按先生指点。陪伴长顺眠全夜觉。

长顺病好八九分，停了药。又回到先前不苟言笑地步。扣扣进屋摸黑开门，摸黑摸摸长顺，在呢，鼻息轻呼声。摸黑上了床，回放白天事，没啥过门。迷糊浅睡时，长顺突兀坐身起身出门。噢，他是起夜，撒了尿会回屋的，半个时辰不回，定把他捉拿归屋。盘算间，长顺归屋了。进了灶间，摸了把物件搁放床头，寒光闪闪的，扣扣触摸出是把菜刀，用手压住，佯装眠着，想着夜间动刀何用？没料到长顺弹起了自个的脑瓜，弹力不算重，也不轻，一时忍了，长时也难忍，好在弹敲了三五下停下来，歇了手，放回了菜刀，悄无声息躺下了，睡夜依旧。扣扣不解，天公分日夜，显黑白。屋砌白墙黑瓦，阴阳两界真在呀？他睡意全无。唤醒了二婶娘，过问：前半夜没觉察到动静？二婶娘说没呀。扣扣：前段日子呢？二婶娘：有啊！你和长顺走夜戳田鸡抓麻雀呀。长顺一天天见好，日不吵吃，夜不吵钱了，亏了扣侄全套手脚陪伴他，拖累你了。咳！啥辰光换成媳妇陪着他哟。扣扣：可惜我不会说媒。二婶娘：你访访媒人呀。媒人再访访女人，从来婚配人接人几接头的。扣扣：好咪，我找大婶娘们一齐出主意，一接上二了告知你。

清晨，扣扣推醒长顺。拐了个弯询问：长顺哥，你夜档想女人了？长顺长叹一声：想了也是空想。自古女人和钱两样空想不来的。哟！识文断字人说的字眼，长顺脱口而出呀。难怪宁郎中说癔病疗理好变聪明，疗理坏变痴呆。扣扣：不说钱的事，说你夜晚起了几回身。长顺：一回没有，憋尿到天亮。扣扣：起码有一回，亲眼见你进出的门。长顺：看花眼了吧。扣扣引导：像意着有时会做梦起夜的，我小辰光梦中起夜抓到物件就尿，天明了发觉没尿壶，尿高邦鞋里了。长顺嘴嘻开一条缝，说：我做梦了。梦见多吃咸菜咸嘴了，四到八处寻不到水喝，跑瓜田摘西瓜解渴，西瓜秧子没见一棵。进屋来，床上有只大西瓜。弹弹声响，扑扑扑的，不熟，没劈开，没吃成。扣扣：后来呢？长顺：一夜的口干缺水没来尿，没起夜。扣扣下意识自弹脑瓜，听不来嘣嘣响，是瓜未成熟，要不然，脑瓜不开瓢，也像那个夜晚一样，少不了一阵打斗。看样儿长顺有根神经没搭牢。疗理不周全呢，扣扣还得找宁郎中，讨问个放心。

宁家中堂，人来人往，烟雾旋堂。瞧病的、算命的，测青龙白虎方位的，无所事事旁听山海经的，终日里人声嘈杂。扣扣送走了队伍上接钱的脚踏车，挑了个人近走散的时段进堂。宁郎中正与儿子翻看谈论一本砖头厚满的药书。乖乖，读懂这本书，子承父业自成小郎中了。大郎中指点药书说：这帖治胆囊药方，宜泡成药酒服用。小郎中：不见得，当中的柴胡，知母，双花，大黄，茵陈几味药不宜浸泡，熬成膏方疗效高。低呀高的，扣扣高低听不懂，只听清了小郎中说的一味茵陈药草。他在令子家尝过当地酿造的茵陈白酒。颜色黄爽爽，沾唇喷喷香，喝上半斤脸不红，头不晕。他说：茵陈泡酒好上口的。小郎中斜视了一眼，扣扣知趣离远了。大郎中离开书与扣扣对话：长顺停药后安稳吧？扣扣：瞌觉不安稳。神志不清的乱跑一气。郎中：犯病前的习惯，夜跑可正常？扣扣：不正常，他死不承认外跑。拿着人头当西瓜劈，真拿来刀呢，你说瘆人吧。郎中：看样儿你陪护他睏觉呢，正常，一切正常。扣扣：他一切正常，我变成不正常了。郎中：听我解吗，癔病，心火捆住了脑神经不开窍。用对了药，脑子慢慢激活了，小半小半的活，一部分脑子还在歇歇；一部分脑子寻事干，像赤脚大仙满地里夜游寻狐仙呢。医书上叫梦游，有时手上还拿着物件，刀啊，剪啊，秤砣啥的，但肯定不伤人。世上痴啊疯的千千万，武疯子极少。石头缝里蹦出一个，亦是与鬼神争斗的人来疯，看来灵性不在本性在。难怪三字经的开篇说人之初，性本善呢。扣扣：和长顺在一起，我也是这样想的。犯难的是，难料他何时犯病。郎中：他不会夜夜夜游的，有的症状一生只犯一次。更多的是夜跑，要当心他失足落水碰树撞墙的。一般的娘身上带来的不好根治。难得成寿，阳寿比常人短。全靠你这样的身边人多照应。扣扣：兄弟情，难割舍呢。

## （十七）

　　二婶娘见到衣香肚皮越挺越大。三天两头找扣扣是问：扣侄，婶娘托付的事没在心呀，不见一个媒人、丫头登门。扣扣：周边四方访了。媒人说难呀，该去访访十里，二十里开外，不知底细的地方。二婶娘：一只无脚蟹走不远，实指望你了。扣扣：三婶娘出个主意，跟长花的婆家换亲，捎去信儿招长花来探探苗头。二婶娘：是条路子，也就这条路了。

　　长花婆家偏西南，在长江边的流沙场，水路坎坷梗着不通。陆路大道五十里，小道四十五里，花上二角至三角钱。搭乘脚踏车装扮的二等车大道骑行两个钟点带一刻钟。长花心痛钱，回娘家多半小道步行，早更头里上路，紧跑满赶三个时辰紧扣紧，太阳拨正时到。

　　今朝是长花答应回娘家的日子，在扣扣估算的钟点里，她准时踏进了娘家门。为娘的递块毛巾她擦脸，没接，自倒凉开水一通猛灌，呛了口，撩起衣襟抹脸抹嘴。说：跑路真功夫，一步不到，万步白跑。有年头没跑远路了。鳌脚跑得硬翘翘。二婶娘：两个婶娘和扣扣等半天了，坐下边吃边歇着。长花上桌，桌上人推饭夹菜，她嘴嚼着饭菜，含混说：衣香，衣香姐呢。二婶娘：衣香快生养下代坐月子着。长花：一年多光景，要多出个伢儿了。她稀少回来，二年一次，三年两次的，两方人一样的佃农，租田过日子，一个月半，一个十五她都不牵挂。白日里下田做活出力流汗，晚上挨上枕头就打呼噜。居家呀，持家呀，养家呀她懒得过问，长得个挺胸壮腿，黑黑胖胖。二婶娘：黑胖丫头。吃饱饭，婶娘问事呢。大婶娘：长花侄女，冲喜了喜得几个弟妹呀？长花如实道来：有半打呢。一针丫头片子一个，二盆棍子一根，三桶棍子，四线五布全是片子。三婶娘：一针多大岁数了，长花：比我小一岁呀，我十九，她十八，二盆十七，三桶十五。大婶娘：儿多母苦哇。长花：苦不苦，心里数。大人苦，小囡也苦，我和一针十来岁时管教四个弟妹外带烊饭。五忙六月时，爹娘田上做，脚底忙出火。怕我俩出门乱窜掉落河浜，落锁了大门，屋里像圈着小猪猡，吱吱哇哇吵不出门。小的抱住大的咬，大的拖住小的掐。搅得我和一针烊不成麦粞青菜饭。一针说碍手碍脚呢，绑起来，稻草绳绑住脚、绑住手的拴上台档，限煞台桌底下游动。饭烊成了，爹娘推开大门时，台桌下哭的哭，笑的笑，睡的睡来骂的骂。泪水尿屎搅一起，涂上脸，涂上身，沾满手。爹娘没功夫清理全部，只擦干了手指，揩出了鼻洞食口，打发他们吃喝。小不点五布小手抓到啥往小口上塞啥，大一点的二盆吃着嚷温臭还是咽下肚，一针说只要呕不想吃了。娘说：满屋的臭气，清理完得一个时辰，哪来恁多功夫。爹说：五谷杂粮进了喉咙口全变臭了，闭着眼当一只小菜吃吧。看，五布睏觉了，她不吃饱睏不着的，吃饱第一添二添三添万物呢。其实，大家抢吃了，分食制。

二婶娘说：疯丫头，开口不着调。大家厌恶少吃菜了。长花：都放筷了，剩下长顺哥，我也没饱呢。扣扣：你跑脱脚劲。不吃饱我也不依呢。三婶娘桌外私语：念想在一针身上，让长花探探公婆的口风。二婶娘：得有个因由呀。长花风风火火的探不到点子上。大婶娘拉起放筷的长花。手量她个桩说：侄女，长成个大丫头了，公婆没提过几时圆房？长花：零零星星说过，等二盆靠廿岁后，没上心呢。大婶娘：二盆待你？长花：谈不上好。成家过日子顶好是三桶，弟比哥灵巧能干，脑子活络。三婶娘插嘴：小鸡小鸭拣活泛的捉呢。侄女挑明了跟公婆争呀。长花：争也是瞎争。二盆只晓得田上出苦力，和长顺哥一样子笨，公婆担心离开我二盆成不了家。二婶娘：心狠点，争不来吵，吵不来横。

040

在一针面前多说长顺的翘楚，女人心思活动了，门路来了。长花：一针听我的，我听她的，热天一个帐窠，冷天一个被窠夜夜有话说。说长顺的好，好在哪儿？不能造谣呀！二婶娘：一会儿婶娘们教会些门道，你不可当耳边风。

从紧闭的睏屋出来，长花红头胀脸的。这些个老娘们把自家男人的翘楚全归纳到长顺身上。过头得听着肉麻。二婶娘：上心噢，妹子帮亲哥调亲换亲，亲上加亲哟。长花：骨头轻呗。二婶娘：没大没小的，瞎韶叨，不留宿了，归家说出点眉目，托二等车捎个话来。扣扣唤话：二等车请到，长花姐请搭车。长花：没带钱。扣扣：车费预付了，早回早带一针一齐来。一家子簇拥着长花上路。再回，带来一针，带来婆婆，带来喜庆，黑胖丫头俨然成了娘家的天使。

# （十八）

扣扣认字劲头胖足，每晚要写满两张纸片。先生：一夜速成呀。你基础不牢，容易成半瓶醋。扣扣：先生教的字对胃口学上心了。先生：共产党的话，能听得进。扣扣：还看得出来，人缘好，生活不好，又苦又穷，像队伍上似的。先生：共产党是无产者，一身奋战求解放。扣扣：怎个像你们一样呢？先生：自愿呀，嘴上纸上说写个申请，经组织考查审核批准，宣誓进党，着重内心深处听党话，遭遇患难拼上命触碰穷苦帮上心。先生又说：今夜学到这里，早早歇着，起早去江家浦取钱，俩人一起去。

起早是黑天，进江家浦是阴天。徐区长拍拍扣扣肩胛，说：辛苦了，这是上年积累下的最后一趟任务了。照前两次办实，大功告成。交待完，徐浩鲍枫匆匆离开，由粮秣员指点扣扣。听话音，两人至共产党的东南巡署机关会合了。扣扣俩人打包捆钱牢实。接手清理里里外外，大大小小的办公所、住所。该清扫的清扫净，该搬走的全套装上停靠码头的行船。扣扣疑思，不是停工歇业，像是改换门庭了。

忙乎完，扣扣朝家赶时，天色见晚。走近环拢桥，天就隐黑了。影影绰绰有人站桥堍向他招手。该是徐区长配来的巡逻小分队吧？不像，小分队不会单独巡夜，不会矗立桥头，不是鲍先生支护他。扣扣警觉起，小步慢走。

黑影迎他发话了：扣扣，怎个不朝前走啦？扣扣立步。黑影急着说：我是布财！听不出来，兄弟变生分了。扣扣稳住了，说：布财哥呀。难得迎面，有事？布财：出门寻钱月加月的，想你了。扣扣绕开他前行。冷不防布财伸手拉住扁担梢上挂着的钱袋，情急中扁担一甩，布财摔了个趔趄，差眼儿摔下桥埠。扣扣赔不是，布财没光火，说：风传你，当上共产党的过路财神，我不相信。扣扣：不相信对着。布财：不相信错着，我触到袋袋里的硬通货了。你还打哈哈。扣扣：晓得着还讨问，嫌风声小传不远呀。布财：哟！有财有势出口硬梆梆，不问了。

兄弟夜遇不欢而散。

# （十九）

夜宿长顺屋，二婶娘喜滋滋报告：一针答应相亲了。扣扣：长花行呵。好丫头不在多，一个赛十个呢。二婶娘：头等大事，家中总要见见新，露露喜，扣侄谋划谋划。扣扣：三间屋子全要清扫呢。绕过近几天，我与长顺搞突击。清理鸡窠，鸭窠，茅厕，羊棚，柴火集。壁根壁角里的撒搓东西，该下田的下田，上灰堆的上灰堆。泥墙用石灰浆水漂漂白，窗棂，门面，壁橱买点画张贴贴。其实用不着买，令子家的过期月份牌贴上，光鲜耐看，讨得来的。屋里摆设嘛，灶屋的锅碗瓢勺涮洗光亮。堂屋的香几柜两格的，腰身嫌小点，置摆着昂得空荡荡不厚满，添张橱几惹看了。眠屋少张花门床，光线起暗室。两件家私一时半会难成形，没时间打造。二婶娘：也没钱打造呀。扣扣：借用了，三婶娘家两张花门床呢，借张来当摆设、婚床两用呢。大婶娘家的搁几般配两格柜，借来合身，用过了还，急用了借，随意个。二婶娘：喔唷！扣侄想得个周到，为娘的着手打理长顺衣装。扣扣：双方一样个种田人，着装老布衣裳本色。二婶娘：洋布还是洋布惹眼，没个力身置办。扣扣：不见得。有些个丫头不看田不看梁不看衣装，在意男子汉的精气神儿、手工手艺的。长顺哥学过竹篾匠手艺，有门儿。二婶娘：学了点皮毛，师父不肯教了。扣扣唤叫长顺，正好他夜跑回屋，满脸热气腾腾，油光满面。应验了相亲冲福，成亲冲喜的和气话。扣扣：长顺哥，看见你编织过竹席，没忘丢吧。长顺：编了中间腰里，四边不会收口，不成席。扣扣：朝深处学呢，会了对你眼前将来帮大忙呢。明朝帮着置备篾丝，篾刀来练练手。长顺：好个好个。娘两个都掀起了谈锋，扣扣厚着眼皮陪谈至二更夜，倒头睡沉。醒来，长顺候着他用饭呢。该打，怎个的起床拖在长顺身后呢。

　　草草喝了碗粥，扣扣家来用随身携带钥匙开启了堂门。进屋打开了困屋透气窗，再锁上堂门，人从打开的窗口爬进屋。一只脚伸进屋，踩在先前放置的条凳上，伸头进屋，提进另一只脚时被人拖住了，使劲抽没抽动，说：长顺哥别闹了，急事急办呢。长顺一齐出的门，奔大婶娘家了。抱脚的人是令子。她放开手哧哧笑开了：不看人，认错人，还踩人，抱你臭脚的东令子一个。扣扣双脚进屋，从条凳蹦地上。说：清早寻开心，有事？令子：没事不许串串门呀。她学着扣扣样，跨窗抬脚踩条凳。扣扣抵住。说：别呀，鲍先生没提醒你？令子：先生不在学堂，没呀。噢！兴许先生还在开会。扣扣寻思时，令子双脚踩空了条凳。身架前倾，整个儿压上扣扣身，差点儿从扣扣头顶翻倒过去。令子惊呼：抱紧，别松手，悬空八只脚踩不着地呢。扣扣双臂箍住她腰身，慢慢松手助她下滑。人身往下降，衣服朝上升，夹袄头绳衫裹着贴身背心壅（方言：堆积之意）上颈项。令子直觉胸后背飕飕凉。护胸摸摸胸脯，光光滑滑，没半缕纱丝遮蔽，软和鼓鼓的乳房清清白白呈现在扣扣眼下，闪现走光。像小模小样时两人钻麦草垛躲猫猫，钻进钻出的，钻出了一身的臭汗，惊吓出两只过夜的白兔。令子说：着地了松手，扣扣松开没丢开，胳臂磨蹭两只白兔。令子贴近扣扣耳根说：占我便宜，报告老妈。扣扣一惊一怀立原地呼哧呼哧喘粗气，吹得令子脸庞红晕初现，拥起吃嘴唶脸，朝困床上挪动，解衣上床，赤条条无牵无挂了，男模男样，女模女样，彼此惊奇对方的异样，是那样的真实，那样的唾手互得。得来全不费功夫，不真着的？一时心血来潮岂不害了别人家的女子。扣扣急剧地退回到理智状态。突然听得令子尖叫一声：有刀子！扣扣随身跃起，吓回男子本色。手忙脚乱套上衣裤。伸手扫床面，五六块银圆扫下床，叮当碰响。是两块立着的银圆硌痛了令子。她慢条斯理穿衣。似乎在意又不在意的遐想：这男女合欢，天地合韵、水露当床，日月当灯，神乎其神的，就这摸摸身，吃吃嘴，完事。扣扣说：没见刀子，子弹钱袋戳破了，银钱满床抛疙瘩了你吧？令子：你讨问我，我讨问哪个去，没出息。扣扣不明了，是抱了她没出息，还是没抱到底没出息？由衷嘟囔句：钱不是个好东西。他有种预感，丢钱了！丢多少，没底数。没立账呢，听天由命了。令子平复了，梳理着乱发。说：像出事了，帮帮你。扣扣：不好帮的。革命需要单独。令子：帮你革命呀。丢了钱，帮你填。扣扣：不能吧，你家的钱搅上队伍上的钱变得不革命了。令子：对个屁，开口闭口钱的，革钱的命呀？我厌恶钱，走了。扣扣：不跳窗了，开门走。令子出门趸了身说：我和亲妈进上海，来找你送一程的。看样子指望不上了，家来再跟你算账。

## （二十）

无钱一身轻。扣扣日里等不到夜里的走进读书室。鲍先生说：接钱小组夸你，账目一次比一次做得明细。扣扣：这次心里无底。先生：生差错了？扣扣：没有，担心有。先生：你个同志弟哟，无私无欲，责任心强了。扣扣思忖先生给戴高帽呢，自个动过心思一天要吃三顿饭，想吃油水足点的，成人了想寻个媳妇，要寻个长相标致的家底厚满的。多日来，幻想着令子呢。他说：不可能，做不到无私欲，直想了吃好穿好家小好。先生：美好生活，人之常情。当紧的是在与革命工作发生冲突时，做到自律，大公。不错，小步慢走进步着呢。今晚不学新字，用学过的听到的字句写份入党申请书。扣扣：写书！我能写书？先生：用心去写，写不到的生疑字现教。扣扣：可要教啊，同志哥不兴看同志弟笑话的。啊，这就开写了。

鲍先生让开了书屋。

扣扣开题写上"进党进门书"，想这书与信差不离的，他见令子的信，起字先写抬头。这进党书的抬头写上共产党？写上鲍枫徐浩？扣扣托腮想定，写上"共产党同志哥"六个字。往下写正文。

我穷，共产党也穷，穷帮穷，穷靠穷，穷人说穷语，说到一块儿。进了共产党，跟上同志哥的路，吃辛受苦为大公众。

我一没文才，二没口才。大事做不全，小事勤做做。长工短工接着扛。多租田五亩，早晚抽空干，收成五百斤谷粮，支援队伍吃饱饭坐大天下。能吃上三顿时改吃二顿，省下一顿帮上一个受苦人。听从同志哥支配，出力时出大力，玩命时爽快献出身家性命。离开爹娘十几载了，风风光光喜见二老，值了。

鲍先生推门进屋。扣扣如释重负递上尚未封尾的进党书。说：脑子里墨水蘸干，挤不出了。先生看了，说：同志弟，记住了，参加组织不怕苦，不是为苦而生；不怕死，不是为死而战。无产者一生奋战，求主义，求信仰。扣扣：求得信仰主义了，阿是无产阶级了。先生：你本来就是无产阶级。扣扣：那解放了变成有产阶级了。先生：解放大公众，统变有产阶级，得一级一级的蹬上琅山顶，不会像你认字速成的，早得很呢。扣扣：齐心铁心求解放，同志哥们成了有产阶级也是早晚的事，有产了，有财了，穷家变富家和东家并起并坐后，还能担当起同志哥的名声吗？先生：你认会呢？扣扣：说不清。先生：不清不说，他稀少地没回话扣扣，要扣扣在进党书上签上大名，他签下鲍枫两字，书中一个字没改动。

## （二十一）

徐浩一早约定鲍枫。通报第三次的钱财出了偏差，差失十一块银圆，不是个小数目呀，一块银圆买来三十斤上等白米呢。区长：摆弄钱财真是难。往早年税收公粮款上道接收来，下道接受去。过道临财所，普发各队伍。临时招用当地的财会人员经纪，人员混杂，交接含糊。有差有错年年有。去年三查后，上道下道换了清一色队伍上的粮秣人员，中间还加上钮扣扣这根楔子，还是没挡住错，钱啊钱，存心与共产党过不去。老话说的，抓到了一个贼，抓不到全是贼，亲临亲会的我们都脱不了干系。先生：四五道关口，查呀！区长：不能自查自吧。物色了几人，查了上二道关口无差错，问题出在扣扣以下的三道关口里，而且扣扣的关口嫌疑最大。先生：这个小同志呀，我是百里挑一出来的，寒门出身，六岁成孤儿，吃四水一家的茶饭长大，自幼养成感恩戴德之心。四水一家中有个病呀灾的，他只要袋中有钱，掏干净倾囊相帮。前几天，我敦促他写了申请书，你过过目。区长看后说：写得蛮实诚的，等些时段，银钱水落石出后，组织上会议会议。先生：我担保，银钱之事，排除了扣扣的主观因素，从客观因素查起。区长：我也有同感，你碰着先摸摸底吧，明儿晚上，我专门会会他。

是夜，扣扣如时进学堂认字，鲍先生见面开门见山：一是申请书装进了徐区长的公文包。二是经手的银钱少了十一块。扣扣脑瓜嗡嗡作响，像塞耳引起的哄声，夜夜担心的脓包终于出头了。他长吁一声：谢谢家灶菩萨，丢得不多，还手的起。先生：你心中有数。扣扣：钱袋子泼洒过，心里一直疑疑惑惑的。这队伍上的战勤钱财千万不能少，顶多少个十块八块的，我填上。先生：我和区长信得过你，决不会朝自家袋子里注。回忆一下，有多少人光顾过。扣扣：令子独家呀。先生：令子另当别论，排除在外。过滤过滤亲朋农友、街坊邻居的反常行动，侧重四水一家里找找。扣扣：也对呀。那几日门窗紧闭，出门落把锁。四家就这几个人，大婶娘衣香闭门保胎呢。布财不期而遇，说些阴阳怪气的闲话后，当夜出海了。先生：闯海人见大钱眼开，不会只拿十一块。扣扣：长顺那几夜亢奋着，预备着相媳妇呢，就算夜游了一次，得了钱，早该犯病了。没发现他存钱的轨迹。先生：二五眼可疑，一般不按常规出牌。做出的事在你意料之外，难防范呢，慢慢查吧。明天夜档停课，徐区长家访，与你同宿。扣扣：好个，备餐夜饭。先生：也行，瓜茄菜蔬的随意。喏，手榴弹带着。扣扣接了说：玻璃瓶酒呀。我还当真防身手弹呢。他眨巴两眼又说：家里存一瓶，并用吧。先生：区长半年没沾酒了，意思一下。你一瓶留作后半年吧。扣扣：明晚一齐聚。先生：我不吃酒，你不加酒，免了。

扣扣家中从不存酒，省得先生破费，决意奔余镇买酒。余镇全天市面，出门推迟为的避开早市闹猛（吴语方言：热闹之意，轧闹猛为凑热闹）。进镇直奔商货店家。店主手托一瓶茵陈酒招徕顾客，流水型叫卖：正宗博览会金奖茵陈烧酒，皇上御用的白酒。酒请贵人到，宴酒宾朋跳，闻香皇上笑。买一瓶到家阖家打开用，三间屋子四间香。众人哄笑。店主说：加上一间茅厕屋呀，香保准盖住臭。有好事者抬杠：御用酒是你送达京城的。店主：轮不上我送，张謇张状元送呀，状元上朝带上好酒贡皇上呀。好事者：你亲眼见啦？店主：亲耳听啦。好事者：牛皮吹豁边（吴语方言：过份之意）了。民国共和几十年，没皇帝在位了。扣扣调和：当笑话听听，听了买瓶茵陈酒。

在店主肉麻的恭维中，扣扣买下了一瓶酒。接下去，他要紧家来，在自家院沟中网上二条白鲢鱼做下酒小菜，加两只田庄里小菜全了。

徐浩区长傍暗光来到。扣扣小菜已忙上桌面。徐浩说：有鱼有酒，小同志变小财主，存心挽我过一次资本主义呀。上回的焖蕃芋饱香在心，好想再吃一回。扣扣开瓶为区长斟上酒，站立一旁，说：蕃芋不在时令了。田庄里小菜，凑凑盆子凑凑碗吧。区长：够奢了。坐下来共同享受吧。扣扣：犯了错，吃不下。区长：先生说了，这事有点邪气，错不在你，今夜不谈这事，你单身我单身的一起唠唠乡情。区长按下扣扣，回斟了酒。说：坐下身，开瓶喝下三杯酒，慢慢道来。扣扣：听说犯了事，队伍上要关禁闭的，我想知个底。区长：过失与贪污两码事。问声你，听说过苏维埃，毛主席吗？扣扣：不认得，比你官帽大呀？区长：鲍枫见过，我没见过，在苏区还是红小鬼那会儿，墙上刷过苏维埃毛主席签署的反贪污反浪费的训令。凡共产党和为共产党办事的人员，贪污公款伍百元的处以死刑；贪二百三百的，判刑四年五年。贪污浪费几十元的，禁闭强迫劳动半年以上。扣扣：听真着了，银钱在我手中丢的，罚作充军坐牢，我不皱半点眉头。区长：没那么严重，是你保管不善失窃，不是贪污自盗。我与鲍枫先填上，能找回还上，找不回不还了，香烟钱可有可无的，烟瘾上来了，茄树叶子照常抽出烟来。扣扣：不！来年做牛当马挣力钱还，一人做事一人当。区长：又来了，申请书上写着当牛做马的。扣扣：写得不地道！区长：写得露筋露骨。穿着衣裳露出了肌肤；穿着鞋子露出了脚踵；写出的字眼露出了心肝。穷人家的孩子，胎生不存黑；不生贪；不沾财，填饱肚子天大愿望了。扣扣：区长也是苦出身？区长：比你好着呢，爹娘健在。千里之外时刻念叨着儿子呢。扣扣：穷家伢子，当了区长，领着兵，能耐大呢。区长：深一脚浅一脚地走呗，没啥能耐。徐浩有点浩气罢了。扣扣：说全句，权当作政训我了。区长：多口酒下肚，涌上了思乡思家情，同志哥同志弟摆摆老底了。一转眼，随队伍走出大山，十二个年头了。

茫茫六盘水山区深处，一个唤作圪甸岭的山寨坐落半山坡。这儿九山半水半份田，山多草密人少羊稀，浩伢子六岁起单身放羊了，羊吃草，人吹箫，手枕头，背靠坡，燕雀伴，在四周叽叽喳喳，飞起落下。他随手扔出一粒石子，燕雀跳跳蹦蹦不飞不理他。小瞧人呢，浩伢子用桑树枝丫叉，紫藤茎绑成弹弓，一拉一放石子弹出几尺远，虽引不起燕雀的惊吓，他却乐在其中了。几百次，几千次的弹拉，拉出了手劲，弹得几丈远了。燕雀一时弹不准，用树枝青草划成个圈，石子专往圈子里弹，慢慢的越弹越正中，弹得啦圈中堆满了石子，从山中到山尖，稀稀啦啦堆满了石子圈像是老黄牛拉下的粪堆。山尖林密处，浩伢子惊喜捡到一副废弃的套狼夹子，生锈的铁皮，弹跳的膠皮，上等的弹弓料作。他回家把榆树疙瘩刀削成两根一尺有余的棍子，膠皮缠牢棍子一头，铁皮包住棍子两头，铁丝钻孔上下捆绑紧，丫叉形弹弓成型了，试着弹两回，没费手劲，弹出几丈远。出门上山专拣草丛中的蚂蚱树枝上的知了练石弹。老茧现虎口，飞石飞出了几十丈。一粒石弹射出，树上知了小鸟四下乱飞，第二粒石弹紧跟，就有飞虫伴着石弹栽下。三年五载后了得，多有山雉，野兔，飞鸟成了弓下孤魂。打树鸟出手三次，有一次命中。打飞鸟出手五次，有一次命中。从不打出头鸟，生怕打下一只，驱散一群，远离他山娃子，少了叽叽咕咕交流伙伴。

一群飞鸟在羊群上方盘旋。红嘴白尾的，看着惹眼，浩伢子学着鸟叫戏弄鸟群，它们越旋越低，有鸟儿落脚羊身上了。今儿咋啦？这群鸟不做过客，成住客了。讨气的是当中三五只围着他转，挑战他的耐性。他勉强石子上弓轻拉拉弹弓做派打鸟，实则赏它，奇巧一粒鸟屎不偏不斜不友好地扄在弹弓上，嗖一声，石子出弓，三只惊飞，两只落坡。个中一只再飞起，扑腾了一阵后重又掉进远处的草窠中。有人捡起，喝彩：好！好枪法。浩伢子四处张望，哇！弹弓变作枪，满山的灰土布，红星帽，条条山道过大兵呢。一群的红星帽靠近了他。班长说：山娃子，好样的，飞鸟又来，打下一只。浩伢子抬头见鸟，抬手出弹，击中的飞鸟直线栽下。红星帽啧啧称神，把手弹弓细看。班长说：没准星；没标尺，凭目测手感弹弹命中，非三两年练就的功底了。浩伢子也奇异：往日里，打飞鸟顺手，也只能三五次一中。今儿个红星帽神助，一次中俩，想打就中，神兵呀。目注着灰土布穿山越岭，红星帽在索玛花丛中跳跃闪烁，他向往神奇了。

号声四起，群山回声，灰土布红星帽驻在圪甸岭歇夜。班长找连长戏说弹弓与鸟。连长报告了团长，说：阻击手苗子，埋没山沟里可惜了。团长：

做通老乡工作，带上。连长班长找上浩伢子家，爹娘满脸的惊吓。浩伢子像见了山中玩伴样，一手一个牵进了屋，递水端橙示亲热。连长直接挑明了来意。娘说：天爷！娃仔没变老鸭子腔呢。共产党抓他丁呀。连长听了不爽，说：我们是红军，不是土匪，你见过红军抢钱抢粮了。娘说：见了抢人，抢我浩儿了。连长气呼呼拉着班长离开了。说：穿破住漏的穷人家，和土豪劣绅一副腔调，立场不稳，她儿子是天兵也不要了。

浩伢子急了，拔腿追赶，红星帽上了他的心。满山遍野的红军，人多浩气升呀。不像他放羊一天，难见一人。他怕围着山沟转，像爹一样得山瘴病，四十岁上就腿脚软，爬不上坡只好干些轻便活，一辈子转不出圪甸岭了。大白天飞来一群红哥，夸奖他的枪法，他没有枪那来法，他想跟着红哥使长枪，弹击野猪，獐子，鹞鹰，一庹长的枪杆，隔着山头一打一个准呢。

他追上班长，硬挣跟着。连长：你娘不同意跟着没用。浩伢子：娘听我的，一顿饭工夫说服娘。连长：小小年纪，有二把刷子吗，回家说服了娘，等着。班长：咱俩不跟着去啦？连长：劝人工作，没恁快的，听小家伙瞎吹。回连队，你领着指导员来磨嘴皮吧。

指导员、班长各自从自己的口粮袋里带来二斤炒面。浩伢子爹、娘，十岁十二岁的弟妹没人接见面礼。指导员说：亲人出远门，心里难分难解。没顾上用饭吧，浩仔，快去烧开水。全家尝尝红军队伍上的炒面。娘说：使不得，吃了嘴短。不吃不走。浩伢子：娘！你答应了的。支持儿子走出圪甸岭，走出大山去寻条活路。娘说：行伍开仗多，娘舍不得儿去玩命。班长低出声：指导员，当娘的不开窍，你开讲呀。指导员：讲啥呀？班长，讲革命真理呀。指导员：一把钥匙开一把锁，那来万能钥匙哟，当务之急劝全家用饭，班长：看我的。又附耳浩仔，说：想跟我们走，先吃炒面，三兄妹一齐吃饱，再低眉顺眼呈给父母用，明白？浩伢子点头照办。指导员在一边鼓励子女行孝致礼。兄妹草草吃完按指导员指点，单膝跪地呈上碗筷。爹说：出门在外，礼多人不怪。娘说：没到七老八十呢，自己动筷。指导员：浩仔和我们一样放羊放牛苦出身，一家子不说两家话，大叔大婶动筷吃下炒面，认下两个穷亲戚吧。红军是一支劳苦大众搭救劳苦大众的队伍，浩仔与我们在一起像一对一对的亲兄弟，上下平等，以大帮小、不分二样，爹娘放宽心。娘说：灰布衣上缀补丁,手脚勤快,像穷人家脱胎,浩伢子跟着没气受。只是穷人跟着穷人,识不了字眼,做不成买卖,出了山,念想少哇。指导员:红军队伍讲究个认字认理,一帮一,一对红,浩仔进了队伍,明日教他认字。娘说:看出来,员外是个文功足火的人,浩伢子靠着你,学成个人上人呢。指导员:人上人队伍上不作兴,不打包票。短期内学会写信能行的,一个月内吧,教会他亲手写信寄到娘手中。娘说:敢情好,红军赛菩萨呢,没啥牵挂了。浩伢子:娘笑了,娘应了,好跟着队伍走了。指导员:不急不急,自肉自痛,儿子是娘的天,儿子离开天塌了。今夜陪娘多说话,娘不松口,不勉强,我们明早来看你娘。

指导员,班长顶着秋雾离去。吊脚竹屋里,浩伢子一根接一根点燃松枝。娘亲站着,他站着;娘亲坐下,他坐下;娘亲不睡他不睡。娘说:没睡意,浩伢子你咋还在娘肚甲踢蹬呢,小辰光面黄肌瘦的,一天二顿的红米饭,南瓜汤吃了十五年,咋能长成个兵丁样,招惹队伍看中你,人说兵丁管打仗的,队伍上的官长咋一字不提呢。儿子:班长告知,队伍上练仗的日子多,打仗的日子少。不练不打时,学文化,学理道。娘说:不出远门没出息,出走远门,见天少了儿的人影眼前晃动,心头空荡荡的。儿说:写信呀,学会写信了,娘想起我,信到眼前了。娘说:白纸黑字,两眼一抹黑,家中没个认字的。儿子想了想说:先寄信物,寄娘认定的信物,写一封信,寄一件信物。待儿认字成篇了,再在信中教会了弟妹认字后就圆满了。娘说:拿啥当信物呢?开裆裤时尿布衲片,放羊的弹弓羊鞭。一股的羊膻气,尿臊味。当娘的闻得惯闻得香,队伍上容不下吧。娘满屋的去翻去找,找出只牛筋包,一只舶来品呢。上代人传说下来,有红头发绿眼珠传教士,传教到圪甸岭传昏了头,转不出山林了。饥饿难耐画着十字献身耶稣时,先人撞见,施舍了小布袋番薯。传教士留下了这只包,包内存放了一本圣经天书。年代久远了,页页纸张发黄,蚂蚁爬的经字被虫蛀得面目全非。娘说:信物就它了,带着它,想娘了寄张经书回。娘认了纸认了字认了儿子了。儿说:娘真伟大,认得天书了。

娘与儿子约定,半年寄一回。

浩伢子踩灭了松枝,显露屋外天明了。山沟沟里号声响紧。队伍上咋没来人接呢？他拉开门。咦！班长站屋外，红星帽沾满了露水，他说：咋不进屋呢。班长：听得娘俩的热乎劲，不忍心搅散了。娘说：大哥哥来接，拿着包包跟着走吧。班长：等一下。出远门了，三年两载的回不来，给爹娘磕个头吧。

浩伢子顺从跪下地，班长并排跪下，说：我瞒着爹娘逃出来当兵，山高路远，越走越远，再没个机会磕头承孝了，可怜了天下父母心。为共有的爹娘尽孝一回吧。

娘在偷偷抹眼泪。班长拉起浩伢子，说：快走。再不走，走不成了。娘在后面跟着唤着：一直走，别回头，回了头，挡不住娘反悔了。

浩伢子再没回头，山梁翻过一道道，河流蹚过一条条，红军队伍中有了徐浩，有了掖着蚂蚁本的牛筋包。当上通讯员了，牛筋包成了连队的公文包。升上排长，营长了，牛筋包成了自个儿的公文包了。

# （二十二）

饭后，扣扣挽留区长宿住。区长：想住下，写成封家书的。没时间了，形势急转直下，打日本时，新四军、中央军还算个友军。现时说翻脸就翻脸，水火难容了。要打大仗，打恶仗。我和鲍枫准备着归队了。扣扣：我跟着，也归队。区长：你在队伍中呀。战勤事务吃紧，江家浦的财所地块要流动，何去何从，码头上的助理战勤人员连夜等着我。扣扣呀，你有个思想准备，马背上的财所朝你身边靠呢。

区长赶夜路走了。扣扣有种莫名的失落感。名义上置瓶茵陈酒款待区长，其实呢，主家下肚的多。弹弓打鸟的故事听定神了，区长一个劲朝自个碗上加酒像在加故事呢。吃得呀，晕头转向，和衣躺下，泛起区长娘亲约定信物的事。自个与亲娘也来个约定。亲娘听着，儿子受领了队伍上的事。出了纰漏，平白无故弄丢了十一块银钱，天上地下的飘呀飘，瞭不见。亲娘是儿子心中灵巧的亲娘，料事如神，快给儿子指点迷津，查出银钱下落来。亲娘说娘是凡人，去了阴间还是凡人，聚不了财，破不了案。凡人管凡事，我儿多早晚开始不淋身、不淋头、臭脚巴巴钻被窠了。娘在时啥都缺就是不缺洗澡水，快起来，净身更衣。

扣扣支撑不起身，骨络没有四两重了，从头酥到了脚。娘说扣儿学懒变只虫了，这样不干不净的邋遢儿子，哪家的丫头肯做媳妇喔。扣扣：我有媳妇了。娘追问：哪方的丫头呀。扣扣：东家的令子丫头。娘：令子呀，像意着长成大丫头了。东家的金枝玉叶，作兴嫁给你，世道变啦？扣扣：世道像预着要变。眼下没变，东家是东家，伙计是伙计，东家丫头嫁打杂伙计，难呐。儿子有心远离她。可她像小时一样，成天在眼前跟后晃悠，儿子急了，想瞅准个机会开火煮饭，生米煮成了熟饭，与世道无关了。娘：扣儿愚蠢呢。偷鸡摸狗遭众人唾弃。万万年前，蚩尤造人造物时，人猿与猫狗繁衍后代分开配置，人猿配对成亲，猫狗胡乱杂交，到头来，人猿变成人模人样，光鲜标致。猫狗到了发情期满世界乱蹿，光天化日之下，赤身裸体叫着真，连着蛋，毫无羞耻地留在原始社会里。扣扣：娘有所不知，我与令子淘过次米，煮过一顿饭了。娘：我儿犯乱，闯下大祸了。东家大户大族，有财有势。你破了人家千斤的金身，死不了，也得脱层皮。扣扣：娘看重了，儿煮了顿夹生饭。紧要关口心急心慌心乱得哟。不好意思往下说了。娘说：娘听懂了。男人都有这德性，馋猫偷嘴狗跳猴急，吃不了热豆腐。扣扣：不算作犯乱吧？看了她的全身，没破她金身。她也看了我的肉身，互相扯平了。娘：臭小子，谁喜见你的肉身呀。十七八岁的瞒爹瞒娘，自说自话想抱儿抱女，难成正果呢。古有梁山伯祝英台，不听爹娘话，私定终身，相好得死去活来。当真死了，没活过来。扣扣：听亲娘话，跟同芯哥走，爹娘放下心，约定来年再相见。娘慢些走，这会儿扣儿脑子里走走令子不会犯乱吧？

娘不回声，娘走远了。

## （二十三）

一针娘携一针长花来相亲近在这两天了，二婶娘越发的六神无主。扣扣说：二婶娘定心，该备的都备妥了。最难全的青篾筛子，淘箩，提篮，盘篮，窠篮备全；篾刀，刮刀，撬刀，小锯，小钻，手摇撕篾机原有，合一起，成清一色的手艺场了。长顺哥听进了劝告，相亲的妹子来了，少动嘴，多动手，尽情编排篾青，编十字花，挤得像张竹席样子。二婶娘：我愁的是二八月乱穿衣。长顺穿棉衣好还穿夹衣好。戴帽惹看，还是露发惹看？扣扣：穿戴棉衣棉裤棉帽，人变老相了。穿夹袄夹裤不戴帽，人是冷了点，冷生精气神呢。二婶娘，不戴帽得剃头剪发。剃个二分头还是平顶头呢？扣扣：得讨问衣香，她有独到见解。

衣香说：二分头头顶上分条道，活脱脱一分为二的屁股头，还得配上洋装，抹上花露水，办不到，不实在。二婶娘：定下个平顶头了。

相亲日，四水一家济济一堂静候喜庆到。衣香前宅坐等门前瞭望。左后宅的二婶娘三番五次的催问"瞭见了没"，衣香摆手示没。二婶娘：太阳时辰移到位，怎个不见人影呢？只听得衣香一声唤：人客到，到，到！一屋的人拥出了门。二婶娘把扣扣长顺推向前排。看着长花一针在前，一针娘在后。姐妹花手牵手摆手移步。长花没改扮。仍橡皮筋扎着两条发辫。一针剪了发，石碱水洗汰后，头发蓬松，两支发卡两边夹。发卡是涂了釉彩的那种，小了点，老有发丝夹不住，朝眼梢上遮，一针不时地往后拢拢，露出双眼来注视扣扣，上下左右睽睽得扣扣慌了神，忙把长顺推在前，长花顺势叫了声长顺哥，惊得一针伸舌眨眼，认错相亲人了。又自找台阶：人生第一回吗。

三个婶娘不失事机挤向前，一个牵手一个进了屋。寒暄让座间，挺着大肚子的衣香进屋把四碗糖菜端上桌，三加一讲究个成双成对，一针和娘各抿了口甜水，长花喝了个底朝天。剩下一碗，衣香唤着长顺来甜甜嘴，甜甜心，陪陪客，成成双，买田买四方。长顺为难，暗地瞅见一针娘朝着长花的喝水架势皱眉又瞪眼，他没回应，走近衣香姐。说：女人陪女人，赛过客人陪人客呢。衣香：小老弟，礼貌蛮高的，姐不能喝啊，一动口，两人用，不成双了。三婶娘穿插过来，喝了糖茶，说：老姐姐陪大姐姐天经地义，阿是？大婶娘：长花领你娘、你妹子四周转转、走走，看看去。娘仨从堂屋转到灶屋睏屋，一针娘撇下姐妹俩独自出屋前后转悠，首映眼帘的是东山墙的柴火集。置码得整齐划一，集顶斜坡成道士帽。泻水快的芦柴码在顶部，麦柴、玉米柴码中间，硬枝棉花柴填底。集的四角插四根木楔，牵拉着麻绳十字形压紧柴火，大风刮不倒，小雨淋不透。西山墙搭界着羊棚，大羊出了圈，小羊补进栏，棚屋虽小不漏雨，采到光，羊窠里的羊踏灰蓬松无渍，两只小羊吃饱健壮，冲着生人咩咩哼两声。屋后种的耐寒早收的萝卜白菜，屋前种了越年怕冻的青菜菠菜大蒜。一畦畦的小菜田块，前后栽培得当。吃的、住的、养的还算入眼。一针娘自然地舒展开眉头，自然不知当中大多数是扣扣所为。

长花一针在睏屋并排站着看月份牌。一针一手搭在长花肩，细致地一张一张过目。每张牌上两个美女占着：穿泳装戴白帽的，握传声筒说着悄悄话的，守着留声机张口戏文的。第七张的牌子上有个女子身上穿戴出奇地少，一条三角裤衩，两副大小眼镜，猫蹬步子要朝池水里跳。长花说：快跳，快跳呀，跳进水里遮住丑。不三不四戴两副眼镜，文化严重呀。一针说：你看真着点，哪有眼镜戴在胸门口的。戴的是奶罩，罩住奶子的，和我俩穿兜肚一个理儿。长花：眼镜奶罩，忒小点。一针：没穿戴过，不晓得遮住遮不住。肯定比兜肚考究。长花：这些个女人长得细皮雪白，粉嫩笃笃，存心用奶水洗脸擦身呢。个顶个值十万铜钿。我俩手脚腰身粗里粗糙，白到黑里臭气烘烘，不值一堆狗屎钱呢。人比人，枉投身了。一针：用的是牛奶水，不为奇的。我在江边牛场见过闻过，一股子骚腥味。女人用它擦上身下身，啥人喜见呀。这话儿不雅，一针探头瞟俩男人，生怕入了他俩的耳。还好，俩人一心不二用，认真做竹篾活。扣扣撕篾，长顺编席，手上用一根，脚下踩一根，嘴上含一根。有道是"耳边上嵌支红蓝铅笔的木匠才是好木匠"，嘴上含篾的篾匠亦是好篾匠。好样的，再加把劲。娘仁个已并立在旁，直勾勾盯着呢。长顺忙出了汗，终于等来一针娘的问话：弟兄俩个个桩般配的，哪个大哪个小呀？

扣扣：我是弟，我小。

长顺：我大，我是哥。

一针娘：当哥的今年多大呀？

长顺：二十一，虚岁。

问：哪年生人？

答：民国十七年。

问：属相？

答：属龙，大龙。

一针娘不再问下去，盘算着年龄与属相是否合拍。一针比长顺小两岁，属马，中间隔了条小龙。年岁配上号的。不知天龙对飞马相好相克？终要等到合婚算命后了。

一屋的人归拢来，长顺有点慌，篾丝用尽只剩含在口上一根了。按序用细麻绳封席边，没备绳呀，有绳了，长顺没学过呀。扣扣：哥歇歇手，进灶屋揩把脸吧。三婶娘眼尖到两人的尴尬，忙说：弟兄俩歇手进灶屋淘米洗菜了。两人应声进了灶间。扣扣咬咬长顺耳朵，长顺点头称是，拎着淘箩灶间堂间走一遭，大声唤娘：昼饭吃用柜里的米，还是缸里的米？唤得二婶娘慌了神，家中尽有的毛估估五斤米，长顺扣扣有数的。哪来两地方的米哟？扣扣捏捏二婶娘手，说：用缸里米吧，顺手方便。二婶娘领悟，放大嗓门回话：用缸里的开锅香的旱稻糯米。长花闻声溜进灶屋说：娘偏心呢。家中囤着恁多香米，一次没煮了我吃。二婶娘挡开不明事理的丫头，说：嘴馋，今朝馋上了。一针头趄来，快去陪她。长花：搭一针的口福，吃上糯米饭，陪，陪到底。她自说自笑，引领一针娘俩二次进睏屋，坐在刻花雕鸟的暖床沿上。长花少小离家，记不清娘家还有如此气派的暖床，水曲柳材质，床档床框床壁床填床门床柜床踏板，一应俱全。一针说：这床大气，两大人带着两三个小囡睏觉绰绰有余。长花：那是，两对夫妻同床成婚互不碍事。一针娘：瞎说，不好这样比画的。长花：重儿轻女呗。娘的心中只想添男儿，爹一撒手，一个没添成。一针娘：你娘不易呀，单边撑起个家，柜满缸满的。单说这旱糯稻，我经种过，谷粒娇贵呢。株稻分三根蘖枝，每根蘖枝结长三粒稻谷，三三得九粒。收成谈不上产量。佃农户不敢种，种了不够交地租的。至多田角地头种上百儿八十株的传传种，尝尝鲜。长花亲娘能存到这份上，年代长，衬托出家境殷实来了。一针娘针对一针又说：二丫头呀，是你一辈子的大事，眼光放大点看。一针：我看不出个好，看不出个不好，凑合呗，没哪个人能料到后半生的。娘说：别含糊不清，当娘的为你应承下来，朝后好呀丑呀别怨张怪李。一针：长花姐出个主意，你应我也应，你不我也不。长花冒出亲娘的换亲本意，说：我呀，还是那句话，一针相好长顺，我也相好二盆。要不，我想回娘家，过两天饱满日子。一针说：我两个不做主，听娘的。娘说：不贫嘴了，家看了，人相了，长顺吗，嘴巴子紧点，不爱多开口。我侪呢不是来寻找识文断字，卖嘴皮吃饭的人。你俩都不是这种命，居家过日子，找个膀大腰圆力气人，扛啊担的拿得起放得下，手脚灵巧些，会摆弄个一技半艺，遇上灾荒年，饿不煞手艺人。长花：娘闲话多呢，女婿相上没相上呀？一针：娘吐口同意了，你没听出来。长花：我笨呢，同意了，我通报去。一针娘：看你急得，先找个红衣媒人牵线，交换庚帖，得慢慢来。长花：这些个我懂，通报吃饭呀，肚皮饿得瘪笃笃了。

　　席间，有说有笑。二婶娘亲家长，亲家短的唤个不停。大婶娘，三婶娘，衣香齐口嗔怪：改口早了。二婶娘：不早不早，长花为媒，早是亲家了。再加一对，亲上加亲了。一针娘说：亲家说得中听，领情了。该说的说妥了，饭后不歇了，早走早到家。二婶娘：不误时的，弟兄俩上大道拦二等车了。

　　二等车与二等车车夫停在环拢桥边。扣扣长顺小跑着来唤人。扣扣：长顺哥，灵动着呢，编席快得很吗，收边再学一步，二级篾匠不在话下，与你沟通说了一半，你领会了，别说一针她们，我该刮目相看了。保持这等态势，日子与家有盼头了。再教你一招，待会儿送走一针娘时唤她一声寄娘。按当地风俗，这一唤牵了线，起码的脱不开亲眷圈了。长顺：娘说唤不唤得顺从对方喜恶呢。扣扣：没事儿，成亲八九成了。

　　一边的被送者再三推辞不用送了，一边的送客人群坚持送上车。二等车不起眼，也是要价的客车呀，环拢桥边，长顺拉住长花，说：车钱付清了。到家不要付二次钱。长花：哥的脑筋比我灵性，想得真好。三人一人一辆二等车，上了后座。二等车夫紧跑几步，跑起了车速上车骑行去三四丈了。二婶娘扣扣同时催促长顺快叫快唤！长顺拢住嘴巴，放大了声嗓：寄娘，一针——妹子，走——好，再——来！一针娘俩回眸时被宠唤出满脸喜气。三婶娘说：看得出来，丈母娘看女婿，越看越欢喜，单等着个成亲了。

# （二十四）

　　衣香生了，生了根棍子。喜得大婶娘合不拢嘴。二婶娘引发出心焦，亲家办事利索点呀，生庚八字换了，合婚算命过了，怎个的没个是呀否呢。二婶娘托付二等车夫捎来长花。丫头见面喜哈哈地说：都在呀，又有糯米饭吃了。二婶娘：你只惦记着吃。快说说，生庚八字果般配？长花：大肖属蛮合婚，小肖属上有毛疵。那边的娘说有点毛疵难免，通报男方吧。那边的爹说急啥急，小疵也是疵，男方媒人没请出一个，女婿没谋上一面，卖羊卖猪呀！等段日子吧。二婶娘：鸡蛋里挑骨头呢，这个亲家公从来不是个好角色。三婶娘：我俩男方少走路，没合婚算命呢。二婶娘：那天一针娘俩满心欢喜走人，看出来七实八满了。免得算命算出毛疵来，节外生枝。三婶娘：不能省这个钱。合婚算命，以男方为准的，女方正在等着呢。扣扣说：今朝补上，这就去请宁算命家来细算。长花：上门上户来合婚，我也想听听，入耳了，我和二盆也请他合合算算。二婶娘：痴丫头一个，哥肚饿，妹在后，你给我把守住，哥成婚前万不能答应二盆。

长花嘅着嘴坐一边。直至扣扣领着宁算命进屋又来了生气，抢先递给了两份庚帖。宁算命粗略看了，说：男侯，民国十七年生人，岁次戊辰，生肖天龙；女丫，民国十九年生人岁次庚午，生肖飞马。天龙对飞马，辰承土，午承火，土为兼容不犯绞。大肖里不冲撞，防备有小摩擦，天龙飞马灵性尤物是也，有独来独往的秉性。迁怒时龙甩尾巴，马刨蹶子，要适时远离点，男大二，出门在外寻钱，女丫主内操家事，生发出了距离也生发出来家爱。

老的少的听得频频点赞。

宁算命翻看着历书，接着说：男侯生于三月五日晨七至八时。三月，丙辰月、龙也、初五日，甲辰日又是龙也。晨七至八时，辰时，正是旭日东升，天龙下界之时。加生在龙年，乖乖，四条大龙，一条戏河，一条戏江，一条戏海，一条戏洋，命中没有不能去的地方。二婶娘：先生鹰眼识珠，我儿的天命好到啥程度？长花：娘别打岔！先生往下算，算准女方八字命。宁算命：女丫五月二十三日五至六时出世。五月，壬午月，本命月，二十三日，癸酉日，酉者，芦花鸡，鸡者凤凰也。双方合婚龙凤呈祥呐。不过，凌晨五、六时，属卯兔时界，卯呈金，辰承土。土要埋金，金要闪光，天龙不配地兔，一个身大胆大，一个身小胆小，天龙打个哈欠，地兔溜出几丈远，厮守难在朝朝暮暮，性情相克，恐有生离之虞。长花插嘴：算得蛮准足，那边的爹担忧的就是这个。三婶娘说：生肖八字难有十全十美的。小肖里小疵两方面带允点吧。宁算命：是该带允点的。坐定八字想一分一毫不相克，世上能有多少配成婚的！二婶娘：先生算得在命在理呢。

一直盯着女丫庚帖的扣扣冷不丁说：五点钟辰光，太阳出老高了，怎个天上还见一颗星呢，时辰有出入。宁算命：我也想到了，不知主家怎认定的。长花：那边个家大人小团不认字，托人帮忙补写成。宁算命：补写着东方泛白，中天只存一颗星眨眼。这颗星应是启明星，与傍晚时西天亮出的长庚星是同一颗星，学名太白金星，离地球近，隐没得最晚。五月间夏至节气，日出早，白昼长。启明星尚在呈亮时，应是早更头里四至五时，不是五至六时，不是卯兔卯时，而是寅虎寅时。天龙不该与地兔作对，应与白虎相聚，寅承木，木离不开辰土，土离不开草木，分开无果，合者俱荣，土值钱木成林，左青龙，右白虎，只有甜来不会苦。长花：喔唷，先生识天文识地文哩，三颗星说成了一颗星，地兔成了白虎，听傻我呢。怎个听说天龙配白虎还不如配地兔呢。龙虎斗，龙兔斗，一见面相斗，地兔斗不过退让出走，白虎有反目之心，拼着斗，日子怎过得下去呢！宁算命：你这是不按历书说事，白虎有大小之分，长大了才是猛兽，幼小时尤物一只，好白相（方言：好玩儿，有意思，白相：玩儿比较随意）的。小肖里的寅虎自然是只尤物，人见人爱呢。三婶娘：先生这回说圆络了，待到侄儿成亲之时请吃喜酒。扣扣：还得烦劳先生当媒人，趁早定个喜庆日。二婶娘：越早越好。今年的日子里找。宁算命掐起了手指，口中念念有词，长花：先生在说少把旺火，一锅洋蕃芋烧不熟，再添把火，声嗓旺旺点说了大公众听。宁算命：不是火，是水。辰龙午马喜见水，水是天龙的立身之本，但水漫了又成水害。好日子得避开多水时节。眼下清明断了雪，会发起桃花水，四月底五月头梅子雨三天两头接着来，好日子只能等五月后半月了。五月是女丫的本命日。五月日子，八日戊辰日，三十日庚辰日，这两天是男侯的本命日。这辰光水土相融，归家的燕雀孵出了家小，叽叽喳喳欢叫个不停，正是小夫小妻合婚之时。

一席话，难得地逗乐了二婶娘。扣扣：定下五月日子，两日子呈女丫家定夺。长花：大礼小礼没送一回，跟手送日子要人，没该便当吧。扣扣：大礼小礼婚庆日一步到位。二婶娘备好礼金，交给宁先生。一是媒人，又是合婚先生。把今朝算的欢喜命运，当着女方一家剖析一遍，成婚大半了。长花：不见得，那边的爹半道中梗着呢。扣扣：婶娘们判断，你那个爹是初三夜档的月，有当无。你那个娘当着家，你娘和一针向着长顺。明儿一早，你和宁先生乘坐二等车去，我和长顺跑步去。估摸着我俩跑到，先生已办妥完事了。

陪衬一下宁先生也在你爹你娘你的兄弟姊妹面前露个脸，展展担百斤，行百里的身板，你爹你娘见了准开心。长花：男伢儿说好照办呗。

二婶娘打开了首饰盒，展开来大伙看。一只四钱重的戒指，一对二钱重的耳环，一块民国前的皇版银圆，银面上跳只小老虎，原本成双，长顺换糖丢失一块，落了单。三婶娘翻看了，说：姊妹妯娌呀，金器银器成双难呐。单个银钱充当定金信物不妥。我家有，换两块成双成对的补上，图个吉利，单块的自个留下保保身家。二婶娘：古董货银钱没轻重，冒出一块来冷不丁的值千金呢。送走不返，借来无还，难上加乱了。三婶娘：我说借了吗？我说还了吗？啥也没说，配用场当紧，四水一家的儿媳妇娶家来啥都圆满了。扣扣：对头，四水一家的定规，相帮算上我，没有个多，也有个少。

## （二十五）

春三二月三晃二晃的匆匆过。东家学堂停了课。学堂找不到鲍枫鲍先生，徐浩徐区长难来八棵村露个脸了。扣扣念不成夜书，多干活呗，与秦小叔商议：六月栽种旱稻的三十亩荒地，该深翻了，省下租牛租犁钱，人工垡耕，叫上几个伙计一块干，贴补点菜水钱够了。小叔满口应允，说：力气活，老样子，见天赏力钱。不过，不许偷懒，要深垡到指数，晓得哇！旱稻不浇水，根须拼命朝深土里伸，吸足深水颗粒才长得饱满，粘劲足。大哥靠旱稻酒酿圆子进城发迹起家的，不能砸了招牌。扣扣：找上十来个力道足的明朝动土深翻。小叔：我让细凤多煮一桌饭菜。

天蒙蒙亮。扣扣站立田头一个一个迎着。昨晚约好的八人实到六人。落缺的两人跑江家浦搬运去了，还是官方召唤的，还说江家浦换了东家。县城里去了一帮人接管了共产党的地盘。扣扣心头一惊。六人就六人吧，人均一把五齿垡耙，扣扣首个举起，嗨一声扎下去，撬起一片土有石臼般大。手把量量深度说：到指数了，照着这个尺寸垡。六人排成行朝前赶，免得你深我浅，深浅不匀。

六人齐嗬一声，跟帮上了。他们不是东家的长工，是季节性收种的重力工，年龄比扣扣大一截，同辈的扣扣唤作江哥海哥，长辈级的叫着杨叔柳叔。

一晌紧阵出力后，手臂软了，喘气粗了。扣扣：悠着点，三十亩得连垡五六天呢，不要今朝过力明朝脱力了。柳叔好哼个号子小调的，来二段提提劲。柳叔说：上气不接下气的，哼不出调，数个数吧：一耙子——嗨嗓！二耙子——嗨嗓！三耙子！海哥叫停。说：啥调门呀，不是绍兴尖调；不是苏州嗲调，像和尚拜忏的经调。听了少垡地呢。江哥说：杨叔来段荤腥号子。男侯女丫对掐的，听着小鸟翘起来的那种。杨叔：来段耕田女子与化缘和尚对唱吧。耕田女子先起声：太阳毒来田禾蔫，耕田耕了几十年，没见过和尚光腚，小屎朝地，大屎朝天。和尚反讥：田地间里人兽撑，化缘化了几十年，没见过女子耕田，牛义对后人义对前。江哥说：有点儿荤腥，有点儿纰漏，拉犁的是头公牛，前后不对号了。海哥：和尚看准足了，是头母牛。柳叔：两个人歇了手争牛义呀，眼瞪大点，公母看真着了。本来说说笑笑，还当真了，误工的号子不算好号子，没唱到点子上。担挑有挑担号子；打夯有打夯号子。垡地有垡地号子。扣扣：柳叔来段正宗垡地号子。柳叔：来一段，大公众得听号令，我唤一句词，大伙吆声垡，垡一耙子。起了：我是老木匠呀，垡！斧头掮上天啊！垡！一斧头砸下去，垡！木花分两边，垡！没得斧头掮上天，垡！那来桌椅台凳在眼前，停！扣扣：像垡地号子，手脚使劲不硬犟了。照葫芦画瓢，我来一段试试：我是耕地夫呀，垡！垡耙掮上天，垡！一垡耙砸下去呀，垡！泥块子滚四边，垡！没得垡耙掮上天，垡！哪来……扣扣没词了。江哥：没词叫停呀，垡耙举到半当中，上下不是，伤身呢。扣扣：有了，有词了。江哥：你有词我没劲了，号召来劲的词吧！扣扣：包你来劲，酒酿圆子在眼前。江哥：哇！好词儿。

　　昼饭，真吃上圆子。不是酒酿的，是糯玉米粉泊做的兜馅圆子。厨娘细凤亲手做了一甜一咸两种，咸馅萝卜丝，甜馅赤豆沙。扣扣：怎个想起来做圆子，半年没尝过了。细凤：小叔说你哩抢牲口生活做，出死力。圆子好涨劲呀。多吃点，两大锅呢，明朝还有。不吃掉，玉米粉变饐（yì，食物腐败发臭）了。扣扣：玉米粉不耐热，饐了变苦。都奔四月了，令子还不回。这趟蹲得长远呢。细凤：令子不准定了，走着时大包小包的，有说首饰细软带着呢。扣扣：看样子没指望了。细凤：相思她了？扣扣：不对号，指望她回来捞借点。细凤：借他个人吧。小辰光在一起说是玩儿的，长大了还上了谱。

扣扣：你轻声点，说野了难堪的。我娘说了，这事横竖难成。细凤：你娘，坟盘里托梦你吧。扣扣：娘说除非改朝换代，要不连门缝儿也紧闭着。细凤：不说了。没准儿你提起令子，她就出面在你身后了。有吃完饭的帮工走出厨房，高唤：东家令子家来了。两人相视一笑。扣扣：令子回家，你晓得？细凤：晓得个魂，计谋出来的。

令子娘两个，还是由接走她俩的炳叔送回。炳叔大名袁炳炳，比令子也就大了十来岁。十四五岁时光进的东家门，铺子，厂子的一干十多年，成了东家的贴身勤务士。炳叔家住横扇岛，那地儿在城里乡里的正当中，扣扣前两年送令子进城，正是炳叔中途接的客，接乘了机船进的城。炳叔进屋和熟面孔扣扣细凤胖姨杜常等握了手，掏出美丽牌香烟分发给生面孔。会吸不会吸的人手一支。扣扣说：你发烟，我篦火。炳叔：请烟没请火，等于没请我，还是我来吧。细凤添了圆子，说：吃烟的吃烟，吃圆子的吃圆子。炳叔草草吃一碗，起身告辞。扣扣：加急？歇歇饭力呀。令子：别拦挡，炳叔赶夜班船回城呢，一环扣一环的，慢了一拍二拍的赶不上趟。扣扣明了船期的紧迫，早路至江家浦，登上撑蒿船，渡过三星河横港至江边码头，乘上沙船，换上机船方能过江去。扣扣说：误不得。我俩下田同路。伙计们，送客一程啰。路上，扣扣忍不住打探：令子到了夏天才回呀，这次够长远的。炳叔说：东家不准回，令子吵着回，吵得回来，丫头面子大如天呢。不过得听令，收拾好家底限时限日回城，情急了，丢开家底朝城里奔。江哥插嘴：东家人散地皮在。租田自田不要；租粮租金不收了？炳叔：该丢的丢开好。江哥：不能吧。江家浦的民主小政府唤分田分地唤得应天响，眼下照样是东家的田地。炳叔：说变会变的，等着这天吧。么嗬！伙计们全盯住了炳叔，这个城里人出言讲分寸，不会信口开河。炳叔向聚拢来的伙计们散发了剩下的几根香烟，说：别当真，一个跑腿打杂的伙计韶韶咕来着。各位爷叔、兄弟，匀着劲干，小弟赶船期，失陪了。

扣扣：炳叔是个闹热人，会聚拢人呢，我俩聚起来垒了。江哥：不使劲垒，对不起一肚的圆子。海哥：吃进一肚的圆子，七上八下的，怎么使不上劲来。大伙儿使慢劲，快了吃不消。江哥：你好像千年没呷过限好呷到撑肚皮，力气呷没了，隔壁邻居受你累呢。扣扣：慢着，合着海哥的慢拍走。等圆子下落了，一齐使蛮劲，慢使劲。一垄地垡到塄畔，转过身，发觉令子跟在身后。柳叔说：东家小姐，监工来了！令子：监啥工呀，找人。杨叔：找一个人，一个人歇着，找两个人两个人歇着。令子：找扣扣。杨叔：扣扣歇着，没找上的垡地咯。

扣扣横下垡耙，坐上耙柄。令子站着说：细凤说你找我，急事？扣扣：小事，没思周全呢。你还乡还得走吧？令子：难说难事，城里吗，教书学书的，扛工做买卖的没个人在心，全怕打仗呢。扣扣说：这话不假。鲍先生走了人，不教书啰。令子：鲍先生在党在派的，必定靠队伍去了。老爸说眼看着要打生死战了，两党两派分不出胜负来，这仗打不歇。我侪年轻人爱国保国是对的。靠党靠派不可靠。是党是派的全部心思用在勾心斗角，争权争利上了。扣扣：我靠上了鲍先生的党，没觉察不可靠，蛮投缘的。令子：鲍先生的党，比我老爸威严着呢。借你的光，我也靠上了，又有点怕。扣扣：我也怕，怕找不上他，找上了，我要借你十一块银钱还债。令子：就这事呀，小事一桩。备好它，多早晚要随你便。扣扣：不急，待上几天吧。

令子离开，扣扣重又入了行，紧追快垡加油赶。你快他们也快，愣是赶不上。他唤：喂！悠着点，等着我。反而加快了。他又唤：歇下来，累着了不划算，明朝还要干。海哥代回音：歇不下了，正是圆子发力时，扣扣没了法子，自动慢下来，待天色略见晚了，比以往提前一个钟点放了大伙的工。自个单干起，补上误工时，是个承头的，不能拿一样的力钱少干活，多出点力才是正道。出力至黑降降了，他薅把路边青草擦尽垡耙泥上时，去江家浦的二位找上了垅，要明天的活计。扣扣：有啊，满满当当的。一位说：江家浦见到认识你、认识我的东家教书先生了。有空去一趟他那儿。老地方难见，新地方好见。扣扣：明白。明早你俩承头垡地。

## （二十六）

江家浦码头瘦了身，稀疏漂流着几只罱（ǎn，捞取，多指河底泥沙）泥船，两仨只扒螺儿河蚌的盆儿船，竖帆使桅的沙船，能装十石八石的铁皮船，难觅踪影。扣扣极目远望东北滩无边无际的芦苇正在疯长期，静耳仿佛听得拔节声。这块儿即是徐区长耳提面命的新地方。风吹苇低现天鹅，一对扁嘴黑脸琵鹭，一对尖嘴东方白鹳，拔水而起，射向海滩深处。苇丛中，一只能摇橹，能篙撑，能见风使舵的三能船穿梭得时隐时现。扣扣眼尖，识出了这条徐浩区长指点过的、专为东南财所的战勤物资调拨的战勤船只，鲍枫鲍先生，徐浩徐区长站立船高头呢，船是送他俩上岸的，扣扣扬扬手示意到了，三人走了新地方，先生：扣扣你好快呀，区长：正合适，今日收尾了，来了正好把一铁箱零票钱扛去保管。扣扣利索地拎了铁皮钱箱，套上麻袋。扛上肩，扣扣耸耸膀说：好走了哇。徐浩：慢，说完事走不迟，我要随大部队从内线跳到外线，与中央军真枪实弹去拼杀。本想带上你的。考虑到鲍枫同志接替了这儿的烂摊子。盐会、税收、区小队人员全需补充。人手紧缺，留下你听指配吧。战事不紧时，帮着收粮收钱，收上一分是一分。战事吃紧了，理顺好账目，园管好钱财，队伍打回来，指望着你们给养犒劳呢。鲍枫：等着你们打回长江来。徐浩：等着吧，三野首长动员会上讲，红军转移到大西北时，剩下不足五万人，经十几年抗战，队伍扩充到五百万人朝上了。人多势大，很快会打回来。扣扣：下次回来带着我哟。徐浩：那是一定的，你的政治生命装在我的公文包里。入党申请书上我和鲍枫同是你的介绍人，后续想让你填份志愿履历认定，队伍再给你个批文，扣扣：几时填写，怕写不连牵。徐浩：不进队伍，你还在地方上立足。大部队一走，这块巴掌大的红根地变白毛之地转手快呢。暂时转为地下吧，免得树大招风，招来不测。鲍枫：白色恐怖近在眉睫，扣扣呀，要有个丢开自我的心理准备。扣扣：离开爹娘后我早备过人财两空了。鲍枫：言重了。党员身份偷偷摆在心里吧。遇事胆大心细，完成组织交给的任务第一，不出差错。上次丢失的银钱，徐浩同志填补了。扣扣：我丢的，我来赔，找到门路了。鲍枫：找到了？扣扣：找到借钱门路了。徐浩：嗨！那不是拆西墙补东墙吗。丢失了是你失手，不是失足。由你来赔，有失公道。扣扣：到头来你赔了钱，我心里走不过。鲍枫：好啦，往后同志哥同志弟的哪个也不丢失。扣扣，没事了，你先走一步呢，还是等我们一起走。我与徐浩今夜回东家学堂，等这清理完毕得半夜回了。扣扣：我先走一步吧，钱财园上床心里定心。鲍枫：好吧。近日里风声紧，有二位远离里护着你。近八棵榉了，你捎两下右手两人就撤离了。

# （二十七）

扣扣麻袋甩上肩，出门迈开了大步。来是乌朦朦，回是明光光。紧跑一阵，细汗沁身。慢下步来，飘来一片黑云。全身罩上盘篮大的影子。扣扣踩着影子走。快走几步，盘篮拐了弯。显出了自个捐钱箱的身影，像只蝌蚪，大头细身子。应验了有钱大头，没钱头大的嘲语。扣扣哑然失笑：大小是阳光给的，与钱无关。一阵紧风搜身吹过，天色顿时暗淡下来，是一大片黑云飘暗了天。八棵榉上到眼了，好抬两下手臂，送走了护者。东家学堂显现，奔走环拢桥了。桥后叮呤叮呤响起像炸小鞭。扣扣走快，铃声响得急。他已发了暗号，不可能队伍上的护者追上来。扣扣学队伍上立停，站在桥上不走了。铃声围了他转一圈杵在前头停下。扣扣卸下麻袋。蹾地落手重了点，袋中叮呤两响和了声。扣扣惊异一愣，布财嘘声一笑，说：小老弟。没得车铃当响着叮当，啥机关？扣扣：布财哥啥辰光骑上簌括新的脚踏车啦。布财：铃声唤你不回头，抢到金银财宝啦，怕我追上打你的封建。扣扣：一麻袋的缸片瓷片，捐回家修贴滴水檐呢，哥急用送你家去。布财：瓦片碎片我不要，金银钞票不嫌少，朝我屋里送吧。扣扣：真送了。布财：真要了。扣扣：哥你别挡旁了，瓷片屑子刹粪也没用。送到家讨三婶娘一顿臭骂呢。哥朝天上看，云层加厚，像意着下雨呢。他说着翻袋在肩，不理会布财的脸色，一溜紧奔回到家。开门关门，闩紧闩牢，过了整个钟点，布财没现身。他泰下心来，开启了铁皮箱，半层纸币，半层银币的填装。纸币还是些花花纸头，白色银币中花露出黄色？妈耶，这是传说中的锞子金呀！徐区长流露过共产党的队伍，主靠大公众的支持，也靠南方的武夷山脉红根地、北方三水半岛根据地两处金矿贴补。真有缘呀，曲曲拐拐流通到扣扣手中了。眼下这堆银带金，体积不大。实在的硬通货连同纸币。他把它们推上了顶尖的万元高度。他徒然升起了紧迫感，扔远了麻袋，用双层被子裹了盖了。决断今晚不点火，不冒烟，不走动，不出大气。抱紧枕头沉睡在柴窠里。长顺，布财，令子来哉，一准摸不着飘儿。他要平稳捱到明天，找同志哥汇报，求得安稳的支持。

# （二十八）

嘭嘭声敲醒了扣扣。扣弟扣弟的唤得欢。这个长顺，吃了仙人屁变聪明了。没露脸，不露脚的，能吃准了我在家睏大头觉。他屏住气息不理会。长顺停了敲门说：扣弟醒觉了，开门啰。娘请你吃麸面烧饼。醒觉了他也觉察呀，开门吧。对着黑影，扣扣说：你怎个晓得我睏觉在家？长顺：你呼噜呀。一间灶屋里二只小猪叫呢。进院沟听到了。嗨！扣扣自扇嘴巴：猪猡一只，人算不如猪叫呢。

长顺喜滋滋请来扣扣吃饼。二婶娘说：唤个人唤过了饭时，烧饼熟又凉了，炜炜吃吧。扣扣：温吞吞惹吃，不说吃不觉饿呢。二婶娘：喜日子临近，磨了三合粉（茶米，糯玉米，麦子）筛出来细粉做作和气圆子够着，麸粉做了今朝的饼。扣侄一向爱吃的。扣扣：罢得了的事，二婶娘烦不着。二婶娘：麸粉黄面的粗糙不耐嚼，招你来过过喉咙的。儿女婚事第一回，喜事冲昏了头，唤你把把当口的。长顺说：我也喜里睏不着觉，扣弟陪我，陪着说谈话，说一夜话。扣扣：睏觉呼噜像猪叫，吓着你了。长顺：我乐意听嘛。扣扣：我没洗澡换衣，明夜陪你。长顺：不嘛！你不陪我，我陪你去。二婶娘说：长顺成了亲，兄弟两个少有同床时了，兄弟一场，陪着长顺没几夜了。世故情怀难推诿，扣扣：陪了，陪了。家去一趟，关紧了屋门来照陪不误。

扣扣多一层考量：长顺万万不可家来，一进一出满床的银钱入了眼，犯了病，误了婚期。这代人生别想娶媳妇了。扣扣锁上了堂门，加了个双保险。用鞋底线缠住门扣，两层足足缠了二十多股。用的对拔节，两线头深深嵌进股中。内行人挑出了线头，双手对拉，线股迎刃而解，小偷小摸的外行人用镰刀割，割在铁器门扣上使不上劲。能割断个三五股的，松动不了对拔节，用剪子锥子挑，越挑越紧凑，尖锥缚进钱股中，难自拔呢。这小窍门，扣扣跟着强强长顺布财学来的。三个哥哥比扣扣大三四岁，跟父辈上过渔船，船上的橡条靠件用麻绳绑着挂竹篙，用的这种对拔节。要紧候里，船头船尾急用靠件，双手一拉，填补上，从不误事。哥们懂了点小玩儿，现卖给了扣弟。鞋底线缠上陀螺玩，五尺长的线缠紧了，两个人对拉陀螺不用鞭抽，还比扣扣鞭抽的转得时间长。扣扣看上眼，说：对拔节呀，我会了，三缠二绕的，一会儿玩上了。

　　总算小时候没白玩，今朝配上用处了。扣扣增添着肚量去陪长顺过夜。娘俩个像千年没会见过他，你一句他一声的絮叨上半夜。扣扣断断续续睏着时段觉。阿末一段回笼觉醒来，天亮走失了人影，从没起床这么晚呀。扣扣没回复二婶娘留用早饭的好意，疑惑着从东宅跳回西宅。果不其然，堂门洞开，铜锁滚出场外。他冲进屋，扑到床前，被褥高高隆起像只癞皮狗翘着前腿啃着铁骨头。铁箱在，钱没了，四下踢踢找找，一个子儿没留下。我爹我娘呀，二老看管了几十年的茅屑屋，从不丢三落四，招贼招强盗来着，这回床倒屋塌，害苦儿了。一会儿，他嘴角起了泡，声音憋在喉咙口，吐不出嘴。这个折线高手，不是长顺。他至多十块银钱的钱痴，登不上万元高台。八成是布财，他一了小家子气。记恨昨日诓骗了他，变个法子捉弄小老弟呢。扣扣咬着泡唇出屋飞奔布财家。三婶娘惊异扣扣没礼没教的跳进屋，三间屋子转了个遍，指指布财睏床。手脚做个蹬脚踏车的态势，呵呵两声。三婶娘看懂了，说：寻布财呀。他昨日夜饭后出走没回来过。说是出海了。扣扣再呵两声扭身奔上环拢桥，直奔东家学堂。

　　徐浩、鲍枫商议着江家浦剩余事项。鲍枫揩了面顺着搓巾。徐浩把右肩左摆的公文包挎好，左肩右摆的盒子枪箍上头，往肩上顺，冷不防扣扣一头跌进。接不上气，吐不出声，伤心至极一头仰倒先生的床高头。鲍枫：扣扣急成这样，定有重要事件发生，慢慢说，天塌不来有高个子撑着，头爿开花有双肩抬着。没啥了不起的，你上下周全呢，放松，再放松。扣扣阿哇阿哇掉眼泪。鲍枫喂了他两口水。扣扣呛水没咳出半个字。徐浩：我的同志弟耶，侦察到啥敌情，急成个结巴，指望你当个侦察兵呢。鲍枫：扣扣你眼光别老盯着我俩，朝远处望。试试唱歌打号子。扣扣：号，号子，垡垡垡，垡耙。鲍枫：对头，顺着说，嘴皮出声了，心里话跟着出口了。扣扣：垡耙垡耙，垡耙捅上天，烂泥坷子分两边。一垡耙垡下去，不见金钱银钱在眼前。钱！钱！钱！鲍枫：钱少了？钱丢了？钱抢了？扣扣：钱没了，偷了个精光有黄金板子呢。徐浩：可恶可恶。捉进笆箩的大鱼小鱼被人算计了，筹钱难呀。鲍枫：扣扣有点框框呀？扣扣：大框框，堂门上的铜锁，绳结，自家兄弟有能耐解开。可他们肯定不会偷我手中钱，多数的是兄弟开了门，被坏人钻了孔子。徐浩：是条线索，领我去会会你兄弟。老鲍呀，咱俩分开行动，你去江家浦，把芦苇荡中半船军粮分放到基础群众家里，我去摸底追钱，摸出个一二三来，动用队伍追回来。谁做贼做强盗断了我们的财路，我要抄了他的后路。

扣扣领着徐浩勘查现场。进屋出屋张望着四周，望到衣香站在前宅山墙边端着碗喝稀粥，用筷子拨划着示意往过去。扣扣一个箭步冲进院宅，语无伦次一通咕噜，差眼儿惊落衣香碗筷。说：扣扣咋的啦，脸面涨紫得像猪肝，尽说天话。大婶娘：不对劲呀，这副面孔在亲娘妈妈离开时现过一回。今个定是遇上剜心事了，衣香快去点着一炷香，通报先祖先宗不要为难扣扣，各路神仙发发慈悲，保佑他怨消病除，悔气喷出来。衣香：扣扣你像遇着鬼了。扣扣直摆头。衣香：遇贼遇强盗了？扣扣点头，徐浩赶到说了原事。衣香：我估猜到，要出大事，天空朦胧亮时，我起床生火煮粥出门捧柴火，眼角里瞄到一拨黑影从后宅院中出动朝南跑，心想这些个人起早贪黑与扣扣一样耐得起苦呢。捧柴火时窸窸窣窣一阵响，惊动了那帮黑影倒退回，朝北跑一段，转个弯直奔西去了。跑路贼头贼脑样子，不像是同路人，果真偷了你们的钱。追！快着追。扣扣拔脚去追，大婶娘拦挡下，说：小毛贼跑脱大半个时辰了。你追他跑，撵到天边撵不上了。想想他们朝西奔，通潮河五十里没桥没渡，断了北逃的路，只能从十里开外的苍头渡南渡运盐河，奔县城去，绕了弯子还渡河走水路，人多脚杂快不了。你俩南走环拢桥，省了摆渡，直走运盐河南岸奔苍头渡。他一打顿，你一直追，兴许能追上一两个落单毛贼。徐浩：照强强娘出的主意办，扣扣，行动！

## （二十九）

经余镇，奔苍头渡，朝县城走。扣扣熟路轻车了。一针的家坐落县城东市梢，几次为长顺的婚事定准跑了腿。记牢途中有块三角地的地标。北往苍头渡，西去大县城，南下长江边。扣扣从东方追来，途经过一溜十二棵白果树，八只喜鹊窠映入眼帘。要得，此去三角地，只剩一顿饭时辰了。跑动中，徐浩递给扣扣两个黑面饼,说:填填饥,长长脚劲。扣扣:见着饼,真是饿了。战勤区长时刻备着战勤口粮呢,而下边人只知道张口,不晓得筹备了。徐浩:哪来的先知先觉哟,昨日吃余下的,怕这两天忙中失去饭时,攒下来四个应应急的。

两块饼下肚。三角地隐现。扣扣瞪圆双眼,恨不得追上蟊贼,像咬碎黑饼样咬上两口。不!咬是轻的,抢去垓多钱,该吃枪子儿,追上了,用区长的盒子枪敲打,敲打他们叫饶乖乖交钱。扣扣侧身看到徐区长果真从枪套里抽出了枪,枪口向下,提溜在手一甩一甩的。在三角地,停驻望路。西南方向尘埃细扬,散散落落的行路者人影单吊,不见成团成伙的。苍头渡一路冷冷清清,狗儿猫儿难现一只,蟊贼往北往海滩走人?那儿可是共产党新四军地盘。抢了他们的钱,自投罗网朝死路上撞,二憨子主儿也不会走死门。抑有车马接应,早已错开了三角地,逃避得没了踪影?徐浩:既追了,朝县城方向再追一阵。追上一段两边全是河浜路段时。徐浩硬拉住扣扣,强行后退了十几步。隐没进沟肩芦苇丛中。悄声:看到拐角处河梢上一片冒烟的沟滩没?扣扣:苇草着火冒青烟呢。徐浩:芦苇正是青枝绿叶时,燃不着,一帮人合伙抽着香烟呢。扣扣顺徐浩指点拨开芦苇空隙观望,烟雾缭绕处,七八个人仰着坐着吃烟歇息。七八杆长枪斜摞成一堆。三条帆布褡裢盘缠枪尖,缠紧处,冒出圆鼓鼓的银钱腰身,挤挤一袋挣着出头露面呢。扣扣说:我的钱,蟊贼跑不了,拳头捏得嘎巴嘎吧响。徐浩摁住他。说:不是小蟊贼,是带枪大盗,余镇的江大麻了带着一班乡丁丁的。

江大麻子,余镇一霸。历来的缉私、刮税头目。日伪时,隐居江湖一段时。区长筹粮筹款时,与此人碰过面,交过手。日本人败走,江大麻子官复原位。他见钱卖力,嗅钱灵敏,长鼻子有这牛皮嗅到十里开外、八棵桦旮旯的钱来。钱财进他手,老虎钳子撬不开他的掌。徐浩思忖了有许,说:撤回,找准债主了。眼下硬拼没胜算机会。回去与东南警卫团的领导制定个计划,逼着这帮大盗吐出来。扣扣:钱见眼了,不到手我心不甘。徐浩:同志哥耶,咋见了钱命都不要了。扣扣:索不回革命的本钱命存啥用!徐浩:生命是革命的最大本钱,命在好革命。扣扣听不进。苦苦望着沟滩上的强盗拍拍屁股站起身。江大麻子挥着短枪指认五个乡丁提起了枪身,三个乡丁捎上了长枪,枪头上挂着的钱袋。走动起来一摇一摆的，扣扣眼冒金星，他尖叫一声：革命啰！挣脱开徐浩。活脱脱一支离弦之箭，射向扛枪大盗。

徐浩被挣了趔趄，跺了两脚地，慢跑着追近扣扣。暴露了，追上没用，射出的箭，三头牛拉不回了。他静观着扣扣冲进人群，双手将薅着枪尖的钱袋子。乡丁一阵骚乱，叫吵声枪栓声混杂响起。赶在江大麻子扣动扳机前，徐浩枪响了。叭叭两声，一拨子乡丁爬卧沟滩，三四支枪杆同时摁倒扣扣。徐浩见状，高声唤话：江大队长，不要动枪，不要伤害平头百姓。我是朝天开的枪，我两个有话讲。江大麻子瓮声瓮气：识得我大名的人，何方人士？徐浩：江家浦的徐浩徐区长，今儿个区小队分兵讨债，错过路过此地，碰上江大队长，有缘呀。井水不犯河水，各走各的道吧。江大麻子：哎嘿！共产党徐大区长呀，打过交道，吃过你的酒肆，听得进你的话。他指使乡丁收了枪收好钱，放开了扣扣。

扣扣不走开，不回撤，站原地骂着强盗土匪，抢钱不得好死！江大麻子：乡下赤佬，不识抬举。他提高了枪口，指点扣扣快滚。又说：不计较了，今儿个烦的是钱，不是人。徐大区长来领走赤佬吧。徐浩信步走去，着意把枪支插进了枪套。他右手抓牢了扣扣，左手做出个请走的手势。扣扣挪不开步，停不下嘴，咒骂抢钱强盗一个跑不了。江大麻子回头，投来一脸的鄙夷，说：赤佬嘴巴子硬梆呢，跟着区长学着点。抢钱！哈哈，说得多难听呀。征钱，懂哇？有明征暗征的，这是暗征。为政公干，暗缴入库。扣扣恼怒至极点。骂不出声。眼睁睁着钱袋在枪尖上晃呀晃的晃没了。他怔坐在地自说自话：队伍上的活命钱，说没就没了，败在了败家子手里，欠下大笔的金债，银债，革命债，今生今世归还不到了。

徐浩扶起扣扣，俩人搀扶着回撤。太阳升高着，四五月份的日头浸溢出了热浪，跑步溻湿的衣装经透晒后。周身热燥燥，粘滞滞的。徐浩脱下灰布装。扣扣脱成赤膊上身，一道印痕呈现胸脯。徐浩：冒失鬼，负伤了，枪尖儿划的。扣扣：一道红杠杠，不滴血，不痛不痒。徐浩：胸门口出了血，麻烦大了。记住，集体行动，万不能冒失。扣扣：闹来闹去闹不明白。明明是他们抢了钱，说成是公干，交库，天下没个公道了。徐浩：这些个带权柄的缉私队，出口即是法律条文，强收强抢惯常事，与他们无理可争，除非交火。

从急见钱袋那一刻起，我就谋划夺回来。千辛万苦得来的血汗钱，神圣不可侵犯呀。夺回！用枪把子夺回来。扣扣：你打枪了，一个强盗没打着。徐浩：冒出过先下手动枪的，两个人，一支驳壳枪，五发子弹。有把握撂倒五个，剩了四人九枪，个中有一两个回击，伤了我俩，钱也难追回了。扣扣：打死五个，剩下四个吓也吓煞了。徐浩：打鸟呀，打下一只，剩下的全吓飞了。人有怕死也有不怕的，有爱钱也有不爱的。这些个地痞乡丁钱看得重，数目又大，不会放弃钱、放弃抵抗的。领头的江大麻子，多年的兵痞了，不是盏省油灯，双方交起火来，火速惊动了中央军。235团就地驻扎着，方圆四周全是他们的地盘，正挖空心思找我交战呢。到时救火快，接火也快，便宜都给中央军占去了。重要的是你缺少战事体会，怕失去个好兄弟呀，留得青山在吧，好为革命挽回更多的钱财来。

扣扣：于心不忍呀。徐浩挥舞着手中的驳壳枪，说：我一样，手中换成捷克式机枪，沟滩上的大好机会决不放弃，冲上去连发扫射过去，结束战斗。夺了钱回撤急行军，中央军追赶晚了三步了。扣扣：机枪在哪块？我去扛。话音刚落，哒哒哒一阵连发枪声。扣扣：机枪真响呀？徐浩：是中央军的卡宾枪连射，一定是江大麻子虚报军情，中央军追赶区小队来了。我两个跑起身，尽快摆脱掉。扣扣跑动中穿上衣衫。扭身中看出来已跑出了三角地，跑出了岸树喜鹊窠，跑过了离家的对半道程。枪声没消停过，先西南，再正南，后东南。三个方向像早有设伏，三相呼应。235团搞啥名堂，想包抄两人的区小队，赌注下大了。徐浩运动中默测三路来敌的相隔距离。西南方向速射子弹身后朝下沉，说明已被甩开；正南的弹头少许近身朝下沉的，说明先头追兵也远远在身后；难缠的东南那一股，枪弹儿嗖嗖从头顶滑过，至少比那两股近了半个钟点的路程。推进到石板桥，至淖河渡，判足它两个钟点到。我俩，现在苍头渡环拢桥中间地界，距环拢桥六里路，环龙桥至淖河渡六里，十二里路必须急行军跑进一个钟点，还剩一个钟点有把握渡过淖河渡，进了自己的地盘，中央军不敢渡河追了，胜算在握。扣扣：不用走石板桥，环拢桥，淖河渡了，我两个洗澡过河。过两条河不出一个钟点，河水不深，洗澡过河抄了近道，洗了晦气，爬上岸抬头新四军地界了。徐浩：水不深，洗澡过渡，争抢了时间，好主意呀，就地下河吧。扣扣得令，扑通跳进运盐河。

踩倒一片拔节芦苇。长出五六片苇叶了，光脚踩上柔软光滑。扣扣抬身指点区长踩牢苇子，光脚下河，穿了鞋，容易陷进淤泥中，拔不出脚，走不快河。河水乍暖还寒，衣着穿身洗了。公文包，驳壳枪顶头行。扣扣顶着两双圆口布鞋在前蹚水，河水漫漫变深，齐腰、贴胸、泼胫、波到下巴，没头没脑没顶了，扣扣踩水直身过了深水区，也就三扁担长的深水程。徐浩没跟上，蹚在深浅交界处，双臂乱泼乱扠（sǒng，推）。退也不是，进也艰难，咋的啦？他没说不会洗澡呀。学会了是硬功夫，终生受用，不像识文写字有学后忘的。一定是腿脚抽筋了，扣扣没细想，飞快游回徐浩身边。问：你会不会洗澡呀？徐浩：洗澡会，游泳不会。山沟里的旱鸭不识水性，误会了。嘿！扣扣把澡盆洗水与河中游水混会一谈。当地人听得明，洗澡等于游泳，徐区长，外地人一个，听岔了。扣扣：不会，有我呢，照着我昂头，双手划水，两脚像田鸡腿伸伸缩缩，一顿饭工夫，会仰泳了。徐浩：天上枪声紧，不是学游泳时。扣扣：那好，驮你过深水区。

　　他把枪包鞋衣送上彼岸。回游时含了一截通气芦苇，指定徐浩骑上他肩，抱紧他的头，别拉他的手，双手双用呢，划水保平衡；苇管吸气时捏紧鼻翼。一二，走起来。扣扣沾水，脚踩软底，闭紧双眼，慢慢潜行。水路难行。难在两眼水汪汪，不知路在何方？水中无路，脚踩的是路了，有高有底，有蛏有蚌。一只珍珠大蚌，三倍于扣扣的脚掌。踩上去一滑一溜，激起水中身躯左右摇晃，引得肩上人大幅摆动，一副落水架势。扣扣伸出双手拉稳了，匆忙中换吸口气，忘却了鼻孔失去了把门的。一股浊气呛进喉，呛进胸腔，里外是水了。大人骂小团脑子进水不认字八成这样来的。剩下的水程只能憋气行了，十分八分的行程，估摸着该路头露嘴了。白茫茫一片好难行啊，耳边的哗啦声似马吼牛哞，走进鬼门关了。我是水鬼，不怕牛头马面，我要受住，不能顶开区长。他不会洗澡。送在深水区，我已无力救他了。腿说绵就绵了，胸门口万针穿刺，四肢无力顶不开重物了。话说两人在水中搏击求生。一个会游泳，一个不会。急难之中，被淹死的多半是会游泳的在先。不能啊！徐浩大吼一声，鱼跃着跳进水中。解放了扣扣，软皮球冒水三尺，大把大把喘粗气。徐浩这一跃跃出三米远，稳稳当当站立浅水区。两人吐出脏水，同时说：快上岸，朝通潮河方向。

运盐河，通潮河，两条东西走向的横河南北相隔二里路。一路渍白的盐碱地，不长田禾只长草。秋冬时节扣扣来这寻割蓑衣草，备着苫屋顶，编雨衣。割寻茅柴草，打造草鞋或搓成草绳，收获季里捆绑麦个子，稻个子。眼下茅柴细软，脚踩不痛不痒好行路，跨跃式行，不大会儿到河边。扣扣瞅着近水芦苇七八叶没了水，河面上泛着白花裹胁着草根树叶旋转着互相推诿。自刮耳光：只长年纪不长记性，通潮河涨潮了，昨夜长顺哥说再过一个礼拜，就是他婚日了。他的婚日五月三十日，三十减七，今朝五月廿三日，初八廿三巳申潮，十时一刻起水。当下太阳拔直偏东，时辰正值旺潮，水流正在加深加大，两人游河难了。徐浩：别闷在肚里，瞧到啥花样吐出来。扣扣：通潮河比运盐河宽一倍，行船水槽也宽也深，又涨了潮，游渡一人不难，两人没把握了。徐浩：条理清爽了，水路不成走旱路，一心赶路吧。扣扣跑着不忘自责：人算不如天算，笨蛋一个，硬丁丁走失半个钟点。徐浩：不泄气，时间还有宽余，我们的胜算还大于敌人。听，枪声稀落，说不准敌人一时失去了追赶目标，在停步喂肚皮呢。一粒枪子儿啾啾着划空而来，射入水汪函，冒出一撮青烟。徐浩目测了距离，说：凶险增大了。扣扣你，一个人有力气，游过河去？扣扣点头认可，嘴却说：要过一起过，我拉你凫水过河。徐浩：别傻第二回了。你先过去，凶险减去一半了。带着我的公文包游过去直奔朱家饭店警卫团的营部。递上公文包当自家人的，叫他们准备应战，把敌人阻断在淖河渡南。枪声响得紧他们为主动出击的。扣扣有些犹豫，徐浩跑动中靠近他，有意朝水边挤压，把他挤下了水。

扣扣顶着公文包。踩水过河，嫌太慢，改成凫游，公文包落水，蛮争气，竖在水面汆着飘，不洇水迹。游了一阵，还嫌慢，包不渗水索性挂上脖颈。改成扎猛子潜游。两耳只闻流水声，一心游到河彼岸。上了岸跑两步，坏了，包包没了，游丢在通潮河中。水在转圈，没了包包身影。没了见面礼。队伍上不认他，先接应区长吧，反正淖河渡朱家饭店一个方向，边跑边张望。看不清河中的渡船，更看不上船上的人影。传来那边的枪声，扣扣分不出枪近枪远听着在黄沙炒蚕豆，响成了一锅崩。淖河渡跑近了，一叶扁舟乱枪中飞渡。撞上眼来朱家饭店地界飞出一行队伍，一定是自己的队伍，握着长枪短枪，外加一挺捷克式轻机枪，身骨不大，神气凛人着。徐浩早一步擎住一挺，万事圆边了。

扣扣想追上队伍。劳累跟不上趟了，眼望队伍朝渡口猛冲。近七近八了，队伍变了形，分散着前后排开。否管身下泥呀水呀，一齐匍匐倒地，显眼的机枪吼声起。那边厢枪声打了噎。这边厢枪声拉紧，那边厢枪声渐稀渐远，哑了声。这边厢挥短枪的官儿指令士兵把徐浩抢上岸。六人托着，卧地的人呼啦啦让开一条道，前后簇拥着人造担架奔向朱家饭店，扣扣紧跑几步从侧面近上去。听官儿问询卫生员伤势救护情况。卫生员的沉痛声：停止了气息，有三发子弹击中要害。扣扣从队伍行走隙缝中看到徐浩浑身淌血，眼脸变了形，四到八处冒血泡。扣扣嘟囔：咋说走就走了，你有母亲的牵挂，有约定，怎个向一家人交代呢？扣扣无牵无挂，该死的是我呀。

队伍上没人识得扣扣，伸出胳膊阻挡了他，用力轻巧，可扣扣不堪一拨，软绵绵似风吹倒地。双手支撑着散地弹壳，撑不起身了。眼影重叠着过渡过桥过路过河场境，当中消失了徐区长，他真情死了，为我战死。同志弟必定陪着同志哥，陪他去了。

三更一路捡着黄铜弹壳，捡到扣扣身旁，好生奇异：他怎个躺在这块，吃到野珠子了？扣扣喃喃着血呀血，三更查看了说：没伤着呀？吓着啦？扣扣：该死的没死，不该死的死了。三更：听说共产党队伍上死了人。你跟死者有冤情。扣扣：我是透气筒，该死的是我。三更：队伍上随时随地会死人，跟你浑身不搭界的，倒把你吓糊涂了，像只软脚蟹四肢无力走不动路了，躺在这块阴森地。回家吧，我驮你回家，呀！你身上烧的滚烫呀。

## （三十）

扣扣高烧不退，昏迷接昏睡。三个婶娘轮番守护，请来宁郎中坐家问症，迟迟不见扣扣开眼。婶娘跟宁郎中急：再不见效，我侪进城搬请洋郎中来。宁郎中：要挟我哪！妇人之见。扣扣得了不是一般寒热病，伤寒到了全身，退热药得小剂量的用，一步一步朝下退。用猛了，关住症火，人从高处朝下走，一步踩到宅基地，摔成个折脚瞎眼啥人担挡。据我成见，这病非得全身脱层皮后才会慢见好。有一年半载复不了原的，有中间轻两头重的，就看各人的造化了。三婶娘：我侪说一句，郎中回了十来句。二婶娘：用心个，看出来郎中用心个。我侪心急。盼着扣伢早早复原，来一手操办长顺婚事。大婶娘：全是大事体。扣伢转到我家治养，腾出新房来长顺成亲。二婶娘：少了扣伢，心里乱糟糟无从下手。三婶娘：油汤做得七实八满，加把热成了。有我侪大家呢。

扣扣抬进大婶娘家，衣香见天服侍他，像喂小囡：喂汤药，汤粥。扣扣难得顺从。衣香找出了门槛，趁扣扣喃喃自语时，灌进几口，一次半调羹，多了怕呛着他。隔着衣裤，衣香感触扣扣身上滚烫退烧了，俯身凑近他，听他喃喃点啥。他不顺她，下意识宿起身子，头歪向一边。衣香心里说：长不大的男人，自小远离了女人，痛得七荤八素了，穷讲究个啥。

细凤来了，带来二两红糖，半斤生姜。扣扣得了寒热病，相助着他御寒祛热。他隐约觉察床沿边换了个女人，没力道睁大眼辨认。她自言自语：三更今朝才告诉我，是他从通潮河边驮你回的家，说你被枪声惊吓了。那天，两军开战，你钻到中间腰里挡子弹呀。中央军打完仗，跑来东家要饭吃。东小叔应承了。令子找你帮厨，迤东迤西的不见你。我侪那个忙的，全套手脚操持了十桌饭菜。吃客还板脸要酒喝，只好依凑他们。衣香煮了姜糖茶端来，说：讲了啥惹气闲话，讲得扣扣捏紧了拳头。细凤：平常闲话呀，他生气不讲了。

令子又来了。她见天来，带来的南货茶食堆满床头。扣扣嗅不来香，难动口唇，节气渐行渐热，衣香怕上好的甜品上霉，隔三差五分给老的小的尝鲜。令子照例贴额头测扣扣的火气，多回扣扣一动不动的凑便她。这回歪头避开了，像避开衣香的脸额一样。令子有些疑惑：这算啥征兆？转好还是转坏呀。

一针头一回看望扣扣，一溜小跑着从婆家跑进婶家，就像她过门时从娘家跑进了婆家，一没坐脚踏二等车，二没坐木轮手推车，由长顺几个年轻人领带着，长花护送着，抄小路声无气哈朝婆家赶。半道上，长顺敦促长花不送了，原路转回家去。长花：正经礼数，丫头出嫁该有个伴娘，我来担当。长顺：娘没教说这款项，你该回的。长花：亲哥今朝大婚，新嫂子又是自家人，妹子心里痒痒的，好想去凑个闹猛。我去问话一针，她决断该去该回，今朝听新娘子的。一针：娘交代送上半道你该回的。你回了，我又没了伴？正在两难时，来路上炸起枪弹声。长花：拉倒了，想回回不去着，中央军扫着机关炮追来了。短脚快跑，长脚跑快，跑慢了性命交关。可恶的中央军，见天开仗，拉大锯一样，白天里从西拉到东，漫夜了从东拉到西。专往人多的地界赶，声响朝灯亮的地方围。害惨了哥嫂合婚轿子车没坐上一里，红头巾没戴上半幅，高升（炮仗）不敢放一个！哥耶，嫂耶，朝后呀难高升呢。

一针不在乎这些，一路上疑惑着怎个没见主婚的扣扣，傍插的男人一个，白天她没好意思过问，入了洞房后，更没理由打探了。长顺男人样抱她亲她时，袭来一股子韭菜大蒜味，她摸出了两粒锡纸包装的水果糖，桔瓣样儿，桔香果味，像意着结果吧。还是母亲的娘家侄子的舅舅跑单帮从大沟南谋来的。娘说：与夫婿头一回天地合一时，各人含一块甜，甜一生，甜子孙。糖纸剥了一半，她又包上了，觉着长顺正在兴头上，一粒糖果败坏了男人的兴致不值得。乡土男人的青菜大蒜味换成果蜜味反倒不正宗了。多意中，省下了两粒糖果。接下来，八天的闭门谢客守婚房。八天后回娘家门，一针不解：都说三天五天的回门，为啥等上八天。二婶娘：命中注定的，算命先生算出的七不回八不归，搭七搭八的不吉利，第九天回门娘家婆家久长富贵。一针心滤：啥命呀，注定得瞎七瞎八乱七八糟。回了娘家，住了十天，娘仍拦挡回婆家。这婆娘真厉害，实打实的管住小媳妇了。娘说：你是出嫁的前五天来的红潮，算至今日廿三天了，还得住上七天见分晓。一针：又来个，有必要吗？娘说：学问大着呢，碰上七上八下了撞门喜，回婆家要与夫婿分床的。一针没解住完了日子。娘说：没见红，八成撞门了，不过，女人有阴阳月。再观察三五天定准呢。一针：你还是杂七杂八的撞门没撞。不等了，再留要红脸了。娘说：回去自个防着点。三针如释重负回了婆家。第一时间得知扣扣病重，病得卧床不起。第一时间攥着两粒糖果来犒劳病中的扣扣，衣香拦挡，说：不能的，病号喉咙细成鞋绳线，几天吃流汁，硬糖塞嘴中闯祸呢。一针收回手。二次包整了糖果塞进扣扣枕头底下，定神浮想印进脑海中活蹦乱跳的扣扣。睁眼闭眼间，病成滩烂棉絮，人事也难料呢。她问：扣扣生的啥病？凶险呀。衣香：郎中说不出一二三来，菩萨保佑呢。

不会儿令子来了，细凤跟上。衣香：扣扣有女人缘呢，新媳妇，旧媳妇，准媳妇，黄毛丫头成块儿一齐赶上了。令子：成啥用，他照旧一声不哼。细凤：哼着呢，嘴皮上熄了灯黑削了皮吃的哼个不停。一针：你是当手人，听得多了，听出点门道来没？衣香：同志哥，同志弟的听不真着。像意着鲍先生寄爷叔，徐区长寄哥哥。细凤：听偏岔了。队伍上没这等称呼的。令子：还听出些啥啦？衣香：听出人命了，一命抵一命，他要抵命。抵谁的命？三个女人惊悚得面面相觑！却原来，扣扣遭受了生死劫，得了触及魂灵的尴难病。

## （三十一）

扣扣病了二个月开眼，五个月坐身。三个婶娘奔走相告，烧香拜灶家菩萨没白拜，拜归了扣佺魂灵。只是不很活泛，定神的时辰长，嗯呵的对付着众人提问与劝慰。那一日，三婶娘纳着鞋底照看扣佺，手拉细麻线映入扣扣眼帘。尖叫着三婶娘，说我搓的麻线怎个跑上你手了。三婶娘惊喜扣佺吐出了胸中恶气。她说：谢天谢地，扣佺开了大口。扣扣：布财偷走我的细麻线，他人呢？三婶娘：扣佺弄岔了，这线我三天前台箱角里翻出来的。布财出海大半年了，没回家过。为娘亲记得他是五月廿二日夜饭后出的海。没错，这个失钱日子，扣扣深深缠在脑海中。扣扣一直认定没有内鬼，不会失钱，布财承当内鬼的条件富足。他有共用钥匙，他会解开对拔节，他晓得铁皮箱里叮当响。他爱财如命。可他前夜出海了，丢钱是在后夜，又不关他的事，布财是哥呀，四水一家哥不能欺负弟，更不说加害了。

扣扣停了追问。

令子专挑扣扣坐单时蹬门。说：你高低出口了人话。扣扣：你才说鬼话办鬼事呢。令子：枪药中脑门了，出口伤人。扣扣：骂人是轻的，还想打人呢。问你事，为啥赶跑鲍先生？令子：冤枉人了，先生自个要走的。你病时，他走的。我留也留不住，弄得啦学堂关了门。扣扣：该应的，谁让你家招呼中央军饭食啦，还加了酒。令子：正经呀，先前中央军跟日本人干战，干胜了，阿爸还请他们进酒肆呢。扣扣：时下哪来的日本人？中央军打了我侪黑枪，还与他们穿连裆裤子？令子：我不知内情，不知者不为过呀。扣扣：你

076

怎晓得当时同志哥，同志弟有多难啊，我记恨你一辈子。令子：好啦，别隔着门缝看人看扁了，总算找到了症结。透露点，鲍先生关照我关照你的，他会回来的。扣扣眼光闪烁却意外撞见到令子眼泪在眼眶中转圈。她扭身跨出了落屑屋，院沟坝埂上遇上细凤。令子破例没招呼，闪身跑开了。

扣扣拿捏不住，吃不准令子心思了。

细凤见了扣扣，说：令子眼泪汪汪的，受你气了。扣扣：请吃中央军，气走鲍先生，不认个错，没好眼光待她。细凤：桥是桥，路是路。台面上的大事体，不牵连你俩相好的。扣扣：相好不到一块。有钱人家向着中央军，吃呀请的，听了就来气。细凤：扣弟消消气！扣扣，我俩同庚，啥辰光成姐啦。细凤：大三天也是姐呀，听姐说令子是真心的。她阿爸三番五次要带她去大上海，她一再推托等等，等你病体转好，带你走呢。扣扣：拉倒吧，我不想吃眼孔里食，不自在。不像我两个，从小不犯嘴，出力在一起，我帮你挑担，你帮我煮饭，要多开心有多开心。细凤捂住扣扣嘴。说：不准说，姐三天两头做梦和你成了家。醒来梦是空的，姐有婚约在身，不能啊！扣扣：那是，姐是姐，弟是弟，和姐在一起，开心得吃饭满嘴吞，出言不忌口，想啥做啥来啥，姐晚两年再配婚该多好呀。细凤：你个不留心的小老弟呀。姐奉劝你朝后不许对令子喷沫，令子细皮嫩肉，爷娘兜在心里胆里，从不训斥的。东家小姐下嫁佣耕者，四邻八乡的没个先例。可天上有七仙女哪，女人心豆腐心，也是秤砣心，对你动了心，八头牯牛拉不回，老爸让她三分呢。扣扣：云里梦里的事，不想说了。细凤：走一步看一步呗。当紧的养好身体。一病错过了夏忙，不能错过秋忙。寻两个隔夜钱，度个安稳年节，扣扣：在意力气上身了，坐着身想站，站着身想动，手臂脚膀痒痒了。东家有个短工活计，唤声我。细凤：不急不急，小打小敲挣不了两个钱，蓄作劲过大忙，首要端平令子这碗水我帮你圆圆场，和气生财嘛。

细凤离开时，下起了细雨。云朵上的阵雨下起，小点变大点，落水一个泡，紧阵大雨到，雨星变雨条，雨催着风，风夹着雨，三天三夜没消停。扣扣醒悟到下起了台风雨，茅屑屋春季耽误了毡新草，滴水渗透一层草帘，二层草板，雨水钻着孔儿滴水，没恁多的缸啊盆的接水，扣扣只把栖身处摆平了。眯着眼聆听滴水声的快慢，来猜测雨量的大小。坐家养身人，只愁天亮不愁夜。白天眯盹多，夜到思绪乱。是夜，有人"咚咚"敲门，风雨声中唤开门。进屋鲍先生，撑着油布伞，提只藤条箱，是扣扣在东家学堂见过的那只衣包箱。扣扣接下伞箱，抱着鲍枫的胳膊不松手：先生才来呀。鲍枫：想出你心中的苦处了，苦于分不开身来安慰。大部队跳走外线后，留驻的小分队日日转移，夜无定处，大东地界的这小块红根地被中央军黑了。原先我向行署推荐你去王家潭财校学习。你有点底子，学起来不吃力。战事一吃紧，财校转移了，只好等待。扣扣：我不想学财务，见了钱头痛，先生分发给一杆枪吧，顶好是挺歪把子机枪，我要为徐区长讨回血债。鲍枫：眼下不能，小分队化整为零了。好生在家窝着。抢钱的江大麻子被镇压了，防防那几个喽啰认出你来，不出头露面的好。扣扣：等到啥辰光呀。鲍枫：快了，在北面，我们的大部队反攻了，坐仗变行仗，追着中央军的屁股打了。转折到这块了，我来接你。扣扣：我没了想头，只有想先生了。今夜里住半宿，开导开导断线鹞子。鲍枫：不留宿了，风急雨猛好赶路程，有桩事体来不及办了。他打开藤条箱，扣扣过了眼，是钱，整箱的银圆券金圆券，码得划一齐整。鲍枫说：这是积存的教书工钱，住无定处，时时转移跑路拎着它，勒得手指起红杠。当紧的是一天不如一天值钱，昨日一千元买得一斗面粉，今早只买一谷升馒头了。托付你赶明早把钱换了吃食，换了衣裳。送给四五户穷人家。扣扣：四方邻居户户穷，家家苦，送谁家呀？鲍枫，自然是救急。救助危难中的户家。细凤的瞎眼老爹，全身只穿一条麻袋片样的长衫，既是衣也做裳，细凤口中省下钱为老爹置衣，他至死不从，还骂丫头败家了，一个出不了门的小老头，穿上衣，还是新衣裳，糟蹋了。你送套体面的平常衣裳去。东南角里的烂脚稻桃脚烂肉不长皮干不了重活。婆娘出门三月要饭不见踪影。稻桃搂着两个饿得哭不出声的细伢儿，眼光散漫了。明朝换了吃食抢命去，否管刮风下雨了。绰号能能的爷娘得传世痨先后死去。九岁的他领起五岁的大妹，三岁的小弟居家过日子。苦撑了五年，弟妹存活了长了个桩。能能愣是不长大矮了小妹半个额头。苦中苦自肚里明白哟。鲍枫迟疑了有歇，说：定下三家，第四家吗，救助陈家。扣扣：陈家我晓得的。居家落屑屋搭建在宁家中堂的院沟北间。那儿有三棵白果树、二棵狗屎榆，借树成屋。去年苦夏，嘎剌剌响炸雷，劈开了一堆狗屎里长出的老榆树。树洞中劈死一条钉耙柄长的青梢蛇，落屑屋中击死陈家的当家男人。人与蛇浑身爬满条纹，像蚂蚁爬啃着一只鸡脚爪。心生各人头上半方天的人群议论纷纷。说：啥人啥死法，身上写着呢。说：写了啥？认字的念来听听。说：我等凡夫俗子识不得天书。说：雷菩萨收走青蛇呢。不曾想白蛇道魂大不肯就范，雷菩萨发怒殃及了无辜。说：做了亏心事遭陪绑了。陈家女人重复着一句话：不做亏心事，没做亏心事哇！有人劝说：大树招来雷劈，屋漏引进了天火，这块伤心地别再住了，挪个窝吧。挪不动呀。孤儿寡母的肚子空荡荡，哪来生力挪窝哇。

扣扣：先生和我想到一块了，该有人接济接济陈家了。鲍枫：四家了，你再物色两家吧。扣扣：我懂！专拣苦滴滴人家送。鲍枫：拜托了，宜早不宜迟，见亮就办。

鲍枫丢开了藤条箱，撑起了油布伞轻松上路了。扣扣执意送人出院沟出环拢桥，腹稿了一句又一句的送别词，一句没吐出口。只在心里默默祝福先生，夜路走稳，雨中路滑，当心掼跤！

# （三十二）

扣扣不敢睡死，眯瞪一息，侵早进街进镇，现钞换成了现粮现衣，破天荒地请了辆独轮脚车送衣送粮。一路上，扣扣反转握了车把，车夫在前头拉，他扭动屁股后头推。屁颠屁颠的，推得心里美滋滋。一个穷推车的，俨然成了东狱庙里的观音菩萨，金丝穗子一甩：送你一个儿子，接着；送你二亩田地，耕着；送你三本经书，悟着；观音菩萨的锦囊袋装满天下财物，敞开大门普济众生。鲍先生没恁多财物，扣扣只能换得有限的衣布食粮相送。大比小，意思一样的。授人财物，终归是件称心如意的事吗。扣扣不加思索，果断在细凤家门口卸了车囷下粮衣。瞎爹双耳灵敏听了响动，说：细凤呀，怎个家来了，东家没开伙仓。撞光起床的瞎娘没撞上囤物，撞上了人影，说：不是细凤，像是扣扣的个桩。扣扣：是我。他按份额交手瞎娘衣布食粮，并把着意留手的几沓钞票塞一沓瞎爹手中，附他耳说：菩萨梦见二老生活清苦，差我送衣送粮送钱来了。瞎爹触摸着纸币说：蛮厚满，一刀马粪纸吧？菩萨从来不出庙门。为官为府的赈灾只到街头市面，赈不到乡村乡下来。瞎娘：还有衣粮呢，扣扣送的。你要当真呢。一寸光的瞎娘眼贴纸币摩摩擦擦说，真是钱嘞，有红绿紫气现，老人头晃呢。瞎爹：这几天打仗，打出贵人菩萨来了。天下真有善人面世，接济穷人？扣扣：不是官，不是府，不是菩萨，是共产党指配我送来的。瞎爹：谢谢党菩萨。世道稀有事，我要磕个头。他抽身从被窝里站起，不束腰带的裤腰管一下了退落脚后跟，周身不挂一丝。他塌陷的双眼像尽存的二块补丁，把不该补的地方补得严严实实。他双手合一，站着拜三拜，跪下叩三叩，瘦削的双腿蹶过额头。磕得扣扣紧闭了双眼：也对路，瞎对瞎，谁也不见啥。瞎爹唤：老婆子，你来磕两头。瞎娘：衣不遮身，对不住半个儿子——她一直把扣扣当作未来的女婿，半个儿子相待。扣扣：免了，哪个爹娘朝儿子磕头的，折我阳寿呀。他抽出两块当中的一块布料，上下朝瞎爹身上缠，遮住了裸身，补上一句：明朝让细凤裁裁缝缝，二老早日里穿上身，风风光光开门见天见亮，晒晒阳光。瞎娘：梦中想着这一天呢。

　　扣扣鼻子酸酸的离开瞎爹瞎娘，按顺序送了下三家。一张张枯槁的伢儿脸深深嵌进他脑海中，没娘的伢儿唤他寄娘，亲娘；没爹的伢儿唤他寄爹，亲爹；没爹没娘的伢儿又唤爹又唤娘。陈家白果树上有鹊儿进窠喂雏小，小雏儿欢声雀跃唱爹唱娘。自古来大人喂小囡天经地义，难怪伢儿见了送吃送穿的认作爹娘，至少是与爹娘亲近的人了。无意中添了伢儿，是天伦，也是重担，扣扣沉甸甸挑回了家，连想起唤作强生的小不点侄儿。过周岁了，衣香成天价教他唤爹唱爹，爹回了，爹带糖果强生吃。兑现不了，伢儿不依，哭着要爹要吃。衣香只能抱紧儿子吃脸啃嘴。

　　扣扣把预备的半沓钞票送给衣香，说：置两块糖果，强生甜甜嘴。衣香：糖果自买呀，送来钞票做啥。大婶娘：扣侄一整年的连病带伤不出工，挣不来一份力钱，不要为侄儿开销老底子钱。扣扣：我没老底子钱，钱是额外的。大婶娘：额外进账存放点，保保身家。扣扣：鲍先生的私房钱，委配我接济穷苦人家。大婶娘：先生指定我家啦？扣扣：那倒没有，自作主张的，寻思着军属享用俩钱也在理道上，先生不斥责的，待会儿还得送俩钱三三家、更老爹家去，五更投军了，更老爹也是军属一个。大婶娘：这回事呀。小伢儿吃糖多一块不嫌多，少一块不嫌少，留下三两张钱够了，剩下的送长顺家，一针正在害喜呢。扣扣：好事呀，长顺哥有接代人了。衣香：你快去，一针害了喜，见天冲家人，没半句和善话。扣扣：为了啥呀。衣香：为了钱呗。你躺在病床上没敢告诉你。二婶娘家娶房媳妇掏空了家底，过了五黄六月揭不开锅了，一家子干等一针的压箱钱管身管嘴呢。压箱钱没几张，本想在箱中压上二年三年的，待伢儿出世时用在节骨眼上，也度得过心。没出一年，迫着用上了。从那后，一针出气不匀了，骂这个倒灶人家穷得啦淌淌滴，四水一家全是骗子帮凶，骗拐她受苦受难来了。大婶娘：我去规劝几回劝不醒。一针只在乎你，送钱去劝劝她，担心她怒气动了胎气，生出个折脚瞎眼嘴豁背声的伢儿来，倒了四水一家的大霉了。扣扣：试试吧，她连带我一齐骂，不在乎了。

扣扣见了一针。她躺倒在床作呕，黄水绿水呕尽了干呕。他走近她，她像抓住了救命稻草，攥紧了他手臂不松手。长顺：心里难过抓我，别抓扣扣呀！一针：滚一边去，我抓的就是他，说得花好稻好的骗我，今要讨个说法。扣扣：嫂子，骂两句心里痛快，多骂几句也无妨，免得动了胎气。过来人讲，十月怀胎害喜阵痛，母辛苦哇，为娘的都经这一关的。待得宝宝落地，生出光亮和希望来了。一针：你说得轻巧呢，伢儿小囡生下来多张嘴，你管饭呀。你编排管这个家金玉满堂，白米满仓，鬼把戏一桩。进得门来，白米饭没尝上三顿，糁子粥也吃不转了。两人玩把戏装扮个手艺人，做呀，还不如我懂得全呢。竹席做不了，做的芦席也歪头欠脑的一张卖不出手。长顺：自家用呗。一针：用作裹尸席呀。见天出的多进的少，靠着你连西北风喝不上。扣扣：嫂子消消气，我与长顺真心赔个不是。过日子，船到弯头自然直，到时我为帮着二婶娘长顺生出法子来。一针症症眯想着。扣扣乘势抽出手臂，从裤袋里抽出半沓钞票交到二婶娘手中，说：手中有俩钱，家里先用着。二婶娘推诿：又让扣侄破费了，使不得。一针：使得，不拿白不拿，他把我骗来，就得管着吃穿。扣扣：听一针的，收下来，给她买点不忌口的吃食。一针：买碗白米饭来，我馋到喉咙口了。扣弟放心，我不会白吃的。等伢儿出世开口说话时，我管他唤你爹。三人闻言面面相觑。扣扣：一针！我唤你一声嫂子，这话出口出格了。在大东地界，爹娘不能信口唤的。一针：怎个，唤错啦。我来到这地界，亲爹，寄爹，老爹听得多了。有的管爷爷唤爹爹呢，爹的爹，可不是爷爷吗。爹有生爹养爹之分，自古有奶就是娘，有钱就是爹，你是伢儿的寄爹。扣扣：没这种说法的。一针：你想卸肩胛呀，不想抚养娘俩了。丑话说在前头，你不答应，伢儿生不生在于我呢。说到做到，她下床蹦跶起来。二婶娘：天爷！动不得，动不得的，长顺快抱住她。长顺近不了她身。扣扣：嫂子耶，依了你，做伢儿的养爹，你不跳行吗？哼！一针一脸的得意，得胜地回了床。

## （三十三）

更老爹荡牙落齿衰得早呢。

三更五岁上，五更七岁加，娘撒手离去。失缺内当家，更老爹用吃不饱，饿不煞，省下点钱，订娃娃亲的方式，拴住两根渐长渐大的棍子。五更八岁时，更老爹跑外村物色了一个。两家家境相当，属相般配，美中不足的是小丫头的胎记印在颈项上，鸭蛋大小呢。只在冷天围脖围严露着端正五官时，小丫头才自在些。对方父母有言在先：看真着点，我家不掩不囤的，你家儿子长大反悔不依不饶你。更老爹：定下了永不反悔，儿是小，我是大，休想从我头顶上撬过去。定下亲来要送礼，年节一大礼，立夏，端午，中秋三小礼。大礼起点一斤红糖，二斤米酒，六盒红印糕，八只菜馒头。小礼随意了，一碗汤团，两只烧饼呀，一盘菱角，几把长生果蚕豆啦，送的没讲究，收的不计较。待到三更定下娃娃亲时，开销增倍了。租种的三亩佃地，收成好时步得去！遇上歉收年景，成倍的朝外送，只能从嘴里多抠了。五更三更不依：不要！不要小媳妇，要吃饱肚皮。更老爹一人一巴掌，打了再说：办不到。白日下，传宗接代天地大事。自小从牙缝里省下点服侍好女方，变大了才死心塌地跟牢你。五更：还传秘诀呢，我就不给你传。更老爹：你只晓得吃饱了放屁！没指望你光耀我。在你这代不断根，已烧高香了。五更：男人饿煞着，供奉来个女人有啥用，爹死娘嫁人，千贯家私跟别人。更老爹：人不是纸糊的，命硬呢。一天吃三顿，三天吃一顿一个样，我就这样度过来的。有辰光三天喝一瓢冷水，硬是不死，照样挺过来。三更哭丧着脸说：娘呢，娘怎个死了，被你这个样子逼死的，跟着朝死门里逼小的。今后呀，从心底里不认你这个爹，不唤爹。五更：我同样。更老爹：够咬吕洞宾，不识好人心。不唤就不唤，唤两声爹当不了饭吃，互不相唤，接下去，成把戏了。老唤小唤作"喂"，小唤老唤作"哎"，没个大没个小，没个名没个姓的。

扣扣递给更老爹钞票，说：你"喂"的队伍上人送的。更老爹瞟了一眼，内行着说：这花花纸头一天不如一天，到手得转手。扣扣：是呀。老爹赶紧了换点喜好的吃食补补身子。五更练武临战冲在前，队伍上犒劳你老人家养儿有功呢。更老爹：队伍上人说五更冲在前，朝前冲。扣扣：估猜的。更老爹：我说嘛，他冲在前，太阳打西边出了。从小比三更懒，鞭子不抽不动身。扣扣：队伍上动枪，枪托比鞭子狠，懒虫能逼出个勤快来。更老爹：三岁看大，七岁看老，难改呢。队伍上逼紧了，他会装病。扣扣：没病能装出病来？更老爹：这病呀，真也真得，假也假的。打小得的打摆子病，附在身上附到今朝。一不留神，喝瓢冷水，摆子虫一动，身子抖起来发寒烧热，啥事做不成了。扣扣：晓得，经历过的，五更能混进队伍不简单呢。更老爹：开始，我不准许，说他有病。队伍上说病情看不出，家属不同意也不收的，他就跟我吵，说你不我也不，不成亲，退婚。我说听懂你的心思，嫌媳妇有疤点，娶来女人生育传代的，不是图个上眼，俗话说薄薄酒胜菜汤，丑丑妇胜空房，订亲的定金预付了大半，你想退婚啥个代价。混个穷人的队伍不发饷。光欠我的债你半辈子还不清。这小子唬住了，软下口来，说当兵吃粮，混两口饱饭，三年两载回来成亲。我说入伍你当是进镇赶街呀，想去就去，想回就回呀。他说他有暗病在身想回能回的。我想当真的，三瓢冷水一灌，旁人朝前冲，唯独他朝后摆，队伍上养他沤粪。毛估估尽两年了，"喂"归家近七近八了，女方防变故，催得紧呢。我这把老骨头撑不了多少时日了，五更完婚，紧跟着三更完婚，大事圆满，闭眼值得了。

扣扣：三更有婚约了？更老爹：五岁时攀上的。女方口风紧，从不对旁人提起。讲起来你熟识的，本村瞎爹的丫头细凤。这个二媳妇人长得俊俏，嘴巴甜着，见面一口一个老爹唤得亲呢。扣扣深噢了一声。消除了对细凤婚约的猜测和怀疑。细凤与三更，可能吗？可能了。般配吗？马马虎虎吧，两人像是少不更事时办着小人家家。离鲍先生说的天之经也，地之义也远离三十里呢。

## （三十四）

这天呀，祛了湿，热气烘起来直冒。这两军开战，祛了夜，白昼没个歇枪时辰。中央军成列成队的朝北压，乒乒乓乓乱打一气，不出一年成队少列退回来。退比追跑得快哟。追兵撵着呢，沿黄海边压过来，压到大东地界，围了余镇。围三天，战两天，枪声停。交战两方成了一方人马，灰布装上换了块人民解放军的标牌，不歇气地围解了县城，屯兵长江边，预备着渡江去，接收江南的大片地块。

扣扣听进耳里，喜滋滋等队伍，没等来鲍枫接应他。扣扣即带上长顺去东家扛活挣力钱，分出一门心思，边扛着边等着。保不准不经意间先生突兀竖立面前，像那个水雨夜奔进落屑屋一样。

没有扣扣带着，东家不接受长顺单独扛活，杜账说：不是嫌弃他，不好结算力钱。结相同的力钱，他不配，结算少了，怕他犯病。东小叔说：扣扣呀，一年光景了，人影不露一个。你不来扛活，你兄弟也没个饱饭吃，苦了两家。扣扣笑脸不作答。领了锄具领了长顺下田锄禾。多时不劳作，手脚欠和软了，锄好自个的份儿够呛，再补锄长顺的遗缺，轻手活，流大汗呢。抬手袖擦抹汗滴，适见令子伫立田埂搜啥呢？她听说扣扣复工了，来田头核个真。四目撞光时，令子哼一声，扭身离去了。绊了嘴后，一副井水不犯河水架势。饭时，令子进了小厨屋，避开了扣扣。杜账咬咬嘴：令子找上你了。扣扣：没找呀。杜帐：这小姐，打探你了没找你？难怪，她心里烦着呢。眼看着八棵榉的覃家大财主全家老小，大包小包装满机帆船，黄海东海顺水南航了。东家点儿动静不响。令子说单等炳叔过江来调拨转运。炳叔一到撒腿飞跑，这一走难回转，飘江飘海漂洋呢。兴许令子找你商讨，带上你一齐飘呢。扣扣：妄事一桩。她家飘近水，飘远水，飘到天边也无关。杜账嗔骂：小赤佬，装正经呢。自小看管着你两个长大，你与令子这点小九九逃不脱我眼神，相好不是一时半会了。令子真心你也有意，阿是。扣扣：人群哩，三个和你好，三个和他好，平常有的。与令子走得近点，要好朋友一个。明摆着的，一个天上，一个地下，攀不上的事。杜账：眼光放远点。我看了《推背图》，改朝换代近在眼前，像你这样挨近共产党的人时来运转了。令子家呢，偌大一畈田，收租走到了尽头。年前开始忘差着收，能收收点，收不全的加往年的宕账，通通做死账撤销了，令子家有难处啊。小丈夫不能小家子气，会会令子，摸摸东家底细，该相帮的出出手。

　　扣扣咽下口中剩饭，随意嗯一声，钻进厨屋帮忙细凤汰碗涮锅。细凤：今朝劳工少，省得污你手了，我一息儿完事。扣扣离身又转回，看着细凤嗤嗤笑两声。细凤：你，痴笑啥呢？扣扣：笑你五六岁攀上了娃娃亲。快要成为三更的媳妇了，从不透个气。害得我，细凤一把捂紧扣扣的嘴不准他朝下说。扣扣呜哩呜哩点头。细凤松开手说：眼下晓得不算晚，朝下说了触动心。我怕把持不住自个，做出悔约悔婚的蠢事来。扣扣：我也不晓得朝下怎个说呢。细凤：自肚里明白为好。你呀，我呀，三更呀，一根藤上结的苦瓜，少有爹娘教训的人，长成像模像娃样，造化不浅了。扣扣：看样子，你心里装着三更呢。细凤：装不下也得装呀，有约在先。对方记恨我，无意我，这是他的事，我不能昧良心，得耐心等待。扣扣：更老爹发话了，待五更完婚后，轮到你俩了，正在筹集定金呢。细凤闻言，抓住了扣扣，一个头跟跄差点儿撞向扣扣。怎个？姐，你伤情了。啊！没。她稳住身。细凤丢开手说：扣弟，这一声姐唤到七寸上了，细凤是你嫡亲大姐，姐是个有主的人了，往后呀，扣弟多想想令子，这段日子姐看出你冷落她了。扣扣：姐你讲过这桩事体像丝线牵的吹风鹞子，不牢靠的，别再牵线了。胖姨探来点风，当着人面唤东家相公，说靠抱我朝后她有福分呢。杜账先生像个当事人，凑上来要牵手搭桥。鸭头不对猫脸的，好尴尬哟。细凤：东家的佣人下手看好你，指望你，你人缘好呀。这根线不要撒手，走近点，我帮着敲敲边鼓。名义上令子是小姐，我是佣人。她看好我是你姐，也认我为姐呢，有些私房话，她高兴劲来了，也乐意和我韶韶咕。近来，她烦躁着，她老爸再二三的催娘俩过江去。令子求告老爸带上你一齐进城进校学本事。老爸回话已办不成了，兵乱时期，大市镇里校门关了店铺歇了。娘两个再不过江，待到封了江，想去也去不了了。令子说过不去正好，她长久蹲在乡下了。这是牢骚话，大户人家有大户人家的规矩。令子撑不住几天的，老爸会马上配人捉拿她。危难之中，令子想着你，你也顺着点她，赔个不是，兴许能找到一条路子。扣扣；寻路难呢。

细凤：有姐呢，姐出全力相帮，进到一段算一段。

## （三十五）

　　早起，扣扣煮好粥汆洗换下的脏衣裳。对襟衫的敞口衣兜中，抖落出两只金戒指、两只镶着赤豆绿豆的钻戒，是令子的首饰无疑，怎个钻进衣兜中？没解。扣扣细心梳理起昨日来，令子找上他后，假说细凤找他，拉起他进了东家大院。跨过前院三级，腰院五级、后院七级的十五级台阶，步步登高进院堂。院内天井四角见方，抵得上半爿打麦场，偶意着后步宽宏呢。进得后院中堂，一丈二尺长的堂柜横卧堂中间，柜门面上雕刻着八个过海神仙，柜两侧各树立一张衣被橱。橱的八足脚腿，粗壮似八根桥墩。橱腿立地，橱顶顶梁，不偏不斜顶实正檩。橱的跟前蹾张四仙桌，桌四周摆平春夏秋冬四季方凳。欣赏过这副摆设的杜账生生啧啧称赞：卧虎藏龙，顶天立地，春天永驻，造诣了得。

　　令子指点扣扣四仙桌上搁上一张春凳，登桌登凳，开启橱门，踮踮脚尖，捧下一只红木首饰盒。扣扣：乖呀，紧巴紧捧下，像量好尺寸的。令子：我试过，没拿着，差三个指头。扣扣：差横三指竖三指呀？令子：当然是横三指了。你比我高横三指吗，竖三指请你来没用。令子接了首饰盒，开盖，拨弄，找不着急用物。哗啦一声倾倒在桌。戒指，耳环，项圈，镯子，手链，发簪，互相倾轧着，射出一束寒光。令子：该来的不见，不入眼的乱跳一起。扣扣你抓一把走人，抓多抓少全归你。扣扣：抓把走，成了偷者抢者了。令子：要的是这股抢劲，配用场时不用抓耳朵了。扣扣：金呀银的，别说过脑了，耳也不过，眼也不入。外财不发命穷人的。令子：怪事了。这一堆玩儿我老里八早不入眼了。你，穷家，也不？我信不过！扣扣：你信我，走着瞧。令子：走着瞧伤眼睛。她大声唤叫：细凤，快来帮忙寻东西。在厦屋里忙活的亲妈回话：野丫头，直嗓子唤啥呢，细凤跑路了。问：妈你动过首饰盒没？回话：几天前的事，清理梳妆盒，理出一支碧玉簪，放进首饰盒了，细凤登春凳帮的忙。令子：不是首饰，是手绢，小手绢儿，没了。答：有的有的。你不伦不类手绢首饰搁一起，顺手拿走了。令子：暗地里囤哪啦？答：这几天经手的物件多了，巴掌大的玩儿记不清了。令子：亲妈耶，比我心燥呢，找不来苦了。答：不急。夜到了静下来细细寻找，亲妈大半辈子没丢弃过物件，眼闭眼开一歇会找到的。令子：等着捉迷藏呢，要快。她抡起小拳拨拉一个圈，掰开手一指：扣扣，你走人，找来手绢再找你。

扣扣离开东家大院，不清不白带回两只戒指，令子搞啥名堂？小把戏的话玩得太蹩脚了。找到她，归还她，问清她，没啥意外吧？

令子懒床呢。扣扣想找细凤代收或代还，中间人吗？她说：戒指是令子冷水发酵玩弄的。手绢是我提出来的。扣扣：没事提手绢做啥。细凤：话有些长了，三年多前的事了。我与杜账胖姨在一起议论令子相中你的事。胖姨说这事难成全，隔着条长江呢。杜账：万事皆有可能，只要小姐单思深重，断不了扣扣，东家会栽培两人的。胖姨：成真了，我俩下人跟着光标呢。多在令子面前敲敲边鼓，我说令子不会听的。杜账：你把她拉邀来，我能说得她上心。一连三个晚间，我把令子叫来。听杜账讲二八少女单相思的故事。第四个晚间，杜账宣称从书页中找到了治相思病的秘方。令子催快说。杜账：先得备好二块手绢在二只狗连蛋，二条蛇连睾时，使之在手绢上踩过或游过，两块手绢成了信物，男女双方各一块，显得你中有我，我中有你，情深似海呢。尤其两条蛇连睾时游过的手绢定情顶灵光。蛇是尤物，在两界时，像牛羊一样胎生后代。白蛇青蛇通禽性，像鸡鸭一样卵生传种。乌蛇、花蛇缠了龟鳖，鳖的蛇。上了岸像鳖一样爬，下了水像蛇一样游，一辈子分不开。令子：蛇呀鳖的听了吓人怪怪的，还是狗脚踏踏稳妥点。扣扣：令子信这乱说乱话。细凤：看来你不懂，少女的心嘛。二块手绢经东小叔变法后，囤进首饰盒二年多了。这次我提起，她想起拿出来配用场了。你不信这套也得配合她。扣扣：你俩这小人家家玩得出格了。细凤：用鲍先生的话叫作医情。令子五心烦闹呢，不想离开又没人能留下她。扣扣：能留下她的人的道魂得超过她老爸呢。所以吗，我两个联手医情。这两天寻见手绢她会来找你。这两只戒指不要急于还了，她自有她的用意。

这个夜时，扣扣做梦想不来令子妈来，领着令子细凤一齐来。记忆里，东家婶妈坐定东家大院三宝殿，难得佣人家中落个脚印。扣扣慌神，嘴冻，手呆。扣扣堂屋、灶屋、睏屋里走圈：请个座吧没张春凳、师椅；敬个茶吧，没个茶几、瓷杯。令子妈觉察他窘境，说：扣扣呀，不转四方步了，站着说两句吧。你看到的，接娘俩的炳叔到了，明起大早走人。令子念你自小一齐长大，脾气性格合得来，一时儿丢不开，当妈的做主，这一方手绢，外加令子先送的一只赤豆钻戒做信物。扣扣：我不喜见这号物的。细凤：收下来留做念想作兴的。令子妈：记住了，是信物，不是定情物，三年五载的有决断。令子：不过三年，天南海北准要回来。令子妈：最起码三年无反悔，三年后圆边。令子：扣扣你该回送个信物我呀。扣扣：家中只有钉耙，铁塔，锄头，没啥精细品呀。令子：小囝时祐物，挂寨篮的铜铃，寄拜菩萨打造的锁片。没金片铜片阿有？扣扣：一无所有，亲娘离开的早，没来得及打造呢。令子：翻箱倒柜找找呗。扣扣：这一只台箱，没柜，小辰光你来玩儿时打开搜查过的。令子：破衣烂衫不惹看的。细凤：要不，我有块锁片，替代扣扣的信物。令子收下念想着姐弟两人呢。令子：我料定他拿不出，提早做好手脚了，快把信物掏出吧。扣扣像把两只烫手蕃芋塞给了令子如释重负站立一边。令子塞回一只，说：一人一只，不识数啦。两只是原配，遗失了拿你是问。扣扣：千斤重担呢，好丑也寻出个信物来。他拧亮了油灯，专注在床底下床旯旮搜寻。那儿曾飘落过与令子相关的银钱，兴许出现漏落货。挪开了搁在床横头的藤条箱，端着油灯细细照。令子眼尖，惊呼：妈耶！鲍先生的衣帽箱。扣扣你也动手脚了，囿着鲍先生的走向呢？还口口声声逼我要人。快道出来，他在哪里，啥日子归来？扣扣：你问我，我问天去！快一年了，他丢下藤条箱，再没找过我。令子：按常理，我俩一方得势得地盘，胜算有望，他该回来坐镇，哪怕叫个圆边。我妈我爸乐意听从他，指点两句，保准阿爸不逼我进城了，要多开心有多开心。先生快快回来吧，学生东令子等你指路呢。扣扣：先生听着呼唤了没，回个音吧，学生等你赶路程呢。细凤：先生一走，学生伢儿不懂怎样说话、行路了。令子妈：难得，仨人向着同一个人，同一条船，大道宽宏无边呢。

## （三十六）

种田人，雨天即闲天。令子进城满月了，猛的消失。扣扣嘴说无关，但多多少少搭牢在令子身上的小心思空落落的。她和细凤跟鲍枫像一家人一样。令子还说鲍先生的一方也是我侪一方。事后，他探问细凤。她说：师生关系呀。他不解：怎么？你也跟先生学字。她说：不学永远是文盲，你是先生的大学生了，不懂规矩，不该问的别问。她做了一个砍脖子的手势。扣扣诧异加意外，又转念到鲍枫回归的心思中。

地界上的枪声稀了。有不带枪的工作队串街串乡涮贴标语——土地闹革命，解放大江南的标语。先生久驻大东地界，谙识多个街村，兴许他指点工作队做着战勤事务，解放勤务呢。扣扣憋不住了，披上蓑衣去抱山街看标语，寻找鲍先生的手笔，他自信能认出先生的毛笔字体。

沿通潮河边走，东去淖河渡，一路的伤心地呀。夺走徐区长后，扣扣拒绝往返，有些年头了，今又重来，心亦重。刮的西风，河水逆风而上西流，今又涨潮。过往的涨潮时段，他接了区长公文包，头顶着，手牵着逆潮游。潜水时，包丢了，定是包带没在手腕扎紧。上岸不久，退潮了，公文包十有八九随潮淌，没能在淖河渡的拐角处挡住，一直东去入黄海了。娘啊娘，自这个年节始，再也等不来平安信了。扣扣有心续上，没了包，没了定信物，明显没了区长，无从下手了。为娘的孤单着，孤单中等待，等待中老去，不忍心啊！

雨天人稀，扣扣自拉自渡：渡船过中线，雨驻放晴。拉近北岸，扣扣发觉岸上有人候渡。这人穿着不一般，黄布装，黄布帽，背着条贴着布鞋的棉包，拎着网线兜。队伍上的装束呀。是徐浩？不！鲍枫回来了！扣扣睁大眼神：脸庞不清晰，身腰不相配。鲍先生细骨瘦身个桩小，对方五大三粗圆鼓鼓。过路人吧。

渡船一庹庹拉近。人面熟，哪个呢？岸上人认出了他。开心直叫：扣扣兄弟，难为你来接我。啊！五更回来了。扣扣顺着话头：是呀，迎接你来了，两人拉近对视着验个真容。扣扣接过背包领着五更上船，陪着他返回了。五更：你咋晓得我回，今朝回。哦！扣扣顿了顿说：早晓得啦。你是喝了三瓢冷水回得啦。五更不解。扣扣：你爹诉说的，爷儿俩有约定，当兵不许超过三年。时候一到，凉水一喝，就逃回家了。五更：我可不是逃兵，是正儿八经复员的，你看这复员证上写着，因健康原因，退出现役。证上盖着第三野战军陈毅司令员的印戳呢。扣扣：真了不起。打了不少行仗坐仗吧？五更：两年多来，队伍多数时日在行军打仗。我吗，没开过火。战斗一打响，小官大兵上了战场。我躲在卫生队里听仗。扣扣：当兵没开仗。你就成了躲兵伤号了。五更：不是伤号是病号，非战斗减员。进了队伍，老病时常复发，绝对不是自喝冷水引发的。军情危急时，吃不上热水热饭，有辰光冷水冷饭难得到嘴呢。急行军，夜行军瞌了，倒地便睡，顾不上蚊子苍蝇臭呀脏的，醒来毛病犯了，进卫生队呗。再犯，再进。再犯，再进不出了，帮着队里打打杂。扣扣：这兵当的，意义不大，添乱不添力。五更：我受过通报表扬呢。队伍上退热药奇缺，打摆子，三寒三热过去。像在家时同样，多喝温开水不用退热药挺过关了。好几次地留下退热药给重伤员渡难关。卫生队表扬了我，通报到连队，连长专门探望了我，表扬后送给我一剂偏方，用当地蒿草熬制的汤药，专治摆子病。我试着吃了半年，病情逐渐减轻着。连长了解后，告诉我有希望，老家哪个方向，解放区还是敌占区，我说长江口黄海边。当兵出门时半个敌占区，半个解放区，现时不晓得。连长说：是敌占区不能让你复员回家送死去。你描述的是长江以北，全境解放了，好安排复员了。你家乡水多，水边上长满青蒿白蒿草。归家自制草药，喝足一年，旧病大多的不再复发。我说我来是病恹恹，回时雄赳赳，感激队伍上的栽培，准许我复员。

　　临别是部队的团级机关委托我带回几十份的阵亡通知书，交给解放区的人民政府。接书时，我晓得啦：一起参军的四十七个伙伴，活着的剩下零头。扣扣：照你口气，死的多活的少啰。强强呢？五更：强强死得顶早，入伍没出半年，国军全面进攻解放区，强强所在的兵工厂在转移途中遭敌机炸中。强强死得那个惨哟！哦！队伍上叫死得壮烈。弹片把他削成三截，卫生队清理战场时，我去了专注找他，在一棵被炸断的槐树旁，几个老乡在拼合二截尸身，队伍上同志甄别死者部属姓名，上写钮强强阵亡。细看，头皮削去了大半，脸面难见形，一对大眼珠滴溜圆，他不肯走，他是成婚的兵，放不下家小哇。我存心抹合他双眼。抹来抹去抹不合，亡眼瞪得我心里发毛，强强，兄弟一场，恐有对不住的地方，抬高手。老乡们抬去安葬，堆高土，盘成坟，磕了头立起身来悟到：上下眼皮撕没，合不上眼，错怪兄弟了。扣扣：你打摆子归来，带回一团的阴气，难受到侍奉呢。打算啥辰光给各家送阵亡证书呀。五更：才不亲手送呢，又不是送立功喜报，送死讯，伤感得很，我忌讳。要么，强强的证书你捎带去。扣扣摆手：不能啊！我受不了大婶娘衣香哭天嚎地的场景。五更：只能交给人民政府了，政府再支派人一家一户的送。扣扣：余镇，抱山街老人马跑了个精光，新人马没上任，没人接手呀。五更：进城呀，送县级人民政府。扣扣：好呀，陪着你去，顺带打探下鲍枫先生的落脚处。五更：他若在县城，不用打听，定能见到，像他这等级别的老革命，不是个专员，也是个县长了。扣扣：明朝就去。五更：不着忙。家来了我先稳稳舵。这种悲情，能拖尽量朝后拖，先放点口风让死者家属有点预感，预期越长越淡化，拖一天是一天。扣扣：何年何月是个头呀，鬼门关终归破解的，破解开来怎得了断？俩人吭没了断之策，进了村，沉默着分了手。

## （三十七）

见天，扣扣日出赴工时，手拿糖果两块逗乐小强生。招惹小屁猴直朝身上扑。先前，小强生吃人糖果，小爹小爹的唤得欢，衣香在一边窃笑。过后三个月，经衣香调教，唤作小叔小叔了。扣扣举起强生，举杠铃般的上下乱举一通，边举边与小家伙对话：小爹改小叔改得好，眼前只有小叔没小爹，爹呀爹你在哪呀。衣香耳灵，直问：你得到了强强的讯息了？扣扣放下伢儿，说：没有啊！没半点讯息。衣香：没有讯息就好。五更说现时开战当紧时。在列的兵侯要么像他那样全身隐退到家是真实的福分，传个有任在肩，有病在身等个一年半载再回家的讯息，多半是凶兆。扣扣附和：是的是的，他不敢直视衣香求实的眼神，迅疾离去。唉！这份讨眼泪债，比琅山重，压得扣扣不敢开口吐字了。

扣扣几次地夯实了实情陪哭的基础，哭到黄海破岸，长江决堤在所不惜。到嘴边了，还是没勇气讨来强强的阵亡证书。变作三番五次催促五更进县城交政府。半月后，在行了。扣扣说：练练脚劲跑路去。五更：在队伍上脚筋跑断了不想再跑。搭乘二等车去，两个多钟点，跑着去五个多钟点呢，当天难回了。扣扣：办完事，带夜回呗。五更：进城两眼墨墨黑，找地找路找人时间没准头，早去早到办事有余地。扣扣：也在理，要么你坐车，我跑路，你找准了地方，打好前站。我跟脚到，双腿跑发溜了不出四个钟点到，为长顺娶媳妇记不清跑过多少趟了，后腿至多拖上个把钟点吧。节约到三角伍分路钱当饭钱。五分一碗的阳春面，两人吃得撑破肚皮呢。五更：扣扣你呀，真抠门，依你了。

扣扣跑进政府驻地，五更站立进门口候着呢。说是政府大院，实则是处落字《东布堂》的四关厢院落，没官的架势、府的气魄。进进出出清一色的粗布衣，圆头鞋，女女男男蓬头板寸发。五更告知：开张没出整月呢。我里里外外走遍大院的每个办事房间，问遍碰面到的每个人，没见过鲍先生，没人熟识鲍枫。扣扣：难怪，全是南蛮北侉口音。没听着半句大东地界的乡音，自然不晓得了。五更：人民政府刚刚立身，首长文员武员互不相识呢，过一时段再来探听。扣扣：证书交完政府啦？吃阳春面去。五更：没，等着你一块交呐。两人走进贴着"首长室"字条的房间。五更递上复员证，奉上证书。首长瞥过后，唤来文员注册登记。扣扣拉拉五更衣袖悄声：人没了，该销册的，为啥注册？五更：等得人民政府攒钱了，烈士家属每年有个三块五块的抚恤金，根据地的政府先前就按证书发放的。扣扣想起徐浩徐区长的家乡敌占着还是解放了，烈士证书几时能归家，我要攒钱，跑路跑去抚恤烈士爹娘小妹小弟。小同志，想啥来？首长轻轻把证书交还扣扣手中，说：辛苦了，阵亡烈士名单已存档。证书可以归户了。五更：我怕送证书，一起当兵的同乡战友一个个牺牲了，能活着回来，不忍心呀。扣扣：乡邻乡亲的，低头抬头天天见，哭着诉着要人，怎个办？情愿当好儿子，孙子，不认你，替代不了哇。首长握着二人手，说：动真情，赴生死啊。共产党坐天下不能忘却打天下的。千千万万的布衣农民自己参战，送子弟参战，形成滚滚洪流，席卷全国而去。战死多少，还要战死多少，没人说得清，忘却了他们，意味着背叛，失败。不为劳苦大众找出路，你就不是个共产党人。抚慰烈士亲属，人民政府责无旁贷。这四十个烈士隶属本县余镇区，抱山街等乡。区长余浩同志正在南下途中，很快到任了。证书交给他吧。他在这一带游击过，相信他会处理得得体周到。

巧事来了，好事不会远了。来一个余浩区长，余浩、徐浩，切子说成一个人呢。扣扣思忖着，跟首长关联吗？他紧握着首长道别的手，喃喃：鲍枫鲍先生，徐浩徐区长，同志哥，首长，再见。首长四望着，没进屋新面孔呀？握手握出了一头的雾水。

半夜跑路归家。认定了首长认不得鲍枫徐浩。要不然，首长当下讨问过来了。一沓证书带回了家，两人约定，余浩区长一上任立马交上去，兄弟情难舍难分呀。夜累了，扣扣头枕双掌还在想强强，布财、长顺三位大哥带上扣扣余镇观社戏。扣扣矮半头，落在人群里，不见社戏，只见后脑勺。三位大哥三双手搭成手背凳，扣扣美滋滋坐上，社戏看得个真着。猛然间，两声枪响，人群像鸭子，转身朝外涌。四人挤散，布财长顺撒手顺大流。扣扣屁股蹾地，没法立起身。抱住头任人踩踏。强强逆流而上挤近扣扣，像把铁骨架阳伞，牢牢罩住了扣弟。人流退去，强强挤断两根肋骨。只有皮肉之累的扣扣哭诉：哥！我替你背痛。我替你受死吧——扣扣糊梦中呜哩哇刺尖叫。好在叫门声唤醒了他。衣香抱着强生进门说：你一乌隆隆早起的。今朝太阳晒屁股了还在做梦。扣扣：昨日陪五更进县城，半夜归家。衣香：五更回村了。我和娘再去访访他，问声强强爹多早晚归来。上次听他回说，总觉察话中有话，不踏实呢。扣扣：最好别去！衣香：为个啥呀？啊，扣扣圆话：五更家来晚，正睏大头觉呢，想去九十点钟朝后去。

九点钟前，扣扣先前一步进了五更家，他怕五更有意透风，露出真情。没料到，五更爷儿俩正犯嘴着，犯了有时，犯得双眼红分分的，扣扣插不上腔。听得老爹说：日里说到夜里，菩萨还在庙里。成亲传代家门喜事，咋反撬着不松口呢。实说了，聘礼过了，日子定了，你不从也得从。五更：你有钱你过礼呗，招过来给你烧茶煮饭，我走，大不了离开这个家。老爹：想走！朝哪里走。转了一大圈转归来了，啥也没转到手。翻翻你个行李家当一个铜板子儿不见。一大沓的死亡通报证，我当是银票呢，亏得我认得三个字。想要悔婚可以。拿出个三头五十的钞票来，面子上挡得理过了。你没有哇，说不嘴响，今朝去偷，明朝去抢，你抢不来呀，乖乖从命吧。三更等着接把呢。扣扣轻声劝告：成不成亲的，不是迈不过的坎，你暂且应承下来，消消更老爹火气。五更：应承下来，这辈子没指望了。你不知，女方那个长相哟，一个人不敢看，两个人看得带上手榴弹壮胆。扣扣：看惯成自然了，说不准成了亲，胎记自然亲没了。老爹：长在脸上像刺朵花呢，又不耽误生儿育女。

五更哼一声：讨气话又来了。老爹回合了一个哼。一个小不点窜至五更面前。学舌了一个哼，是强生。扣扣望见大婶娘衣香双双站门外。强生是衣香指点去讨喜五更叔叔的。小家伙随话句哼了个陌生面孔，转身投进扣扣怀抱。衣香说：五更兄弟，小团调教欠缺，不要见气。我和娘来讨问强强的事，两年多了，咋没个音讯呢。五更：强强呀，他回不！噢，他不回来了。扣扣附和：强强天天打铁，身板硬着呢。五更：正是，天天打仗，天天费子弹。兵工厂造子弹忙里加忙抽不出家来的空。衣香：心定了，我和娘愁出毛病了。更老爹：别听五更胡咧咧了。强强阵亡，死啦！白纸黑字写着呢。五更恶狠狠瞪老爹一眼，说：扣扣，瞒不住了，把强强的阵亡证书亮出来吧。大婶娘猛喝：不，不要亮，说玩儿呢。衣香讫求着扣扣。扣扣顶不住，忍下头。呜咽声起，惊起强生嚎声大哭。衣香抱起强生出门飞奔。大婶娘哭着唤着追着衣香，扣扣擦着眼泪追大婶娘。窗户纸说破即破，天塌了，地陷了，扣扣驾驭不了，顺路唤上细凤，胖姨，杜账，东家小叔小婶，委托细凤唤上宁算命，宁郎中，宁风水。宁家三先生识文断字劝人有方，变得过调门，医得身，医得脑，医得心呢。就近了，扣扣唤来三婶娘，二婶娘，长顺，一针，怀抱着出世三个月的儿子。二婶娘顺着强强，强生的思路，孙子起了个顺生的乳名，四水一家说起得好，一针淡笑：好个浑，吃苦的后程呢。

# （三十八）

二婶娘，三婶娘一边一个抓牢了大婶娘。三婶娘：老姐姐灭门之灾四水一家经历过，退一步挺过来了。你要退二步呢，为衣香强生着想噢。大婶娘：我气不过呀！更老头不是官不为府的，凭啥断生死，他在说妄话，衣香喂！抱上强生，一家三代人去军工铁店找强强。衣香：强强铁店里拉风箱，打铁墩，虎虎生威呢。腾空八只脚说没就没了，世上无有这道理。长顺附和：本是嘛。生见地，死见天，死哪儿啦。衣香责问：扣扣，强强是你哥，不好跟着外人起哄，你说句公道话。强强在天在地见着了？扣扣躲不开了，支吾着：是真的，有证书。扣扣忍耐不住哭出了声，引领了一屋的悲恸声。百日儿顺生或许被哭不绝声的强生感染，樱桃小嘴歪两歪，啊儿啊儿哭响亮了。一针喂仍喂不驻，说：小讨债鬼眼泪哭发流了，通人性呢。衣香：我不哭，见不着强强不哭。俩人做了二十年兄妹，娘做主圆了房，合婚算命命中注定打底做三十年夫妻，生发出三条根桩，二股丫枝来，现如今只做了二十天夫妻，生出来一条根枝，你就不想啦，我想，我要寻得三十年，寻回根枝。强强！你藏身在哪儿呢。

一针大叫：大伙快来！衣香冲门外，我单身拦不住。屋里人手拉手圈住了衣香。一针又叫：大婶娘晕倒了。扣扣手忙脚乱掐人中，醒来大婶娘吐出一句：苦命哇！接着哭，哭得正梁柱棵颤抖着回声。

细凤引领先生进了屋。宁算命先动口：院沟外听得哭声了，哭得好，哭得好哇！奶娌婆娘该哭，男子汉跟着哭，值得值得，一时抑小了哭声。有歇，众人领悟到这是反情劝人。否管正情反情均劝不住真情流露，哭声依旧。宁郎中：果有人哭晕，我来治治。扣扣：晕了哭醒了，诊诊脉吧。宁郎中：好的，大伙儿放心大胆地哭，哭晕了有郎中在场。宁风水：哭，嚎也，嚎即浩气。浩气升高，家鬼不来缠身。他舍得抛弃一家老小没声没响一走了之，一家老小该割舍他一了百了，死者死了，活着的还得活下去吗。扣扣想：风水先生断情来了，也挨着点实情。要命的是母子亲情，夫妻爱情，不是说断能断得了的，世上存在阴阳一世情呢。宁算命说：泪流满面，眼眶汪汪，先行一步的家鬼讨眼泪债来了，泪水哭干，它不用依附你了。阴阳隔开去，活着的走出尴难路了。扣扣：嚎丧去悔气，去霉气，去苦气，衣香一滴眼泪没落下，闹着要出家，限止着她呢，怎个办？宁郎中：让她走，不要拦挡，让她出门找找风向，清醒清醒脑筋。支配两人暗中跟着，不惊动她，让她感觉自由自在着，不落泪的女人可怕，怕出大事呢。

众人让开道，衣香旁若无人出了门。强生吵着跟娘走，宁风水一把抱住他，说：伢儿听话，娘去买糖果你吃，这儿两块先吃着，他真变出了糖果。强生不闹了。一针说：强生哭足了时辰，嗓门哭哑了，顶好哄着睏觉。宁风水：编排催眠曲，伢儿听着。正月正，哄小人。二月二，手中抱着乖女儿。三月三，出九换季汰被单。四月四，捎根木头戳根刺。五月五，白糖粽子过端午。六月六，买个猪头饶块肉。七月七，伢儿老爹会打铁。八月八，快手婆婆宰鸡鸭。九月九，喵呜汪汪是猫狗。宁算命：别哼了，伢儿睏着了。宁风水：再哼没词了。宁算命：当事女人不对劲呀。进门时看到她直勾勾盯着空燕儿窠呢，精神像错乱了。宁郎中：觉察到了，脸皮变色，变灰变黑呢。医书上说人到悲极时，身上生发出一种黑色素来左右生死呢。宁算命：那你学道学道，学出名堂来治病救命，这一招吃香呐。宁郎中：瞇困着想屁吃喔，黑色素叫啥学名说不上嘴。从印膛中散出？从脑海里散出？从脏腑中散出？三不知，学了一知，当御郎中了。宁风水：不说大话了，当事女人回了，开帖药方整治住她眼前事。

扣扣背着衣香，长顺在后托了衣香的脚，三人全身湿漉漉回屋。三婶娘发问：衣香发晕啦？长顺：脑瓜好使的，她愣起猛浪跳进运盐河了。三婶娘噢一声扶衣香进睏屋换下湿衣，碰头二婶娘大婶娘说：想到了没？她不跳院沟浅水单找运盐河深水。真想死啊！我侪多了桩心事，时刻防备着她跳水，看管她望见了回头路为止。

扣扣回家换了衣回来，宁风水拦挡了他发问：女人头发丝不湿脸庞湿。她哭了，哭声大不大，眼泪多不多？扣扣：河中救起，抱她上岸时，她拍打我脸沾湿了她脸。一路上哼哼吟吟不哭不闹，冲着我耳根痴痴发声，认我做强强了。宁郎中：发癔也是发哭的表现。不用发愁，药方开好了，每日逼着她喝下药，病情慢慢好转的。扣扣：逼人吃药难呐。我逼过长顺，捏鼻子灌喉进一口，出半口，见效也难。宁郎中：扣扣死板了，衣香认你强强了，装出强强样来，哄她吃药能成。扣扣摊开手：只能这样了。

## （三十九）

一青一黄又一年。扣扣心无旁骛做足家务事，在大婶娘家，扣扣包办了衣香的药物药石。几十帖药方煎汤哄下肚，有起色。衣香不再日夜看管着。只是人貌恹恹不生劲。宁郎中说：还得用药。

在二婶娘家，顺延到顺生的百日宴。按俗按理，必须邀来姥爷姥姥，舅舅舅妈，姑夫姑妈，姨夫姨妈，七大姑八大姨，个儿不能少，见面见证外孙的降生。舅家人轮流摇动躺着外孙的窠篮，外孙识了舅家人，认了舅家门，变做一只舅家的看门狗，早早晚晚赶不走。一针说：请来呗，我没钱。我生养好完事，余下出钱出力，没我啥事了。扣扣：伢儿的大事，得听从主妇母亲的意向。一针：我不当主妇，长顺当不了主男，还是伢儿的爷叔主办，当主家吧。依我看呀，一大帮子娘家人，跑路来怕出力，乘坐二等车怕出钱。车钱不是小数目，加置买点小囝穿的睡的见面礼，大老远的奔来吃顿饭大不合算呢。主家置办酒席开销没着落，不如邀个三五个人空手来，摇摇窠篮走过场。省下酒席钱置买小囝用品。二婶娘：再好不过，对不住亲家了。一针：从我嫁到这里，就对不住亲家，对不住我，懒得计较了。扣扣：一针嫂子大度呢，定下，按你的意思定下了。

百日宴这天，一针褪下沾着乳腥气的宽松衣，换上紧巴紧的瘦身服，端坐大堂，单等娘家人登门摇窠篮。等来大舅大舅妈，二盆长花两口子。一针说：行啊，你俩个真的空手两拳头，屁屑子没带一点。长花：讲好免礼的，反悔啦。一针：我只是客气，你当福气了。窠篮推车，绒布裹身袍，脱皮胎衣，纱布褋片。花钱多的扣扣揽下了。老虎头帽子，猫儿头鞋子小物件带一套压压手。不值几个钱的，讲究个进场有个进场礼，进门有个进门法。长花：回娘家进场进门从没讲礼法的，直来直去自在，跑恁远路来摇窠篮给足你面子了。娘在气头上拦挡我侪来呢，说这门亲眷小家子气不懂礼数等着回娘家大势势训教你。一针：能怨怪我嘛，都是你能干哥寻不来钱。长花：你常有理，说不过你，摇窠篮了，男在前，女在后，二盆摇罢该我了。

长花顺手推两下，抱起小囝亲脸，想引逗发笑，却哭了，说：这脾气，与娘一副德性，认生哭，辨不出小姑妈加大舅妈了。哟，哭不停不是哭亲，哭奶了，快喂饱他。一针：大堂之中喂啥奶呀。要喂你喂，逗哭他的是你。长花：穷讲究。有了小囝就得露奶子，反正我被男人捏了奶子，生养也快了，喂就喂先操练操练，没啥稀奇的。一针：多日不来往，弟媳开口磣嘴呢，该用草纸擦擦了。吆外！葫芦奶子压得细伀不哭了。放下，放进窠篮。扣扣来了，他是婆家人，又做娘家人，不摇窠篮，躲不过去。

扣扣按二婶娘指点，摇九下返回灶屋侍弄菜饭。娘家的人客大批谢客，省下了菜金。用田庄里小菜摊摊台面，百日宴没凉台揦过了。周岁日走近，不能让一针再自断娘家路了，争取一个不少邀到家，还要办体面点。心意已决，扣扣拉起长顺去东家大院挣力钱。

年接年的，东小叔硬着头皮维持大院开门七件事，打杂班底老花样转着。扣扣来到。小叔说：你来，农闲没活计我也挤出来供你。扣扣：不用挤，明摆着呢，那旱改水的几十亩稻田撂荒着，平整，修堤，变畦，提水几样活计扛完，够我和长顺扛一个闲季了。小叔：真是个有心人啊，定下了，推车挑担双重力钱，管你俩一日三餐。扣扣：小叔见外了。下地扛活没较过真，扛活有值，首要的对得起土地公公，服务好它。小叔：那是那是。多会儿你忙政务去时，长顺个人照样做，力钱不打折。扣扣：一个见天扒土地的人，忙啥政务去。小叔：在州城念书的儿子捎话来。共产党队伍打过长江，快一统天下坐江山了。本人有心朝共产党身上贴，贴不上你，不认账了。扣扣：共产党我想找，找不着呀。小叔：放心，鲍先生头碰头教你认字，丢不开你的。扣扣：蛮记挂他的。依你看，先生眼下住在哪，做些啥呢？小叔：鲍先生坐镇大东地界十多年，不会随大兵渡江去。十有八九坐镇县城，州城忙政务呢。扣扣：五更也这样说，又没个准信。小叔：五更可是个头面人物。他接二连三跑县城领回了共产党圣旨，传话要在八棵榉分出红旗黑旗来进行平分土地，阿是真实？扣扣：该是真实的，夜到了会会他。

## （四十）

五更拗不过爹，草草成了亲。扣扣进门见证刚过门的新娘子。可以呀，五官端端正正，老布帼巾围住了大半块胎记。只要不是有意找疵点的人，不在意那露出的一小块红斑。不耽搁吃，不耽搁穿，不耽搁笑脸迎客扣扣。他着意眼光高抬唤了一声嫂子。她迅疾端给了一杯温茶，挪凳让座。他与五更交谈起，她离开了。五更说：刚从县城回转。首长指示大军过江了，江北铁定解放区，要革命土地了。哪个村区穷人发动了，富人区分出了，先行开展土地改革。打封建，分浮财，县上配工作组下乡搞。我寻思着把县里领来的军属证，烈属证，工属证挨家挨户送给军烈属，送给有关穷人。说服他们站出来分土地，苦中带点甜，算发动群众了。扣扣：工属证配个啥用场？五更：工属证配发给先前帮共产党出过力，流过汗，扛过工的积极分子。凭证优先招工，优先招干。朝后呀，发展副业，发展盐业，发展工业水产业要招收大批人工。起用了你，月月发饷呢。扣扣你领张在手好彩头呀。

一直在隔墙屋里竖着耳朵旁听的三更快步窜进屋，顺手抓起一张证，说：凭证进彩，我来一张。五更：你算老几，没资格拿证。三更：扣扣能拿，我能拿。五更：扣扣替共产党跑过腿。你连共产党的名声叫不上来，拿着卖洋。三更：我帮共产党烧茶煮饭时，你在千里之外猫着呢。更老爹听着兄弟俩嗓门抬高了，进屋说：吵啥吵，不嫌乱呀。他将下三更手中证件，瞄了一眼说：你个不孝之子，争张烈属证啥用，咒我死呀！更老爹心烦呢。五更完婚，本该三更了，却没了婚房。拢总两间落屑屋，他不能同儿媳妇同居一室呀。他规劝三更说：别犟了，夜长梦多，早一天成亲，多一天的福分。我搬出去住。三更挖苦：搬进猪圈，陪老母猪睏呀！我不！婚房没一间，成的倒头亲呀。老爹噎了口痰游说大儿子：当哥的，大气点，你丈人家大房大屋空着，搬过去住舒舒服服的，腾出屋来做同胞兄弟的婚房一举两得。五更：三更急着讨女人，讨到丈人家去呀。老爹：他丈人家三人一间屋，不如我俩呢。当哥的存心看着鱼儿挂臭了，猫儿叫瘦着，坏了兄弟大事。五更：坏事的是你，逼着我成亲，接着逼我腾房，这是砌了屋搌墙头呀。丑话说在前头了，倒插门去当孙子这辈子不愿意。哎你一声，你有本事说进来儿媳妇，照常有本事说回去，说来说去，顶好两个全说没了，我没半点怨声。

更老爹气得直吹胡须。

扣扣领教了更家爷儿仨抬杠实情，传说兄弟易名必是真的。哥生在三更本名三更，弟生在五更随名五更。哥不认账，反了反了，五比三大，哥变弟了。老爹：你懂个屁。一更二更朝五更上数。二更在前半夜，三更在中间腰里。五更后半夜，前大后小，三更自然比五更大啰。哥说：三更大为啥不叫名六更七更。老爹：存心抬杠呀，哪来恁长的夜。先有鸡先有蛋的，神仙老子讲不清。弟说：我叫名更更，不要三不要五可以哇。老爹：不好随意改名的。亲娘三更天生下你，不认娘啦。哥：不可以，双更大于三和五呢。弟：笑煞个人，争个三和五争得不可开交，又不是挣钱，看朝后谁挣的钱多才是老大。随你挑吧，暂且认个小吧。

更老爹：当初弟把大号让给你，配发他一张工属证吧。插个空档，寻两个钱来搭建一间新屋好成亲。五更犹豫中，老爹从中抽去一张工属证园身离去。五更：老不死小不病的，占了便宜跑得快呢。三更说他为我方队伍服务过，有这回事呀？扣扣：他在朱家饭店当班，新四军来办饭。不是有心算随意吧。五更：一心想吃落地桃子的人占了点影儿，便宜他了，接着往下说：这次首长透露个消息。余镇区的余浩区长可能晓得鲍先生下落，他在苏中四分区管理过粮秣。扣扣：早说呀，我去找余区长。五更：区长不在余镇。他受过枪伤，还在队伍上后方医院治伤呢，啥辰光到任无定数。扣扣：去队伍上找呀，大致在哪个方向？有在长江边上驻扎的，有在黄海边上驻扎的，有在崇明岛上驻扎的，找准了也不难，就怕队伍整体开拔了。这次讯息定要探清，出门个三五天碰碰运气。五更：快去快回，等着你搭档搞土改呢。

## （四十一）

要出远门了。

扣扣存心带上昨日刚到手的工属证。行进到队伍上时，好帮忙打打杂工。鲍先生的藤条箱？为寻找他而去，笃定捎上。捎上肩头唱着号子跑。鲍先生瞟见了出声大唤：藤条箱等一等！同志哥来了。在哪呢？没个影。扣扣自忖：先见余区长，再找鲍先生的妥当。他往箱中装了一身换洗衣裳，信心满满上了路，跨过了环陇桥。心思这走百里千里的，碰面到心上人需一月两月，三五日的回不来吧，这衣香的药石没讲清，长顺的打工生计没理顺。招呼没打一声，欠缺了。他立马返回衣香家，强生围着藤条箱转，没亲热扣叔。大婶娘说：哟！这身行头，跑码头去呀！扣扣：去寻队伍，寻鲍先生。大婶娘：先生长久没见，他在哪？扣扣：吃不准才去呀，一说长江边，一说黄海边的，天时不长的。大婶娘：江岸东西几千里，海岸南北上万里，这不是瞎寻找吗，你先稳稳舵，我找两人来帮你出出主意。

大婶婶能找寻来哪路神仙解他心结？家堂灶君呀！领来了二婶婶，三婶娘。像路中商议好的，一张条凳面前摆，仨人并排端坐直面审视扣扣：一只母鸡坏的小鸡，喂养大了怎个成公鸡种啦，还好，没变成黄鼠狼。这阵势，昭示着三堂会审一台戏呢。大婶娘主审：我俩商定，不准你远走，三五天的也不准。三婶娘：强强走了，你大婶娘愁磨得心绞痛，不放心你再单身放鸽子了。大婶娘：衣香的病身难复原。吃药吃得脾气改了性格变了，两天难说两句话，吃你的煎药吃顺了口，我煎的药她难下咽呢。二婶娘：我家长顺抵不上一只家狗呢。居家过日子依仗扣侄全数相帮，走了你，这个家难支撑呢。三婶娘：我家布财一年到头，二年到梢不见影子。为娘的没个吃饭的伴，有你扣扣眼睛面前晃着，急难之中有救星呢。扣扣：这多年了，布财一次没家来过，日里夜里的，在哪块地盘发洋财，忘了家母？三婶娘：佘在海浪中捕鱼呗。扣扣：不对号。一条船上的伙计全在家窝着呢，覃家船东怕打封建，卖了船，一家子南下避风头了。三婶娘：布财和覃家老大一起上的船。那晚，我烙了半夜的饼。家中的白面烙光了，清早走人。我说这些饼足够一船人吃上两个礼拜的，布财说预备着俩人吃上俩月的。我说船航恁长时呀？布财说你别管，航四海，漂南洋随风去了。布财爹说过，漂过南洋属我侪的傍国了。亲生儿子一去难回，指望他养老送终渺茫了。扣扣听出了门道，布财出走不为了赚大钱，跟牢覃家大少爷躲避灾祸，乱子大呢。要不然，用不着抛开亲房户族，背井离乡去漂泊。扣扣自然想起了鲍先生的提醒！透气筒是内鬼！四水一家中，布财无疑了！他禀报鲍先生，去追查事体的真相。他一刻不敢耽误，跃跃往外走。大婶娘拉住：扣侄别走哇！二婶娘有话跟你说。二婶娘：三婶娘说吧，说和软圆络点。三婶娘：触人心肺的话，难于启口呢。大婶娘：还是我亲口吧。扣侄耐着性子听着，完了实在要走我也不拦你。扣扣：大事小事的急着要办，且听你说完，耐心着。大婶娘：强强在世的话，过了大年二十五了，扣侄二十岁出头了，该成个家了。扣扣：刚成人呢，不急。大婶娘：二十不娶不嫁，三十不旺不发。衣香说你自小跟令子拢在一起，看好你俩个相好，大婶娘乐意扣侄修得正果。扣扣：多年了，人模影子不见，淡忘了。三婶娘：我泼瓢冷水，扣侄少见外。财东家的千金去了花花世界，心高气盛着呢。杳无音信，当心被误了年少。二婶娘：婚配男女拢到一张床上才算配婚着。先前嘴上说个心里想个统统不做准，变数大呢。大婶娘：掰掰指头算来，令子走开二年多了。二不过三，三年是道坎，再等她个一年半载，令子兴许能回返。扣扣：大婶娘操心了。大婶娘：是为钮家门户操心。强强与你嫡叔伯兄弟一对，祭祀一个祠堂，跪拜一个祖宗。一代一代的下传，传到你爷爷的爷爷这一代。西山面的出生地，唤作河套地界上旱地飞蝗，一拨祖先、一只篮子一根棒沿着长江寻活路。走到一处有山有绿地,撒下一群。一路走一路撒,光光剩下我俩两家拄着棍棒在走,走近江海碰头处,路绝了,再走只能跳海了。驻脚吧,走进了大锅烧盐的大东灶,小锅烧盐的小李灶,小王灶小袁灶,扛工帮灶烧咸盐。动了手,满了口,咸水里搭起了茅草屋。四周挖成了院沟。沟水深一尺种上莲藕,芹菜、茭白、荸荠、茨菰,深五尺种上菱角,养上青鱼、草鱼、鲢鱼、鳊鱼、鲫鱼,养鱼院沟,菱角少种。菱角盘子封了沟面,大鱼小鱼喘不过气,长不大来长不壮,招来瘟沟底呢。

扣扣听来不得要领,生成了水乡之人,种养水田手到擒来。大婶娘絮絮叨叨道来,啥意向吗?大婶娘:你爷爷的教训,鱼与菱角不能兼得,令子衣香选一个。扣扣:两个大活人,不是吃的穿的,选啥选?大婶娘为难人了。大婶娘:扣侄在眼,婶娘上下两代成了单边子,这日子怎个过下去?扣扣:大婶娘宽心,有扣扣顶着,日子苦不到那儿去。大婶娘:眼下有我撑着,在我二百四十岁后,孤儿寡母的没半点靠抱,讨饭寻不到路呢。扣扣:靠我哟,四水一家有人有口饭吃,娘儿俩不少半口。我有把手劲,能把强生拉扯大。大婶娘:不在一口锅里吃饭,早晚有分心时。衣香自小在我手中长大,当作亲生丫头待呢,不忍她年纪轻轻受寡,好不过再伴个男人拢个家。想来想去的,只有扣侄知根知底,承受了,这把老骨头阖眼无牵无挂了。授话者不敢盯住受话者脸庞,大婶娘眯合眼说完最后两句话,胆战心惊睁眼时,扣扣拨开婶娘,一甩胳膊走人了事,大婶娘追出门外,放声唤叫:扣侄呀,大婶娘这张臭嘴,压不住话头,待错了你,别往心里奔。三婶娘:触到扣侄痛处了,看来他对令子上了心,三条老牛拉不回了。二婶娘:扣侄难得翻脸,没个是呀否的,证实他两方面动了心。自小他对亲娘妈妈百依百顺。啥辰光寻个漏档,我扮他亲娘说叨说叨。大婶娘:用场不大,婚姻昏着呢,鱼与菱角哇。

## (四十二)

大婶娘这一嚷,扣扣心头多了桩心思。弟嫂接房,戏文里有这么一曲,方圆几十里传过这么一事，听怪不怪的，轮上自身，怎个恁别扭呢，一时驱开了出远门的念头。正生着闷气呢，五更急促找上门，手中握了一大把绑在芦秆上的三角黑旗，晃悠着说：没走成，助我也。县上传话土改放在八棵桦试点，走！插黑旗去。扣扣跟了五更满村庄的察看，接过黑旗说：这一大把的朝哪家插呀，眼望见的就覃家，东家两家财东，多余的黑旗白做了。走进东家，东小叔，东小婶笑脸接迎。五更率先插上一杆黑旗，扣扣加上一杆。小叔诧异：插黑旗送迎黑脸菩萨？小婶，包公菩萨供在十里开外呢，没说换堂呀。五更：换啥堂，这次不是五年前的二五减租了，一查到底。小叔：我不是主家，主事的一齐查呀。扣扣：小叔一个唤工配工的，这儿不是他家。五更：那好，到他家去。扣扣领着，直行穿过二条地皮，一幢青砖瓦房呈现眼前。五更：看这气派不是个大财主，也是个小财东。他顺手插上一杆黑旗。扣扣：讲好的改革土地，秦小叔家没土地呀。随后赶来的秦小婶随声：说的是呀，俩兄弟分家，我家没要半寸土地。五更：笑话！东家上千亩的土地你没分到，全家白痴呀。扣扣：东家分户七八年前的事了，个中原委外人不晓得，只晓得他家眼下不见土地，只种着一点小菜田。五更：不见明财园暗财，不得土地得浮财，千家一面的，你家也跑不掉。小婶：当初是折了银钱的，供两个子女省城念书。一个月几十块银钱交过多年花费得有剩无几了。老话说坐吃三年，海也干呢。眼下家境如你长挂在嘴边的叫、叫啥贫雇农了。扣扣拉远了五更，轻声：明财了然，暗财难察。更老爹怀疑你在外闯荡几年，发了死难财呢，你怨不怨？五更：两回事吗。'哎'老头子一辈子受穷，做梦天上掉横财。刁老婆子富得流油装傻哭穷怕挨打呢。扣扣：猜她暗财等身。她死不认账，我侪也说不出理道来。看样子，小婶家不见得富得流油、不见得穷成雇农，夹在两者之间。在哪个档次呢？外人本就猜不准。留交工作队定夺吧，不插黑旗了。

五更老不情愿拔出黑旗，甩开手臂狠劲扔进院沟中。黑旗定制多，不差这一面。扣扣比试着手臂捞不着，放弃了。紧跑撵上五更，回首望，东家小叔小婶齐动手，抓把锄头齐上阵，一心归路捞上了黑旗，像捞上了家传的宝贝。小叔抽去芦秆折成小方块，水珠滴滴塞进衣兜中。小婶：一块小黑布园它做啥，脏兮兮的。小叔：妇人之见，命中神旗也。

插完旗，工作队进了村，驻东家学堂。动员会，分田会一个接一个。几天下来，丈量出自然村共有土地二千一百七十八亩，全村人口壹仟陆佰伍拾贰人，人均耕地一亩三分二厘。暂停每人按一亩叁分基数核分入户。留下机动地，忙时配做麦场、稻场、晒场的，建个畜牧养殖场，磨坊、粉坊的。全村分东西两片：东片的户主以分得覃家的田亩为主，西片的户主主要划分东家的田亩。四水一家属西片，按顺序号大婶娘，二婶娘扣扣分得运盐河旁的地，三家地接地连着片，三婶娘家有自耕地二亩七分，按两个人头划出一分地。三婶娘找扣扣商议，想换地块靠在三家一起，收呀种的有个照应。扣扣找了工作队，队长说：自耕农原则上耕作自己土地，定下的规章不能改，你个土改积极分子不能留后门呀。扣扣一阵燥热，走在没人的路上，自扇两记耳光：木头脑子不开窍呢。三忙时月里帮三婶娘捣呀挑的，离得远就跑那几步路吗，跑累了，一夜歇过来，力道照样。

分了田，兴奋过度的数二婶娘。在她记忆中，无论娘家婆家从没置拥过土地。眼前租田变成了自田。刚出生的顺生得了田，真个的太阳出西天了。她有事没事朝田间跑，迈着小脚步，三番五次地步量自家田，一次次的又记错了步弓，坐在运盐河边歇脚，自说自话：不步了，痴候发财，心里无数呢。扣扣进田间在各户的分界线上栽上韭菜作分界标识，发觉河沿上坐着个人。趣说：二婶娘呀，眼望运河分了田想着分河呀。二婶娘：扣侄提拨得好，我侪这地方，河沟比田亩多，种田人一半营生靠河面呢，工作队怎个不提呢，扣侄你去起个头。

扣扣提出来，工作队遇上新事物，下乡搞土地改革，没提水面改革呀。没有现成方法借鉴，发动大公众讨论呗。论来论去形成了试点协议。运盐河，通潮河属大公众河流，与无数个县乡村搭界，理应归属政府去管理水利配套，调度航运水养，各户的院沟归各户经用。河湖港汊挨着多家田亩，水面又不能截流的，由多家合伙养鱼，养鸭，种菱角，种莲藕，共同收益。运盐河、通潮河畔的农户没水面种养，专门截一条外河，供他们种养投资，做到谁也不亏待，家家有水面，人人有进账。

按县上编排，改变土地后划定各家各户的阶级成分。按解放区的惯例，出田地主，进田贫农，不进不出，少进少出的分上下中农。五更提出了东家小叔的事例，认为这样划定成分有漏洞，该划为阶级敌人的划成了阶级兄弟。

队长：还得靠群众，试点揭发暗藏的二地主三地主。

大会开得沉闷，不像前两次一呼百应群情激奋。发起者没拿出富有号召力的口号发动群众。受会者听着要互相攻讦，多数人缄默不语。八棵榉村训在先，任意算记村民、朋友邻舍的只进不出家产财富的人，不是个好朋友好邻居，好村民。本来吗，谁能理清别人家的底细？没话造话说。

五更打破了沉闷，要大伙分组讨论。他专门唤了一群积极分子会谈东家小叔。有人答：东家一母所生俩兄弟，老大富得出名。老二只有享受，不见劳动，八成闷声放财赚利呢，家私高过贫农一大截。五更：高在哪儿呢？答：高在我侪一天两顿粥。东家一天三顿饭，外加早茶、餐腰、点心、夜宵。丫头大则娘呢。五更：说点比吃大些的事？答：有啊。老儿家的儿女长到五六岁，送上省城学堂念书，念到十几靠廿岁了还在念，得铺排多少钱财呀！队长：这是智力投资，说明不了剥削所得。具体说他的家产规模，生财来路。答：这就为难了。穷家只晓得富家有钱，就像富家晓得穷家没钱一样，多多少少的说不清了。人民政府讲究个平等，东家老二像我侪穷家样划成了贫农，难说平等了。队长沉思了有歇，唤大会集中。总结：阶级成分事关户主的政治面貌，家小的前程走向，照框框划定，不尽合理。社会上确实存在暗富明穷的户主，划成个贫农，失却了平等，划成个地主，依据不足。土改连遇新情况，试点着办了，东家老二暂且划他个富裕中农，在无产阶级的阶级兄弟中算作最富有的兄弟了。在后，举报到他家在外有寻租放高利贷的剥削行为，立马扣上一顶漏划富农的帽子，打入另册，人民群众同意吗！

同意！同意！会议现场又像前两场一样，响起成片欢呼声，激励得年青的土改队长热泪盈眶。他自负：他连带着试点了水面改革，生造了二地主富农的词谓。这些个生词在划定成分的等级上没有，也许后面会有，试点吗，试出来的。他又自责：有些道理没能说透彻。那些个没能听懂的群众和听懂的群众一起欢呼雀跃，这是一种信任，对政府公家人的信任。曾几何时，他是农民群众的一员。进抗大五分校学习了二年俨然成了公家人，受领了大公众百般的信赖。千万，万千，别妄了这种称谓，工作要展开，群众更贴己。试点出全县的样板村来。

## （四十三）

东家小叔一天三顿酒，喝得额头沁汗珠，屋内跑四方直起了腰，甩开了手。小婶：酒水比糖水灵光，浇得你红光满面，油水渗足了。小叔：是我算盘珠子拨拉得灵光，吃不穷穿不穷，算计不到一世穷，点儿没差错。小婶：像在做梦呢。老大家的万万步田地，一宿醒来被分了个精光。小菜田，打麦场，宅基墩没留下半步。大宅院充了公，细软首饰幸亏转手到城里。诶！你说老大家的城里家当保得住吗。小叔：要转手得快，难呀。气候变了，没人敢接手，保不住的多数。往前推上三五年的搞定，现时的我一样两手空空了。小婶：我俩赚了老大家的银钱，吃的老大家的伙食，经管老大家的差事，这次又分回了老大家的田亩，这算不算公家人说的投机剥削？小叔：要封口，人要封口，银钱坛子要封口，守住了机关，啥事没有。小婶：封不住口成了漏划富农，阶级敌人，全家倒灶了，光着屁股受抽打吧。抽光了家当，抽干了院沟，一条五短鬼子（罗宋鱼）也剩不下。趁早，过田的银钱分工收园。娘家舅家姨家姑家，口巴子紧的亲眷分摊收园，园牢实堆钱变散钱不惹眼了。二七、三八的散发点应该的。另外兑换成银票，硬钱变软钱多条路呢。小叔：兑换成银票，朝政府手中送你的家财依据呀。臭鸡蛋一个，量你闻不出味来，现行银行换主家，不能兑换了。当紧的要找个积极分子做靠山，保家私。小婶：靠山现成的，扣扣呀，是他劝阻了五更没在家门口插成黑旗。避开了满门抄家之祸。小叔：扣扣是我家嫡亲侄女婿，胳膊肘朝内拐呢。小婶：令子几年来没个信儿，好事儿八成枯黄了。小叔：朝成事方面想呗，要紧候里搭个桥，牵个线，显得叔侄亲昵。等城里时局稳定了，我陪扣扣专程进城找寻令子去。小婶：应该的，求拜人家不光求拜在嘴里，得送上礼物甜甜心。暑热夏天来了，送件冬暖夏凉的洋布衬衫吧。小叔：小打小敲触不到痒处。谋划着送银钱，整坛整坛的送，送个大用。小婶：破点小财应当，不心痛。送多送少当家人当家。小叔：扣扣不一定受领。小婶：菩萨不贪财，香灰蜡烛哪里来。小叔：妇人之见，时局变了，就你不变。明朝先请扣扣家来吃顿酒饭，拔拔苗头。小婶：扣扣里外忙接忙，限时限日难请呢。小叔：动动脑子，就说请来的陪客泛是阶级朋友。胖姨，杜账，细凤，帮工牛倌的。革命风吹来，大伙儿说散快散了，牵头大伙来聚聚，吃桌散伙酒。

扣扣准日准时来了。

扣扣迎了杜账，老少击掌欢叫，像吹响了口哨。细凤扬起胖姨的双臂摇，像荡起秋千，摇得胖姨咯咯笑着说：痴丫头进门高兴劲，阿是东家老二请吃嫁饭，邀我来做陪客。细凤：不出嫁吃的那家子嫁饭呀，平白无故请来闹不清啰。往早日我侪烧煮他一家用，今朝子一家烧煮，我侪受用，浑身儿不自在了。扣扣说：估猜着互相间分开久了，小叔搭桥叙叙旧呗。杜账：管他呢，请柬到，直脚跑，有吃有喝认个好，用不着细分出为个啥。喏！头顶上的家燕叽叽喳喳叫不停，它们晓得啰。大伙同时抬头望：偌大一只紫燕窠，筑在百无禁忌，太公在此的横幅下、二梁上，足有装得下斗粮的口袋长。出口水瓢大。直进直出的鸟爹鸟妈嗛来虫食喂养鸟儿鸟女，进也喳喳，出也喳喳。胖姨：账房先生算细账，听细话的，听出燕雀叽喳个啥？杜账：肚皮饿争食呗。叽喳着讨吃，吃饱了言谢。胖姨：它在谢你呀？杜账：谢主家呢。叽喳着不吃主家的酒，不吃主家的饭，借用主家的一块风水宝地筑个窠，生下蛋。生儿育女吵得主家烦，多多担待，谢谢！胖姨逗乐了说：账房先生念出燕雀的诗文来，墨水灌饱着。小婶进屋接话：诗文话饭桌上说，进厨房用饭了。男人用酒，女人以茶代酒。扣扣见酒面露难色。小叔：我补的散伙酒。女人抿抿，男人敞开都要喝。胖姨听明了，老二家请吃的散伙席，分开恁长时了还想到了佣人娘姨，她不能嘴短，来两句奉承话吧：今朝看真着了，二东家的飞檐翘角，大梁二梁筑满了金窠，鸟朝旺处飞呢。老大家破财，老二家进财，不出三两年，老二超老大呢。

悔不该请来个拆庙的，小叔听了差点儿背过气去，又不便发作。只是一个劲地碰盅喝酒不碰也喝，喝得吱吱响。细凤：吃酒吃出气氛来呀，笑语酒香吗。怎个一桌的吃酒人没得燕子小鸟吃得欢呢。扣扣：说是吃酒行理道呢，吃闷酒伤肺，吃快酒伤肝。杜账：没酒吃伤心呢。今朝有酒今朝醉，肚子里酒到指数，鬼话，鸟话自然冒出来轧闹猛了。胖姨：要发财了，财房先生喝酒当喝豆瓣咸菜汤呢。同桌人熏得头晕眼花，常听说鱼儿鸟儿闻酒糟闻醉着，不假。细凤：当心啊！当心头顶上小燕子醉跌下台抢酒吃。杜账噗哧一声喷出一点酒水。小叔咧咧嘴，下意识地抬头望一眼，小婶端了大碗汤菜蹾上桌。杜账：不忙小菜了，渗酒菜满台面吃不通的。小叔不开讲，小婶坐下来，有话问声你。小婶围裙揩揩手：你开讲，我听着。杜账：分田分地你家没田没地没插黑旗，评判个啥成分呀！小婶：评上个上中农，属贫雇农朋友，没打封建。杜账：好福分呀。两口子遵循格言，勿营华屋，勿谋良田，闷声发暗财。祖传的良田寸步不要，随一纸盖了红戳的地契文书统统转让给老大家，兵书上称作战略眼光双眼望穿大江南北，望到了新国度。来吧，在桌的大家举酒举茶，为两口子喝个华彩。小叔开了讲：抬举了，我哪来的神仙功力，一眼望到解放。托福人民政府平天下，均田地，得了点小财不贪财，不为子女攒财。看穿了子女不如我，留下的大财小财不够他败家的。子女超过我，攒的财再多不在他眼下呢。自我的钱，大手大脚的用，吃光用光身体健康。小婶：可不是吗。留下点保身家的钱财。没有个多，只有个少。请问账房先生，多大财气算得上浮财，算得上富农？杜账卡壳了，呼哧呼哧吐酒气。小婶催问：先生街头市面上的人，见多识广，说个数吗。杜账接过细凤送给的凉毛巾，满脸的抹，抹湿了，拧干了再抹湿，丢开说：浮财吗，就在眼前。往早年东家兄弟买卖田亩，你家一次性进账几千块的银钱即是浮财呀。小婶：先生酒吃糊涂说妄话呢。杜财：一眼儿没妄说。两家来往账目过我手的。细凤大叫：先生快住嘴！小叔晕过去了。手忙脚动一阵乱，大伙的一阵呼唤。小婶谈定：不慌，我来。她踮着小脚抓拿小叔后背主神经，喃喃着：醉不倒，今朝怎个醉晕，碰上酒中仙啦。小叔哇一声醒来，小婶松开手：看着头混脚酥的，上床歇歇去。小叔坐稳座椅了，说：小看我酒量了，接着喝。杜账哼呵两声忍头伏案梦中起了鼾声，流出的哈喇子和着小菜渣子淌了半个台面。小叔：内当家的，台面上撸撸干净，小菜温温，我和扣扣喝上两盅，细凤陪陪，知底你能抿上两口的。两人顺从地端起了酒盅酒。小叔说：台上人说酒后吐真言，台下人说酒后一派胡言。杜账酒后说的真言？胡语？两人估猜猜。我能园得拢垓多钱吗？要一家人不吃不喝，不学不养，没病没灾，只进不出的，凡人一个做不到。细凤：瞎爹时常说家家有本难念的经。好邻居算邻舍的进账，也看邻舍的出账。小叔家大路大，用场也大。家底比我侪厚满点，厚满到啥程度？没那个闲心思比较了，一概无知。扣扣：前朝的事，年少无知，当朝的事，与小叔小婶出力在一起吃喝在一起。细凤说得对，小叔家肯定比着厚满，依我的家底折算，比我多三石米吧。小婶：扣扣存了几石米呀？扣扣：家有一斗三升大白米加杂粮两缸。小婶：杂粮值不了几个钱，换成白米的看涨。扣扣：花搭着自用过日子呢，使不得。小叔：这话我爱听，吃是真功，穿是威风，两个都是会过日子的人，实在。来，三人喝完三盅酒，两个不会醉的。细凤：小叔少喝一盅，醉过一回了。小叔：醉翁之意不在酒，在乎扣扣细凤也。哈哈！胖姨：酒水真是个尤物，催人困，催人晕，催人哭，催人笑呢。细凤扣扣被小叔笑得莫名其妙。人在笑，酒在笑呀？

小婶有点懵；没啥出格事引起笑呀。酒尽人散后，小婶怨怪：请个扣扣本人万事大吉了。请来不相干的陪客，请来个罾，存钱苗头外人拔出来了。小叔：小事一桩，杜账胖姨用十块银钱一塞，堵住嘴了。当紧的是细凤扣扣，苗头拔出了。小婶：噢哟，大半天了还说酒话呢。小叔：不是酒话是实话，扣扣细凤看重我呢。小婶：还不是顶犯忌吗，一露出钱尾巴，跟着看重你了。小叔：你呀，怎不开窍呢。有钱人让人看重，老黄历了。新年代，穷钱才是福呀。扣扣细凤看重我少钱没钱，是一条线上的朋友，懂吗。小婶：一家有你懂足够，我懂反不足为奇了。小叔：不可大意，该懂的学着点。问答谈话才问答到点子上，细凤扣扣，新年代的积极分子。一个是五更的帮手，一个是五更的弟媳，奏得进本的两个人，家有隑山（gāi，依靠之意，此处意为靠山），不用夜夜愁了。小婶：人心隔肚皮，你自信隑得住呀。小叔：共产党风生水起时，我就没亏待过俩人，多年过来了，义到深处必有回报。想妥了再为细凤扣扣帮个情。小婶：帮啥呀，不在你手下忙工忙厨。小叔：老大家的房产钥匙我暂且管着，工作队撤走了空关着。我进言敞开了大公众住，紧巴巴的住屋困难户能住好多家呢，细凤家方圆好几里数一数二的紧巴户，连牵着更老爹搭福驻进，好戏连台呢。小婶：上天言好事，下界保平安，当家的变家菩萨了，只是扣扣领不到情呀。小叔：扣扣情在大江南。我要亲身进城找回令子，给扣扣一个交代，一个惊喜。你在外界多多放话，说声帮着扣扣找对象去了。一趟趟的去找，找不回令子的真身，也得找来令子的落脚处。小婶：带上扣扣一齐去呀，路上有个照应。这段时光，你日夜动脑筋，瘦去几斤肉了。小叔：劳碌命哇。赚钱心焦，亏钱心酸，化钱心痛，园着钱心更累，不瘦也难。小婶：丢开钱，丢开他三个月，三年，试试胖了瘦了？小叔：钱钻进毛孔骨髓里了，丢开它下辈子吧。

## （四十四）

扣扣要出走上海滩。

五更：两人约定，一年之内不出远门的，怎个余浩区长转上海治病啦？扣扣：不找区长，找朋友。五更：喜事呀，百忙丢开也得去。手中三面黑旗一挥：快去快回，天天有差事等着你呢。扣扣：怎个又去插黑旗？东家老二寻租把柄落你手了。五更：没有。小老头圆滑得很，出言滴水不漏，还建言敞开东家大宅，分给贫困户居住。扣扣：主意不错呀，着手办呗。五更：分出二十多家的住困户，得劳神摸排，一时半会难解呢，你又要走人。扣扣：我走访过住困家庭，心中有底，出门前拿出细账来。眼前就闪出一家来，细凤的家，首当其冲的住困户。五更：我讲了，拣两间宽敞点住屋，乘机把婚事办了。扣扣：在理呀。了却更老爹一桩心思，避开了兄弟反目。五更：这个弟媳妇来头歪个。不肯搬进正屋厢屋住。逼着她搬迁，搬进个灶屋间，还说宽敞多了，灶屋抵两间老屋大呢。临时委委身，落落脚的，知足了。扣扣：三更做个主呀。五更：他呀！更邪门。声唤这辈子不在他人房间中成婚。配给他本工属证，伸手要工做。上级没指标拨下，我造不出工厂来呀。蛮劲上了身，几天跟我吵呀闹得。恨不得朝他头上插面黑旗，杀杀他的蛮气。扣扣：劳动人民爱劳动，该给他插面红旗。五更：二愣子货，插上红旗黑旗都没用，费布料一块。眼下积极分子，反动分子双双成倍增加。红旗黑旗不够用呢。扣扣：贫雇农高兴劲上来积极分子多，红旗飘得多了。黑旗不见得吧，地主富农一个没增加。五更：我去县上听了敌情通报，要给反动分子家庭插上黑旗。通报说江边码头航行上海大达码头的轮船遭到政治土匪的枪杀抢劫，伤害了护船的一个班的解放军。本村的两个江盗有嫌疑，得抓紧排查。再有，邻近的双合村出海捕鱼被蒋匪帮的海军掳走了七十多个青壮年，抓丁，投丁的分不清。联系上本村覃家少爷开出渔船失踪多时。船上五个青年，你熟悉的布财算一个。这人自小怎样子，反动不反动？扣扣：

我巴不得朝他头上插面反动黑旗！空说无凭呀。只能见证他一心想发财，大财小财的来者不拒，不算个反动分子吧。覃家大宅，东家大院明摆着的地主分子。没见证过两家杀人放火，也不算反动分子吧。村庄中两个江盗，多年前不干了，见天一起帮工挣力钱，我能作证新中国成立后没干坏事。五更：你呀，太善良了。吃不准这些个人正在海上做坏事，被你见证掉了。扣扣：眼见为实，道听途说不做凭吗。五更：依着你的评判，一条黑鱼没钓着，苦了这把黑旗，没个地方插了。

## （四十五）

进了城，水门汀铺就的大马路在扣扣看来，比乡村淖泥路行走难，路的尽头还是路，一不留意，走穿帮了。东小叔说：走过二马路，穿越三马路，令子家的住房店铺显露了，只是封了房，并了店，折了封的，住进了陌生面孔。探问原先的邻居，一问三不知。扣扣：改换门庭难找寻了。小叔：进趟城不容易。近旁里弄转转，转出点蛛丝马迹来。两人东张西望慢行。有辆黄包车擦身超过，车夫回首望了说：果要搭车？咦！大东地界口音。小叔忙招手：要个，要个，并掏出美丽牌香烟，急性子折不开封，索性整包烟撂给车夫，问句同乡：这块儿的店房查封了，主家人呢？车夫：改朝换代了呗。原先这块前店后厂，风光得很。主家可是个有钱的主儿。现时官话唤作资本家剥削，房产店铺充公去，不是逃难，就是抓捕了。小叔：主家露出点财富，不算个资本大家呢。车夫：看出来了，若是重案要地，必有军官会的解放军放哨。只有工人老大哥纠察，主家八成避乱东南飞了。小叔：一大家子的，飞到哪块是个头呀。车夫：朝东洋，南洋飞呀，那一块有好多个岛国家，国家岛，飞进去了，大陆管不了他的钱多钱少了。扣扣：看来一家子不在这座城市了，白寻了一趟。车夫：不一定一塌刮子走光。工厂有几十号男工女工呢。找个熟人探探底牌，不难的。小叔：是条路子，记起炳叔带走令子的。炳叔家住郊外横扇岛，岛上有炳叔带进厂的人工，走哇，进岛找熟人去。两人挤进黄包车，途中，扣扣调换成车夫，坐车的变拉车。拉进浦江码头，听到戴袖箍的纠察大叔叫子吹得急吼吼，声唤着前往横扇岛的人客登船。两人随人流朝检票口挤。纠察大叔手一横，拦下说：票子！票子拿在手中，含在口中。小叔：急着赶船期，上船补票。纠察大叔：没票，挡横呀，靠边买票去，票房抬眼能见，跑动着，票钱捏手中。售票窗口高高在上窗口两侧站立两位纠察大叔，提醒买横扇船票凭证的。啥证呀？禁区通行证。小不点岛禁啥呀？岛上是保卫大上海的大炮阵地。禁瞎七搞八（方言：乱七八糟之意）的反动分子进岛破坏。啥地方开出证明呀？军管会，人民政府，凡共产党主办的机关，都能开出证明。那妥了，小叔指认扣扣说他与共产党共过伙，早前同一伙人，我担保证明。纠察瞪大双眼虎视：不地道，乱说乱话的进岛可疑呀，你的，讲清爽。扣扣：进岛想寻个叫名鲍枫的同志哥。小叔附和：还有个熟面孔袁炳炳同志。纠察：这称呼靠谱，抓紧去开证明吧，兴许能赶上末班船。小叔两手一摊：说一千，道一万，自个证明不了自个呀。进得城来，两眼一抹黑寻到政府机关，也开不出证明呀。放眼码头，上上下下的人群，扛枪的多，提篮小卖的少。木质机船拉响汽笛，解了缆绳，船帮中冒起黑烟，船尾划水驶离了趸船。小叔感叹：这阵势，海岛上铺天盖地的大兵管制着，令子炳炳不会在岛了。找过去也白找，趁早回家的好。扣扣：开不到证明，进不了岛，不去一趟炳叔家，心里老是缺只角。小叔：原路返回找同乡给他点佣钱，托他打探到消息，回信到乡下来。扣扣：这佣钱该我出的。小叔：不分你我。令子的寻找我全权包办了，办不出个眉目来，你别认我这个叔丈人。扣扣：小叔热心肠人呢，成事黄事小辈都感激你。丈人大人的不挂在嘴边上为好，进城来领教到的现状，越发地失去了信心。小叔：不许打退堂鼓。古人讲究个"爱"要有心，"亲"要相见。你想见她，她想见你，你进城找她，说不准她回乡找你了。与同乡谈妥，家去等回音吧。

## （四十六）

三个婶娘几天像例行公事样卯时准时凑在了一起。二婶娘驾到兴冲冲：探到了，扣侄进城朆（方言：没有）没找上东家令子。大婶娘：追问到扣扣了。二婶娘：不开心的事，没找他。在东家小婶那块探来的。听口气，扣侄丢开了心，东家小叔不死心，拼了老命要为扣扣找回令子。大婶娘：这老鬼有恁大本事，为哪桩呀？三婶娘：为靠抱呗，扣扣进出得衙门，他想靠只脚。大婶娘：由不得他胡闹。我侪来次阴阳通说，收拢扣扣野豁豁的心神。三婶娘：宜早不宜迟，明朝在我家，请来宁风水念念经，做点法事祭祀先人，二姐姐你备好通说词。二婶娘：在你家，你亲为吧，你口才好。三婶娘：不是推诿，怕说不像扣扣亲娘的口气。你张口能来，蜡烛香火点亮，烟雾缭绕飘起，连打三个哈欠，眼泪鼻涕通流变通说了，我来就变不过阵了。二婶娘：怕拆散扣侄的美好姻缘，一直七上八下的。大婶娘：一等再等了，令子还是没下落吗？要不为衣香日夜枯萎的身子，打我嘴绝不提起。二婶娘：手心手背都是心头肉，试试吧。

扣扣进得三婶娘家，木鱼敲得笃笃响。宁风水眯缝双眼哼哼有词，经书字词从他鼻腔中生发出声。在神龛上，用黄纸黑字铺裱了受经牌位。有三婶娘家的上三代祖宗，有四水一家的同时遇难当家人，有扣扣的亲娘，有被炸阵亡的强强。扣扣见状，虔诚着双手合一祭拜三下，退立侧旁聆听宁风水念经：南无佛，南无佛，南无阿弥陀佛。翻开一页经书呈南无佛，再翻开一面仍是南无佛。耶！他竟念过门了？确认经书念尽。宁风水缓过神来，收拾经书行当，支配：经书满了，这些牌位合些纸钱一齐烧化了。三婶娘留他用饭。他说夜到了有法事，下家急等着呢。

扣扣拿了二刀黄裱纸，三两张的一次次搓蓬松，摊在龛几前，牌位搁上，从蜡烛火上接了火苗点燃。三婶娘适时地跪上稻草蒲团，当先磕头，如是说：当家的，今朝是你六十冥寿，儿子出远门了，替代他祭拜你，送了经唱，送了金钱，好生受领。船老大手头宽绰点好。多多分发给同船的难兄难弟，别当小气鬼噢！四水一家老老小小在磕头跪拜你呢。

二婶娘磕了头，立起身。烟雾燎熏她眼泪鼻涕双汪双挂，张大口唇哈欠连连，身躯摇摇晃晃风吹要跌倒。扣扣扶牢她，自责：怨我烧出来一屋的烟气，熏得你啦！大婶娘：不怪烟的事，扣扣你添烛香，添把纸引引路。我扶她上床，她要通说。

扣扣领教过二婶娘的通说，是阳间与阴间的沟通。不再自说自话，变作人说鬼话，出腔几声换成了别个人的声嗓。这个人不在世，有的离去多年了。但二婶娘通说得惟妙惟肖，呈现出亲人在世时的哭诉劝导声，一副死鬼还魂的腔调，逼迫你难辨真假，仿佛也从奈何桥上走了一遭。

今儿个借二婶娘还魂哪个亲人呢？

长顺从睏屋出来唤叫扣扣快进屋，你娘亲口要你。扣扣：那是你娘呀。长顺；是你娘附在我娘身上了。扣扣将信将疑趑趄进睏屋。大婶娘：来得正着，难得机会，你亲娘转身了，快见面听娘话。二婶娘眄了一眼扣扣，开说：扣侯，我家的大头宝宝侯，长大长高着，靠近点，让娘细细认认你。这哑声哑气的声嗓，拓模拓样娘在声唤。自亲娘离去后，扣扣管三个婶娘都唤过亲娘。他顺从近了身，说：亲娘妈妈，有话说话，儿子受听呢。亲娘：三岁看大，七岁看老。娘认定你是个孝顺儿子。娘过早离开了，你吃三家饭，睡三家床长大，知恩要图报三家呢。三婶娘家的布财迷途多年了，正在阴阳交叉地打盹着，醒来不晓得朝哪条道上走，阳间不见人，阴间不见影。二婶娘家的长顺自小缺心眼，没得扣侯带牵，带不动一家子。大婶娘家的强强，冒冒失失，声无气哈地来到阴间，认定我做亲娘呢。他日长身子，夜长影子，转眼进娶媳妇年纪了。我吗，赵家沟，王家园，方家埭的四方找寻，眉目有着，配对也就几十天的等候了。这一来，苦了阳间的衣香，苦了强生，扣侯要听婶娘的话呢，为大婶娘家撑起一片天来，为四水一家做脸做主哇！扣扣回话：亲娘妈妈放宽心，孩儿能待好四水一家每个人。每家名下得了田地人人朝高处迈着呢。亲娘：吾儿没悟到话点上。隔房隔墙咋相帮呀，真心的要同吃一锅饭，同睏一张床。牵手衣香，成双成对成夫妻——通说至此，话语突兀打住。通说者嚷嚷着口干舌干嘴皮干，喝足了两杯水，推说累了困了眼皮沉垂着睡去，扣扣亲娘还原成长顺亲娘。

扣扣惊悟到通说的要点。谈笑自个像苇叶折织的风车车，随风吹转了一遭。他悻悻朝外走。一针跟上挖苦他：怎样，被捉弄的滋味不好受吧。她全盘观听了婆婆的通说。与娘家地方的招魂唤鬼比较，玄呼不够，直白失当。三个长辈捉弄一个小辈，至于么。她说：三年前你这样捉弄我的。骗婚，阿是你承的头，又是撕篾又是编排，诈我稀里糊涂松了口。扣扣：手法显欠缺，在心不是折庙，有心成全一桩婚姻。一针：好一个成全，记在心坎里了，眼下三个婆婆捉弄你，依你所言，成全捉弄人。我倒要看着你自小相好的睏不上一张床，而要娶二婚的衣香为妻，大戏开启，看着快活。扣扣：嫁给长顺你自个点的头，没人包办你，也没人包办我。他料到三个婶娘在旁竖起耳朵听呢，故意把话唤得山响：男子汉，大丈夫，终身大事自做主，谁也别想捉弄我。

# （四十七）

令子家的三关厢院落，彻底打了封建。没人住的空关屋，贴上白纸封条。腾出一排做了八棵村的村公所，桌椅几凳用作办公用具，绰绰有余。只是进出办公室，抬脚低头跨槛跃门，碰面朱漆大门，五更自感矮了一截，吐气：地主老财的庄院见天碰上来气，推倒了重砌办公屋，扩建学校书房。扣扣：摆着现成大院不用，犯傻呀。五更：旧的不去，新的不来。改朝代了，改个屋舍算个啥。扣扣：不是三钱下碗面的。砌房造屋空家底，当中的料工，人工海了。五更：你瓦工木工泥工都有点三脚猫，预算个框框码算算得失，不急于动工。

三脚猫算啥呀，东家小叔这方面的行家里手呢，找他算得精准，没错。这时段东小叔眼睁着大哥家的硬头家什分了个精光，焦虑之心徒增火气。家藏几千块的银钱，像虎豹张开了血盆大口，嚎叫着要吞噬他。不能再拖宕，必须出手出宅，埋深荒郊野外。没个关拢，分散园进五六家至亲家中，家大，人多，嘴杂，有一个多舌的伢儿流意了实情，一锅砸了。几日了，小叔晚间睡不着，白日睡不死。球磨机样的磨主意，嘴角磨出了水泡。东小婶午睡醒来，冲着小叔大声：有了！小叔：老虎嗓门，惊吓我了。小婶：大白天做了个实在梦，梦到妹夫家上百只咸菜坛子，借用它几十只，每只装上百儿八十块银钱，肩口用木花填实，稀泥封牢口，埋地下活脱脱的前朝骨殖髅，发觉了也没人理睬它。小叔跳下床，拍头拍脑：对号呀！连襟家开的酱菜工厂，有的是缸呀坛的。封了口的银钱坛子与咸菜坛没二样，不需埋地，一溜摆布在咸菜坛子中间，活脱个兵房场里小兵卒子操练着。关老爷亲临巡视，错把银库变兵库。凡人见了，必定促侠老眼。这计谋巧妙，胜过诸葛亮的空城计了。快去，唤来妹子妹夫议事。

妹子一来，妹夫二来三来用木轮手推车推来五十三只酱菜坛子。夜到徐暗光时，坛子装填完毕。妹子妹夫轮次推回了酱菜工厂。家中存留了三坛。

小婶：当家的，留三坛启眼呢。小叔：遮遮世人眼的，我主动把两坛银钱推出了事，推给扣扣。凭这一坛的银钱，够不上判决漏划富农的料。再来家中翻箱倒柜，揩不出油水了。小婶：平日里送个人情，一块银钱胖足了，整坛的送，长恁大没经历过。小叔：奶娌婆娘的，浅不过眼堂。晓得哇，共产党当道，跟金钱做起了对头。这银钱扣扣不一定受领。小婶：没见过见钱落眼泪的，我陪你送。

　　堂门吱呀一声推开了，两口子吓得面面相觑。好在进屋的是扣扣，跨进门槛说：啥东西送我呀，不敢当。小婶：扣扣真是个贵人，说到就到。小叔：送你两坛酸菜，当作咸小菜。扣扣：拢共三坛，送我两坛呀，胃口再大，半年消受不了，要发霉的。一坛吧，明日送你一篮芋艿交换。自家院沟肩里种的，水吃饱，收成好，一人吃不完，要收下的。小婶：收下收下，当家的欢喜吃个煬芋艿。扣扣接着讲了改造学堂，建造公房的事。小叔满口应承：好办个，码算好交给你。扣扣：交给五更，他承头的。交代完，扣扣驮上咸菜坛子走，觉察压身重呢走不快。小叔小婶网线袋提溜了另一只坛子跟出了门。扣扣不愿：咋回事吗，说定的一坛变成两坛，一坛也不要了。小叔：好说。两人放下一坛。靠在扣扣左右托提着坛子走夜路送进扣扣家。小叔摊牌送的是银钱。小婶：眼望着你快和令子成亲了，叔丈人，叔丈母提早送的礼金嫁妆，喜金不好推诿的。小叔：令子的信儿快了。我又托人送给车夫一笔赏钱，限他三个月内搞定令子的走向。扣扣：小婶小叔为我的事操心，该我谢礼。小叔：长辈提携没成家小辈，小辈成家了再孝敬长辈，行规道理，一点小意思承蒙侄女婿赏脸了。扣扣：没这道理吧。平白无故来了两坛子银钱，不作兴的。送钱人心痛，收钱人头痛呢。小叔：言重了，家中老底子卖地积攒的小钱。你用我用同样用，两家子成姻亲早晚的事，碗里锅里的平分分。用不着上台面。扣扣：否管你家中存多少银钱，坛子里有多少银钱，统归你家的银钱，与我无关。小婶：两人捏面团呢，推三揉四的。扣扣呀，我两个来送钱的，不是来借钱恶钱的，回话和软点。人这一辈子做牛当马的，就为多攒俩钱，风风光光立在世上吗。当家的话说到份上了，收下吧，放在手中顺意用。我家儿子从省城来信说，人民政府改了银号，银钱新币一样通用。一块银圆可买进三十斤白米呢。扣扣：买进白米是条路子。听你们儿子的，化了银钱买成白米，省得留着整坛子的银钱夜夜愁。小叔：没这样买法的，变米行，变资本家，变剥削分子了。小婶：儿子想得长远呢。叮嘱银钱园园牢，硬通货越园越值钱。扣扣：那就自个园园好。两坛子银钱在前只能买上三亩多地，不够地主富农指数，没人盯牢你，小叔：侄女婿越来越像个公家人了。叔丈人心中的小九九全揣摩得一清二楚，送礼你是真心的。没料到收礼人像遇上了阶级敌人。不为难你了，也不为难我，既然礼钱送进了门，再原封不动拿回去显得虚情假意了。你代我保管，说得过去吧。扣扣：小叔的马虎眼打得呀！不能再推诿了。定准着，我原封不动保存，原封不动归还。不多不少算你名下，多了少了还算你名下。小叔：又不是收种田禾。哪来的增多之理。散落点有可能的。扣扣：保不准的。轮到时辰，血本无归，负债累累又摊上了血债。小叔：话中带话呀。扣扣：实不相瞒，十七八岁时，我经手了不下三十坛子的银钱！小婶一个跟跄撞上了小叔，抖唇：老头子，心口痛，家去吧。小叔：我送你先走一步吧。走稳着出门，在这门外等着，我问个底细一起回。进门，小叔急问：不是个有钱人呀？扣扣经手哪家子钱财呀。扣扣：大公众的血汗钱，遇灾埋没，心头滴血。小叔长吁了口气。平了心说：那是，公家人管的公家事吗。扣扣：那以后，银钱处在眼前就来气，眼不见还我清静。这整坛子的，预备着放进三婶娘家的地窖。小叔，不会介意吧。小叔：你顺就顺，你好算好。他说圆话，攥上小婶家去。小婶：吓得我心惊肉跳。小叔：定心，没露马脚，扣扣经手的外地银钱。小婶：急过性子了，我也想，扣扣的银钱比我家多呢，摊上了地主富农阶级，扣扣准足是了。小叔：两码子事，一样的钱。我家是在手。扣扣是经手，过了手，仍是两手空空，可不敢乱说乱话了。

扣扣没出三天，坛子驮进了三婶娘家地窖。多一坛也是存，扣扣索性以小叔意存了两坛。

地窖高九尺，长七尺，宽五尺，离水面三尺。早年头开挖运盐河时。沟泥土方朝两边堆积，淤泥见了天日，蒸发去水分风化成堆，敢与砖块比硬梆。三婶娘家相中了这块土堆造屋。别家的砌屋宅地需填土掺高头，她家要朝下削土，削去了足足五尺有余，方才与左右的屋舍削止地平。屋子落成后，铲平西山墙边土堆，挖掘成东山墙边地窖，窖门设在山墙里。进出处隄着三级竹梯。扣扣随三婶娘下得地窖，放手坛子，手举烛光眼睃一圈。吲嗬！值钱不值钱的吃食塞得满满当当。七八斤的血糯稻，满满一谷升的黑芝麻。大半斗绿皮绿肉的黄豆。三婶娘年年种植这款黄头，吃些青的，存些枯的朝笆斗上添加，讨个步步高兆头。扣扣：坛子搁走道上，你挪步当心绊小脚。三婶娘：两坛咸菜存放过暑还是过寒呀。扣扣：过暑又过寒，多少个寒暑没定规，不是咸菜是银钱。三婶娘：这要放精细些。她引示扣扣捧走一件旧大衣，掀掉一片稻草帘子，撬开一块耐厚的杉木模板，显现出一口青砖砌成的窖中窖。内置一只红木匣盒，红绸布袋卧盒中。她说：一代一代传下来的金器银钱，一代一代要传下去的。布财走得急。没来得及交代他呢。扣俚的银钱存一起好有个照应。扣扣：看上看下像个监狱，牢地小，容不下两只坛子。三婶娘：掏出来，用布袋子包好放呀。扣扣：不费心了，洞口原封盖紧。坛子蹾坐大衣上，来它个财气接财气。

完成了一项额外任务，扣扣想去通报东小叔。几次的远眺瓦房，关门落锁着。隔了三五天的照样，咦，难现的，夫妇俩出远门了，西进省城看望儿女去了？没有，小叔小婶憋在隔村的酱菜工厂里，躲避着扣扣呢。

上海滩来了信。车夫同乡得了钱，蹿进了军管会，申诉东姓资本家欠他一笔劳务款，他要找着人讨回这笔血汗钱。接待人告知：东姓全家逃离了大陆。人民政府管辖不到，欠账暂时讨不回来。车夫欢言，找到了，找没了，飞走了，飞远了，庆幸在手的佣钱拿踏实了。小叔慌了神：倒灶了，冷水泡饭难咽呢。小婶：飞就飞呗，通报扣扣一声，不要一心等令子。小叔：说得轻巧，没个脸皮启口呀，打了包票的，百分之百找回令子。小婶：闲话说过了头，叔丈人叔丈母的当不成了。小叔：扣扣指望着我包票开销呢。见了信手就发抖，坐等扣扣的乌云黑暴吧。小婶：好事变作了尴难事。老头子，避避风暴吧，连襟家的工场住两天。谋出个计策再摊牌。

一住十多天过去。小婶：以往驻回亲眷家不超三天的。这回驻腻了，还是在家适意呀，当家的，谋划出一策二策了没？小叔：成熟着，动身归家。传话扣扣的三个婶娘，令子出洋了，长久不家来了（方言：归家）。她们自会传于扣扣的。小婶：原套原嘛，刨根底早晚刨到自个身上来。小叔：传话圆络些，咬定政府部门传来的。小婶：造谣呀。小叔：不叫造谣，叫造策，大

118

城市的军管会，小地方的贫协会，一样的共产党政府，大比小翘硬多呢。照此去传，我会圆场的。

## （四十八）

事不过三，三年足矣。像预着鲍枫、东令子今年会显现吗？扣扣心里没底。能传递点讯息的东家小叔不照面，扣扣有了烦。闲时节气，扣扣帮四水一家的过冬元麦加施一次冬肥。四家的粪池掏了个空。重担进田时，担粪号子应天响。空担转回时，扣扣哼唱鲍先生教的挑盐小调。扁担挑盐二百三，两只脚底磨砂滩，一年三百六十天，十里砂滩走往返，为的东灶李灶袁灶姜灶盐老板。可怜穷人性情坍，一生只能挑盐担，寻不来女人，变不成家小，苦卤苦胆不见岸，共产党来了当靠山。

脚不驻，手不停，肩不歇，嘴不闲，唤着跑，唱着走。扣扣着意散发胸内闷气。长顺追来田间说：满桶的粪，二百多斤吧，跑得足火，空身追不上你呢。扣扣：用不着帮忙，我个人做不够呢。长顺：不的，三婶娘唤你扶乩。夜到了请来能干三娘。扣扣：不是正月半八月半的，能请来三娘！长顺：不晓得。扣扣：瞎捣腾，无事引鬼上门。长顺：不晓得。三婶娘关照来关照你，笃定去哟。扣扣应允了。

请来三娘扶乩，不同于死鬼与活人的通说，是神仙与凡人的沟通。凡人当道者请来元始天尊啦，太上老君啦，南海观音啦来占卜吉凶。能干三娘学名媪神，比不上天神。游荡在黎民百姓中，栖息于田间角落，农家柴垛里，没个神仙架子。早请早到，夜请夜到。乐意倾听请者的惆怅，你的远在天边，远在海边，远在洋边，抑或蛰伏在地层下千愁百思尴难事，三娘都会给种说法。

来了来了！三个婶娘见得扣扣露脸，齐声欢呼：主家到。耶？啥辰光成主家了。看样子，三个婶娘加主持背地里编排好他了。滑稽吧，三个婶娘唱一曲戏，不就是神仙三娘现世吗。

扣扣识得主持，人称水烟先生，代书能干三娘行善，不扰主家菜饭，不要主家分文，只收一方"甘"字水烟。他随身携带一只青腰布包装的芦篾畚箕，扶乩时，箕额上插一根一尺二寸的青竹杆。传书三娘旨意时作指代用，磕个头，画个符的。扶乩即扶箕，畚箕登上台面。两边各站一位扶箕者。水烟先先指令：三娘乐意主家扣扣与我扶箕搭档，请了。

扣扣年少时，乐意跟牢三娘凑闹热，在场讨问三娘自个来年的财享福份，问几份财享，三娘照实磕来，也当过扶手，中指伸进扶箕中间凹缝，托起它离台面二寸。手指稍加移动，扶箕跟着灵动，青竹杆捣向台面。杠杆效应一般动一次能磕到三至七下。因此，一般的财享福份均在三到七之间。

四水一家到齐整了，轮次受领了三娘赐给的财享福份。扣扣：我帮贵人问一声，鲍先生有份财享磕一磕，随着手指动一下，三娘竟纹丝不动。再问，三娘笃一声趴台了。任凭扣扣怎个灵动手指，三娘不理不睬，睡着了。以往，有类似状况突观，定是被问的人已不在人世。扣扣绝望着求证水烟先生，他与三娘同伙，两界通吃，生者死者熟稔在胸。鲍先生不会遇难的！阿是？水烟先生一无表情，凝视着扶箕发呆，一副生死听天听命的超度。扣扣自语：不可信！鲍先生回来现身吧，少了你，神仙也落神无主了。三婶娘：三娘一个草地菩萨，识不得远山远水外乡人的真面孔，多问两个当地人吧。大婶娘：问个令子吧。一针：令子远山远水客一个，三娘能认得？二婶娘：这块是令子血地，没有认不出的理，我来问卦，三娘菩萨，东家令子有份财享磕一磕。扣扣感觉，三娘慢尒尒抬起头，点了两下台面又趴下了。咦！指数未达到，令子遇尴难事了。水烟先生：人在世上远在天边呢，今生今世难回血地，三娘懒得关照她了。扣扣瞪水烟先生一眼，丢开手躲到暗处瞧把戏。三婶娘支配长顺顶上，说：手搭牢，侍奉好三娘，我来和风细雨讨教她。令子三年内能归来的磕三下。三娘磕了四下。十年归来磕四下？磕了三下，永不回来磕五下？三娘磕了七下。二婶娘傻了眼：今夜乱套着，凡人不明仙理。有请三娘写字画符决断吧。水烟先生：给个字眼吧。一针：仙姑讨凡人字眼，反礼了，给一个吧，扣扣相思令子，三年不见人影，等与不等？等来等不来？多早晚等得来，给句实话吧。

大婶娘朝台面倒下半谷升元麦糁子。水烟先生引领长顺用青杆画字。三次画三字。第一字，画得细细小小像蚂蚁爬，划了十几画。主要的长顺跟不上手脚。第二字，长顺手不抖，和着水烟先生端端正正划了十画。第三字出笔简单了，一横一竖加一竖弯，成就了一个飞草字。三字连接，一针横看竖看了说：画的符还是写的字呀，扣扣快来见分晓呀。扣扣没应声。一针：三婶娘自小念过书，认出这古怪字来，给扣扣一颗定心丸。三婶娘端起油灯，一丁一点的用光照认。啧啧自嘲：老眼昏花，小时学的字全还给先生了。大字小字的认得我，不认得它了。承蒙扶乩主持破字吧。水烟先生说：仁字，一等二倒三是三娘草写"等"，加一起等倒等。一针：等还是不等呀，听起来两便。三娘意思等到的，扣扣耐心等呗。水烟先生：不见得哇，倒是倒传的倒。一针：倒转来等呀，大等到小，等回娘肚里，不是白等了。水烟先生：主家傍家玩字眼，三娘包容着不怪罪的。等也行，不等也罢，一字多便的。二婶娘：还没个定准，主持给个主见吧。水烟先生：人走万里之外，三年不归，纵有千丝万情，变无情了。男等女耗三年，女等男哭三年，缘分哭尽了，主家丢了愁重起头，近傍物色个布衣女子过日子吧。大婶娘：布衣千千万，阿是人名里带布带衣的？水烟先生：也像意，多便。粗布淡饭农家之福吗。二婶娘惊讶：噢哟！物色的是衣香。命中注定吗，能干三娘交关灵光。

屋内一阵骚动。水烟先生受领一方水烟满意告走，扣扣尾随出门相送。他静观场面，不发一声，像看着办小人家家，婶娘她们信其真就真。自个信其假就假，懒得说三道四。扶乩先生为一方水烟，夜静更深了还在黑道上走人。不易呀！扶乩时稍有闪失招来质疑白眼，迫使他必须吐得出料，变得过阵，圆得了场。收理畚箕时，扣扣在暗睐到箕的另侧绑了一截鞋底线——扶箕不磕头的疑惑了结了。他不揭穿把戏，他不忍心。

一针在后撵上了扣扣。说：三娘送没了，你送个魂舍呀。大娘二娘招你呢，招你为婿。扣扣：嫂子婶娘唱一曲戏，你不该呀，一针：冤枉了。我看戏，没唱戏。她们动了真格断你念想，这回不从也得从。扣扣：没呀，我有预感，令子快回了，一月内的事。一针说：四水一家全晓得！你蒙在鼓里？三娘说的真话，令子远在万里之外，与外乡的，外国的男人成了亲。她传话添了醋，加了油。扣扣：你造谣！一针：不敢，人民政府传下话来，有人把令子家告状到政府，要求结清劳务账，被告知令子全家飞到一个唤台湾香港的岛上了。扣扣：你昏说，台湾香港同属中国，快要解放了，令子快回了。一针：想令子想过了头，政府传话不信啦。听我一句劝，该忍头的忍下，硬撑着疏远四水一家，好像翻不过去这道坎。扣扣：你哩说一千道一万没用，我讨问了当事人一清二楚了。

夜行一阵风，扣扣擂开东家门。小叔小婶见了虎着脸的他不惊不急。小婶：扣扣呀！喝两碗凉开水压压惊，稳稳神。小叔：真情，市面上传话千真万确。传话下来的政府比余镇，抱山街大上好多级呢。小婶：令子跑了，苦了你，认命吧。小叔：一心归一路成全你俩的，世事难料，人心难测呀。扣扣你迈不过这道坎，咒骂我吧。家女小没成人，没资质许配给你。我要进城进街物色个胜过令子的女人来。小婶：坍台（吴语方言：做事不靠谱、丢面子、丢脸）到这种程度，不好打包票了。不用费心了——扣扣进得来，出口了一句话退出了东家门。心里空荡荡，连日劳作积聚的疲累，经夜风裹挟，漫散到全身，逼他歇息了。

慢步运盐河边，隔岸三婶娘家的窗棂透着灯光。有人影在窗玻璃上晃动，她们没散。因他起事，还在等他，他得给个交代。跨过环拢桥，扣扣返回三婶娘家，正要推门进屋，听着屋内高声大嗓在诉说、争辩。扣扣揉搓着爬上眼皮的瞌睡虫。无意听到了衣香在发声：亲娘妈妈二娘三娘婶妈，你哩晓得衣香苦命，不该暗地里作弄呢。实说了，不愿意，扣扣愿意了，我也不愿意。大婶娘：七实八满了，你冷水里发酵，想气死娘啊！二婶娘：上好的龙门不跳，没来由呀。三婶娘：拉倒了，几年的心血白费了。衣香：亲娘婶娘情分受领，一心为的我和强生后程。若是我应允，只怕今生今世对不住扣扣了。扣扣情系令子，我个烂婆娘中间插一杠子，必遭大公众咒骂。亲娘婶娘也，不可强求啊。于天于地对不住扣扣兄弟，令子姊妹呀。大婶娘：没强求，令子不归了，我侪才开口说事。兵荒马乱时节令子出逃，说不准炸死在逃难路上了。哦，不该诅咒她。令子是个好丫头生在富家不欺贫，平安，平安为好。衣香：令子不在，鞋子袜子在，世上黄花闺女千千万，不好朝个寡妇身上拉的。早一步二次进门的一针说：一屋子人全是自说自话，扣扣不松口，一切等于零，叹叹苦气罢了。大婶娘：也不全是，前一程子，扣扣存心出远门，奔战阵。四水一家剩下这根顶梁柱了。他走人，丢下老老少少一堆霜煎冻梨，里里外外全是苦，烂在锅里众人弃。妯娌仨商议，扣扣不能走哇，拦下他只有靠婚配。那时段衣香正投河上吊只想死不想活时，留下扣扣的相助，也留下了你的命。为娘晓得你一了心慈，不愿拖累扣扣，娘找不来出路呀，错就错在强强丢开了你。三婶娘：错就错在布财甩下了家。二婶娘：错就错在长顺扶不上马。大婶娘：留住扣扣，四水一家不折脚，不瞎眼，有了盼头，衣香一针相帮出点力，为小家也会大家。衣香在暗处抹着泪珠。一针：玄话变悬事，一百个难呢，换成我是扣扣，一百个不同意。

堂门洞开，旋进一阵风，吹灭了豆油灯。扣扣进门说，扣扣吃四水一家饭菜长大，理当成为顶梁柱。在屋的大婶娘，二婶娘，三婶娘，长顺哥，一针嫂，衣香，强生顺生全听着。我今夜主意拿定：衣香愿意，我就愿意，两人成个家。一针抢先反应过来：太阳从西天出了，三婶娘快亮灯。三婶娘：我耳朵不灵，话听反了？二婶娘：扣侄记恨婶娘，出口气话吧？大婶娘：扣侄自小实话实说，话不改口，说到做到的。

豆油灯重又点亮。三婶娘举起亮灯，光照扣扣脸庞。说：是实话。扣侄脸面慈善呢。在夜，三婶娘做回主了，今夜是扣扣衣香订婚日子，接下来备礼备装备婚房。六个月后成亲，讨个六六大顺口兆。扣扣：六个月时日太长，吃不准自个会反悔。三婶娘：可使不得，改成六天吧。我俩紧紧手操办。扣扣：不礼不装，不操不办，时辰到，不用请，不用招，自个儿跑上门做大婶娘的填房儿子。满屋大人回味着扣扣的言辞，不经意间，他噤声走了。

## （四十九）

大婶娘还是个急。扣扣衣香不是本心本意拢一块来的。一个是无奈，一个是没解：一个大男人不声不哈的入了赘，炮仗没放半个。日后生出龃龉来。合得快，分得也快，单说令子吧。她是走远，不是走失，游子千里，必有归期呀。

快满月了，心存疑虑的大婶娘早起第一事观看衣香的脸色。起晕否、发红不？担心的是衣香几天毫无起色。大婶娘耐不住了：恁长时段，没碰过你？衣香：正常呀，他没那个心，我没这个意，自由自在。大婶娘：你呀，该为自个后程动动心了。女人起色，男人起性，你是二婚，该带个头的。衣香：娘说得蠢嘴，多难听呀。大婶娘：听娘话，今夜档，搽搽香脂，抹抹花露水。

现存的，不用花钱买，梳妆盒里搁着有年头了，记不清从哪来的。

衣香晓得一瓶香脂，一瓶花露水是令子送的。尚在黄毛丫头变声期，令子送来让她闻，让她嗅。哎！香心沁骨。令子说搽抹了它，挡阳光，挡蚊虫，白脸晒不黑，黑脸慢慢白。抹了进打麦场，三个麦捆掼完，黑汗流不尽，和着飞尘，和着脂水，顺着脸颊溜进嘴角。咦！香水变了味。变成小脚臭的咸菜味，像小伢儿吃多了香蛋放出的臭屁，熏得衣香吊呕又呕不出。收工回家，没觉蚊虫叮咬，脸部肿起了红疙瘩，气得她扔进了灰堆。细心的娘捡收了，藏囤到今朝。

衣香没听从娘涂脂抹香，她承受不起，但带进了睏屋，有意无意地拧开了瓶盖。她说：闻到香味没？他说：没。她说：闻过令子的香露水吗？他说：没。他惜字如金。两人在姐弟时，无话不说，改成夫妻没话可说，井水河水不流通了。夫妻不成，反而断了姐弟情。衣香自责：我之过呀。

扣扣先于衣香起床，提水烧锅扫屋地。祖孙三人起床了早饭现成，见天如样，穷人穷屋像招进了一个佣人，怪怪的。佣人下田去。衣香说：今夜开始，我带着强生睏觉。娘说：他打你骂你嫌弃你了？衣香：打我骂我反倒定心，一刀两断了事，不再担良心债了。娘！别再强求扣扣了，思来想去的，我也不会个万福礼，夜夜离他远点再远点，一个断红的石女，没个资格靠近他。男人嘛，成婚成家为个传宗接代，衣香做不到呀。娘说：别瞎猜，为了强强你急火攻心一时断了红，吃着中药慢慢会回身的。衣香：难呢。郎中说：用药一年多不见起色，怕要关门闭户了。娘说：光有中药调理难见效，加上男人调理，再好不过。新婚规矩一个月不空房，也在这个理。一月之中断红也见红，有惊也有喜，多多调理。金童玉女自然来。衣香听了苦笑笑，不再往心里去。一时办不到分床，大男人当作小男人呵护吧。待娘松口之时，她会毫不留情送走扣扣——送他远走高飞，筑他应该筑的家，过他应该过的日子。一家有一家的苦楚，不该他来承担。心意一决，她要拣个时辰挑明了。

时夜，一人一头，两人两被原样在床。扣扣被子箍头似睡非睡着。衣香决断开讲，轻唤了两声没回音。这？小声说床话没动静，高声大嗓来明话吧，惊醒了隔墙的祖孙俩，以为两个一言不合，在犯嘴呢。不成，床第不是谈分手的场地。万一扣扣生出个念想要我，以为我不肯委身他呢，嗨！又在瞎猜想了。话不说不明呀，挑明了一身轻，用脚踩醒他，爬过去，睏一头，咬着耳朵，说开了完事。这样子表白，算分算合呢？又是个两不像。

　　长夜，衣香辨不准时辰了。似醒时，满肚的话儿难出口，似睡时，呜哩哇啦跳出口。骇醒了扣扣，伸脚捅了她腿肚子，说：醒来醒来，深更半夜做噩梦吃力煞来！衣香有意识抬高膝盖，示意醒来。含糊其词：啥时辰？不要惊动土地菩萨，不要惊动灶家菩萨，仙人凡人一个不惊动。清清爽爽进门来，干干净净出门去。扣扣一骨碌坐起身惊讶：邪了，你咋得知我今朝出门的。原想清晨走诉一声。麦田深翻了，豆田深翻了，冬肥施足了，大丈夫不能憋在家歇冬闲，出门寻个生活做做。衣香：我估算的，出门顺便找两个人，令子有讯没个音。教书先生没讯没音，阿是？扣扣：没讯没音有心也难找呢。这次出门带着长顺去，挣俩脚钱回来过年节，我答应过一针的。衣香：教书先生南方蛮子一个，兴许他回老家了，和令子一个方向。你得跑远路寻他们去，朝南跑，跑他三千四千里，找上了在那安个户，彻底丢开我，绝不怨怪，乐意你有个可心的家。扣扣：你我不该三心二意了。不进这个家，遭受四水一家怨恨，进了门再离开，遭世人咒骂呢，扣扣变得一文不值了。衣香：听我一句劝。令子赶不上，在外随意找个女人，都比我个破布囊包强十倍，你何苦来着。扣扣：坦白，我的初心不在你。要改，需个时间，我信我自个会慢慢待好你的，不在于这一个月。衣香：初心不能改，暂时找不来令子，我两个拼凑个家，祖孙三人有个靠抱心满意足了。我天天夜档梦到令子要么躲在一个小岛上要么蔽在一条大船中，离了岛下了船，她早晚会奔你而来。到时，我亲手把你送还她。实际上，你早该出远门，离开这块伤心地了。扣扣：伤心的是你，是大婶娘，是小强生。我碰巧赶上了，能一走了之吗。儿不嫌家穷，这块落身地，是苦是甜注定。衣香哭诉：天爷不公道哇，对扣扣不公道。对强强不公道，你独自走人，害苦了我俩人的好兄弟扣扣，留下来个未亡人欠下的人情债，这代人生还不清了。扣扣：情到强强哥，你哭出声吧。衣香受了令，哭大哭强哭发流了。扣扣赶紧挪过来身子，抱住衣香。胸肌贴紧她面庞，说：悠着点，不要惊动大人小囝。衣香唔唔着，倒在扣扣怀里，任凭眼泪淌满扣扣胸肌，慢慢绝了声。两人同睡一张床快满月了，之间谁也不要谁，隔着窗户纸，遮着他，挡着她。双方都在有意无意中一直拖下去。

衣香的眼泪洇透了这张纸。他深明衣香为强强，也为扣扣而哭泣。自以为是地抛弃了一切为四水一家行善事。却原来，光有善举，不干实事增大了大家的猜忌加重了衣香的苦楚。他轻轻地放平了她。附耳言：成亲是两个的事，不提第三人了。今夜你成妻我成夫吧。她说：慢！你先依了我，要心存二心，令子当中出现了，你娶令子为大房，令子不出现，你娶个能生儿女的女子为大房。存得下衣香，永做你的二房。扣扣：善良的人啊，扣扣自觉矮你一截，没有理由怠慢你了。她说：说了半夜的床话，随你了。

她双手紧紧箍住他，不听说的眼泪又溢满眼眶。人在做，天在看。这是偷情呀，偷的扣扣的情？令子的情？作孽！

扣扣在想：要了身下的女人，毛头小伙变作宅家男人了，一夜之间成了家长。管吃管住管全家，家以外的令子，细凤等等女子再无牵扯。一代人生就定煞着。

衣香难得的平复了心境，说：认下了我，也该认下祖孙二人了吧？扣扣：认下你前就认下强生了。衣香：明朝我让强生改口唤你爹。扣扣：认不认的心里事，唤不唤的口头事，随意吧。我也没改口唤娘。四水一家全是婶娘婶娘的唤得欢。顺这丝头吧，不唤叔，不唤爹，唤作叔爹吧，是婶是娘是叔是爹全包含着呢。衣香：你呀，待四水一家一片真心。有人背后对你存二心呀。扣扣：一针背后骂我，发泄发泄不存心。衣香：不是一针是布财。那次偷钱抢钱的透气筒七成是布财，我有三分吃不准，没敢告诉，怕伤了兄弟和气。那个侵早夜，我专门躲在柴垛后面望动静，进进出出有十来个身影。短身影锁好门，朝东南方向挥挥手，一杆子人马出院沟朝南奔。路狭，不识路，又跑得急。有身影跌落沟肩，爬上路聚了头，短身影朝西南方向挥挥手，全部身影调转身，踩着茅草荡奔了苍头渡。空留下短身影孤单朝东南走。辨那走路身段，记起了布财，他像三婶娘，个儿不起眼，与女流之辈并肩高。走院沟路熟熟套套，奔家，奔海边，走的顺路，当时不明白，早更头里他在忙呼啥呢？扣扣说：对上号了，透气筒是他，自带相同钥匙打开了锁，熟手熟门地解开了对拔线。自家兄弟呀！为个啥搞起阶级斗争呀？又多了个要找的人。扣扣一膀子掼上床沿，发狠话。找上他，饶不了他。

# 中篇

## （五十）

扣扣在长顺家候着。

二婶娘叮嘱长顺：跟了扣扣出门寻钱，上点心，灵动兮。一针一旁撇撇嘴：船行八面风，才灵动呢。他呀，床底下放鹞子，出个门也难呢。她扔给长顺包袱，说：换洗衣裳齐了，好上路了。二婶娘：出力帮手带两件。扣扣：我带着呢，一根扁担两副担绳。轻了一人挑挑，重了两人抬抬。

扣扣说出门就出了门，跑四方哪儿揽活没个底。田上活计挂了镰，清闲了，两人奔了大东灶，期盼寻个挑盐的差使。盐场人回话：早改晒盐不烧盐了。大冷天的，太阳躲朝南。盐场变淡季了，不过，来年要扩充好多倍，人手缺口大着呢！想要进盐场，去找人民政府，盐场归县里统管了。

没盐可挑，扣扣领了长顺跑进了江家铺。咦？这里比盐场还冷清。路人说内河码头南移，移出了海界河。南来北往的机船帆船沙船全停靠江边码头了。那儿，一定闹猛了，闹猛就有脚钱挣。两人又是一着跑路，三十里路程，两个多钟点赶来了。正是年头年梢时的航运旺季，江面船接船，地面人挤人，似毛驴声唤的大轮笛响吭吭两声，船靠了埠，吐出了几百号人。接客揽生意的人高声吆喝：要路车哇。旅客群中一声唤：二等车！去墩子坝，开个价钿。二等车主：廿六里路程客官出个多少铜钿，存心用车，靠边谈谈。跑码头等码头的双方抻出了同样的指头，会意一笑，二等车上路了。

扣扣把扁担塞给长顺，直冲着跳板顶端跑去。有个中年汉子来回朝码头上搬行李。扣扣：我帮你看，你放心去搬。汉子瞄了一眼，急匆匆进了船。

拢共搬了一垒被头铺盖，一只塞满锅碗瓢勺的网线兜，一条装实籼米的白布袋，一只装满吃货的帆布包，外加一只煤球炉子。扣扣：搬场呀？汉子内行地搭了腔：小生意，流沙桥，八里路，高兴去哇。扣扣中肯了。汉子：等人散了，把车推进来。扣扣：我不该车。汉子：路车生意没辆木轮手推车。二等脚踏车。挡横呀！扣扣：有扁担，有担绳，能挑能抬，这些行李担得起抬得下的。汉子想想说：路程近，跑跑也行。老规矩，一里路一角钱。扣扣：一口价了。他招手长顺往过来，利索用担绳把网兜布袋打成一捆，被子铺盖一捆，试肩不偏肩，他担着。示意长顺拎着炉子，背上帆布包跟着走。汉子：没辆路车，这包自个背着吧。扣扣：那不行。你是出了脚钱的客官，自个背着，变作剥削你了。汉子：哟！老弟跟上世面，说上新词了。扣扣：比不上老哥在城里歇脚，见识广了。汉子跟上挑者的步调，说：差不离呀，在大沟南种菜呢。寒暑种一种鸡毛菜，卖掉一茬补上一茬，地不闲人不闲，年头忙到年梢，年节回趟老家。扣扣：来去带上恁多家当，上下码头碍手脚呢。汉子：菜田里用三轮放屁车叭叭叭地送上码头的，来年不去了。政府不许雇人帮工，像你说的剥削劳力了。回来种政府分配的自家田。一路上只叫个走得爽，两厢不开战，长江上空没得子弹飞了。劫船的江匪政府抓一个，枪毙一个。航船安顿，一路上看着风光，蛮惬意个。汉子没驻嘴，一路戏说到家，结钱时大方多给了两角钱。扣扣：老哥的钱根根毛孔出汗挣来的，多给一分也不要。汉子：算着码头上看费钱呢，你不收，剥削你了。扣扣：哥俩平起平坐谁也不剥削谁。

回到码头，扣扣进出店铺先找下处，看到一家挂着"风江栈"的招牌。人多进出，说明，一律大通铺，着地统铺长条褥子。入宿者单身单被，双人双被。宿费六角，要价不贵，扣扣酝酿了有歇，还是拉着长顺离开了。两人走进一家温堂。室内煤炉燃着烟煤，火道从池子两旁通过。后半夜开宿，要价两角。正合扣扣心意。候近夜半时分，店主吆喝挑光池内洗澡水，清洗池子后再注满清水。扣扣帮忙到底。见店主付给帮工一大沓钞票，惊异发问：当家的，不会是一夜工钱吧。店主：我一夜挣不了恁多钱。他又不是开车开船的。三个月的佣钱啰。原来这个抬头汉子嫌没个全夜觉睡，辞工了。扣扣说：这套话计我包做了，夜档闲着没事手脚痒痒的。店主：爽快。你包下，省了费心找人，你俩的住宿费全免了。扣扣惊喜得搂住长顺，直说生意开头顺啊。

　　清晨，长顺尚在熟睡，扣扣悄声起了床。码头的早晨，靠埠船稀，也就没得后响生意稠。扎堆的车伕，推伕，扣扣样的零星挑伕，三三两两踩着露珠候场。当中二等脚踏车的生意红火，数他们成了组织工，行业工，人人挂牌接客，先到的先接，晚点的晚接。第一轮每个人接客完毕，再续第二轮。以此类推，个个有份，不至于没门槛的吃不饱，门槛精的吃来脝（hēng，肚皮胀的样子）。全靠张副县长一手编排。他原二等车群中的头儿，当上了副县长没舍弃老本行，下了班，休息日的还来接接客，蹬蹬车。

　　车群里一阵骚动。有人招呼：张副张头儿，今个不是礼拜日，哪来的空档出苦力？张副：公务接送，有个大区区长到任，把他送到余镇去。闻言，扣扣不顾一切冲进人群，抓牢张副的脚踏车笼头，说：张副同志哥，接收的区长阿叫余浩？点头了果真是，来了好哇。张副：青年同志是余镇区通讯员，来接人的？没通知呀。扣扣：我不是公家人，是余镇那块人。张副：你叫得上区长大名，熟识他，亲情友情？扣扣：不认识，想认识，顺路接他回家路中认识认识。张付：有意思噢，青年蛮要进步的。不过呢，不是公务人，不好白白征用你物力劳力，得付给你一笔车钱。还是同志哥带着同志弟一路前行，节省一笔开支吧。扣扣：对头，是这个意思呀，帮着拎拎行李，陪着一齐走路，不收脚钱车钱的，我也没个车呀。张副笑意满面的不纠正扣扣的片面理解，只说：不好办的。余浩区长有病在身，走不了几十里砂石路，才临时决定接送的，扣扣拍着胸肌：背他，驮他呀。看这身蛮力，驮百斤行百里不在话下。张副：万万使不得。这比白白坐车坐轿还可耻。这样好哇，把你名姓记下来，再介绍给余区长。待他记事本上有了你，有啥具体事项，回到余镇地界随时找着办。

　　扣扣望着张副一笔一画写下了钮扣扣，松开了车笼头，不好意思地搓搓双手，算作谢意了。

## （五十一）

　　小年夜，长顺扣扣夜饭阵时归的家。

小年夜吃顿团圆饭，起始于四水一家出海的那一年，直至女人当家了从没放弃。四家轮年操办，今年轮上大婶娘家。两人的回归，一屋的人热闹起，大婶娘点燃了长饭桌上的大蜡烛，招呼：人齐了，动筷。扣扣说：吃饭不挡工，趁大家在座问个事，近期果有上面的区长乡长下乡来开大会？一针：有的，不晓得啥长，找的五更开的小会，没开大会。扣扣：没问个姓名？一针：问得稀奇呢。官大人又没来找我。半路上拦住他，问声来者何人，报上名来，劫道呀！扣扣笑笑转问衣香：余浩区长果来前宅后宅访贫问苦过问扣扣。衣香错把余浩听成了徐浩，阴沉了脸扭向一边说：团员夜的，把些个亡命人招上门来，心里不好受呢。扣扣随衣香的脸向看去，墙上挂着强强的喜容。明理了，静声端起半汤碗米酒，走到喜容前，自个喝下一口，剩下的倒在喜容下，轻声：强强哥一起过年吧。三婶娘：扣侄替代大公众小公众谢酒了。大家热燥起来吃呀嬉呀。

直至相继放下筷，扣扣又开讲了：本来呢，想置办点年货分发给大人小团，又摸不清个人的爱好，来个干折礼吧，人手一块钱，不准推诿。明朝大年三十，自个上街上镇，想啥买啥。

强生捏着一块钱朝门外窜，嚷着买炮仗。顺生捏着两块钱（长顺一份）学舌买响，听响。一针拦他还嚼，啪的一记手捺子，逼着顺生缩了头，交回了两块钱。二婶娘抱起孙儿边外走边说：伢儿要个响头，奶奶买去，没个多有个少，过年过节作兴的。一针瞪了二婶娘一眼，挪步跟走。扣扣拦下，说：嫂子莫急，尚有钱财结算呢。一针抖抖手中钱：结到手了呀。扣扣：那是小利钱。大本金没分呢。扣扣掏出廿块钱塞给了一针。她惊异不敢收了，说：不能的，长顺他一两月寻不来垓多钱。扣扣：按劳分配，长顺应得的。一针：离开你，他一分钱寻不来，我至多拿了三分之一心堂满了。扣扣：新时尚了，你逼我剥削劳动力呀，快收了，照二婶娘的意思，买二挂小鞭顺生嬉戏。一定一定，一针满口应承，走时一脸的光标。他所不知的是，平分确实，不过平分后扣扣散发了四水一家的节礼，他想堵住一针尖酸刻薄的嘴，乐意见到她接到钱财时喜气满满烊开的脸。这个年节二婶娘一家安顿了，长顺不会挨骂了。

扣扣把十多块工钱交给了衣香，没交进。她说：你的钱给我做啥，我从没拿过男人的钱。扣扣：成家了呀，你呐保管着，该用的用了。我要用钱呢，从你手里拿。衣香：一时半会转不过弯来，忘记当家人了。依你，用钱尽管来拿。新钱用光，用存钱，有点儿呢。扣扣：我可拿了。明儿上街买布料，做两顶猴儿头帽子，伢儿戴上头脑活络，门槛精。穿猫儿脸鞋子，猫步四方，少说吃四家食。油水实足，不会光头赤脚像小瘪三。衣香：买来布料做，怕你嫌不光标，不惹眼。倒是细凤的瞎娘做得像模像样，细凤也会缝个针脚的。扣扣：好办了，找她去。衣香：夜重更深，细凤早歇着了。扣扣：细凤找不上找五更，两个横竖找到一个的。

　　走进夜路，扣扣还真辨不了夜时辰了。还好，隔着三条地皮，细凤家的油灯亮着。临时住着的灶间屋，细凤一分为二变两间，屏风隔成，瞎爹瞎娘睡熟去。细凤还在搓衣裳。扣扣随意吐出进门话：夜档洗衣呀。细凤：明朝还有明朝事。扣扣多问了，一了晓得细凤在寒冻夜里好洗衣，借用阳光晒了整天的温和沟水，省去早日头一滴水一滴冻的洗衣咬手。细凤：不声不响地走人，赚回大笔外快了。扣扣：辛苦钱，没辆车子搭手，生意难做呢。细凤：我晓得辛苦钱，为啥不领我去辛苦一趟，寻俩钱买个年货。扣扣：帮你赚了，这两块钱给二老买些儿菜食。细凤：我手湿漉漉的，搁台面上吧。我可不再告诉他俩是扣扣给的，弄得啦我花钱买的吃穿全当作你买的了，嫡亲丫头好没面子。说话间搓好衣，细凤汰衣，扣扣帮着拧干，说了缝制鞋帽的事。细凤：好啊，年档正好闲空时，练练手，讨问句话呢。无话不谈的自小朋友，偷偷跟衣香成亲，事前没透个风呀，遇到邪啦？扣扣：那段时光生老病死全遇上了，就没遇上令子，遇上你，昏天糊涂得，对也好，错也罢，驷马难追了。细凤：正是。这样子第一对不住令子，第二对不住我，第三对不住自个，自肚里明白就好。扣扣：老牛过河了。你呢，该完婚了。细凤：是呀，你也成家了，还等啥呢。否管娃娃亲，大来亲的，早晚得走这一步，只是那个冤家嘴硬，要等自个造间屋呢。扣扣：在理上，婚房总要一间的，穷帮穷，有钱出小钱，没钱出大力，两样我都出。在你家老屋边上搭间落屑屋。细凤：砌房造屋，不是三钱下碗面，把你自个当财东啦。样样事体谢不落你，惹得心里不过意，又要梦见你了。扣扣：梦中不做数，相帮主要了。细凤：用不着，新来的区长领着县里的文教办来村里察看东家学堂，就在这间屋里，一行公家人问寒问暖的。会后五更敲定重砌东家学堂，拆散三关厢大院，补贴学堂教屋砌多砌大，余下的下脚料贴补住房困难户。全村挑出八户人家，我家算一户。扣扣：新区长阿是唤作余浩。细凤：听来这番唤的，余浩徐浩差不离吧。扣扣：学堂砌好着，先生老师哪儿来。鲍先生招不招回来？细凤：没提这事，只说东家学堂要办成余镇区的大学堂，从小办到中，从初级办到高级，四乡十八村的伢儿统招来上学。扣扣：眼下的伢儿有福气了，我侪这帮水牛黄牛牵了鼻绳，只长老，进不了学堂了。细凤：能啊！区长说开好小学课，开好中学课，也开成年夜校课，二十岁，三十岁，四十岁的男女想上课都能学。扣扣：第一个报名上夜校，日夜思量着鲍先生接教呢，不晓得他能重返学堂吗？细凤：区长打探过你，你去见面他，提个要求。扣扣：区长驻家哪儿呀？细凤：我和五更找过区长，没见他家小，单独住余镇东高桥桥塊下南货店斜对过的盐包场东北角转弯至小秤房的隔壁小木屋。扣扣：七转弯头八转沟头的，听晕了，明朝带个路吧，顺便把鞋帽用品置买来。细凤：我说么，明朝有事，说来就来了。

## （五十二）

东高桥下大库房套着的小秤房边上的小木屋，扣扣细凤找到它时，门脸紧锁，是大号铁丝旋两圈套住了襻子扣子的锁法。窗棂糊了灰报纸，上只角奄下来。显现出内里一张床，一张两屉短条桌。床由两张条凳三幅铺板支撑，四根扎绑在条凳上的竹竿，撑开了粗纱蚊帐，夏来挡蚊尘，冬来挡沙尘。短条桌上放只火油炉子代炉灶，样儿区长自煮自吃着。床底堆放脚脸盆，铁锅，瓷碗，外塞一只藤条箱。扣扣左看右看像鲍先生留下的拓模拓样。帐杆竹上挂的公文包，样色像徐区长流失通潮河上的包包。包面略显黄了点，定是被通潮河上的盐水渍黄了。这个余浩区长莫不是徐浩鲍枫俩人的化身。

不可能的！

立马能见余浩区长了，扣扣的心境越发的激动。俩人进了大库房——区委的临时办公地，一男一女正在公办。青年女站立书柜前找书材，找出一本翻了看，看了摇头合上放回，又找出一本来看。中年男桌前坐，记录写纸，写满一张，朝桌面上堆一张。有人进屋，他停了手，立了身，说：老乡，有事呀？细凤：找余区长。中年男：找我们区长呀。他一早下乡了，有啥事说出听听。扣扣：多早晚回来？中年男：今天没得蹲点必要，午前能回来。两人轮流坐着等，厌烦了写张字条留下，我们传递给区长。扣扣：我俩在外溜着步等。

细凤去买鞋帽。扣扣生怕失去区长的出现机会，在盐包场四周漫步，东望望、西瞅瞅。余镇在变，余镇城堡被第三野战军解放时端掉了，拆除了城门吊桥。护城河填埋成了进出大道。盐包场不再趸批趸卖，约定成为了早集市场，南货店招牌改写成南北货，小秤屋添了地秤挂秤。大库房成了公办首脑房，乡亲们进门办成事或许没办成事的相熟着出了门。

太阳升高。这个年节时的交九节气，天空该是观音菩萨当道，无雨无雪无西北大风，恣得扣扣暖漓漓生累生睏，眼别青天入了梦。梦见细凤带着令子找他算账来了，怒斥他不是君子，是小人，背叛了令子后又背叛了细凤。他说：小人家家式的约定，没个媒人提亲认定。令子说：有约定有认定，鲍先生作证。他跟我爸我妈玩笑儿提过亲。婚姻事儿在本人，不在外人。细凤：鲍先生也叫我靠近你，说两人是一颗藤上的苦瓜，般配。他说：鲍先生呢，追他认证去。鲍先生前头跑，他与令子细凤后面追，三人唤着鲍先生歇歇脚，你的学生找你决人生断婚配呢。任凭高声大嗓的唤，鲍先生怎是不回首不照面。冤枉得扣扣叽哩哇啦乱叫一通。阳光下的细凤推醒了他，说：大白天的说梦话呀！快望，小木屋的门开了。

第一眼见余浩，扣扣自然将他与徐浩对照。一样的大块头，高身大脸，皮色有点黑，太阳晒的，海风吹的，脱不开挑担行船推车打铁出身。余浩待见了细凤，像见了老熟人，抬手欢迎。细凤介绍了扣扣。区长：钮扣扣呀，张副县长提起过你，进步青年一个。扣扣：你比老区长老相多了。区长：来到余镇，好几回被认作徐浩区长了。新中国成立前与老区长不在一个分区，没见过面有认知。在县上了解徐浩，才得知老区长不是调动走人，而是永远地离开了。扣扣：牺牲在通潮河中，区长：你也晓得。扣扣：大东地界跑过江家铺码头的人都晓得。区长：徐浩烈士西南方向六盘水人，十几岁当红军。当过江南新世军，当过江北新世军。队伍上任营长，兼任过临时区长。牺牲在筹粮筹款路中，享年二十八岁。活至今日，也就三十出头，比我年轻十年。一个多才多德的领头人，该用之年离开，损伤党的血脉呀。瞬间，勾起了扣扣的思念，眼眶红兮兮地唏嘘：不该死的死了，该死的活着，天爷不长眼呢。细凤：嘀咕啥呢，说紧要事，区长忙呢，一天跑两个村庄。扣扣嘴唇抖了几下，伤心得不能吐出话来。嗨！细凤跺了两脚，代替说：我俩今朝来呢，想寻找个人。八棵村办学堂了，恳求区长请回原本的教书先生。区长：有姓名可请，现在何方？扣扣顺过气来：鲍枫鲍先生，跟你一样的共产党。区长：他呀，我早有认知。在查阅徐浩时正好查出了他的下落。怎个，他是你亲眷朋友？细凤：他教我俩认字呢。扣扣：教给了共产党的根，共产党的心。他在哪儿呀？区长：慢慢听着，晓得东南十里江家浦与聚星街中间有个袁家庙吗？庙的东南角有个庙角店，店的直南方向，大约二里地吧。扣扣：认得个大约摸，这就去找。区长：慢慢动情，你找啥去哟，那块是鲍枫同志的墓地，他牺牲了，晚了徐浩一年多。扣扣霍地抡起手臂乱舞，指点：你个区长大人，不可像平头百姓趁嘴乱说。鲍先生只教书，不打仗，说他死就死啦，办不到。区长按下扣扣手臂，说：我也巴不得鲍枫同志活着，看着全国解放该多好啊！材料上讲，鲍枫前辈是南方蛮子，从珠江口来到长江口，开辟大东地区根据地，担当了地下区委书记的重任，以私塾学堂作掩护。站稳脚跟后，一直为大部队做税务财务战场勤务工作。牺牲时间在四八年，当时国民党的二三五团与我军的东南警卫团形成了拉锯仗，鲍枫的财税分队住无定处。夜宿袁家庙时，遭二三五团偷袭。小分队及时撤出后，鲍枫发觉账簿箱子丢在袁家庙。夜雾浓重时，他带两个士兵潜回袁家庙，得手账箱撤至庙角店时，抬箱士兵跨坎时跨步小了，落地辰光震起箱内银钱叮当作响，惊动了哨兵。两声枪响后，一个连的敌人追击他们，鲍枫指令士兵扛着账箱朝西北方向走，他故意还击朝东南方向撤，不幸中乱枪牺牲。在那个水沟的网簖边，存尸三天才被发现。袁家庙的众乡亲筹资买棺厚葬了他。扣扣：说得轻巧，你个在党的人，看着他落难，为啥不救他呀。细凤说：先生教认字。给红色的小册子看，里厢印满了共产党的宣言。我就懵懂觉得先生是个心善口善的共产党无疑。东家学堂个个夸奖的大善人怎个没好报呢。区长一手一个拢住泣不成声的两人。说：看得出来，你俩跟鲍枫先生交情深厚呢。记在心里，烈士的鲜血没有白流，活着的人，用加倍的劳动热情建设新社会。扣扣挣脱开区长，说：我要见到先生，一定要，一扭身，气呼呼的走远了。区长：这个青年同志呀，心路生了结，解不开了。细凤擦干了眼泪：这个扣扣呀，今朝咋的啦，出口没轻没重的，我去追！跑开了三步又唤：区长，要来八棵村噢。

她紧追快赶，近不了扣扣的身。俩人前后相差着三丈的距离，跑越了八棵村，跑越了淖河渡，跑近了江家浦，细凤明了扣扣的走向。用女人特有尖嗓声唤驻了扣扣，软丝样贴着扣扣肩膀直喘粗气。扣扣：岔气了还跟着跑，不转家呀。细凤：江家浦离袁家庙十里地吧，果是？太阳返西了，在江家浦吃饱肚子赶路吧。扣扣：还跟着呀！细凤：陪着你呀，你有心结，不兴别人有同样的心结呀。扣扣直面细凤，一样的心结细思量？细凤：看啥看，认不得姐啦。快跑路，赶着太阳上坟，赶着太阳归家。

庙角店东南一里半，三沟围的坝埂中找到不起眼的小土丘，小得芋芳溶洞般样。三面水网包裹着，再无其余高土突现，扣扣细凤认定这是鲍枫先生的长眠之处了，土丘上难觅脚痕，没路没人途经此地，坟盘上的堆积沙土年复年的招阵风吹散去。扣扣着意拢高坟盘，没得应手工具，不能白跑一趟，用手扒吧。上层还松散着，朝下泥土死结，扒也难呢。细心的细凤摊开在江家浦买就的纸钱，点燃，说：手指出血别费力了，待到清明节带上工具，抬高坟盘戴上坟帽，整理出高大光鲜来。扣扣：只能这样了。

俩人磕头跪拜了走人，一路的无语。

## （五十三）

年节一天天走远。五更找扣扣说公话办公事。扣扣：五心狂躁呢，没心境。找细凤，找鲁九久去。鲁九久邻近双合村人，是鲍先生的早期学生，扣扣在鲍先生书屋里碰上过两回，因次断定鲁九久心向共产党，推荐了他。五更：本村办事找外村人，不合适吧。扣扣：合适。领导本地闹革命的，四方八处的外乡人，他还是近的。五更：那就试试吧，放你半月的假，急事寻你不许推诿噢。

梳找出挑泥挖沟来。扣扣整理了泥络子，挖挑沟肩芦须泥填置坝埂泥路，号声一起，引来长顺一家。二婶娘：修桥补路富子孙，扣侄后步宽宏呢。一针：可有可无的，白费力气寻不来半分半厘，不如带了长顺跑码头去。尝到了甜头，难怪她还想着呢。也对，走进大公众，听听山海经，也抒解惆怅呢。扣扣说：两天间填实一条路，两天后动身，长顺备妥了等着。

老码头说节前两月，节后两月，码头上一年四季顶闹猛。这时前往，兴许能踩上条尾巴。走进一看，果然是人头攒动，江面平稳，江匪不再。增添了船期，上船下船人挤挤痛快，拥拥开心，洋溢着平和。节后不同的是北上的客人少了，南下的人客撑满了船舱。乡村的田庄小菜，散养的鸡鸭禽蛋，大包小包的带进了城。长顺扣扣接包朝船舱里送。菜蔬一包一角，禽蛋一包两角。下客半个钟点上客近一个钟点，合时合人能接上十包八包生意。早班船驶离，等着晚班船驶进，再来一晌冲刺，翘尾生意比年前时段高翘呢。

半月后，尾巴奄拉下，扣扣念叨五更的约定，预备着撑个三两天回家了。船期减了，扣扣的歇脚时辰多时扎堆二等车队，听这些来往百里的主儿摆龙门阵，今早迷雾，他入了阵忘却了饥饱。冷不防被人背后扠（推）了一拳头。惊回首，听得一串咯咯笑声，愣了：是你呀！动拳头干啥！细凤：唤你不应声，不动拳头动啥。扣扣：你来晚了，生意谈了，张罗着回去呢。细凤：没个时间跟你跑码头，余浩区长差我请你回呐。区长看上了，唤你回去跟五更竞选八棵村农委主任，选上那个先发展他入党，建立村支部设支书。区长断定你那天的表现说明你必有大恩大恨。一路的找人调查你，调查到衣香说了你和徐浩追钱的事，调查到我照实说了你认鲍枫为大哥，认徐浩为二哥的事。你跟大哥二哥越跟越像，身上的共产党气味越来越浓了。区长对上号了，说你的党员资格百分之百的真实。新中国成立前地下党组织发展成员大多是口口相传，口头批准，尽量不留下笔墨纸张，扣扣：是这回事，你通报余区长的？我没通报你呀，只在我自肚里明白。细凤：我是懵的，哪敢做正本通报呀。通报余区长的是鲁九久，他说那段时间鲍枫找谈话，筹备着发展两名党员，一个是他，另一个已先他谈了话。时间一长没下文，我就估猜另一个是钮扣扣。我两个在鲍枫面前碰过面，交换过共产主义小册子。扣扣：你两个真有想象力呀。细凤：别打马虎眼。是真是假吗？扣扣：真与不真又怎样，大哥二哥离我而去，我豪旺个啥呢！细凤：区长说了，你的当事人不在人世，口说无凭，没法结论你在党。不过不耽搁竞选农委主任申请入党。要名正言顺地把钮扣扣，鲁九久拉回到党的怀抱。扣扣：区长的心意受领了，我不想插一杠子，五更才是主任的正当人选。细凤：区长有言在先。绳捆扎绑也得抬你回去。一村的大公众，区上街上的人马等牢你开大会呢。扣扣：家是要回的，公家事不参与了，大婶娘一月一次为我算命抽签，算出来三年内全是磨苦磨乱运，多住家的好，照应好衣香强生外加顺生。一没口才，二没文才的出面在外吃苦头的面孔呢。细凤：大婶婶说三道四想留你在家，不得全听。扣扣：这我懂的，可气的自个为组织为大公众一本诚心却抹黑组织了。鲍先生的太阳落了山，牵着我沉落沟底。每天升起来，再没我的太阳了。细凤：这副腔调必须回去了，必须经余区长耳边锣当面鼓的敲打你。说走快走，这一关逃不过的，她拉扯他走人。扣扣：总得吃饱肚子吧。

两顿拼一顿，三人吃了顿饱饭往家赶。扣扣捎带着灰心步调慢。细凤心事重重地走得更慢。一路上寻着合适时机，把令子回村的消息通报扣扣。扣扣拉她一把，她瞟瞟西沉的太阳，离地三尺，神灵夜行了，一定在太阳下山之前明摆出来，好与扣扣在阳光下同时承受。她说：路边有小石条，你来坐下，靠紧点我有急事相告。扣扣顺从了。她拉过他的手，他抽回，她再拉回，长顺一旁说：两人相好办小人家家呢。扣扣苦笑着用劲抽回手，细凤动双手拉靠身，说：抽来拉去的，不耐烦啦。实话告诉你，令子回来了。扣扣惊动一下。细凤：听到没？我预言过的，令子早晚会回来，她哪儿没去，奔你来了。扣扣惊动了两下。细凤：开声口，惊呀惊之的伤身呢。扣扣站稳含糊出声：令子——没死——回来——不关我事了。细凤：关系大呐！边走边讲吧。我代表你找令子了，讲了你的现状。她说知道个大概，再详细说说，听后说你没负她，是自个儿因事延误了行程，违背了三年约定。本想离开了，忆起二十年的小朋友，老交情了，碰过面走吧，等你几天了，归家快去会会她，解解两人心中的疙瘩。该休的休，该结的结，小事一桩。扣扣：说得轻巧，像喜事敲门呢。再不是半年前的扣扣了，添了家小，衣香怎个办强生怎个办。细凤：衣香找我了，她不哭，光扇自个嘴巴，怨怪自个作孽，就差这一点点天数，硬是拆散了一对天仙配。逼我撮合你与令子合婚，衣香她立马退出，做妾当小，心甘情愿。扣扣：诱骗犯法犯理，遭大公众咒骂呀。细凤：真个两难的，新的国度新的婚姻法敲定，再势大钱多的男人只许讨一个老婆，布衣女子得势了，轮到你头上没戏了。共产党一出世就讲究个平等，男男平等，女女平等，男女平等。真痛快！你痛苦了？

扣扣缄口。

走近八棵村。细凤忍不住了：快一个时辰没开口，牙口钳硬了，硬出个法子来呀。扣扣：百岁前头不得法了。细凤：送得恁长远，钻进死胡同了。扣扣：看不到出口。细凤：慢慢找呀。兴许一天后，一个月后，一年后，几十年后，出口自然冒出来了，扣扣：托你吉言。

环拢桥旁分开后。细凤立定：讨问：今夜先到哪个身边去，令子还是衣香？扣扣：一路上的废话，自然归家啰。细凤：令子家散了，令子没得家，令子住在小叔家。令子比衣香晚了两步，你得回到衣香的家。扣扣：哪儿也不去，回老宅。你送了长顺到家，回头送我归家。细凤：胆怯啦，又认我嫡亲姐姐了。好吧，再袒护你一次。

进老宅油灯点亮。扣扣从贴身衣兜里掏出两沓钞票说：让你帮记忙的。一沓送大婶娘家，一沓送二婶娘家。二婶娘家的必须交到一针手中，不可经长顺手。大婶娘家的送个手就行。送完钱，说我关门谢客，三天不接待，你该回家了，拢总不出远门的，瞎爹瞎娘盼你呢。

细凤没走成，衣香拽着她。硬挣挣地敲门又进了屋。衣香面对扣扣说：约定好的，令子回了，你的钱归令子支配。面对细凤说：烦你把令子唤来。今夜当着面把扣扣交还她。细凤：犯傻呀，凡是有个先来后到的。换上我，当仁不让，理道在我这边。衣香：你知根知底的，他两个十年相爱，渗到骨髓里去了。我吗，半路相遇，老辈逼的，离汤离水的沾不到一块去。细凤：话是合德的，你与扣扣占理的。令子扣扣也没个错。这婚情婚配啊，若插在其中，定也难分难解呢。回到现实中吧，婚配不是办小人家家，今朝是你，明朝又换成她的。离地三尺有神灵，天在看你呢。衣香：说妥的，两人联手成全他俩的，怎个反悔啦。细凤：扣扣是个当事人，应该听从他的意向。

扣扣内子里四海翻腾，现实与意向激烈碰撞着。二十有加的年龄，命运多舛着。生庚八字硬着与身边人犯绞。三岁剋爹，六岁剋娘，十六岁剋强强，十八岁剋徐浩，十九岁剋鲍枫。二十岁朝后，轮着身边女子了。他喃喃混语：大乱临头，性命交关，你们离得越远越好。令子离开，衣香离开，细凤跟着离开，走哇！

## （五十四）

　　令子躺在小叔家，记不准度过几多光亮，几多黑暗，几多的委曲泪珠洇湿了几多的手帕毛巾。小婶换洗一回叹一声：唉，活蹦乱跳的眼皮肿成了烂桃子。闻名子的智多星小叔咋就劝不醒她呢。小叔：婚姻断流顶犯忌。她自个捆住自个还得自个解捆。小婶：一个不成寻第二，两个不成寻第三呗，犯不着为他人落眼泪。想起我两个合婚算命般配，我二话没说一句嫁来着。小叔：那时穷家朝富家跑，你直脚飞跑啰。小婶：令子朝穷家跑图个啥呢。小叔：你还在闭眼说陈话呢，皇历改了，兴起富家朝穷家靠了。不改脑筋败事呢，快办饭吃吧。

　　小婶盛了稀粥端到床头。咦！令子开眼，坐起身了。小婶：醒来好，吃口粥吧。令子：烦劳小婶了。我头发结成饼，起来梳梳头，揩揩面，上桌用粥饭。好兆头呀，伤感的女人想起梳头打扮了，好比雨后冒出太阳，转晴了。

　　令子吃光两碗粥，站身伸直腰，舒出了长长的口气。小婶：把霉气暖暖光，丢开扣扣。出挑入眼的男子，城里有，乡下有，在哪块咳嗽一声，成打的围着转呢。令子：事到如今，丢不开也得丢呀。小叔：平心而论，扣扣不是负心人。他一直在等你，他亲自一次，托我两次进城寻你，看到你城里的住家关门一把锁，封门一张纸。你和你家的人呢？你爸你妈，你哥你妹，拢统说跑难了，跑到哪块了？一点儿音讯没有。令子：我也摸不到一家人的下落。赶到时，门面打烊着，街坊说搬家了，搬走了。前脚后脚的差半个时辰。翻窗进屋察看，啥也没落下。炳叔在他睏觉和床铺夹层，翻出了一张白纸条。他展开瞟了两眼说一张废纸，捏进手心了。小叔：怎会呢？你哩过江时，共产党队伍没过江呢。你爸没等你一块儿跑路。令子：已封江了，江面上空荡荡。有只鸟儿飞过，说不准被枪子打下，盦找鸟儿腿上绑没缆着鸡毛信呢。两岸时有枪声响起，炳叔领着我和妈，搭乘不起眼的沙船，穿苇荡七拐八弯航了双倍的水路，用去了三倍的时间，错过了约定。

　　大城住不成了。炳叔安顿娘儿两住进他在岛上的家中。再回城时，家房封了，四周闹猛了，大人小囡人手一面三角旗，挥着跳着唱着天亮了解放了。

小叔：城里没家没亲了，回乡来呀。令子：请教了炳叔，他沉默多天说乡下正在土地改革，分田分房，节骨眼上回去不合适。我说我和我妈我爸乡下人缘好，乡里乡亲不会待错我侪的。炳叔说现时不讲人缘讲阶级了。人缘好坏是内部矛盾，阶级高低是敌对矛盾。我说回家不要田地，不要房产，只要无产阶级可以吧。炳叔说有产无产不是凭嘴讲的，要面对现实。我说我从小的朋友就是无产者，十几岁上跟牢了共产党，兴许现是成了党的一员了。

小叔：你提的扣扣。他早晚会进党的。令子：我禀告炳叔，不光明友是共产党的伙伴，自小教我认字的先生也是共产党。炳叔追问我从小受过党的启蒙教育？我说千真万确。教书先生教着教着变作共产党先生了，现时可做县上父母官了。

小叔说：多年难见鲍先生身影。家去了吧，能找上他，办大事了。令子：炳叔同意我回了，同意带上我妈。说找不到共产党朋友、共产党先生，还回来找他。那个时段，新钱没到手，旧式金圆券成了一堆废纸，只能带上银钱金器上船。小叔：那是二三年前的事了，隔着一条长江。走了三年到的家呀！令子：走了趟阎王路哇！提起来心头就直跳。那块，刚改了国号年号。码头江面上大轮小轮满帆满行。炳叔目送娘俩登上"鸿兴"号大轮。同行还有个叫木子的丫头。她是炳叔师妹。店铺关门歇业，炳叔推荐师妹学护理技能。半年学成，想回苏北老家去去身上来苏水味再任职。炳叔着意她结伴同行，互为照应吧。

三人拎着四包，从大轮二层进的船舱，找底层散舱，与七八个背着长枪的兵卒子走拥一起。看了胸牌，是解放军队伍。闹市中碰上好几回，和善着，从没恃枪与百姓对话。下到三层，找准了四层入口，上下扶梯显狭窄。两人并排行须仄仄身。木子拖拉着两只包裹先下，碰上扶手卡住。身后的士兵帮着把横卧的包裹翻成竖立，提溜着下到了舱底。三层有人探头唤：班副，今日旅客多，不占位了，三层走廊上对付了。班副应声：好来，班长，背包上对付了，我在舱口，有情况招呼。

散舱内，零零碎碎散放着马扎，矮凳，坐上了感受到铁制铁凳，固定焊接在舱板上。三人坐上不多的铁凳，靠近舱口了，见得班副坐上背包，一杆长桥隑上肩。摸索出一只烟袋，一张白纸，一撮烟末，卷包卷包成了筒，添巴添巴封了口，点燃吸巴吸巴吐出了烟，拊在指上香烟状燃燃不熄。不用烟锅烟杆烟嘴好便当的吃烟法，散出的烟味重呛喉咙。我咳了，妈咳了，木子也咳了。班副说不抽了，剩下半截烟狠狠踩灭了道歉：木子、令子，同志，呛害你们了。咦！好生奇怪，咋能指名道姓来着？班副指认我妈。说：你们的亲妈木子令子叫得欢，能不入耳吗？只是分不清谁是木子谁是令子。木子：喔唷，耳听八方的班副会占孔子呢，你是队伍上的探子兵吗？班副：多难听呀，侦察兵不敢当，站岗放哨勤务兵一个。小名抱抱，大名伍小抱。耶！没讨问。咋个自报家门套近乎呀？妈妈扯住想回话的木子，也朝我努努嘴，两人闭了口。班副无趣地扭回头抱紧了长枪想打盹，又无意，抬脚摸索到踩碎的烟末，放在鼻梁下嗅。

　　航程过半，时辰过半夜，耐不住睡意的人，一个个东倒西歪的睡又睡不惬意，摆头倒头耷头的，半睁半闭，哑嘴吹哨的，更有牙咬舌尖伸出唇外的，活脱脱的一个吊死鬼现世。单人窥睨相，还不吓得根根毛孔发挣。令子下意地攥紧了妈妈的手木子的手。这时，活鬼出现了。杂乱的脚步声从高层搅起。紧急着塞满了三层的两边走廊，连续的叭叭声惊醒了黑夜。班副警觉地站起身。竖枪握成了横枪，枪口对着了扶梯口，咔咔两声拉了枪栓，枪响了，副班长倒下了，是上层开的枪。许是扶梯口狭小，开枪的人身长，枪口抬不高，一排乱枪子弹全射进班副下身，裤裆以下射成了蜂窝煤饼。吃亏吃在他在明处，对手在暗处开的黑枪，一群人预谋好动的枪，可怜唤作伍小抱的班副枪没能打响，倒下了，倒在自个的背包上。

　　当时吓得哟！我躺在铁板上直哆嗦，浑身上下不对劲。妈妈问哪儿痛。我说左小脚痛。木子捋上裤管。天那！一粒察着舱板弹起的弹头弹进了腿肚。弹屁股露些许皮外。我哇一声，妈妈捂住我嘴，说忍耐点，高声大叫招祸来。两人扶我坐上铁凳，左脚翘上另一张铁凳，刚摆下，打黑枪的一群人下得了散舱，领头的身穿长衫，戴着黑护黑帽，脚蹬半寸长刺钉的长腰马靴，经直走近了，长靴踢下我的左腿，忍不了尖叫声妈耶！领头的斜了一眼，蹬上铁凳，玩转着手中的枪，指东划西训斥：不许尖叫。本总队只谋金钱，浮财，钞票，不害性命。识相的乖乖交出来，省了动手动粗。

　　这些个挨千刀的江匪，眼前谋害了一条人命，还花言巧语脱罪呢。江南江北全是解放军的天下，贼胆包天了。血债要用血来还，解放军饶不了你们。撞死在解放军的枪口下，早早晚晚的事。不灭这些强盗，我也不甘心啊。眼睁睁着江匪聚拢了箱包，一只只翻倒出。木子的包翻不出值钱东西，扔到一边，翻找我的贴身衣包时，我本能地拉动一下。匪徒恶出一句话：找死呀！我的换洗衣裳一件件翻出了扔，翻出了紫绸花旗袍没扔，捏紧在手心了。这件旗袍是小妈为我量身定做的，紫色绸面上是凤凰竹叶图案，柔和显眼。缝制时着意把两边分衩缩小两寸，匹配纤细腰身，上了身蛮自在的，穿过二三回，平常压箱底。好衣裳吗，强盗上了眼难保？但很快被扔了。匪徒翻出了比旗袍更上眼的首饰袋，喜滋滋上报了大马靴。匪首翘起大拇指，鸟叫了两声，收官了。大马靴铁凳上落下不倚不偏踩中我的伤腿，切齿磨牙似的喀嚓声过后，一切归于沉寂。

余下的事，听妈妈讲的，木子帮我包扎了伤口，发觉班副的手指一抖一跳的。她说：他没死，脉动呢。顺手用散落舱内的衣衫捆扎伤口，绑腿样一道连一道绑结实，用紫绸花旗袍捞住裤裆，吊上颈项。血止了。性命呢，难说生死，死多活少哇。

在医院里睁开眼。眼神散了。白衣白帽白口罩，一片雪白在眼前。能扭动一点了，窥到肉身还是白，白膏白板白绑带。绑着的伤腿高高在上，高过头面。两条夹板似两根桑木扁担，固牢了腿脚。别说下身，上身动一下也难，牵痛全身呢。炳叔说：多处骨折，挺过来了，会越来越好的。医院说接骨处稍微长硬梆点，回家疗伤去。

求之不得呀。医院略微松点口，炳叔带着娘儿俩回了他的老家。特意安排在一个四口之家疗伤。主家两口子人到中年，失去了二老，养育一子一女。妈妈安排成了主家的母亲。我吗，安排成了主家弟妹。日常开销炳叔供给。妈说那哪能成啊，幸亏没一拼带上首饰金器，落下点，要不然统统被强盗抢了去。哭爹叫娘一声爹娘也喊不出了。我不以为然：金银又不能当饭吃。妈说进城找当铺当些钱来呀。我说腿脚动不了，进不了城啊。妈说亲自去，当铺见识得多了。他二话不说，大清早的进了城。大老晚回的家，当回了一沓现钱，足够现场开销两年的，第二天又去了一趟，当回了同等的钞票。妈耶！你迷瞪啦，与金银首饰过不去。妈说放心，丫头的资本留着呢，助你危难之

142

中有路走。当铺的伙计透话，人民政府不看好当铺。关门闭户明朝后朝的事。想当也当不成了。

炳叔回来，我告知了。他说有这档子动向。往后呀，当铺关呀开的，不要去当。剥削指数大呢，三钱当一钱送了。等得纺织厂开张，你腿脚利索了，进厂当个纺织女工，养活你妈，养活自个。

炳叔忙呢。在城里筹建纺织厂，抽个空档回来一次。他告知从政情简报上看到，挑起"鸿兴"轮事件的江盗落网了。江北的公安部队捉牢，押送到上海公审枪决的。这些个政治土匪，船上抢劫了旅客钱财，又从潜伏在大陆的反共救国军第四纵队那儿领得了赏钱。钱没散尽，江匪加纵队被一锅端了。朗朗乾坤，竟抢杀解放军战士，可恶至极。十一个士兵枪杀了十个，剩下一个还是个残疾人。我心追问：活着的叫啥名字？炳叔：简报上没讲清。内想不会是伍小抱吧？没有介巧的事。他残成半个身躯，活着系数小得可怜。炳叔：别乱猜想了。振作起！从脚底着地不钻心痛开始踏步，站立起练挪步。练到丢开拐棍跑路，跑出一只原先的脚来，纺织工厂等着你当班呢。

使命在召唤，令子从床上踢墙壁练起。钻心痛是恶魔，不怕它，它怕你了。一五一十地数着练，练出了一脸的虚汗，歇歇再来吧。她自告奋勇下地找毛巾擦汗。咦！钻心痛不再钻心，地心吸走了大部。否管它三七廿三，擦了汗练挪步了。从东山墙练到西山墙，耗时一个钟点，自觉累了，停下歇歇。耶！歇下来越发的累，只好停步。

连踢了三天的墙壁，四天上，踏外场挪步，遵循医生的循序渐进的医嘱，她不急于贪多。半个钟点以内，一天挪山墙一次两次的，逐步增加到三次五次的，时段增加到整个钟点，两个三个钟点。增加后响，傍晚时段。慢慢地丢开了拐棍，丢开了妈妈的肩膀，挪变作了跑，从灶头跑向了田头，从田头跑向了街头。不敢偷懒呀，生怕少了历练，变成了病翘脚去面向工友姊妹，落后在起跑线上了。不知不觉中，跑长了两岁多，没落下半点后遗病。

## （五十五）

细凤传话扣扣。余浩区长准许他用三天时间调理好小家大事，再召开选举大会。扣扣：磨了整夜的心思，磨平了心境。现实顶重要，痴心是妄想，丢开大半，不去想她了。细凤：总该照个面吧。她等着呢。扣扣：见面说啥呢？说啥全是多余的。细凤：做个了断吧，婚姻不再，情义在，我陪着你去。

两人出了院沟，衣香撵上争着同行。细凤：也行，两口子做成行，摆着事实说理。衣香：我亲自交还她扣扣，求得安定。扣扣：说些不着边际的话，你就别去了。衣香：不说，不说了总可以吧。

两人四目对视的瞬间，扣扣纳闷了。令子她双目清澈，没半点哭泣的痕迹，秀发湿漉漉的，刚汰洗过。女人汰头，喜上眉头呀！难说细凤传话失真？没呀，细凤也一脸的狐疑，女子一夜不会十八变吧？衣香忍不住握起令子的手，夸奖：东家小姐小时、大来一样富态。令子：见笑，在从小办小人家家的朋友前失态了。过往的二三年当中，得了一场大病。小叔小婶晓得了，拜托传给三位听听，回得乡下没出个门。春三二月阳光阳气、芦苇拔节，桃树吐蕊，我去享受青枝绿叶了。

小叔传完话，令子合着节点踏进家门，踏青急了点累得捶伤脚。细凤乘机捋裤腿看伤情，感叹：这条腿哇！皱襞打褶，白里带黑，黑里泛黄，像盘坐着一只只的癞蛤蟆，遭罪了。小叔：枪伤加踩伤幸亏年轻经受住了。换换我这把年纪，性命难保。扣扣：人生大难呀，通个气来分担分担。令子：想过的。想到自个成为废人了，不想连累任何人。炳叔一再敦促我练腿，练了一年多，唉！腿脚神经功能复活了。我盼望着扔了拐棍能跑远路，跑过来会见你，多开心呀。没曾想恢复需要时间，拖过两年多，一切都改变了。扣扣：这样说，你一直住在炳叔家养伤。令子：住在靠吴淞的横扇岛上，你去过？扣扣：没去成。我和小叔走近码头了，没禁区通行证上不了渡船。小叔一旁感慨，那会刚打完大仗，岛上齐刷刷竖着岸炮管，时刻防备着蒋匪兵舰偷袭，闲人免进呢。就差这上下两脚，误了大事，谁也不怨怪，令子有情，扣扣有义，两人尽心尽力都没错。衣香：全是我的错。小辰光，扣扣唤我姐姐，令子叫我姐姐，姐姐要做出个姐姐的样来，离开扣扣，成全你两个对天对地通通圆满。我带着娘，带着儿回娘家，新社会了，奔哪儿都有碗饭吃。

扣扣拉着衣香外走。令子拦挡：慢着，没做决断呢。衣香姐的这些话，若在回来的三天内听到，谢天谢地谢衣香了，可我哭够了三天，哭活了心。

小囡时代，一次次听到衣香姐海夸扣扣。哪个女人伴上他，天官赐福了。姐姐你比我年高，瘦得干巴巴的，阿是有病在身？要看医生呢，离开了扣扣，你没退路了，两人好生过日子吧。衣香：扣扣作证呀，我是真心的，成全了你俩，也成全了自个儿，令子小姐发发慈悲吧。见她要跪拜令子，扣扣搂紧了衣香。

令子：决断结束，扣扣把衣香姐领回家吧，她的真情表白，又要讨我眼泪了。细凤忍不住揩揩眼角泪，也催走了扣扣衣香。这个扣扣呀又生发了女人缘，三个女人为他落眼泪呢。幸亏自个适时退出，没掺和进去。要不然，还不哭成只烂眼猫呀。小婶说：女人雪花命，落地不生根。祝英台不配梁山伯，孟姜女不配万梓良。令子不配扣扣，命中天注定。小叔：婚配多样性的才稀奇。七仙女董永配了个前半生，后半生不配了，蒋介石，宋美龄前半生没配上配了个后半生。天命有变数呢，不知变到啥人头上来。

# （五十六）

令子决定明天走人，进城进厂挡车去了。江北之行，断了扣扣这根鹞子线，无牵挂了。再来难也不难，还有鲍先生呢。拜托炳叔找到鲍枫，先生是地下党领导，令子知晓，是多大的领导，令子不得而知。炳叔江南江北地来回跑，暗地里在江南当了一年的地下党，解放了，才堂堂正正冒出来，莫非江南江北的地下党有联系。

小叔告知，鲍先生多年无音讯，扣扣成天叨念着先生，像叨念到下落了。令子招手扣扣出了院沟，伸手索要鲍枫的住址。扣扣：江家浦袁家庙。令子：门牌号？扣扣：手下没得号牌，你找他急事呀。令子：那当然。扣扣：明朝找他去，把只藤条箱还给他，你跟着我。好呀，江家浦是去江边码头的必经之路。明朝进城路中会见上鲍先生，开心的事附身了。先生离开东家多年，只说他南下北上的指点着千军万马，没料到仍在江家浦呀。离令子还是那样的亲近。鲍先生不像个先生，甚至没个成人架势。她被鞭笞后，也不怕他。站在大伢儿细小囡群中，他是出群的头儿，助乐着大小伢儿办小人家家，收黄季，大秋季，学堂放假。先生拎张小扒凳下田帮着摘长生果。令子领着一群学生，加上新近的强强、扣扣、长顺、布财、衣香伙伴，十六人分成两组办家当，造房、砌灶、埋锅煮饭。煮啥呢？收挖啥煮啥呗。讨要长生果令子领着扣扣长顺去。帮工说：东家规矩东家丫头自个破坏，不给。令子找先生帮忙。先生：种不易，收不易，装进箩筐了再拿去满田散花，朝泥眼里踩，糟蹋了。令子：不散失，煮完了吃的。先生：泥坑里煮不熟怎吃呀。令子：生吃呀。她剥出几个白胖子丢给长顺，长顺吃得满嘴白沫。扣扣吃了一粒：好吃的，不识生熟二字的爱吃。先生：不浪费了，学生自玩自取吧。令子：每个人不准偷懒，装满一衣袋，均平分啰！先生：谁同意的！令子：你呀。你说谁种谁吃，谁收谁吃，大家动手了大家吃，人人有份均平份呀！扣扣也听着的，阿是。扣扣：好像听说过。

先生不再阻拦，大朋友们脱下长布衫，包掬着长生果，来回运了三四趟"灶间"。令子宣称劳动者得食，个个动手烧菜煮饭。"煮"过后的长生果，令子平分了装进各自的口袋，说：生吃不能多，拿回家煮熟吃的好。伙伴们雀跃欢叫，喧闹声声飘过了三条地皮。先生近望着沉思：打开了天下大同的话匣子，揉进了人之初的理想中，小小少年可造了。

读完中初级课程，先生劝她听从老爸的话进城教会女子学堂接受良师的中高级教育。令子：良师在眼前，何必舍近求远。老爸拗不过宠爱着的丫头，买来《论语》《庄子》，民国的中高级教材，委托先生代教。先生：令子呀，中高级的教材我生疏，咱两个互教互学吧，以你自学为主。令子：好的呀，这些书，先过眼一遍，挑出喜见的请教先生再深学。

东家学堂多了一种学风，满堂的学生伴着先生朗朗读书。后排的令子，棉球充塞耳朵，静静独坐着看书。她说：她离不开同学，离不开先生，离开了，一字读不进，外加一个离不开的亲妈，这是她抵制进城上学的三不离情结。先生过问她对这样的学习方式有何体验。她说：之乎者也得哼着读，像小和尚念经，不好进学堂学。白话书看着也顺眼，先生顶好多喂点这样的书。先生：书有的，不得在学堂内读，得背着家人读，能做到吗？令子：伴着老妈一个人读呢？先生想想说：试试吧。

一本油印小册子，用书皮包着，打开两层露了《中国革命与中国共产党》。是夜，令子伴了老妈在后院深阁，一个动手针黹，一个着意翻阅，互不干扰，相得益彰。老妈先于她不哈一声睡去。令子熬到半夜时分，细细看完小册子。回顾书中有时讲的眼下事，有时讲的天下事，大事套着小事，事事连牵了政治。不得要领。先生交书神秘着呢，再逐字逐句慢慢领会吧。

老爸从城里回来了，令子在后院看书听到一院人的接待声。想着老爸老妈一家人，先生应允了老妈伴书，老爸自然不在话下。老爸进了后院，令子还在琢磨着。老爸打眼瞄到了小册子，告诫令子民国的禁书，查抄到要坐牢的。令子伸了舌尖：看本小书，至于吗，诓人吧。老爸收起书，厉声：政府禁令，不是儿戏，快把书销毁，不要落入旁人眼，立马归还。阿是借阅鲍先生的？不是——令子否认，买的，糖担上的书，这就撕撕碎，扔进河浜里。令子掖了书出门转了一趟，返回了后院，老爸老妈不在了。她利索地撬开四仙桌，挪开两块地砖，把小册子塞进了匣子洞。令子晓得这洞留着防蚁防虫的，里厢充塞着硫磺，樟脑丸，耗子药之类的杀虫剂，还有中毒后这些药剂的解药，少有打开它，除了找解药。书放在此，再合适不过。她不能在爸的眼皮底下还书给鲍先生，也不能撕碎了还不成，只有等老爸离开了，她落得个有借有还，再借不难。

然而，这次失算了。老爸进城不再迁就，把她强行带进了城，离开了三不离，书是念不进了。老爸没强求她进学堂，只是不准她回乡下，全东家数她个自由人了。一住近两年，文化没长进，学做了一手的好饭好菜。再归乡，惹得哥儿兄弟姊妹吃惯了她做的茶饭，依依不舍她了。

两年长了个桩，学堂里学生换了茬，矮了她一截。她不好意思和小学生并起并住，不再强求先生教导她，只在先生速成扣扣期间，她旁听听插插科打打诨，向扣扣显示先生是东家的一分子。自然，还书是第一位的，家来当夜，她虔诚捧起小册子，双手高高举过头顶呈上。先生接住，正反面瞟了一眼，轻轻拂去尘埃，调换了本小册子给她。说：三个月后交换。

令子领会，她看完了，有后人等着呢。照样钻进了后院。阿妈看她读书样，说：在城里一个字读不进，家来读起早贪黑呢。令子：家书有黄金呀！阿妈：乡下哪有城里黄金多，趁嘴说：你从不放进眼里的。读了家书心舒意，阿是。令子：有这点意思。阿妈：那你读完了，妈妈领领舒意。三月后，令子呈情，先生笑笑许可了。阿妈戴上花镜，穿针样的照看，发不准的字音，有令子指点。时段加长了，令子再呈情，先生不见了。读完了还书再也找不上鲍先生了。炳叔过江来接人时，令子思虑再三，重又摆进了药剂室。

三年了，扣扣去见鲍先生，归还藤条箱。令子忆起了昔日的禁书，一并交还先生，岂不两全其美。令子连夜钻进了废墟。东家大院拆散了。零散的墙砖地砖尚未清理。她找准了后院，量着步子扒出了《共产主义ABC》。回到小叔家中忍不住翻看书中着重章节。时下，不正在实践着无产阶级领导的，工农当家作主的社会吗。老爸不看这些书，没料到这一天。可他料到禁书出于先生之手，老爸早知鲍先生是共产党的一分子，没在丫头面前挑明罢了。

早起，扣扣令子环拢桥墈碰上面。令子握书，扣扣提箱，像两人初次见面约带的标识。令子：带上整箱的礼货，吃的？穿的？扣扣：空箱，路途装上锡箔纸钱带去。令子：出门触霉头，说点顺遂话好哇。扣扣：没浑说，上坟去呀。鲍先生没了，有了年头。令子驻下脚步，手指着他鼻尖：扣扣呀扣扣，受你一辈子作弄，我的心在滴血，晓得哇！扣扣理解令子的无名之火，解释了没用，无言不答，待她落下指尖。小声：晓得晓得的，舍不了先生，总想着他活着。在我心里，在你心里。你！还去不？令子：是你的开蒙老师，也是我的开蒙老师。要不是他口口声声在我面前夸你好，自小也相不上你，唉！先生一片苦心白费了。要去的，活要行尊，死要行孝。赴他坟头磕三个响头去。

走进江家浦，令子提醒买烧化了。扣扣：不买了，走了三个钟点的路，出门时的主意走没了。令子：钱不够，我来凑。扣扣：不差钱。鲍先生不喜见钱，在世时他把整箱的钱送了穷人。在他坟头烧焚纸钱，讨他骂呢。令子：先生不喜见别买了。先生没病灾的，怎地说没就没了，开口不误迈腿，你细说说。

扣扣说了大概，三角坝到了。鲍先生的坟墓变大变高了。自扣扣细风落下脚印后，清明节当儿，相继来人扫墓，墓碑四角，栽了四棵柏枝树。墓前竖了纪念牌，上写鲍枫烈士之墓。扣扣牵手令子在牌前跪下磕了头，再牵手围着墓盘转了三圈。扣扣发话：把书放进箱一齐烧了。令子：你傻呀，先生的遗物，我不赞成。两样遗物归我，留下它做个念想。扣扣：我想着藤箱是先生的公文箱，他一生经手队伍的生命财账，视账簿账金为生命，宁丢性命不丢财账，藤箱里装着任务，纪律、信仰呢。令子：革命文物，更得保存下来。你当个先生的下手？学来恁多财务道道，听先生说过家亲吗？扣扣：先生透露过漂洋过海谋过身。归来后只身北上抗日来着。令子：难怪见不到家书来往，侨居海外呀。我两个做他的一对儿女吧。扣扣：我早已认下，定准了，年年清明节来扫墓。令子：不敢打保票。身在大江南，乘车候船的不便当。难保误期时，你一个代一对，年年忏悔一次。先生为我两个保过媒。老妈说等个三年五载的，先生说等胜利了吃喜糖。你没等，负了先生的一世好意。

扣扣怔怔地盯牢墓碑，更多的默哀。令子：呆劲又上身了，日子长呢，慢慢忏悔吧。

折回到江家浦。扣扣：饭时了，吃碗汤团吧。令子：不团圆了。赶船期呢！本想让你抱抱我分手，看你这副呆相，有贼心没贼胆了，握个手吧，后会无期！扣扣没反应，她小跑着远去了，没有回头。

## （五十七）

开村第一回，八棵村选举农会主任了。

会场设在学堂操场，会台连夜搭成。五更扣扣细凤在余浩区长指挥下忙了大半宿，迷盹了小半宿布置会场。鲁九久送来书写的横幅：八棵村选举大会。左边条幅：社会主义国家道。右边条幅：人民当家作主路。拉上挂上。区长拢住积极分子，给出了两条选举方案，举手选举，投子选举。大伙儿只能挑选一种。要求地主富农不给选举权。他们的子女，给选举权，不给被选举权。改造成功的一律给权。鲁九久通报了他们双合村出海渔民，被国民党军舰掳走七八十个青壮年当兵了。区长：黄海前哨不稳固。积极分子需睁大眼睛，防备敌特破坏人民政权。

五更扣扣盘查来盘查去，八棵村划不出破坏分子。覃家东家两家大地主跑路了，去向不明。五更：算来算去三老太婆嫌疑大，不给选举权。她儿子跟牢覃家大公子出海，几年不见身影，八成逃台了。扣扣思忖布财偷了钱，有动机逃台，有没有逃成呢？啥人说得清。他追问五更：你断定布财逃台了？

五更：估猜呀。渔船不能几年海上飘哇。扣扣：估猜不作数的。五更：八棵村不能没个坏分子。扣扣：硬是造出一个呀。布财算作逃台了，也不是三婶娘怂恿去的，一个小脚婆婆，见天坐矮凳纺纱念着阿弥陀佛，除把自个纺车破坏了，能破坏了啥！区长：事实不清不争论，换个话题。选民得有限制，限低不限高。拟定十八岁起码吧。五更：有难题，全村有五六家十六岁成亲，十七岁生下伢儿的，当爹当娘了，应该给个权利。区长：特殊情况特殊对待。放宽到十六岁吧。细凤提出：不限大，折脚瞎眼的到不了会场怎个选举呢。区长：全权委托亲友子女代选呀。细凤：如此说来只投子，不能举手的。像我代了瞎爹瞎娘，举高了三回三只手，变得偷选了。大家七嘴八舌认定投子合适。用脸盆笆斗作投子容器，庞大碍眼，铜勺瓷碗又小家子气，容不下。中间容器在水瓢谷升之间选择了软木高腰谷升，投进子儿不蹿不蹦。容下个二三百粒不在话下。选子蚕头嫌大，赤豆般配红色，个桩不起眼。指尖捏着粒赤豆，一个大意从指头缝中漏掉戴上眼镜找半天呢。不大不小的小公众选择了扁头。八棵村祖传的猪耳朵扁头，大到一拃长的豆荚孕育的豆粒儿白白胖胖。家户有种植，有存货。细凤没费周折，走进十来家收集到上千粒投子。

会场中，细凤按五更扣扣核准人数。进场时一人分发一粒，并指点怎样投子。扣扣跑来过问人数。细凤：缺着十多人呢。扣扣：按约定，不到会者算弃权。细凤：没到闭门时间，再等等你把投子领走。扣扣：候选人不投子的。细凤：不要搞错，是爹娘委托你投的，爹娘心愿，要你自投自。我要唱票不能多带两粒投子的。扣扣随口应承了。

会场一阵骚动。满场窜的伢儿惊呼：来了！唱戏的来了一长溜呢。懂点选情的家长呵斥：嗐叫唤啥，不是来唱戏的，是来唱票的。全村的这次选举是余浩区长一手策划的，县里来了观摩团队。余镇区自然村的临时村长指认到会，期盼开出个经验出来全区推广，规范今后各村的农委主任、贫协主任乃至村长这般的选举产生。

时辰到，余浩区长开讲，千百年来从来是官府考官员。共产党来个大公众普选父母官。大公众的哥也妹也，不开大会，哥也妹也当不了家作不了主，选不出心仪的父母官。也仍听到顺口溜，爷爷奶奶欢喜头孙子，共产党喜欢二流子。编得蛮顺口呢！哥也妹也有所不知：共产党人的初心辛劳为人民，认定了一切财富靠劳动来创造。反对剥削，有能力改造好浪荡公子式的流氓无产者。像今朝推荐的二位，本村本土的劳动卫士，积极分子的范儿，劲头蛮高呢。

有选民高唤：二位都不选，选第三位可以否？区长怔一下：民主意识强呢。第三位谁呀？选民：选你呀，文才好，口才好，身材富态，一副当官的料。跟牢你，八棵村有步路走走呢。

全场一片欢呼声！

区长压手按静了会场。说：这次不行。下次选村长，贫协主席时，欢迎大公众多多推荐积极分子范儿。接下来呢，请抱山街乡的乡长讲解选举事项。乡长接手台下传上一纸修改的宣讲稿，清清嗓门念读：余镇区，抱山街乡，八棵村共有选民伍百贰拾捌人。当中，耳袭眼瞎的陆人，全权委托亲友投票，投票生效。经现场摸底，有四拨选民没到场。有临盆生产的孕妇一人，陪护三人，其中一人为接生婆。招蚊虫叮咬后发寒热的一人，陪护一人。在外村撑高头上梁柱的瓦匠三人，木匠二人，砌房户主一月前定下今天日子，一辈子一次，情有可原。两个蹬二等车的年轻选民，跑了长途赶不回。相加到十三人缺席，没委托投票，做弃权处理，实到选民515人。缺席人员圈定在五十人以内。选举正常举行，候选人登台。

五更登台。在乡长介绍他的当儿，与台上领导倾腰握手后站台四望，居高临下的瞰制作用油然而生，自我感觉畅快。扣扣站那儿，一双多动的手没活干摆不平了。贴着裤缝垂着，背在身后拉着，放前摆捏着，都浑身的不自在。突然想到人人都有个面情观念，主动转过身侧身远望自在多了。

乡长宣布投票开始，请候选人背对选民时，五更也转过身。扣扣半转身，自在做起了小动作，伸手摸衣袋。两粒扁头籽，触动了他。细凤委托的事儿，当时急着核准实到人数，随口答领了，按瞎爹瞎娘的意思投了，对得起二老，对不住白个。那个自个投自个的，一投还是两票，这不丢人现眼了。

投子过半，扣扣主意定下：助五更两子之力。怎个出手呢？投进五更的谷升需挪步。规定候选人不投票，你没法举动呀，编造不出法子。少了两子，还得查验，扁头籽儿成了烦心事呢。

台下一阵骚动，零星掌声响起，投子结束。扣扣第一时间转了身跑近五更，冲其一叫：台上有籽。弯身下腰一检一放，完事。五更：你是猴呀，又跳又抓的。扣扣：有投子蹦出，捡回你谷升了。五更：几百号人，难免投偏。

两粒子投放了，一身的轻松。他站在五更身后看着细凤带几个人走上台前唱票记票。

结果，五更得票二百五十八。扣扣得票257，五更当选，投票生效。扣扣双手举过头顶拍掌祝贺五更。细凤招手示意他下来，拉着他随选民走出场外。闪进了学堂教室。细凤：落选了，站台上穷拍手，脑子有病呀。扣扣：配角陪成了，自然高兴。细凤：乡里开了吹风会，建设社会主义总路线一日千里展开。今日选上农委主任，即是后来的村长支书。扣扣：五更合适呀。遇事拿得起，放得下，经得住。训教刺头二流子有一套。他们不听政府听他的。细凤：他良心不好，与老爹死不往来。扣扣：刻板老爹有错在先，专门托扶儿媳妇，想着传宗接代，儿子饿煞了冻煞了，啥也传不下去了。细凤：为了一间睏屋，弟兄俩变成十世的对头，抠门抠得天王老子说不醒，钉头碰铁头，碰不出头破血流来，懒得理睬。在乎的是你动了手脚成全了五更，多半害了他。扣扣：五更公选出的主任，扣扣不敢做手脚。细凤：你瞒过全场，瞒不了我，我是你姐呢。交你的两粒扁豆籽的嘴牙是黑色的。其余的全是白扁豆白嘴牙本色的，黑色进了五更谷升。铁定是你的错。扣扣：错就错呗。我一没口才，二没文才，不想混进革命队伍伤害大公众。细凤：承认得轻巧呢，你这是搞混选举，最低给个行政处分，汇报区长去。扣扣：三岁认作亲姐了，姐也，高抬贵手吧。细凤：也为你抱不平呀。眼看着你毁坏自个，激荡着心血呢，扁豆籽的错我去承担。

两人争着见区长。争着认错。区长：两人没个错呀。得票数准确有效。细凤：投错有效呀？区长：你家委托投票了，他就有权利投票了。把票投给了对方，是他的高风亮节。限制候选人投票的初衷即是限止自投。细凤：他违背了瞎爹瞎娘的意愿，判定无效。区长：人际关系怪怪的。时常有三个与你合得来，三个与他合得来，早饭时爷娘欢喜儿子，丫头次之。昼午儿子玩弹弓，射杀一只鸡，夜饭时抱着丫头亲了。这叫临时改变主意。扣扣：在理！急乱之中我临时起意的。细凤：有点儿办小人家家的味道呢，不尽在理。扣扣：选民自在，投票随意，喊口号随意，夹道欢迎公家人文化人拍手掌随意。

我愿一辈子是选民。区长：选民少不了出乱子的。这次你投的两子在合理范围内，要是多出了投票总数，犯难犯乱了。细凤：一人一票没得绝对的自由吧。区长：不折腾了，选举还得在选举中改善。扣扣呀，落选了有人荐你为村中的记工员会计，怎样？扣扣：摆双手回绝。区长：激动个啥呀，村里一穷二白的，没几个钱出纳，好掌控的。扣扣：劳动创造钱，全村的男女老少劳动兴趣浓烈。公家钱财厚实得快呢，见不得理不得，见钱多了长顺哥变钱痴了。区长：哪来的奇谈怪论，拒钱千里之外呢。不当会计当个五更副手吧，预备着翻新学校，东家书房改造成抱山街的镇区书房。扣扣拍胸保证：对路了。乡下农工劳力实足，舍得出汗，做一天睏半夜，体力补足了，个个如样。

# （五十八）

扣扣见天在东家大院废墟中，记录码算着拆下的檩椽砖瓦。五更找来：别费心了，概算过，拆下三十间旧房，改砌二十间教室。折旧砌新八折损，材料足有余了。扣扣：多砌两间呗。五更：乡政府说胖足了，招不来恁多学童，连十年上的高中学堂也预备了。扣扣：大院拆散了，答应砌住屋的七个家庭，谈妥了没？五更：改成助困三家住户，急用先砌。没敲定！扣扣心一动，二婶娘哭哭啼啼诉苦：三间落屑屋剩下半间不漏雨。再不修好屋，一针要分家吃住了。扣扣：分家！分开老娘呀！亏她吐得出口。二婶娘：她分成两摊。我和长顺一摊，她和顺生一摊。扣扣：不是分家，破家呀，蛮媳妇蛮到家了。不跟她一般见识，不跟她犯嘴。一只锅里吃着饭，让她两句不丢面子。

扣扣：我想到了三个家庭。够得上住房特困户，都在螺蛳壳里憋着呢。梁三三家第一的困。三三带着大三子、小三子，住百家屋舍长大，邻居家的羊棚鸡棚上搭个环拢舍，风一吹刮跑，雨一下坍塌，一年半年时光在修舍。二婶娘家全困。三间落屑屋只要横，不要竖，毛毛细雨钻进屋里成盆泼大雨，房倒屋塌近在眼前了。再是个细凤家。灶披间拆掉又回到原照旧，相帮着在同间墙头接续上同等的小屋，三更细凤有了成亲落堂，免得你兄弟肚皮官司打不完。五更：这三家我也同意，同意与学堂一齐开工，放在明天吧。扣扣：

我去组织大工小工。五更：助贫三家得区长定准，今夜定不了。扣扣：区长小住在双合村的鲁九久家蹲点呢，留了话，遇难题找他。两人：走了！走了！

两人轮番着诉说。区长说：学堂和困难户一样当紧，去访访住困户困到啥程度。五更：明朝察看吧。区长：访贫问苦公职人员的第一要务，传进了我的耳，不能过夜了。

三人进得梁三三家，区长抚摸着苇薕围成的环洞舍，说：农民兄弟政治上翻了身，衣食住行没彻底翻身。我们这些父母官，任重道远呀。

进二婶娘的家门。前天的透雨后，外场地受晒得干巴巴了。内屋地难见阳光潮叽叽滑溜溜。区长跨了大步，前脚跳滑开去，跨成了人字步。五更扣扣稳住了区长。二婶娘自责：小家户地滑，对不住区长。区长：老嫂子，反礼了，对不住你们了。修屋，修好屋。大人小囡跌跌撞撞走夜路，不能再现。

在细凤家。黑灯瞎火的，细凤汰涤清一盆的衣裳。开门惊喜：区长怎的来了，没个坐地。扣扣：点亮盏灯吧，区长看看你家住处。区长亲举起油灯原地转圈照了四周，说：这算做住所吗。想象不到在外为大公众奔忙的细凤，表现的光亮光鲜。受家累了，二十大几的丫头家家，还与爷娘住着通铺。细凤：住惯了，说不上好，也不觉察苦了。瞎爹传言：我家细凤，黄牛投胎，挑肩收种，弯身下腰，淘米洗菜，田里屋里内外来得。区长：看出了，茅屋狭小摆布的齐齐整整，瞎爹瞎娘身上衣缀满补丁洗涮得清清爽爽。丫头是个勤快人。瞎爹：丫头过日子清苦哇。她老妈子有些光亮，还能帮着烧烧灶膛，舀舀热水。老头子见天瞎懒着，细微手搭不上。扣扣：老伯眼瞎前，种田一把好手，可惜了。区长就着油灯细致翻看瞎爹瞎眼，说：眼有病，白内障，能治根。细凤：走访郎中说是泥螺壳封住了眼乌珠。吃眼药，抹眼膏，驱不走泥螺壳，认命了。区长：白内障得动刀子，乡村诊所没条件，得进县城。县里新立了人民卫生院。我老爹刚在那块割了白障。两眼赛小伙，望得穿青天。瞎爹：好是好哇，得花用一大堆银钱。可怜的丫头背不起债务了。区长：细凤是个集体化积极分子，讲究个互帮互助，众人一齐扛，肩膀放得宽，瞎爹：众人帮撑还是债呀！犯不着，半截身埋土了。

一把治眼热火，被瞎爹一瓢冷水浇灭了，区长没再坚持，随着扣扣进了五更家。细凤说送送区长，跟帮着来了。区长进门定调：访贫问苦结束，校舍要砌，住困要帮，同时开工。瞎爹眼病要治，早治早好，我老爹前后花去三十块治好，我支持二十块钱瞎爹，细凤贴补，跟不上借用点。五更扣扣全力相帮。同志加同事，帮着开光，开眼界，天下第一善事。细凤：使不得使不得的。她抓起区长搁在台面的钱硬上四五塞还。区长边推边退，退出了门外，转身消失在夜色中。

三人望着台面上的钱发呆。咋啦？共产党当道，清风扑面来，风气变了向。五更：上交变下发，改了个过儿。扣扣：公家人当道历来如此，我领教过多回了。五更：不见得个个如是。细凤：爹娘晓得了内情，整夜的念阿弥陀佛呢，区长啊区长，非亲非故的受你恩泽，为难小女子了。她恳请五更扣扣交还。他俩说自个亲手交还的为妥。推三揉四间，区长又踅进了屋。摸出记事本扬扬手，记上两天了，大东盐场招收晒盐工，分给八棵村两个名额。三天之内物色两个不怕毒日晒的劳力进场，太阳越毒，产量越高。三个月的试用期，盐场管饭钱，零用钱。耐得住日晒转正后见月领取廿块工钱，有工属证的优先。

区长落下话走人。细凤还追着还钱。区长：别追了。穷人家的丫头，心态正直，这俩钱算借款吧，进屋去写张借条交给扣扣可以了哇。细凤进屋嚷着纸笔写借条。扣扣：写给我的呀，不急，急着找盐工呢，两个当中长顺算一个，想起来我受领过一张余镇区 002 号工属证呢，打工优先的。隔墙听壁言的三更窜进门：加上我一个呢。五更：生钱的地方离不开你，凭啥呀？三更：凭我手握001 号工属证呀！五更：革命老区帮工新四军、野战军、解放军的人工海了。配谁去在我嘴里发放呢。三更：这桩事情你遮不了天，扣扣说了1 号2 号的优先。五更：挨号还得讲思想呢，你进步捐出十块钱来，助你丈人治疗眼病，我就批准了。三更瞄细凤，她装作没看见，扣扣代言：眼前的事，区长借出了二十块。还差个十块八块的，在座的几个来承担，你出个数吧。三更：平均数吧！两块五角。五更：毛脚女婿随大流呀，再加码。丑话在前，盐场明朝一早开工，天亮之前没个决断，立起来开眼没你的份了。三更：加满三块吧。扣扣：我助三块。细凤：四块钱压箱钱用了圆满了。五更不用出手，嫂子奶着小团花费大呢。

五更：区长交给的任务完成，医所医疗、送工盐场、开工书房加小家户，全妥。扣扣：区长说议议。我两个自说自话的，把自家的亲房户族议进去了分钱分粮分工，不会全妥吧。五更：进盐场苦工苦力出苦汗，不是进酒肆，坐红椅，啜酒水。吃不起苦的不想去呢。

受领好任务，扣扣细凤同路家去。扣扣忍不住韶叨了三更：这侯傲很呢。七实八满快成姑爷了，变现俩钱为瞎爹治眼，还在朝后缩呢，缩头乌龟一只。你不敲打敲打他。细凤：他就这副德性。不说不改，说了也改不了。随他吧。他说砌好婚房成亲，我同意。他说明朝断亲，我也同意。依我心里呀，立马蹬掉他图个眼不见心静。后手呢，哪个来受领我的家？与衣香一样，是个没得退路的女人。当年初定下娃娃亲。他跟着他的爹，三天两头朝我家跑。跑至第三年，海滩旁的田禾遭受灭风大潮侵害。大秋的玉米山芋折半收成，缓过了大半年。家家相继开始少粮少顿。贴近麦口期，日子那个难熬哟。一家三口抱成团念菩萨保命。菩萨没念来，更老爹来了，三更牵着后襟怯生生进了屋。没提环的黄篾篮子里放只三号碗，碗中放了三块巴掌大的野菜饼。野芹菜开水里沸过，挤出苦水掺和半数元麦面揉成的饼。爹娘饿的哟，时不时地昏迷。接过饼没着喉咙下了肚，碗中剩下最后一块，三更伸出手抓住了往嘴中塞。他爹一把夺下来说：你小媳妇没吃呢，哪有与媳妇抢食吃的！早日头出锅时你吃过一块了，叮嘱你多喝水灌胀肚皮。一天不吃熬不住了，我三天二天的吃饱水照样熬。说得小丈夫嘴唇委屈得像瓢爿。下爿超过上爿，眼泪汪汪在眶里打转，只听得他一声尖叫冲出了屋门，那以后，再没踏进过我家。

格辰光（方言：那时那天），他正在换牙期。那块夺下的菜饼中粘上了一颗牙，是他换落的旧牙，牙血染红了小半块菜饼。我盯住哭了！小男人，亏你家一块饼，一颗牙呢。慢慢长大后，晓得一家吃了人家的嘴短，再没能耐、没底气蹬掉他。从父母头上也搪不过去，今生钉牢他这杆秤了。扣扣：黑咕隆咚夜，听来毛孔狰呢。男人女人都有本难念经书藏着掖着呢。

## （五十九）

鸡叫头声，扣扣睡眼惺忪敲开二婶娘家门。敦促长顺按前夜的约定，穿戴利索点，跟着三更赴大东盐场报到。朝后呀，当盐工挣钱养家养自个。屋

156

舍漏雨今朝动工检修，拆去两间改建成砖瓦屋，检修一间可宿人的灶披屋，三五天的时段见效，一家子搬我宅暂住几天去。二婶娘惊讶得像旱地上看着鱼在游，说：扣侄，可吃准了，朝朝代代不能的事，阿是庙会发的契债，助你砌成屋后，几十年的还不清，害子孙呢。一针说：听着花好稻好的，我不领这个情。他去他的盐场，我回我的娘家，大半年不回了。扣扣：缓缓，配你大用处呢：几十号人的劳作，管顿昼饭呢。细凤送爹娘进城，没人烧煮过大锅饭了。你家兄弟姊妹多，有点儿经历，留下帮记忙吧。一针哼了声算作受领了。东方拢白，东家学堂旧操场，大工小工开始集聚。扣扣：来得好快呀。五更：约定太阳露头人露脸的。小工足了，大工缺两个。四处砌屋处，互相调剂着使用，误不了工期。扣扣唤近站头排的对头大哥，柳吊儿，抱抱汉三个，说三个耕作能手。今朝各承头一处，长长脸，对头大哥：使不得，三个清一色的捣泥小工，支配不了大工巧匠。工头配大工做的，我俩跟着做个粗活。五更：三处的工头我来落实三个大工，你领着这帮人奔拆屋处吧。

对头大哥扛着把毛竹爿作把手的重磅大锤，进了场屋前屋后转了圈说：前后墙头，东西山脚，全是泥坯垒成，膝馒头顶两顶倒了，用不着大锤。扣扣：砌屋先拆屋，拆屋先清屋，一步步地来，先搬出大件家什。四人进屋合力把暖床朝外挪。抱抱汉：屋子破千年，暖床值千金，赛过皇上龙虎床呢。扣扣：布财家寄放在此的，值不了千金。懂行的说用的红木下品水曲柳木料，雕花木匠小块、小根的刻成花鸟，凿成卯榫拼凑而成，也就值俩功夫钱。二婶娘：扣侄呀，难得来恁多帮手，趁手把床还了。扣扣：还了床，一针顺生睏在哪块？她气头上正寻不到雀疤呐。到时不是出走娘家的事，怕要改换门庭。二婶娘：我怕布财楞起猛浪带了娘子射归来，误了他成亲用床。对头大哥说：三老太婆家的布财跟了覃家大小子乘船投东海，投南洋，回不来了。暖床放心大胆用着，免得家庭出纰漏。柳吊儿：你亲眼见啦，出言不在行。对头大哥：市面上传得没二话了。不是投敌，即是投海了。共产党定了天下，有钱人不外跑，没好果子吃。抱抱汉：布财一介贫民，犯不着起哄死里逃生去，兴许现辰光正在东海南海捕着鱼呢，那块儿水暖鱼多。柳呆儿：阿是暖床跟着飘呢，白日打鱼，夜到了上床，一年多归家，伢儿一岁半了。对头大哥：别抬杠了，大伙小伙上屋顶，搀墙头啰。

干打垒泥壁上簿下厚，墙头脚踹斧头敲的，开花得快，接近墙脚零打碎敲掰不动它了。带头大哥呸呸两声：奶奶的，锤子的干活！十六镑大锤不是吃素的。大伙小伙闪远点，我一人放倒它。抱抱汉在旁数着一锤一锤的助威。数到十三锤时，大锤举过头顶没能砸下去。对头大哥跟跄两下稳住了身板，心卟着：重锤下抬手叫停，你找死呀，闪晃了腰身，住你家用饭三天。抱抱汉：唬啥，没死呢。眼孔放大点，墙洞中耀眼珠呢。对头大哥扫眼惊嘘：妈耶，金钱财宝呀！看不出来瘪细农家园暗财呢，快去找扣扣。

扣扣从细凤家的工场里跑来，蹲下身从小洞洞里抠出十一块泛白的银钱，十二块泛黄的金钱。对头大哥接手掂手不压手，金钱眼观粗糙，说：成色不符，不是金板是铜板。柳吊儿：开口大话，你家藏着金器呢，打眼认出来！对头大哥：没吃猪肉，听过猪叫吗。扣扣：大哥猜得准，是铜板，黄铜弹壳砸成扁圆的铜板。细小价值的铜板为啥存洞洞呢？扣扣把砸开的泥墙做了还原，发觉小洞洞是堂门边半高窗台的底洞，成型后窗台是空心兜。对头大哥：空心兜园的财气不多，金器冒充的，不是暗财。抱抱汉：用来驱邪驱鬼的？扣扣：是老小伢儿玩儿塞进的。柳吊儿：没孔儿，银钱铜板钻不进空心兜呀？扣扣：比较过了，堂门角里有个猫儿洞。高出墙脚两拳头，离窗台空心兜半尺远。这当中，有被斜凿，镰刀菜刀铜锁钥匙刮铲过的裂痕，裂有一块银圆的厚度。圆鼓鼓的弹壳塞不进，砸成银圆的厚度，理通了吧。对头大哥：开眼界了，老小玩儿玩出了鬼花样。

扣扣全盘理了个清，要不是砸开墙脚，冒出了十一块银圆，这迷中迷神仙解不开。可惜，迟到的真相，徐区长，鲍先生永远的不得而知了。在二婶娘一针面前，托说这是祖传房产，物归原主了。长顺呢？对这私藏的银钱存印记否，今夜单个验证验证他。

八棵村条条泥路通大东盐场，直线距离八里路，走错了路档走长九里十里的常有事，走紧了一个钟点内，走松了一个钟点外。盐场急于动工，没为盐工备足了床铺，长顺三更必须跑个来回路，也就三五天吧。

长顺露了头，扣扣拉他住进自个的宅。屋舍拆了，俩弟兄凑合着过夜。扣扣着意拧暗了油灯，半明半暗中一块一块的朝长顺眼皮底下摆放银钱铜板。观察到长顺眼亮了，嘴角翕动嬉戏着：金钱、银钱、宝贝。这一笑一说没出格，正常不过。扣扣：宝贝，你的，你家的？长顺摆头。扣扣：你从猫儿洞中塞进去，忘啦？长顺再摆头，还验证个啥呢。可怜的长顺兄弟，半爿脑筋囤了宝贝后，关闭了整个脑筋，空留下扣扣的自肚里明白。十一块银钱产于公家，自个过手时弄丢了，徐区长如数填补上，他有责任如数交还徐区长的家人，找见找不见的全要交还。腹稿早就打下，本次情况特殊呀！万不能兑现，弄清了来龙去脉，待朝后积攒到定数了再做主张。

一块银钱购得三十斤白米呢，三百多斤的白米搁谁家也得风光一阵子。如数的交还一针。拢住了她，拢住了家。哪怕是暂时的，扣扣也乐意看到。

# （六十）

扣扣：手头果有活络钱，借五块用用。衣香：刚好领到抚恤钱。扣扣：伢儿嘴上抠钱，不借了。衣香：先急先用呗。扣扣：也好，早借早还吧。衣香：借呀还呀，生疏生意了，只要台箱角里存钱，随意配用处，没有没得法子了。

钱凑到手，扣扣直奔抱山街市场，置买了十多斤的鲢鱼，七八斤的黑猪肉。犒劳忙活十多天的大工小工。平日里按民风相帮砌房造屋，不计工钱，只管一顿昼饭，顿顿青菜糁子饭，豆腐豆芽汤。特别通过鲁九久招来的外村大工不拿钱，吃一样的饭食，八棵村过意不去，特地办餐荤腥收工酒以示谢意。

遂意的是，使得大锅大铲的细凤回了，不担心出不了大锅菜了。瞎爹治好眼变明爹，瞎妈根治不了也添了光线。明爹回家见人作揖，见物视好，面谢余浩区长，面谢五更全家，面谢久病在床的更老爹。在他心中，亲家是棵参天榆树，再不济的是棵桑树。明见了，瘦弱得像棵枸杞树，中风后卧床苦度残生。明爹抱住更老爹一场嚎哭。病者使尽了尚存世间的点儿余力钳紧了，使他不忍离去。细细倾听絮叨白天至夜里，舌尖不连牵的亲家呜哩哇哩像狗狼哭泣，大意拜托亲家了，主张儿女完了婚，他死也瞑目了。明爹咬住更爹耳根，连说照办就办，立马办，更爹松了手，软塌塌歪向一边。

明爹：老天爷捉弄呀，一个开了眼，一个闭了眼，待到阴间再絮叨吧。

丧事完结，明爹公开了死者的遗嘱，细凤自然听从明爹的。三更说一：七岁开始与前世的爹唱反调，凡是他说的，我认定是错的，完婚我不。三更说二：不想倒插门，望得见的盐场会月月进钱了，攒够钱，砌成新屋再讲。

明爹没拿大拿老逼迫，事后求助大家。扣扣：进逼他没用，这侯傲很着呢。我去外村借把钥匙开他的锁，急不得的，完婚总等更老爹七数后吧。

扣扣找的鲁九久，说白了来意。鲁九久：朝正道上引呀，帮上一手。扣扣：这个大老爷们。喜好睏窬中佛陀来助，你的手艺操弄飞檐翘角雕梁画栋时。谶语学得一套一套的，用它镇住了，他铁了心听你的。九久：他学过艺吗？扣扣：没啊，水里来，田里去的，行一条路。九久：他不懂天平地平人难平，早空夜空心不空，成寿一半了。家菩萨灶王爷，南海观世音，西天如来佛胸中装，定能训得他服服帖帖。扣扣：悠着点，别吓着他。你不像个手艺人，像个扶乩师傅、算命先生。九久：没修得恁多道魂，不敢当。

# （六十一）

细凤瞪圆眼睛瞟三更，摸不准，猜不透他了。找扣扣探问：太阳出西天了，这个前世的对头中邪了。扣扣：他懊恼啦，想悔婚。细凤：变文雅，不再与人翘棱了，从盐场回转夜夜来家和气话连句，自掏腰包置买被头铺盖，木梳镜子的，你提个啥，满口应承买买买，他买。扣扣：有门了。细凤：他自小这副德性，好不到心坎里，像逢场作戏呢，不晓得喝了那位神仙的迷魂汤了！

扣扣晓得。找了九久讨问。九久：领下你的圣旨后，先得把脉，把准了脉再开药方。扣扣：开得妖魔鬼怪药方，治得他服服帖帖。九久：凡人生在五脏六腑的病，求神仙拜菩萨无用的，还得请郎中治。那些个妖魔鬼怪，模棱两可的谶纬语，在生活做得疲累时说说唱唱解解乏的。我装成个会治病的红衣媒人接近他，说于他外村有户该有三头水牛的户主。人与牛一起入了社，集中劳作时，人挣工分，牛也挣工分，一举四得呢。一心想攀个女性积极分子媳妇。打探到八棵村有个叫细凤的大丫头，区长大人培养她入党，培养她当支书村长，想想看，找上个干部媳妇，成了干部家属，多光标呀，一而再催促我做媒来了。三更说：她有主了。我说从小订的娃娃亲，共产党当道不作数了。听说娃娃亲的男方傲很呢，爱理不理的，趁早拆散一对，撮合一对，好事做成双。三更说：死了这条心吧，男方女方好好久了。我说你怎晓得呀？三更：我就是那个男方。我说不知者不为过，冒犯了，不可大意呀，恁出众的黄花丫头，干部苗子归了你，知足吧。从来社会上多有娶不来妻的儿郎，少有嫁不出家的丫头。妇人之心总往高处攀。三头牛的家自然比一头牛的，没有牛的家高出一大截呢。认准了，你趁早委下身来，该认怂的地方认了，该出钱的地方出了，免得夜长梦多呀，说着说着，三更扭身走开了。

扣扣：他不吃你这一套。九久：吃进心坎里了。隔后几天，主动找了我，定下等得前辈的白事满，办红事，喜事，挽出我当他俩的红衣媒人，请吃喜酒。扣扣：巫师唱成一曲重头戏呢。九久：不是巫师是大师。巫师歪门邪道糊弄人，大师揣摩人心。一句话说得人跳，换句话说得人笑，因人因事来说教。你我还有细凤三个鲍先生的业余学生，承蒙余浩区长青睐快走上共产党员路程，不好编造花言巧语牛鬼蛇神行事了。这次看在学生的面子上，也为细凤的前程，出手一把，算说得过去吧。从三更的既有三观分析，朝后变数大，细凤是祸是福难料呢。

扣扣点头同感着离开。好事七实八满了，三更细凤凭着一个烧饼的缘分该有三步路走走吧。他不再细想，径直走进细凤家帮忙筹办婚事。细凤：来得巧，帮忙唤一针来绗（háng，将棉花与布缝在一起）和合被，其他人请不来，除非你。扣扣：一针家庭不和睦，见天吵吵闹闹，破家早晚的事。请她呀，多不顺遂。细凤：三更的主意，他说两人同在盐场。长顺不长花花肠子，多半听他使唤。当紧的是两口子撞门喜，成亲当年生了个大胖小子，请上一针绗和合被合适。扣扣：两口子的花花肠子原形毕露了，遵命。细凤：只有他，没是我，别冤枉人。

一针请到，提溜着一根五寸长，穿着粗线的绗被针，一脸的惊异：请错人了吧。细凤：一针儿没绗错，请的是你。一针：扣扣出的歪主意吧，抬举我这碗狗肉上台盘，听从吧。细凤：三更指名道姓唤的你，说现时一齐种田的唤作农友，队伍上一齐站队的唤作战友，一齐盐场挑海水的唤作工友。三更长顺工友一对，两只脑瓜竖一个肩，赛如亲兄弟。一针：长顺缺心眼，你家夫婿缺个啥？两人能抱成团！细凤：缘分吗，两家成亲友，常来走走，衣香夸你做得一手好针线活，被子针脚绗得棚又紧，内在没半块棉絮游动，烦你了。吉日请你吃喜酒，两口子同来。一针：请吃婚酒赖吃寿面，备了红包包准定来。细凤：不收包包，带张嘴来，绗被人算半个媒人，理该犒劳的。一针：送人情，吃酒肆，天经地义多少代了，你家另新呀。难怪传说你快成村中的女共党了，细凤：高抬了，没那样的先进，跟着先进学了常识，将心不落在旧社会罢了。

一针绗好和合被，用了夜饭，细凤照行情包了个两块的红包谢喜。一针哼哼唱唱归家去。三更踩着种点下班来。按约定，今晚继续敲定喜日的邀请人客。细凤：两个人不统一，请来扣扣把把关。三更：你把他当作药里甘草，离不开了，不请。请来十个八个的陪客伴娘，和着一家子自由自在的。细凤：自在不成人，成人不自在。自小长大的真情推托不了，三五桌的饭菜要备好的。不讲究宴呀席的，没有个好，管个饱。亲眷朋友来见见喜，会会友。三更：三五桌的，四十来个至亲呀！细凤：光我生辈里全数三桌客呢。你生辈里不至三桌吧。三更：一个没有，三请四邀不会来。为个啥？为的是我十岁开始自作主张，亲啊朋啊再没走动过，断绝了大额小额的人情来往。细凤：你咬定空客，不近人情吗，毛病出在自身呀！自小看着脚趾头走路，走局踏了。三更：请送人情，你的三桌人不会全来。细凤：人到免收份子，五亲六眷工友农友的一大帮子小礼小件互相交换个贪喜。东家小叔小婶送了两筴包芯灯，一只银戒指。胖姨送了面梳妆镜，杜账送了支钢笔。我买些发卡、烟锅子、鞋拔子之类相应玩艺回赠、调剂，来个互惠互利，每人不空手。三更：还不是白送了一顿酒肆。到时我请三人，一个外村的红衣媒人鲁九久，请他来做个见证，省得把你见证到外村去。还有长顺一针，请他两个图个吉利，帮忙生儿子。细凤差点儿踹他一脚，忍住了。狗嘴里吐不出象牙来。自小地支属狗到老仍属狗，难改呢。请来个鲁九久遂我心呢，是鲁九久掰开了他的心门，改了初衷？一定是，鲁九久有说教人的方法，一套一套的。她说：你请的人我举双手赞成，只少了五更全家。三更：他自小欺侮我，打破了我的头，记恨老死不相往来的。细凤：少不更事时，你先咬破了他的手引发的。不认同胞兄弟你永远长不大。三更：长大了还是老二。打肚皮官司先认错输三分呢，我不，你邀他你出面。细凤拐了个弯：听新相公的，我邀了。

婚礼当日，细凤主内，三更主外。细凤套着旧衣裳亲手烧煮大锅菜，指点得条理分清。田庄里小菜经她一拨弄，变样惹看惹吃了。三更忙着迎客余浩鲁九久安排在主席，指定五更扣扣等作陪。区长说：陪错位了，两位新人坐北朝南坐正主席是主客，其余的统统是陪客。九久：意思来了，意思大了，亲人入席开席了。九久举杯提议第一杯酒致敬新相公新娘子，第二杯敬新人双方的父母至亲，第三杯酒满座宾客互敬。三巡后，三更细凤离席敬酒认识双方的新客。喝的是米酒，酒精度不高，挡不住清一色的女方亲眷，一人一盅的敬酒。三更招架不住，头脑晕糊开闸了，回到主席自斟自饮加酒喝，拉着区长作陪，说：你提五更进党，当上村长吃香的喝辣的，提拔提拔我呀，三更比五更强多了，赚的钱多又多。区长：新相公喝高了，服侍他醒醒酒去。三更：正当时，醉也不醉。红衣媒人两人再干两杯，怎样！细凤拦挡，说：喝点水醒醒，我代你喝。三更拦开，说：你不晓得我两个的交情有多深。人生难得有他个心上人呢，你代不了。细凤：代替你一辈子呢，九久、扣扣、细凤三人同门师兄妹。能代否！三更：啥？你们早就认识，还同门，同的哪扇门。细凤：同的共产党的门，你不懂。三更眼视了一圈说：看清了，眼前一伙全是共产党。我是国民党，妈也被包围了。细凤：别出丑了，走吧，她求助五更扣扣架他走，架上床铺歇着去。

仗着酒力，三更扛着不走，两人架得蛮吃力。九久过来相帮，说：小老弟，听我一句劝大喜日子少喝酒。三更：你是谁？教训我！扣扣：他是红衣媒人，你心上人呀。三更：怎个变得黑衣啦！好哇，你哩老里八早相识，二伙串通算计我，家底捂得个底朝天，往后呀，丢开头重起头了。余浩放不下醉酒人，跑来观察，见得三更被摆平在床，一双混浊的眼睛不肯停歇骨碌碌转望眼前人，口中念着一个二个……又来了一个共产党。天也。潮水没魂个大，一刹眼氽到脚箍郎（方言：腿肚子）——区长说能听懂。大意潮水大眨眼间淌到腿肚子，说的是这小子赶小海，踩蛤蜊，挖泥螺的经历。细凤说：区长学的土语，没半点野呔气，比鲍先生学得纯。那两年鲍先生饭后教我半个钟点认字，一半的南方蛮子音，学时打了折扣，少学成了上百字，懊恼没用，再没个鲍先生了。区长：这话提醒了我。成人夜校与伢儿小学一样重要，需同时开张。成年人一样需要学习发力，像此地土话说的三天不吃豆瓣腌齑汤，脚箍郎里酥汪汪。九久说：区长学着谒后俚语，上心了。区长打开了记事本，说：大东地界的土话，我过三篇记下了慢慢领会。这块丫头仍唤作丫头儿子唤作侯子，游泳叫洗澡，生病叫没劲，睡眠叫眠觉，成就叫成寿，中饭叫昼饭，你们我们变作你哩我侪，阿是。九久：区长用不着三年，成本地人了。区长看着三更昏昏欲睡，说：扯远了话题，把个醉汉扯到南天门去了。告辞吧，大家与细凤一一道别。三更翻了下白眼，沉沉睡去。

　　细凤见累了。三天的买汰烧她都亲力亲为，想舒坦眠一窟，没她的地盘了。醉汉横卧了大半张床铺，她不愿委身在男人的胳肢窝下残喘，强忍眠意瞪着两盏包芯灯发呆。蚕头大的火苗，在玻璃罩中闪耀着柔和光线。东小婶送来时说本想买一对大喜烛。买烛发现了灯、买了灯。烛是一夜情，灯经久不衰。保管得当，二十年后儿子成亲照样用得上，细凤咧嘴嘻嘻。灯影不遂她意跳动了，跳得她睡意渐浓，和衣倒头夯实三更身上睡去。醒来时，估摸着四更时分了。她不知何时钻进了被窝，他双眼比火苗还贼亮，盯着她上下看，一股像三岁伢儿含着指头贪婪着吃食。男人都有这副德性？婚内之事难说这是邪气，她又不愿承认是正气。她下意识地摸摸自身。这个臭男人，动了她的衣装。唉！她说：偷偷摸摸解衣摸身，没个爷娘教训的。他说：只不过碰了奶子，没劳没动等你醒来。她说：碰也不行，两情相悦！男女规矩都不懂。他说：规矩一家之主男人定的，女人只有顺的义务。她说：少来，我不认你这个一家之主。前半夜我坐床沿守灯盏，你在被窠里呼呼大睡，后半夜轮回，该你坐我眠，扯个平。他说：扯平了，大天白亮着。成夫妻改成明夜了，我一厢不情愿，我听过新婚姻法的宣讲，没讲到成婚当夜坐床，改日同床的。他说着满嘴酒气朝她脸上靠。她用巴掌挡个严实，说：别乱来。朝明了讲，醉酒男女不好共事个。他说：吃了酒兴冲冲地展力气，今夜不共事，撞门小子哪里来。他动作了，手脚并举朝她身上压，着意撕脱了她兜肚内裙的襻扣，拉松了束带。她一把推开他，坐起身拢身发怒：真来劲了你！满嘴的酒菜臭。三更被推回了原型，狐疑地盯牢细凤：你不把我当人，心中必有人？明白了！你的那两个成了亲的共产党的师兄吃着碗里的，瞭着锅里的，见了面笑逐颜开着意逼我穿小鞋。细凤给了重重一脚，差点儿踢出床铺。三更坐稳了：做啥，干一架呀。细凤：来呀，本女子自小受瞎爹指教，学了三拳两脚专门对付小人。三更宿了下身：今朝酒多伤身没劲，好男不跟女斗。

欠下的钱欠下的情总得还点，你不能独吞呀。细凤：就凭你刚才对同志哥的大不敬，恨不得蹬下地，叫你落得个人财两空。眼下还钱还情难定呢，全凭你的态度与变化来定。三更眨眨眼吃不准态与度了。有人敲门唤天亮。细凤听出了明爹声，穿戴整齐开门出身。父女俩见面没挪几步说开了。三更轻手轻脚躲在门后听话语。

明爹：男人发酒疯了？细凤：醉了像条死狗，醒来像条疯狗，难待候呢。明爹：男侯不吃酒、枉在世上走，当家女人担待点。细凤：他出言不逊，气得来呀！把持不住自个了。明爹：在自家屋里争个正面角色有情可原。在外，大庭广众之下千万要忍耐，给男人留足面子。女人要守妇道。生就个女人总归要过这道关的，况且，这对父子有恩全家。成亲即成仇，理道上过不去呀。细凤长吁一声：前世的姻缘，一只烧饼的情债总归要还的。爹容我慢慢消化，讲个分寸，时长时短依自个心情好坏吧。

## （六十二）

东家大宅基地砌成了二十间学区屋，空离六百步的三间东家学堂改做了村公所。余浩区长下乡时吃住在所，县上下乡的公家人一并在所公干。区里招来的教书先生住进学区屋，吃在村公所，所里垒起了一台锅灶。细凤买汰烧一肩挑。学生快进校了，黑板课桌进了校，单单缺失坐凳。不是县上遗忘。实在挤不出经费购买，提出驻地解决。

区长会同抱山街乡长进八棵榉村支委，村委会，村农委商讨坐凳。三委只到了五更一人。区长：咋回事？五更：只一人呀，支委村委没选举呢。乡长：忘了这一茬，多事的村庄优先补上的，只把双合村鲁九久几个成熟的村三委促成了。今朝开始跟上吧。近来全乡有多个队伍上归乡的党员，平调几个过来。区长：可以的。尽量从本村发展积极分子入党，有两个好苗子，待我沟通了，交乡里平衡，尽快补选上。

余浩找了扣扣，直言代表组织谈话，要求递份入党申请书。扣扣：交上几年了呀。余浩：存哪啦？扣扣：存放在徐浩的牛筋包里，丢在通潮河，随潮水淌进大海了。余浩：老区长不在了，还有见证人吗？扣扣：鲍枫先生呀，他手把手教我写成的。余浩：都不在了，得重写一份。扣扣：不想再写了行吗！一没口才，二没文才。一个种田的汉子，不配进党的。余浩：边学边干着，我们都是这样走过的。申请书补上革命经历，好如实填进志愿书。扣扣：我办不到。别说写了，一提起，心里翻起了两笔债，今生今世还不清了。没这张脸面进党呀。时常懵懂自个的生命与党的生命相生相克。后怕混进党内给同志哥、党的业，带来不可估量的伤害。我想我思还清了欠债，轻轻松松进党报答贵人的人情债。余浩：理解。你与引路人阴阳两隔，情伤难愈呀。先烈冀盼着你去完成他们未竟的事业，进党大干社会主义一场。扣扣：我懂，我懂得立党为公，进党为民。我一时半会为不了公，已厘清了十一块银圆的欠债。先归还小笔的，再归还万元大笔的。一块一块的还，靠着自个的双手。时日长了，会有个归还清爽日子的。余浩握紧扣扣的手：小青年，老同志啊。尊重本人意愿先从思想上入党吧。不！你早已入了。任务必须完成一项：说服细凤入党。她呀，跟你拓模拓样。认定进党你在前，她在后，你不进，她高低不肯进。欺不了一个先生启蒙出来的，咬定情理不松口。扣扣：她的情况不一样，我去试试。

　　扣扣挑了个三更在家的时段，进得细凤新家。三更一心想当党员家属，趁这势烧把火，鼓动细凤进党。果不然，扣扣提出话题，三更拍双手唤好：现如今，农业合作社，供销合作社、信用合作社，晒盐合作社，属共产党统管。钻进了党里，坐上红椅子，吃着太平饭了。细凤：胡咧咧个啥。坐上党的航船要展力气划船撑船，紧要关口得下水推船。坐进船里观光景，容不下你的。扣扣：你领会得透了，八棵村等你撑船呢。别再三心二意了，听区长的，上船吧。细凤：你站岸，轮不上我呢。你亲历实践过，我只受了点开导，与你相比，王婆婆遇上汪婆婆相差不止一点呢。我又是个女流之辈，肩膀狭，挑不起重担。扣扣：你挑着，我在两边扶着，甩开膀子跟着你干当你下手，放心了吧。细凤：我占先，你在后，心里还是不踏实，要不，一起进吧。扣扣：区长说革命不分先后。你先走一步，朝后有心介绍我进党，只能乖乖顺从了。细凤：真的！同志哥同志姐拉拉钩约定。扣扣：不后悔。

　　三更：同门兄妹心心相印，一点通了。我这就去找五更来签字批准。细凤一句"无头大乱"刚出口，他直脚奔出门了。扣扣：三更变了个样，你用啥紧箍咒治住了他。细凤：他呀，小肚鸡肠一个，只思量窠里恨，怕吃亏。遇上翘拳捋臂阵势，吓得不敢出声了。扣扣含笑着告走，三更五更进屋了。五更说：扣扣留步，有要事商议。三更：他愣是不批准别人进党。你进了大门就想关上大门了，休想，细凤进得，我想进也进得呢，细凤：别卖眼了，卖得牛头不对马嘴的。五更要议事了，你晒好盐粒，扛好盐包去吧。

　　五更：乡长下达了硬任务，半个月内筹集五十张条凳。伴抱山街乡招来的百拾个学生用。摸了摸底细，户户家家富余凳子少之又少。条凳见稀，短凳伢儿自带去上学，放学了还得带凳家来吃饭。不是长久之机。细凤：打造条凳呀。五更：木料人工哪里来？扣扣：锯树！我宅有棵父辈栽下的榆树，锯成板皮凳杠，少说能打下五六张条凳。细凤：我家的这棵树也能打上三四张，锯了。扣扣：五十张条凳锯断二十棵树足了。全村上下少说有五十棵老树呢，像三三家的三棵搭牵环洞舍的大榆树，住进了新舍，用不着了。细凤：基本群众家的树，不能一平二调，得靠自愿。我的树自愿捐出。扣扣：我也自愿。五更：除去愿捐的，剩下的靠我俩动嘴巴了。扣扣：工作要做，流水账也要记。吃苦群众应公家人的话从不打噎的，不能亏待，待到集体积财了该偿还的。五更：料材有了着落，人工呢，拉大锯的，凿卯眼的手艺活呀。扣扣码算了：打造条凳是木工的基础活，半拉子木匠都能做。像对头大哥，抱抱汉，柳吊儿，大三子他们。我也能动动手的。随意来，不少于二十个，十天的生活，误不了开学。五更：又是一笔欠账。砌校舍的用工费欠着呢。扣扣：这二笔人情债记我头上。我陆陆续续回工还。欠他一天的艺工，回他两天的小工。老祖宗传下的回工不能丢。五更：集体工，用不着个人担当，记上集体账吧。万一文教局有拨款下来呢。扣扣：难呢，一穷二白没家底，得靠每个人劳动积累。积少成多总有时。五更：乡长催得紧，明早就动手。扣扣：今夜行动，就去物色人。我等不及了，做梦做到了上夜校，校园里一袭的白面教书先生。一张张面孔去找，找醒了没能找到鲍枫鲍先生，好不情愿哇！

## （六十三）

　　学堂开张了，还搭上台大戏。县城的戏班子跳舞又唱歌。唱的社会主义好，共产党好；唱祖国建设一日千里，工农商学兵齐头并进，各行各业缺人手，有志青年同志们，响应号召吧，支边支疆支煤矿。一针说：听得啦，心动了，外面的世界好风光，真想报名参加去。衣香：好啥好，出门三里不如屋里，窝在家里，没有雨淋。扣扣：心动了吧，不讲去远方，先进夜校，夜夜教新词儿，开展心胸。一针：带着顺生进夜校捣乱，遭来先生场场臭骂呢。衣香：伢儿小，暑夜蚊虫叮咬，寒夜冻手冻脚，不妥的。男人没事没宕的，去学个好词儿家来教老婆孩子，一家子乐呵呵的。扣扣：好主意。我去动员长顺抽空进夜校，学一点长一点嘛。学有所长，还能生窍呢。一针：长顺学不学与我无关，我也用不着他学回来教。他能学进个三句半，长顺不叫长顺，叫顺长了。扣扣：你从门缝里瞄自家人，把自个瞄扁了。你听之任之就好，学好用好在于我与长顺了。

扣扣会同细凤领着长顺一齐进了夜校。夜校第一课时教的唱歌，唱的是社会主义好。时隔多日，今夜重开唱歌课。教唱第二段歌词共产党好，共产党是人民的好领导，说得到，做得到，全心全意为了人民个啥呢？细凤推推扣扣过问：为了人民立功劳还是辛苦了。扣扣：我也没唱准。细凤：二段歌词咂咂有滋味呢，丑好记牢了。扣扣：多哼哼就记住了，还吃不准，待回儿写在黑板上时照本抄下，好记性不如烂笔头吗。你先学着，我抽个空档为长顺报名去。

接受报名的宁老师大名宁身手，宁风水的公子，城里学成归来赶上教书，谈得上点头熟人了。两人在校第一次见面，先生改成老师称呼是他纠正的。宁老师问：报学扫盲班，提高班？扣扣：吃不准呀，测试测试吧。宁老师写了鸡鸭两字，长顺看了摇头。宁老师画了鸡画了鸭。长顺说㖤㖤（zhōu，拟声词，唤鸡时用）吃米，嘎嘎游。宁老师：不错，我三岁时母亲也这样学着鸡鸭唤叫声教我认知鸡鸭。娘说馋嘴猫哇，五天吃了四个鸡蛋，三个鸭蛋，拢总吃了几个蛋呀？长顺：没有鸭。娘留着鸡蛋换盐换洋火呢，多时不吃蛋了。宁老师眉心皱了一下：报个开蒙扫盲班吧。

长顺盐场当班做六天歇一天，礼拜六傍黑家来，礼拜一早更头准时奔盐场。一个礼拜两夜晚的夜校时段。由于不在一个班级，扣扣过问少了。三月后专心去摸摸他的学习底细。长顺：底细足火呢，脑瓜进字了。扣扣：进的啥字呀。长顺：进的社会主义好，只长棉花不长草。扣扣：学的是政治，还有呢？长顺：大家致富，养长毛兔。扣扣：这是经济。学的字眼呢，比如嘎嘎游像鸭，唰唰唤鸡，土话变作语文的？长顺：有哇！撒尿叫小便，屙屎叫大便，扣扣：还有呢？长顺：没有了。扣扣苦笑笑，赶嘎嘎游上架难呐。存话了三句半烧高香了。停学吧！一门心思当好盐场的班，学徒期过去两月了，开始经手正本工钱了，养活了一针顺生，养活了二婶娘，这步棋走稳妥了，家还是个家呀。他说：长顺呀，明儿起，不进夜校了，备足精神揹盐包。争做一个先进长期工。长顺：我听顺领导的，听顺三更的，上个月份，两个结对争得面流动红旗呢。

没出三日，不是个歇假日。三更风风火火大白天的回了村。细凤：神经呀，跑老远的路，家来赶饭时呀。三更：没心思呷饭，出纰漏。摊上大事了。细凤：流动红旗易人了。三更：红旗还在，人犯了傻，场部要开除我和长顺。细凤：捅啥大漏子啦？三更：一句两句说不全，救人当紧。快去唤上一针去带人。

一针：人来事往，扣扣的事，唤他去带人。三更：有钱带回呢。一针：那我唤上扣扣一同去。扣扣心里咯噔一下，该来的迟早会来的。不知长顺犯病到啥程度？他吩咐一针细凤搭乘二等车先行，他与三更跑步跟上，也就晚到半个钟点吧。跑动中，扣扣：盐场开发工钱了？三更：嗯呀！扣扣：长顺见钱眼开，犯病了。三更：你咋一清二楚的。扣扣：怨怪我呀，没交代给你。长顺他见不得钱、大把大把的钱。三更：就是呀。三个月学徒期早过了。盐场紧巴紧的先生产后生活，迟迟没能发足工钱，拖了半年之久，六个月的工钱一齐发了。扣去饭菜钱，每人每月发得现款壹拾陆块捌角，乘于六个月，到手钱款壹百元零捌角，一百开外了。长怸大没经手过垓多钱，多开心呀！两个人夜档睏不着觉，躲在被窠里搓拧簌刮新的钞票。长顺说：垓多钱！财神爷爷散发下来寻开心，多早晚收归去呀。我说在你手中归你，天王老子收不走了。长顺痴痴偷笑。拨啦一回钱，装进对襟夹袄的拾荒口袋中，躺下身又坐起，再从口袋中抽出钱，再数。口中韶叨着一五一十，三十五十一百的，我睏了，臆度不出长顺为啥见钱改了秉性，数了十遍八遍了，没算出钱的准数。

早饭时，我准时醒来，长顺龇着牙睡死了，裂口的嘴角涎水淌出一道迹痕，半睁的双眼显出条条红丝，一呼一吸时眉毛和着脸一齐抖动。丢不开的钞票撒满床铺，腿压，头枕，手攥，更有飘落床底的。不能散失了，我一张张地捡起，归成沓，没塞进他夹袄口袋，临时置放进床底的洗脚盆里，用块脚布遮住，免得他抬头不见低头见的，时刻惦记着，分了当班的心。

　　我去吃了早饭，捎回两块面饼回屋，正好出工的预备叫子响。顺势推醒了长顺。他呀，醒来一脸的枯槁，比值了一夜的工还劳累，艰难套上夹袄，咬着饼扛着扁担挑水晒盐，跨出屋门伸手捞摸夹袄袋，翻了个底朝天。拾荒口袋里半块瓦爿没拾来。嘴巴：耶、耶，钞票呢！垓多钱呢？我顺口应一句：钞票长脚，跟发给钞票的人跑了。他翻了两下白眼嘟囔：晓得了，我去追。我说追啥追，替你保管着呢，放工你归家，钞票跟着归家了。他说：女人黑心着呢，钞票钻进她口袋抠不出了。他当真了，我急着返身从脚盆里取出钞票，亮相手中，省了他误会瞎想。出门一看，长顺已窜去几十步，直奔场部而去。当紧的还握着扁担，像在狂追着野兔。怎会这样呢？坏事说来就到，我拔腿紧追。离场部近了，昨日发工钱的女出纳在室门外，高仰着头，用稀盐水吐噜咕噜清牙齿。低头吐水时，长顺杵在眼前，离身两尺，扁担离眼球半尺。吓得她倒退两步：有事开声口，你是鬼呀！长顺：你是鬼，女鬼黑心倒灶，抢我垓多钱。么嘿！出纳激怒了：青口白牙腥红舌，大清早的遇上吊煞鬼血口喷人，进厂部讲清爽去。好在我赶上了，分开两人圆场：误会了，你抢钱，不！我抢钱，不！是园钱。出纳：苍蝇钻进牛皮里嗡不清了，倒是哪个抢的钱啊？我说没人抢钱。钱在手呢。我把钱交给了长顺。出纳：好哇！你两个一个装鬼，一个装神。变着法子作践女同事。我说赔个不是，对不住了。出纳：败坏女人的名声，你赔得起吗。我说找站长做检讨，可以吧。站长站在近旁听了看了，说：小事化了吧，当事人长顺进晒盐场了，你俩各自上岗吧。

　　远远望去，长顺走过了晒场，走上了海堤丢弃了扁担，手举钞票一张张的朝海空散发。走近他的工友听到他边散边絮叨：园进大海里，男人女人一张寻不来，叫你黑心。海边风大，海风胜过扫岸风。一张张的钞票空中飞舞了几下又被卷挟着上了岸。站长说：这演的那曲戏呀。人说死脑筋的人见钱眼开，长顺工友见钱让全盐场的工友开眼了。出纳：村上的协会农会不负责任，荐上两个现世宝害己害人呢，趁早开脱掉。站长：先不讲责任，你快去通报场上工友，帮忙把钱捡回。长顺工友正在兴头上，钞票飘进水里不及时捡回，恐有闪失。又说：三更工友回趟八棵村通知家人接长顺家去。看来，他的脑筋错乱，一时半会转不过弯来。

　　扣扣听毕，说：都是钱多惹的祸。两人跑进盐场，细凤在宿舍门前招领他俩。长顺坐在床沿，两眼呆呆的视而不见任何人。三更：一针呢。细凤：她去茅厕了。扣扣：待她来一起去场部讨个说法。细凤：去过，了结了。三更：开除了！细凤：限你三日之内写出深刻检讨再来上工，看你没这张脸写成了，催促你上夜校，你说逼啥逼，不认字照样赚钱发家，朝泥团里发呀，等着被开除吧。三更：你认字呀，讲过的你管文化我管钞票的，你写呀，帮着逃过这一关，听劝听话进夜校。扣扣：有三更知错认错这句话，我乐意帮助写。长顺呢，没要他写检讨书。细凤：站长表态了，长顺工友治病当紧。场部同意出资壹百块钱之内帮助治病，再高没权力没能力。治好了病，盐场不再收留他，哪儿来回哪儿去，要不然自家出资治病。多早晚能出力了，盐场优先照顾当个季节临时工。一针当时在场听到这，终于发怒发话了：乡下人挑粪前后死呀。病人在公家地盘上生发毛病，理应公家全盘承当。场长说公家盐场尚在起步关口，工会吭没成立，规章制度吭没设立。招来的人全是临时用工性质。盐场实在没财力精力养活个精神病人。一针说公家养不了，私家更没生力养了，让他坐吃等死吧。场长说妇人刻薄呢，长顺工友犯病不是工伤劳累致病，像是钱痴病。刨根问底得找银行的孔方兄问责呢，盐场出于好心，支付一百块钱，助力工友治好病，按好家的。盐场一时拿不出那一百块钱，主家把工钱先用着，病治愈拿着票据来结账，一针无话申辩。

　　盐场出纳把长顺工钱分文不少交给了她。

　　三更：没二话讲了，归家吧，归家写检讨书，归家治病。扣扣：一针呢，她得了钱咋思量的。细凤：钱上手，一针变了个样，站也不是，坐也不安，一副六神无主样子，咦？如厕大半个钟点，掉粪坑里了？我去唤她。

　　一针不见，路口候人的二等车与车夫不见了。细凤猜测：她乘坐二等车回家了？扣扣：没恁简单。她在场部还经受了啥？细凤：场长问及哪个是长顺的爱人，她抢先回答：长顺没老婆。指我是他的妹子，她是他的表姐。长顺的当家弟子随后到。女出纳说：这等见钱闭脑的痴侯，只配没个媳妇的。你哩这些个他的哥儿兄弟，姐姐姊妹苦楚在后一大堆呢。一针当时落下脸，青一块白一块的。扣扣：天要下雨，这个家，没挽救了，回吧，走着回吧。

初冬时节，冒出个造热的天，闷得人心里烦。四人急于归家，走出了汗津，前胸后背粘滞滞的。长顺脑子塞牢，时不时嘟一句：爹没了，钱没了。三人听之任之，任他嘟两句，随他走慢步了。扣扣突兀想起：万一一针没归家呢？没有万一！她一万个没归家。裹胁了长顺的血汗钱远走高飞了。长顺急要治病，钱从哪来，自个两手空空，前债没还清呢，衣香娘儿俩的抚恤钱不好再前吃后空了。他捅捅三更，说：兄弟，长顺治病，十有八九借用你的钱了。三更：不借不借，平生顶反感找我借钱，自个还焐热呢。细凤：一口一声与长顺一对好兄弟，还不帮不借呢。三更：亲兄弟还得明算账，借钱给他，哪个来受领？一针下落不明，多半肉包子打狗了。扣扣：我受领，可否？三更：马马虎虎吧，不过要打张欠条。细凤：你还来劲了。至亲好友治病借钱，大道理应送钱上门的，扣扣你不睬他，不打欠条，不写检讨书，我也不写，等着被开除吧。三更：开除我你得来啥好处？没钱进当，我口袋一空，你手头也不活络了。细凤：算你韶咕韶准了。家中存钱有你的一半，也有我的一半，做主了，掯出你五十块钱治长顺病。瞪我干啥，快掏钱呀。三更嘟囔：钱园进屋里了，到家拿还不行吗。哪有丢开三二硬上四五借钱的。

归家没见一针，预料中了，扣扣暂且没时间打探她下落，拿三更的五十块钱带长顺去号脉。宁郎中切着脉搏直摇头：这二返，三返了，先前的药方难凑效费思量，改药方好还是加量好呢？小宁郎中说：不必伤脑了。人民政府在余镇开办了仁爱医所，这号病员去那顶合适。宁郎中：对对，那块儿医师多，有监工护工呢，全托的。长顺进得了仁爱，交了一个月的住院费。只收四十五块钱。挑明短时了多退少补，长时了再续上。不用亲属陪护，扣扣得于腾出身去找一针。找那日蹬车的车夫，只说格日子（方言：那天那时）乘车的女客绑牢了送她回长江边。五十多里路，行的苦煞了。至于女客回了哪个村哪个组哪个地段他一概不知。扣扣思量着要不要去一趟她娘家，几时成行？犹豫着时意外地收到一针的来信，贴着两角邮票的挂号信，请人代写的。大意是不用去寻她，也寻不着她，她已确定去支边。报了名，以一个冲破封建枷锁，离婚女人的身份报的名，正在集合培训着。远行前，她要回八棵村一趟，办结离婚事项。求得当家兄弟不要从中作梗，留给苦命女人一条生路吧，烦劳你与老的小的痴的挑明了。

扣扣说于二婶娘，她眼泪滋滋的：扣侄没法子留住她了？扣扣：路到尽头，难挽回了。二婶娘：仲家前世里没修好，媳妇离家早晚的事，指望着留下顺生，为仲家留条根。扣扣：支边不可能拖儿带女的。用不着你诉求，她会自动放弃的。只是苦了顺生，少小年纪，脱开了娘，戏文里说的留也难，别也难呀。

一针如期蹬上家门。顺生强生场边踢瓦爿，单脚着地把瓦爿踢进划了线的圈圈中，美名小家造屋，踢进一圈造屋一间，比肩谁个造屋间数多，谁赢。两小家伙见了一针没反映。你走你的，他踢他的，像见了个陌生人，抑或是老熟人。一针愣了有歇，进屋取出了首饰包，回家的第一目的，把丝线细的成亲戒指套进顺生手指中，值不了几个钱的，给儿子留个念想而已。她叫停了两娃，每人分发了五块糖果。得了糖果强生离开。她拉住了也想离开的顺生，边套戒指边说：追啥追，娘问你话呢。前世的爹呢？顺生：治病呀，治好多好多日子了。一针：邋遢奶奶呢？顺生：奶奶婆找扣扣叔爹了。一针：改口叔爹，错了。顺生：跟了强生哥叫，奶奶婆说不错。一针：奶奶婆，妈妈娘，哪个好？顺生：奶奶婆嘴臭，骂人，妈妈娘红眼，吓人，都不好。一针：喜见啥人呀？顺生：扣扣叔爹呀，不骂人，不吓人，安安顿顿过日子。一针听了口呆，小祖宗喂，晓得过日子了。为娘日子过得不顺心才把对长顺的怨气洒在小祖宗身上，少不更事的与娘离汤离水了。一针松开手，顺生飞脚追随强生去了。

不大会儿，扣扣两臂牵着强生顺生回了。两小重操旧业踢瓦爿造屋。扣扣开门见山：嫂子回来好哇。老的少的见天念叨你呢。一针：造话说吧，顺生撞见了一声娘没唤。扣扣：怨你离家时日长了，伢儿见面生疏了。看在顺生份上，你应有回心转意余地。二婶娘松了口，只要你不走，带大顺生，俩对娘儿俩分成两家遂你。一针：一时的斗气话。哪有夫妻分开赖着不走的。你受领我做妻子，就不走了，令子是大房，衣香二房，我做三房小妾也乐意。

扣扣：女流之辈出口这等话，没点儿挽救了。新中国成立前我犯的错，新中国成立后我改错，支持你离婚离家支边去。一针：本来吗，封建包办婚姻只需本人一纸声明，用不着你哩同意不同意的照常走人。扣扣：不绝对吧，承认在你与长顺的婚姻上造了假，绝不是包办，当时你也点了头的，现时摇头仁至义尽，晚走不如早走。看下长顺吧，有没有这点心情？长顺的病一天天好转，随医疗进步慢慢能根治呢。一针：还在蒙人呢。这一次我是看透宅沟底了。过日子图个人往高处走，家私积累增多。长顺他见钱撒钱，见钱犯病。日子一无盼头了。

一无希望，扣扣唤来强生顺生，指指一针，说：她要出远门了，你俩个唤声婶娘亲娘吧。强生办了。顺生犟着头，嗪着糖果难开口。一针：不用了，跟牢叔爹吧，会善待你的。她没趋步靠近，心中翻滚着：舍不得儿子，换不来妈妈的自由身。有失才有得，该到决断时候了。这一走地老天荒，浑不知委身何处。管好自身吧，顶实惠。

她走了。脑后，二婶娘唤来的，四水一家的老老小小仿佛在指戳她。看呀！这个改换了门庭下三流婆娘，抛家弃子走上了不归路。骂吧，不跟你们一般见识，走不走是今朝的事，归不归长远的事。这一走日久天长得远远望不到尽头。

## （六十四）

余浩区长静静地坐进成人夜校后排，听着课记着字。课间歇着时，扣扣惊奇握起区长的手：难见你来体察校情。区长：不错吗，红红火火的。你在，细凤没在呀？扣扣：区长忙得忘了日月。经年了，细凤她生下伢儿养体呢。区长：可不是吗。在党校进修的半年时光漏算了。连夜来，告知你和细凤一桩事体：鲍枫烈士的南方老家来人了。扣扣：好呀，会会先生的家亲。说道说道先生的光环光荣。区长：烈士印尼华侨出身。抗战爆发，举家回国抗日，扎根湖南农民讲习所武装了自我。受党配遣到这大东地界开辟根据地。扣扣：根据地红遍大江南北，先生不在了。区长：结发妻子想把烈士骨殖带回老家去，央求能否找上一两件遗物，常久藏身留做念想。细凤和你做过他学生，会找到一两件吗？扣扣：细凤十几岁进饭堂当饭师傅是先生牵的头，没听说存啥遗物。先生一直简单朴素，一套常衫穿四季，一只藤箱塞满书，对了，藤箱在我手上呢，又转手令子了。区长：令子是谁？快找她呀。扣扣：令子现在大上海，藤箱带进大江南了。区长：两天内能找回吗。先生家亲两天后走人。扣扣：两天紧凑点，拼个法子吧。

法子拽上东小叔一起去。小叔认得纺织局廿九厂驻地，令子在里厢纺纱织布。俩人侵早朝江边码头赶，平昼时分登上长江轮。踏上大江南的水门汀马路时人更了。乡下头墨黑一团时，城门里正是华灯初亮时，流着光，溢着彩，比个白昼还体面。小叔说：跟牢我乘坐翘辫子电车。挤车讲究呢，一直的谦让，三五辆的挤不上车，使出蛮劲挤，城里人白眼你没教养，得看准空档顺着人流正门上。扣扣：排起队吗，有啥难的。小叔：车一少，人一多，队伍就乱套了。留意着我，挤不上同一辆车，今夜没戏唱了，二天内休想成事回转。扣扣：立个标，万一挤散了，还在这个大达码头会合。

好在过了高峰时段，两人顺当登上车。小叔车上掐着指头一站两站的加算，掐到十一个站头时，看准廿九厂路牌两个手牵着下了车。厂区吭没码头闹猛。廿九厂的号房亮着灯，没闭门。凑巧当儿立马能会见令子呢。近房，小叔发觉号房变了样，一年多前光顾时，单房独门，半老头一个和着条狗卫门。如今砌了大门，独房改造成红砖红瓦三间红房，卫门的单个成了三个，门内一个站着一个坐着，门外一个四下张望。小叔见面唤师傅。师傅不分大小的，儿子五岁时肥皂泡泡吹成篮球大，他戏称儿子大师傅呢。站着的门卫说：夜档不会客，明日吧。小叔：门卫师傅工人师傅帮记忙，要事一桩呢。门外的门卫：这是厂规厂纪，回吧。扣扣：我两个不是会客，只找个人拿件烈士遗物，到手走人，烈士家亲等着呢！坐着的门卫说：该支持的，本厂联系人是中层干部，还是车间职工？小叔脱口而出：纺织女工。他有戏匣子，养成听新闻的习惯，听出了名堂。广播里叫得最响钢铁工人，纺织工人，前是男工，后是女工。两工像意着工人阶级。当今工人阶级当道，标榜偛女工人阶级一员，似有套近乎，讨喜公家人的味道。立卫：这儿上千号女工呢，一个车间一个班组的过问，今夜办不到。坐卫说：报上名来？小叔：女工小名令子，大名东令子。坐卫：你呢？令子的小叔，与他爹同胞兄弟。坐卫：

还有个呢？小叔抢答：叫名扣扣，大侄子一个。坐卫不再询问，拎起电话接细纱车间：主任吗，保卫科长伍小抱，通知梦文班组的东令子，接话赶来号房，急人急事急等她呢。咔嚓，电话挂断。惊异了小叔：保卫科长啥官阶呀？电话里的官腔听着比主任大。年龄猜不出，称青年显老，称老年显嫩。电话后抬身起凳还拄着双拐棍，定是有来历的官儿。冷场当儿，小叔找话献声：科长高官，大人一个做大事，做好事，好事好事好自身呢。科长：烈士的事，自己的事，是个烈士一样的情。我也正在托人寻找遗物。小叔听糊涂了，科长是烈士，哪来活着的烈士？他的脑筋不够用了。扣扣：小叔快看，令子现身了。

一路小跑来，穿着淡蓝色背带工装的令子，隔着窗户嚷嚷：科长同志，还不死心呀，约我出来炒冷饭。包扎你的确是木子，令子哪来恁大胆量呀，早就吓晕了。科长没回音，指向二位来客。令子认清，一蹦三尺高。握住小叔的手，握住扣扣的手，回头回音：冤枉科长了，赔个不是。科长：快招呼客人吧。扣扣：自家人，用不着客套。看得出，令子你交关忙。我俩交关急，拿出藤条箱来完事。鲍先生的家亲来领先生回家，指名要藤条箱陪着。令子：早说呀，冤枉了的是我，来回跑了两茬路。小叔自责：怪我脑子不灵光了。令子：不在你，在科长，没问一句带一句，扯平了。小叔脑子又被喷了雾水，两人啥关系吗，出言不逊的。科长没查花名册，电话一通，令子来到。老熟人？远房亲戚，轧着朋友？哎呀！横七竖八的，小叔神经搭牢了。

令子去了又来。当着门卫的面，任务式打开了藤条箱，说：没纺没布，两本红书，同是烈士遗物。陪伴先生去吧。小叔礼节性接了箱子，转至扣扣，躬身谢门卫，谢令子。令子：小叔过礼了，送送你俩吧。扣扣：令子不送，认得来时路。跑回候船室误不了早班船期了。令子转身号房瞄了钟表，说：没过零时，还有班车，送到公交站吧。小叔：你抽身离岗误了工时扣工钱还是加班呀？令子：小叔还是老脑筋，算计本利钱精算到小数点。工友会互相帮工的。谁都有个急事难事的。我离开一会儿，车间主任帮着我呢。小叔：这办法上路，多个朋友多条路吗。你单身在外找准个像科长这样的主儿，上班下班有个靠抱。令子：阿妈在乡下也催呀催的。天天忙呀忙的，一时顾不上来。想把阿妈接进城来，娘儿俩先结个伴。小叔：妈是妈，朋友是朋友。

两码子事。令子觑了扣扣一眼，说：落市货，卖不出手了。扣扣装作没在意，思忖着藤条箱中两本红书，怎个从令子手中冒出来的。他问：箱里两本书，你老里八早看过了？令子：大约在你跟着先生认字前后吧。偷偷瞒着父母学的，领会点皮毛。扣扣：我也是，想看个明白时，不见了。猜想着一定被党内人士借去辅导队伍上的人了，原来是你呀。令子说：现时党章党纲的书多了，我看了惭愧呀，不够格，正在努力去掉固有的资产阶级灰尘，一步一步争取噢。你呀，进步了？扣扣：裹步不前。见了你，开窍了，多去看看书。令子：当年初先生一对一的教，苦口婆心地讲，图个教出来的学生生存了共产党的细胞去打江山建江山，不进步，对不住先生的良苦用心呀。两人来个竞赛吧。扣扣：好得，争取为公家多出力流汗，拍掌为准。令子：拍吧！你拍一二三四，我拍五六七八，谁先进步谁当爸。扣扣：你先进步你当妈。小叔：年纪一大把，还在办小人家家呀。别误了行程，俩人放手观望，班车来了。

## （六十五）

梦文小组落班后，钻进宿舍揩面汰脚着床，一个比一个挤得快。有个把人支撑不住，不汰脚倒头便睡。八姐妹中七人瞌觉呼噜，像开山炮，爆响了大通铺。厂医进通铺察看，同行的车间主任说：不会是病吧。厂医：有点儿职业病的味道，姐妹们太疲累了。主任：挨不着边的事。梦文组长最劳累，她从不呼噜。厂医：这叫特殊材料制成，组长非她莫属。两人会心着离去。

平日，令子着床哼两句悠悠万事瞌觉为大，惬意香去。今夜，小叔扣扣的匆匆离去，搅动起往事。进廿九厂三四个年头了，与大家失联后，炳叔把母女俩安插在他本家户族里。阿妈仍在郊岛居住，她进了城进了厂。炳叔安排当了梦文的学徒。梦文与令子年龄相仿，可是个老码头了，十二岁进东洋纺厂当工，十多年的工龄了。梦文手把手教，令子实打实的学，从接线换锭到学工业知识，学唱歌跳舞，唱农村夜校一样的歌，跳那种找朋友的交谊舞，学着唱着，冒出来七八个唱得入调，跳得入拍的文艺青年，组成了梦文演唱组。夜饭后，时唱半个钟点开外，独唱、合唱、二重唱、上海说唱啥的。唱出了一种乐趣，演变成了细纱车间的挡车班组，八姐妹心朝一起想，劲朝一处使，倡议姊妹班组展开劳动竞赛，抢进度、争上游、夺红旗。细纱车间以每人挡车四十台为起点。梦文班组增加到四十二台、四十五台、向四十八台进军，连夺二月的两次流动红旗。廿九厂为营造竞赛声势，定在党的生日七一晚八时在礼堂兼饭堂颁红旗红花。这天是个翻班日，梦文小组早班连中班，当了一整天的班，草草用餐草草坐上前排候会。领导草草宣传了一二三等名次。先进一等、红旗一面、红花人人一朵，二等没有红旗，红花个个有，三等厂部嘉奖一次。请梦文小组全体人员登台，组长领取红旗红花，组员领取红花。没人接应。八个人一个挨一个齐刷刷入了梦乡。有工友见状惊呼；工人伟大劳动光荣，勿脱衣裳，着地睏觉。全场哄笑。领导压双手压低声：大家安静，不要吵醒她们，悄悄地散去，让她们自然醒来。

红旗红花由厂领导袁炳炳亲自送交八姐妹手中。正是她们用完了餐，精神饱满当班前。手捧红花，簇拥着袁炳炳唱响了一直挂在心中的歌。戴花要戴大红花/骑马要骑千里马/唱歌要唱跃进歌/听话要听党的话。袁炳炳自发地为她们打起节拍，感染了朵颐着饭菜的工友和起了鼻腔音。

令子慢慢晓得了炳叔在新中国成立前即是共产党的一员。新中国成立后在廿九厂担当工会主席。炳叔从郊岛进厂学徒起，老爸一直器重他，学徒期满，有心把临街店铺甩给他掌柜。炳叔经营得有条有理，业务客户双倍双增。东家起意双重栽培他了，送他进教会学堂念书认知谋发展。炳叔闻喜几夜的睡不全觉，五岁时做的梦呈现眼前：他进了学堂，梦见了道林纸上的字词，双目狰狞，白纸黑字恍如蜘蛛爬苍蝇飞。它认得我，我认不得它呀！一定要学。进不了学堂学，在学堂外学。想不到东家应允的还是洋学堂呢！学费必定老大一笔。丢开为东家赚钱的差使，另挑另的去消耗东家钱财，不能的，又不是东家的骨肉亲属，一个伙计店小二的，没有福分去上正规学堂。自个儿腿勤嘴勤点跟着店内的念书人学一点算一点吧。他说：我不去。东家：理由？他说没理由不想去。东家：言不由衷吧，平日里吃饭档儿也在讨教字呢，别三心二意了。他说：不去就不去。东家：学堂的学费交清了，三年的，不去也得去了。炳叔：左右为难了。学去上，报夜校，白天站台，夜档认字，学费又少，正业学业两不误。东家：真是只犟牛，难在你想着自个时还想着旁人，依你上夜校吧。自个儿去找，学费不限，打折讨回原三年学费抵上十年的夜校学费了，愿学几年报上几年吧。

炳叔进了夜校，一学三年。

令子不晓得的是，炳叔自找了个共产党主办的，地下式的曙光夜校，开课的先生全是共产党教授梁灵光的嫡系部下。速成了炳叔，就像村校私塾的鲍先生速成扣扣细凤令子鲁九久一样，教的红字比白字多。炳叔成熟后，城市临近解放了。组织上交代炳叔，想方设法拢住东家实业不外迁。炳叔思忖：难也不难呢。难在南迁成了潮流，不难在东家家大业大，整个实业南迁，得包下一条大轮。哪来呢？买张票还打破头呢。拍卖成细软，兵乱马乱没人没心思图业务了。急得东家变了常态，失了风度。邪气了，有钱的大家小家一窝蜂东南涌，稀少的能稳得住。东家削尖了脑瓜搞来全家的机票花去了大半个家当。机票垓多钱，实打实置买来一条钢壳冒烟大轮了。东家约定袁炳炳：船期不等人，你跑趟江北把令子娘俩接来，记住了，五天之内必须带回。袁炳炳：有难度，眼下乘船要路条。东家：江南江北哪方面收？袁炳炳：两方都收。东家：江南路条我去搞，江北的托付给你了，来回地往返该熟门熟路了。袁炳炳怯生生反问：东叔不南行，留下也无妨。东家：权衡几回时局，受田、厂连累，共产党容不下我。袁炳炳：东叔是个守纪业主生意人，秉呈店规厂规行事，没强迫，少剥削。倒是我们这些伙计老揩你老油。共产党看在眼里，该信得过的。东家：这话听了和善。只是一锅里吃饭的自家人夸自家人，不作数的。炳炳你能挽出一个共产党内的台面人物来担保一家老小的生命无忧，我就决断不走不跑，哪儿也不去。这条件苛刻呀？炳炳寄语：不靠天，不靠地，东叔你靠着自个的为人，一直自个担保着自个呢。这话听了苍白无力，解不了东叔的饥渴。他只能回避东叔冀盼的目光，抓起饭桌上的馒头咀嚼着说：东叔放心，路条到手连夜走，五天之内带回令子。

炳叔心泰着呢。东家人想走，没下令没迹象表明走之前要破斧沉船砸烂家业。保住实业留给新社会已安排工友防范了。至于人走人留？袁炳炳找不来权位高启的领导的领导来担保，只能顺其造化。江北应是新气象了，到江边码头船务处，报上曙光夜校校名，道出两位老师姓名，路条办妥，一切顺利。只是令子娘儿俩打理大包小包家私延误了一天时光，过长江突然断了直达船，分三段过渡，靠上江南码头时，已是第五天的午后了。下船时，黑老鸦盯着显眼行李，伸手要路条。袁炳炳：江南江北的路条通通上船时收缴了，互不通用的。哪来第三张路条？黑老鸦：三段行程，三张路条，必须的，包裹中寻寻看。袁炳炳找出张北上的船票充当，黑老鸦默认了。母父俩没有哇！袁炳炳：我担保。她俩地道的江南人。黑老鸦：凭一张过期船票呀，担保两人是共产党呢。袁炳炳：哪能。她们家操办着百人大厂呢，与共产党不搭界的。黑老鸦：看出来了。落难的富家眷属，散发点吧，施人恩惠自己方便。令子娘动手动包了，袁炳炳按下她。思忖：贪婪的顽化人员，贪得无厌想在倒台前，捞到一票是一票，设想反制他，没个时间了，东家约定着回归呢。他与黑老鸦商议：我个人回去先报个平安，打不出路条来接人，按老总的意思办。黑老鸦：放你一码，快去快回，待到我俩落班，要留制到明日的。

袁炳炳本想拉来工友接人，赶到店铺，落眼关门一把锁。变故了？他找出备用钥匙，开门见东家写就的字条，抬头写着事没写人。言明机期是中午十二时，而不是午夜十二时。道不明是自己认错时，还是飞机改了时。再往下看。出现了袁炳炳大侄子的称谓，他看着警觉起来，四下时察看白墙连片，窗外有人影晃动。他利索地把字条塞进贴身衣兜：看来这里开不出路条，只能带娘俩回郊岛，他的老家了。进岛摆渡确需路条的，跑去小东门码头去开启，手续繁杂难顺手，来回乘与坐得一个多钟点，令子等急了？回原处吧，与两个见钱眼开的黑老鸦商议，门路畅通的，只需花费讨价还价的脑筋了。

袁炳炳直奔黑老鸦，凑近两人耳朵说事讨价，掏钱。两人直摇头，要硬通货，并指指令子的包包。令子妈掏出两只手镯分发。两人塞进裤袋再伸手：涨涨水，兵乱时贬值得快，成个双吧。令子三人对视了一下，母女俩摘下各自的戒指。一人一只送出，一人牙咬耳闻辨真假，一人塞进表袋又伸手。袁炳炳啪一下打重对方手：有完没完啦！犯法犯到家了。黑老鸦：误会了，要你三人的名和姓，好去开路条呀。袁炳炳重又抢起对方的手掌，用心改写了姓名，说：加急噢，开不来我会告发的，记下工号了。

娘俩人失去了大家族，盼来了路条。令子随意看到路条中她被改成了袁令子，成为户主袁槐的丫头。阿妈成了袁郑氏，成了袁槐的母亲，感觉怪怪的。好在凭此路条，得以离开了是非之地，足以证实改名换姓的巧处。折腾回到郊岛是改天的事了。

炳叔把娘俩安顿在自家，并介绍了两墙之隔的袁槐家。户族的大家子见面热热闹闹。比着令子失去的一家子，人丁翻倍的多，人气加倍的旺，一时抛开了孤独感。

大家都散去。炳叔掏出东家的字条细细斟酌。却原来，东家对他的人为早已一目了然，藏而不露，当作呒介事（方言：没啥事），保密呼，保护呼？难为了东叔的良苦用心。本意留住他们又无力留下，令子娘儿两又没赶上趟。无意分开了一个家，走的留的，都对不住了。

# （六十六）

红旗竞赛扩展到姊妹厂——廿八厂。浓烈的争先氛围，迅猛向市轻工系统扩散。这天是礼拜日，令子举双手伸懒腰，声称：不游园不逛店，舒舒坦坦眠一天。话刚落下，炳叔进了宿舍，说：不好意思啦，晓得你们劳累，协商一下：抽出半天时间，你们文艺分队去廿八厂慰问一次。不情愿不勉强，礼拜天以休息为主的。七八张嘴嚷嚷着去，组长：有来无往非礼也。廿八厂文艺队来我厂叫过板了，十忙丢开九忙得去。炳叔：厂部有人牵头，姊妹班组的文艺骨干等着你们呐。记住，不要超时下午必须回厂休息。

两厂相隔三条马路当。梦文令子肩并肩和着文艺队一阵小跑热了身，梦文来了兴致，说汗津津，蛮劲上了身，他廿八厂唱了十支歌廿九厂必须唱十一支歌。廿八厂唱高八度，廿九厂必须唱高九度。令子：争先争疯啦！拉歌变斗酒、争酒精高度呢。梦文：比方麻，从童工开始，我就没服过输。不多时，鱼贯着进廿八厂大门。令子：快看，特色廿八厂，敲锣又打鼓，唱歌又跳舞。男男女女束身红绿绸条呢。梦文：那不叫特色，叫特演，关公眼里舞大刀，展文艺细胞呢，门房间的门卫，才叫特色呢，一对鹰隼凶光瓷瓷眼眼透视进厂的每个人。全当作顽化人员了。令子侧脸看出，站立的门卫是个瘸子，拄着双铁拐杖。余光从前扫到后，再从后扫到前，正与令子扫了个正着。令子转回脸耸耸肩说：特色，正宗特色。病翘脚的眼光像东洋人扫荡花姑娘，怪怪的。梦文：一年四季穿着背带裤工装服，难见花色，还冒充花姑娘呢。

不花的好，入了病翘脚眼，没啥翘楚。两人警惕后望，没人追赶，门卫没回骂她们的促侠语。

廿八厂也一样，饭堂即会堂。不在班，不在岗的工友蜂拥而进，坐了半个会堂。按回演标配，编排了十个节目：独唱，二重唱，合唱分男声女声的。加歌舞，说唱，滑稽小戏的节目快演毕。梦文建议增至十一个节目，令子拿手戏独唱没亮嗓呢。令子：别显眼了，哪来的拿手戏呀。梦文：你见天吊嗓子的韶剧，高度超酒精度的尖叫戏，亮出来震撼廿八厂呢。令子：不可以的，练嗓的三四句台词，不成戏的，又没排练过。唱志愿军出征歌吧。梦文：好，这歌雄壮时兴。她自告奋勇报唱：下面有女高音歌手，令子姑娘演唱雄赳赳，气昂昂！

令子憋足了丹田气，一曲军歌唱得荡气回肠。哼得出歌词的工友和着唱完，会堂响起经久的掌声。令子深情鞠下九十度的躬身。再抬身远望，挨在会堂最后的不是门卫病翘脚吗，他双手离开了拐杖，忘情朝着令子挥手。高声大嗓连句：令子！唱下去！他的腿脚没功能，嗓门的功能出奇的大，冲着令子像开炮，会堂响起回声。梦文：唱就唱，啥人怕啥人呀。令子这回得飙高音，高出酒精度的高音，令子：唱出征歌，女中音唱出来浑厚，唱出了好儿郎的气概，女高音唱出来不入情，不惹听。圆个场吧，好歌大家唱，起个头再唱一遍。

预备着正要起时，台下有人唤，病翘脚门卫跌倒了，是他忘乎所以举双手过顶，重心一边倾斜，拐棍假肢双双脱离了他，半身坨坨像爿磨盘，重重蹾在地。梦文：撂倒一个俘虏一个我们胜利了，见好就收吧。他们撤了台，看到一大群工友托起病翘脚，帮忙着套上假肢，柱稳拐棍，搀扶着出了会场。

梦文她们簇拥着步出廿八厂时，意想不到病翘脚门卫横在门岗上，拦住了梦文令子，口中含糊不清念叨着木子令子，令木子木令子。令子说：你认错人了。她厌恶着躲开他，扭身开溜出门。梦文被拦个正着，没脱开身。门卫出言显示平和：一时冲动，吓着你俩，多有冒犯了。梦文：有话快讲，两厂人看着西洋镜呢。门卫：归还你一件东西，你阿是木子？还是令子？梦文：两个子都不是。门卫迟疑着交给一件衣裳，解释：你认不得，前面的姑娘认得，拜托了交还给她。

梦文抖开一看，是件开衩旗袍，还是真丝的，搞啥鬼名堂呀？她一溜小跑撵上令子，粗声大气：你跑啥跑。病翘脚木令子，令木子的呼唤你，离你的真名越唤越近，相中你了。令子：还不是你报唱泄漏的。梦文：不见得，他有定情物交还你呐，你看仔细了再讲。令子：不看不收，你收了，你定情吧。梦文：你抖开看上一眼吧，说不准是你原配呀。令子：一派胡言，生平第一次遇上特色。梦文：他有意，你无心，病翘脚空欢喜一场了。令子：不闹了，歌唱得变不开心，回厂吧，好想好想睏一寝了。

　　又是个礼拜天。廿九厂的扩音喇叭连读着：梦文组长，请来保卫室，有人找。会是谁呢？梦文习惯性小跑去。打眼撞见了病翘脚，还有炳叔。来头不小，小小门卫有领导作陪呢，炳叔介绍：这位是廿八厂保卫科的伍小抱科长。怪不得哟，带长的卫门者了。她捧起茶缸喝光满满一杯水，自觉叹气均匀了说：是科长呀，认得的，在没当科长前。炳叔：记错了，小抱同志进厂即是科长。梦文顺水推舟：呵，记错了，像科长记错我一样，一不是木子，二不是令子。伍小抱：晓得了，你是纺织系统出了名的先进组的组长连梦文同志，向你致敬。梦文：向你致敬，科长同志，有要事呀？小抱：小事一桩，旗袍交给主人啦？有啥反应，梦文：塞进她枕头底了，没见反应，不晓得她入眼没。炳叔：没事了。你回宿舍把令子叫来，带上旗袍。

　　梦文走得不明不白的。炳叔哪能帮腔外厂陌生人呢？炳叔是令子的炳叔，顺成了小组八姐妹的炳叔，一贯的办事暖工友的心。热衷于旗袍，戏中必定有过门呢。她在宿舍没碰上令子。姐妹告知令子在汏衣房呢，一大早的洗汏被单褥单、枕巾，汏出了紫绸花旗袍？是她先前的衣装无疑。她心一惊：早就跟奇装异服决裂，它又从哪块冒出的？搓着思着噗哧笑了，廿八厂的奇遇清晰呈出。世界不大呀，巧事自然在！梦文迎面赶来，一把夺去她手中衣。说：出洋相了，啥辰光汏起旗袍啦，等着当道具呢。令子：道具不假，我晓得用不着了。梦文：没开口讲，你哪能晓得啦！讲出来吓你一跳，病翘脚升任科长啦！令子：他行伍出身，当个科长理所当然。梦文：哟！嫌他官阶小呀。令子：不说轻重话了，科长阿是姓伍？梦文：正是，名小抱。令子：我这就去会会他，梦文：悠着点，人心隔肚皮，男人的肚皮姐妹们谁也没经历过。荣军科长烟瘾大呢，一根接一根地抽得嘴巴老老臭；眼光老老凶，盯得我呀垂头抵酥胸，老不自在的，你离他远点。令子：廿五廿六不是十五十六岁月了。风来了，不怕；雨来了，不怕；东岳庙里鬼来了，更不怕。一个荣军科长，犯得上怕吗！梦文：一副满不在乎样子，透个底好哇？省了我瞎七瞎八乱猜一气，猜不到点子上。令子：那是必须的，会见回来，一五一十诉于你。

　　荣军科长撑着拐棍，一个姿势拄立着。炳叔：这个令子，怎不守时了？来啦来啦。令子声到人到。围着科长转了一圈，又转了一圈。伍小抱青春年少廿几岁正当时呀，怎个变做四十有加的人啦？她试探：你是伍小抱真人？科长：有腿是伍小抱，没腿了还是伍小抱，用不着改名换姓。令子：枪子儿摧残人呢，催老你二十年。炳叔：旗袍呢？梦文没交代你带上。令子：用不着道具了。旗袍正宗是令子的，我认下了。小抱激动起，想举手行礼又怕丢开拐棍倒地，只说：谢谢你圆了我的生存梦，多亏了旗袍勒紧了胯部，勒存下最后一滴血，得以起血回生，看上了社会主义好光景。令子：这是你自身的造化，我和木子正好碰上了。小抱：那会儿在船上，你两个木子令子的互唤着我上心记下了。只是分不清令子木子。这一次在廿八厂，看上你面熟。看到你与梦文形影不离。听到了梦文报上令子的名，就认定了你是令子，梦文是木子了，找救命恩人心切，冒失了，向她道歉。令子想到梦文的窘境，含笑着说：你的真诚我转告她。真人木子找到了？小抱咦了一声：依靠你找呀，你两个不在一起？令子：往事了，船上一分手两人再没谋过面。对了，炳叔阿晓得木子下落。炳叔：她是苏北人，依稀记得她操里下河口音，进过卫校，进过夜校，毕业后去向不明了。你去过问下你阿妈。木子很长时段在你阿妈身旁转，相处得蛮和睦，兴许知晓木子的确切地址。小抱：有门儿，拜托了。令子：我会用心去找。她可是你贴身的救命人哪，她学了包扎，包扎了你包扎了我，提起吃枪子儿，就想起木子来了。小抱：我在廿八厂坐等喜讯了。

　　隔三岔五的，伍小抱或电话询问，或像行伍上配探子打探有无喜讯。小抱急，令子也急。盼来个休息日，她决意上岛找阿妈去。

　　横扇岛与市郊由渡轮往返，起早点，搭点黑，可当日来回。吃不准几个月份没碰面阿妈了。阿妈她田禾着手种，麦稻亲手收，饭菜动手煮，过渡个像模像样的农工了。猛一见面，令子故作惊讶：妈耶，你脸黑成紫铜菩萨了。阿妈笑了，令子跟着笑说：夸你呢，身子骨变硬梆了。阿妈：你也嫩白不到哪儿去，个桩点儿没拔高。令子：过了青葱年岁，长啥长。纺织女工一个，自食其力，丰衣足食；人人为我，我为人人；喇叭一响，出工出力；叫子吹急，你追我赶；落班归来，顶顶犯困。阿妈：女儿家家的大事难事成婚生子等着你呢，护好身子骨顶重要。炳叔托我规劝你早点轧朋友，再去钢铁厂联谊时轧上一个带给老妈子过过眼。令子：老觉得轧朋友费时费心，有空闲舒服睡一觉实惠。廿九厂新上任的卫书记大会上说，个人的事再大也是小事，多纺纱多织布是每个工人最大的事啰。阿妈：个人自然比不上上千人合伙的事大，轻重缓急得有个区分，轧朋友你过界多年，扣扣那边该放下了。炳叔讲了你定下对象，把你从梦文小组调出去，先进得太劳累了。令子：我不，姐妹八个不分你我，离不开了。当中三人加入了党的队伍，我也要！阿妈：共产党的墙头高呢，不长三头六臂难翻得进去。咦！令子说：鲍先生在世时比方过墙头高，跳进去要经过九九八十一难呢。我说为个啥？先生说女同胞一个，少了父兄三头六臂托举。阿妈：联想到就好。在厂多留意炳叔的主张，听从劝告。令子：晓得啰。妈你烊火煮饭吧，吃饱了赶船期呢。阿妈：不像个亲生女，回来一趟从不过夜，为你梳梳头发没个空闲，想馋个啥，说吧。令子：菜米粥饭呀！阿妈：粥还是饭？令子：不像粥不像饭的那种。阿妈：你呀，千年记住一碗咸酸粥饭了。她煮就了粘笃笃，厚笃笃的两不像，搅进了一调羹猪油。令子吃到佘嗓，嘴一抹，嗳出个饱膈说：阿妈阿记得木子啦？阿妈：木子露面了，唤她家来呀，多年不见，想她个好小囡了。令子：问你呢，阿晓得确切住址？阿妈：没来得及确切，木子离身了。她日常口音，江淮官话腔调，住家不出大东地界五百里。嗨！令子：苏北大平原，横亘上千里，从里下河的哪条小沟小河找得来木子哟！不找了白跑一趟。阿妈：啥叫白跑呀，菜米粥吃进狗肚里啦。令了：吃进阿妈的小猫肚里了，喵呜一声，跑路了。

令子当夜反馈了信息，廿八厂没跟进盘问。经月了，不见伍小抱动静。百日以后他光临了廿九厂，由廿八厂敲锣打鼓送来，廿九厂的头头脑脑出厂相迎。卫书记一口一个战友地唤着，说着：立过三等功的英雄，欢迎啊！廿九厂增添到十二位战友，好组建个加强班了。小抱同志从哪一支部队退下来的？小抱：从大轮上退下来的。卫书记：对对对。在船口遭土匪攻击，为了不伤旅客你没还击受了重伤。我嘛从抗美战场退下来的，上任廿九厂的书记兼厂长不久。你我经历了血与火的考验，共同把廿九厂建成全市的样板厂吧。小抱：尽力而为吧。卫书记：你的工作全由工会主席袁炳炳安排，有不到位的地方直接找我。注意，直接噢。

炳叔把保卫科从二楼迁往了底楼，方便科长上下班。住所吗，设置在门卫室。拆除了旧栅栏屋一排，改造成四间混凝土平顶屋，两间是门卫的值班值勤室，一间是科长的工作室，除去召开大型的保卫会议，科长去保卫科，平日一应在工作室理事，另一间则是科长的起居室了。厨房对半隔开，厨具简单来些，煤饼炉铁锅各一只，添上有限的碗筷瓢勺，备足了煤饼好炊事了。卫具不简单了，垒砌了一座类似于马桶的坐便器。屋顶新置了水箱，三联水管接通。如厕后，污水直泻阴沟洞了。

令子应邀相帮绗被子，目测了说：那哪搞的，男人使用女人马桶？脏煞唻！小抱没解释，拿出一沓带照片的病历册，捧给令子看。她一页页翻看，连篇的医疗术语，像是病员全身布满了病灶。要害在哪儿呢？结合着摄片解释仔细对照，令子脱口而出：你变成女儿身啦？小抱：呈给女同胞看病历，难为情呢。令子：该死的土匪，贻误了你一生。小抱：留得半截身躯、知足了。成活了后，组织上安排去向，一是回老家，由小媳妇侍奉着坐吃等死，二是进荣军医院苦度残生。我执意不肯。失去了男儿身，不能误了小媳妇，逼着她改嫁过新生活去。在荣军医院，我绝食了，要去大都市亲历新社会，新气派，我来了。令子：你路道足呢。想去廿八厂，去了；想调廿九厂，来了。小抱：我是荣军，要个横，平调而已，没沾工友的光。令子：折腾去折腾来的，图个啥？小抱：知恩图报呀，找到木子在我有生之年第一愿望。下一步，登报寻找。令子：想到一处了，有了眉目，拍电文接她去。小抱：没找到木子前，认定令子了，认定你恩人加知己。令子：弄虚作假呀。在党的人，失去原则了。小抱：旗袍作证，你呀，至少动嘴动手，在先在后地参与了。炳叔提起你积极争取入党，以此闪光点，写份证明推你一把。令子：使不得。当时在场不假，你中枪，我也中枪；你昏死，我昏迷；救助你百分之百的木子所为。作假不得，红点会变成黑点的。入党是我多年的愿望了，要用诚实劳动去争取。小抱：水到渠成走走程序的事，添加份申请书吧。当你介绍人，乐意吗？令子：求之不得呐，同志哥耶！她握住他的手使劲摇，把个残疾人摇得东倒西歪。小抱：轻点，摇倒我自动起不来的。令子扶正了他，说：忘乎所以，见笑了。哟，被头没绗完呢。她捏起大屁股绗针，利索地飞针走线。小抱：好手艺呀。令子：大来学的，纺织女工吗。

## （六十七）

五更当选贫协主任，四年多来了三级跳。村长到支书的平跳跳。由政改风吹来乡镇改造人民公社，村组改成大队小队，五更还会加上个大队长头衔。像是从县大队区小队演变而来。五更趁热扩大了党员，支委人员，队伍上转来两位，一位任村支部副书记，一位任副村长。纳新了细凤，宁身手为党员，细凤任村主任，宁身手任村会计，五更从夜校中挖来了他，为的是村委委中有个大字号读书人，自个儿多个数字文化的帮手。

村上的每次人员变动，五更如实通报于扣扣。五更的意思，亦是区政府，乡政府领导的意思。党的大门，会计职位，始终为扣扣敞开着，扣扣不为所动。多大的千千结呀，放弃阳光大道不迈？五更思不出所以然。扣扣不以为然，说：细凤根红苗正，受党的教育早，自小自力、自强，进党了强党强力。宁身手吗，看着他活蹦乱跳进党内，为组织添了文化，添了朝气。当家的，带好他哟。五更：光评价别人了，评价评价你自个儿，万事俱备，东风不缺哇。扣扣：挂镰半月有余，闲来在家憋得慌。五更：任务来了，今冬明春开挖通潮河。八棵村受领了二处土方任务。你个挖土、填土、运土门槛精的人，承头下河堤吧！扣扣：说来就来呀，来劲了！多早晚动工？五更：一处在淖河渡北河沿，排在年节后开挖。一处在苍头渡过西二十里，平地插锹改道通潮河，直通州城入长江，年前开工。扣扣：年前顶当紧，寒冰水冻日子多，延误了工期，拖来年的后腿呢。五更：可不是吗。赶不上桃花讯前通水，误一年的水利工程。必须动员全村的男劳力一齐上阵，接济不上，女劳力上。扣扣：多少劳力应多少土方？容我码算码算，再动员适当劳力。五更：索性把驻河堤开伙仓的油火柴草一并码算算。扣扣：厌烦呢，算计钱财必伤脑筋，宁身手上任会计了，发挥他吧。五更：你呀，与钱财前世里结冤了。好吧，各算各的。河堤上已在分配民宿，副村长在那儿打前站，等你码算出人数进驻呢。

当下扣扣掰着指头合计出村男劳动力一百开外，配对开挖的土方总量，只需三分之二人手。矮子里拔长子，从十八岁到四十八岁当中挑选，足足有余了。名单落实到人头后，挑选出的人群呼啦啦涌进村公所。五更过问扣扣：怎个提前集合了？讲妥的明早出发，没交代清爽。扣扣：再清爽不过了。十个人八个说明朝开工明早去，误工半天呢。三十里夜路，三个多钟点到达。夜游得笃悠悠，用不着明早急吼吼。五更：工地开昼饭，不开早饭，饿肚皮呢。民工中有带干粮的抢争着表白：公家人请放心，自带着呢。带着糯玉米圆子的人说：我一人带，够五人吃呢。五更：自带早饭的举手。还真不少，不亚于半数。扣扣：承蒙大公众劲朝一处使，遂心了，请五更支书发个令。五更：不是队伍上夜行军，发啥令呀，你领头走吧。

五更近距离看着民工走上大道。一群腿脚发力的汉子，挪步虎虎生威。有眼儿像队伍上急行军。自带的被头捆绑结实双肩背，有被头后塞着布鞋，活脱脱一副军队背包相。肩扛的铁锹似机枪，扁担似步枪，塞在腰间的泥络子像东洋鬼的格子手榴，全套队伍架势，逶迤出村公所，只差齐步跑步唤着一二三四了。

当夜入住民宿。六间民屋两副灶头，错斜着分布开。宿间里铺填着厚实麦秸草，草上覆着稻草帘，打开自带铺盖，即可人挨着人靠草而卧。扣扣忙结，靠堂门最后一个躺下。天刚蒙蒙亮时，在意有人叫门敲门，谁呢？副村长，会计来得如此早？房东有事相告？扣扣蹑手开了门，是明爹来了，三三带着大三子，小三子来了。明爹发怨：咋啦，义务出工不叫唤一声，生疏生意了。扣扣：村上订的项款。二位长者五十出头，小三子八岁，大三子十六岁，都不入项款呢，恕我赶你哩回村了。明爹：回炉烧饼一只，不回！细凤半夜催我来的。她奶着伢儿，脱不开身。要不然，开河挖沟离不开爷俩的。即便烧茶煮饭，也要插上一手。扣扣：烧煮人手编排了，六十五人中轮流使唤，每次挑五人当伙夫。明爹：当中有人不会咋办？扣扣：三人行，必有厨

188

师，民以食为天吗。明爹：倒也是。眼瞎人，也得学着烧煮，为着生存吗。明爹掏出了两张拾圆纸币提给扣扣，说：人手齐了，不再硬上四五为难你。照细凤说的办，出不了力出钱，二十块钱交于公家了。扣扣：公家不会受领的，随身带回吧。明爹：为这二十块钱，小两口犯了一场嘴。好不易捐到细凤手中交给了我，再通过我的手返还到三更手中，枉为一场了。钞票在谁手中谁做主，扣扣你看着办吧。扣扣：你交出来算完结，我再与细凤商议。你留下出力，当个固定伙夫吧。三三：说句大话，我爷仨烧煮照样得法。细崽子的口菜口饭全指望我口手传的。大三子自小成了烧煮帮手，小三子四五岁时成了大三子的帮手，年小成了烊旺柴火，鼓吹灶膛一把好手呢。扣扣：看样子爷三个想留下当伙夫，只是没床没铺没位了，只能等着副村长来，调剂到床位才有望。三三：没床没铺眍柴窠。大三子：我是在灶柴窠里长大的。小三子：灶窠里眍着不冷呢。三三：听到扣扣承头开河挖沟，爷仨连夜投奔了，小三子，快给扣扣大哥磕头。感谢大哥救急之恩，收留之德。扣扣：老黄历了，别再一天到夜挂在嘴边了。多谢先辈鲍先生所为，我只不过跑跑腿的。三三：先辈办善事具体到你哩公家人去办呀。扣扣：难为情了，我不是公家人。三三：在爷仨心里，你早成个公家人了。小三子，愣着干啥，快磕头呀！慌乱中，小三子抱住扣扣小腿，额头一个劲地朝他身上撞。扣扣拥起他，说：黑灯瞎火乱磕头，折我寿呢。好啦，留下吧，难得的烧煮高手，三三得九呢。

## （六十八）

清晨红日冉冉露脸，红光一发不可收拾，没遮没拦挤满了大地，寒东难得的小阳春。县上无意间挑了紫气东来日子，亦是八棵村民工进驻河堤的第三天，定于上午九时在苍头渡召开誓师大会。八时起，一拨拨民工扛着红旗，举着横幅涌进了会场，先到的挤满会场高台四面，后到的四野里立个脚，围了一圈又一圈，管听不管看。与台面上发话的公家人照面不照面的无关紧要，又不跟着他们攀交情，只要听得扩音喇叭声，一样的生发劲道。

喇叭响，震耳声：全县的工人阶级，民工兄弟姐妹们。我们合伙将完成一项伟大工程，开疏通潮河。东系黄海水头，西接州城长江主航道。南与长江北支水道贯通，实施江海河联通联运。到时有火轮船往返，在自家门口蹬船直达通州城，上海滩，于国于民双赢双利。水利工程伟大，民工兄弟伟大，伟大呀！

四野的民工跟着欢呼伟大。搞不清声唤的哪一个，哪一项，还是自个儿的伟大。大喇叭停顿了一下，换成了各区各乡代表表决心，比干劲，一个比一个唤得声调高。台上的公家人震撼了，一呼百应的场面，人民政府办到了，几万万同胞的一呼百应，那是气吞山河的洪流呀。只有不想干的小事，没有干不成的大事，需要因势利导的方式方法呀。公家人发话了：这次的兴修水利运动，来个比学赶帮超。乡对乡，村对村摆下红旗擂台赛，有心意摆擂台的请举手蹬台挑战。

外围的民工很少举手，直线五百米呢，举了也是白举。台领导就近指点了一个举手人。扣扣认出了是双合村的鲁九久，上得台来张口声唤：天上没有玉皇，地上没有龙王。我就是玉皇，我就是龙王。喝令三山五岳开道，我来了！台下大三子站身叫：夜校书上的，我也会背全，上台露脸去了。三三啪一记打坐下他，说：你暴露编外人员，不想吃公家饭啦。扣扣：对头，听老爹话，品台上人讲。台上鲁九久却转过身段提问领导：人多力量大，这满河堤的人群算不算工人阶级呀？扣扣想这个脑瓜子灵动的智多星也有不明确的事体（方言：事情）呀。他坐前五排，真切听得领导回话：是也不是。九久：半瓶酱油半瓶醋呀，城里的打铁炼钢，纺纱织布的工人阶级聚不拢垓多人呢。领导：农民挑泥挖沟算作民工阶层吧。九久：懂啦。大喇叭响起大嗓门：我们民工阶层，半个工人阶级呢。听共产党话，吃共产党饭，每个人每一天至少挖运三点五立方的土，才能对得起公家供给的每天二斤玉米籽。

三三听入了耳，眼睛一亮，对儿子说：听清爽了，见天二斤粮，用不着自带口粮。共产党兴事起，历来疗苦疗疾，不亏待吃辛受苦人。扣扣在想：九久的三方半土在谱呢。以五米深的河道为基础，上半层土方运堆两岸。上下脚步不多，歇歇脚的辰光多一会少一会无碍进度。两岸堆积增高后，下半层的挑运增加了爬高度，如时完成进度须加时加劲呢。擂头赛的土方基数定下，争先在于实干加巧干了。实干没得话说，每个村乡八九不离十的。巧干

190

吗？扣扣冒出了计划，一时来了兴致站起身，搓手盘算着。一旁的三三拉他坐下，说：扣扣呀，你留下一家人，我得知趣呀。小三子的二斤口粮不能要。小的吃食在两个大的碗里拣吧。扣扣：二斤粮不分到个人，统筹到集体食堂中，既是口粮，也是工钱，菜金从中出折呢。小三子拍手称快：吃公家饭啰！

　　散会时，会计宁身手相会扣扣，一脸的虔诚：运动中操办大食堂，头一回，找不着北呢，特地讨教前辈了。扣扣：同辈人，分啥前后，逼胀红烧脸呀。宁身手：五更支书说你老里八早精通会计业务，操持过几十人的大食堂，唤一声前辈不为过。扣扣：落伍了，文化底子差，这辈子追不上了。你文化深厚成功了一半，经手公家钱财不朝亲房户族袋袋里注又成功了一半。今朝开大会，半天不流汗，安排两顿饭食妥帖，成功开头了。宁身手：起步了，二步三步呢？空荡荡没个底。扣扣：半年之中完成的事，自然造个月计划，精打细算在二斤粮上做文章。首要一条不能前吃后空，一月下来多少有个结余。二斤粮的基数不厚也不薄，一日三餐，两饭一粥有保障。两顿的青菜烧豆腐，黄芽菜煮粉丝要保证。改天添个花样，田庄里的菠菜炒炒，大蒜炒炒，芋艿红烧烧，三天加顿鱼或者肉，加个耐力。主食吗，三成籼稻米，七成玉米糁子。混搭着煮成金银饭，进口香，耐着饥呢。宁身手：经验之谈呀，心中有了谱。扣扣：保障出力人吃饱后，当家人要设法节省开支了。瓜茄菜蔬，油浆柴草，尽量与本村村民做生意，按市面价买卖，双方节省了市场佣金，见天儿省下三角二角的细笔儿账。一百多天呢，积成三五十块了。宁身手：不算不知道一算吓一跳呢。扣扣：我看了第二土方段，以掏河底为主，把水抽到半腰身时，找两个捞鱼摸蟹能手捕捞。大冬天，鱼蟹进了管涌洞冬眠，一捉一个准。伙房的大三子有这能耐，七八岁时冷冻天下河练身摸鱼，练就了一身不怕凉的身肌，河中有鱼，没有他抓摸不上的，通潮河海鱼河鱼戏潮的又多，螺蛳蛏子也多，河水抽干后，螺蛳躺在淤泥中，活像布满夜空的星星，天上水中对眼炫耀个数。这螺精灵还有点不服输的脾性。今朝捉光了它，几天又补位爬满了河滩。光这两项，自力更生来的菜金，不是个小数目了。宁身手：头三脚心中有底了。

　　一个月后，两人在一起交换得失。宁身手：流动红旗，争了个平交。我村与双合村鲁九久各得两礼拜的红旗。扣扣：双合村如鱼得水，半道上换了鲁九久当支书，后进一下子变先进了。宁身手：下阶段半个月一争，四个村争一面红旗，难度大了，想不出从哪方面突破，听听前辈高见。扣扣：小伙子，比学赶超，衣食住行，你操办的有条有理了。九个钟点的全天劳动时不能突破，集体伙食油水足干劲足突破不了，增加劳动力螺蛳壳里施展不开。宁身手：只有依靠现有民工发力了。扣扣：笨办法有一个。老辈人说饱一膛顿饿一饥，半饱半饿没力气，七分饱三分饥，推车挑担快如飞。我也有意经历过，吃太饱了干活不来劲。宁身手：你的意思把吃饭与干活调配到最大公约数。扣扣：正是。文化人发力了。宁身手：当中有个难题。不能限量供应，要求民工吃七分饱呀。扣扣：这就要求我们之间合约呀。比如：改变劳动时间，吃饭时间，早餐不变，中餐在十一点前用完，不要吃太饱。下昼在二时三时间增添二到三只菜馒头。这样劳动时间稳定在最大公约数中。宁身手：你策划得蛮有条理了。扣扣：只能试试儿交易，你得合计一下是否增加开支。宁身手：增加有限，一月下来账面上节省到十八块七角钱呢。扣扣：接下去还会节余的，在民工队伍中成个副业小组，由大三子、小三子专职捕鱼，在指挥部分时段抽水时，小组全程跟上。宁身手：兄弟村的河段。他们好自个儿捕的。扣扣：齐腰深的水位，没人敌得了大三子，下水不出半个钟点，手指冻僵硬，别说抓鱼，连双筷子也抓不牢了。宁身手：用船用网呀。扣扣：河水分分秒秒抽走变少，行不成船，撒不下网，只能瞅准时机抓捕。鱼精灵顺水淌逆水游的都有，不捉拿，它跃坝埂，跨网坝，蹦蹦跳跳入了大海，逃不走的射进两壁管涌洞淌平等不来涨水，干瘪死去。不乘机抓活的，白白浪费资源，可惜了。宁身手：好事一桩呀，趁早逐级汇报上去，请指挥部协调好，鱼捕多了，市场价八折出售给兄弟村，大公众饱饱口福。扣扣：对折吧，互相有个赚头满心欢喜。宁身手：好来，薄利多销。副业组的利润成败翻番皆有可能，民工们大多是家庭的当家人。他们在河堤上吃着国家粮，他们的家小也该吃上国家糖。用点节余，买点糖果，分发大人小囡甜甜嘴。扣扣：用心于民，难为你想到了，甜甜嘴放在年档中进行。眼下，急需这笔钱置买劳保用鞋。数九天雨雪说来就到，橡胶制的水鞋少不了，还得是高帮，鞋底加爬钉的那种。接下去挖掘底层土方，光光照的天色也拖泥带水湿漉漉的。平底布鞋咬不住淖泥，粘滞滞一步一个滑塌，费劳力，拖后腿。遇雨雪天色只能停工歇肩，谈不上进度，争不上红旗了。宁身手：雨中送鞋比送伞着重，伞用蓑衣代水鞋没法代，优先置买，着手过问每个民工的脚码吧。扣扣：用不着人手买一双。入驻河堤的民工中，十九人的家中有自备水鞋。他们是在村种藕种菱角种水芹种芋芳种水稻淌水田的户主。外加下小海的八户该有水鞋，拢共二十七双，只需置买三十三双，求得公平。至完工分红时，补上二十七双的水鞋钱。我讨访了抱山街，余镇的供销社，齐声一口价，高帮套鞋见双一块八角，乘以三十三，急需资金六十元！宁身手：缺口大呢，攒足这笔钱，少则少二月呢。扣扣：雨雪不等人，挪东家补西家吧。我去盐场工人家中揩揩，你向你堂弟宁手脚开声口，郎中日日进财的，两人备借二十块钱补上。宁身手：没二话，开口钱到。扣扣：比你还爽，钱已在我手中攒着呢，只需回村与主家打声招呼了。

# （六十九）

大三子身背一只筐笭，小三子手提一只大篮，一个在水中，一个在岸上。大三子抓满筐笭，接手把鱼倒进小三子的大篮。三个来回大篮满鱼，两兄弟各拎一边篮环，哼唷哼唷拎回驻地。扣扣指点大三子，不可恋鱼，见好就收，虽练就一身的冬泳肌肤，正在长经骨，不可在冷水里长时段泡着。

连着三日，小哥俩进行工地时，民工们自卸担子歇脚十分钟，像观看小搏戏，挤上鱼篮跟前，啧啧称赞捉鱼功夫，胜过水老鸦呢，有啥秘籍传教传教。大三子：碰巧到水头浅，鱼头多，抓起来轻巧。若在水头深鱼头少的河浜中，两个种点抓不来一碗猫儿鱼呢。民工自嘲：蛇配花子捉，鱼配大三子抓，这身不怕冻的硬功夫龙王配送呢，凡人学不上身，推车挑担的命哟。起担了，号子声四下溢去。

大三子学着宁会计的昨日口气，说：黑鱼外卖，鲫鱼自消了。扣扣没回声，双眼盯着盖着鱼篮的一只包包追问：哪来的？小三子说：大三子从河浜中扔上岸。我只当是捉到只甲鱼，乖乖！盖板脸盆大呢？翻来看是只包包，撕扯撕扯蛮牢固，来年我进学堂当书包用呢。扣扣：在哪股河段捞起的？大三子：苍头渡朝东五里路吧，在一个二尺深的靠岸鱼洞中。小三子：岸边一溜白果树的地方。扣扣：对上号了。大三子：对上啥号？今朝的鱼卖不卖啦？扣扣：自消了，全都送去伙房，一起去劁鱼，今晚开大荤。小三子欢跃：双喜附身上，有鱼吃，有书包用，上学不愁了。扣扣搂住了小三子，说：小哥俩帮我解开了一块心结，多谢了。这只包包是个革命先辈散失在通潮河的，比书包金贵几十倍。我侪后来人有义务保存好，留作念想。上学的书包，扣叔为你置买，外加带铅笔的文具盒一只，助你心意满满进学堂。学先辈们，认得万字，识得大体，去践行天下。

夜到了，河堤上的大喇叭发话：今夜到白天有暴风雪，提请各乡各村防冻防失。这一唤，热了扣扣的心。八棵村争先进夺红旗的机会大着了。进得河堤，他与长顺一直绑牢着，长顺拉下的土方量，有心限日限量包消了。怎奈长顺无预感的怠工防不胜防，无奈的拖了集体后腿。指挥部规定不准夜间补工，一为安全二为公平。白天补工不限，时段有限呀。唯有风雨再大的白天也是白天。斗笠蓑衣上头上身，高帮套鞋上脚，补工任意了。

扣扣眍了个夜心，冒着风雨朝余镇供销社赶路。他要尽快地拿回水鞋，少耽搁民工的补工。先前与供销社接洽过，在手的钱，现进的货，一手交钱，一手交货。他一早敲开了供销社的门。三十三双水鞋，分两只麻袋装，临时搓根布条筋，把两只麻袋拴成褡裢状，甩上肩试着跳步走。几十斤的重量，与两络子淖泥差远了，跳时拽紧后袋，不打屁股，不打腿弯子。结算账时，出了状况，现金不够了。会计交给了三十八块七角，自个挪用明爹二十块，拢共五十八块七角。三十三双水鞋折算现金五十九块四角，缺额七角。两个马大哈估摸了大数，失算了小数，该打手心呢。扣扣说：买个五斤重的猪头饶给二两肉呢。三十三双饶一双不会过吧。员工说：国家牌价，不可能。没得讨价还价余地。扣扣：我们是集体行为。员工：集体下面是个体，不好揩国家老油的。话到这份上，扣扣打消了打折的念头，浑身搜寻抵物。员工：要不，写张欠条吧，今天送到。扣扣：不用了。国家、集体、个体都得讲个顶真，免得在钱字上动手脚出纰漏。不为难了，退下一双吧，明朝天好指配个小朋友来买，见钱发货吧。

扣扣紧要的是时间，通潮河断了水，苍头渡歇了船，裸露的十里河床，任何一处能过河。扣扣有意从五棵白果树的地方穿越。他要经历包包藏身地段，看看包包身在的管涌洞。风雨交加之中，他仿佛觉得徐浩没走远，同志哥日日夜夜牵挂着同志弟呢。扣扣呀，游河去要保存好公文包，当中存放着你的进党申请书，丢弃了，没啥凭证进党了。游水时，你是公文包的当手人了，晓得包中有我写给母亲的亲笔信和撕去一半页数的圣经书。母亲已多年收不到约定信了。一定早早晚晚依靠在屋前的桂花树下，手搭凉棚盼儿归呢。拜托了，当事人兄弟，有可能，代我把包交还给妈妈吧。

千里万里呢，五盘、六盘的盘山路，进口在哪儿呢？同志哥放下心，你的亲娘妈妈，也是我的亲娘妈妈，待我攒足了盘缠钱，踩着千里万里，定能找到进口，向认同的娘亲三磕九拜，了却哥的生前心愿。兄弟情谊，记入经书逢年过节祭拜兄弟，同志弟说到做到。

## （七十）

扣扣赶回河堤，十里长堤大片沉寂，稀落的人员在补工补缺。在八棵村全员蓑衣水鞋武装后，扛着彩旗出工，号声唤得应天响，欲与天公试比高。看在眼里的邻村，歇不住了。这还了得，你追我赶的场面，不怕慢，就怕站，站一站，两方半，站上一个时辰，半天赶不上，还争哪家子的红旗！雨雪稍有细疏，人员纷纷冒出来赶进度。怎耐雨雪住了，脚下水渍还在。草鞋布鞋三拐二扭的搅成个淖泥塘。出脚重的，滚成个大元宝，出脚轻了，使不上劲汗不上身，热不上脚，冷冰冰的吃辛受冻，顾着温度顾不上进度了。

二场雨雪过后，三个来回下来，八棵村通吃了抱山街，夺得三面红旗，同时为抱山街争取了全县先进。双合村的鲁九久专程找钮扣扣取经，说：当事人五更支书谋划得好哇，不露身不露脸的比亲力亲为的我高出一截。乡里县里挂上号了。宁身手纠正：扣扣前辈出的好主意。九久：想当然的是他了。一双水鞋值千金呢。我也考虑到雨雪天，水鞋。客观上资金不足，筹集难，主观上押宝在大公众的万众一心加决心上。干劲冲雨雪，赤脚成大仙，没过不去的坎，实践后成了教训，唤着光脚的不怕穿鞋的，那是二愣子的话。还是心里亮堂堂，脚下暖烘烘，脚踏实地稳妥。宁身手：贵村雨雪天没歇工呀，穿布鞋，水鞋的；掉草鞋的，光脚板的，花插着跑淖泥路呢。九久：学着你村跟帮上，插花插在脚后跟插不上，为时晚矣。进度落下一大截，年节前追赶不上了，来年再话。学着好朋友多个心眼，誓与八棵村争高低。扣扣：鲁支书样样亲力亲为，来年定会亲出个红旗村来。九久：托你的福言，节后见。

扣扣腊月廿九归的家。衣香浸泡他的换洗衣裳，睃见了公文包，说：强生书包买来啦？哟！二手包呀。扣扣：不是书包是公文包。正月初十开学，节后买不迟。一起买三只，小三子一只，顺生一只。衣香：二婶娘意想住进长花家，顺生也带去，哪块进学堂？扣扣：遂她意来定。顺生在哪上学书包要买一只的。两个侄儿开口闭口叔爹的唤着。开学日，看好一人一只书包背着，开开心心去上学。衣香：二婶娘顺生走了，长顺呢，顺不顺呀？扣扣：那块儿是菜园村，长顺顺不了那些细活，还得跟着我做些直头杠子活。衣香：二婶娘的主意，不听也罢，她一直听你的，定下来吧。扣扣：河堤上忙，住家也忙。眼睛一眨，过年节了，菜备下了？衣香：齐了，没有个多也有个少。祖宗为大，烧经祭祖小菜第一手备下了。

钮家祭祖烧经定在大年三十平昼午时前祭毕。以扣扣衣香名义立下门户后，黄方纸上书写经书全靠扣扣亲力亲为。上传到太爷太婆，太姥爷，太姥姥；爷爷奶奶，姥爷姥姥；亲爹亲娘，丈人丈母三代。当中大婶娘，衣香的生母健在，免写进经书。强强不在了，小强生单独立个小门户，祭拜亡父。每每念祭辰光，母子俩眼泪滋滋的，哭诉着强强没能成寿，只在阳间度过二十一个春秋。扣扣感叹：千千万万个烈士，有几个成全了阳寿的。和平年代了，人均寿命年年增高，祭拜先烈们跟着共和国一齐长大吧。

扣扣抄写着经书突然歇了手，找来衣香说事：省写强强的独张经书了，由我承头祭祀强强哥：视鲍枫为大哥，徐浩为二哥，强强为三哥。统招为亲房户族，逢年过节统写经书祭祀。衣香：你疯啦！同辈不称祖祭拜，逆天道了。招来外姓人入家谱。老祖宗怪罪下来，招报应的。扣扣：不至于吧，市面上领养过继，招婿为子，立契承祠的多了去啦。大哥二哥有胆有识，慈目清纯，家来家去的带来福分呢。衣香：说得上等的好，当成菩萨请进来呗，你另立个门户招领。我与强生归一个门户，专门招领强强。扣扣：合一个门户，免了强生逢年过节念经苦口苦心，撕扯老的小的心。衣香：也是个好，随你了，有朝一日令子出现了，你得和她成全门户，共同孝敬大哥二哥，扣扣：是我俩的大哥二哥，不是她的，不能搞错。衣香：大哥是你俩的先生，二哥是你俩的同志。你说的志同道也合呢。扣扣：多早晚说过呀？衣香：有年头了，你从城里拎回只藤条箱归家，兴致勃勃找出了两本共产党的书，说水落石出了，你和令子成同学同志了。扣扣：说者无意，听者有心了。衣香：同学同志阿是两个人同吃一锅粥饭，心往一处想，劲往一处使，相互留着念想，你与令子同志留着念想吧。我和强生同志留着对强强的念想。诶，娘儿俩该是个同学还是同志呀？扣扣扑哧笑了：是也不是，一应全是。

扣扣手忙脚乱忙活了一天。见天大年三十了，当家人该备的备齐了，剩下梳理全年的经济交往账目：借出的收了没，借进的还了没，还不出收不来的欠账去零成整，重新开条见数，且在守岁前完成。否则，年债变了陈债，来年应了陈债不清，新债不理的风俗，两家互相帮忙的好朋友变成路人了。扣扣逐个找家庭成员澄清，清爽得很，就剩下明爹的廿块钱没个交代了。

扣扣来到细凤家。细凤摇着寠篮助伢儿入睡。扣扣：家人呢，细凤：明爹书写了几副春联，送给邻居张贴，瞎娘拽着明爹后襟跟凑闹热了。三更邻村要债了，吃着昼饭愣地记起为工友捎回来五斤食盐，填钱结没结清？硬要去对对真，说兴许讨来额外收入呢。我说你要跑脚筋开臭口，工友咬定结清了，自讨丑相呢。他说没结清呢，不要白不要了。我说你呀生怕一钱落海，双手握空了。几角钱的来去，权当买的不是盐，买的糖果送伢儿了，工友间，抠门抠到家了。扣扣站着听。细凤：你坐呀，也来清债的。扣扣：来交代的。你托明爹填支的二十块钱被挪用了，待河堤完工，结账时一并归还。细凤：讲明了没出力，出钱的，你用了，等于我用了，一家子不说两家话。扣扣：乱说乱话了，三更听了头大。细凤：正经话，我俩合起来代表公家，他单个代表私家，头虯肿得笆斗大活该。二十块钱留作集体坐底资金吧。宁会计起步难，不能空手拨拉算盘。扣扣：可行。慢慢结累几年，积家底了，该归还的归还你，细凤：不用了。我这是一报回一报，明爹治眼疾，余区长送来的二十块钱，事后归还时，他说泼出的水，收不回了。本意是资助，不是借款，初心不能改。我的初心同样不能改。扣扣：没名没宕的不成个流水账，宁会计总得在账面上添上一笔，×年×月×日三更家庭赞助集体二十块钱正。细凤：画蛇添足万万不可，抹光了的好。三更他把日常开销，分成内销外销。内销只有我与他加伢儿三个，不记账，外销连明爹瞎妈纳进行列。人情花费，朋友往来，请客送礼等的大笔费用记录在案，一旦变更，他把外销改成了外债，他说不是你和伢儿用的统统是外债了。扣扣：心思用在求钱问舍上，活得累呀，三更没个其他爱好。细凤：没见过。问他男子汉如此抠门，钻进钱眼里图个啥？他说图个钱呀，小辰光穷怕了，袋袋里瘪笃笃，会穷死的。他爹一个子儿不花子女身，他记恨他爹，不认爹。他要挣钱用在儿女身上，让下代记下他个好。扣扣：有担当呀。细凤：面子光标着呢，骨子里一心争夺一家之主。说啥男人不当家，床倒屋子塌。他这辈子梦想去争当一方财主，一个响当当地的万元户，只为出人头地，捎带着光宗耀祖。扣扣：抱负不凡呀。细凤：自命不凡噢。淖泥路一条，走起来滑滞滑塌也不觉察，懒得搀扶呢。他用心机对我，我也可用心机对他，在生育时段里，有心唤着女人生养是条坎，生下小团一口变两口，营养跟上不惧个多，鱼啊、肉啊、蛋啊敞开肚皮吃，是个大丈夫的得摊开手心，供老婆儿女包吃包用。一月多下来，挤兑他直呼吃不消，一月用去三月工钱了。实则，只在礼拜天他在家时着意大吃大喝一顿，鸡蛋红糖茶五个一碗，实在咽不下动个手脚供给明爹瞎妈，人一走，忌口荤腥了。挤出的钱积少成多，内销变外债了。扣扣：真不可传上三更耳。必须告知会计，不外传，不计账或借个代号记上账。你我自肚里明白。细凤：宜早不宜迟，年前不拖后。扣扣：这就找会计敲定去。细凤：慢着，有桩事体告知一声，上海的纺织厂邮来外调涵，询问我村果有袁令子这个人？若有请如实反映她的政治面目。五更把信函丢在无事间里。我说有没有你该走访回个话呀。五更说全村压根儿没有一家袁姓，走访谁去。多一事不如少一事，回个话查无此人，退回。我寻思着会不会是搞错了姓字的东令子呢。若是真人，那儿的一级组织为啥调查她的真实身份呢。扣扣沉思着：十有八九真的。令子家分成两处后，娘儿俩的落户定居，进厂纺织全是炳叔一手操持的，当中，为方便起见，兴许为她改了姓。细凤：核查她，一定摊上大事了。扣扣：进入党组织的大事呗，两年前，我去找她拿回鲍先生的藤条箱时，她正在进步的兴头上，两人击掌比试谁先加入组织呢。细凤：当然你在先了，哈哈！你松口了，过了节通报余区长去。扣扣：莫急，顺其自然吧，忙过挑泥挖沟这阵子，令子那边恐怕没恁顺利，单就她的家庭出身海外关系这一关，核调不会一次两次的。函调没成，会来人调。到时，我两个为她说道说道早期的进步表现。细凤：早期的，表现在哪？扣扣：不晓得吧，就像我你的当初进步一样。早期令子也是鲍先生着意培养的听课学生，互相不知你我她，私下里传阅着鲍先生调剂的思想开盲小册子。细凤：是《共产党宣言》，《共产主义 ABC》小册子？扣扣：还有《湖南农民运动考察报告》《中国革命与中国共产党》。细凤：为了共同安全，学生相互不照面，不知底细，鲍先生用心良苦哇。扣扣：还原了令子的真实面貌。她的家庭是座山无法更改，一贯表现中为她加分弥补。细凤：经手人鲍先生走了，我俩人算旁证者轻，难入大城市外调者的笔尖呢。扣扣：讲出来在我俩，听不听在他们，愿令子单位多些个鲍先生这样的长者，用心提携年轻人吧。

# （七十一）

扣扣估摸得八九没离十，令子正在争取加入党的组织。

梦文班组姐妹八个四个入了党，占比百分之五十了。令子自我比忖：一贯表现不会落后一半以下吧？她三次提交了申请书。炳叔看了宽慰：思想政治上的进步急不得，组织上发展党员须等待时机成熟，成熟一批发展一批。暂不成熟时，换个思路吧，生活太清苦了。听进你妈的话语，找个朋友，组建个家庭，善待好自身，也是一种人生进步。令子明了炳叔的用心，着意她家庭事业同步前行。可她一时办不到哇！扣扣的风筝线挣断以后，无意间关闭了谈朋友的窗口。她的乐趣，她的爱好，她的向望，全融化进快活的梦文小组了。炳叔再二三地旁敲退堂鼓，令子清晰了前行的阻力，固定在她的没法选择的出身上。曾记得鲍枫先辈为这单独讲了一课，讲到一个改名彭湃的先驱，出身豪门，变卖了几十万家当交党，脱胎换骨闹革命。先烈办到，令子也能呀。时机来到，政府号召市民捐款捐物支援抗美援朝，令子星夜赶到亲妈身旁，执意捐出全部的金钱首饰。亲妈说：就这点家私了囤牢点防防老的。令子：养老有我呢，捐给志愿军买坦克造大炮在正道上。妈说晓得，上传下代也该留两件念物。令子：娘儿俩一人留一件，妈你做主留吧。亲妈：东家七兄妹定做的人手一只钻戒得留下，再留一只开心萝卜钻戒吧，是你充当了十年假小子，转做女儿身时为娘定制亲手戴上你手的。令子：你呢，得留下一件，改留三件吧。亲妈：板条板块锞子金没人喜见了，留件双玉婵首饰吧，是亲妈，也是你的外婆亲手套在我两只手腕上出阁的，留下来等你出阁呢。令子欢叫一声亲妈爽快，顷刻倾倒了首饰袋，拣出了三件。其他的手上戴的戒指，颈上挂的项链，耳洞吊的耳环，腕上套的手镯，与南亚生意人交易来的脚链脚环，贴着肚皮的木钱锁片，再与锞子金包包掬掬到一起。翌日清早，乘坐头班渡轮赶在上班时，捐赠物放上炳叔办公桌。令子说：捐了！没个多也有个少，炳叔验收吧。炳叔：交到捐献办去。实物无价呀，你得去淮国旧折成实价再一五一十地登记。令子不解：淮国旧，哪儿呀？炳叔：淮海路贸易依托公司旧货商店。令子：懂了，旧社会的典当行。炳叔：也对也不对，快去估价吧。

在贸易旧店，几个店务员翻看了一通。识货的划出了价码，不识货的拣到一边，由店主任发话：先前的大户人家吧，看花眼的半对半呢，锞子板条国有牌价，称重计价。这些玉儿钻儿混金儿，多有舶来品，认不出成色，捎回吧。令子：三钱变二钱打个折吧，兑成钱好配上大用场。店主：商行讲究个买卖公平，估高国家吃亏，估底个人吃亏，有些个不起眼的小玩件，万一是件传世之宝，你就亏大了。令子：不估价值，奉献国家吧。店主：公平买卖吗，这块是贸易商店，不是捐赠机构。令子只能结了收货的现账，捎回了退货。回厂里添上当月的工资，添成了整数——一万块钱，捐了！那一刻，她像泡了个温堂澡，浑身的惬意劲哟，兑现了！兑现了鲍先生的嘱咐，学着前辈脱胎换骨了。只是剩下的玩儿掂在手中有点儿沉甸甸的，像意着留条尾巴呢。她把它丢进了衣包箱，一存遗忘了几年。

今又翻出了它，深感意外——应该老里八早归还亲妈的。好在亲妈意外地出现在眼前，难得的进城来了。令子惊喜：妈耶！哪能晓得我想你了，省得我跑一趟了。亲妈：啥事体呢？令子提给了玩儿袋袋，说：金银财宝，送还你了。亲妈看了，悄悄话：捐了，怎个又回炉了。令子：能收的都收了，没法收的退回了。放在箱子里厢刚刚想起来。亲妈：哟，退还得不少呢。一年多前像你说的成了无产阶级，眼下又变回资产阶级了。令子：这些小东西不成阶级的，拿回吧。亲妈：不能回呢，你炳叔传话我的，这俩日工会组织与钢铁厂的联谊会，让我帮你相亲对对眼。令子：轧轧闹猛的，不要当真。弄假成戏了会出洋相的。亲妈：你这口气依旧没这份心思，我只看不相可以哇。令子默认了，带着妈满厂逛。伍小抱科长撞见了娘俩，执意自掏饭票请吃便餐。来由吗？认定了木子令子救助了他，在场的令子妈同样是恩人了。饭间，令子叹开了烦恼。小抱：生活工作互不矛盾的。申请书交谁啦？令子：交炳叔，他说要等等，再等等，交了三份了。小抱：不是他扶持年轻人的一贯作风呀，也许他对亲属要求严格吧。不要气馁，包在我身上，当你的第一介绍人，直接找卫书记摊牌。令子：使不得，这是我的事呀，你找卫书记摊牌褪裤子，不合情理的。小抱：你是哪壶不开提哪壶。人都有内急时，是迫不得已而为之。令子：如此说来，是真的了。我还以为姐妹们编把戏作弄你呢。

　　那是小抱调进廿九厂半年加了。申请提交卫书记，要求在自个的内室中建造座位厕所，方便他拉屎撒尿坐立自如，省去门卫额外相帮的负担。卫书记阅了申请快快不悦：伍小抱同志，你说廿九厂有熟人，调进有个照应，我爽快同意了。专门为你打造了内室，配备了助手，又来申请陶瓷便器，得寸进尺了你。小抱：不讲究材质。高腰一尺，能坐得稳站得起的就行。卫书记：独门享用坐厕够讲究了，又要增高一尺，还得量身定做，满街的去寻找，烦不烦呀，我的同志哥，是个战场英雄，胃口忒大了吧。小抱：经过战事，不是英雄是狗熊，没打出一发子弹，被对手撂倒了，撂成了阴阳人，享用个高腰坐器，组织上应该给予的。卫书记：凭啥呀！你我是党员老同志了，党和人民给足了名誉、职位、待遇，再伸手，无理了。小包：凭啥！凭交裆，你不见交裆不松口，褪下裤子见分晓。卫书记：你要挟组织，变狗熊变刺头了，胡来要负纪律责任的。卫书记兼任卫厂长的老革命遇上了新问题。狗熊真个地当面褪露了下身。刺头货经历过人生轮回，豁出去了。卫书记瞟了一眼，伍小抱的下身少了男人的主件，像时鸣钟的架位上少了只摇摆锤，空荡荡的，只现一粒蚕头大的出尿口，男不男女不女的。卫书记：男女不分呀。小抱：绝对是个男人。若是女人，当着男人的面褪裤子。两人当中必有一个是流氓。卫书记：是男人不假，不能结婚了。小抱：你猜中了，老婆被我赶跑了。没得见面礼送给她，凑合着死要面子活受罪呢，一个阴阳人，腿脚又废了，不能站着尿，蹲着屙。进男厕不便，进女厕不能。只能恩求组织照顾，开小灶了。卫书记噗哧笑了：还开小灶呢，如厕进酒肆馆呀，亏你说得出，脱得出。小抱：不脱不成交嘛。卫书记：革命革去了命根子。眼见为实，应当照顾，这就电话通知基建科去采购高出一尺腰的坐便器——事件结束。

令子：褪了裤子，名声大了。卫书记也敬畏你，依着你。小抱：离谱三十里了，卫书记从志愿军队伍转来的，身上伤疤累累原则性强，你提出了发展廿九厂的真言，他句句听得进。为自个争福利，争待遇，占集体便宜的谎言，他立马回绝。紧要火候，关你禁闭，停你工作。令子：怪吓人的，队伍上作风阿是这样，可不敢拣你走歪道了。小抱：你走的年轻人渴望进步的光明大道。这条道帮你走定了，坐等好消息吧。

隔一天，小抱领回了入党志愿表。挥舞着炫唤：弟妹，怎样，火车不是推的，牛皮不是吹的。亲哥出马，一个顶俩。令子：认你亲哥了，犒劳犒劳你，想吃啥想准了。小抱：人生进步大事，不谈吃喝，也是你的自身努力，水到渠成了。卫书记说梦文小组成员要求进步，一路绿灯，马上吩咐组织干事发了志愿表。弟妹，填写吧。令子：恁快呀。炳叔晓得哇？叮嘱过这事由他过目处理的。小抱：恐怕暂时不晓得，早晚会晓得，当紧自己抓紧，一个礼拜中得交给组织，卫书记性子急，督办的事不超过七天时段。

三天了，炳叔无动于衷。五天时，保卫科长气冲冲找上令子。说：袁炳炳是你亲叔吗？今日厂务会上，他提出把你调出梦文小组，这不是脚踏车蹬坡断链条吗！令子：静静心，细说来。小抱：厂务会上卫书记说廿八厂廿九厂扛上了，再吹冲锋号，在气势上压倒对手，号召车间班组自讨苦吃，加班加码。打铁，种田出身的兄弟姐妹们，旧社会吃尽了人间辛苦，为社会主义再吃回二遍苦。炳叔：不能加码了，工作辛苦到尽头了。拿细纱车间说事，梦文小组个个当班至四十八支纱绽了。先前的东洋细纱厂，挡车工顶多当班二十支纱绽胖足了，一半份额也不到。卫书记：那时劳资双方相互对立，劳工消极怠工，弄不好罢工呢，哪能与当家作主的工人相比。袁炳炳：是呀，兄弟姐妹们挥洒着一腔热血，耿耿报效着国家的，也是自个的企业，我们不能无休止透支她们血汗。梦文小组的袁令子，卞小小，两人唤叫十二个钟点也睡不醒，身心疲惫的真实写照呀。在此厂务会上，我提出把两人调出梦文小组，适时做点另工，休养生息一阵子，免得厂内病号增多，七嘴八舌埋怨我们这些当领导的，抓住黄牛当马骑。又要马儿不吃草，又要马儿跑得好，成铁石心肠一个，资本家的帮凶引了。卫书记：工会主席同志，注意你的言行。屁股坐上资产阶级的火山口，小心烫焦着。"大跃进"年代，不进则退，一般的班组暂不加码，梦文小组要加压，百里挑一的技术能手一个不能少。她们争当全市的劳模班组已上报市政府了，单等批复下来，打造成清一色的党员班组，走向全国。

令子催促小抱：别打顿，接下文呀。梦文小组是炳叔一手组成的，调换个人他有发言权。小抱：你炳叔没再发言，拍着双手结束了卫书记的讲话，结束了厂务会，令子：后来呢，结论？小抱：后来得抓紧找你炳叔填写志愿表格去，只剩下两天时段了。

令子走进工会办公室，看到炳叔审视着的表格正是她的志愿书。炳叔：来得及时，保卫科长传的话吧。坐下来，细听我教你填表。他一番糯笃笃吴侬软语，一改几天前接令子申请书的凝重神态，不像是受了卫书记的批评，像是被表扬了。他说：机会终于来了，先前的我不热心，晓得为啥吗？令子：横着家庭出身呗。炳叔：侄女成熟了，新社会把握出身成分高的进入先锋队，必须为社会主义做出了重大贡献，迈进了直辖市的先进劳模行列，可以填志愿了。在家庭出身栏目填上贫农，备注：新中国成立前是地主。姓名：袁令子，曾用名：东令子。家庭成员：亲妈、继妈、继父，农民出身。亲爸地主资本家身份，失联下落不明。备注：新中国成立前脱离了父女关系。这些个摆在眼前的事实如实填写。成分变更，父女分离，我是亲目所睹，亲手操办。我会详细书一份说明呈给组织，时间蛮紧的，连夜与保卫科长草稿出来。他热心当你的介绍人，你的重在表现他看得真切，救治解放军伤员又是救的他，他会如实证明的。裸捐抗美援朝我作证明，对共产党的认知，向往，忠诚的心路行程，自个儿如实写上志愿书。令子：新中国成立前开始了，十六岁时听了鲍先生的第一堂党课。炳叔：重大表现啊！听的老前辈鲍枫烈士的课呀。令子：前后两年不到吧，听了十几节的课。讲了共产党的真情，共产党的初心，忆起来还历历在目。先生承诺过适当时机举荐我加入组织，只是他走得突然，没能实现，留下来党的种子深深栽培在心里。炳叔：侄女呀，我低估了你的觉悟，想当然地认为你根基不牢在轧闹猛，随大流。却原来，满腔热情的孜孜追求，是你的真情流露哇。记住了，加入组织的过程，也是考验你的过程。要预估到有退步，有个别环节出纰漏，会拒你于门外，不能记恨组织不公。令子：晓得咯。

她默默聆听了，又原意不落传给了伍小抱。他说：填写这份志愿书蛮棘手的，毛病出在你是个大家闺秀，难怪炳叔要把你调离梦文小组迟迟下不了决心。令子：你也不看好了？小抱：我看你的一贯表现不看你的家庭出身。令子：地主资本家，没个人近他们身的。我天生贴着无法，要不你和炳叔把我放弃吧。小抱：机会来了不可轻言放弃。我豁出半条身子圆你的梦，填好志愿书是关键一环。你从没落地主过继到贫农家庭，日期没定准，新中国成立前还是新中国成立后。令子：正在解放中，前后有讲究吗？小抱：讲究大呢，新中国成立前过继属正常过继，土地没改革不分地主贫农。新中国成立后过继，麻烦来了，怀疑你有篡改成分逃避改造之嫌。想仔细啰！在前？在后？上海的解放日期是一九四九年三月十八日，对照对照。令子拍了脑门肯定：在新中国成立前，我与亲妈在岛上定居半月了，炳叔跑回了老家，见了乡亲又握手又是拥抱的，欢呼解放了，上海解放了，兴奋劲头盖过了众乡亲。我也从中证实了炳叔是位共产党员无疑了，开心啊。在我生辈中，为有个共产党员的爷叔备感自豪，陪着手舞足蹈来着。小抱：新中国成立前半月该是四九年的三月三日上巳节，定下来吧？令子：行吧，至多相差一两日。小抱：周全点，接受组织的审查，来不得半点点虚假。我在廿八厂时，有个童年进厂的愣头小伙，在过读他的入团志愿书时，把开篇第三句拥护共产党的领导，读成了我是共产党的领导，惹得来没获通过，小伙子至今闷闷不乐。令子：你解放军出身，解放人的，应该解放解放他。小抱：那是肯定的，时间未到，眼下先解放你。俩人拟就了草稿，已是又一日的清晨了。令子：宝宝落地了，我送去炳叔过目。小抱：内容照他意思填写的，先送给卫书记吧，听听他有啥指点再修改。今朝第七天了，过了时限送不进了。令子：辛苦你了，领路大哥一个。

小抱呈上草稿，卫书记接手摆进文件夹，说：当兵的人就是不一样，守时如令。小抱：书记你百忙中先看个大概吧，勤务兵等着你的指令，好填写志愿书呢。卫书记：军人等着授令开仗呀，告你个喜讯，市政府批复了梦文小组为全市的劳模群体了，廿九厂的党委厂部重点突破的路子走对了。接下去，全面培养小组成员入党。小抱：呈上令子的志愿书正当时。卫书记：往往赶早不如赶得巧呢。组织部门对小组成员的家庭背景，社会关系的考察半年前开始了，反馈来的信息基本属实。只有令子的家庭出身不明朗。送来的正好，正要摸个底细呢。

九页纸的草稿翻完，卫书记抬头见了小抱：你没走哇？小抱：走不开呀，事关一个人的政治生命，等你回话呢。卫书记：令子的家庭关系吓人的复杂，越描越不明朗了。她的亲爹地主份子一个，失联是死了还是逃了，逃又逃至何处。令子出身地在江北，为啥过继到江南来？苏北全境一九四八年底解放了，比苏南足足提早了半年。她四九年过继，家庭出身该是地主成分。从豪门过继寒门或寒门过继豪门全是小囡的把戏。令子十八九岁了，不可能玩这种游戏，过门出嫁才正常。小抱：有些事呢，袁炳同志亲历所为，他会写份详细说明呈送党委。卫书记：袁炳令子啥亲属关系呀。小抱：令子过继到袁炳炳的近房侄子家的名下，大户大族的同族人吧。卫书记：不单纯是，组织上每次提升梦文小组成员的政治面貌时。袁炳炳两次找理由提出调离令子了，事有猫腻呢。小抱：要么，我去核查令子，实事求是走到底。卫书记：组织部门的事，你别掺和了，这就启动外调机制，令子的志愿书先搁一搁吧。

# （七十二）

疏浚了通潮河，河道上筑起座抱山桥，北连抱山街。南对运盐河环拢桥，八棵村的村民上河上市不再绕道淖河渡了。通潮河尽西头连着长江处造了座水闸，尽东头连缀黄海处也水闸调节。日出日落，开闸关闸，双闸轮换着调度通潮河的水高水低，顺应着潮汐的潮涨潮落，小火轮一路顺水上下。从州城至吕泗入海口，一天一个往返，日行百多里水路。抱山桥边设了个靠埠口，小火轮上航下驶到此，有人没人都要放下跳板停靠一刻钟。

扣扣每当进街往返桥上过。习惯性凭栏一歇，东望望，西瞅瞅。感叹造了桥，通了水，一通百通，再不用泅水渡人。扣扣明晰了是徐浩区长诱使他习惯性凭吊三分钟，歇不下的悼念呀，十个年头了，年年提速变样，土地归集体所有。生产队吹叫子统一唤出工。今晨起早起了团雾，似下着毛毛雨，叫子没吹响。扣扣候着个漏档去抱山街买蜡笔，强生顺生缠了三天，吵着画图呢。

去时迷雾锁桥，扣扣没停歇，回时抱山桥云开雾散太阳光普照。小火轮的声响正在停下喘气，靠上了埠口，伸出了跳板，有两位旅人步出了船舱。不是种田人，臂肘不扛淘箩篮子，不穿芦席花衣裳。着装卡其布中山服，腋下夹着厚满皮包，不去抱山街，走向运盐河八棵村。扣扣猜不透村上哪家有城里人客到。船体先横后竖，拉直后驶离了抱山桥，都说水路跑不快旱路，旱路跑不快天路，水上的火轮肯定比人走着快，等同脚踏车的速度，比不上汽车轮子快，都快在冒烟的机器身上。看来社会主义建设一日千里不单是人唤的口号了。

俩伢儿星期天息学在家，望穿四眼见得扣扣逛街归来，屁颠屁颠迎上坝埂，不言不语伸手从叔爹衣袋中掏蜡笔。扣扣：留下一包，小三子的名分，顺生顺从交回，扣扣转交强生明日转交小三子。强生小三子同班三年了，当年进学堂，三人同班的。顺生足岁小了十个月，一年下来跟不上趟，拉下一级。小三子的爹把小三子也拉下了，说：管了他一日三餐不饿肚子，当爹的尽到天职了，进学堂交学费杂费的，十天半月的添纸买笔，开销得开裤裆了，上学又没个尽头，晚拉下不如早拉下的妥当。扣扣拥着哭哭啼啼的小三子，说：男人不许哭，爹不准你上学，他有错有难，有我呢。记住，学校讲究个良优，你要学成个优良，开开心心进学堂。

强生接下了蜡笔，说：五更叔叔找两回了。扣扣：紧要事呀。强生：娘晓得。衣香迎住他，告诉：村公所来人客了，说是与东家令子相关，扒口饭快去。

扣扣进得村公所，抬身离凳迎候他的标致女人，不是令子。令子不会来的了。扣扣亲目所睹，外调来男人两个呀，怎个改了性别？眼前的女人上着窄身夹袄，下束宽身裤，一式的工农蓝坯布缝制，下臃上窄的进进出出像只陀螺转圈。面容惹点眼，穿着不搭配，不是个城里来的外调人。扣扣转身外走。女人唤：扣扣大哥，别走哇。扣扣意外：你认得我？我不认得你呀！女人：五更书记交代的，他带人客派饭去了，让你等着他。女人又自我介绍：本人梁姓，绰号淘扣儿，一淘箩米扣倒河浜里了。八棵榉生人，娘死爹送我出走成压岁丫头。新婚姻法唤作童养媳，不想变成真媳妇，躲回娘家来了。扣扣：回娘家不在娘家住，住村公所？淘扣儿：从婆家私自逃出门的。大哥你不晓得哇，婆家的官人不灵光，瘟牲公爹作弄我。当儿媳妇使，又当媳妇使。当牛做马被两人欺呢。梁爹说婆家必定来要人的，到时四拳挡不住两脚，住村公所的稳妥。大小是个衙门，白日有人办公，夜档见人看守，瘟牲再横，量他不敢冲撞衙门。扣扣：临时看护，不是长久之计，得做个了断呀。淘扣儿：心头指望娘家父母官做主，助我离开封建大门。扣扣抬头望外，说：讨巧呢，父母官来了。进门一大群，两位挎包的外调被请在先。支书五更领着村会计宁身手，扛枪出身的副支书，外村调入的副村长。妇女主任细凤拖后到，带着两只满灌的热水瓶，进屋涮杯倒茶端给客人主人。五更呷了口茶开了场：上海同志调查东家令子的家庭情况，个人表现。知情者有啥讲啥，记录下你的话语，按下你的手印，你的话变成凭据，负有真伪、道义上的责任了。副书记提问外调人员：本次调查为上调下调？喔唷，上海同志皱了眉心：啥意思吗，上吊下吊，吓人倒灶的。五更解释：乡下土话，上调进步，下调落后。队伍上的行话，上调立功，下调处分。外调同志：当然是上调，先进了好加入党组织。细凤扣扣会心地对视一下，两人得了确切信息。令子走在入党路上，她的出身成分高，进党繁难呀，走到这一步，容易吗？隔江走海的儿时伙伴助她一臂之力哟。细凤说：令子的出身成分地主，是猫儿不吃蟹摆着看的，谁也改动不了。实际呢，她与她的大家庭分江而住，在乡自小与贫雇农打成一片。令子从不冷落穷苦孩子，口袋中天天装满吃食，袋袋抖空分发给伙伴，有胆小的穷伢儿不敢接手，她硬朝你袋中注，这块的革命先辈判评她小小年岁生发了共产党萌芽，着意培养她呢。扣扣拉了话题：东家是这块出租田亩大户自然有剥削，同时也是个行善大户，从不挖空心思盘剥佃农雇农。二代人马人缘好，不背血债，不背眼泪债，乡里乡亲的有口皆碑。请来的几位东家原雇工附和：也是，也是，对个，对个。外调：闲话听得吃力煞来，也是也是开英语呀。五更：也是个，对头个同意以上的说法，没不同意见。外调：当事人自述新中国成立前过继贫农了，有这等事吗？扣扣：令子新中国成立前离开故土，投奔到横扇岛亲眷朋友处，作兴在哪块攀上了寄亲。细凤冒出一句：我的瞎娘，令子认她寄娘呢。她外来熟，四周的寄娘寄爹，大娘老爹的唤得欢，她不分生疏穷富。十六七岁加入共同富裕三人小组。外调兴致来了，催逼下文。细凤自我纠正：过奖了，用词不当，应当是十六七岁开始听党课，受教育。外调问具体哪三位，听谁授的党课？扣扣自说扣扣、令子、细凤加其他的，听了鲍枫老党员教的课程。为了安全起见，三人不照面单独授课的。外调：分开学习，不成为三人小组呀。扣扣：是这样的，解放多年了，在她身边发觉了《共产党宣言》《共产主义 ABC》小册子，她自我讲起得知的。外调：自说自话呀，不足为凭，只能找授课的老党员核实了。扣扣：鲍枫先生新中国成立前夕牺牲了。外调：难办了，在座提供的材料只能当作参考，证实不了当事人的本来面貌。找来几个东令子的家庭成员吧，了个底细！五更：找不来了。一大家子解放时走得精光。外调：落脚处呢？扣扣：光留下令子和亲娘没走成。说是在大上海搭乘飞机走的。飞到哪块了？令子自个也蒙在鼓里，局外人一概不知了。五更：大陆上不见人影，资本家奔资本主义去了。也是也是的，一屋的人重开了"英语"。外调合上了本本，抬手握手算作结束，合作愉快。

## （七十三）

令子先行一步。扣扣坐不住了，一头扎进信笺纸里书写。强生探头认念出了开头两行字：入党申请书。共产党是人民的好领导。又顺句哼唱起：说得到，做得到，全心全意为了人民辛苦了。扣扣：睡觉去，吵唠我思路了。衣香哄强生躺下，凝视了扣扣，说：哟喂！眉瞳憋成疙瘩，用恁大劲写戏文。扣扣：认得几个字，没脸写戏文，写申请书呢。衣香听混了，说：写深情书呢？城里来人，帮你和令子接上号啦？扣扣：令子跟党接上号了，相互搭牢成一片，催我奋进呢。衣香：应该，令子自小与你搭牢一起的，写封情书用不着费心费胆呀。嗨！扣扣：你对错榫头了。写的申请书，人与党的认知关系，好比结发夫妻情比海深呢。衣香：看看，认知了吧，结发情深园着掖着不承认呢。扣扣：越说越错斜了，今夜档娘儿俩转弯抹角分我心呢。衣香笑了：玩儿的，晓得你对党对令子一往情深，写情要放开情来写，皱着眉写不出中意的。老辈人讲唤作李白的古人呷了酒才写出诗，犒劳你一碗白开水，烊烊胸，暖暖心，开怀写成申请书。扣扣直说领情了。白开水陪伴他大半夜，写就了六至七页申请书，经细凤、经五更、经抱山街，传至余浩手中。

雨夜余浩来到，言明在扣扣老屋陪伴扣扣。衣香要收拾去，扣扣：铺铺床头，自家办吧。扣扣铺床，余浩油灯下重看遍申请书，仔仔细细盯着扣扣整理被褥。扣扣双手变笨拙了，突然冒出了那一夜，同样的下着雨，同样的这张床上，徐浩看了他的申请书，陪伴着拉家常。破晓离去后不久，徐浩和着申请书作了古。莫非余浩感悟到老区长，缅怀起徐浩？他说：申请书多毛疵，不规范，不及格？区长：完美无缺，等了六七个年头等来你的申请书，原始初心不必说，有啥新动力撩起来你呀。扣扣：一直固执还清了欠债进党才安心。细凤进了党一样还债呀。按月交党费，积少成多，多条渠道呢。想来不错，每月交一点，还了一点少一点吗。区长：还有呢。扣扣：还有的申请书上写不出手，台面上说不出口。同志之间不好瞒圆的，直说吧，新近发现我与细凤令子同一时段受过鲍枫先辈的启蒙，互为约定，谁先进党，谁为党哥党姐。细凤先行一步，令子在城里快了，不能成个阿末小老弟呀。区长：比学赶帮超，动机不为过，情有可原。入党后先在村中挂个副职，累结出经验来，进区政府为大公众服务去。扣扣一个劲摆手，又说一没口才，二没文才，开不成大会小会村民会。眼下大公众下地劳作统一凭定工分，认领个记工员吧。区长：那也是与钱挂钩的差使，犯你大忌了。扣扣：只记工分不记钱，眼不见为净嘛。区长：好一个同志哥哟。无私无欲无条件投奔共产党，区委要号召机关干部看齐你呢。扣扣：看齐我没出息了。区长：不光是没出息，有人进党为品位为待遇呢。扣扣：我就闹不明白了，进党为啥要以官位钱财挂钩呢，我进党只为一个约定，通过同辈的鞭策，先辈的督促，平身务农为本，为周边大公众多挑两桶水缸水，多烧一把灶膛火，专心还债。

## （七十四）

扣扣接五更通知，午后时分召开支部大会接纳他为党员。那一刻，他不知所措，一会拉拉衣摆，一会儿顺顺头发，用清水揩面，手心沾水朝头发上抹。衣香见怪：咋的啦，清水抹头发，当心睏觉了结坨坨，结了篦机也梳不顺，要标致头发，买瓶生发油抹了顺。扣扣闻言不燥，直说进党日子换身干净衣裳冲冲喜。衣香找出件中山装罩住在身的灰布夹袄，围着扣扣品着衣。中山装为疏浚通潮河而奖，奖励扣扣劳动先进，全工地发了三件。扣扣一件接手后试了身再没上过身，压在箱底多个年头了。衣香转两圈品出了毛疵，说卡其布不穿自褪色，变色样了。右手边的摆角没均匀，翘棱得拖条猫儿尾巴呢。脱，快脱下来熨平它。说着把一瓶滚开水倒进瓷杯压平衣裳，慢吞吞走熨。扣扣：你手脚快点呀，会议说开就开了，为我个人开的，得先进会场，党的会议不是开村民大会，不是看露天电影立的立坐的坐。人手少人人坐凳椅，猫儿尾压坐在屁股下就妥了。衣香：猫儿盖屎呀，一立身就露出来，等着，多个年头等过来了，不差这个把钟点。

村公所第一个迎候他的是淘扣儿。扣扣：你果真蹲在娘家过年节了？淘扣儿：五更支书答应为我铲徐封建尾巴，坐等他回话呢。扣扣下意识摸摸中山装后摆，在墙角找张方凳坐稳，猫儿尾巴熨帖了乖乖地靠着身。五更进屋，副支书，副村长跟着，细凤，宁身手，民兵营长，治保主任等相继进了屋。陶扣儿挨个儿洗碗倒茶。五更：今个党员大会，非党群众回避了。细凤接过手，说我来吧，续水自个儿动手。扣扣思忖：这种规矩好。进党吗，本来为大公众递水倒茶的，不可以反礼，要大公众服侍你。他说：自个儿口干舌燥自肚里明白自个动手的拿得准。五更：鸡毛蒜皮少提了，党员大会开始，第一项议程，入党申请者表达志愿。

扣扣逐字逐句念了志愿书，想喝水了，一喝两杯。不是造作，真是口干，比深翻了一晌地还口干。

第二个议程，介绍人谈介绍，党员同志提看法，提希望，举手表决，获半数以上举手即通过。

九个党员一致表决通过。

第三个议程宣誓成为预备党员。

扣扣跟着领誓人，握紧了拳头，神色凝重宣誓完，站在党旗下久久没有离去。五更：扣扣请坐下，下面进行第四个议程。

一阵骚动，议程圆满了，怎会多了一个？五更：多加个额外议程，扣扣在新中国成立前参加了革命，自个儿考验到今日。今夜我做主留下大伙贺贺他，打餐平伙，吃食支配人置买了，油水不足。初冬时节来一锅炀大秋渗渗米酒，用不了几个小钱，十块八块的足够了。会计宁身手讨问：参伙人员全资摊配还是半资？五更想想说：祝贺扣扣，在项款里，集体全资承当吧。家户头谋来的吃食，按市面价当下记给工分值。扣扣：不妥不妥，这比大公众为你倒茶递碗严重百倍呢，我决意失陪了。五更：吃喝小事一桩。你是主角，离开了变大事体了。丑话在先，你不能走的。初次合伙给大伙儿留点面子。扣扣：依你可以，这平伙钱我来承当。五更：闹猛起来再讲耶，依你依我无所谓，事后再谈钱吗。

不大会儿，吃食到。由大三子一手操办来的。品种以霜煎后的蕃芋填锅底，上加风干失水后的芋艿，翘翘棱棱的菱角是那种腰身壮收市晚的湖菱，花青赤豆，半干半湿的带壳长生果，晚熟的绿皮毛豆，十来穗指甲掐得动的青玉米，大三子夸，冷门货占对半呢。自留地里种的晚秋玉米，天暖好个秋，长成寿了，立冬后卖上大价钱呢。

村公所有副灶台，一大一小设置两只铁锅。大锅难得开张一次，小锅有看所人早晚煮两顿小灶粥饭，淘扣儿住进，变三顿了。灶间搭了张床铺，吃住合屋。她不吃不喝清洗食材，按大三子指点，分着层次下了大锅。大三子唤一声姐姐！烊大锅了，淘扣儿一激楞。饭师傅尊称她呢？她自小离村离家，十几年的不回，没个人指认饭师傅属哪方的亲呀！大三子也是近日从爹的口中得知，淘扣儿是姑表亲，姑妈走得早没再走动，不要为难她。难怪淘扣儿闻声姐姐摸不着头脑了。

大秋作物炀起来。大三子又鼓捣来一条五斤重的鲢鱼，四两一只的五斤多河蟹，取自自家网簊中。扣扣着手剖鱼。大三子不过意：扣叔！小零细碎生活那能让公家人动手呢。扣叔你向来较真，寻生活做，抢不过了。他转到灶间看火候，侧耳听听人锅中的冒气声，埋首观望了火眼，说：姐姐，火再旺点，添把硬柴。淘扣儿：你一口一个姐姐的不敢当呀。大三子：你的亲妈阿是崔姓？淘扣儿：自小不见亲娘面，哪晓得姓和名呢。大三子：不知者不为过了。淘扣儿：一股焦煳味，旺过火了。大三子：要的就是填锅蕃芋、芋艿落架出香，他揭开锅，添了水，把河蟹倾倒锅面换上了高腰釜冠说：不唤姐姐了。你不明我不白的，添把火吧。淘扣儿：香飘三里外了，又添上河蟹，香得头晕了。

参会的人闻香涌进了灶屋。五更：土生土长鼓捣进洋味了，焖得香呢。大三子：香气上房，开席了。五更拉着扣扣坐席。扣扣：八仙桌八个位，到会的十个人了，外加大三子，淘扣儿，挤不下。我做东的理应让客。大三子：我两个不上席的，一搭一档红烧鲢鱼呢。淘扣儿：灶边不饿人。饿劲上来蒔两只蕃芋肚里，全夜饱胀。扣扣：今朝是我的生日，不能入了共产党的门，埋没了共产党的情。组织上讲究个有福共享，不能破坏了规矩。细凤：扣扣你不要磨蹭了。我俩不吃酒的，早上桌填满肚子早让位圆边了。扣扣：不理道吧。细凤：要么，四只台角加四张方凳。不动手的先动口，边吃边等。五更：要得要得，开席斟酒。宁身手挨个斟酒，扣扣捂住杯口：不过年不过节不沾酒。五更：入了组织人生大事，比年节重量多了，不会吃酒也得把酒庆贺。扣扣：沾了酒要梦见爹娘、大哥、二哥、三哥了。宁身手：五更支书的规矩，有酒量的陪着酒，没酒量的抿嘴唇，像意着陪酒了。五更：就这个意思了。

文明喝酒到五杯不文明了。五更先发难：小伢儿喝汤，进一口啧啧嘴的，一坛子米酒吃到天亮呢。该来杯翻了身，一口闷了。他闷了，酒杯倒扣在桌。副村长，副支书效仿着扣了杯，宁身手犹豫时对上五更眼，慌乱中吃干了效仿翻杯扣杯。五更：有酒量的敞开肚皮灌，米酒不醉人。副村长：拉倒吧，醉起来要你命，三天二夜睏不醒。细凤：那就少吃点，自个儿的身子自个儿做主，我是吃得脖顿，变做三岁伢儿不知饥饱了。扣扣：我两个该让位了。五更：支书发话，不吃酒的离席归家，吃酒的坐地陪酒。

呼啦啦散去了半桌人。副村长，副支书，治安保卫主任不认输酒量小，硬撑着。宁身手一斤米酒下肚，小白脸红一阵花一阵的，重复念词：醉了醉了，走了走了。五更拽住他，说：胡咧咧啥来。酒量是醉起来，练出来的。小年轻考究个练，练出个高潮来。副村长：练出个花天酒地来。宁身手：天上不见花，地下酒水满地抛。醉得老眼昏花，哪来的怒放桃花。副村长：花的有，花姑娘的有。五更：花姑娘的哪儿有？副村长：远在天边，近在眼前，淘扣儿里厢床上等着你的。咦！五更：我怎个没往上想呢。他高声大唤：大三子，淘扣儿，吃酒吃饭了！副村长：关照过了，大三子走人了。淘扣儿坐床头等着刷碗洗筷呢。五更不再言语，嘴含着芋头，蹿进了灶屋掩上门，关住了一束亮光，瞬间黑灯瞎火了。淘扣儿：五更支书急事呀？五更顺声箍住了她，嘴对嘴塞芋头。淘扣儿含糊说：一股子酒糟味，你发酒疯了。五更抱住她朝床上压：不是酒疯人来疯，从头疯到脚了。淘扣儿扭动身躯，想扭开他，说：你是公家支书，不作兴这一套的。五更：男人女人都兴这套。淘扣儿抵不了酒力蛮劲，无力松软了身子，胡思着：在婆家，两代男人作贱我。可恶的公爹偷了我还骂声贱骨头。实指望逃出狗窝自在了，娘家人不该呀！偷了人嘴短，说不嘴响，唤不出公道话了。她冲着美滋滋的、提穿着裤子的五更放言：破罐子摔成瓦爿片，世上再没有正眼光看我了。

五更仄身闪出了灶屋，哼起酒令：财色不分家，酒色是邻舍；雌狗摇摇尾，雄狗胯上骑。他朝副村长呶呶嘴：进灶屋高潮高潮去，女子训教服帖了，亲惠你呐，轮不上的，吃酒。宁身手酒累，伏案呼呼睡响。副支书，治保主任咬着耳朵喃酒语。副村长进屋又出屋，拉起副支书，说：该你上了。行伍出身的副支书，挣脱开手臂说：上岗上战场不去，我退伍了。副村长指点治保主任。主任：稻麦满场，田禾塌地，那来恁多工夫亲惠老婆子。酒醉不进打麦场了。五更推醒宁身手说：第三梯队上，打肉搏战去。宁身手：浑身软绵绵的，风吹跌倒着，打啥战呀，上不了啦！五更：你个原苞货，与女人亲历亲惠一次，预备着结婚生子呢。宁身手：力不足哇，不像是正经事务，饶了一次吧。五更：一直唤着鼓足干劲争进步呢，听指挥，往里冲。宁身手：支书指向哪奔向哪，他跌跌撞撞进了灶屋，一阵哄笑。治保主任：亏你们笑得出身。雷响忽闪临头，满场的稻麦泡了雨，只怕唤声娘也晚了。只听得灶屋一声尖叫，淘扣儿浑身裹满被子，披头散发冲出屋，哆嗦着：不得了啦！他死啦，死在我身高头。一屋子阵脚大乱。五更捏起蜡烛照屋，映照到宁身手，像只剥了皮的田鸡，周身红红紫紫，一动不动匍匐床上，呕出的焖大秋喷洒了满床满身，好端端的被窝变猪窝。人啊人，难成人，一不留意变回了猿。五更揣摩到宁身手的鼻息，说：女人没经过这阵势，这醉过头，睏一觉活过来的。淘扣儿：睏哪块，我也没地界呢？五更：稳稳神，酒肆台上出事体，酒肆朋友帮记忙，腿脚硬朗的驮着宁身手归家，明儿起，牙关咬咬紧，不要对外嚼舌根。他沉重锁上大门说村公所关门大吉，一天一夜歇着，全归家吧。

## （七十五）

天放亮，挂了雨丝，大三子被哭叫声惊醒，听出老姑爹诉以爹听：作孽呀！淘扣儿家来住，没过夜被抢走了，当爹的无能呀，护护她被扨（方言：推）到两拳头。三三：这还了得，追人呀！大三子小三子快去追，姑爹：两兄弟单小，追上了没用。抢人的一群凶神恶煞鬼，动手伤人呢。顶好找支书，发动大公众去追。三三：大三子快去找，救人急难之中，胜过焚烧三年大香呢。

大三子紧跑紧想。夜档，他叫了小三子本想宿驻村公所，护着点姑表姐。去了关门一把锁，只得作罢。没曾想到，关了个空档，出了纰漏——抢人者日夜窥探着淘扣儿落单帮呢。

五更媳妇探花在生火烊早饭。大三子只唤了声婶子，探花就说：当家的今朝不办事，有急找副手去。大三子嗯了一声，接过探花递给的村公所钥匙走人，找到副手，找会计，他们一个比一个鼾声结棍。无奈找了细凤，扣扣也在，两人议着事。扣扣：大三子来得正好，刚借定了十一块钱，炳大秋的食费够吧。细凤：说定的个人来担当，省得五更一直揩公家老油。大三子：不为钱呀，为急事。扣扣：边收钱边说事。大三子收了十块钱，说了淘扣儿的事。细凤：早晨头有人传来话，说淘扣儿被婆家人接走了。她老爹护着不让，被推搡着掼了一跤。淘扣儿屁丝没放一点，顺妥妥跟走了，来时要死要活要断婚，看不透了。扣扣：这事儿要上报呢，我俩一起去村公所吧，摸清情况了摸出办法来。

大三子先前一步打开了门。眼前一境，三人看呆了。酒与地一色，饭与床同眠，世人都说鸡窠脏猪圈臭。人若放纵，不如𡟬𡟬，哼哼呢。三人着手洗涮清扫，大三子说：清扫完事了，姑表姐追不回了。细凤：淘扣儿婆家抱西村，十多里路已到家了，追也没用，也不能不了了之。用八棵村公文纸写张便条，告知抱西村，淘扣儿是被掳走的，提请对方关注女人的人身自由，若有虐待小媳妇行为请上报。大三子跑趟抱西村吧，认得路吗？大三子点头。扣扣：得通报五更吧。细凤：提醒得好，你带大三子五更家行个礼吧。

探花照旧挡驾。五更辨出了扣扣声音，直呼快进屋。大三子抢先一步冲到床前，摇动五更手臂说：支书哇！快快召开村民大会，救救淘扣儿吧。五更推开他：你个玩儿不会玩，大侵早的，说句中听的话吗。大三子：还大侵早呢，太阳快昼午了，表姐跑出十里开外了。五更：跑就跑呗，脚在她身上长着。扣扣：是被人抢跑的，指望你出面保护呢。五更：不是你死我活的事，保啥保，人走，落得个清闲。回家禀告老人，本村管不了外村的家务事，让抱西村自生自长，自生自灭了。

大三子听得懵懂着走人，南去北往犹豫着。扣扣追近他唤：朝北走，朝抱山街抱西村走，支书带言了，带着细凤的字条，交给那块的村委会。

# （七十六）

增添的吃喝债，细凤承诺了承当了，扣扣不能随而便之呀。紧当关口救急借出钱，感激不尽，不能让她血本无归。这些借款，全是细凤拐骗到手的。三更若是嗅到了内情，定会口狂脸红脖子粗，引发家庭的不和。扣扣决意江边码头跑脚劲挣脚钱去。比不上前几年，去老地方须开新证明，他去办理。五更：我好像有事。扣扣：有事你说呀，快说。五更：你好像也有事。扣扣：有啥事？还债的事。五更：我的事，你的事，一样的事，你一离开我心里没底了。扣扣：心里事呀？难说难解呢。我走归走，你冒事了我跑夜路归来。五更：早去早归呀，拜求了。

没出整月，急信催回了扣扣，不是五更所催。细凤雇佣二等车直接接回了他，直埋在心里的定时炸弹在八棵村炸塌了天。五更、副村长、村会计被公安逮走了。逮人时，抱山街武干领着民兵通知八棵榉全体村干村党员去乡公所开会。三人没坐上乡公所的红椅子。宣读犯了轮奸罪，直接铐上了囚车，押进了州城。公众评说三只馋猫碰到了一只死老鼠，闻个臭招来了牢狱之灾。毛病出在淘扣儿身上，她回到婆家不从公爹，扇她俩巴掌说她回娘家偷腥相好的了。淘扣儿破碎了：诶，相好了关你屁事。我俩一块儿吃饭吃酒呢。公爹恼羞成怒，怪不得浑身上下一股子酒糟味呢。我管不了你，有地方管你。他抖落着裤衩报告了武干。好家伙，证物不用仪器验了，裤衩上酒精人精混杂，不止一人所为呢。政府正在反贪污，反腐化，这一闹，撞上了枪口，触犯了天条，从重从快从严，快则来抱山街宣判了。扣扣陷入了自责中，开会吃平伙，他是个身陷其中的当事人呀！见天，他抽开身去了五更家，探花搂着丫头矮凳上呆呆坐。扣扣：这档子事，稀奇古怪的，没料到呀。探花：我料到了，早晚的事，不怨天，不怨地，怨我自个儿长相丑。扣扣：嫂子肚量大呢。探花：扣扣你码算算，五更多早晚能回呢。扣扣：大公众同口不同词的，吃不准了。快来当地三重宣判，等着见底吧。探花：三头五年总要的，十年八年不算长。长短反正是个等，心焦没得用。扣扣：嫂子开朗点。照顾好丫头，有了结果，等一时间告诉你。

宣判那天，宁身手探头判了三年度刑，副村长判了十五年，五更罪孽深重，判了死刑，缓期二年执行。宁风水、宁算命不相信两房一子轻判了，三次从扣扣口中得到证实，老弟兄两个朝着扣扣作揖，像是扣扣大赦了宁身手。掐指算来，三年牢狱捱过，年龄不满三十岁。媳妇还有得攀，老的小的绝不了户，有盼头。坊间传话，之所以三年，在于淘扣儿的赃物上没有他的人精。淘扣儿如实禀告后，再没回婆家，也没回娘家，在大东地界隐没了。

探花领到判决结果，丫头交给细凤妯娌带着。自个紧闭门户，昏死了两天两夜，细凤领着侄女哭唤无用，叫来扣扣相帮。从门脑儿上捅开门扇，推醒探花。她不情愿苏醒，嘟囔着：天公开眼改六更夜了，黄昏头呢。细凤：吓煞个人呢！能说话，没瞑过去呀！探花：不敢瞑入寐了，五更没到头呢。细凤：木已成舟，总要下水的。丢开头，重起头吧。探花：生出个磨苦女人，命中注定缺男人的。难为五更成全了我，生了个叶儿，知足了，一人不算家。五更不在叶儿在，家在了。探花拉近丫头，叮嘱：叶儿呀，朝后要改口呢。管扣叔唤叔爹，管凤婶唤婶娘。爹不在，好有个靠抱呀。细凤：作主了，两个人全认领了。探花：拜托两个场面上走动人，五更时限到期时帮忙收个尸。我要与他合葬的。扣扣：扯远了。懂得法律的人说，当下不死，二年后免死了。除非再查犯出滔天罪行来。细凤：多访访，看两本法律层面的书，弄出个准信来安慰娘儿俩吧。

## （七十七）

大地返绿，麦苗豆苗儿两苗争着拔节升高。田禾自由长，村民自在行。

八棵村恁多天数，不见敲钟吹叫子了。临时抽调的支书鲁九久，忙不迭地组建支委村委，越冬走春的农时无暇顾及了。三月有余，鲁支书心中存了底。八棵村有明白人嘛：扣扣细凤是组建班子最合适的一对，他交出了底。细凤：我丢在旁边，扣扣顶合适。他十五六岁投身工作了。扣扣：不说细凤合适，这样变成互相吹捧了。我只说自个儿配不上。村中出了大乱子怎就没个明白人点拨阻止呢，自个儿怎就想不到呢，实打实一个糊涂蛋。鲁支书：乱子与你无关。组织不株连九族，你不用朝自个儿身上揽，我如实上报到乡里，组织上委配到谁，谁也不许推诿。

乡上的组织干事说：九久呀，你个能人书记办傻事呢。推荐细凤尚在项款上，钮扣扣一个党外人士，怎可能当上支书呢。九久：支部大会决议他入党了。干事：上一级组织没批呢。九久：不受上级待见，对扣扣不公平，为个啥呢？干事：扣扣的档案摆上了抱山街乡的党委桌面上了。在批复后未下发时，发生了惊天大案。乡委上报到区委县委，惊动了地委省委，各级组织部门明确表态：八棵村的这个基层党组，从头烂到脚。在此期间所作的一切决议，一律无效，责成县委执行。作为顶头组织的抱山街乡党委没啥犹豫的，执行了废除令。鲁九久久久转不过弯来，更伤心的是细凤。在家偷偷抹着眼泪哭了两三天，工作迟迟展不开，像意着自个被组织拒于门外了，没个是呀否的，当事者几天蒙在鼓里？细凤越思越不妥，进余镇区寻找余区长要个决断。

余浩区长：心情同样的难分难解啊！五更的失足，扣扣的失望，归咎于我的失察。与你同等地调整不好心绪怕见八棵村的众乡亲呀。当时笼统地把县委决议传达至抱山街。不是件光彩的事，外加了不要急于传达至八棵村。你一来警醒了我。这一拖三个月，对基层的党员同志，特别是扣扣，没名没分的反而是种伤害。细凤：下一步呢。区长：变成失误了改正补上。电话通知抱山街的组织干事宣读批复，我得赶在前赔个不是。

预警在先，扣扣听了批复不紧不慢向区长表白：不在党，照常听党话跟党走，就这点基本觉悟了，党不要嫌弃一个弃儿。区长：不许自卑，你骨子里流淌着党的骨血呢，进党迟早之事。扣扣：我怕。我晓得共产党从不信邪。可我在进党路上再三撞上了邪。两次挨上党的门框，两次摊上了人命关天的大事，命中注定离共产党远点。没福气进党的大门，再没第三次了。好想找个清静的地方乘船过渡，过长江过黄海去。区长：有啊，淖河渡的船工换工，正找人接手呢。扣扣：真有这回事呀？区长啥事都应我。区长：渡工、农工两头兼顾两头忙呢。你个忙百事的主儿忙上加忙了。扣扣：生在毛孔骨子里的病，一了忙着过来的，一天不忙，浑身软丝倒塌不对劲。区长：渡工要点技能，比如游泳，还有条条框框的。扣扣：懂点。淖河渡是政府公益渡口，摆渡者是不脱产的自负盈亏的渡工，公益为主，水性过硬，保障不出溺水事故。区长：还想啥了？扣扣：不为赚钱，经管成一个乐善为民的安全渡口。还想到赎罪还债，近的对不住三个家庭的老人小囡，远的对不住大山里的烈士至亲。若是那块我在这条船上，一定为他拉缆快渡，躲开子弹，徐浩区长不会离我而去。区长：不错，原始动力还在。事已至今，不能再停留在思念的苦楚中，光说来回话，要变伤感为动力，变失利为前进，提起精气神。扣扣：懂了，区长刻意送我上船，为度过伤感期呢。组织上不接纳我，说看轻这事，那是假话，接受不了哇！一时回到了少儿时光。区长：少儿时光怎么的？扣扣：像六岁时离开母亲一样，看不清长大的路。余浩搂住扣扣，一字一顿：扣扣同志，我代表我自己向你道歉。你我都是母亲的儿子，孝顺儿子从不嫌弃母丑家穷的，阿是。

## （七十八）

渡船还是那条渡船，渡工换成了扣扣。

有道水火无情人有情。渡船少有救生圈配备，扣扣备用了两根八米长的救生槁，两条十米长的救生绳，分拴在渡船四角。每每人多蹬船当口，吆喝两声怎个的伸槁丢绳救人。扣扣还在栏杆上挂了块木板，用红漆写下了渡河须知。须知首条：伢儿老人过渡，不收钱，自拉链条过渡不收钱，没渡工陪渡不收钱。日常过渡二分镍崩儿，丢进小盒。注：修补船具备用。捐钱五分镍崩儿，丢进大盒。注：筹买救生衣圈用。本渡口夜间停渡，白天渡工不在，不会洗澡的人不要单独过渡。渡工在，保命千千日的安全。此牌一出，南来北往的渡员打眼想起的：危险无处不在，生命在于尊重。渡工是个心肠善良的老把式，拯救生命底气足呢。扣扣听后呵呵一笑，啥把式不把式的，一来而去的练稿练绳练救助，水性好点罢了。

　　淖河渡的风景传进细凤耳根，捂了个大口罩偷偷蹬船看景来了。北往没下渡，南回了还在船。扣扣：这位大姐，船等人了，你该下船了。细凤：我不是个人吗，我要坐船玩儿，一次次地加钱。扣扣只好起渡，细凤把捏在手中的一块钱纸币投进大盒，拉下口罩，自个儿逗笑了。扣扣：捂嘴私访为哪个呀？倒贴了一块钱。二十个人像你同样丢钱，够买一只救生圈。细凤：学你的共产主义萌芽呢，不是私访，来与你谈判的。抱山街决定了，九久支书调乡里工作，要我担当支书，独当一面，心思担八担呢，想请你出面相帮。怎样？扣扣：村庄小点，一样的党的事，党的业，一个不在党的人，不好插手的。细凤：可以的呀。当个行政村的副手，会计啥的，非党群众笃定胜任。扣扣：明知我存着心结，你又祭出财会捉弄人，当心跟你急。细凤忙改口：不提好了哇，难指望你了。宁郎中说每个人只能认知五百四十个人。八棵村添家添口近两千号人了，多数的知人知面不知心，懵懂他们想些啥了，稀奇古怪全有吧？扣扣：这里厢做个以点带面的调查，能摸索出道道来。细凤：看看，点子脱口而出了，有你个知根知底同事，知人知心的小公众变作大公众了。扣扣：亲姐耶，怎个的算账呢？两人同村同龄，见识熟面孔大多重叠来着，只能算作一千多个人次。细凤：火眼金睛呀，毛病一挑出来了，别亲姐亲姐地唤在嘴中，帮亲姐一把。回村当个副手吧。扣扣：不像谈判，变求拜了，副手一类的一百个不当，要紧候里帮个忙不在话下，就像承头改造通潮河一样。细凤：总算给了点面子，遇上解不开的疙瘩，有个交心人了，开个党员会，说得嘴响了。扣扣：不对劲吧，党内党外有区别的。细凤：分寸我晓得。你慢慢操劳些公家事。我吗为你讨回公道。扣扣：瞎费心了。拒进是县委一竿子插到底的。细凤：是呀，三年五年的没指望了，总得有个时段期限吧，没有尽头的等待熬煞人呢。三个鲍枫先辈的关门弟子啥辰光一齐迈进党的大门呢。扣扣：回过神了。余浩区长讲得透彻，思想上入党看一辈子的表现，我自个儿看管自个儿吧。细凤：令子呢，有她喜讯吗？扣扣：一年多时光晃过了，有喜讯她早会托亲访友报喜了，估摸着还在原地踏步吧。细凤：预估同样。你被挡在门外，她也必定被挡着。你与令子青梅竹马，一对原配，生理心理相通。你生发出的事，同样传染与她呢。扣扣：像意着瞎编呢，一派巫婆，能干三娘的口吻。细凤：有根有据。我的爹娘吃穿相仿，喜怒相同。娘瞎了眼，爹跟着瞎了，爹挣开了眼，娘跟着增了光，还有交关相同之处呢。扣扣：别说了，但愿令子超越了我，稳稳当当一路走顺。

# （七十九）

令子调离了梦文小组。

卫书记责问令子：一大家子的地主资本家隐身得严丝合缝，就没透出半点风声？令子：组织上查不清，我照旧说不清。晓得藏身处，早就投奔相聚去了。卫书记：这是真话。家庭连你一脉相承的。资本家庭出身长大自然地沾染了资产阶级习气，造假为哪般呢？令子：没有，志愿书上讲得清清爽爽了。卫书记：调查你时照实道来，在前，在进厂时的履历表上未提。令子：先前我从没填写过表格，进厂入团表彰先进全是炳叔一手操办的。卫书记：对上号了。

卫书记招来伍小抱，责成保卫课尽快查明袁炳炳在新中国成立前与资本家的暧昧关系。小抱：查明了。工会主席同志童工出身。学徒期间为人正直，敢于吃苦，深得工友爱戴。东家青睐，并赞助他上了学。卫书记：花费了资本家的钱财嘴短。难怪他一心报答主子，成为狗腿子，包打听，一个不折不扣的阶级异己分子。小抱：工会主席就读的曙光学校是地下党开办的进步学校。他由此加入了党组织。你把延安、西安搞混了。卫书记：含含糊糊的，怎讲？小抱：新中国成立前延安是解放区，西安是敌占区。你把内部矛盾混淆成敌我矛盾了。卫书记：两种矛盾会转化的。袁炳炳他刻意隐瞒一大群的海外关系，有着转坏的可能。保卫科长同志，现在开始，你的调查重点转到深挖海外关系上来。小抱：利害关系明白，只是一个基层的保卫部门涉足不到国外海外的——无从下手，不着边际呀。一阵沉默。小抱瞟到袁炳炳奔来。柱起拐棍移动离开，卫书记拦挡了说：找他来共同谈话的，你作个见证。

踩着余言进门的袁炳炳，像一直在场续着谈话似的，开门见山：资方全家落脚在天南海北。我一无所知，只晓得乘坐飞机飞走的。卫书记：你一个新中国成立前入党的老同志，犯不着站在党的对立面，为一个黄毛丫头隐瞒海外关系。袁炳炳：材料上应该讲清了，初衷只为一个出身不好的年轻人有个光明前程。至今，反而葬送了她的前程。千错万错在我，违背党的底线说了假话。撤职、开除、法办通体承受，不要为难令子。她在梦文小组受了多年熏陶，内心深处向往着新社会，时刻梦想着加入党的组织，让她保留着这股真情吧。念就她的重在表现，组织上开扇小门让她走大路吧。卫书记：开门要看结果呢。还得深查这种大面积的海外关系，一查到底。袁炳炳：关住了令子，浇灭了她一颗对党炽热的心！向心力啊！事因前后没她半点牵连。深查下去全程查我吧。卫书记：用不着大包揽，查到谁，谁承头罪责。刻意瞒报这一条，能下能上戴上五反帽子了。我们这座城市，离沿海前线一步之遥。海外特务潜渡过来，发报机一通，破坏搞成。保卫科长，阿是呀？两个身临过战事的人，在抗美战场上临地建造的水中桥隐水中，美国飞机一炸一个准，只因有内奸特务为飞机指点，暗箭难防呀。小抱：我没参加抗美。那会挂彩在荣军医院疗伤呢，没经历援朝战事，不好乱说。卫书记扫了一眼小抱，说：眼前的事，给出个保卫部门的看法来。袁炳炳：我该回避了。小抱：不走，走了不说。看法简单，经多次核查后，认为事情没那么玄乎，上不了纲，上不了线，内部矛盾一桩。卫书记：具体点吗？小抱：当事人报得够具体了，两人从没刻意隐瞒组织。当初进厂上报出身贫农，确定。这次上交志愿书阐明了来络去脉，向组织交了底，交了心，坦荡。袁炳炳同志是工人的娘家人。东令子是工人的佼佼者，一心扑在事业上。一颗红心贴着党，比我贴得近呢，应该早成为党的一员了。卫书记起立敲了桌子，指责小抱吃错了药，为谁说话，为谁撑腰呢？想背离组织吗！小抱：不敢。这是一碗水托平上托组织部门，下托工厂员工，分辩个是非。卫书记：组织上分不清是非啦？找来你插一杠子。听说你找救命恩人，乱点八卦谱，找不来木子认令子，身在延安为西安求情。立场呢，革命的？小抱忍耐着批驳，拄杖公办室中转圈，水门汀屋地转得笃笃响。卫书记：不反驳不认错，再米一次脱裤表现呀，办不成了。上次是生活问题，这次是政治立场问题，没让步的余地，不争论了，等着召开党委扩大会吧。

廿九厂礼堂边厢的会议室，济济一堂。大多数的厂部委员亦是党委委员，听着袁炳炳的检讨，分辩着个人对组织的态度问题，还是立场问题。卫书记报告了调查取证的结果，着重了海外关系这条，说他出过国门，敲打过资本主义国家的反派，感悟到年轻的社会主义共和国，身受着西洋、南洋、东洋的资本主义包围，亡我之心不死，时刻预谋着颠覆红色政权。袁炳炳的事件惊醒大家三思呀。

个人的事再大也是小事。父母国的事再小也是大事，孰轻孰重，明摆着呢。袁炳炳犯下能大能小的过错，满口承当着，属实无疑。理应给予组织处理。额度呢？会议挑灯夜战，讨论来，讨论去形成了共识：做内部矛盾处理。一：东令子伪装积极，投机工作，调离先进班组。二：伍小抱身为荣军，红色保卫者，坐歪了屁股，美化老财资本家，给予党内警告处分。三：袁炳炳一手操办了骗党案，新中国成立前是个海外有钱人的跟帮者，交代不清主子的海外藏匿处，随时存在着对大陆的威胁。为消除机关部门的潜在损失，决定开除党籍，撤销职务，不做敌特分子查办。公告全厂。

## （八十）

令子忧心忡忡，碰面伍小抱，深深鞠了一躬说：对不住了，让你背了黑锅。小抱：别瞎猜想，与你无关，是顶撞领导受的处分。搞不懂炳叔？铁了心的护佑你，被一捋到底，为个啥？你心中有底牌吗？令子：炳叔，长辈一个，视我为嫡亲侄女，算不算底牌。小抱：也是也不是。也许他想的和我一样：你不是口黑锅！是早上八九点钟的太阳。早晚会成为大家庭的一员，炳叔期待着呢。非常时刻，多找些空档与他唠唠家常。

令子走近了背着只纸篓，沿厂旮旯捡拾垃圾的杂工炳叔，鼻梁发酸哽咽着发不出声。炳叔抚慰：大侄女，坚强些！记住你打小不拉哭腔的。令子：侄女的事体比天大呀？连累了炳叔。自忖着没走错路，没犯傻呀。炳叔：一直走的正道。你老爸自小就委托我照看你，一着走错走得昏头塌脑，伤害到你。令子：因我而生呀，伤害你的是我。炳叔：犯了错。接受组织处理，天经地义。亲记得新中国成立前光着脚背趿拉着开口草鞋进城学徒，现时套上了丝袜，换上了胶鞋，进步了，知足了。令子：像山像海像树林子的组织容不下你了，还知足？搁我身上，难做到。炳叔：处理结论上阿末一条不查办，说明组织上宽宏大量了，留在大家庭中，给我，主要给你留着一条前行通道。大侄女不可泄气，走过这一坎，算作人生的历练吧。令子：这一坎，像是被踩了一脚，踩进泥土难发芽呢，下辈子进步吧。炳叔：是良种，不怕被踩。乡下种的菠菜荠菜期待着受踩踏多些生根发芽的机会呢，踩结实了，隔年照样顽强挺出土来。令子感悟：炳叔度量宽广，生着法子宽慰我呢。

两人合作捡了回垃圾正要分手，扩音喇叭刺啦啦一阵叫，召唤令子去厂部办公室。令子望了炳叔一眼：还要加重处理呀？炳叔：去面对吧！平和，度量。令子坚定昂起头，迈开大步厂内走，现学炳叔的度量，丢开诉求，丢开得失，没有迈不过的坎。

令子到。卫书记抬眼瞄了挂钟，说：开饭铃声响了。长话短说，组织上看到你接受事情的教训了。哟！松口了，事件变事情，当事人无意中变轻松了。卫书记询问：母女俩两头分居有年头了。令子：近十年了。卫书记：单枪匹马的两头跑，工作生活清苦了。组织上同意你把母亲户籍牵进城，厂里同住。真的！令子从靠背椅上弹起声。不敢有这等奢望，没申请过呀，无事搭界哪来的同意？母亲可是地地道道的地主婆呀！她鼓足勇气迎视卫书记，说：个人生活私事，不该麻烦组织的。卫书记：组织上历来把政治与生活与工作分开对待。我已吩咐基建科挤出间双人住处了。令子：谢谢卫书记通人情。没等应允，蹦跳着出了办公室。卫书记唤一声，见得她回头时的得意劲，挥挥手让她蹦远了。没交代的注意事项跟保卫部门交个底也一样：掌握海外动态呀，要求母女俩几个月汇总一次思想状况呀，口头也行，书面也行，保卫部门自主掌控吧。

安排就绪，卫书记安心上任了。局党委的调令来得太突然，上调进纺织局任职，工作上事务好交接，阶级斗争新动向听得见，摸不着，亲手接获的海外大案不能半途而废呀。费心思把母女俩拢在一起，便于发现海外讯息的上上策了。

令子不明上策下策的，怕夜长梦多生变数。当紧接来姆妈办手续。在前，国家政令一夜之间刹住了城乡通道。城中人吃统销粮，乡下人吃自耕粮，断了接姆妈进城的念想。在今，不想自来了，玩了把古彩戏法，从裙摆里冒出个活人来。

基建科安排了一间十二平方米的住所。令子自置了一张双人床，一只马桶，一只煤球炉，一张小方桌两张方凳，像模像样个住家了。住家与伍小抱卧室兼半个保卫室同属一排平房，中间隔了两间勤杂人员交接班的更衣室。基建科按领导意图封了南门，开了北门。北门临街，令子上下班必经保卫室，多走几十步的路。无所谓，大活人的，多走路，少生病。母女俩住进了三日，保卫科的科员送达一张驻厂事项。令子接手看清了，心头生凉发问：捉弄人的大是大非，领导为啥不来讲清楚？科员：卫书记上任去了。保卫科长一个电话通到车间，把我从岗位上临时调来了。令子：科长人呢？科员：他闲着呢，说他不方便来。保卫科长保太平，保卫人，不捉弄人。荣军科长呀，神经兮兮的，不就送两张纸吗，啥方便不方便的？

令子听出点眉目，找了科长面谢。小抱说：婶娘是我第三个救命人，理当倾情报答，想去乡间看望她，苦于坨坨身限死了。卫书记送来了千载难逢的机会，在对婶娘制订的框框中，我从中做了手脚。三个月交份检讨书，改成半年，把书面改成了口头。到时，备个案，写上几句进步词签个名妥了。令子：不妥吧，我妈戴着黑帽呢。你露骨地袒护着，埋没了你的前程。小抱：我只看现行，看不到历史，那些云里雾里的海外关系，没人能说得清，不足为凭的。我亲身经历婶娘救了我，我就明里暗里保卫她，像保卫全厂的工人一样。我是荣军，我怕谁。令子：又来了，再这样固执，娘儿俩跟你断交了。小抱：放心，我是在救命人面前夯夯底气逞逞能的。日常会注意好分寸的。令子会意笑了。

妈说：怎简单，娘儿俩吃住在一起了。令子：今生今世分不开了，妈你放宽心。妈说：按理没啥牵强了。可整夜的闭眼了，脑筋不闭。睁眼吧，生疏生意。令子：生疏免不了，生出的哪方意呀。妈说：怕见生人，怕按时交不出检讨书。令子：贴身丫头替你办呀。我的思想也是你的思想，汇报到保卫科。熟人熟事的互相交流，指正帮助，以保卫人为主。妈说：地主婆，资本娘，没人保卫吧。令子：妈可记得鸿兴轮上遭土匪抢劫时，那个叫伍小抱的兵卒子？妈说：噢哟，动枪场景想起来瘆人。啥大包小包的，作古了，别再提起。令子：小抱还活着。妈说：吃了整捧的枪子，兵侯还活着，鸿运呀。令子：小抱是本厂的保卫科长，一心认你做恩人，一个直接管教你的科长认亲你，没啥怕的了。妈说：我在东家从没得罪过出力的人，好事好自身来，遇上贵人了。令子：妈心舒坦了，睡个安稳觉吧。妈说：丫头安稳了妈才安稳呀。长不大的蛮丫头，嫁不出的老姑娘，啥辰光丢得开你哟。令子：丢开三十朝四十上数的女人了，去嫁个二婚当个后娘，如妈样挂个二妈名吃软饭，令子不干。靠自个儿双手供养自个儿，供养亲妈。妈说：当初呀。你爸让我说点了头，答应栽培扣扣进城念书学生意。唉！这个赤佬，遇上了风光年早丢开你了。令子心想：能丢得开吗！进步是真的，应该早就成了党的一员了。令子嘴上说：他风光不了多大。他进步，我也在进步，一步一步进步到无产阶级了。从组织认同我开始，进步到脱胎换骨了。这不，又快速重回到梦文小组，同意妈进城，授意我感化妈朝无产阶级方向靠。妈说：手头上只剩下小零细碎的首饰念物了，分文不存，算不算个无产阶级呀。令子：着重点是感化无产阶级的理念。心中不贪财，想到大公众，就生出了萌芽，进步了。妈说：有点门儿了。令子：本来吗，亲妈像亲丫头嘛。妈说：大像小呀，有这样比法吗。令子：寻寻开心呀。她满足着进了梦乡。妈说：吃穿不担责的痴丫头，热得人身上粘滞滞的夜，哼声睏觉就睏着了。

## （八十一）

扣扣难入睡，主要个热。天河摆尾到两更天了，强生顺生吵嚷着下水冲凉，没等扣扣松口，两人扑通扑通跳下水，翘脚敲起了水泡。整个的暑期，两伢儿在淖河渡的船上度过。三岁学了泅渡，五岁会了潜泳，五年多下来，俨然成了淖河渡的老码头了，免去了大人的牵肠挂肚，扣扣得以全身心地投入到八棵村，为细凤吹吹叫子，为新茬村民示范示范种田技能。

扣扣擦干了顺生的湿身，说：自家院沟里识得水深，跳水无妨。长花姑姑那块，靠着长江呢，眼看去那上学了，不好毛毛糙糙见水就跳，水深水浅全不讲情呢。顺生：不愿去姑姑家，跟着扣叔，强生哥开心。扣扣：定准了，难改动的。十岁伢儿靠奶奶靠姑姑靠亲爹，清一色的家人，全盘的为你好。那块的学堂，两人一张课桌，一人一张方凳，在里厢读书威风八面呢。抽个日子，扣叔送你去。

二婶娘，长顺先前去的长花家。这是二婶娘生发出半年多的主意了，与扣扣唠叨了又比较，那边厢唤作城关镇，又是城又是镇，专门种瓜种菜，月带月有进展分红。这边厢一个工分值五六分钱。那边厢翻两倍，一家子住靠丫头，道义上过得去的。扣扣：从咸水跳到淡水，自然巴不到啰，得牵上户口吧，不然打不上工。一次迁去三人户口，难呢。二婶娘：照理农村户头牵进农村户头找个亲房户族接手妥了。扣扣：不是走亲访友，没恁简单。二婶娘心归丫头处，我去政府部门做个探访。

结果是可以迁徙，有难度。一个省，一个县的地界里分个一类二类三类地区的界限，即是咸水淡水甜水的区别。长花所在的城关镇中的城关村自然是甜水区，海边的八棵村属咸水区。低处朝高处动迁，必须先有高处的接受证明，才能开出低处的迁出证明。一般的城关村不开证明，不接收劳动力。长花所在的村岂止是淡水，甜水浸泡呢，必须堵住涵洞，肥水不流外村田，嫁进的媳妇，老弱病残者来投靠亲属除外。

长花二盆两口子找了村头儿，信誓旦旦保证：亲娘，亲哥，娘家亲侄儿，一个不假。头儿：不假也不行。从没接受外来劳动力。长花：巧了，侄儿没劳力。娘是老劳力，哥是残劳力，加在一起难合一个整劳力。头儿：还是个劳动力呀。长花：不加，不加在一起不成个劳动力了。领导喂，我自小死了爹，你可怜可怜亲娘吧。头儿：求破天，接收证明不开的。照顾起见，你娘借住，你哥借工，你侄儿借读。蔬菜旺季时权当请回零工吧。

临借一晃三月。扣扣不想再拖了。秋季开学临近，担心着顺生这块迁出了学名，那块报不上学名，被关在校门外。他唤衣香备用两套顺生的衣裳带着。衣香：顺生衣裳在身，二婶娘没讲富余的呀。扣扣：呆板呢，带上两套强生衣裳吗，两人相差两虚岁，个儿不相上下。衣香：只能这样了。

扣扣顺生小跑进余镇，合坐了辆二等车，中午时分进了城关村。顺生眼尖，望到长花长顺收工从菜畦中走出，两人斜插着靠近了。顺生唤了声姑姑，长花扭头看清了两人，指着长顺，说：你爹呢，叫一声。顺生不开口，长顺习惯了，唤声爹反觉不自在了，见了扣扣如同来了救星，直截了当：扣弟带我归去！这儿的沙地蛮子气笑我，长花不顺我，归去噢，阿？扣扣牵住了长顺的手，频频点头认同。长花：哥气量小呢。生活做不过女劳力，还听不进她们的风凉话。在我看，她说她的，你做你的，嘴上认个输，暗地里争上游，争不来，起码货做一天得把一天的饭钱挣到手，暂不谈住与穿的来钱了。长花一路中唠叨进家，二婶娘过了耳，评说：长花你嘴上留点情，你哥有病缠身，耐不得金钱两字。你开口闭口钱呀钱的，激他犯病进不爱（博爱）医院呀。长顺：不要不爱，要回老宅。长花：没人喜见你，巴不得送走你，碍于娘也得跟走，没个帮手看管伢儿了。

长花燥着呢，为接三连四生下的四个伢儿烦躁。与二盆圆房后，伢儿出世像下汤团似的。年头上一个，年梢了又来一个。懒得为伢儿正名，忖嘴老大老二，小三小四地叫开了。大忙季节，两口子当紧挣钱，伢儿们用细麻绳朝台档上一绑，屎尿满地满身，活脱脱再现了二盆一代的情境。唉！少个大人看管，家居成猪圈了。二婶娘喟叹：再生养下去，不得了哇，一代人生没个出头日子了。长花：惹了鬼着，一个接一个，做不得主，没个关拢了。二婶娘：自个身子，自个做主，不能一了迁就男人的。要紧关口，避避他，分分床。长花自肚里明白：分得开吗？没出息的二盆，出工寻钱不来劲，男女关系兴致高，没个闲时忙时，隔不了三天涎着脸朝身上靠，嘴巴老老臭，本领老老硬。想憋着气功绷紧裤衩挡挡他，鬼精灵他挠痒痒，挠得呀忍不住扑哧一笑泄了气瘪了身，被褪了裤衩。瞅他的得意劲哟。恁多的伢儿怎个养活养好，他一丁点儿没想到过。不再依他了！她大声嚷嚷：听娘的话，分开他，离婚。二婶娘：那叫分离，不算离婚。咳！祖上没积德，生下两个没肚才的蠢货。拼凑个女婿，又是个三拳打不出闷屁的货色。顺生长大了，能支撑起门户吗？寿命在天，难看见了，过一天算两个半天吧。

昼饭后，扣扣敦促早日报上顺生学名吧。长花：不定准呢，我这就讨问个底细去。

头儿：交个底给你，注意到你娘年龄不小了，村上同意迁来，你哥不能，你侄儿随着不能了，伢儿户口随爹随娘不随爷爷奶奶牵动的。长花：拆散一家呀，不好迁一个也不牵了。头儿：好呀，一个不迁。长花：等等，容我回家商量了再定。政策死板呢，娘亲能迁，哥亲侄亲不能啦。头儿：你是嫡亲妹子，觉察到你哥十三点拉扯啦。长花：不是呀，哥能吃能睡能生伢儿，侄儿十岁出头了。头儿：所以吗，你哥没过界呢，算作十二点五十五分的人。

当真过了十三点，成为老残病弱者，又能投靠亲属，迁来户口由你照料他。

长花：听懂了。迁来的户口养活他可以，抢食的不行。我哥啥也抢不来的，比残废人了些好点，迁来了，连个三等劳力的工分也挣不来，哪个养活他哟。妹子妹夫小鬼头子又多，力不足哇。回家转告娘亲做个主吧。

二婶娘：迁一个呀。空留下二根棍子，顿顿粥饭糊不上嘴，件件衣裳套不上身，要散家呀。长花：娘亲一走了之，两三个细小团咋办呀。村中忙时办有托儿所。少个托婴班。领导说筹备着办一个，近七近八了，娘正好户口迁来档口上，当个托婴班的保育员。看管了自家人，还挣得了工分，一举两得呢。二婶娘：晓得这块的工分值高，铁着心奔来的，难如愿呢。长花：找扣扣呀，他乐意的，顺生爷俩又合得来，一心归家朝他身上靠呢。二婶娘：娘心里清楚。一直的苦行僧路，是扣侄相帮着走过来，难以启口再为难他呢。长花：我讲了，他满口应承，带着顺生进城添置铅笔簿子了，买妥了就带着爷俩上路归家。二婶娘：长花呀，不要忘记扣扣，一家子记住他的好。

## （八十二）

衣香：扣扣你唱了半年的迁户口，咋只迁走一个老的，留下一个痴的，一个小的，好白相呢。扣扣：凑合着吧。两家东宅西宅的住着。长顺爷俩点燃了灶火烊开了水，你我跑去熬个玉米糁子粥，摞个麦粞饭团笃定不耽搁。衣香：挪挪步，动动手不在话下，当紧的不能烧空锅呀。扣扣：估摸过了，长顺病好时顶个全劳力，小病时也能顶三等劳力。"大跃进"两年间风调雨顺丰实年，长顺养个家绰绰有余。衣香：有丰年必有荒年，今年秋实不一定实，巴望着天爷的脸，预防它不给脸呢？扣扣：有我也有你呢。衣香：你呀，一心朝菩萨台位上推介我呢。说啥上代同舟共济，下代情深似海，四水一家是永恒的家亲。要我看呀，当下说当下，一家有了难，先投靠父母兄弟姊妹，接着轮上亲朋好友。扣扣：你想象不到长花家的擨攧（方言：垃圾）场景，屋内屋外屎屎满地飞。拴着的细伢儿身上淌尿水，屁眼上滚屎团，鼻梁上贴屎斑。衣香摆手：别往下说，要呕了。长花长顺兄妹一根筋呀。扣扣：这场面，少不了二婶娘住下看管，顺生爷儿俩插上两杠子，这不添乱吗？衣香：

我俩再不济，有娘亲，三婶娘搭把手呢。算上五六年的栽培强生顺生，就接上茬了，阿是？懂你的说教经了，做个吃住铺排吧。扣扣：吃在一家，睏在两家，天一发冷，长顺容易复发夜行病，我得陪伴他管住他。衣香：好呀，顺生还与强生搭铺。

哪晓得两伢儿死缠着要与扣扣同屋住。衣香就在东宅铺就了两张床位，西宅成了一床。男方一个家，女方一个家。衣香合睡大婶娘的床铺，感叹：娘耶，咋弄的，又回位成两代寡妇了。大婶娘：别哇啦哇啦（方言，大声讲话，申延意为胡说八道）哉。传上扣扣耳朵，伤他心呢，摊上扣扣，该知足了。为了这个家，我逼扣扣拆散了令子，缺德缺个大口子呢。扣扣从没记恨个人，只能自个记恨自个儿了。衣香：娘说到心坎了，悔不该占了令子的窠，无生无养的害得扣扣断了后。令子一走七八十来年了，你回转呀，为扣扣续上香火来。大婶娘：令子八成在外成了家，现今城里人月月钱财进，看不惯乡下人了。衣香：不见得，花钱买不来后悔药，买不来前朝事，买不来清白身健康体。近来，我心口痛病又犯了。时断时续的背脊嵌急子，腿脚酥汪汪，吃进粥饭烧心，烦死个人了。大婶娘：和娘一个样，得的富贵病，祖传吃二顿食落下的病根。一日三餐，肥鱼，油肉，白米细面的随嘴，病体自然解了。衣香：天天的过年吃法呀，先前老财家也没个力身呀。元麦置换粳米，两斤换来一斤，一半料儿，吃光用光身体健康了，剩下的半年日子怎么过，可不敢饱了口福，掏空了家底。大婶娘：该换的当换一点。调养不成，看医生去。衣香：好呀，娘是老病号一起去，让扣扣带着，去余镇医室查看个透彻。大婶娘：去过一回断下病，让吃些五花八门的苦药。娘老了，犯不着花钱寻苦吃，挺腿去了算顺事，衣香你年轻，可不敢大意了。衣香：热天尚可，待日子变冷，心口痛受不住了去。你也得去，定下个说一不二。

开学在即，今朝是在渡船的收市日。收船了，两人把几日来几十枚的伍分，二分一分的镍崩儿分开注袋归家，拍上台面。强生：小学生，不圈钱，上缴。顺生：一个子儿不少，沉水的扎猛子捞上了。衣香把原装的钱袋拎出注镍崩儿，边注边说：一个夏天收成扎眼呢。扣扣发觉了不对：怎个注一起了，讲好的，五分以上的角票元票分开注的。衣香：痴侯望钱堆头越高越好，注到撑下巴颏子多来劲，分开去没意思了，配用场时分吧。扣扣：渡船上明文规定：五分以上的归属大公众，筹备买救生圈，上交集体，二分一分的才是劳动所得，公私要透明，必须分开。衣香：犟牌性上来了，分开！不分不得过门的。扣扣帮着一起分拣完，掂掂二分一分的，说：讲好，十岁上下不算劳力。俩人上船尽义务，不收钱的。哪来的恁多收获？强生：见钱没张口，没伸手，全是自愿丢下的。顺生：乘船人照着招牌上丢钱的。我说不要不要，他说丢给钮扣扣同志的，丢落在船板上，我也不捡，落下的人也不捡，存下来不能扔进河里呀！沉下底，我能捞上来，衣香逗笑了。扣扣：好样的。你俩的辛苦，这二袋钱拼一起交公家置买到一只救生圈了。顺生望眼强生，动心了一下，突然奔向钱袋，抓牢了说：拉动渡船链子拉出来一身臭汗，我要拿俩钱，买十个菜馒头吃。强生跟着说：奶奶娘有病在身，这点钱为她俩看病用吧。扣扣望了衣香一眼：心口痛又犯了？衣香：啐口蹦出来的，天热呢！天寒冷个冬时看医生吧。扣扣揽住两伢儿，说：瞧病有我呢，不担心，二分袋儿汇汇拢也就两三块钱吧，让婶娘换成角票，分期分发给你俩做零用钱，置买东西自个做主。衣香：抱山街的菜馒头猪肉馅兜的，明朝两人拿着钱上饭馆，吃不到佘嗓不归来。

　　顺生领了现钱拉走强生说悄悄话：叔爹讲究个义务，哄弄人呢。大街上卖茶水的，一点滴不义务，要收一分钱呢。我奶奶姑姑喜见个钱，手上有钱，买东买西，手上缺钱，指东骂西。身上不囤钱，两眼巴巴望，一碗茶喝不上。不当痴侯，不上学了，上渡船赚钱去。强生哥高兴不？强生：上船练身子，我想多念书认字练脑子。顺生：我喜见个练水练船练身子，单干去。强生：叔爹讨厌不上学不认字的伢儿。停了学，当心叔爹板脸不喜见你，学校开除你。顺生：被开除不犯法，不难为情的，一门心思渡船上赚钞票了。强生：想得美呢，叔爹开除你！你敢不上学算你能。顺生：不敢了。

## （八十三）

　　细凤选任支书后，出门时光多，找全村男女谈话多，找扣扣谈话顶多。细凤：你一二再地推诿，我就再二三地烦你，烦到你开口骂我了，兴致也就坍了。扣扣：讲定的事照做，官不当，怎个改口了。细凤：这回琢磨出个不带长，不做副的称谓——老农家的帽子戴你头上。无所谓做与不做了。农村中以务农为本，千头万绪围着农事转。你个六岁开始下田农耕，成寿了个担百斤，行百里，换肩不落地的农家汉子，管理八棵村的农业合适不？扣扣：摊上你个硬上四五的疯姐姐，逼我无路退了。

县上的文宣队敲锣打鼓进了村。队长见人讨问着找上了女支书，说：细凤支书吧，余镇区指配文宣队到你村宣传鼓动，支书您召集村民搭个高台听歌唱戏。细凤：余区长指派来的吧。队长漾了脸未置是否。细凤：白天？夜档？队长：只能是白天。夜到了得回余镇演出。细凤：找老农家吧。他在田间劳作，找上他，事准成。

扣扣臭汗一身，和着满田的农工，大呼隆收作着蕃芋。一垄垄破开土，扒出一个个的红皮白皮蕃芋，一桶桶挑运到田头。几十亩地块的收成聚拢来，堆积成了小山。细凤、队长奔小山旁找上了扣扣，说清来意。扣扣梭巡四周说：田间净空，就地唱戏吧。队长：空地宽绰可行，搭高台不便吧。扣扣：高台现成的。蕃芋堆摆摆平，踩着唱戏，唱渴了随地吃蕃芋润嗓子。队长：创意新式，群众热心，意义伟大，这堆蕃芋不下万斤吧。细凤：啥眼光呀，万万斤呢。队长哇呀一声，蹭上集堆，扭动几步说：高度有余，平面不够，只能说唱，不能蹦跳。细凤：定个只唱不跳，多来几回独唱，清唱，说唱，大合唱，两重唱，数来宝，三句半的，细绸秧歌舞免了。扣扣：好的，把堆集四周围围，平面用稻草填填，踩上去不滑动。队长：周全了，队员集合。细凤：我去扩音器上唤两声。

喇叭一响有戏了，人群从各个地块汇集蕃芋堆下，文宣队员踩着蕃芋，贴着电池麦克风，有板有眼唱响起，有队员捧着相机，拍下蕃芋堆下黑压压一片看戏人，又从下往上拍了万万斤的蕃芋，堆集由挡板稻草稀稀落落围着，裸露的五六个，十来个的蕃芋拍成一体，分不清单个数来。几天后，登上县里的简报，宣传八棵村的蕃芋长成三斤五斤大个的。文宣队员踩在南瓜大的，十来斤重的蕃芋上唱歌，简报标题《稀奇真稀奇，蕃芋上面唱大戏，八棵村蕃芋亩产超万斤，八棵村的卫星上了天》。

扣扣看了细凤提给的简报，说：领头的咋带头说假话呢，蕃芋能超万斤？细凤：那天我粗估估咔嘴吐出了万万，没讲亩产超万呀，哪晓得提上正本了。

为此，特意去余镇找区长澄清。他不在，宣传干事说县上文宜队亲目所睹，真的假不了吧。我说他们听岔了，亩产万斤太离谱了。干事说眼下达不到，三年五年后也许能。我说等到那一天宣传吧。干事说卫星都上天了，你是谦虚吧，宣传文章兴许个比拟，假借，拢高点的，与实际差距点别往心里去啰。

扣扣：这些个人不是种田出身，一派胡咧咧呢。细凤：没人晓得这些人的底细。争得急了，扣帽子你政治迟钝落后。扣扣：作假弄虚，实底上的落后。细凤：不依你的先进落后了。简报一出八棵村扬了名。县上农科所一帮摇笔杆子的跟邦搞样板来了，你得出面应对啰。扣扣：啥样板？炼钢炼铁，工人老大哥的拿手事，农家不会呀。细凤：农科所为农。想来八棵村搞出个亩产千斤麦子的样板来。扣扣：科里所里的高手成群，帮不上啥忙吧。细凤：一帮子嘴上没毛，风风火火来实习的小青年，种田经历赶不上你呢，踏进地块就嚷着样板起来，尽快物色地块帮着运动吧。

县农专校的一群小青年，由一个县上派搭的领队带着，跟着扣扣去受领样板田。一处丈量出九分二厘七，再丈一处一亩三分六。扣扣摇头，走向第三块。一个小青说：老农家，别找了，这块地，四周环水，淤泥充足，上等的高效肥呢。扣扣：多出三分六呢，思忖着样板田得试得板正，多一分少一厘的试歪了。领队：可以折算的，县上的样板试验班子强调高产样板两指标，低一千至高三千，增肥密植两要素。深翻一丈五增肥，下种五百五增植，高产五千五增收。扣扣：播种五百斤麦子得广中多少田亩呀？领队：自然一亩地左右了。扣扣：乖乖！老祖宗得知了从坟盘中跳出来呢。平常也就撒个十几斤的麦种，收获到三百斤朝上的，得看天爷脸色呢。领队：要干就干前人没干过的事。农业任务，也是政治任务，老农家，干吧。

扣扣召唤了劳力，从深挖一丈五的根基开始，一行行的朝一边挖拨。一层干土，一层淤泥蕴草。层层给足了基肥。专校小青年们算计着播种法子。算上来，算下去的播种不下呀。领队：一层播下不下播二层吧。小青：这是无理密植了。领队：播得进去，就是合理的。五百斤麦种下土，每粒生长出两粒麦子来，即完成了千斤亩产的最低指标。照老套子种植，种不出样板来的，播种吧。

扣扣着意唤上长顺撒麦种，知底一根筋的他也有不乱来的长处。一埭地撒下九拳头的麦种，埭埭地如是撒。领队嫌慢而稀，号召小青年们一齐撒，一篇撒完。领队指挥撒二层，钻空档。扣扣：蛮荒种法，也得盖上层土种吧？二层没撒完，麦种没了。长顺望扣扣，扣扣望小青年们，小青年望领队。领队：按既定计划撒呀，麦种数量没到指数呢。扣扣：库房里麦种清了，光剩下储备粮了。万一其他的田亩败苗，补上太平种也没了。领队：上储备粮呀，为高产要舍得，元麦千斤是最低收成，一穗麦苗不可能只产两粒。生发的倍数无法想象，夏收时找不到库房存放呢。快把仓库腾腾空，多密植些田亩，八棵村坐等丰产吧。

扣扣凝视着空荡荡的库房，心有余悸。集体化以来，库房从没清过仓，麦口期再困再难，总有十斗五升的压仓粮。眼下呢，腾空八只脚，下了种空对空了。但愿领队所说，痴侯梦来年，有个好收成。

十三天后，二层麦苗先出土，一层的相隔了五天，农科所留驻小青年观记麦情长势，定下六个钟点记录一次苗情。扣扣：大可不必吧，看着它在长，不看它也在长。小青：不敢马虎，生成样板田了，耕田下种，生叶拔节，分蘖孕穗的点滴环节如实记录下来，高产的第一手资料要推向全县的。扣扣：夜档起夜两次，日程长了吃不消的，我来帮忙一次。小青：老农家体贴人呢。没个搭档办不成的，察枝观长记写，总得有个照光的人呀。扣扣：有啊，有个长顺兄弟乐意拿着手电筒照人，四人分两档，你俩不用借住村公所，搬来我老宅居住，定下了钟点准时唤醒你俩。年纪一大把的人长了灵性，我俩不会误时辰的。俩小青年：辛苦你了。扣扣：全程陪护搞试验，支书交的任务，要说辛苦，从学堂里响应号召出来熬夜，够辛苦了。同学们做过同样的试验，真的相信下种越多收成越高吗？俩小青年：没亲手种过田，说不出经验来。扣扣：看来有点玄呢，怎没想到大欺小，强欺弱。生长期抢地盘，欺压下去的颗粒无收呢。俩小青年：优胜劣汰自然法则，试验领导小组应该测算进系数中了，是高是低等着收获了。扣扣想想也对，实践吗。

出头两月，麦苗儿拥挤着寸土不让争先长。三五天的即有拔高记录。手电光下，扣扣审视着不断增了高的苗儿，密匝匝显出一排排的软丝倒塌相，像初生的伢儿，横着躺窠，竖不起头来。这样挤下去，一粒麦子也孕不出。扣扣提醒：下种忒稠，得间苗，小青年：高产的秘籍在密植，种下又间了，枉试验了。扣扣：不间苗，谈不上高产，剩下有产没产了。俩小青年：减少秧苗做不了主，得请示领队。

领队在县城的东南角正热火朝天地平整土地。做一年的麦熟，玉米熟，水稻熟的三熟制试验。小青年从东北角乘坐二等车去，再从西南角乘车回。领回了领队的指导意见：出齐了秧苗，试验成功了一半。接下去不可间苗，只能施肥。施足凼肥，麦苗儿吸足了肥身粉，拔节高了，发蘖的空间大了，分层次的抽成穗向四周恣意扩散开来，麦穗长成了猫尾巴高产在望了。

有想象、有道理、有希冀，浇了两茬凼肥，寒冬腊月到，麦苗儿一边倒委身大地，十天半月的记录不到丝毫增长。放弃了夜间观察，大白天的四人一起分辩麦茬坨坨。色黄的麦苗多，见青的少。小青年：又缺肥了。扣扣：大冬天的苗儿歇睡不吸肥了。再施肥变作害了。小青年：有的苗枯萎了。扣扣：人不间苗，苗自间。争不到空间的秧苗自动让档了。只等越冬作物越过冬，泛青七成收获七成，泛青三成收获三成。小青年：没啥补救措施了？扣扣：措施有一个，统统刨光，重新播种，兴许收成拔高点。可是，麦种哪来呢，没有领导的授权，种田群众不能随意改种的，等吧。

小青年又跑了趟西南角，传回来信息也是等。等来了春回大地，和风拂杨柳了。领队传话：不失时机地施拔节肥，施杨穗肥。肥水流淌了试验田。扣扣他们恢复了夜间观察，苗难返青呢，朝泥土里缩，麦根中泛出星星点点的白斑。小青年：农颜春雪烂麦根，没有下春雪呀。他伸手蘸了白用舌尖舔，好个咸哟。十天半月后，试验田一片白茫茫。可怜的麦丝线，被盐碱吞噬个精光。

扣扣自揎扪心拳头，咋就遗忘了这道茬呢。合作化初期，灌水排盐，层层换上粘土。盐渍深埋进泥，驱回了大海，火不登来了个深耕一丈五，这不又把瘟神请回了。扣扣呀！旁人唤你声老农家，你脸面不红，大言不惭，枉吃了三十多年咸盐。

俩小青年失去了实践田，闷在屋里发呆。一个说：失败了同样是种试验，整理失败的记录同等重要。一个说：麦苗儿死光光，整理不出灵魂了，好想大哭一场。领队接回他俩时，申请着回老家。领队：没到歇业辰光。这次在咸水里跌倒，跟着我去长江边的甜水里试验一年三熟制，成功在招手呢。

<h1 style="text-align:center">（八十四）</h1>

夏收麦子打下来，细凤一亩亩的核算收成，汇集了比往年减产三成。扣扣：幸亏大面积没跟帮上深耕密植，要不，悲惨了。紧凑着玉米也减了产。扣扣：看样子人定胜天一时半会胜不了。细凤：连着减产，群众口粮分配不到指数，伤脑筋了，万不能像夏收那样，好吃不留种，分配个光底光哇。扣扣：眼看着冬播了，麦种没一粒，误了茬口，呼天嚎地没用。细凤：讲好的留种在户，着手借用麦种吧。扣扣：不能从农户的口粮中揩麦种。玉米减产，找不出其他杂粮调麦种，只能拆东墙补西墙了。细凤：不用拆墙。从村民组长记工员算起，就贴着公家标签的大小头儿，每人少分十斤玉米口粮。我是支书，带头少分三十斤。扣扣：老农家没种好田，少分三十斤。细凤：不行，衣香大婶娘患着心口痛病，少分十斤吧，走家串户求爹爹拜奶奶的事照例依赖老农家啰。不开大会小会，碰头相面孔好通路子。扣扣：通好自家路子啰，家中存有一坛麦子贡献出来，十五二十之间，算作少分配的玉米吧。

归家揭开坛子，扣扣傻了眼。麦子半坛不到，还是磨碎了的元麦糁子。他说：误大事了，敲定留做麦种的。衣香：我正有冤无处申呢。一大家子大小六张嘴，我一天抠得出两顿饭食，天字一号了。眼看着糁子快净光了，十天半月接不上玉米糁子，嘴巴真要缝上了。这两年出得多进得少，怎的不过社会主义啦。扣扣：社会主义年境有荒年也有丰年。社会主义好人当道会越来越好的，当务之急要调剂来麦种，用女人的眼光码算码算，相识的旁人家，有多少家存有余粮？衣香：不多了。三婶娘家有存粮，笃定有。扣扣相信。

三婶娘近两年见老了。不时有传闻刮进耳根，说他儿子布财活在台湾呢。虽然没有一级政府定性她是坏分子，她还是识相着极少串门，做些三等劳力生活，田边往返场边，从不有意找人搭腔。最大的期盼扣扣来串门，像分粮分草时扣扣必定送草送粮家来一样，她朝扣扣发笑，从不打探布财的下落。在她想来：儿子若在台湾待着，当娘的必被管制无疑。儿子不在台湾，必定死在海中了。当娘的一点想头也没了，还不如听闻着，听传着，有板有眼的，听之任之，心动着的好。每次扣扣来到，忙着烧开水煮蛋茶，乐呵呵站一边，看好扣扣受用。

扣扣这次拦挡了她，说：上次讲定，再煮蛋茶，我要走人，煮一次少来一次。三婶娘：好的好的，不煮行不，你可多来。扣扣：来借用麦种，衣香估摸你存着呢。三婶娘：有的，存在窖里。扣扣随同下得窖来，打眼撞见秦小叔寄存的银钱原封未动挺摆着。二斗体的硬帮竹篓装满了绿皮绿肉粗黄豆，满斗的缘故，四围滚落在地十几粒，扣扣弯腰捡进了竹篓。五斗体的乌坛高耸着肩口，扣扣探手试了深浅，装得满满当当，上百斤吧。好个三婶娘，个人开伙仓，胃口小，常节余，日积月累的，一年存至四年存的掺和着，把不准还有五年存的。麦三，稻四，过了这时限，麦稻的胚胎发芽率低。扣扣临时回复细凤：调换出当年的麦种，不可用陈年麦子当种子。调换结果，只够八成多田亩播了种。细凤：分配得本来不足，家户月月种进肚皮里了，两成撂荒，少收两成来年的口粮先减去两成了，一年年的撂下去，撂成个漏底洞了，不行，陈麦也得种下去，总比撂荒好。扣扣：一种两失了，误了家户的口粮。收不来放心的收成，打报告，向抱山街求助麦种。细凤：打啥报告呀，我两个直接找鲁九久去。他个抱山街的副书记分管农业，对口对调的。

鲁九久：难为无米之炊呀，一方吃紧，四方吃紧呢。有的村庄要求你们村贡献出活命粮来，亩产千斤麦子万斤蕃芋的收成，不能见死不救哇！我劝告各村有各村的难处，八棵村自身的麦种不周全呢，各家处理好各家的难处，平稳度过困难期。扣扣：看来陈麦也得种上，不种无望种还有点望呢。细凤：麦种缺一年，多年补不上，拖到何时呢？鲁九久：来年的种植计划改了，八棵村必种棉花，种植成本减压了，扣扣：吃是真功，穿是威风。口粮压力增大了。鲁九久：实行统购统销呀。八棵村生产的棉花，政府统购去，换算成粮食返销给你们。当紧的要找出植棉能手来，促成棉花高产。细凤：我与扣扣自小手把手在东家侍弄棉花，从种到收熟熟套套。扣扣：赶上一年收成皮棉亩产八十五斤呢。鲁九久：不错，算高产了，交给你们，找对路子了。

## （八十五）

栽种贴身棉，八棵村公众热情高涨。有撂荒的田亩在，细凤借用外乡镇的植棉套路。雨水季节用营养钵栽种小花苗，待开镰割去麦子时，花苗在苗床中长成三五叶尺把高了。紧凑着移植到麦桩垅中，追上水肥，沐浴着黄梅后的艳阳天助长它结得正果，开出了本花。扣扣：移栽提早了一个月，白露当口开始收花了，比寒露当口收花，少了霜煎花，龟骨花。痴候看堆头，亩产皮棉近百斤呢。细凤：麦子蕃芋的教训还在，不好夸口呢。送售供销合作社见分晓。各村组送的籽棉，在收花部，各组单独剥籽测试，组组属甲级皮棉，组组的亩产上百斤，来年有饱饭吃了。

按往年惯例，皮棉换算成五倍口粮返还。以一等劳力按月三十斤，二等劳力二十五斤，三等劳力二十斤，无等劳力统筹十斤折算。返回全村六个月的口粮后，剩余的返还成集体储备粮，进户的口粮统一购粮造册，大写的数目盖上供销社的印章，进入元月后好按月去购买了。

今年粮站告急，粮货未到，在耐心等待的劝慰声中，直等到进入二月，年节临近时开了张，粮品只有一样，成片的蕃芋干货。人们议论：往年元麦、玉米、少量的大米，花色着随你选购。年档了这不是成心捉弄人吗？粮站：别挑拣了，隔几天，连蕃芋干也断货了。各组的小头脑来村公所诉苦。细凤劝解：大有大的编排，要理应政府难处。好在是农闲时节，过了麦口期，自种的粮食接上了茬。众口一词：离麦口期怎长时段呢。真要蕃芋干也断了，缺口大到收不拢了。细凤：大伙儿不用燥，把能购的先购回，然后群策群力一定会开出个药到病除的好方子。满屋的唉声叹气，苦相向着支书求方子。

她找了扣扣诉说没解了。扣扣：召开公众大会呀。号召大公众一天用两餐、一餐渡难关。细凤：吐不出口呀。党的支书为公众谋吃穿的哪能号召饿肚皮呢。扣扣：实则不用号召，多数的家庭早已自发二餐了。记挂着少量漏斗户，眼看着揭不开锅了，急需着协调呢。细凤：有协调妙方？扣扣：借富济贫呀。八棵村九户家庭有陈粮，以公家的名义借用给漏斗户统筹用，争取困难时期不落下一个人。细凤：这剂药方有效，只能点对点面对面的协调，召开大会唤得应天响，误会劫富平调呢。扣扣：看来集体不能出面。集体这两年掏空了，三年二载的难以恢复元气，借用时段长还不了，有小公众吐出共产党的不是，支书担当不起啊。还是你动员，我签字。还债的责任约定在两人肩上。细凤：有你这句话，我肩上剩下一半分量了。你人缘好，走家串户行动吧。扣扣：有几户人家我吹过风了，东姓小叔家，宁郎中的三兄弟，四水一家的三婶娘家。都能说上话的。细凤：人称三老太婆存有集体还本的上百斤麦子，去还粮见面蛮和气的，一脸的笑意，非要煮蛋茶，我止住她，离开时，小动作把三个鸡蛋塞进我衣袋，硬是没觉察。人老精气呢。扣扣说：两人去，有我称粮灌袋打借条签字，你看住她不煮蛋茶，万一看不住，有言在先，两碗蛋茶六个鸡蛋你都吞下去，让你嗳出鸡屎臭。

扣扣递上借据，细凤还握紧三婶娘的手家长里短着。认字的三婶娘瞟看字据，说：喔哟，一家子不说两家话，用不着字条。扣扣：亲房户族明算账，历来的规矩呀，字条收藏好，到时还不清，宽松小辈些时日。三婶娘：借不借由我，还不还由你，你婶娘不依赖麦子过日子，杂七杂八的食粮全套货呢。扣扣：那我再借用一笆斗黄豆，用作太平豆，万不得已时，用它救急救命。三婶娘：扣侄想借随意，只要有货。细凤：扣扣你有完没完，我的手腕握了生痛了。扣扣：你放手，我来。细凤：我去唤人把麦子运往储备室去。

三娘娘解放了手，全心注满了支书对她的牵手，忘却了煮蛋茶的过门，她说：公家还来的当年麦子没来得及下地窖，还被公家借走了。陈年黄豆在地窖呢。

俩人点燃支蜡烛下得来。扣扣第一眼觉察满笆斗的黄豆见少了。三婶娘：吭没动用过呀！晒干的黄豆不瘦身，毛贼现身了？整块的银钱不偷，捧走几把黄豆不值得呀。扣扣：银钱不当顿不当饱的。眼下黄豆比银钱紧缺，偷当饱的当紧。三婶娘：可恶可恶，急配用场，当面吱一声，保准当下奉送。扣扣脚踩了软土蹲下察看了说：不是人为，老家贼干的。进窖洞口乌坛挡着，不就近照明，发现不了。三婶娘：这就对了。地窖门见天锁着，哪来的毛贼呀，八棵榉从没有过的。扣扣一激楞，连想到布财，但愿像善良的亲娘所言，儿子布财不是毛贼，八棵榉没有。扣扣说：黄豆还得损失，先起借了。其他杂粮搬到宅高头去。剩下的坛坛罐罐，银钱块块，让老家贼吹胡子干瞪眼吧。上下理顺，扣扣跨步离屋。三婶娘猛地想起来留人煮蛋茶。扣扣说：困难时期，自个留着补补身子吧。三婶娘：心意难改，在这怕现眼。拿着吧，啊？一人三个。支书的你带给她。扣扣：不可能的，上次她要作价还，我拦挡了。等下回吧，等新麦上场进户。我俩一起来受用三婶娘的蛋茶。

# （八十六）

一家一家的借来，一家一家的送去。

第三村民组的火组长老婆得了浮肿病。经细凤核查，扣扣送去了三斤黄豆，十二斤麦子。火组长说：扣老弟呀，不是官不是府的，咋就赈灾来了。病娘立身接了粮，召唤着：稻麦，快领着弟妹来谢谢公家人。扣扣：不是公家人替公家跑跑腿的。两个弟妹跟着稻麦围着扣扣转了圈，转身要离去。病娘：开口呀，谢声公家人。稻麦：他说不是公家人，不谢了。病娘：你个压岁丫头，十大好几了，怎个长不大呢。瞿成了男伢儿，哪有乖侯娶你呦。扣扣：丫头有个性呢。与我两个叔伯儿子般配，随你挑了。病娘：攀上个公家亲，屋檐高三尺呢。火组长：你呀，想着长远呢，多想着怎个度麦口期吧。病娘：心里憋得慌，找个喜口寻开心渡难关吗。扣扣：嫂子说得对，困难只是眼前的，找个法子冲个喜，笑对麦口期，正道着呢。

扣扣归了家，冲着衣香笑称：今朝无意中攀了个儿媳妇，巧不巧呀。衣香：只嫌早点了，强生没变声呢，哪家的丫头呀？扣扣：火组长家的稻麦丫头。衣香：出名的火气大呀，攀成亲家难同伙呢。丫头的脾性传爹传娘呀？扣扣：你还当真了，玩儿冲个喜的，家中被饥荒闹得死气沉沉的。衣香：有道理，娘整天唉声叹气引得心口痛加重了，再请宁郎中开两节药方治治吧。扣扣：好哟。刚从余镇医院医治回家时告诫，胃病靠三分药治，七分调养的。衣香：没法调养呀。家中细粮断顿了，见天蕃芋干咸菜汤，吃进了搅拧，娘俩同病相怜，体会到娘的苦楚。扣扣二话没话，当下去抱山街调换回五斤粳米。衣香用煨罐在灶火星中煨粘了，迫着娘吃喝。大婶娘拧着脖子推说没胃口。扣扣：权当汤药喝下，生劲。大婶娘：说破老天，不会张口了。竖在厨房中，做了大半辈子的内当家，晓得眼下油米精贵。强生顺生正当长身桩辰光，我贪吃了一口细粮，伢儿就少吃一碗粗粮。扣扣：我侪没病没痛，少吃一碗一顿的饿不煞。大婶娘：从孙辈口中挑食，折我寿呀！说完回里屋躺下，蕃芋干咸菜汤也不肯喝了。衣香跟进了说：娘不独食，全家分吃可以吧。你吃一口我吃一口怎个样。娘说：你先吃，要多吃，趁热吃，暖心口的。衣香用着汤匙，一勺一勺舀着吃。吃半勺，望眼娘，等娘接手。娘扬扬下巴颏，示意着衣香敞开吃。婆也娘也，病态显恶，还以儿孙为重。衣香鼻子一酸，两滴热泪滚落煨罐中，说：该娘吃了，我来喂您。娘说：没大没小的，逼着为娘吃眼泪粥呀，自个儿掉的眼泪自个儿吃，说着搂着衣香，续说：亲丫头呀，我俩四水一家全靠你独个内当家了，可要养好体哇。你与扣扣的孝顺劲，心领了。好不过邀来老二老三家婶娘会会面，也就百病消散了。

二婶娘来陪伴了两天分了手，她离不开一群外甥外甥女。三婶娘的陪伴成了常态。大婶娘：老妹子陪我说长话，心里舒坦多了。三婶娘：一样的，两个人比一个人闹热。一家子比两个人开心，阿是！大婶娘：正是，我是身在福中不知福呢。小姊妹单门独户的有难有病时天地不应，只能烧炷香拜菩萨，眼见你一天天见老了。三婶娘：老姊妹两句话捅到痛处，苦累挺挺过来了，没个人通通耳朵像个聋子。老姊妹生老病死有人担待。我呢，后程呢？大婶娘：你想早了。长蛇死了有人挑。你我四水一家，有扣扣呢。三婶娘：信得扣扣，对不住扣扣呀。先辈讲宁毁十座庙，不拆一桩婚。扣扣令子硬生生被妯娌三个拆散，这笔情生辈里还不清了。大婶娘：扣扣心量大不记恨的。细凤支书说扣扣十六七岁时受过共产党训教，普渡众生的能量大过魂呢。睡里梦里关照着大公众，照看着你我细笔儿账。三婶娘：听你一摆弄，我心笃定泰山了，余下不烦闹，一心归路侍奉老姊妹。大婶娘：别呀，侍奉好自个儿。近三天在家好生歇着。我吗，天天磨嘴皮子，磨吃力了。想睏个长觉，睏它个三天三夜。

大婶娘这一睏，再没醒来。

三婶娘第一个到场哭诉：老姊妹呀，说定的见面了孙媳妇撒手，咋不做数呢。衣香诉说：都说慢病慢走的，我心做数着娘病躺病榻三头五年，尽孝为娘喂汤喂粥，把屎把尿的，娘声无气哈一走，顺走了儿女的一片孝心哇。三婶娘诉：老姊妹着床不上月，不拖累儿孙呀。衣香诉：娘三十多岁守寡，四十多岁丧子。世上尴难事，娘全摊上了，一了的苦中作乐，照管着儿孙，自身没个光鲜时光。三婶娘诉：老姊妹哇，灾难临头过，姊妹四个事后倒苦水，别说人生光鲜了，贫贱夫妻老来伴早早离身而去，啥想头也没了。你劝说，平平常常的好。梦中梦见阴间了，照样喜见贫贱夫妻老来伴，若在世上活得豪旺豪兴，阴间老头不接收你了。

衣香接诉：爹耶娘娘，听着三婶娘的诉告，二老早早团聚，儿女还愿了，扣扣唤停俩人，告知：非常时期，老人丧事从简，早日入土为安。三婶娘：不能少于三天的？扣扣：当然，三天当中两天不接待吊唁。少量的亲房户族守灵，只在出殡当天。大婶娘的娘家人悉数请到场，加上婆家人，伴夜守灵的，盘坟殡葬的拢共三十人以下，坐在一起吃一顿饱饭。田庄里小菜，花搭着糁子饭。衣香：娘走得苦哇。老底子揩个光了。扣扣：下月的蕃芋干接上了。不是当家人小气，实在是托钱买不来吃食。动用集体太平粮，细凤和我犯法呀。三婶娘：使不得的，历来的喜事丧事量力而办的，老姊妹不怨怪的。

一家子心里有底了，扣扣唤来大三子交底。他拍拍胸夸下口：小事一桩。困难时段，红白喜事难成席呢。大三子有心帮主家装点门面。田庄里小菜中加点油肉，以兔肉猫肉甚至鼠肉替代猪肉，螺蛳河蚌替代鱼肉。条条河浜被他扒尽了螺蚌。狡兔野猫有心豢养在田间角头，临时需要时手到擒来，得来全不费功夫。

扣叔需求，大三子倾尽所能掌办了一顿困难时段的豆腐饭。事后，扣扣提问，市面上买不来猪肉牛肉，田庄里小菜哪来恁多油水，一个个的抹得油光满面提升了饱足感？大三子凑耳：兔肉猫肉鼠肉混合肉，扣叔信吗？扣扣：不敢乱来，猫有猫爪疯，鼠有老鼠疫，病菌缠上骨络，吃下肚脱不开身。大三子：没有事。这菌那菌的经滚开水烫过，全离开了肉块，尽剩下香味了。扣扣：滚开水消毒，可要滚得时长哟。有疑问了，这些个活物哪儿来呢？大三子：猪前拱，鸡后扒各有各的路，随时养着呢。扣叔发觉那块有家鼠，告我，一提一个准。扣扣知晓大三子不吹牛皮，伢儿长本事了，饿肚皮饿出个能人呢。顺生听说了，吵嚷跟着大三子学本领，去捞鱼摸蟹捉野味。扣扣：这是成人没办法的办法，伢儿上学当紧呀。顺生：一个字没进脑，请假了。过去了几天，强生跟着待学了。扣扣：你也请了假？强生：学校放夏忙假，收了麦子开学。扣扣算算，这个夏忙假提前半月呢。学生缺少营养，玩字玩文容易头晕眼花。生发出病来影响长身体呢，放了假，脑筋好歇歇，扣扣二话不说唤着顺生强生野外散散心去。

三人找了大三子。扣扣讲了三婶娘家老贼偷黄豆的烦心事。大三子：有门儿了。领着真奔运盐河，大三子指着三婶娘家宅前一溜几十米河段，说：看见了吧，这一片离水三尺的洞洞眼不下十只呢，一公一母，一年二百五，这窝老贼驻扎繁殖不少于一年了。扣扣：照例你早该端它老巢了。大三子：老早吃准它了，找到了鼠的排水口，逃循口，苦于找不到它的偷盗口。晓得它啃的是黄豆，一心在黄豆地里找。没料到低洼地块暗藏着地窖。地窖里暗藏着小囤黄豆。便宜了这帮老家贼了。扣扣：逮吧，施药？闷烟？掘洞？大三子：不行，捉的死货活用价值不太。逮活的，全洞灌水，从上方逃循口灌水。水灌满老巢，老家贼与它的徒子徒孙窜出洞无疑。扣扣：水漫金山，把地窖淹没了。大三子：地窖的出口堵牢它，牢靠到不渗水。扣扣：我去用硬土夯实它。大三子唤上在边看热闹的小三子，强生顺生，同学唤同学唤十几人来，带上洗脸盆参加灭鼠大战。

哗啦啦来了一帮同学。大三子带上三个个儿高的守住出水口，当中用丝网围着，预防近旁两侧辅洞与主洞串连，也围上丝网，三个同学轮番守着。大三子再引领同学站队，间接一庹长的距离，像击鼓传书样，一盆盆朝上口传水，空盆了，再有两个同学跳着送回舀水处。有点儿像风车提水。大三子估摸着快出水，跑回出水处，盯牢着围捕丝网。他鼓劲唤着：小山子，同学们加把劲，成功了保你们嘴香。开始渗水了，淌水了，一只撞网了，一群撞网了，一对老家贼现身了，哇哈，硕大的像只落汤鸡，一窝端。加上同学网住的，乖乖！拢总靠廿只呢。欺不了它们占有的地盘富态，有吃有喝，只只长得肥耳胖腮。单对老家贼相加，足有三斤。地窖中走过来的扣扣提问：宰杀后净剩多少肉。大三子：剥皮去肚毛估估十三四斤吧，足够动手动脚的伢儿开销了。扣扣突然想起全村的伢儿，说：我去去即来。怎个的开销，回来再讲。

扣扣领着细凤前来，见面大三子，细凤头句话：不是头一回了，吃肉的人没有犯病吧？大三子：市面上停了家肉后才瞎搞的，不下三五次了，吃肉的人只叫个好，没说肚痛肚胀的。细凤：那就好。十四斤除以五十，每人三两不到，塞个牙缝，不痛不痒的，顶好再加上十斤八斤的，村上添加三斤黄豆，来个鼠肉炖黄豆犒劳伢儿们。大三子：凑足廿斤，争取廿五斤个顶个的凑足四两半斤，伢儿们吃得像模像样了。在手的家中养只野兔杀了多二三斤肉了。细凤：野兔在家养？大三子：本有两只呢，上次为扣叔家宰了一只，发现了两只野兔，在它的直行路上放些青菜，一直放到自家的鸡窝。兔儿顺菜着窝，设法拢住了它。几天撒菜，开始还关着门，时长三月开了门它不跑，成为家兔了。扣扣：你自家屋里朝外掏，我要记账写借条的。大三子：权当跟扣叔学了，忘不了小辰光饿得滚地铺也滚不动时，扣叔送来了吃食。爹说：快磕头，磕了头再吃，顾不了许多，吃饱了想磕头扣叔走远了。细凤：不错，大三子有心呢。红锅师傅小有名声了，家中的这肉那肉的不再掏，加上兔肉好开宴了。大三子：还差个五六斤呢。我是现买现卖的，跟我来看把戏。他带着大家走向一堆集体的芦苇集。从鼠袋里抓出两只老鼠，使劲捏弄得小东西吱吱尖叫。不会儿，从东边窜来一只虎皮猫，从西边窜来一只竹节猫。喵呜喵呜蹭大三子裤脚管，他丢下一只，虎皮猫阿呜一口咬住，大三子飞起一脚把猫咬老鼠踢出二十米开外。竹节猫饿得记吃不记打，咬紧了第二只，被踢向了虎皮猫身边。大伙儿奔过去，否管是死鼠活猫，还是死猫活鼠，毫不留情捉进了布袋。小三子看呆了说：兔死走狗烹。顺生：鼠死家猫炖。扣扣存疑：诱捕家猫，不地道吧。大三子：这两只半年前是家猫，可家主几月管不了它吃食，流浪在外了。猫眼红得起血丝发凶光，饿成十足的野猫了。扣扣：家主养大的猫，算作对伢儿成长的一次贡献吧，又增了几斤的油肉，改谱成兔肉炖黄豆。开伙仓了，地点放在三年前办过的集体食堂，锅碗筷勺现成的。

灶膛炀起来，油香飘起来。细凤召唤小三子强生他们，每人去一个村小组领伢儿。框算过了，八棵村的两岁以下的小囝在一帮一中分发了三斤毛米粥细粮。三周岁至十二周岁的伢儿在五十个左右，包括参加劳动的三五个十三周岁的在内。各组的名单去村公所会计那儿取，打过招呼了。

天色徐徐淡暗时，大伢儿牵着小囝，嗅着香气入了场，有三两个的跨着家长的脖颈来。细凤扣扣出门接进。扣扣：算上手中抱着的，伢儿到齐四十九人，人手半斤食够了。细凤：我咋觉察平均分食不对劲呢，大伢儿细小囝个头身桩相差一半呢。分分档，两到五岁的人均四两，六到九岁的半斤，十岁以上的加码到六两，怎个样。扣扣：还算公平。分食了，细小囝先来。

一阵的叽叽喳喳声后，饭堂响起一片的嘴嚼声。有个抱着三岁伢儿来的家长叮嘱：油肉进口了多在嘴上焐焐，咂咂滋味，油花铜钱大呢，啥香来着？男伢吐嘟一声咽下一口肉，说：香！香！龙肉香。家长：蒙大人呀，世上没有龙没得肉。男伢：爹娘讲的呀，骂我馋猫，谋碗龙肉堵住馋猫嘴。家长：这伢儿，光记住吃食了。

顺生用完了他的份，吃兴未尽，想再去盛加点。强生拦挡：数好和尚蒸的馒头，不好多吃多占的。顺生愤愤：叔爹唤来一大群的伢儿争食，挤对我俩吃不饱，欠理了。强生：啥理呀？顺生：不劳动者不得食吗。语文课上讲的。强生：叔爹从头到尾，一直劳动，一口汤水没进，他的理呢。顺生：叔爹的事一讲，我没一点理儿了。扣扣细凤一直喜滋滋穿梭在伢儿中间。细凤：看着伢儿们吃出欢快劲儿，我几个月没恁开心了。扣扣：应验了人是铁饭是钢的古训。细凤冲着吃完昂起头的伢儿们放言：吃得开心！阿是，才是个开头呢。熬过麦口期，一天更比一天好，像我们看过的电影《列宁在十月》里讲的，牛奶会有的，面包也会有的。有伢儿发问：你是瓦西里吗？细凤含笑牵手扣扣，回答：我俩不是外国人，是中国的共产党人。扣扣低声：言重我了，失信于伢儿不该呀。细凤大声号召把歌唱，唱会唱的歌，伢儿们拍手叫好，争执着唱社会主义的歌，唱共产党的歌。细凤：都要唱，这是一支歌曲的两段歌词，第一句"社会主义好"，看着我的手势，预备，唱！社会主义好连着共产党好。

歌声飞出了食堂。

# （八十七）

余浩余区长一头扎进了村公所，细凤登时惊呼：区长多年不照面，想你来还真来了。区长：今儿不找班子谈话，帮我找三五个带刺的陌生面孔来。向我开炮，我要听真话。

细凤急匆匆去找。

近两年了。区长进得州城的党校，半年结业时，心口痛老毛病加重到难以走路的程度。县上安排他进了长江边的养疗院养了一年多，马嗫着能行路下乡了，硬争着回到了余镇。他的下江地界老家，一封信连着一封电报的催逼他回家。一来老婆孩子等米下锅，二来奄奄一息的老爹坚强着不见儿子不咽气。区长回寄的钞票粮票中留言：见一面通情达理。为人儿身还是一方的父母官，非常时期，离开不能。爹要见面，可带来上江，这块儿相对平稳些，可买连运票从长江乘船直达。

丢开了这桩心思，区长一早赶来了八棵村，他要为自个盲目拍板的后果摸排见底。半年多前吧，他的在州城当副专员的同乡，专程赴疗养院看望。灾情显现，食粮歉收，见面自然离不开的话题。副专员：上面三天一只电话，五天一扎信函，要求沿海州县为国家多做贡献，多多筹集口粮。余浩：每个村镇该交的公粮如数交了。哪个上面呀，不察民情？副专员：自然是省级层面，不是逼你清仓挖库，兜底上交。循循提醒你广开思路，广开门路，眼光不要盯住小家小户，区县级层面百行百业，要成建制的动员每个村，每个乡，个人筹粮半斤，筹粮于民用于兵吗。这儿是黄海前哨，困难时期台湾蒋匪蠢蠢欲动反攻大陆呢。上面要求我们在现有基础上扩建红旗民兵团，组建红星民兵营，红中民兵连，为夯实海防筹足粮草。区长：守防人劳身伤体，不得亏待啰。你我看到了，小家小户都勒紧了裤带。来年的麦口期是个关口，从中筹粮，于心不忍呀！副专员：真理呀，一钱急煞英雄汉。这档口，每县每镇冒出个家有千石粮的老财，立马去打一次封建，该多痛快呀！区长：好个同乡领导还停在战时岁月呢，时代变着平等，冒不出老财来。家与家之间，村与村之间至多相差一两个台阶。一村存有半年的粮，一村存有三四个月的粮而已。副专员：老弟见天走村串户在基层，观察到哪个村庄存着半年的粮。区长：少来些的，县里就七八个自然村吧。分布在各个区镇，绝对是种养经济作物的大户村。像城关的蔬菜村，海边的渔业村，江边的副业村，我区的植棉村。副专员：挤出水分了，可为省级层面太平粮筹备作个小贡献了。当紧的这些个村全是吃返销粮的，摊派下去用不着挨家挨户征用，避开了尴尬场面，只需通报一声在返销粮的数字上改动一下成了。区长：我是信口道来，退到眼前，差距该缩小了。单项征集，还得下乡摸摸底。副专员：号召作贡献呀。像抗美援朝那会儿。有粮出粮，没钱出钱呀。区长：要点还是从群众口里抠粮，使不得的。副专员：同乡人哟，比我还激动呢，稳稳舵。我这个分管征粮的州官还得跟各县头脑商讨呢，老弟少操心，养好身体，县长的位置等着健康的你呢。区长想：领导加同乡专程来关照下级身体健康的，尽说些不健康的话题。

转眼由夏转秋，余镇的副区长找来，一脸的无奈。区长：工作难为你了？副区长：屋漏偏遇连夜雨。沿海一带遭遇八月的天文潮水加台风，海堤被灭风大潮撕裂了口子。区长：百年一遇呀，在哪块堤段。副区长：大多靠近台风登陆堤段，南多北少，正在抢修。海军的军舰靠近来救灾了。州城号召全民参与，自愿贡献捐粮。没出三天成文下来数量，提名余镇三个植棉村捐粮三千五百斤，难违背了。按平均摊派的三个村，另两个村不干。说八棵村是全区全县的卫星村，万斤蕃芋，千斤麦子，百斤皮棉，唤得应天响。他出了名。我侪跟着陪绑出粮，当大头痴侯呀。经集体讨论，最后决断八棵村承担二千五，另两村各承担五百。班子推举我找你定夺呢。区长：这一病，经年累月没去八棵村了。恁高的产量，现实吗？副区长：百斤皮棉真实的。经收花部核实，奖励全村人均五斤的返销粮。千斤万斤的收成现存一张实物照片，一句宣传口号。这里厢水分挤不干呢，没法挤了。区长：八棵村独当大头，吃不准呀？我哟，该死的富贵病，一时半会迈不开腿。待我能行时这个底细一定要摸清。副区长：等不及了，余镇区转拨返销粮成阿末一名，期限明朝交货。出粮方案只等你班长签字为准了。区长：救灾，救难，救命头碰头绕不开。退路没一条了，只能签字画押吧，来年八棵村有个三长两短，我去以死谢罪。

来了，余浩区长焦急等着。他坐也不是，站也不是，心里怎就没个底呢？八棵榉村公所走来了火组长，抱抱侯，对头大哥，三三老农，细凤与扣扣请来清一色的一群贫雇农，期望着他们骨子里能与区长掺合在一起。火组长人到火到，见面握紧余区长的手，说：区长老人马，尴难二年，隐身二年可现身了。区长：尴难事你一五一十倒饬出来。火组长：我不怕埋没父母官的面子，全家老小吃饱的时段少，挨饿的时辰长，老伴儿得了浮肿病，丫头稻麦得了肠梗阻。区长：填不满的胃肠，哪来的肠梗？火组长：饿急了，炒熟棉籽充饥。棉籽壳内包着点儿淀粉，壳外缠着花衣，带壳带衣吞下肚，绞住了肠胃。区长：饥不择食，完全有可能。两年前，八棵村出名的富裕地，缺粮到如此地步，老乡们日子过得艰难呀。火组长：也不知哪路神仙进村来抓住黄牛当马骑，吹牛吹穷了的。搞样板把全村的储备粮搞了个精光。亩产皮棉达百斤，秀才调查了表扬，硬生把龟骨花加上标上了一百二十斤。八棵榉富得流油了，流出来支援外村，外县，外省。全村口粮打了折。区长：具体点说说。火组长：去年返还的统销月口粮成人25斤，大伢儿与女人20斤，小伢儿10斤，以米面为基准。调换成玉米等粗粮加两成，蕃芋干等杂粮加三成。这样，男子汉的花搭粮加码28斤以上。进入今年，口粮数目没变，改成了清一色的蕃芋干。奖励的人均五斤杂粮变作爱心不清不白地飞走了，硬是从小囡嘴上拔走了奶头。区长：口粮如此吃紧，八棵村挺住了？火组长：难熬呢，开始死人了，扣扣家的大婶娘饿病死了。区长呼一下站起身裹起一圈旋风，放声冲着细凤责怪：父母官咋当的，人命关天的天大事，不透口风，必须问责你。快！奔扣扣家开会去。

区长一阵风冲进屋，在大婶娘遗像下，他扑通跪下了。扣扣一愣说：区长礼重了，全家受领不起！区长：死者为大，是个烈士的母亲，礼轻礼重与你无关，挨着我你也跪下，问责你，女婿兼儿子的身份枉当了，怎个让丈母娘活活饿死呢。扣扣：天地良心，大婶娘不是饿死，是病死的。临终前天天用着余镇医院配的药丸，喝了三顿的米粥汤。区长：我是同病相怜，纰漏出在胃容物粗制滥造，油润不畅。烈士母亲生前没吃过棉籽饼吧？细凤：吞棉籽的少数，大婶娘绝对不会。区长：细凤你也跪下，跪着接地气。我个区长是个戴罪之人，对不住烈士母亲，对不住八棵村众乡亲。细凤：是我这个群众隔壁的基层分子失责了。区长：俩人有所不知是我大笔一挥，斩去了乡亲的救命粮，加难了你两个的工作。今早踏上八棵榉的土地，乡亲们比我想象中困难得多。在这要命的麦口期，当务之急要排查出特困户，漏斗户，有基础疾病的困难户。第二步，摸清殷实家庭的家底基数和户数，动员他们共同抱团渡难关。细凤：这些年前备好料，取长补短均匀个大体。扣扣还一手筹集了太平粮，同样采用集体租借形色，发现一户救助一户，暂且救助六户家庭，十三个三岁以下的伢儿。同时要求党员，骨干每人联系一到两户贫困户，平稳度过麦口期。区长：好样的，做在我前头了。细凤呀，帮忙物色三个困难户，我也来个一帮三渡难关。细凤：又为八棵村破费了，土改时破费为我爹治好眼疾，归还你借款，还说忘却了完事，我兜在心里呢。这一帮三的钱由我出，记在你的光荣账上。区长：女同志婆婆妈妈的，琐碎事务缠身好忘事，不烦你了，扣扣帮着完成。每月的八号我有二十八斤粮票，三十八元薪水发放。一帮三还凑合吧，你到时了提醒一声，八棵村余镇跑一趟来回路，当一回粮秣送银员。扣扣：我不！你自个儿把嘴扎起来呀！一家老小不管啦！我俩能解了八棵村的困境，你放心。区长：我没说裸帮呀。麦口期月内事了，过往了，全镇人民盼着丰产了，从此不再挨饿。他说着动了情，扣扣细凤扶着他同时立起身。扣扣：依着你，备用吧，过了麦口期杀青。区长：这就对了，你身在党外，心在党，领会到一个老党员的初心呢，戴罪还愿，意到心到，十赔九不足哇。

## （八十八）

扣扣限制衣香烧茶煮饭。洗碗涮锅，搓衣汰裳全手放下。一切有我呢。衣香：你也忙不过来呀，能做的慢步着做呗。要不，四水一家没个内当家了。扣扣：你的破胃袋，经不起硬磨了，我向三婶娘借上个三斤细米来润润。衣香：别呀，各家有各家的难处。娘走时剩下的三斤细米留着，园在台箱中，旧枕套包着呢。扣扣：真有你的，太平粮保太平呢。取之于你，用之于你，这就用煨罐煨粘了你用。

棉花楷作柴火。锅中烧熟了蕃芋干。锅下煨熟了一罐米粥。衣香瞟了一眼，尝了两口，说：真个的大手脚呀。半斤的煨罐添了一斤的米煨成粥不粥饭不饭的。扣扣：医生劝你少食多餐，慢用呗。衣香：整天用不完呢，也好，让强生顺生蕃芋干搅成粥，馋馋嘴吧。扣扣：他俩肚子功能硬梆着呢，用硬食担饥。衣香：隔夜粥离汤离水，用长了冷粥心口痛破肚子呢。你和长顺帮着，三口两口的完事。扣扣：吃上口好茶饭你费着心照顾着小的老的，不烦着了。我正愁着无米出手呢。火组长的老婆丫头犯了病，急需着细米粥健身呢。衣香：一顿两顿的能健身？娘也不会走了。扣扣：帮一顿是一顿呀。心里只要记住，办法会有的。难在两家同样的调理，分不开呢。衣香：没啥难的。多早晚你想办的事我拦挡了？去呀！剩着细粥温和和的，快送去。扣扣：

托你的福了。衣香：慢着，剩下的二斤细米分一斤带去。整天韶叨着骨干分子一帮三渡难关的，得像个相帮样子。扣扣伫立着，衣香觑了他一眼，分开了二斤米，连同煨罐塞给他，推他出了门。

火组长家堂门紧闭。扣扣佯咳声，稻麦跟着开了门，像是站在门里候着他呢，扣扣说：没歇着呀，你爹娘呢？稻麦：床上躺着呢。扣扣：把你娘唤起来，你和娘剩温把粥喝了。扣扣交了罐交了米离开时，火组长出声问扣扣早。扣扣：还早呀？堂门关得黑洞洞，日里当夜里睏呀。火组长：人是一扇磨，躺下就不饿，立身离床也是闲着，这又是湿又是干的送，大恩不言谢了。扣扣：别在家闷着了，出门走走，看看麦子的长势去。火组长：我几天看一次，麦田开始黄熟了，往年学生放假五天开镰了，学校好多天不打钟，快了。扣扣：好把子，不看天，不看地，看着学校放假开镰。稻麦应声说：叔爹，别信爹乱说。放假半月了没见开镰。扣扣：提早放的假，他对不上号了。火组长：我说嘛，等不来麦收呢。稻麦呀，叔和爹双重身份，不能乱叫的。稻麦：强生唤起同学跟着唤吗。扣扣：两人同学呀！跟着学，不为过，乐意听的。病娘隔屋插嘴：扣扣满口应承，两户亲家攀定了。火组长：女人腔调，病体瞎寻思。饥寒起贼心，看样子今年得护麦了。扣扣：在理，黄熟交接时糟蹋了麦穗，减少三成收获呢。天黑后，自愿找上几个人跑动跑动，扬出声响来。重点去五十亩荡田，那块连着成片的麦田呢。

是夜，扣扣前往荡田，强生顺势半道追来，扣扣只能应允，说：夜档出门伢儿眼识不全，走路踏硬地，两个牵着手防跌跤。两人得令呼一声蹿朝前，带走了一阵风。

会合了火组长，扣扣沿着一柱四处晃悠的光束说：星月照夜地，望见脚尖路，慢吞吞走夜路稳妥着呢，手电筒关闭了的妥当。万一麦田中碰上人，电柱光射过去，像过电影，多不自在呀。八棵村新中国成立后没了三只手。眼下出现了，不是贼是难哇。火组长：要领呀！电光不再照人。适才照了麦粒，天见天的饱满了。灾难三年过，今朝天开眼。随众附和：有灾年必有丰年，风水轮流转呀转，好光景快转来八棵榉了。麦田一角，传来唤声：叔爹快来，抓到一个贼。扣扣：我和火组长过去，其余人原地不动，熄灭电门。

近边了，传来顺生的训斥：叫啥名字？回声：三弯头。扣扣咯噔一下，怎个是他呢？不是他又能是谁呢。因歪头凸背翘脚，三点不在一线而得名，全村相帮着他娶了个痴媳妇。生下二个侯子，大侯不幸承继了爹娘血脉，脑筋不灵动，二侯生成个聪明人，只是尚在年小时。一家四口土里刨食，众乡亲的接济成全了个家。丰年过得去，灾荒年过不转了。为此，扣扣开了先河，动用了余浩区长的钱粮。

近身了，顺生提了提嗓门：交代！偷拿公家多少麦穗？三弯头：麦粒不饱满，薅了三穗过过眼。顺生把缴获麦穗交于扣扣了说：偷麦贼偷麦时嘴上唤着一穗二穗三穗，只要三穗。强生和我麦垄里躲猫猫抓了他。火组长：为了啥？三湾头：没法子呀。扣扣：我晓得底细。你像我俩一样薅两穗检点麦粒成色呢。怎样，开镰快了？三弯头：还得等上个把礼拜。扣扣：差不离，送你回吧。一路上扣扣牵手高低脚的三弯头，依着他的步调走慢路。走着走着三弯头先开腔了：扣同志，真是个菩萨心肠，我一遇难，你就降到身旁来。今朝遇不上你，我个小毛贼被认定，半生的清白名声毁了。扣扣：我也在想，接济粮用完了？三弯头：照你的叮嘱，一天定量两顿，高低能熬过麦口期。可气大痴侯，白日用两顿，半夜三更总要饿醒一次，不能依他呀。空口哄不睡他，饿着啃我手臂膀，啃得血淋啦啦乖侯不能与痴侯较劲呀。觉察到麦粒开始饱满了，当夜就用一穗麦粒哄睡了他。扣扣：离开镰个把礼拜，三穗不够呀。三弯头：连着薅了三夜了，每夜三穗，拢共九穗，用去两穗，剩下七穗，正好接上茬了。扣扣：没问你次数，你啐嘴吐啥呢。好啦，毛手毛脚的八九没超十不算小毛贼，拿回这三穗，伺候好大痴侯。三弯头转身又返身，支吾着：扣同志，薅麦的人夜夜增多呢，饥饿起盗心，起心的人一多，法不治众了，阿是？扣扣：住嘴了，不中听。三弯头：只说事没说人，没坏良心吧！扣扣：人和事都不要听，我会编排好的。你好生料理好家，一家人平平安安度过麦口期，是我最想看到的。

三湾头进家，扣扣立马赶回麦田。他要重新部署护麦行动变不行动，凡迈不过坎而毛手毛脚的民众一律像三弯头一样送家完事。他一个不在官不在府，只凭细凤在群众会上飘一句副村长，上面没得批文的跑腿人，甘愿接受追罪问责，同时有底线阻止群众犯傻，腰缠着区长的太平粮呢。

## （八十九）

终于开镰了，扣扣计算着今朝必须余镇走趟。上个月，按区长约定，如期领回了接济粮金。本想暂且保管着，待麦口期度过如数归还区长。三弯头们的恼心事迫使扣扣改了主张。太平粮见了底，只能动用了区长的粮金。

扣扣走上土马路，冷不防强生顺生追赶上，硬上四五跟去余镇。扣扣：可以，不乘坐二等车，靠自个儿的十一路班车开跑。两个满口应承，互相比赛着跑一阵，歇一阵，在叔爹前后左右练步。这一练练出了扣扣的一个明智决断，暂不挑明归还区长的粮金：一来没有现货办不成，二来区长会一口回绝办不了。从散尽区长的粮金那刻起，扣扣就定下如数归还区长的决心。忘不了最后几天在麦田的日日夜夜，磕头跪拜他的，认定他做公众爷叔的，他一一劝阻，言明他自己只是一个临时公家人，代替组织给大家的一点心意。他们不认，只认眼前，一口咬定扣扣即是共产党人再现。扣扣呀！无事拉扯赚取了公众的口碑、失手人的眼泪，惭愧呀。

余镇到，扣扣进得区公所找人。副区长：区长昨日去了八棵桦，没见回。扣扣：没见人，定走周边村问苦了，赶回去蹬蹬他。

三人穿过盐包场回家转。扣扣发觉那间熟识亭子屋没上锁，紧跑过去叫门推门，屋内插锁插牢，推不开，高声唤叫没回声。咋回事吗？扣扣搓手围着亭屋转。顺生眼尖，说窗户高头的翻窗玻璃没遮布，叔爹骑上我肩头朝里看。扣扣：那有大骑小的，你上，我当扶梯。蹲下、上肩，扣扣立马挺直身。顺生：挺过头了，往小，再小，停！扣扣：开口呀，里厢有人么？顺生：不敢说，人死了。扣扣：你个小毛孩子，胡咧咧啥，快下来踹门。三人一齐用力，插销绞链整个的踹开裂。屋门倒开，余浩区长伏倒床沿，半爿身子腾空，垂下的左手直挂着，像挂着根折断枝杆连着树皮的枝桠，进门风一吹，些许晃动了一下。强生：手在动，人活着。扣扣：我抱前身，你俩各抱一条腿，送医院，要快。顺生：死人的手风吹了动的，语文书上叫风吹草动，人死了该送道场念经招魂去。扣扣：少啰唆，区长的魂灵在我心里呢，区长的命在我俩跑动中呢，跑跑跑。一路紧跑，医院接过病人，三人只剩下叹气的份了。

医生倒也淡定，病人打下强心针，挂水稀盐葡萄糖后告知：病者是饿昏的，胃病存有老病灶，饿成昏迷应该不至三十小时未进食了，家属忒大意了。扣扣：下次不敢了。医生：病人恢复意识后，需进食的。医院管药不管饭，家属早做准备。扣扣：吃粥吃饭吃馒头？菜馒头还是饭馒头？医生：醒来吃些稀粥豆粉流汁可以，好菜好饭两天后了。扣扣听罢转身吩咐强生顺生回家找上细凤支书，从老公房中拿出二斤黄豆，炒熟磨成粉，送医院救区长。

　　两人接令，又是一着小跑。早晨头，自太阳起水后再没露过脸，天一直霾着，两人分不出个上昼下昼了。顺生说：余镇跑个来回，太阳返西了。强生：早呢，肚子没饥呢。顺生：早肌了，回家吃饭。强生：救人当紧，先找支书，吃饭第二。顺生瞪上强生一眼，转体直脚飞奔支书家，上气不接下气着快语：余镇的区长饿死了。细凤：大伢儿了，说话不着边际！顺生：真事，饿死一天一夜了，躺在医院里等着二斤黄豆粉招魂呢。细凤听得一头雾水。不敢不信顺生的传话。二斤黄豆只有扣扣和她知晓呀。两人约定救命粮，不到开镰不救穷救急只救命，开镰了正好救回区长的命。犹豫间，强生追来说了个明白，细凤忙手搭脚去磨豆粉了。顺生强生归家吃了顿早昼饭。衣香过问：吃得忒快，还去余镇呀？强生：我不了，忙假了帮娘忙点事，推磨元麦糁子去。顺生：我去带路，躺在医院的人是死是活顺带看个水落石出。强生：成语用得别扭，听着像钝锯剐鱼，难剖开呢，少用，多用爱心。顺生：老师要求多学多用，听他的不听你的，我要快步如飞了。

　　顺生追近抱山桥，追上了支书。桥下响起汽笛声。嘟嘟两声，小火轮靠上埠。顺生炫耀：小火轮靠起，太阳返西。细凤：点儿不差，下昼了，记时算时，好习惯呀。俩人走上桥面，火轮的扩音器扩音：桥上接客的朋友帮帮手，搀扶病重的老人上岸。四下里空旷没影，唤声无疑冲着他俩的。细凤领着顺生转至桥下。顺生抢先踏上跳板进了轮舱，细凤站立跳板接人。出舱了，顺生会同船员搀扶着病人踏上跳板，细凤不失时机接过了手，看出病人后端换个中年女人搀着。四人仄横着碎步挪出了跳板，踏上实地。病人的额头直冒虚汗，脸面蜡黄，一副风吹跌倒模样，扶他的丝毫不敢松手。听得中年女人说：你俩浩浩支配接人的。细凤有所发觉摇头了又点头。顺生不得要令，动着脑筋说：书有浩浩荡荡，没有浩浩支配呀？中年女人说解：来前拍来电文的，带排子车接人。公爹他肝病硬，走不了路，咋办呀？细凤：有办法的，是上江人从上水来吧，来找浩浩，他是家人？中年女：浩浩是公爹儿子，在这一块当区长，叫名余浩。细凤：我猜了个正着。我俩正好接到人了，区长与我俩下属赞许过云嫂您呢。阿是彩云的云？云嫂点头说：电文里挑明的，公爹病危，他理应接站，早一刻爷儿俩见个面的好。他在忙啥呢？顺生脱口而出：在医院里接气招魂呢！云嫂摇晃了两下，牵连着一排人全倒下。云嫂坐地说：他能开口说话吗？顺生没在意细凤使眼色阻止，顺着印在脑海中的场面接下说：只比死人多口气，迷了两天两夜呢。细凤：云嫂千万别上火，伢儿没经过这阵势。看来怪吓人的，实则区长犯了胃病，在医院打了针、吃了药，苏醒着呢。顺生先行一步，病人等着流汁呢，通报扣扣，云嫂我俩随后到。她说完快手快脚就近找来俩独轮手推车，外加个推车人，推人上了路。云嫂：多亏了你想得周到，嘴上说声谢言轻了。细凤：一边娘家人一边婆家人，一家子不说谢。进了医院，正好把老爹的病查查清。云嫂：公爹的肝病硬得出了水，没指望了。待老人亲近点多捱捱日子，怕他撑不到麦收的。催促浩浩快休假陪伴亲爹一段时光，他说最早要等麦收后，也约不出确切日子。公爹急呀，见天嘟叨着儿子归，买甜馅馒头归家保护爹的命。医生说多吃甜食护肝保肝呢，我就想呀，浩浩立脚的下江地界闻名子比上江好，搀扶着公爹来嗑两顿口味好的甜饭，保不准日子见长呢。再说，不能眼睁着爷儿俩生死不照面呀，咬咬牙，就冒险上路了。细凤：家中老小呢？云嫂：婆婆照看着一对儿女上学。五个人口粮，留作三个人吃，儿女意外吃上几顿饱饭呢。细凤不忍心过问了，寻常人家，念的同一本经呀。

顺生在院门外，候来了手推车。领着细凤云嫂架着老爹进病房。发觉儿子比自个病得尴难。老人呜哩呜哩两声，躺倒在两人臂弯中。慌乱声惊动了区长，睁开了眼，认出了爹。想傲起头，没能，无声的歪倒一边，泪粒从眼角滚出。扣扣：老爹病危，我去唤医生。云嫂：犯不着了，他一了这副样子，救心丸随时备着呢。好得啦，爷儿俩见了面，心愿了了。我驮公爹去浩浩的住所歇着去。细凤：云嫂初来摸不到门槛。我和扣扣去，你照料好区长吧。

老爹住进亭子间，细凤丢开手，满屋子找隔夜粮。小锅小橱空荡荡。火油炉子断了油，存粮钢精锅结着蛛网。细凤说：猫儿老鼠不来串门呢。难怪区长遇饿鬼攻心，旧病复犯呢。扣扣：区长在前一直吃在饭铺，今昼午去那打探了，近几日只卖一种吃食。第一天四两粮票八分一碗阳春面，第二天四辆粮票一角一碗的花搭酱油饭。第三天二两粮票五分一只的黑面饭馒头。区长买了二顿馒头量正要离开，来了一老一小叫卖。铺主说：满了满了，夜档早点儿来排队买吧。买主：说得比唱得还好听。明明空了还满了满了的，认底空了还是满了呀。前脚人刚买了这多个呢。铺主：那是预约预留的。要不，你交上钱票，夜档留着。买主：饭铺真守饭时呀，大人还挺得住，糟心着细伢儿断了二顿吃食了。区长把送到嘴边的馒头递给了老少，说：再苦不能苦伢儿，吃吧。买主：抢了你的饭碗，不过意的。区长：你我大人一个，挺得住呀。

到头来，区长没能挺住。估摸着他回家睡上了，睡迷了，迷到了第二天，幸亏我上昼找上他。错过一个时辰，区长没救了。细凤：这父母官当的。自身性命也搭上了。亭子间不像个过日子的住家，一口粥一口汤做不出来，多病老爹冲着儿子的甜馅馒头来的，市面上又断了货，老爹悲惨了。扣扣：市面传，江家浦有卖，老价钱了，黑市价一块五至二块钱一只。在病房，我翻找了区长的衣袋，钞票散尽，只剩下三两块的钱，一张接站电文。细凤：区长为人人，我俩为他分忧。乘此机会，暗中还清看病的债务。扣扣：想到一个点子上了。老规矩，你先借用填支，共同归还。细凤：三更鬼精灵，提起钱添了心眼，得费心费神蒙骗，没个十天半月的骗不上手。扣扣：我来借用吧！存钱的东小叔家，归儿子当家封死了钱，借不上。灾荒期，真一时半会找不上债主呢。顺生说：三婶奶奶有钱，地窖里藏着整坛子银钱呢。扣扣：别人家临时存放的。借用可以的，市面上不流通呀。顺生：可用的呀，在长花姑姑家亲眼见着把奶奶的银钱换成现钞，一块换一块，两方面不吃亏的。扣扣：黑市交易呀，不牢靠。顺生：在银行哟，换成的现钞簌刮刮新。扣扣：那好，你唤上强生拿上银钱换成现钞。找上卖面食的店铺，买回二十只兜馅菜馒头，以甜为主。顺生得令拔腿去办。扣扣拦挡下：今朝来不及了，明早去办。

顺生兴奋得一夜没睡稳。早起唤上强生，手拿扣扣的批条找三婶奶奶打开了地窖的门。顺生袋装二十八块，强生袋装二十二块。强生：多得压袋子呢。顺生：今朝用不完明朝用。两人捂住叮当响，大摇大摆走进抱山街信用社。各人拿出一块银钱，啪一声摆上柜面。出纳好奇：大小朋友，这块不是饭铺，不卖吃食。顺生：不买吃，买钱，买现钞。话间一块块朝柜面垒钱。五十块垒在一起，赶上洗脸盆高了。出纳惊唤来的主任说：两位小兄弟，肚饥抗不住，哪来的钱财买吃食？家长不晓得吧。强生：大人支配兑现钞的。主任：奇事了，不能兑换的。顺生：能的，我姑姑兑换了。主任：在这兑换？顺生：在县上银行。主任：这就对了，金银兑现钞，得有牌价，统一归县上银行当家呢。小兄弟，收起来，回去通报大人一声。

两人悻悻地别离信用社。顺生说：走一趟县城要一天半夜呢，换得二十只馒头不够两人的路饭呢。强生：回吧，叔爹有法子的。顺生：叔爹交给的事办不成，丧气呢，要不，四处转转，兴许有面铺直截了当收银钱呢。人民币是钱，银钱也是钱嘛。说走就走，两人抱山街出发，绕道五里墩街，土地堂街，凤凰桥街，巴掌坊街。这些个街口小的早市场，面铺家家关门大吉。问及几时开张，直说快了，麦子打下来了，待上几天磨出白面，菜馒头，饭馒头甜的咸的，馄饨面条烧饼样样有。现时哪儿有？江家浦有，那边的客流物流流得一拨一拨的。内河码头直通江边码头，海边码头，接货，转货，人送货，货随人，南来北往的蛮子垮子多，店铺应着客林立。

强生顺生进得江家浦。吆喝不同买卖的行东满街飞，面铺不下五家，行东冲着直眼观的两人推荐：肉馒头，糖馒头，兜馅馒头样样有。二两粮票俩角钱一只，没钱的加二两粮票抵钱。顺生：种田人自耕粮，公家不配发粮票，加两角钱抵粮票。行东：没粮票玩儿来着，让开点。顺生：变通变通，开个价码吧？行东脱口而出，三块钱一只。强生：看涨十几倍呀，昧良心。行东：点儿不贵，保命的找上门来，愿出五块钱一只去救急。顺生：买了馋馋口福，两块钱一只怎样？行东：两块五一只全街一口价了，冒着被工商罚没的风险成全你们，爱买不买随便。降了口价，顺生捏出二块银钱晃晃说：瞅真着了，硬钱，可识得？这黢黑的要价，舍不得出手，降到一块五一只还马马虎虎。行东内行地抓着银圆牙齿咬咬，指尖弹弹，耳边听听，寻思：四九年后，难见硬通货真容了，那时一块银钱可买二三十斤大米呢。眼前两块硬钱只换去二两面食，这生意滚利呢，难丢手。生意经使然又不愿多让价。只说：看在真金白银份上，割肉了，两块一只，最低价码了。两人四眼对望再做不出砍价门儿了。胜利地用五十块银钱，买下二十五只菜馒头。

胜利成果送进医院，细凤扣扣各拿了两只奖励了顺生强生，强生收下一只，顺生到手两只全咬了齿印，边吃边一五一十细说买卖过程。恢复意识的区长洞察了，强打精神说：细凤呀，扣扣呀。你俩个犯了天大的错。逼迫我难安生呀。细凤：区长顺顺气。这块老辈人的风俗了。乡里乡亲的出了生病住院者，亲朋好友四方邻居会送钱送粮送点心相帮，只要家中有。扣扣：为老爹呀。老人家病重难返，在余镇，八棵村落下了脚印，算当地人了。老人家用了延年益寿，可以天天去购买，两伢儿摸到门路了。区长：买来卖去的，一家三口变成吃群众的蛀虫了。扣扣：全不是，吃的用的区长自个儿的，你好心给的助穷钱粮，我一个子儿没动用，利用这种机会如数归还你。区长：扣扣你乘人之危，改了我的初衷，成了个空口说白话的变色虫，打我脸呀。细凤：八棵村领受到你这份情了。云嫂带着苦衷来，区长的家过得不易呀。社会主义的八棵村不能让你个人撑起来，有我侪大公众呢。扣扣：本来吗，一方水土养一方人。细凤领着八棵村有能力度过难关。麦口期如期过去了，区长放宽心，养好病，养好家。云嫂：八棵榉洵属可贵，难怪浩浩称谓第二故乡呢。

## （九十）

改天，顺生强生用同样模式换回了二十五只菜馒头，大上昼的送到了亭子间。一个唤不上名的陪侍人接过了说：扣同志交代过，吃食搁这块，我来喂老爹。

俩人交了差走人。忙假过去，开学就在三两天了，强生想买本日记簿。两人走近书摊，有纸簿，有小人书。顺生瞄上了一本《天仙配》，怎个配法？想买下看个透彻。两人同时摸向口袋，只有两只属于跑路工派的馒头，再无分文。心仪的连环画日记本看不到用不上了，归家吧。路饭备了，笃悠悠逛呗。七拐八转的专拣小路穿插，见坎跃坎，见水打水漂儿，走得累了，啃着馒头。恣意妄为时，偏偏迎来了支书细凤。她停顿了说：你俩也抄近路唤人来了。扣扣已托医院回村的人传到话了，回吧。两人一个摇头，一个点头。细凤没见跟上，招手：走哇！区长老爹没了，你俩行个注目礼去。

　　俩人改慢步为快步，在前在后跟牢细凤，跟进了病房。正在洗清白的陪侍人一把拉住顺生，说：小兄弟，送的啥毒馒头，硬生生地噎死个人。顺生：胡咧咧个啥。我亲口吞下两只，活得好好的。陪侍人：我也觉察老爹不是噎死的。馒头掰成一块一块喂的，吃起来如舔着细米粥，软笃笃不费劲的样。吃起第二只时，老爹嗖哧一声，喷出一股浊气，吃进的白面馒头喷出口成酱红色。是红糖馅作怪？不对呀。头歪向一边，声无气哈了。云嫂：不怨怪大兄弟的，公爹重病缠身，大限到了，多亏大兄弟为公爹送终。区长病床中无力说：大恩不谢大兄弟，扶我起来办丧事呀。云嫂：当家的别逞能，爹的丧事我来操办，大悲大礼，祭祖行孝我懂的。区长：内当家辛苦了。有个请求，在座各位，出殡时请来几个大力士拖我上殡仪馆为爹磕礼送行。细凤：那是肯定的。只是要不要通报上下级同事？区长沉默了有歇，决断：不麻烦组织了，非常时期，人人重任在肩呢。细凤：这就定下，我和扣扣相帮着云嫂操办。按本地的风俗守孝，最低三天出殡。不知上江地界的风俗如何？区长：按你的设想办，管不了那样多了。

　　承头下来，细凤扣扣商议着。这几天的各项开销在五十至八十块钱之间。扣扣谙知区长的一个月薪金开销得无几了，云嫂带张嘴来，不能让病重的区长开口借钱哇。细凤：有我呀，去趟盐场，逼着小气鬼出次血。扣扣：快去快回，缺口我再补上，请辆二等车去吧。细凤：不用花车钱，我自有法子。

　　细凤的法子寄托在杜账先生在余镇的家。她越过汽车路，跳跃着几十米进门唤了声借，出门跨上了杜账的脚踏车上了道，出了镇门抬头看，淡淡的云彩比人自在，不踢马脚，不伸猴手，贴紧蓝天享清闲。这天气少了顺风送，逆风顶，骑得急了有些许微风拂过细凤脸颊。骑进盐场了，已是午休时分。三更没入睡，还是睡醒了？瞥见细凤，惊得一声耶。细凤：耶啥耶，千年未遇见过。三更：过饭时了，我去瞭瞭饭堂果有余饭。细凤：有饭吃两口，没饭归家也是吃。慢着，我不是来要饭的，来要钱。三更：你真会挑日子，盘算着刚发了工钱置衣，添食？为你，为伢儿？说好的困难时期节衣缩食的。细凤：老爹死了！三更：老丈人多早晚死的！上次家来没见犯病呀。细凤：

放你的狗屁。爹在家活蹦乱跳的，你咒他死呀！是区长老爹死了，急着用钱！三更：区长死爹我花钱，你搭错神经啦。细凤：区长病倒，手头紧理应相帮的。欠他一笔治爹眼病的人情债至今没回复到呢。三更：你等等，为二十五块钱的借款，你伸手了两三四回了，还挂债呢？细凤：区长客气，不肯收回，借这次办丧事机会，一并清了。三更：好呀，几次要去的加上还了。细凤：小家子气又上来了。老里八早的几个钱，你牵挂得精明呢。没去还债，作兴为伢儿旺旺身，甜甜嘴。怎个！不贪喜自个伢儿见新见长了。我手头有存钱还用求拜你呀！爽快点，办丧事等着呢。三更：是真是假我会调查的。二十三十的，说个数码吧。细凤：不开口八十了，量你拿不出恁多现钱。五十吧。三更：狮子大开口呀，二十五块的借款，加上利息三十碰顶了。全捧给你，哪个管我的饭呀。细凤：用不着哭穷，晓得你园得精细。三十就三十，外加五斤粮票。三更：长工出身的你，变成财扒皮了。存俩钱早晚被你揩光了。细凤接了钱票，说：是你口口声声争当一家之长的，家长就得做出家长的样子来，不谢了。细凤推快了脚踏车，飞身登车而去。全程忘了填肚子的事。

与扣扣碰上头，直说：不理想，三更门槛越来越精，尾巴拖大了，三十块钱五斤粮票一半料量不到。扣扣：急事急办，只能动用另一坛银钱了，一百块是借，二百块也是借，债多不去愁了。细凤：市面上不流通，不能光去换吃食呀。扣扣：顺生说县城银行能兑换。刚好东小叔的儿子在行里当班。我去走遭。这块你先挡着，夜档明日的守夜人，值桌人，吊唁人的吃用开销用你的钱填着，像殡仪馆丧葬费类的大头子开销等着我回来对号。

扣扣连夜启开了银坛，带身上五十块。想想有变故呢？索性一百块清了底，星夜朝县城赶。第二天太阳返西时回了。细凤彼感惊讶：这趟来回路，走得不顺当吧？扣扣：都说有钱能使鬼推磨，兑换个钱也像推着磨呢。昨夜临出发时，我找东小叔捅他儿子的路。他说了儿子的住处，几时刻在他去银行的路上碰头，一手交钱一手交货的讲得面面俱到，愣是没给出他儿子的名字。上班时分在银行外路口只能唤出东小弟的称谓。报出了自家名，说出来意，交出了银钱。东小弟把玩着银钱，眼镜反出的狡黠眼光瓷瓷眼眼看着我，把玩够了说：八棵榉的人家家家有这批银钱？扣扣：我只知自家不知别家有没有。东小弟：回答得机智。说你在八棵村代过农委主任，总账会计，村长的帽子，全是副的。扣扣：正的副的啥也没当过。当与不当与兑钱有关系吗？他说没关系的，不过人民币坚挺银钱下跌。按国家牌价认定，兑换现金打七折。细凤：插问一句，市面上不流通，哪来的国家牌价？扣扣：管不了许多。现金现手等米下锅呢，交出了一百块，他走进了走廊交给了七十块。细凤：猫腻出来了，道路换成了走廊，暗箱操弄呀！扣扣：看上去是两个人的交易。现金从他口袋里掏出来，银圆自然钻进他口袋了。猫也好，腻也罢，当紧的是东小弟存身这多的现钱，兑换到我手中感激不尽了。细凤：倒也是，没个推磨的，这磨转不了呢。

丧事顺顺当当办结。云嫂两口子满心感激。估算好的八十块钱开销恰在框档内。细凤说：置身你的七十块用光，我只出了十块钱，不伦不类的欠区长的债还是没还清。扣扣：放我袋中，自会有办法的。细凤：难得听你说大话，不会豁边吧。云嫂两口子为老爹入土为安，孝子八百里送归呢。买的明日的连运票。扣扣：机会现了。

抱山桥上小火轮靠近。扣扣细凤按约定，两人先把区长扶上仓，细凤陪伴区长拉家常。扣扣快步接近云嫂，悄没声息把钱塞进她的斜襟插袋。说区长给的钱，办事没用完，归还你路途贴补用。云嫂：不会吧，浩浩的前月工钱耗尽，本月工资没发放，约定了发放时请财助邮寄到老家的。大兄弟，你不会自掏腰包巴结个米粒小的区长吧。当家的定规矩，妄收一分钱刮一个鼻梁自骂声丑。这二十块钱得刮多少个的鼻梁？可不敢收的。扣扣：云嫂放心，大兄弟长恁大不巴结人，千真万确是区长工钱。云嫂：也得问清当家的。小火轮拉响长笛。细凤忙跑过来说清：这些钱是十年前区长借出的钱，相帮着治愈了我爹的眼病。前前后后区长拒收了好多回。我个欠债人总该讲点良心呀。相信云嫂也借过钱欠过债，生生的还不了，窝心一辈子呢，阿是。汽笛催人急。云嫂思忖着收也在理不收也在理，不能误了船期呀。她答应收下钱说：幸亏大兄弟大妹子出手相帮，所出花费当家的一笔笔记着呢，待手头宽松了偿还。这一笔有差错，到时一并清账。

小火轮不耐烦地出劲划水哗哗响，犁起了一垅水田。细凤：船影自来火盒大小了，俩人在桥上看啥呢。回吧。扣扣：不在看，在想。想你还不了区长的欠债，你心不安，区长还不了丧事的用金，他心不安，我归还不了区长的现钱，我心不安，我你他图个啥呢。细凤：图个做人的底线呗，这次多亏你相帮，助我了却了这桩心愿。有一点厘不清，你啥辰光借用了区长的钱，还高于七十？扣扣：区长指配我一带三时，我用去了他一个月工钱加粮票。粮票折成钱与工钱相加，大概七十左右吗。细凤：记不起来，用在哪没半点印象了。扣扣：用在麦口期最后几天的麦田里。且是后半夜，每夜都有三三俩俩的饥汉子来薅麦嚼麦度饥荒，有人饿昏在麦田里。于是见人头每人分发三块钱三斤粮票。七十散尽，开镰了。细凤：救济贫困户呀，该由集体负担。扣扣：若是动用集体积累，我不会大手大脚了。何况，经灾情洗涮，集体没啥积累了。好汉做事好汉当。细凤：你当好汉了，我当懒妇呀！还是那句话，自小约定，有债同当。扣扣：你与区长别掺和了。忘不了最后几夜，在麦田，大人小囝全有哇，抱着头哭诉到天亮的，和着衣一起睏麦田的。更多的是个个朝着我磕头跪拜，说我是共产党配来的菩萨现身，我说是共产党区长支书亲自指配的，他们不认，只认我，说我四八年下凡过，为共产党配发一次钱了，与八棵榉天生有缘。你看好口碑都让我占了，若是你与区长买了炮仗，我招摇去燃放，承受不了上百个响头哇。细凤：不用区长的钱是肯定的。我起码承担一半也是肯定的。扣扣：别呀，你我怎能朝一条路上走呢！细凤：唉！这就像古书上的青梅竹马，两小无猜了。扣扣：无猜呀，早成了两小的母亲了。细凤：两小无猜不光私情，还有亲情，同志情呢。实则你与东令子正宗的青梅竹马呢。嗨！天各一方，隔江相望，愣是进不了一个门，不晓得令子生活得怎个样了。扣扣：多年不联络了，没个准数，生活得平常呗。细凤：平常是福。

## （九十一）

令子回到了八棵榉。

廿九厂要下放一批勤杂人员回原籍，支援农业生产。炳叔报了名，令子报了名，单等着厂部宣布名单了。炳叔说令子不该报名的，下放的是我们这些勤杂工，令子是当车女工，纺织厂的主人翁，离不开的。令子：炳叔走，我跟牢走。炳叔：农活工活不同样，工活机械性强，千篇一律看管纱绽布面。

农活繁杂呢。单就插种这一项，道道不一样：稻秧是插的，麦粒是撒的，蕃芋是栽的，玉米摆设的。我在乡村务农至十七岁，初次再上手变得生疏呢。令子：少数的农活操弄过，多数的看在眼里了，也行吧。炳叔：这是次要。主要的下放人员须回原籍。你走还得带上母亲两位一体的江北老家受领不。据我认知，你一大家的户籍新中国成立前挂靠城市了。令子：这等复杂呀，得回老家沟通沟通去。炳叔：也行，摸个底好做主张。

乘坐的晚班船。四更时分令子摸进了东小叔家。小叔小婶梦中醒来迎客。诧异出走十几年的侄女难得现身一次，仍是个单身。小婶：没和你娘一起回来落落脚印呀？令子：先来打个前站，可能娘儿俩再一起回来长住不走了。依赖小叔小婶关照呢。小婶：咋啦，城里也闹饥荒呀？小叔：不可能，城里人生活有国库粮担保呢，乡下农民丰收年景，交足国家的，留足集体的，余下才是自家的，旱涝难保收。令子：所以吗，我们也有两只手，不在城里吃闲饭，响应号召，分流吃国家粮的人群。小叔：侄女要三思呀，能赖的，还是赖在城里的好，乡下一栋房，不如城里一张床。小婶：乡下住没住处，吃没吃处，怎个的在这安身立命呢。小叔：你娘一并回来，闻名之出身成分高，有治保主任见天监管呢。小婶：听你小叔一句劝，他可看得懂推背图的，推断出当今社会呀，在城里乡下间分高低。注定了城里人楼上楼，乡下人楼下搬砖头。小叔他一心归一路要求一对儿女念书念出农民行列，你堂弟堂妹快出头了。令子：难见弟妹身影，敢情在用功呢。小叔小婶的见解领教了，理不出个头绪来，走走看看去吧。

早晨出门不算早了。令子漫无目标顺意穿插着阡陌小道。正是早时上学阵，满眼望去，通往学堂的条条道上，均有学生在走，在跑。不经意间，令子融进了学生阵，涌进了操场。学堂地盘扩大了，扩成了小学部，初级中学部，高级中学部，操场四间，划了线条跑步儿，操场一隅驻了篮球架。有学生从架下过，顽皮着把帆布书包扔进球框又接住，笑意溢出拉开架式再投一个时，预备铃声骤然响起，慢走的，走路玩儿的，鱼贯涌进教室，不大会儿唱响了同一首歌：学习雷锋好榜样……集体主义思想放光芒。几十间教室的嘹亮歌声，在空旷的四野回旋，激励得令子荡气回肠，情不自禁地合着唱。唱完四段歌词，倍感亲切。大都市里门里门外水门汀，抬眼，闭眼墙坨坨，倚立廿四层的国际饭店旁，只窥到一线天，远不及乡村无遮无拦的地平线。小叔小婶自嘲乡下人是井底之蛙，不见得吧。

令子走出操场，进了村公所。细凤支书盯牢她半天，说：刚与扣扣提起了你，果真露面了，仁人好有缘分呀。令子：当上一方支书，大踏步进步了你。细凤：才是扣扣与你鞭策的结果。你呢，先进班组的先进分子，进步如何？令子没回音。细凤又开了题，赞美身材还是那样苗条耐看，看不够的标致样。令子：变着法子敦促我进步，让失望了。眼下我与亲妈二口子讨生活。想归根到老家来，有啥条规吗？细凤：你全家人没在老家注册。按现行政策，乡下任何一个村，一个组都有义务接收城里下放的人，可总得有点带牵呀，如女子找婆家落户，小叔小婶接收侄女入户。令子：直摇头。小叔小婶胆小怕事，接收个地主婆来朝夕相处，生怕戴上黑五类帽子呢。又在新中国成立前夕，变卖了土地。腰缠着万贯家产，夜夜愁着银行、银两、银票的，冷不丁添了两个知情人，万一说漏了嘴，万贯家产岂不要充公落海。细凤：你硬要落叶归根，去找扣扣呀。令子：不急，可以回，可以不回的。她还是进了扣扣家，只有衣香在。令子脆脆地唤着姐，自在落座了。衣香围着她内屋转了一圈外场转了一圈再进门说：东家令子十年八年的探亲一次，单身一个呀，拖儿带女一起回，多闹猛呀。令子：孤家寡人一个，没拖带。衣香：看出了，丢不开扣扣呀。晓得你一了这副有情有义的个性，回来刚好，把凭据做了。令子：无事拉扯的做啥凭据？衣香：分房呀，我分为二房，你是正房，原配，老派规矩，正房必须生要同房，死要同坟。令子想骂一句荒诞，看到衣香眼光没半点狡黠，眼眶落陷，身骨落架。令子改说：衣香姐你犯病在身，要看医生呢。衣香：祖传毛病心口痛病，看了医生，续着药调理呢。令子：治病治根，马虎不得，自理难除根你不懂，扣扣也不懂吗，找他算账去。

两人在扣扣归家的半道上相遇。令子当头一句：多年不见，咋成个负心汉了。衣香重病在身，消瘦得变了模样，你不闻不问，男人咋当的。扣扣回过神来，说：用着心呢，衣香讳疾忌医，劝说了三天三夜，才肯看一次医生开了中药回家调理，老不见好。你见多识广，指点个门路吧。令子：不见好就是没对症。内脏有病灶缠着，不能光看中医，要看西医，要动刀子。扣扣：就按你的指点去办，办个彻底。令子：还算听话，没想问我为啥回吗？扣扣：

为几年前的约定呗，怎个，进步啦。令子：摔到九霄云外了，你俩把我推远了。扣扣：我也在原地踏步，踏得结实了点，认定了重在参与，不在形色。令子：讲得好。想支农归根回老家，听听高见。扣扣：怎想到归根？令子：不能回呀？扣扣：城里住腻了？回乡下当然可以，可得想明白了，政策偏向于出城容易进城难，能不回来，还是住城里的乐惠。听着跟小叔小婶一副腔调。令子泛意出：回归血脉之地。像臆着抢了众人饭碗，带来灾情一样？罢了，她丢下一句话：扣扣，你要全心全意医好衣香的病，要不然，饶不了你。没看他反应，抬抬手分开分路，匆匆进了城。

廿九厂已公布了支农大名单，有炳叔，没令子，她吵闹着要以炳叔对换。炳叔：我已办妥手续，准备着下乡，别节外生枝了。你母亲的户口已办结实，卫局长亲手办成的。令子：闹不明白，先前的卫书记凶吼吼地将你一撸到底，现在的他又办妥了地主婆的城市户口。官升两级修道魂了？炳叔：别瞎猜测，枪林弹雨走过的人，讲究个亲友情、战友情、工友情。你母亲是以一个劳动模范的母亲身份办妥户籍的，办事人员对出身籍贯产生质疑，卫局长拍胸担保你母亲是个清白人，对新社会别无二心，重在表现吗。军人感受打仗与金钱脱钩，政治与生活分开。令子：分得开吗？不管分与不分，娘俩得到实实在在的乐惠。她哼唱了为雷锋日记普曲的新歌：唱支山歌给党听，我把党来比母亲。母女俩长久在城市一隅吃住厮守在一起了。再没了分开的担忧。一次突然降临的开心小欢喜呢。

## （九十二）

强生比顺生多念了三年的学，念完初级中学，没续上高级中学。衣香：不是块念书的料作，在家没见你捧本书看玩，落下你，命该如此。强生：升得少，落下的多得多，不是另挑另的落下我。顺生：我落下几年了，呒没啥呀。添上个人挣钱，朝后日子过得风光了。衣香：历来念上大书的人风光。你俩好不到哪儿去。强生：念不上书当兵去，来年快满十八岁了。衣香：顺生胆量大，当兵去能有点出息。强生呀，胆小得鸡鸭不敢杀，行伍上要你沤粪去。强生：队伍上人多胆大像只火炉，胆小的更应练练胆量去。衣香：眼下不像强强出兵那会儿了，儿孙当兵，须得爹娘点头，我不吐口，哪儿也去不了。顺生：刚好，我本来不想去。扣扣：不在征兵季，不说空话了，今朝全组收获蚕豆。小两个生力小，挑不了重担，去合伙捆绑好蚕头个子，提供给挑担人。衣香：摊配点活计我呀。扣扣：加上长顺，一家子四个男劳力出工了，你该歇歇了。

蚕头进场，堆积成黄泥山，需一棵棵摘下豆荚，拍碎荚壳，扬尽晒干分配到户，前后历程个把礼拜。第六天上，顺生强生耳语：今夜轮上两个看场了，夜饭留肚子吃夜点。

顺生说的护场收粮，从灾害年间兴起的。三麦二豆收获季，得抢收十天半月的，夜夜必须支配人护场，每班五六个人不等。全组家家轮流着，当夜护啥吃啥。只许进口，不许进袋。灾年过往，麦口期一年比一年宽松了，护场吃粮反而延续下来。

今夜护蚕头吃蚕豆。顺生从自家灶膛揭来铁锅支撑好。预备着炒锅，今夜六人中，三轻三老，轻不上二十，老不过五十。敲定：不吃炒成的嘎崩豆，不吃文火煨成的烂糊豆，单吃待炒到八分熟时，激水成酥不酥，硬不硬的硬焐豆。六分软，四分硬，小年轻吃着乐意还留着点筋道。年长者嚼着用不着担心嘎崩落牙齿。顺生强生自告奋勇一个烊火，一个挥铲。豆萁燃豆粒，炒得锅中蹦蹦跳。强生：嚼炒蚕头也不错，留嘴一天香呢。顺生：吃进的是香豆，放出的是臭屁，上香下臭呢。强生：不香不臭焦煳气了。顺生一瓢冷水激锅，盖上釜冠焐了有歇，硬焐豆出了锅，顺生尝了：刚好不软不硬，强生尝了：焦冒气成焦香味了。两人你一粒我一粒尝着。外坐等锅的人唤：出锅了没？强生：就送来。细看，俩人尝去了半锅，不够四人吃了。顺生：半锅送去，再炒一锅呀。强生：再炒一锅吃不完咋办，不许装口袋的。顺生：醒来再吃，当作早饭吃呀。

第二回出锅，六个看场人围坐一起，就着白开水，吃一粒蚕豆，数一颗星星。数着数着乱套了，天上白云变作了黑云，星星消失了，硬酥豆尚剩点。当中有位爷叔说：少了瓶老酒消闲，吃着不来劲。顺生：爷叔考究着，吃着香的，想着辣的呢。爷叔：男人四样爱，吃喝嫖赌来。另一位爷叔说：不在困难年景，恁香的硬焐豆吊不上胃口了。吃一夜不如眠一夜，不吃了该眠了。

一人兴头，大伙儿跟帮上，齐齐钻进临地铺就的柴窠里。

躺下来，强生推推顺生，说：先尝后吃，多吃佘嗓，吃脝（hēng，肚子胀的样子）了。顺生：觉察了，上不嗳气下不放屁，闷在肚皮中胀气，撑得慌。强生：忍耐着，想法子入睡，一觉醒来，肚皮瘪了。没出一个时辰，顺生唤肚皮痛，强生应声痛。痛得在柴堆中打滚。多位爷叔二话不说唤来了扣扣长顺。告诫：不吐不泻的，不是瘪罗痧病，像是绞肠痧病，吃硬焐豆惹的祸，没泡酥的硬粒钻肚皮发胀呢。来势可耻，会撑破肚皮，送医院当紧，一刻不能耽搁的。扣扣：用两辆脚踏车送，分头去借。爷叔：脚踏车不来势（来势：方言，好，可以，行，变体是来嘞）的，病人横不下。扣扣：上肩背吧，劳驾各位，轮流背着送。爷叔：近旁我有户亲眷置买了双轮拖车，橡皮轮，横得下两个人，连拖带拉的胜过脚踏车，近在脚边呢。

车到场，人到车，全员上阵，两人在前拖两人在后推，两人双边扶栏助力，双胶轮转起来呼呼生风。扣扣：抄机耕路前行，近了两里路。车过龙须口。强生的哼声小了，顺生不哼了，头歪向一边。助边的爷叔唤声扣扣，说：不讨巧哇，停车试试口风。扣扣：边走边试。怎样？爷叔：强生像有气，顺生像没气，试不准，停车吧！扣扣：不能停，有气没气的朝医院赶，争分争秒去抢命。顺生！听见唤，哼两声，二婶娘一直夸你造化深呢。长顺哥，唤唤亲儿，唤他醒来！长顺呜哇一声，像夜行的孤岛坠崖时的凄楚哀叫。随即，抖瑟着松开了车扶栏，一脚踩空，掉进了河浜。爷叔唤：长顺落水，停车救人呐！扣扣：边上的爷叔，长顺受了刺激，犯病了。他会洗澡，你把他拉上来，送他回家，烦劳了。车一秒不停，各位爷叔兄弟，加把劲，闻到医院味道了。

### （九十三）

养病日子里，衣香少有出门。

当夜强生顺生去看场，扣扣夜饭后找各组长开了碰头会。日露半个脸了，怎个一夜没回？莫非伴了长顺过夜，正在东宅煮锅了？衣香去了东宅，开门的是住第三条地皮的焦姓爷叔，长顺在呼呼大睡。灶屋里瓢没动，锅不响，早粥没个影。焦叔：扣扣家的，你还蒙在鼓里，两个大伢儿得了绞肠痧，半夜里送去余镇医院，是祸是福吃不准呀。衣香摇晃着，还是朝外奔去。焦叔：坐二等车，我给你唤车。衣香听见了没回头。焦叔跺跺脚去找熟识的二等车主，指点去追衣香。车主：车钱讲多少，哪个出？焦叔：骨肉摊上骇人的病，八棵椁救人救命，多早晚钱朝前的，昏了头啦，快去！晓得啦！车主登上车，飞驰而去。

扣扣接应了衣香，心里激愣一下，昨夜走得急，没通报一声她。衣香：人呢，人在哪儿？扣扣：你先稳稳舵，两个儿子平稳了。衣香：啰嗦，快带去看呀。

病房里，强生顺生一人一张床的平躺着，鼻上插着管，嘴上压着罩，手臂上挂着水。衣香唤了顺生唤强生，顺生皮肉没动一下，强生眯开了一丝眼线，瞬间阖上了。衣香摇动扣扣，说：咋回事吗，稳着了！横着了讲清爽呀。扣扣：麻药谜着呢。洗了肠胃，动了刀子，得慢慢修复呢。衣香喃喃着：吃多了撑肚子，咋要动刀子呢。多年前，衣香亲爹动刀子时，亲妈纠集了全体子女站亲爹眼前。她这个泼出去的压岁丫头也被请到，一一与亲爹话别时不要不要离开。亲妈说：弟弟没成人，你个领头丫头为爹画个押吧，保佑爹刀下病除，平稳过刀，动了刀后，爹不成个人了，只比死人多口气，没出一年，离儿女而去。

二年前吧，扣扣记牢令子的重托，连骗带拐地带衣香去医院全部检查。医生：动刀子，切去病灶，是当紧的治疗方案。衣香说不，不想步亲爹后尘，宁可站着死，不想动刀子苟生。

眼下，阴错阳差，刀子动在儿子们身上，愣是一夜之间，丧失了后程，为娘的没啥想头了。扣扣：一个儿子动了小刀子，你瘾想到那块去了。衣香：像钻进了死胡同，儿子菩萨全不保佑我了。扣扣：满院的医生，能治你的病，宽心点，请个主任医生为你号号病。

医生：气色不佳呀，那个部位不适意？扣扣：她是病儿的母亲，碰上儿子动了刀子，触发心口痛病复发。医生：病从口入，瞧你一家子吃出了一家子的病。衣香：冤枉了，我一夜半天滴水没沾呢。医生：空腹呀，正好做个胃部透视。

衣香皱着眉吞下一茶杯豆腐渣样钡剂，比二年前的透视胃吞下多得多，查得个明白，填写得仔细，科室医生形成了共识，儿子的病情越来越好，母亲的病情会越来越糟。扣扣：动刀子呀，家属要求手术。切除病灶，无论如何不打退堂鼓了。医生：晚了，弥漫性溃疡，手术不可能了，保守治疗吧。扣扣：怎个的保守法？医生：经济基础允许，进院又疗又养。一般般的住家治疗。首要的一日三次按时用药，注意了，不是一日三餐间隔四小时，是间隔八小时，日常里，病人以静养为主，主妇擅长的洗衣做饭尽量少参与。田间生活不用谈，男人要多担当。全家要营造出和谐氛围，和气生财，还能祛病呢。再捅出今朝这样的大漏子，承压不起了。扣扣：住家治疗不难，千分之千的做到。医生：一年半载的不难，难在经年累月，这病豫后能长能短。三年五年的不为短，家庭全员配合，十年二十年的照常生成。记住了，不能断药，尽多的改善饮食，以一日多餐为主。

五天后，全家一齐走出了医院。长顺看着顺生跳跃着归来，咧嘴笑，笑祛了抑郁。扣扣突意塞给他五块饼干，当作表扬。衣香：多给点，我吃腻了。扣扣：他病好了，你病依旧，医生说饼干又当粮又当药呢。衣香：你当三岁宝宝宠着，没病宠出病了。扣扣没理会，去运盐河边请来三婶娘，请求她常与衣香碰碰面监督好衣香的疗病吃喝，主要开通开通衣香，互相多唠唠家常，说说开心事。三婶娘存着满肚的戏谑戏词，能说进衣香的心坎里去。一大家子坐一起了，扣扣又告诫小辈要顺着母亲走，切不可再犯这样的低级错误了。衣香：两个快成大男人了，咋不懂饥饱呢，我侪一代人一直操心着吃喝，你哩这一代该变个样了。扣扣：能改变，说难也难，说易也易，在你只想着吃喝时，去想想手头一大堆活没完呢，在你钻进钱眼里时，多讲讲情面，多想想情谊。衣香：不讲吃，不讲钱，说起来大方，做起来难。啥辰光小鼓一敲饭来菜来了不再讨生活了，阿是进到共产加主义了。扣扣：哪来如此轻巧，社会主义才像初建家庭，一穷二白没家底，全靠家庭成员根根毛孔里出热汗干出来，干得苦了累了，多想想亲情友情社会情。三年困难期，灾荒无情人有情，终有友情集体情呢。如今，你病了，家情儿女情常在，安心养病吧。

三婶娘：扣侄在，情满四水一家呢。

强生顺生拍手赞同叔爹情。

衣香，少来少来吧，煽出恁多情来，我承受不了。各人做好各人的事，我会照顾好自个的。

## （九十四）

强生一九四八年生人，顺生小半岁，过了这个年节，一个整十八，一个虚十八。征兵季临了，动员会上全报了名。抱山街武干追问爹娘态度，两人异口同声：同意。私下里，顺生说：婶娘同意你当兵？不见得。强生：和着你回答呀。顺生：我一人同意，全家同意，你呢，婶娘一百个不同意，不同意你，不同意我。得知你我报了名，心里必定抖两抖，病情加重呢。强生：内心铁定去闯闯世面，娘铁定阻挡，两难呢。顺生：遮掩点为好，报了名，接下去目测初检，复检，政审，家访后才定兵呢。中间腰里刷下来，婶娘空担件心思呢。强生：待到家访时，借助叔爹啦，细凤支书啦，抱山街武干啦，一大帮子的人来说动娘的心。

家来。扣扣：团员青年会议讲了啥。顺生：老套套，甩开膀子大干社会主义。扣扣盯住，强生证实：像这个意思。扣扣：你俩呀说了半句话，先不要逛夜路去。借来一杆二百斤到梢的大秤，配合着称重你娘的身体。衣香坐上绳络子，强生顺生轻悄悄抬起，扣扣利索搭上称砣称：市秤里毛重八十九斤半，长了半斤。衣香：称猪称羊呀，还毛重呢。立秋时节八十九斤，眼下立冬多时加了冬衣。多的半斤是身还是衣呀。扣扣：初秋初冬穿衣，穿着差不离。起码的没掉身呀。医生说稳住了体重就见好呢。衣香：猪羊不长膘，见啥好哟，指望添上三斤二斤的重量犯难呢。

称完重，强生顺生回东宅。扣扣：别急着走，半句当紧话没说呢。顺生：认个错，瞒了叔爹，今朝开的是适龄青年报名参军动员会。强生：我没报名。顺生：我也是。扣扣：不可能的，不报名的落后青年一个，我绝不答应。衣香：啥年代了，当兵轮到你俩头上，索命来啦！一个不许去。落后分子的高帽朝我头上扣好了，反正半身入泥团了。扣扣：怎扯到参军事呢。说的急事，长花捎来口信，二婶娘犯病住进了医院，想着与长顺，顺生见见面，与三婶娘，衣香唠唠嗑。衣香：那得去。娘托梦二婶娘病了，还真病了。扣扣：有心带你去，坐车走二等车道上一路坑坑洼洼，你颠簸不起呀。三婶娘一样想去也怕颠簸散骨架，望而却步了。只能我领着俩人去，留下强生服侍你，少则一天，多则两天回。二婶娘方便的话带她回家住些日子。两人细说细话的唠个够。衣香：人一犯病，由不得自个儿了。

当日，扣扣一行没回，三天过去，仍不见踪影。强生：叔爹怎个说话不算数了，拖下去错过参军初检了。衣香：没报名，检啥体呀。强生转不过弯来，不言声了。衣香：老老实实在家待着，不许背着娘办傻事。扣扣他们回不来，定是二娘娘病得尴难，难脱身呢。

第四天上，衣香黑着脸端坐堂门边，已时过半，望见家来路上一抹的黑：长顺领头，黑衣黑帽黑袖箍黑绑腿。衣香自语：应验了，昨夜梦见二婶娘家来了，好喜滋滋迎上去。二婶娘不搭腔，一扭头和婆婆娘头碰头唠叨去了。

衣香不语也不哭。扣扣拽了一下，她像被风吹动的锄头柄，顺势隚上了身，扣扣一阵心悸。至友亲朋离去，身体强壮的他心灵抖动了两天，重病在身的她撑得住吗！私下里，扣扣劝说：你心放开，皱紧了伤筋动骨呢。这就送你进医院调养去。衣香说不，不进医院去开死亡通知单，要坐家终老。扣扣忙不迭改口：不送不说了。衣香：本来吗，送我在后，送二婶娘在前呢。她老人家临了果有托付你我的话？扣扣：直说你辛劳，把长顺当大哥，顺生当儿子一样对待。四水一家有你个慈母心内当家撑舵。当奶奶的不用担心传宗接代，加着太平苗呢，子孙个顶个的会抢着来。衣香支吾两声呜咽开了。扣扣：又说错了？至于起哭声吗！

## （九十五）

强生顺生瞒着衣香去抱山街检体。行走抱山桥，顺生不去了。想去淖河渡行船赚几个镍蹦儿买包香烟抽。停学后，他就试着拉渡试着抽烟了。成人用两指拑着抽，他三个指头捏着半截烟，手背朝下把着烟火头园在手心，偷着嗦进满口烟，嗖嗖着喷出，过渡小朋友笑话他吹叫子不响，口漏风。如今，跨上成人坎名正言顺地吞云吐雾，没人笑话自个赖上烟了。强生：带了零钱，检体好买包飞马烟你抽，顺生：别"飞马"！"勇士"抽长远心满了。听说当上小兵卒子月月只发五六块零花钱，抽香烟会断档，只能自卷烟沫子抽下脚烟，我不想检体了你也别去。强生：不想成落后分子，体检要去。动员你也去。顺生：有烟犒劳，暂且陪着吧。

顺生拉下了。他自报年龄不满十八周岁。体检人员草草的走过场完事。他落得清闲，美滋滋点燃了"飞马"烟。他说：你检上了高兴，婶娘受你害了。强生立马转到娘身上，怎个让娘吐口同意，度个圆满呢？娘听得进公家话，听得进叔爹话，强生冀盼着支书叔爹生发出法子来。

扣扣：再好的法子你娘一时听不进呢。二婶娘的离世，刺痛了她的病情。得知儿子离开娘，急火攻心闯祸呢。强生：难在娘有病在身。若是健康身，经公家人劝说，不会拖后腿的。扣扣：等等吧，定兵有段时日呢。顺生：有啥等的，回句话武干，不去结了。政府不会绳捆扎绑来拉夫的。强生：不行，那样就犯了政治错误了。扣扣：两难了，一边是卫国卫民，一边是保家保母亲。按理是不分两边的，咋就生生地分开呢。容我先点儿透点风，观察观察反应再想法子。

衣香：好哇！强生去当兵，挖空心思瞒着我呀！都说久病的人，耳朵顶机灵，在堂屋压低调门的悄悄话，全钻进睏屋，钻进她耳朵了。扣扣说：没瞒你呀。强生检上兵了，单等着当娘的发话放行呀。衣香：听着了，天在下雨，儿要当兵，我又梦见强强了。追问他住哪块呢，寻不见你，他说住队伍上呀，让我俩的儿子进得队伍，自然就见到爹了。我说不能啊，自你进了队伍，扔给我无尽的苦楚，儿子进队伍，必定跟着进。哪有为娘不护着儿子的。

扣扣封住了嘴。

衣香：你个当叔爹的，咋能谋划两儿子当兵走人呢。两个转过年来，该置家私，攀媳妇了。我夜夜愁恼着家底薄，哪来乖巧丫头进门哟！不怨天皇地爷，怨自个拖上了病身，误了儿孙成家大事体，对不住婆婆娘、二婶娘的临了重托，提起来只想哭。扣扣：儿孙自有儿孙福。有我呢，你放宽心等着儿媳妇进门吧。衣香：听着轻巧呢。你放任两个当兵去天南海北，三年五年的不见面，当娘的没个寿命等来儿媳妇了。扣扣：两者不矛盾。年轻人缘份到了，媳妇自会娶进门，年龄到了自会去当兵，免不了的责任义务。衣香：政府道理我懂，强强那会儿走人也这样，军令来了如山倒。儿子像他爹那样，娶了媳妇当兵去，不拦挡。扣扣：大事体了，时间上冲突呢。衣香：今年冲突等来年成了家再去，追查责任，朝我这个半死不活的病人身上推。扣扣：听你的，这就找个媒人物色去，权当找个压岁丫头来冲冲喜。

男女这点事，是喜事，也是难事。扣扣与强生透了底，惊恐得他捂住脸直说不要脸了。扣扣：别少不更事。你娘铁了心攀房儿媳妇，你不肯，娘就不准你当兵去。为娘的身体着想临时攀亲走动走动。不必着急成亲，过后三年五年的随便。强生：随了娘，娘再随了我，当兵有望，依着点娘好了。这是娘的事，不是我的事。扣扣：一家亲，分得开吗？

勉强说通了一半，扣扣出门寻找另一半去了。他想去宁家中堂走走。宁家三兄弟任何一个都是媒人的料，只是三兄弟见老退位了。现时红男绿女眉来眼去的上了眉眼，再挽出个熟人朋友撮合了成事，美其名曰，介绍人呀。背时的月老红娘不吃香了，手中断了红线，失去了媒源。找了白找一遭，扣扣拐进了村公所找细凤确定一下定兵出兵日子。

快年档，人不多。细凤正与一个女青年头碰头在纸上划字改句，抬头瞄见扣扣。说：咦！灵性呢，强生通知书刚到，你来接纳了。扣扣：几时开拔呢？细凤：二十天之内吧。女青年回眸一笑，清脆唤了声叔爹好，是稻麦，这丫头求上进，细凤培养她做妇女工作呢。稻麦：叔爹你坐着谈话，我受领好任务了。细凤交代：乘早不乘晚，按拟定的标语找个毛笔字写得好的老师，争取今朝张贴上墙。好咾！她跳跃着出门。扣扣跟着，细凤唤住他：你也走，没说事呢。扣扣：好像没事了。细凤：不可能，多少有点事。扣扣：一点小事，衣香舍不得儿子离开她，我答应物色个贴身丫头在她眼前晃段时间，即是丫头，也作儿媳妇打算，陪她说说话，解解厌世气氛，时过境迁也就迈过坎了。细凤：必须的。有对象了？扣扣：完全没有目标。细凤：稻麦怎样？一帮一时你帮过她家，口口声声叔爹叔爹地唤着，你吱一声，应该听你的，我也可以敲敲边鼓。

扣扣追上了稻麦，一时语塞，先前玩儿说儿媳妇开口无忌，上了正本，无从开言了。稻麦诧异：叔爹有事？扣扣：找你娘说事。稻麦：娘在家呢，我进学校写标语去了。扣扣：一人当兵，全家光荣的标语写成了在我家墙头贴一张，强生要去当兵了贴张冲冲喜。稻麦：八棵村定兵强生一个，真为他高兴。我送他一本日记簿，做个纪念，同学一场吗，初中时同坐过一年的课桌呢。扣扣猜测：另一半没说自通了。

见了稻麦娘，扣扣不犯嘀咕了，当兵冲喜如实道来。稻麦娘：听明白了，我也给你个明白。冲喜造假不干。攀亲定亲两口子同意。暗地里做个比对，双方大体般配。不称心的是稻麦生了大病后，个桩不看长，跟不上强生的高度，高攀不上啊。扣扣：女小囡生来没得男的个桩高，差半头的高低我替强生表态了，不计较，两家住来着跑跑嬉戏。坐着看，走着瞧，对上眼了，三年五年间成亲，看花眼了就散伙，新社会新式样的。稻麦娘：如你说来，真也真得，假也假得，缘分到了，假也变成真，缘分尽了，真也变成假。为难我回你话了，待稻麦家来听听她的心思吧。扣扣：可不敢慢拖了，政令一至，强生就离家了。出家前尽早碰个面，一来赶早，二来赶巧熨帖好衣香的心。稻麦娘：好说的呀，丫头心思尽在我心里了，见天叔爹长强生短的挂在嘴边，你一捅破，正合她心意呢，真戏假做，假戏真做不会生二心的，强生碰面少，难测得他心思呢。扣扣：两人坐一条长凳的同学，谈得拢，合得来的。

## （九十六）

早饭后，强生顺生要去村公所集结。衣香发话：顺生去强生留。强生：啥事嘛，比开会当紧。衣香：终身大事。叔爹为你物色了媳妇，今朝见见面，说是你的同学老熟人。强生：那是叔爹为你量身定做的媳妇用不着我。衣香：痴侯说痴话呢，又不是和尚投胎，惌怕见女伢儿呀，听娘话，在家把娘的床铺被单顺顺平，铺盖叠叠整。女伢儿爱好个安乐窠，打眼遇见睏床零乱得像只翻毛鸡，就对这家人倒胃口了。

有动手活儿做，强生自愿留下了。

衣香挪了条凳挨着堂门坐稳，享受着射进门框的和熹阳光，眼眯细着远眺进宅路。公所方向咚咚镪地敲起锣鼓声，慢慢地越响越近，看到领头的细凤支书，直奔家宅来。衣香：咋回事嘛，支书领着敲锣打鼓的。扣扣：贺喜来了。衣香：公家晓得家有喜呀，敢情屋檐高三尺呢。扣扣：公家送的当兵喜报。衣香：捉弄人呀，该来的没来，不该来的来了，锣鼓声搅起了心绞痛，上床歇着去了。

细凤进门床头唤衣香，说贴身丫头找上门来了，安心当光荣妈妈吧。扣扣拦住细凤交谈：她要的是儿媳妇，再贴身的丫头不喜见。细凤：这是题外话了，不在我职责范围了。你在稻麦家怎说来着。扣扣：题内题外分不清，麦粒加麦芒满满斗，拢统韶叨着，待两人见面对上话兴许她心里泰然了。细凤理解，拉住稻麦耳语了几句，领走了报喜队。

顺生对着稻麦说：人都走了，你怎不走？稻麦：你也没走吗。顺生：这是我的家！稻麦悟到了，笑笑走进了睏屋，站在床门口甜甜唤了声婶娘。哟！唤娘的人客到了，衣香挺起头，坐起身，招呼强生快开窗见亮，光线黑乎乎脸嘴看不清。强生开着窗嘟嚷着：见光睏不着觉，开啥开。衣香：开了窗站床门口，靠近点吗？又唤来扣扣。指点着：比画过了，个桩差不离，面相匹配，前世里注定了。强生：娘胡说个啥呢，稻麦同学是支书配来照看你的，生怕我当兵走了，你想不开，吃不下，睏不香，加重病情，啥匹配不匹配的多难听呀。衣香：大头宝宝侯发人来疯呢，娘在，叔爹在，轮不上你做主。稻麦进了我家门，缘分做主呢，古文里讲得明明白白，不是一家人，不进一家门，稻麦丫头，阿是这个理。稻麦：你是同班同学的亲娘，烈属加军属，进步青年有义务为你服务，诚心希望婶娘早日恢复健康。衣香：丫头一片真情。娘听得心里添了蜜糖，稻麦呀改口叫婆婆娘吧。当初，强生爹当兵前我也是这样改口叫婆婆娘成了亲后，送走他爹的，眼下，强生一样到了这时光，说走要走的，趁势把婚事办了。强生：妈妈娘耶，越说越离谱了，成了亲，当兵去不成。衣香：去不成更好，一心一意在家生儿育女。强生：我就要当兵。衣香：咋恁犟呢，女方没说个不字，你犟个啥，听娘的话，听媳妇的话。稻麦！稻麦呢？顺生溜进门说：娘儿俩犯嘴把稻麦犯跑了。衣香：快去追呀。顺生：叔爹追了，追得急吼吼的。衣香叹息：儿大不依娘，我心急呀！吓跑了稻麦没半点指望。顺生：不会吧，稻麦掩着笑走人，八成能追回来。

昼饭时分，心神不宁的衣香等来了稻麦扣扣细凤。三人约定好细凤稻麦陪侍衣香，扣扣领着顺生强生备煮昼饭，手忙活嘴不停，难得的责备强生：晓得娘重病在身，她提出个分外话题，你听之任之罢了。办不了事由我侪说服她呢。顺生：当兵娶媳妇双喜临门，强生哥何乐不为呢。强生瞪他一眼，他趁机进睏屋听话语。细凤在说：当兵有兵役法，结婚有婚姻法。强生没到二十岁，不能成亲，违法呢。衣香：十八了还不够岁数呀。十多年前，十五六岁成亲处处有，十三四岁的拜了堂没人见外。稻麦：那是包办封建婚姻，旧社会的万恶之一。现时年轻人追求进步，强生进兵营机会难得，前途无量呢。细凤：衣香姐，我俫这代人不能拖小辈后腿呀。衣香：亲事开了个口子，不伦不类挂着，心里不是个滋味。稻麦：婶娘门下立了两个儿子，少个丫头。婶娘不嫌弃，稻麦愿过继当个瘪奶丫头。细凤称谓：合情合理两方圆满了。衣香：先多子再多孙快唤强生牵个手。顺生得令使唤强生：娘逼着牵你媳妇手呢，不可违抗。强生：硬上四五了，不牵。顺生：你还当真了，我拔到苗头了，小人家家式的牵手，装装样的。强生将信将疑杵到床前不动手。稻麦大大方方抬了手他装作没看见，细凤强行把两人的手拢到一起，说：牵手暖和你娘心的，快成个军人了，逢水蹚水，逢山登山，没有迈不过坎的兵侯。牵手成功成夫妻，不成功成兄妹，里外一家亲，坚持哪个方向，全是双方的自由了。衣香：手心手背都是肉，我个婆婆娘当笃实，胸膛满了。

## （九十七）

　　强生走后，稻麦隔三差五家来打扫洗涮涮，帮着衣香梳个精气头形。刮风下雨闲坐时找封强生的旧信念给衣香听。强生在家唤娘时带着喂的尾音，不改初衷，写信时形成了娘喂娘好的抬头。经稻麦嗲声嗲气读了耐听，听得衣香心乐意舒。强生再来信，衣香不听扣扣硬生硬气的读声，等上一天也要等得稻麦来读。寒来暑往的日子一长，强生的来信全由稻麦签收，回复。先前是二三个月一封来回信，稻麦向两边报告着各自的平安，报告强生月月在进步。战士进班长，预示着进排长呢。衣香说：进步二年了，该家来了，娘和媳妇等得心焦了，稻麦：娘喂！她改口唤娘了——想必她与强生有了约定——我不想他家来，想着他大踏步进步呢。

　　衣香盼着归来，稻麦等着进步，强生来信只事未提，突然改动了地址，取消了队伍番号，改成了信箱。稻麦呈给扣扣，说：内容没点儿改动说明。

扣扣：兴许不能挑明，拿着保密奖钱呢。稻麦：要打仗了，不好透露？扣扣：强生在黄沙满天飞的沙漠地带保卫飞弹、飞星、飞人，比打仗忙呢。稻麦：叔爹见识广呢，比帆布队长说得圆络，不用担心了。

帆布队长是进驻八棵榉学堂的工宣队长，一个浓眉小眼短发的彪悍汉子。刺猬形发尖经常刺破衣领，穿换普通衣装难得要领，索性长年累月穿着厚满的帆布工袋，衣领上再缀一层帆布，要领见长了。他走访八棵榉，见得细凤支书，出口一句：女人当家呀，怪不得满村的死气沉沉，一句口号一张大字报不见。细凤：八棵村双户的地主成分，没经社会主义改造，跑了个精光，破旧不见旧呀。队长：凡有人群的地方都有左中右，地富跑了，还有反坏右呢，走资派还在走吗！细凤：召开群众大会我也是这样号召的，说我握着社会主义大印，路子走歪了，欢迎大公众对我贴报，开炮，剪个阴阳头应应市面，没人动手动嘴呀。队长：难见立新影子，还挂着农委村委的牌子，不见大队部，革委会的招牌呀。见面称谓个老支书，老村长，村公所的，不见有人改称大队长，革委会主任啥的，像预着一夜回到解放前，细凤：队长误会了，农委村委设在新中国成立后吧。八棵村的大公众村长村公所的唤惯了，一时难于改口，人民公社大队部，文化革命委员会招牌全的，只是改动的忒快，一时还没交接呢。队长：那好，我找革委会主任。

细凤把稻麦介绍给帆布队长，说：八棵村正在筹备的革委会副主任人选，妇女主任兼的，有事请与她联系。队长哑然，忍住了笑：有没有搞错，清一色的女人当家呀。稻麦：没当好家呢，队长有事请讲。队长：想在八棵榉物色个联络员充实工宣队，需知根知底知校的老一代贫雇农。你年轻着，难知本地过往事。稻麦：人选有啊，大名钮扣扣，自小贫农，长大几十年一贯地发着贫农的光，明朝唤他去工宣队报到，跟着你运动运动去。怎样？好的呀。

扣扣说不合适吧，应当配上个文才口才兼备的双才去。学堂是文化扎堆的地盘，论理起来老农民不着边。稻麦：帆布队长的口气让你去装点门面的，兴许去整饬工宣队，学校的卫生吧？扣扣：那就对路了，去试试吧。

帆布见面扣扣交了个任务。工宣队办的政训班冒出了阶级斗争新动向，班中两个中右分子，一个提出离婚，一个提出调离，出面惩训了，没挖出根源。你个新到的生面孔老革命试训试训去，挖出个资本主义根须来。扣扣似乎晓得右派分子排在地富反坏之后，乡下少见，生发在文化扎堆地。中右吗，生出了右派的毛疵，中间靠右点，推一把实扛实地推向对立面了。

帆布指派两员小将配合扣扣，两人佩袖箍，戴军帽。高中学生，十六七岁吧，跑路一蹦三跳的，秀气又机灵。进得政训班，脱去军帽，露出齐耳短发，小将变作女将惩训女性，帆布倒也配在了点子上。女将看实扣扣，说：副队长开始吧！扣扣一愣，过耳明白了队长真能编排呀。为个斗争的需要，在小将面前封了个副队长。看样，不表白两句走不过场。他说：初来刚到，不明事理。你们互相谈着，我听着，不开小差。四双眼睛齐刷瞄准了他，副队长出口的啥开场白呀，是学生表白专心听老师讲课吧。他说：开讲吧。得令，一个女将提问，一个女将记录。唤作闵昊的老师开讲了：不该在一个严肃的场合，说了句不严肃的晦气话。离婚二字轻如鸿毛。自个儿上纲上线，灵魂深处小资情调在作怪，虚心接受工宣队的批斗。唤作柏草的老师自我检讨不该一日上交两次请调报告，逃离教学第一线，灵魂深处自我膨胀到无以复加的地步。感激工宣队把我从悬崖边上拉回来。女将：还是队长惩训时话语，不可能无缘无故的离婚啦，调动啦，总得有个来由呀。闵昊：鸡毛蒜皮的事由，说出来见笑。柏草：女人的小聪明爱好羞于出口。女将：有啥说啥吗。副队长是个十几岁参加工作的老革命了，牛鬼蛇神逃不脱他的火眼金睛，女将将他军了，不说两句公道话，坐地坍台呢。扣扣洋咳两声开了口：没错。没个起因的不离婚，没个理由的不调动，都不是国家的大事嘛，两人交个底说出理道来，轻轻松松走出惩训班了结。闵昊柏草忍头听，副队长说的话当真？抬头看，副队长一脸的真诚，真的假不了。两人活跃着欲竹筒倒豆子，又碍于脸面，互相谦让着对方先说。扣扣：我吗！出门走一遭，你们呢说着录着，完事了，歇着。

扣扣走出惩训门，满校园随意溜达。学堂扩建，与他夜校读书时，不可同等而语了。满校园贴着白纸黑字，只是闻不到纸墨香，暗藏着互相攻讦的火药味，何必呢，人与人之间有话好好说吗。都是猩猩进化的后代，清一色吃五谷杂粮屙屎撒尿长大，谁都躲不了吃香犯臭时光。他懒得看大字报，不知不觉走入回家路。半道上女将追来，报告说惩训案结了，扣扣看了结案书，结论两条，闵昊离婚根由，丈夫在被窠里放屁，柏草调离的起应是忍不了对住着备课老先生的嘴脸牙齿。扣扣：结了好，根基各一条，家常拉得不长呀。女将：意思到了，一些具体细节只能口传，不能成文。汇报给副队长也在理，边回校边说吧。

闵旻的丈夫是同校教师，爱好广泛，广交朋友。课堂讲课时常游离于主题之外。一次讲课时，无意中放了一个响屁，招来窃窃笑语。老师自圆其屁：是人身之臭，哪有不放之理，同学们有所不知，勇敢的放屁是西方人的习惯。众目睽睽之下，来一句对不起，放屁了，堂而皇之地放响，无所顾忌。东方人顾及脸面，众人面前生成了屁气，大气不敢喘，想方设法大屁放小，小屁无声，憋得面红耳赤不敢放响，屁憋不成了，也得找个上厕所的理由去解决，贡献了一句歇后语，脱裤子放屁多此一举。有人接下屁话：老师再续两个响屁，就叫越说越来屁了，屁从口出变作气嘛。老师：没来气，还真造不出了。同学们停课闹革命，无所事事，说些屁话解解闷的。

传进了闵旻耳鼓，气不打一处来，直言：你个直肠子，放屁不注意场合，当心被上纲上线。被窠里放肆放屁够我烦的，还在学生面前出洋相。再有下次，真该离婚分手了。

传进工宣队。队长分析：为个屁事闹离婚不至于吧，放屁本身崇洋眉外，美化资产阶级。当中必有不可告人勾当？

扣扣：没勾当，小事一桩。还有对面坐的那一位呢。女将：柏草老师新上岗，州城的师范专业毕业。启发上课一套一套的，同学们乐意听她的课。工宣队进驻，打乱了原先的教育、办公、岗位，柏草与个老教师面对面坐着备课。讨厌的是老教师饭前刷牙饭后不刷牙。男人不像女人，出门照个镜子上班的，每每两人坐下招呼时，老教师的牙缝中十有八九嵌着咸菜叶。柏草见到过敏似的泛酸水、吐津液，备课没了激情。口头提出换位换岗换教室，没人搭理，索性打了调离学校的报告交给工宣队。队长：正当理由呢？柏草：无理由调动。没有校规政令说不可以呀。队长：无理取闹，无事生非，本队长一百个不同意。柏草想论理几句，抬眼见着队长龃牙上嵌着一点赤豆红壳，如喝着赤豆粥喝出一只红头苍蝇，捂着嘴逃开了。当夜又写了一份报告，无理由调岗，若不批准，自动离开。为这队长请了你来处理。扣扣：离开了谁来教学生，不必啰，我去找队长说道说道去。

女将：柏草老师指望你保密。菜叶事件传上老教师耳里，她对不住前辈的。
扣扣：我懂的，放宽心吧。

帆布队长看了记录说：这些个顽固不化的臭老九，找些狗屁理由糊弄工农呢，惩训三年两载，量她不敢瞧不起了。扣扣：置换了办公桌，这事结了，答应两人退出惩训班了。队长：可以呀，真把自个当作副队长了。扣扣：不敢。我在想，教师自动离职，不明事理的埋怨工宣队工作没做实呢。队长：尽些婆婆妈妈的事，做实了也做不出业绩来，放就放了吧，有个阶级斗争新动向通报。工宣队从学校串连到地方，打探到八棵榉有个唤作三老太婆的承认儿子落户台湾呢。那可是条大鱼。还有一户人唤东定元的，有队员串连他家用厕时，发觉茅厕中堆积着成沓的地契擦屁股用。村中人反映这家上代业大地多，解放时，长哥是地主资本家，而他只摊上个中农成分，不近常理。说他把子女送去省城上学，包吃包住请佣人陪护，可想钞票银钱足火呢。还说这两家你知根知底，明朝你仍以副队长身份带人去排查摸底，搞个突击，拿捏到把柄。扣扣怔一下，受领了。这样除四旧可耻呢，稍微有些毛庇的爷爷婆婆也挖空心思揾得到呢。他一刻没停留，玩了点心思转了个小弯从侧面进了三婶娘家。她还沉浸在喜悦中说：扣侄呀，有盼头了，布财还活着。扣扣：正要讨问呢，猫呀狗的，哪来的凭空三只脚。三婶娘：公家人讲的呀，来势挺大的，进门道喜儿子活着，活在台湾呢。我说娘也活着，儿子肯定活着呢，活在哪儿都行。来人拷问布财在外做些啥，固定的下处可有。我说儿子自小是个小生意精，二十多岁就在海上漂，四处做着生意呢，没个住所，烦请公家人指点。来人说两方面一起回忆回忆，找准落脚地不难。我说那是，全靠公家人了。

扣扣：三婶娘你上当了，承认了布财活在台湾。他们天天拷问你，拷得你脱层皮。三婶娘：恁多年了，布财是死是活没人给个准信。想来政府来人知得底细，一心想讨问个下落，确认儿子活着，存个想头，脱两层皮也情愿。扣扣：来的人不全是政府上的人，只是道听途说，像意着骗你话柄呢。再来套问，你必须咬定布财出海捕鱼死了！三婶娘：扣侄呀，宁愿我去死，不想说出布财死，心中犯绞呀。扣扣：眼下不是你想儿子辰光，扣侄一直顺你意的，这次一定听我的，出不得半点差错。

三婶娘含泪认了。扣扣惦记着东家小叔，出门没回家，径直来了。小叔见得，像落水者抓到了撑篙，捏住扣扣手，久久不松开。扣扣：捏田鸡呢，捏得麻丝丝的。小叔：你来了好兆头呀。扣扣：不放心呢，埋没的银钱果有暴露点招人眼馋。小叔：像资产阶级一样，埋没个精光。经你提醒，记想起地窖里两坛子，扣佺也要理顺哟。扣扣：那两坛子早花光了，没及时打张借条。小叔：说定的，托付给你了，交公交私，扔到通潮河里由你做主。扣扣：堑且不提吧。想还清这笔债也归还不了，字条还要打一张的，过了眼下时段吧。还有，解放多年了，小叔咋不识相，存园地契呢，惹人现眼。小叔懊恼着跺了两脚跟：那是白契。不是红契，没盖上官印，没签字画押，一摞废纸废在台箱旯旮里翻出没丢弃，当手纸用着呢。不妥当立马烧了。扣扣：烧了欠妥，造反派二次追查，加上一顶毁灭罪证高帽呢，白红讲不清了。本来园着无用，哪来的呢？小叔：大哥经常用。银号配送来的，大哥一走丢给我了。扣扣：这根由少说为妙，上纲你与大地主同流合污了。小叔踱起方步，眉梢眨了几回后一拍大腿：有了。契书银号送的，伢儿在银号工作，就说银号扫四旧扫出来的。扣扣：说词可行，记住银号改银行了。最后一点小叔为啥把两个伢儿送去省城念书，租房请佣人，剥削了劳动力，留下财大气粗的把柄。小叔：伢儿娘舅城里住着，舅妈教着学，说那块儿是学习高地就怂恿着去了。没得钱银来往，没有佣人，近亲阶层料理伢儿念书，没得有产无产之分，没有压迫剥削的。扣扣：料到小叔接受调查对答如流的，担心多余了。小叔：可不敢乱说乱话，言多必失。一句对句猜谜吧，有扣佺在场，吃了定心丸了。

闲月瞎忙了一整天，趟下睏觉两更天了。这心计用多了比流大汗吃力。扣扣自嘲快赶上小叔了。不是那块料哇！好在倒头呼呼，没拉下早饭。用毕，队长带上工宣队小将驾到了。扣扣：年老的睏懒觉，赶得早吓着她了。小将：阶级敌人就得造势吓他出来。扣扣：八棵榉贫雇农加中农，只两户地主南逃了。小将：昨日三老太婆亲口应承了儿子在台。诓人哪？扣扣：她呀，巴不得儿子在世，提起来就产生幻觉。队长：别啰唆了，跑步审问去。

三婶娘小扒凳上矮坐着，一脸的愁容，突然的生变，苦了她一夜没歇好。进门小将先介绍了帆布队长，队长要老太婆如实交代儿子逃台经过。三婶娘努努嘴，指着昨日来的两位小将说：问他俩呀，晓得一清二白的。小将：瞎讲八讲，我们跟你儿子不是一股道上的人，哪能晓得你家的海外关系。三婶娘，闹了一天瞎编的呀！一夜的空欢喜。我的儿呀！社会主义道上的人不晓得你死活，为娘没半点指望了。三十五岁没了你爹，四十五岁丢弃了你心比黄连苦哇。帆布队长没料到审出个忆苦场面来，一时鼻梁发酸，想起了刚刚离去的娘。扣扣：大伙儿别伤感了，人生在世不易呀，老人儿子在新中国成立前出海捕鱼，船航三十里翻扣了尸骨没能冲回大陆，更不会冲到小岛上去，有十几个三十里呢。队长：出师不利，收兵，去第二家。

小叔小婶没呆板坐着。忙手搭脚朝工宣队敬烟请茶。队长没受领。板着脸：少来，革命不是请烟吃茶，小将听了瞪眼摇头。队长：瞪眼干啥，当我不晓得请客吃饭的语录呀，这是理论联系实际。小将：对路子，队长活学活用呢。队长清了嗓子，问起地契的事，雇佣的事。小叔有问必答，滴水不漏。队长抿紧嘴唇：遇上个素口骂人的角儿了。他突然发问：老油条！土改时用上心了。弟兄俩合谋把弟的田亩转移到哥的名下，哥付给你大笔的银钱后全家逃亡。乐得你人财两旺，自由自在地逍遥在法外！阿是？哥有良田千亩，你一无所有，世上没这份道义吧。小叔：队长有所不知，家父过世得早，我尚小，亲娘说我不是块发家的料，凭据定下长大靠着大哥度日子。队长将信将疑，对着扣扣讨见证。扣扣：实情。八棵榉有人晓得的。小叔和我一样，土改前在东家帮工，田里水里家里活计件件拿得起，放得下。小叔抢答了：点儿不假，生来的劳作命，劳动人民一个。队长恼怒着劈下手：住嘴住嘴。听着像一伙的，串通一气。小叔：贫下中农本身一伙，有错吗。队长：你没错，是工宣队的错。八棵榉靠着海，水深呢，必须深挖定会混水里挖出鱼来。扣扣：八棵村家家熟识，队长要查哪家，我帮着。队长：你个保皇派死气沉沉，成事不足，败事有余，工宣队物色年轻人去了。扣扣：刚好，我去促生产，田庄里生活拉下一大截了。

## （九十八）

衣香：强生三月没来信了。扣扣：三个月不算长，兴许强生忙稻麦忙一时没回复吧。衣香：不是的。强生三个月前来过信。稻麦剖解我听，强生快成队伍上的小官儿了。稻麦那个高兴劲哟，当下回了信。扣扣：从军上进，喜事呀。衣香：强生不回信，喜事没加喜呀。

扣扣找了稻麦，说：衣香心焦呢，再催封信吧。稻麦：邮出没几天，这是第三封信了，要不，叔爹你加信吧。扣扣：你俩联络，我就不掺和了。稻麦：强生快提干了，说正在考察期，政审走过半程，只趁下叔爹你了。参军时，强生只填上烈士亲爹名字。这次必须补上叔爹你的政治面貌，因你从小养他。扣扣：政治面貌组织上说了算，自说自话不妥当吧。稻麦：组织上会函调人调的。叔爹你自写一封信算催促强生进步吧。扣扣：起点作用写吧，平常个人，不瞒不圆的，三头两句概括了。

信出一月，还是不见强生的只言片语，病床上的衣香耐不住了，时不时冲着扣扣发病火。扣扣用尽了甜言蜜语，抵不了强生信上唤声娘亲呀。眼睁睁着她不思茶饭，不饮通，面肌越发的枯槁。稻麦说：娘病重，看医生吧。扣扣：只能住进医院等待强生的信了。

衣香不去，要坐家等。扣扣稻麦商议着请来三婶娘，秦家小叔小婶劝说她。劝醒了再行事。当儿，细凤不请自来了，手中捏着一沓信袋。说：寄给八棵桦的信，没得落款，盖着一枚某某信箱的邮戳。寻思着强生的信吧，稻麦接信，自说：强生队伍寄的涵调信。打开不是，全是家中寄出的信，原封不动返回了。夹着一张没有抬头，没有签字的字条，一行打印的蓝体字：信箱关闭，不再通邮！一行手写的红体字：停止往复，不要幻想。扣扣：像组织个人共写的。稻麦：红字强生所写，笔迹像。细凤：红体字有讲究，朋友绝交，恋爱退婚才写呢。稻麦：他要退婚？提干了，有高人逼着他当驸马，不是的，他在前说过大漠深处，飞沙走石，方圆几百里没人烟，从没见过女人。细凤：你俩基础打得牢，谈婚论嫁水到渠成了。兴许强生另有隐情？要么，犯错犯法了，动枪动炮打仗了？要么那块隐藏着一个天大的秘密。扣扣：大西北没发生战事呀，没得飞机掼炸弹轰炸弹！咣当一声，惊异了争论的人。细凤：小爆炸一说就响，不对劲呀。扣扣：不好，衣香跌落踏板，碰落了台箱上的油灯，摔坏了。稻麦冲进睏屋，唤了两声没回音。扣扣抱起衣香，自责：说话没关拢，她一定听清了爆炸声。细凤：你抱牢衣香，别再爆炸了。

都老夫老妻了，你连衣香最怕一二三，掼炸弹也记不牢，我与稻麦分头找人找车，送衣香去余镇医院。

<h2 style="text-align:center">（九十九）</h2>

三天了，扣扣从当班医生直摇头的动作中看出，衣香的病情不讨巧，大瓶的混药液，连二连三的接力输着。她像三年没睏过安稳觉了，昏沉着不开眼，药到床没得信到床呀。天一亮，稻麦来替换了，顺生也来。扣扣任务式问同一句话：邮差来了，有信来哇，任务一了的完不成，嗟叹只能干等儿子的来信唤醒沉睡的亲娘了。

天亮转天暗。稻麦：今夜我服侍吧，细凤支书有话说呢。扣扣：不能！万一半夜醒来，只有我能哄住她。细凤有当紧事，会来医院的。隔天，细凤到。病床边，守着衣香，陪着扣扣，感叹着人有生、老、病、死的圪节。扣扣：还有事吗？细凤：稻麦护着，外廊里转转吧。扣扣随着。细凤：你离开后，稻麦抵上工宣队联络员。帆布队长隔天来联络一回，提出八棵村要增添新鲜血液呢，发展像稻麦样的年轻党员。我说正在考察两个积极分子，稻麦算一个，另一个是中年农民钮扣扣，与你打过交道的。队长：他呀，襹襶（音：nà dài，方言：愚笨无能，不懂事，累赘）人一个，专门与革命群众唱对台戏，正在摸着他的阶级立场呢，放他一边去。

扣扣：快放我一边。稻麦是个积极向上的青年，别误了她进步，发展她一个吧。细凤：帆布队长做不了农村主的。我是担心你也不能等了。草率申报上去又怕白忙活了，最佳开锁人是余浩区长。他知晓事件的来龙去脉，盼望着他健康，复职，楞起猛浪地冒出在八棵榉。诶，离开有年头了，年年无望年年望着呢。扣扣：我也时常想起他，等他回来圆进党梦呢。细凤：过问了调上余镇区的鲁九久，他说余镇区没个人听说余区长的去向。扣扣：耐心等吧，像等着衣香的病能转危为安。细凤：难说个难事，等个三五个月，三两年的恐怕全是未知数。扣扣：上夜校时，跟着小学生唱了少年先锋队的歌。再唱一回吧。准备好了吗，时刻准备着，准备着等一辈子。细凤：准备着长时段陪护衣香吧。

扣扣回到病房，稻麦顺生随细凤归家了。夜深院静，他强打精神盯牢点滴瓶中的一点一滴，眼皮重了耷两下瞌睡，开眼闭眼轮番切换着。医生进门说：家属好样的，睁只眼闭只眼，看护睡觉两不误呢。通报一下，后夜撤去四个钟头的药剂，观察停药后效。家属配合好，有过度反应，呼叫值班室。扣扣应承听医生的。几天来没完没了地盯着药捻子、钻进人体与细菌、病毒整天整夜开战，战了个昏天黑地，病人战得精疲力竭，哪来的精气开眼开口哟，停药，来转机了，衣香命不该绝，强生没来信，她丢不开儿子呢。

夜往深处走。不用盯药瓶了，扣扣在衣香脚旁找个侧身处和衣躺下，眯盹了一歇是一歇吧。病房的灯光泛黄色，超暖和，润睡意的，扣扣还是睡不熟。不经意中醒来，在意到衣香抱住了他双脚嗅他脚丫呢。好兆头呀。仍无数次见过她嗅闻强生脚丫，查验儿子汏脚没，换衣否？生活的气息扑面而来，病情好转，意识开蒙了。扣扣鹞子翻身转了头，衣香双臂灵犀地缠住了他。衣香臂无力，束缚不了扣扣，他配合着顺从了。不大会儿她呼气急促，口中有咬字声，反复念叨着强强。扣扣听之，知晓她意识模糊时总把他唤作强强。观望着她进入臆想状态，咬字呜哩哇喇不清。耳贴嘴听出了字眼：一二三掼炸弹，掼在强强强生身上。炸弹缠身呀？扣扣果断扶起她，轻揉轻唤她，咬声停了，眼睛睁开，睁得千难万难。睁开的双眼光束赛忽闪，压过电灯光呢。像吃着吃着回到了人间。扣扣讨她开口，说：梦见啥啦？衣香：满眼的红扎钩，红叉子，强强躲不开！强生快跑呀。扣扣：眼下红代表着进步，强生迈着大步呢。衣香：布告上经书上画的红钩红叉全是索命来着。你是扣扣呀，飞机掼下炸弹了，你呀，我呀，蒙在鼓里了。扣扣：掼的叫原子弹氢弹。自家人做试验呢。衣香：圆得扁的阿是炸得死人的弹哟，又不长眼睛的。扣扣：说不准强生也掺和其中试弹呢。衣香：强生在哪呢？睏到梦里的好找，能和强强唠唠话，碰巧了，遇上强生呢。

扣扣一时无语，喂了衣香一口水，第二口拒绝了。扣扣放平她，听得她喃喃：求拜了。找回来强强，是个扣扣从不推诿的，晓得我和强强一起度白头度老的。

扣扣答应了衣香，等着她多说话，但没了下文。扣扣强打精神没敢熟睡，天色见光，蹑手蹑脚上了街。衣香能说话，能进水了，早日头也能进流汗了。

他去买碗米粥汤，豆腐浆的喂喂她。街面上饭铺在烊火烧蒸没开张，问声等多时？半个种点吧。不长，等呗。按时开卖菜馒头，饭馒头。米粥汤没煨粘，端上手时，等上快一个钟点了。端进病房，扣扣尝着米粥的冷热。医护在交接班了。接班医生换着白大褂过问：病人怎样？扣扣：蛮好，开口喝水说话呢。医生掏出听症器测胸跳——停止，拨开眼皮观瞳孔——扩散。惊声：糊涂呀，走了大半个钟点了。扣扣：不能呀。后半夜眼光雪亮说平常呢！他抱摇着衣香呼唤她醒来，强生终有来信时，你怎个一点耐力不剩呢。结伴你，没照看好你生死，该意识到你的回光返照的。医生：不要自责了。死者生前病得百孔千疮。血压一会儿高出二百，一会儿低出二十，走过人世间也就三五天的事。倒是留个空间说上了话，留下遗憾了吧？扣扣默认了。医生：通知护工送太平间。扣扣：不用了，我背着她回家。

## （一百）

细凤让稻麦坐镇村公所，接待接待问事公众。屈指算来，强生失信一年了。亲娘走了半年多了，儿子还闷在鼓里。失信时光还在流长，她过滤不出强生失信的个中原委，盼得多的邮差天天来，抑或来的外调人员，队伍上的。

昼饭后，稻麦睡了半个种点的猫儿窟，按时去了村公所。有个剪着齐耳蓬发，臂弯系着一只工农蓝包袱的妇女，瞧着报栏中的宣传画。稻麦迎上去。中年妇女抢先发问：小同志，这块是八棵桦吗？答：是啊，快进屋。喝了水再用饭。问：细凤支书，扣扣村长还在当差吗？答：在呢在呢，反问：听口音北方人嘛，公干来啦？必答：我叫云嫂，上江人。烦劳牵个头，村干部相识的。

稻麦去唤人。先唤细凤，再换扣扣。他俩没说过有北方亲眷呀。扣扣随稻麦进了村公所。细凤与云嫂叙谈正欢。他冲进会议屋嚷嚷：云嫂，可把你和区长盼来了。不走了吧，陪着区长工作了。云嫂握扣扣的手久久不松手，大兄弟大兄弟地唤着哽咽着：余区长他走了？扣扣：调走哪块啦。云嫂松开手，说：当家的没了，整个年头了。扣扣跌坐条凳：做梦梦颠倒吧。云嫂：自打离开这方地界，当家的撑着破罐子办完公爹丧事就着床不起了。这儿的领导让他去大

284

医院疗养。他回复在家静养，有家小陪着方便，病愈得快。力争半年，最迟一年回到岗位。我劝他去大院治疗，病体生劲得快。他说：住过两回了，和在家养病差不离，一样的喝中药保胃。大院小家的花费大不同，多出数倍呢。能为公家节省一点是一点，拿着公家的俸禄，甚事干不，问心有愧呀。

　　一年多下来，查了两回体，肠胃里的溃烂面没大没小。医生：稳住就是好转。当家的：好转即可归岗。医生：练练身试试。步出家门一里跌坐在地喘粗气，用排子车载回家，他拍打自身：可恶的病魔，逼着我离开组织，心有不甘呀。正在这时，在这块州城任专员的同乡同事归来扫墓，专意家来看望，说：弱不禁风不行啊。组织上内定任副县长了，半年内要到岗的。当家的：组织上看重了。只怕力不从心了。专员：当地的医疗条件有限。回城物色个南京上海的大医院助你疗个彻底。当家的：你可千万别。这儿的人民医院配上最好的医生，与大城市诊断得差不离，有好转了。另起炉灶得不偿失呢。专员：你呀，坚持你的一贯正确。可要抓紧疗治，一年之内见到你回到岗位。

　　医生：半年不可能，少说一年。当家的：说的还有个最终方案动刀子，眼下动呗，我求助。医生：切除了一部分器官，五脏六腑多尴尬呀，成了躯壳子，半饥不饿的少了一条食疗路呢。不到山徒水断没路行，病灶扩大，不想考虑手术切除。当家的想阿想：算个人吗，全靠医生主宰。工作，理想悄没声息地离身而去，逼我认命呢？也就从那时起，当家的不吃小灶了，说：青菜萝卜糁子饭，一家子同住同吃，一个人专用白米白面减了全家人丰收了。我说：医生关照过的。改吃粗粮得请教医生呢。当家的：医生少见的好，听多了医嘱无所适从，治病靠用药呢，吃喝附带的。花搭着吃点粗粥淡饭养体呢。我说心里没底。你呀你，改吃少医，等着菩萨保佑呀。他说：这叫休克疗法。克到病灶扩大化了，医生一刀下去，刀到病除，病去抽丝，助我迈开大步，劳动工作了。依着他，吃吃停停糁子粥渣淬药。搅作了三月查体，医生：瘦身了，胃疾的大忌呀，一查，果不然，开刀吧。当家的听到蛮遂意。走进心里来了，好像他等了这多年，就等着这一刀呢。

　　一刀下去，一个小时后医生走出手术室交底，病灶恶变成病瘤，转地方了，切不干净了不如不切，病人能多生存三头五月。吃啥没有忌了，想啥吃啥，多吃细粮，提高余下的生活质量。

当家的说：敞开肚皮吃，不吃白不吃，瞒着没用，他明白一切，吃得多的是萝卜青菜糁子粥。数量一天天减少，吃啥吐啥，粒米不进了，可怜当家的，生生地饿死而去。临了断续宽慰家人：生老病死寻常事，生前哭了，过后少哭。犯下胃病有个少吃的好处，家庭节省到口粮呢。

细凤搅湿毛巾帮云嫂揩去泪水。扣扣出语起了哽咽：云嫂话兜苦汁呢，大婶娘，衣香犯的同一种病呀，都是旧社会战火中落下的病根，吃没吃的，穿没穿的，内外夹击，不患也难。云嫂：当家的生前说过，连共和国的元帅将军罗荣桓，任弼时他们也得心口痛病而去。从二万五千里长征大面积的受冻挨饿开始，到三年自然灾害结束，共产党走过了九九八十一难，没得回头路了，再不为大公众讨来饱满生活，没得前头路了。扣扣：大公众一齐参与自力更生，艰苦奋斗，一定会丰衣足食的。

云嫂：当家人故去，成先人了，先人的第一重托，归还八棵榉办公爹丧事欠下的九十七块钱。趁着农闲，乘坐长江轮转小气轮赶来了。云嫂说着解包袱，剥开一层塑料纸，打开一层布，取出红纸包，捧给细凤后。双手合一近额自语：先人，通报一声，夫债妇还了，丢开吧。

细凤醒悟到手中的红纸包了，说：云嫂有所不知。我欠着余区长生前的人情债呢，这反礼了。扣扣：区长有恩于八棵榉。只能是我侪欠他情，没得还债一说。云嫂：桥归桥，路归路。先人说了，他生前拿着俸禄呢。钞票肯定比你们拿得多。你哩不收下，会扭曲了他的灵魂，闭眼地下遭白眼呢。细凤扣扣犹豫不受领。云嫂：弟妹亲眷，成全嫂子吧，坐了三天二夜的大船小船，忍心逼着我白跑一趟呀。扣扣：暂且收下吧，云嫂路途劳累，该歇歇了。云嫂：不歇，连夜走，暂且收下的，歇到明儿会反悔的。细凤：不悔。你得住下歇个三天三夜的放你走。云嫂：弟妹知我心的。

细凤：人是留下了，钱是万万不能留的。扣扣：自有办法。你只需谋得云嫂的地址。细凤：邮寄呀。你邮过去，她邮过来，浪费邮资呀。扣扣：匿名邮，分期分批变换着地址邮，想退找不着人头退呢。细凤：吹大牛吧，这笔钱云嫂日日在心，平白无故的意外来钱，自然联上了你我，退邮不了，十有八九捉弄她再跑一趟冤枉路。扣扣：不是眼前办呀，一年二年后，再长点无妨。细凤：长远的事呀，待到云嫂淡忘了，我也想出主意了。

## （一百零一）

稻麦匆匆告知扣扣村公所有人候着你，情绪蛮急的。进村公所不找公家人办事，找错人了吧？扣扣嘀咕着去了。

村公所等着扣扣的是令子，为治老妈的病，她急匆匆赶回了八棵榉。

文化革命风声起，各级部门的当权派过堂过关。当了多年局长的卫书记被检举走资本主义道路，过资产阶级生活，缘由是他在廿九厂时开除三个青年男。纺织厂女工天下，屈指可数的机修男成了猴子王。上班时，下班后总有多双女工的眼神瞪牢他们。不轧朋友（方言：谈恋爱）也难。谈起来物色呗。下班后逛马路只能带一个，拨一人的苗头。于是，当班休息时，开启行车的男青年招手女工，行车调情别有一番情趣呢。没人晓得谈得投入没？事故出在女工下车的瞬间，哇的一声唤，女工吊膀在五六米高的空中，男青年吓着了，探身伸手够不着，身下清一色铁质机械，甩下来，头破血流是最轻的。男青年唤：不能松手，快救人哪！机器应声停下。人声嘈杂着有人唤仓库搬棉包铺地救，棉花一包包的滚来。搬去了大半个仓库。女工听着话闭紧双眼跌落棉垛中。车间主任：快送医院。女工：去也行。送走人，有人愤愤不平：看来无大碍。这救人慌不择路的，棉花包滚翻了废油桶，溅了百分之五十的棉包包，报废得忒多，次生事故可惜了。车间主任：精辟，咋就没呼唤人接人呢，也就两人两手高一点的高度，站下十个人，接牢蛮稳当的，这车间主任难当呢。请辞吧。

卫书记看了现场走进病房，直说：歇着一刻钟，上吊好玩吗？女工：男工叫的。卫书记：叫你做啥，谈情说爱？厂部铁规定，当班时间谈恋爱一律停工转岗。女工：没没！光谈话没谈情。卫书记：量你们也不敢。上去好好的，下来咋就踩空呢，这一闹腾，报废半个仓库。这笔账，人民定会跟你俩清算。女工：是他，啊不是，是我分心了没走稳。卫书记：讲清爽归真是他还是你呀。女工：在我预备下走时，他拧了我的屁股才慌了神。卫书记：没你事了能上班了去上班吧。

卫书记追根排查。好样的，三个开行机的青工男，多次在吊机高头谈情说爱，违章违纪违风气，必须停工，必须调离，不！必须开除。副厂长求情，开除三个呀，偏重了。卫书记：不开除驱赶不走邪气，兄弟单位大阵势编派我厂男工女工上班吊膀子，吊走了上万元的经济损失。同志哥，万元呀，你我得多少个年头挣够这笔钱。比画了吓一跳，民愤起了，快宣布开除，你再联系一爿里弄小厂，帮三个愤青找条出路吧。

没料到堂堂的一局之长停职反省了。三个愤青从浦东走到了浦西，一纸检举材料，打发卫书记进了政训班。局长大人，也有今天呀！五十岁的官老头娶了三十岁的小老婆。典型的当权派，十足的走资派一个。当初二十岁对二十岁男女相处抹黑了廿九厂，抹黑了社会主义。婚姻法规定，男二十，女十八呢。二十比二呀，怎大空间玷污婚姻法呢。

卫局长在开办政训班的廿九厂看到打倒自个的大字报，乐了，中年比画青年。哪对哪呀，我的老婆娘子是年龄偏轻，也小不了二十岁呀，上了十位数胖足了。大老婆小娘子就此一个，转业到地方才成的家，没得阶级属性，没得婚姻法中反对的包办错乱，挨得上吗！就当洗个澡，出身汗，改了打打杀杀的作风，与时俱进了。

令子疑惑：卫局长响当当的老革命一个，怎个成了反派角色呢。与老妈同样被强制进了政训班。那可是个闭门反省的场所。造反派想来批斗随时的，戴高帽，挂纸牌。统一的口号，把牛鬼蛇神打翻在地，永世不得翻身。老妈经不住这阵势，多次的吓瘫在地遗尿在身，进医院查验，急性肾病。老妈后怕了：病上身灾情到，治了也是白治。令子：批归批，治归治。革命尚未成功。老妈不必沮丧。一个改造成功的先进工人有权利治好老妈的病。找个人搭个肩膀吧，伍小抱帮忙笃定的，职位低点，先找找卫局长吧，政训班同病相怜了一阵，相近了，听听他的指点。她叫停了正在看阅大字报的他，说：卫局长，全厂传开你解放了，怎没离开呢？卫局长：照照镜子蛮有触动的，不急。令子呀，你妈的病得抓紧治呢。急性拖成慢性麻烦大了。令子：正为这事烦心，治病批斗两不误难解呢。卫局长：刚恢复自由，尚没恢复工作，不能过问批斗事项。想法子转移出职工医院，转去郊区，乡下的医院。令子：怎远的路，我照顾不上呀。卫局长：陪着去呀。病假不是斗争问题，是生活问题，我去卖个老能办了。怎样，病假先开半月吧。令子：大恩言谢多余了。

真想唤你一声爷叔。卫局长：虚心接受了，快去准备吧。

令子没啥准备的。细思郊外去不得，风头还紧，炳叔自身难保呢。回大江北妥当，老家血地，人脉广泛。老妈又乐意。归家第一站，自然落脚秦小叔家。多年的不谋面，小叔小婶好菜好饭相待。令子提起治病要长住一段日子，小叔当下瘫上床口吐白沫，喔哩喔哩说不清话了。令子：送医院。我正好要去配药。小婶：他胆小，听得嫂子不走，老毛病犯了，嫂子走了，病自然好了。令子哭笑不得：怪毛病呀？小婶：侄女是个明白人。看不出来吗？他忌讳地主富农。前些时，扣扣带着工宣队来训斥了一顿，说你大哥是首屈一指的大地主，小弟只是个中农成分。你是野生的吧！我直说亲兄弟一对。工宣队：当中有猫腻了。阿是大哥逃往海外留下大笔资金叫你潜伏下来，待等时机里应外合反攻倒算吧，识相点，查出你掩园土地，私藏财产来，坦白也晚了。

令子：瞎掰呢。文化革命不是土地革命，挨不着你家，放心大胆点。小婶：壮不起胆呀，娘俩进门，坐实了工宣队的猜想，我也怕，后怕呀。令子：小叔一辈子胆小怕事，不会为难他的。

希望寄托扣扣了。

村公所，令子双眼定神呆住。扣扣走近她视而不见。扣扣佯咳一声，惊动了。她说：扣扣来了，打掉我思路了。扣扣：心事重重的，遇尴难事了？令子：带了老妈来治病，连累了小叔小婶，靠你了。扣扣：一句话，住院治，坐家养？开声口。令子：不急，问个底，在党了？扣扣：惭愧，见笑了。令子：集体组织中果有职务在身？扣扣：平民百姓一个。令子：好办了。老妈多住些日子避风头了。看到你的落屑屋空关着呢，娘俩当作临时住所吧。扣扣：多年空关着，住进厌恶。娘俩住前宅吧，我住后宅。衣香没了，用不着服侍了。令子：小婶告话衣香走了一年多了，猛听得心中发抖呢。浮现出她纤小身材，不怕出蛮劲的劳动场景来。天增岁月没增好人的寿呢。扣扣：我侪增寿的人幸运了。我认知的云嫂说得好：死者横下为先人了。竖着的人饭照吃，活照干，好事照做，令子：不要你做好事对老妈雷锋式服务。娘俩不明不白地靠着你，不在项款里。拿定个主意，两人办好婚姻登记手续，你好名正言顺照顾丈母娘了。站着交谈的扣扣跌坐方凳说：办小人家家呀。令子：

不情愿？扣扣：呵！是！也不是，归不到一处，像有种乘人之危的感觉。令子：你危在哪呀？扣扣：我乘你之危，衣香故去不久，不满三载呢。心理上没点儿准备呢。令子：理解。我也动不了男女之情。满脑子全是亲妈的病情，要治好她。补办证明亦是临时起意的权宜之计。不把它当回事吧，我的纺织厂的同事，特别是姐妹小组，听说我在乡下农家找了对象，还是原配，个个开心得蹦跶三尺高，拥抱我又吻又啃，丝毫不比与她们老公吃嘴差劲。扣扣：说轻声点，有人进办公室了。令子探头说：坐办公室的女同志回了。光明正大的事，怕啥？扣扣：她叫稻麦，未来的儿媳妇。上下辈分呢，吻呀吃的钻进小辈人耳根，多难为情。令子：一家人呀，好办了。她索性面见了女孩，说：你好稻麦，爱人工作在外，怎个称谓？稻麦：大名唤钮强生。哪能晓得他不在家，你出口当地话，不像外调人员呀。令子：从来有人调查我，我没资质调查别人。估摸到你坐上了公家人的位置，一心一意求进步呢。爱人在外大踏步前进呢，阿是。稻麦：互相激励呗。前辈真会夸奖人。令子：稻麦呀，真是你的前辈呢。露上底，为老妈治好病。我与你未来的公爹扣扣预备着补办结婚证，想来能得你小两口的大力支持，稻麦一头的雾水：补办结婚证，意味着当事人在某个时段是老相好，机会来了，时不可失哟，过来之人的情分，过分直白了。

稻麦坐不安办公室了，急匆匆报告了支书，细风：遇上了哪路神仙，惹急了你。稻麦：一个稀奇古怪的女人，为娘治病来了，要与叔爹补办结婚证。细风：一定是令子，十多年不谋面了，快去请他俩来家吃顿饭。稻麦：你熟识得很哪。细风：当然啰。令子扣扣与我十三四岁起见天干在一起，吃在一起。东家的千金小姐从来没把我俩当帮工看待。三人像穿着一条裤子长大的。稻麦：明白了。令子是大地主的丫头，全家南逃了，她从哪块冒出来的。细风：她和生母没走成，留在上海了。这回回乡治病，一定有她的苦衷。我和扣扣尽量帮帮她。

非同一般，三人连抱着膀子立地转圈，有哭也要笑，牵头人稻麦成个局外人了。她几次把涌上口唇的疑虑咽下肚，草草归家摆进床铺，翻来覆去的烦恼积成了火气：令子叔爹这一闹腾，事关全家的前程命运，犯得着吗？当事者谜呀，叔爹压根儿想不到这一层，利害关系趁早挑明，听不听由他了。

起个大早，稻麦找了叔爹，开讲前，自动手咕嘟咕嘟灌下两杯凉水，像喝下的酒水成了醉酒者语无伦次：叔爹，小辈不该讲——讲了，你该办——不可以办，不能忍——要忍。扣扣：这孩子，咋啦？走旱路吓着了！稻麦：叔爹吓着我了。令子娘俩是名气大得收不拢的地主阶层，万不能相帮相处同类合污哇。扣扣：治病救人，助人一把，道义上没错呀，收监的服刑犯有一条保外就医呢。稻麦：叔爹认知错了。工宣队的帆布队长日夜监视着你和三婶娘，说你是海外关系的联络人，保护伞。八棵榉的东姓家庭一个个的人员下落不明，财产不明下落，一缸糟粕早晚发酵发臭呢。扣扣：帆布队长挖空心思，寻人雀斑批呀斗的，天下头就数他革命到底了。稻麦：不提他，说说强生。两地好久不通信件了，不晓得他退步了，进步了？心里老是七上八下的。想来他正在进步上升当中，说不准人调函调明后天就飞到八棵榉了。调查直系亲属中冒出个地主家庭出身的后妈，证明强生欺骗了队伍，欺骗了组织，一切进步归了零。扣扣：理道在呢，可一口回绝了令子，难于启口呢。稻麦：该断不断必有后乱。

扣扣沉默。

稻麦：叔爹一时转不过弯来。待到强生进步大了，再和好结合不晚吧？

扣扣：我心已断，怎样断她？

稻麦：叔爹拉不下脸回绝，有我呢。

隔了夜。工宣队进了秦小叔家。帆布队长指点着用早饭的令子老妈，说：长得蛮富态吗，像个地主老财的家人，家来反攻倒算了，有工宣队在，没门！本队长勒令俩人二十四小时离开八棵榉。不！十二小时内。秦小婶见了阵势，生出个心眼溜出门找支书去了。

秦小叔见傻了。没犯病躺下，跪下了，没有节制的胡乱磕头，东南西北闹不清磕向何人，令子一把提起他，说：挺住身，安分守法的老实人一个，受你礼不应该。队长听着话不对味，说：谁受礼了！不想走是吧，进政训班就地批斗下午开大会批斗三反分子，真正缺两个陪绑人呀。令子：小兄弟，有没有搞错。你是工人，我同样是工人。一条战线的工友，哪有互相批斗的，毛主席没发这号令，共产党没这项政策，要调整好方向，阿是。队长：看不出来，底气十足教训人呢。令子：那当然，工人老大姐十七岁读懂了《共产党宣言》《共产主义 ABC》，是油印的小册子，小兄弟，没见过吧。参加了工作，一路走来，评上了厂劳模，局劳模，市劳模，一切缘于党的初心使命胸中装，底气能不实足吗。队长：理论联系实际一套一套的，真的还是假的。令子：真的假不了。小兄弟坐下来喝杯水，待会儿当地父母官来了，互相再沟通。

细风没单独来。唤上了五六个壮工，村公所集合好一起来。稻麦：唤的全劳力去武斗呀。细风：清一色东令子家的长工短工，凑凑人头去。稻麦：控诉地主老财去，叔爹得知了会伤心的，免了的好。细风：你不懂，别掺和了，照顾好扣扣去。

一行人进得小叔家，光听得队长调门：算你是红色，地主婆是黑色呀，也来个联系实际，个人表现家庭出身，红色黑色分开讲，地主婆不离开就得陪绑批斗。令子：老妈不作地主讲，自小的苦出身，劳动人，菩萨心肠一个，乡里乡亲的全晓得。细风换来的大三子接了腔：这话顶真，不掺假。旧社会生长八岁，那块家里穷得叮当响，一天能吃上一顿饱饭难呢。肚子熬不住了去东家蹭饭。东家二妈来者不拒，打发你吃饱了还说一天三顿常来哟。哪能呢，吃上一顿心满意足了。二妈说饱一脬顿饿一饥，不饱不饿少力气。你们三个伴呀，在晾晒的稻子桁架旁办办小人家家，见到花雀儿偷吃赶走它。乌云密布雨声起，提早唤来大人收屋。记住了，这是扛活。像大人扛活一样，用一天三顿饭，外加扛活的工钱。一个礼拜晾晒入囤。二妈每人给了三十斤稻米。我说不要，为啥？背不动！二妈说大头痴侯，唤来大人背呀。一个八岁的伢儿，看管几天桁架，挣得三十斤稻米，八棵榉独有。队长阻止了：住嘴住嘴！越讲越离谱了，穷光蛋的阶级觉悟呢，地主变了善人了，不剥削你们能变成地主呀？有人说：乡下，令子娘儿俩赚的家财有限，兴许大老爷们在城里开办店铺，工厂赚钱发家了。队长：对上号了。猪前拱，鸡后扒，各有各的路数。这叫作榨取剩余价值，发的工人阶级的财。令子：我和老妈两袖清风踏进了新社会，连富家女人常备的金银细软都三钱卖二钱送的捐给了淮海寄售商行了，一个子儿不积累，像本家小叔的口头禅一样，视为粪土。我们生不带来死不带去轻轻松松走社会。队长：评价你小叔不像个地主老财，像个西藏农奴，被三座大山压伤了脑瓜。解放了他吧。小叔立时光泽了脸色。

咧嘴望着侄女笑。队长：别笑早了生悲情。恁大一个家族，海内外的掖着囤着，查实了知情不报，送你们进监牢。小叔抢先：这事清楚的是我。娘俩点儿不晓得。那会儿两军开战，一在乡下，一在城里。上海解放后，娘俩蔽在郊区横扇岛上。我进了城，劲直奔了厂铺，已人去楼空，工厂被军管会查封了。人逃向东洋，南洋的，只能军管会追踪了，八棵榉没人知晓。队长挖苦：说得连牵了，农奴当心变成农奴主，信你一回吧。队长挥手离开后又回来说：不成不成，我不能收回成命，变作西风压倒东风了。人还是得离开的，俩走一也成，不限时限日了，识相点执行吧。令子：队长一番和气话，领情了。不攥到时也得走。我向工纠司只请了半个月的假。队长：你是工纠司的人？令子：队长认知工纠司？队长：上海的工人纠察队，工人民兵名声在外，声振大江南北。令子从拉练包中抽出袖章派司展现：没恁大名气，与你的工宣队为着同一个目标，彼此彼此，队长爱不释手摆弄袖章，说：差去一万二千里呢，工宣队散兵游勇松散组成。你那是军事化组建，军事化行动，你个中队长的组称，管带百十号人吧。令子：小队长中队长连排级的组称，可推荐一到三个亲房户族进队。老妈就是我引进的，队长笑了：地主婆进队，这不是变色了吗。令子：老妈早年变作红色了，本色，没啥大惊小怪的。队长：可能吗？大城市真个藏龙卧虎呀，白皮红心者大有人在。看在工纠司的份上，不辩论了。假期结束自动离开吧。令子找了句讨趣话：当然，听话要听队长的话，说着拎起提包牵着老妈率先走出了屋。

细凤在后跟上，问：去哪？令子：丈母娘靠抱扣扣女婿，不意外吧。细凤：不意外。意外的是你好口才呀，文攻武打三个回合下来，队长无计可施了。我的预备方案大多数没用上。令子：有的是急中生智，有的是造假的。工纠司的袖章是厂里的保卫科长塞给我防身用的，实则不是工纠队员。自救，顾不上真假了，一旦露出马脚。老妈的后果难预料呢，想找扣扣商议个妥当之策。

稻麦瞟见母女俩随细凤进了院沟内，情急中掖进了灶屋，坐上烊灶膛的矮凳，暗中听动静。虽说叔爹断开了低级趣味，坚守了家庭进步，其他双方的驱逐应该顺利的，可不知不觉中还是摆开了躲进旮旯的阵势。像十岁时吃不饱摔碎饭碗后怕吃生活，躲避了一天一夜一个样。

令子进屋开门见山告知情况恐有突变，帆布队长逼着离开。大江南北一个样，造反派为大。听听你的拿魂办法。扣扣：离开是顶好的办法。总不能拉起一帮农民兄弟去对着干，挑动群众斗群众吧。令子猛一醒：卸肩胛的官场话呀，头天喜逐颜开，今朝愣起猛浪生变。令子：想必你听到风言风语了。扣扣：不曾，没出个门呢。令子：定是阶级斗争这根弦作怪了，赖着不走，工宣队调查到蒙骗了他们，老妈没路退了。她说：看来，老妈投靠女婿不成，扎不下根了。扣扣：声轻点，女婿女婿的多刺耳。令子：你厌恶老妈了。老话说三岁看大，七岁看老。老妈在你七岁时相中了你当女婿，你不该吃了墨磨水吐黑老人。老妈：治病放一放，多一天少一天的阳寿老天爷随意。当紧的令子等了你二十年，不要再耽搁了。快把钻戒送给扣扣做信物吧，这只金镶玉钻戒是东家七个子女的信物，人手一只，你接手保管了等于保管了令子。

扣扣懵懂着不接手。令子搜紧他塞进了衣袋，说：糖衣炮弹一颗，不想收也得收，炸不死你。扣扣：不是个辰光。过了这关口吧。令子：你我不设关口。从来不谈情，情会变的。一了的以心相待，说一不二，冒出的关口吐出来共同分解呗。扣扣：死疙瘩一坨，没解了。令子：死疙瘩不劈出个一二三来，我气不顺。扣扣：硬上四五逼呀，听着，工宣队长破解我一个堂堂正正的革命派，出身三代贫农，坐拥红色家庭。万不能娶地主女儿为妻，与地主婆为伍，可能变不可能了。令子一屁股跌坐条凳，与帆布队长调谐时心境一落千丈，指点着扣扣发不了声。

细凤看出了满屋的反常，一时找不来正当理由批驳，绕了扣扣一圈突然给了两耳光。她说：她这等屁话八棵榉的任何人讲出不犯绞，唯独你扣扣不能讲。中了枪子了！扣扣：中了邪了。你打痛我了。细凤：觉察痛还有挽救。扣扣：没挽救了，痛在心里，找不着来回路了。我该死！他猛打自个儿的脸，把自个儿打哭了。男人的哭声惊动了灶屋的稻麦，她忍着头走过堂屋，眼泪汪汪瞄了支书一眼，跨过门槛，头也没回走远了。

细凤似乎点出了头绪。有家庭成员掺和唱反角，难办了。难怪扣扣发了难。她劝告令子此地不可久留，帮你找两辆二等车送到码头能赶上当天船期。令子：愣起猛浪刮了阵鬼头风，自个儿也刮伤，猜不透。细凤：一时半会儿讲不清，先走为上策，有了确切因果无保留通告你。

## （一百零二）

回了城，找伍小抱相助，老妈住进了医院。小抱过问：三天回了府，为你打造的护身符没起用？令子：起用显灵了，没它，恐怕扣压在乡下批斗呢。小抱：老妈挂在嘴边的你的农民相好，老婆死了，没站出来相帮？令子：他像有难言之隐，想收留又不敢，气得来没给他好眼光。小抱：治好老妈的病，只有兵来将挡了。否管他里弄的造反派，纺织系统纠察队来押解，去游斗也好，陪批扫街也好，统统经由保卫科把关，科长有权作出通告。

小黑板告示三天，里弄革命委员来要人。小抱：没见通告吗，当事人被打断了腿，治着腿骨呢，三五个月内治不了，不用来要人了，来者将信将疑悻悻离去。令子悬着的心落了地，把老妈从医院接回了。因病床紧张，院方催过两回了，老妈无需住院，住家治疗同效同药，还可早晚有人陪着散散步，消消腿肿。

这日，令子陪着散步。冷不防撞见一群"工纠司"队员急匆匆进厂，直奔保卫室。令子将老妈藏进屋，站在远处观着。工纠队进保卫室要人。小抱：又来了，不接待。领队：纺织局工纠队没带过人。小抱：市里工纠司也没用，当事人有病在身。领队：有没有搞错，我们撞见地主婆笃悠悠小脚蹓慢步呢。去两人，隔壁房间把人带来！小抱立身慢刚伸手相拦，老妈已被带到门前。令子靠身护住，说：真有病，实在免不了，我替着去批斗。小抱：卫局长特批病人歇着治病三个月。领队：姓卫的靠边站了，官复原职也没权管工纠队。小抱：我是保卫科长，正阳面前站着呢，有权管住在厂的每个人。领队：廿九厂的癫痫头难剃呢，好一个翘脚科长，红得发紫自抹黑呀，护住个地主婆啥意思吗？小抱：特级伤残军人一个，病人与我沾亲带故算亲属吧，护住她理所当然。领队：沾啥亲啦！嘴说无凭。真是你的亲房户族，做主了，网开一面看病去。小抱：我的姊，我的姨，我的舅妈我的嬢嬢啥都是。领队：信口开河呢，干脆说你的亲娘得了。小抱：恭喜你猜对了，她是我的丈母娘。领队：合法证件呢？小抱：正谈着呢，快领证了，不信，问声门外的娘俩。工纠队员一齐循声望过去。令子附和：是这回事，谈着呢。有队员厌烦了说：

不与残疾军人纠劲了，江山也是他们打下的。两条腿的坏分子排成队呢，多一个少一个无所谓。领队对了队员一眼，说：有点儿意思呀。革命几十年，落得一身残该有个女人有个家了，要不，社会主义对不住你。小抱：兄弟，够意思，谢了。领队：老革命不许蒙骗工纠队，办不了结婚证，拿你是问。

暂时稳住了。令子说：证是必须要办的。担心你个男人身女人体的残人瞒了工纠队，瞒不了全厂上下，作假明摆着的。保不住老妈，还搭上你的政治生命。小抱：政治联姻呀。两人之间有共同的爱好，共同追求，共同的价值观走到一起了。令子：政治联姻只能两人自肚里明白，办了证还是假的，遮不住众人的眼，挡不住组织的审查，会连累你像炳叔一样抹了个精光。小抱：政治联姻，也是生活联姻，保姆性质的，这次由男保姆改成女保姆，由民政部门办张联姻证明。那儿我熟，只需你给张照片。我去合上我的照片就成了。只是对女同事来说有败坏名声的嫌疑。令子：管不了许多了，老妈治好病第一。谢谢科长的赤膊相帮。小抱：知恩图报。找不着木子，认定娘俩是救命恩人了。

## （一百零三）

三婶娘被工宣队限定，不可随意串门。

这一限定，没个邻居来家走动。平日里，隔三岔五要落个脚印的扣扣，多日的难觅踪影。扣侄病了？不会的。他身子骨硬梆，头痛肚痛，崴脚闪腰，磨牙落枕，咳嗽流鼻血的近不了他身。出远门了？漂江过海也该回了。三婶娘端坐堂屋门槛，呆望着运盐河两岸，希冀碰上一两张熟面孔。稍微远点的环拢桥南的沙壳路上扬起尘埃，汽车轱辘刨起来的。两声喇叭声响时，嘎吱吱声起，敞篷汽车停靠学堂操场。猪栏子似的后屁股放下，没人下车，有人上车，工宣队鱼贯登车，只是起步急了点，带走一路灰尘。

三婶娘不晓得，工宣队撤回县城，事实上撤销了对她的看管，她日夜思念的扣扣正带领人马在学校大扫除，改日全员复课了，校方的护校人承诺：把操场教室、内壁外墙、桌椅台凳清扫清爽，人均误工补贴半块钱。扣扣：为自个儿的子弟学校除尘，自愿的，不收钱。护校人：学校有这笔开支，不好无偿占有农民伯伯的劳力，咋的，给少了？扣扣：只多不少，不给正好。十一人给十个人吧，承头人免了。护校人：承头人动脑又动手，加倍呢。扣扣：我的兄弟也在当中，他只能干半拉子活，相帮他点，两工算一工吧。护校人：农民兄弟心境宽呢，视劳动强度吧。

校园内清扫完毕，扣扣瞥见护校河浜中淌满了大字报，沉沟底的，飘扬风中的。大伙儿再动手，能收捞聚拢的，一字不漏地打捞上岸聚成堆，待晾干了烧化。散落在草丛中细纸片，十一人组成排，地毯式捡拾。护校人看着步步变清爽，说：农民兄弟想得周全呢，徒增了你们额外负担，十一个人干了十五个人的活计，还误了饭时，歇手了现场开销，承头人先接钱。扣扣：谈妥帮兄弟忙的，作践我收钱说妄话呀。护校人：尊重你也尊重我。你不收其余人照收，多收，人均八角钱，两全其美了。

扣扣没及时返还，护校人利索地返回了教室，从小学至高中，学堂有几十间教室。扣扣有心，进教室论钱。每进得一个有人在的教室，护校者均推托不是发钱人。这些个清水衙门中的使者呵护着清水田地中的耕者及子弟。一边自掏腰包赞美劳动者，一边自告奋勇参与大扫除，不愿看到学生老师在灰头土脸中学教，双方人情难却呀。扣扣没法子告退了，宣称八角钱各人归各人，下不为例。得令，一个个的喜笑颜开。唯有长顺见钱红眼，犯病架势显现，抖动着手中的角票抱不平：讲好半块的，只给了八角，赖钱精，不公平。扣扣哭笑不得，收起了长顺手中的钱，领着他回家。

三婶娘从上昼望到下昼，环拢桥上出现了肩随行走的双人。内侧的男子身手前倾，脚尖搓地，后跟离地，一踮一仄行路，三婶娘打眼判出了长顺的一贯走相。不用细认，外侧行走的必定是扣扣，他经年累月的护卫着出远门的长顺呢。机会来了，三婶娘奔出场地，纵身一跃，跳进运盐河中。

河南河北有人唤：有人落水了。扣扣似闻得水声，再听得唤声，迅疾把手中的角钱塞给长顺，跨腿高走，一路像跨栏比赛，边跨边脱衣冲向河中冒泡处，抵近落水者。水深一人半高，可恶的是河底劲长着蕴藻，他一手薅住了沉水者头发，一手托起后背，往上薅托了两次没托出水面。扣扣明白沉水者被蕴藻缠住了，必须深潜河底拨蕴藻。约摸着这掬缠脚蕴藻快要连根拔起时，扣扣被落水者合抱住了，捆住双手动弹不得，手使不上劲，双脚踩不动两人浮上水面了。自个儿太大意了，拔水草拔成了面对面。只得用头部顶昏对方松手。溺水者早三分钟下水，按惯例，五分钟后丧失意念，失力该松开手了。扣扣一觉松动，挣脱了索命的双手。冒出水面高唤长绳撑蒿，吸足气二次扎进水中连人带草救出了水面。

上了岸，众人发现落水者是三婶娘，落水处远离水桥，她是有意跳的水呀，又为哪般？扣扣放平三婶娘，掰开她嘴清理口中杂质，压胸肌做呼吸。人群围拢来。扣扣说：帮着唤来郎中，帮着按胸肌，帮着燃堆麦秆草取暖。不大会儿，宁郎中不请自到。扣扣：救命者到，要不要打针，要不要送医院？宁郎中亲自施救，看病者状，说内行语：年纪一大把了，不要乱送医，缓过神来靠自身造化了。等待间，三婶娘吐出一滩黄水，脉动气也通了。宁郎中发医令：把病人抬进屋。女人帮着她擦身换衣，平躺床上焐上被子，好给她扎一支护心针了。

## （一百零四）

扣扣裹着毛毯，露出双眼，闪跳着家来。家闲着的顺生见了朝后仰，看清卸下毛毯后的真身。顺生说：叔爹，下河救人的是你呀，烧锅热水暖身子去湿气。扣扣：冷水擦擦，换上干衣暖和了。你爹呢？顺生：在灶屋发神经呢。扣扣：你让他经手钱了？顺生：身边只剩一包香烟钱了，哪来供他呀。八成是叔爹的钱吧。扣扣记起来，说：快去把你爹手中钱缴了。顺生缴了钱说：毛病犯一次加重一次，捏着几分几角钱就犯上了。见了女人还追着骂，骂痨病壳子，难听刺耳，陪着他遭人嫌呢，朝后不准单独出门。渡船停船了，用船上的链条，链住他，省了出门惹事。扣扣：使不得，犯病了，我两个多费点心吧。今夜带上他一起去三婶娘家用夜饭，打下处，一家三口被头铺盖带全了。

三人背着铺盖毛毯，像下乡耍猴的戏班，引来路人一阵窃笑。留守照看三婶娘的稻麦说：替换人来了，我该走了。扣扣：走开呀？指望你陪床呢。稻麦：她睏得交关（方言：相当，十分。"交交关关"，十分复杂，繁多）平稳，用不着陪床。扣扣：平稳就好，吃了饭走吧。稻麦：先成熟呀，煮点啥呢。扣扣：白米青菜元麦糁子，搅成三合一咸酸粥。三婶娘醒来也能用。

稻麦煮熟陪同用了夜饭，协作支撑了一张三人铺板床后走人。扣扣打发爷俩躺下睏觉。自个儿点亮一张包芯灯端坐床边静候三婶娘。醒来已是子夜时分了，见她连打着哈欠，舒展开细小身板，开眼即认准了扣扣，喜上颜开：成寿了！成寿了！扣扣：是呀，丢开五十朝六十上数了，这把年纪该想开点了。三婶娘：见上扣侄啥都想开了，跳河不为寻死只为寻你，好长的日子了，小猫小狗也不来落个脚印。三老太婆的人缘落到这等地步想不开呀，梦想扣侄来说说开，你不来，候着你从环拢桥上过。心急一跳，跳成寿了。

扣扣唏嘘不已。

三婶娘用了咸酸粥，毫无睡意。扣扣油加包芯灯，打起精神听三婶娘讲那过去的事情。那时候，她十七岁嫁了三十岁的老木匠。本来四水一家老木匠师傅为上她为大。可她比大婶娘小六岁，比二婶娘小四岁，比扣扣娘大半岁，自认了老三。十八岁生下布财，懵懵懂懂成了娘，操持第一个吮奶小团，吸乳烦，尿床烦，拉腔更烦。老木匠还要接二连三的添丁。她偷偷吃了娘家的挡胎秘方，一心归路长到廿岁朝上，娘两个力道足了再添丁。哪料到呀，老木匠没了第二第三。三婶娘那个懊恼哟，不孝有三呢，愧对了当家人，愧对了自个儿。命里报应她，一根独苗也离她而去，布财儿啊，你在哪里呀！捎个信儿娘呀，多早晚回呢？扣侄你猜猜。扣扣：三婶娘问了二十多年，我打探了二十多年，没得下落，公家也只是猜疑他在外海呢。三婶娘：云里梦里的猜猜儿了，这把老骨头等不来布财，有扣侄靠身满足吧。三婶娘说话间从枕头底下掏出大小两把钥匙，指点扣扣搬开蹾在台箱上的板箱，用大钥匙打开台箱锁，用小钥匙打开台箱中的一只铁皮匣子的挂锁，拎出一只缠满红带的兰花青布袋袋，解开了红带，袋袋中呈现一掬金银首饰，几十枚明朝、清朝的重宝，通宝钱币。扣扣：宣传队撤走，没人兴起抄家，原样放妥吧。三婶娘：这一闹变夜夜愁呢，我留着等死呀，趁早交给你能配上用处。我的娘家上代的上代再上代受过朝廷俸禄，几代人的传下来，财宝瓜分散了，出嫁丫头摊不上贵重金银，只摊上点破铜板，烂铜钱不起眼呢。扣扣：无功不受禄，我不受领，先人心意一代代传后人的，布财嫡亲不在有叔伯亲呢，叔伯亲不全，尚有姑亲姨亲舅家亲呢，三婶娘梳理不出近亲，还有远亲呢。三婶娘：扣侄，我看好你，不愿受领三老太婆身前身后事啦？扣扣：两码事么。
三婶娘：我当作天下大事呢。四水一家不属血亲是义亲，身后不求你披麻戴
孝，七七念经，吹打拜忏，行香放灯，施食放花，跑五方做道场。只把我和
老木匠并坟合葬，天地合一，就心满意足了。扣扣：三婶娘别伤感，扣扣受
领了，暂且保管吧。布财不在，我会尽孝尽力的。

（一百零五）

两年了，强生恢复了书信，稻麦看了信回信。讨问为啥断信，强生没回
信，稻麦再去信检讨过问了不该过问的，见谅吧。强生回信少写点家长里短
事，多关心国家大事吧。稻麦思忖着大事，有天上爆炸的原子弹，有地下爆
炸的氢弹，飞天入海的导弹，与你强生有何关联呢？罢了，再回信，家庭不
谈，天地不问，互相问候一声，报个平安吧。

不痛不痒的白水信，来回了又两年。强生的信封落款突然取消了信箱。
信中标明探亲归家，完婚来了。家庭平淡相见，稻麦：没半点心理准备呢。
扣扣：双方家庭一个样。强生：办了证书回部队成亲，用不着准备的。扣扣：
速战速决，队伍上的做派呀。一会儿的音讯全无，一会儿的立马成婚，有心
结呀。强生：平平常常了却娘的心愿吧。娘不在，再风光的婚礼多余了。只
是对不住叔爹。娘在最后时光，全靠着你照料了。扣扣：那会儿，我与稻麦
一心盼望着亲儿出现在亲娘面前，可是办不到哇。强生：没料到娘离去的忒
突然。只说是慢性病，有叔爹调理得周到，一切会好转的，孝敬娘时日长呢。
一咬牙，签下保密条款，当了科学家的贴身保卫。科学家断绝了信箱来往，
何况一个小兵卒子呢。扣扣：想象到的，自古忠孝难两全。过往了让它过往
吧。着重眼下，按你的做派办吧。

强生稻麦离开了家，向乡亲们敬了喜糖去队伍上成亲。进了军营说在家
举办了婚礼，面对前来贺喜的战友，强生散烟，稻麦分糖。年长的战友称稻
麦妹子，年轻的战友称稻麦嫂子，有的还向她行了礼。稻麦意向羞羞地说：
进了兵营有种家来的感觉，兵营里绿树成荫，人气旺盛，不是先前信写的飞
沙走石呀。强生：部队调离了飞沙走石的保密地，那地方你去不了。为啥？

没资质。稻麦不下问了，一门心思写信爹娘，写信扣扣，一年积存下来，不少于十封家书，告知强生提升成营职军官，她也住进了家属大院。院内有家属工厂，她在里厢上班拿工资，圆了当一名公家人的梦。

扣扣见信感叹，强生成家出道了，走成的阳光大道，荫及媳妇，衣香地下有知，高兴得笑豁耳朵根呢。

顺生粗心一瞥报喜的来信，嘻嘻半分钟挂不住脸了，进进出出依旧吊丧着脸。同龄人相继成亲生子。顺生说不来媳妇心急。扣扣也急。受二婶娘的重托，他自小受领了顺生，家长的责任担起，儿女的婚姻大事第一要务哇。他四处托人说媒，被托者说时代不同不兴说媒自个对眼去呀。扣扣：中间人该有个呀。没人担当，自个儿当。扣扣盘算着八棵榉的黄花丫头：有主儿的先排除，家中有人挣工资的排除，进学堂的排除。排来排去的，排出了五根家的叶子丫头。比顺生小下三两岁，面貌一般般的不出挑，牙齿长得比娘平整雪白，五官没传下胎记。扣扣装着随意路过串了门，叶子不在家，与叶子娘提起叶子顺生时，叶子家来了，娘说：候你了。扣叔为你做媒呢。叶子：是个远天三十里的外乡人吧。娘说：这回到你心里来的，是本村人顺生，家靠家隔着两条地皮，进门出门不离娘呢。叶子：是他呀，他爹是痴侯。娘说：丫头咋说话呢。叶子睨了扣扣一眼，改口：他爹脑子不好使，又说：娘，约定好的，终身大事等爹回家再谈，出门进门由爹做主，娘反悔啦。娘说：扣叔解放初期与你爹一起共事，我信得过他。扣扣：过去的事，有年代了，五更快回了吧？娘说：减成十八年，不足两年时光了。扣扣：好呀好呀，想着他呢。

叶子望着走远的扣扣。心想他为啥想着她爹？客套话吧。这世上原本只有她与娘想着爹，还有第三者呀？娘说扣扣好人一个哟。

好人愣是说不来顺生媳妇。看样眼光得眺远点，眺到外村，抱山街，余镇去。找杜账先生出出场，他见识多门路广。行之半道上，扣扣踅回了，自笑不量力，市面上的丫头能下嫁乡下？还得农对农村对村的去找。扣扣转弯抹角进了赵家沟。胖姨在，伴病在家，出言气喘吁吁：这身病呀，帮不上你的忙了，我大丫头热心肠，她能帮的。大丫头说：巧了，手头有个丫头托着呢，先问个男方人材家底吧。扣扣：人材跟我差不离，家庭吃穿不愁，没有个好，也有个饱。大丫头：殷实点的备战备荒大半年口粮，三间砖瓦房基本，小伙子一年四季有换季衣裳。扣扣：四季没有，三季有。瓦房三间，余粮没记。大丫头：男方干啥来着？扣扣：种田呀！大丫头：种田不同样的，除了种田还干点啥。扣扣：种田以外，还是种田呀，一心扑在田地上，特等劳力，分值顶高的，瓦工、木工、蔑工呀，他不喜见做。大丫头：死种田没出息。这些个工呀过时了，资本主义尾巴一条，赚不到两个钱。灵动小伙要贴近公家的农机站、水利站、粮油站、运输站、农电站的，帮忙去打打零工，再季节工，混熟了变个集体长期工，有可能的，事在人脉间互动有助了。扣扣：他值守过集体的渡船工，行船一把好手。大丫头：行船录属运输站的，沾着公家光呢。扣扣：那倒是，只不过眼下撤渡建桥了。我去走动走动，运输站里拉拉黄沙石子权当短工活吧。大丫头：就这番变通了。三天内带女方互相碰个面，注意了，三间瓦房里的家私摆周正点，女主去相亲有个爱好，探视男方家底不抬头看梁，只低头看床，睡床靠身呀，男女互相靠抱一辈子，一半时辰与床连着体呢。扣扣：男方的暖床包女方满意。

扣扣底气十足，三婶娘家的水曲柳打造的花门床，借于长顺一针做婚房，至今一直长住着呢，大东地界算一张观光床了。

床现成的，扣扣亲临细凤家请教。细凤：抱山街运输站招工挤破门呢，八棵村这多年一个集体工没轮上。扣扣心一紧，奇货呀，怪不得女方喜见。一眼儿门缝不开，哪怕挂个临工牌子。细凤：目前是淡季，等到旺季争取个临工名额，与黄沙石子打交道，重体力活呀，少有欢喜，多有愁的。扣扣：只要在运输站挂上顺生的牌号，有人来打探内情，见号就算傍公的证据了。细凤笑笑：大吉大利了。扣扣心一紧束：这不又走上了作假的路了，命中注定，顺生要走长顺的老路吗？

扣扣唤来三婶娘参与。她支配大家把屋舍见新，暖床蜡刷一遍。顺生：白费蜡，屋里脏得如猪圈，刷成皇上的龙床也白搭。三婶娘指点：重头戏要在相亲当天把长顺寄托得远点。扣扣：想到过寄托在大三子家让大三子看管住他，管得了一时管不了一世呀。顺生：白忙活一趟，早晚会穿帮的。三婶娘：今生今世不穿帮，事成之后东宅西宅分开过日子。小两口自成一家，长顺扣扣变成一个家，你叔爹能说到做到，像自小养大顺生你一样，能保吃保住长顺养老的。扣扣：早在行了。为了早日攀上儿媳妇，有必要变动户主了。三婶娘：在行不在行动用到公家呢，扣侄找支书相帮吧，相帮顺生谋上个光标的生意做做。扣扣：在公家的运输站，支书已为顺生备了案，三婶娘：备得好，公家的行情看涨呢，年轻人学个三拳两脚的壮自身，出门在外交朋友说得嘴响呢。三婶娘不愧为大家闺秀出身，出言扣着攀亲必须攀成的正题呢。她看到顺生吃纸烟吃得指甲染黄，有心有神为顺生清洗黄甲，洗不尽用剪刀刮。告诫：侄孙啊，攀亲论婚历来女方强势，你得顺着点。十个女人九个怕烟，吃烟犯忌呢，相面时千万得熬住。

三婶娘的几句话煞不住顺生的烟瘾。趁着三奶奶在堂门外候着，叔爹去环拢桥引见女方，顺生自顾自在堂屋吞云吐雾。三婶娘瞄着走近的两个女人。大丫头偏老，小丫头偏胖，她认准了胖丫头是新人，拉起她引进屋。迈过屋槛一只脚，满屋的烟雾呛了她几声咳嗽。心一紧缩丢开胖丫头，冲进屋低声责怪：黄了黄了。顺生：黄色洗尽了。三婶娘：胖丫头要黄。顺生：没指望她红呀，索性用烟屁股又引燃一支烟，一副爱理不理的姿态。

三婶娘瞄到大丫头胖丫头做作着挥手驱赶烟雾，吞烟没咳嗽没厌恶。现在的女人哟，经历过啥场面啥阵势呀？两人瞄了一眼顺生后，烟气中走过三间瓦屋，驻足花门床边。大丫头指指点点着观音送子雕刻图案：花门床的神仙神呢，一次送上两个，龙凤胎呢。胖丫头会意，推了一把大丫头，两人跨出了堂屋，大丫头说：奶奶爷叔别忙活了。我两个吃碗清水走。她又转身对着顺生：没去成运输站呀？顺生：等着你哩呀。大丫头：误工了，做一天拿几个钱呀。顺生顺口应：块儿八角的。大丫头：是这个价码。年纪正当时，有底线吃纸烟比吃水袋烟、旱锅烟气派多了。吃烟气派？三婶娘听糊涂，扣扣听没了底气，直送着两人出了院沟坝埂也没见交个底。谈不谈呢？

三婶娘不看好，说：握空的多，待顺生戒了烟再撮合吧。扣扣：一辈子戒不了呢。三婶娘：戒不了烟戒爹，两样戒了一样。无论如何也得在陌生地界牵上红线，我暗地里为顺生算了三回命了。扣扣不死心，备了糕粽糖酒四小礼送胖姨还个人情。没料到，大丫头出门迎接呢，接过四礼说：男方架势大呢，才来送见面礼呀。扣扣：一点音头不露，吃不准呢。大丫头：男方不来照个面，女方用高音喇叭空前的唤呀。总算来了，女方受领了，双方跑跑热燥，过了年节做个约定。扣扣：怎个约定法？大丫头：老派新派接合着办，合婚算命免了，省得节外生枝，拍张双人照做约定。扣扣：定金节礼也按新派免了。大丫头：那是免不得的，定金行情二百八十块钱打底，加高没个顶，三个节礼一个不能少，送多送少在你男方的家底了。反正送完节礼送了大礼才能登记完婚。扣扣：媒妁之言金口谕呀，照办了。

三婶娘听了扣扣言，一直上下晃动着眼中老花镜，直至晃落在地没出声。扣扣捡给她眼镜，说：预估到啥了。三婶娘：不可理喻。出手几百块的钱变得呆呆送了。我又请先生算了回顺生的姻缘，还是在百里千里的远方。送他出远门吧，你陪着他也行。顺生：我也想出远门走走。要谈，拿不出恁多钱呀。扣扣：有我呢，云嫂那边的百拾块钱，没找上机会归还呢，再挪用一年，强生稻麦那边再捞借点。还有细凤家呀，东小叔家呀，我一开口，钱不成问题。难得碰上了机遇，不可失呀。顺生：不忙着撒钱，撒大钱，中间腰里变数大呢，先把老爹情况告知女方，看看反应。扣扣：理道是对的，得分出个时间段公开。缘分到了，中间砌堵墙也分不开了，到时再公开无碍大事了。当紧的与女方多接触多交流，多说和软话，万不能生硬粗暴。古来言舌头软，牙齿硬，到头来只见掉牙齿，没见掉舌头的。顺生苦笑笑。扣扣接着说：开水凉了掉渣子，烧饼圆子要趁热搓成。年节的第一个大礼四大样必须送上，加上端午节，中秋节三节礼。满打满算不超过八个月，笃定赶上明年内成亲了。

顺生明白，叔爹的如意算盘拨来没得批驳，一切遂着女方意。自然女方成了皇上，大男人反倒盼着皇上临幸了。有这一天吗？在云里梦里呢！还好，在年礼送去没满一月，叔爹筹备着二百捌拾块定金时，大丫头气呼呼跑来回绝了，只费了一个节礼钱。

扣扣跑去讨公道。大丫头：不是我作梗，是女方的老娘私访，访出个痴侯的儿子。扣扣：访出个一，没访出个二呀，儿子与爹分开过日子，痴侯属于我。大丫头：我娘信得过你，我随娘也信你，信你包办了痴侯的吃穿住行，包办痴侯儿子的生儿育女。可痴侯多数的隔代遗传。上三代摊上痴侯，殃及下三代呢，到头来，媒人也被咒骂呢。

扣扣悻悻而归。倒是顺生劝慰了他，说：国家那样的大，我想出门走走。

扣扣：好的呀，去找支书开张外出证明，去江边码头见见世面。顺生：江边码头水缸边忒近，想去大江南，大城市。扣扣：隔江跨省的得带上全国粮票，能通融到全国的，出远门也好，大地界，大见识，大生意，像知识青年四通八达的上山下乡，有作为的。顺生：没法比的，一个是公谋，一个是私谋。两眼一抹黑的去闯荡，不被遣返烧高香了。扣扣：找支书去。她说能工巧匠能开出县上的证明流动呢。顺生：不工不匠的没处去的。扣扣：有呀，爷俩砖坯会打，会用柴草窑烧青砖有野草烧不尽的地界喜用草木烧砖，节约煤炭呢。

## （一百零六）

粮票，全国券的，果有？东小叔：一对儿女城镇吃国家粮，哪有没票之理。小婶：年前去州城儿子家，带回来靠廿斤买茶食，用不完的。扣扣：开口个借字，借不借在于小叔小婶了。小叔：扣侄开口，莫说借了，奉送也应该。小婶：没有个多，也有个少，来得正好，令子电话打进了儿子的银行。前几年有只金镶玉钻戒失落你家，有机会送还她。扣扣没忘，等着令子回来拿的，没来。他说：近期去上海。小婶闻声，说：去大沟南送钻戒呀，三五天三五斤的胖足了。她拿出了五斤粮票，塞进了扣扣衣袋，提醒：装袋袋了，当心。

出了门，扣扣查看粮票数。搜来刮去的就此五斤一张。不是小婶抠门，是自个儿没报个数目。不吃回头草了，找细凤去。

细凤从不过问扣扣的票物用途，有借必应。说：一斤二斤的免开尊口。十斤二十斤的照借不误。扣扣：凑够一月的口粮，二十五斤全国粮票。细凤：不难不难。待三更家来，等两天不迟吧。扣扣：凑短凑长的，不急。

周末，三更按时到家。夜饭后，他揩面沆脚当口，细凤不失时机丢出了话题。三更：狮子大开口呀，几十斤的粮票，全国的，要攒半年呢。细凤：伢儿天天吃零食，馓子，翠饼，圆子，包儿的样样要粮票。三更：一次性用不了呀。细凤：三天两头的有朋友，邻舍借个一斤二斤的，为老人小图讨个嘴香。人情难却。三更：普世观音呀，不好来者不拒的。细凤：你在外吹嘘吃国家用国家,吃穿不愁,家私满满的。你充大人,我当小人呀,留下骂名当冤大头。三更:依你。借出的,记个账,约个时定期还。细凤:斤斤计较呀,做不了,没那个精力。也没遇上拖欠的,遇上个借本一斤,加还一斤二两的。三更:有利呀,要得要得。细凤瞪了他一眼,在乎一两二两的小利,像个男人吗。依了你,我个支书早该下台了。三更:下台无所谓,在位倒贴我的粮票,工钱呢。细凤:又算倒倒儿账了。滚回盐场去,大人小团不喜见你。三更:不计较好了哇,掏粮票好了哇。地方粮票可以哇?细凤:你开口的,全国粮票通用呀,买个南货北货的高档茶食不打折扣,三更:说过吗!有这个规定呀?细凤:怎个没有,南货北货全是外省货,用全票。三更:好像当地用地方票也能,用全国票也行,不打折,就全国票吧。

细凤瞅着他去灶屋寻觅,鼻腔哼一声,懒得窥探他的囤票处。从打盐场有了钱进档,他就自主理财了。家庭的日常开销,细凤说出个项款来从他手中领取,剩下的,他东塞西囤。灶屋的猫洞缝隙中,睏屋的夜壶箱里,堂屋的神龛底下,他全尝试囤过。细凤说:别满处乱塞了,老鼠含去傻眼着。存放梳妆盒中加把弹子锁稳妥。三更:共有盒子,锁紧了,你怎用。细凤:我隔夜钱少,用不着放盒子。三更:混放一处,心中没底,我每个月要轧一次账的。每月增多一角一块钱,年年有余,心里才舒坦呢。细凤想提醒钱存银行月月增值呢,提出来这坨榆木疙瘩会开窍吗?他每日见不到钱票,睏不着觉,大男人自作自受去吧,乐得个女人钱来伸手,腾出时段教伢儿一句低头思故乡呢。

## (一百零七)

过江船票,七角伍分一张,底舱散座,扣扣顺生有座不坐扒在船舷迎风。船过淞沪进了黄浦江,天色见暗,两岸齐刷刷亮了彩灯。闪烁的,显字的,映水的,配影的,更有那盘篮口粗的探照灯直指苍穹,像要攫取织女下凡配牛郎。难怪经常跑码头的人说大轮船进淞沪,小家子忘祖宗,起码顺生一时地忘却了痴爹。扣扣:江中的船多水小,路上的人多路少,两岸的灯光配足了照水照路呢。顺生:七彩灯呢,不单单照路程吧。扣扣:城里人赞美乡下青红紫绿，光那玉米透须时有红有黄有紫还有白，透彩为结果，城里出彩为照明，灯多人多唤作城。一会儿靠码头了，人挤人的像汤锅里下馄饨。肩捎的，背背的，手提手拉的样样全，有心挣俩跑腿钱，瞅准行李多的问一句要帮忙吧，得到首肯，或捎或背或拉靠着客人走到站了，不伸手要钱，不嫌弃多少，客人忘了，权当帮记忙了，一般的客人会付你三角二角的辛苦钱。

试试呗。

扣扣：下了船，就近找个澡堂宿夜，比旅社便宜到三分之二呢，一般的要等到十点后开铺，夜档两个时辰正好进码头车站接车接船。

晓得了。

澡堂开铺晚，收铺顺延。六点钟光景，扣扣被梦中的廿九厂唤醒起床穿衣，惊动了顺生。扣扣按稳了他说：澡堂上昼不开张的，多睡会儿。我呢，有事去办。顺生：陪着你了。扣扣：烦不着，办完事体直接搭船回乡了。个人在外，首要的是安稳。进城第一次，来见见世面，开开眼界，散散心的。接船接站随客人意，不能与老码头争抢生意的。

记住了。

扣扣出了澡堂。记忆中的廿九厂来过一次，已是二十多年前了，印象中，大体在这片方位，具体到那条马路的门牌号码模糊了。好在路在鼻子底下，问个熟识路况的路人吧。

正时上班上学晨练高峰时。城市人似乎都在运动中，骑车乘车步行的，来也匆匆，去也匆匆，没人止步。扣扣识相没拦挡，合着人流前行。总算看见个练体者站在路牙上，双手伸长一屐练扩胸。扣扣挨着他伸出的手指站定，练者让一步，扣扣跟上一步，练习者垂手不练了。他趁机讨问了廿九厂的去向。练者：好哇！呒啥事体不会盯牢我的。廿九厂近来兮（吴语方言尾词，表程度深。"近来兮"，很近；冷来兮，很冷），沿此条马路一直走到底，大转弯就是。扣扣回谢了放开了大步。练者加了一句：转弯时再问个清，那方路口套路口，五六只路口呢。扣扣抬手示意明白。一路走下去，快照面令子了，他轻松地走近了转弯处。站下四顾，四下的机器轰鸣。走动中的上班族，个挨个涌进了各个厂家大门，望不清廿九厂的厂牌。落班的鱼贯而出了，有三个女工勾肩搭背靠近路牙迎面而来。扣扣心焦顾不上斯文杵在中间挡了道。

三人让道分走两边，一是一来二是二。扣扣拦住一问路。一说：大转弯。不肯多吐一字，绕开扣扣追上了同伴。他挠了头，大都市见天车水马龙川流不息，生发出口头的交通术语来，乡下人问个路听了懵懂。在乡间的机耕路途上，出现辆拖拉机汽车，伢儿们嬉笑着追逐玩儿呢。阡陌道上，两个不分左右碰着鼻梁转弯的庄稼人，肯定不会碰出路怒来，农村慢呀，城市老大哥不要见笑。没经历过的不为过，懵路呗，大转弯该是沿着大道转弯，右边正好是大道，扣扣转上了另一条大马路。

这一幕，正好被落班的令子睃进眼中。发出信息后，他按期露面了。工农蓝夹袄，芦席花裤子，老一套装束加毛刷子头发，笃定是他了。令子顾不上夜班劳累，直接冲进了门卫室，用残车把伍小抱推进了自个儿宿舍。小抱：抓壮丁呀，可从没进过你宿舍。令子：先甭管。敌人至多一小时到，你快上床赗在被头。小抱：离谱了，唱的哪一曲呀？令子：养兵千日，用兵一时，让你坐就坐，士兵该懂得一切行动听指挥吧。小抱：座山雕不听崔旅长调遣，你算老几呀。令子：老九呀，乖乖听杨子荣指配。等了一歇，小抱：还不露面呀，快守不住阵地了。令子骂了一句猪猡三，笨得跑错了马路档。小抱：外地人吧，认路难呢。令子：乡下娘家人一个。小抱：听明了。你信口嬉骂，是那个断交好多年的老相好扣扣吧。令子：老冤家老对头一个。不骂他不露头，他来了，在门外闪现了两次不进门。

第三次，令子高声男腔唤：不要探头探脑，令子在家恭候你呢。扣扣进门说：不敢认了，床上病的不是老妈呀？令子：老妈过世了，床上的是我男人，男朋友。扣扣不自然的噢了一声。看真着了残疾人，浑身上下像贴着树皮，黢黑翘棱着。多年前见过面的保卫科长吧？变得更残疾了。令子指指点点说：男人伍小抱，廿九厂的中层干部，行政十级，八岁参加革命，小抱插话：八岁革命违了常理。扣扣：有的有的，有八岁参加儿童团红小鬼的。令子：男人参加的不是儿童队，参加的游击队武工队，参加的红军新四军解放军志愿军，说着卸下了小抱的一条腿：看清了，这是抗日战争时打断的，又卸下一条腿：是解放战争时打断的。又捋出小抱手臂的伤疤：是抗美援朝打伤的。扣扣：打走日本，打败老蒋，缺胳膊少腿又去打美国鬼子。筛子眼里漏下的老革命，了不得呀。令子：将革命进行到底嘛。比你个三代贫农光标多了。

扣扣咂摸出了话刺。只因自个儿过错在先，伤及了令子痛处。要强的她，早晚会报复他一次，还借用了外力，也可以是内力了，扣扣无权过问。他把早早捏在手中的戒指送还，转身出了门，令子追着：急啥，有话呢。扣扣：物归原主，两厢清爽了。令子：送给了你，原主变成你，归你了。扣扣回复一声反礼了。跑过了马路档，搅和进人流中了。

令子懊恼着回屋，跺起了脚：这只猪猡三怕逮住他，跑得比兔子快呢。小抱：还是跑得慢了，换了我有两条原腿。受你欺压，早跑上十六浦码头了。令子：四十大几的人了，脸皮比三岁小团薄呢。小抱：这曲戏唱成了鸿门宴，没见政治调门年年在降低，一出绍兴高调唱砸，吓跑了人家。令子：想先兵后礼镇住他的。照着他招之即来的态度，心还是那颗心，怎个说走就走了？小抱：恶作剧节外生枝了，寄封信说开吧。令子：闹着白相（白相：玩儿，开玩笑之意）的，小赤佬变大赤佬，气量变小了。小抱：信口开河，错在你，动笔改错吧。令子：总得凉凉火气定定神吧。

# 下篇

## （一百零八）

　　一年年的，农闲时光，顺生拼上三五个月，在大沟南寻脚板钱。虽进钱寥寥只能扶持住一张嘴吃饭吃烟，亦乐在其中。喜见大都市变着花样，旅店变成了酒店，饭店变作了饭庄。大街小巷摆起了货摊。百货大楼的台阶旁，公用码头船舷边有空就见摊位，更有吆喝着走摊的，满地界的成"外滩"了。风雨无阻，晴天卖阳伞，阴天卖雨伞。白天卖太阳镜，夜档卖望远镜。黑夜望啥？小朋友望星星呀，有卖必有买吗。你站着只看不买，摊主驱你：走开走开，不要耽误做生意。卖得出货成就了老板。小车摊卖的小老板，汽车载卖的大老板，日积月累赚成了钱老板。

　　忽然一夜春雨来，千朵桃花一树开。顺生在意自个儿若想花开，还得开在八棵村这棵桃树上。年节过了，不再去当挑脚夫了，留在本地寻个小生意做。正月正走亲访友日子，顺生没去处，泡在宁家中堂听生意，也侃生意，中堂堂主宁手脚比顺生大上几岁的同辈人，乐意结交走过南北的顺生。一来而去的顺生成了坐庄客，闯中堂的一拨又一拨，济济堂满，男侯见多，丫头稀少。宁手脚把自个儿坐的藤椅端给未一的二八丫头打坐，说：灰白丛中一点红，年节中，穿红戴绿该惹惹喜的。丫头没接坐，合着双手捂嘴哈热气。宁手脚：丫头穿得单薄了，光要风度不要温度，卖洋着了凉不合算。丫头笑着离开了。顺生直视着远走的丫头，说：夹裤夹袄穿着不为少。城里女人这种天气中有腿脚套着长筒袜，上衣下裙着装呢。宁手脚：乡下有穿堂风，城里穿不过，挤上电车前赴后继摇摆着自动包裹女人不受冷呢。顺生：是这等样子。高峰时段，乘车的男人女人头碰头，脚碰脚的。男人的隐私顶紧了女人裙子后摆呢。宁手脚：呓呵！跑码头跑文雅了，男人的龟头文雅成隐私了。抵紧了女人现成的流氓行为呀，女人一尖叫，车厢不就乱了套。顺生：城里女人说话老练不露声色：啥人的阳伞柄挪挪开！震得男人一惊一惊，喷出了脏气，脏了自身，阳伞顺理成章挪开了。中堂里一阵哄笑：你小子说的自个儿吧，脏气没出处，暗寻出路呢。顺生：我不敢，风头里探来哄大公众一笑的。宁手脚：一股子歪风邪气属资产阶级的。顺生：老黄历了，资产阶级大陆上请进了门。香港台湾新加坡。大韩民国，大和帝国的。资本变身老板来办厂赚资本呢。宁手脚：资本主义有恁威风呀！吹大了。顺生：点儿不夸张，小日本大亨着呢。见人一部小汽车，工作生活出点吹灰之力，连屙屎撒尿也是一种放松享受，坐上邪气的抽水马桶，平心静气闭上眼想会儿洞房花烛夜，下身的脏气被吸得一干二净。有外国人想摸清个中机关。弯身腑脸探下去，被马桶吸牢。满脸的眼泪鼻涕痰吸出来了。有伢儿问：耳屎呢，怎个没吸出来？顺生：抽水马桶吸水货，耳屎干货不吸的。宁手脚：你没去过东洋，妄话吧。顺生：见过州城里日本的合资工厂，那个气派劲哟，胜过琅山庙呢。在里厢打工管吃管住工资又高。宁手脚：市面上传的，待遇顶高的合资工厂在南方，那块的工厂一溜的门挨着门，多国多地在那投资呢。顺生：晓得的，心里早痒痒去那块寻大钱。宁手脚：南方热带地界远天三千里呢。盘缠钱不是一星半点的，一般般的去不了。顺生：叔爹为我筹着钱呢。

顺生从宁家中堂归屋。扣扣说：明儿个在家看管好你爹。我和五更去县城开证明，去领回强强骨殖的证明，强生娘临终交代的，办成了结一桩心愿呢，顺便找鲁九久副县长开出一张你去南方打工的证明。

在五更释放回到八棵榉时，扣扣与他说了衣香的夙愿。五更：应该应时的，牢记着呢。强强牺牲在上江地界唤作塔儿集的地方。当地政府建成了烈士陵园，有熟人从那迁回过烈士，只需两地县级政府碰上头，就可交接回血脉地，与衣香圆坟。

两人来回乘坐班车，回到八棵榉，尚没到昼饭时。顺生像只不吃着草的山羊凝望着扣扣，说：恁早回转，没找上鲁县长？扣扣：人找到，两张证明如数开出。顺生像只蹦跶的山羊了，说：近几天好动身了，南方开放，南方开钱，有大进账了。扣扣：不瞻东南去，是瞻西北去，去青海新疆。顺生：大西北比这儿还穷呢，去吃辛受苦呀。扣扣：鲁九久说南方暂且没得劳务联系。青海那边有本地的砖窑师傅在那块开窑烧砖，缺少熟练的制坯帮手，口头敲定了七八个人去帮忙。顺生：我一心归路的，没得官方证明，自个儿去南方闯荡。扣扣：另挑另去单打，容易被认作盲流，遣返回家。顺生：开放了，流动了，查岗查哨的少了。扣扣：县上也晓得在变化。个人出走拿啥证明你的身份呢？鲁九久说要为去大西北的每人办张劳务工作证，用以替代朝后颁发的居民身份证。顺生：听起来不去盲流了。荒烟草荡的大西北蛮荒着呢，流传着天（津）南（京）海（上海）北（京）人人想去，没人想去新（疆）西（藏）兰（州）的。扣扣：哪儿探来的，那块一样的共产党领导，一样的进步着呢。你娘一针在那块落脚，有意能见面呢。顺生：不谋面了，她抛弃痴爹情有可原，丢下亲生变痴娘了。扣扣：你是小辈，不该这样想。养育之恩当报呢，你娘对你没个养也有个育吗。顺生：不想，不想见她，不想去大西北。制作砖块又苦又累，又是个生手，去了没好果子吃，扣扣：有我呢，鲁九久答应我们一家三口一路去。长顺学过制坯，算个熟练工呢。定下来，你权当先闯北吧。二年算一个周期，不顺心了，再走南吧。顺生摊摊双手，没二话了。

## （一百零九）

扣扣收到令子的第一封信，回复简明，不受领金镶玉钻戒，不想看到现成的家庭解体。令子把短信拿去小抱看，说：他还是疑心了。小抱：本来吗，再大度的男人不想自个女人与他人生枝节，你去信又没详细明了，我来解铃吧，保管写得明明白白，一目了然。

回复出奇的快。抬头令子还是令子，多了英雄大哥伍小抱。直言二位有所误解。英雄大哥不惜名声保护老妈，得以延长了她五年阳寿。眼看到大哥残身欠佳，令子有义务照看他，相帮着开开心心过好每一天吧。

回过头来说自个儿。自从衣香走后，四水四家人真的变作一家了。三婶娘年纪走老，整夜的失眠，累加了忧郁，几次的走极端跳河浜召唤我见面。二婶娘临终把孙儿的婚姻大事交给我，三十有加了，八字没得一撇，只能出远门去找了。自小缺颗螺丝钉的长顺痴呆频发，作为监护人，一天也离不开他了。

不瞒大哥，扣扣令子自小互相认领了个真着，她心不改，我意犹在。试想过进城来组建个家。我可打打零工，随遇而安，长顺怎个办，三婶娘怎个办，不能办！退一步令子有心回村，大哥怎个办，组建一个家，拆开两个家心灵上通不过吧，机缘有了，也得等着天时地利人和呢。

令子阅了信感叹：两人幸福建立在三个人的生命之上。造罪呀！罢了，从此仙女不思凡，留得清白在人间。伍小抱说：这个不起眼的农民，自诩人生境界高呢，真的还是假的？令子：真的假不了，他骨子里一直游荡着共产党的幽灵。小抱：难怪呀，这多年的，你心中一直牵挂他。三心二意行不通，丢开眼下的一切吧，该你的千万别放弃。令子：能这样自私吗？扣扣说得对，你无私相帮我多回，我一回没报答呢。小抱：恶作剧早已翻篇了，谚语说得好，新亲上场，老亲不谈。丢开吧！丢开人不人鬼不鬼的病翘脚。令子：在你伤病复发的时日相帮缺少不了我，必须助你提升生活质量。小抱：用不着再提升了。生活一直充满阳光。从伤成了身坨坨起，医术权威核准存活三到五年。没料到活了二十多年，社会主义改造，社会主义建设，社会主义发展，有幸身在其中够本了。一不留神，还能见到社会主义改革呢。令子：改革开启了，我有责任助你两脚之力，多看两眼社会主义好光景吧。小抱：唤一声妹姑娘喂，怎个的轻重缓急拎不清呢。掂掂自个儿年龄，圆梦自个儿的终身大事才是重中之重，我这儿鸡毛蒜皮不算个物，令子：女流之辈难担重任，帮着打盆洗脸水，汰汰衣裳涮涮碗筷的别见笑。小抱：保卫科长一声唤，工友一大群帮着了，不缺你一个。令子：工友是工友，他们是义务，我是报答。小抱：报答之心相互的，自从放弃了寻找木子后，就断定了母女俩是我的救护神。船舱里权当收了我一回，待我二百四十岁了，再收我一回装进盒子。不过平常里，井水不犯河水，你走走心快去组建个家庭吧。令子：不准说晦气话，抽支香烟，讲点开心事吧。

令子点燃了烟，小抱吃了一口，青烟呛进了气嗓，厌恶扔地。令子顺脚踩灭，说：大烟鬼不想吃烟，当心犯了重病，脸色越见焦黑了。小抱：厂医说我脸一直黑黪古董没变色没病。令子：不可大意，厂医院模子小，去区医院查查，得空陪你去。小抱：抽个空档吧。

敲定后十来天了，令子不见小抱行动，上早班当儿，难得见到小抱坐上了保卫科的三轮摩托摩厢。趋步追问，去区医院，不给个信儿，今日我当班呀。小抱摆手：没得空，调解纠纷呢。催促驾车的大方师傅开车。车行十字路口大方拨动左箭头大转弯。小抱说：错了，小转弯区医院方向。大方：探视病人呀，厂有工伤住院？小抱：看医生，本人检体。大方：早该体检了，看上去科长犯着全身的病。小抱接应：还在废寝忘食工作，是吧。大方师傅言过其实了，没得一处的健康，至多病半身了。倒是不想吃烟了，请医生查体开通开通吃烟味道。

大方搀扶着科长做了胸透。主医审视了病人说：多长烟龄了？小抱：二十多年吧，断腿后开始吃，两条腿变作了两根小白棍，日夜安装在嘴皮上了，两天三包烟。主医：乖乖，香烟吃得轮船装了。科长：吃得多还是少了？请指点。主医：不急着下结论，加拍张胸片吧。

大方扶持拍完照的科长医廊中坐下，去取照片。看到几个医生聚拢在诊疗室，对着透光的黑片指指戳戳。争论完毕，大方进室取片，主医询问大方和病人的关系。大方：病人的小弟。主医：主要家庭成员没来？大方：大哥身患残疾，没能组建家庭没家小。小弟做主了。主医：病人肺癌晚期，失去了手术机会，亲属成员暂时瞒瞒他，会对他延长生存有帮助。心态平常了能存活半年甚至一年的。大方：有啥忌的吗？主医想想说：到这份上了，免忌吧，病人想干啥吃啥，随他。

大方装着没啥事地帮扶着朝院外挪。科长：照你这副神态，无大碍了。大方：正是，医生叮嘱吃得进，屙得出，行得动，睡得香就好。科长：还有呢？大方：没啦，四个得呀。科长：主项没叮嘱，吃不吃烟的事，必须亲自问过结果，心里才踏实。

主医听了，惊诧得直嘘气，真是不见棺材不戒烟呀就说：一心想着吃烟没想戒烟吗。科长：不吃饭行，不吃烟不行。烟代替着本身命根子呢。主医：那就先前吃多少还吃多少吧，维持个烟态平衡。科长：得嘞！照样两天三包。主医：加上三支二支的无妨。科长：宽宏大量呀，谢了。

摩托驶进回厂路上，小抱科长缄语。大方科员的心随着车辆转：回厂后，把科长病情如实汇报到厂部，敦促科长去住院治疗，厂部指令得本人同意。多次地撞破了头掼折了筋骨，强硬不肯驻院，扳歪理：医生卸下两条腿，他与医院结下冤家，想捆住他，没门，除非再卸下两只手。看样子，得提早组织个小组，在他无能为力时服侍他。一声刹车吆喝，大方停驻了摩托。科长：洗脸水洗进脑子啦，瞪大眼朝人身上撞呀，撞也得朝行道树上撞，只撞我坐的摩厢，不能撞你坐的摩头。大方：啥闲话，科长不怕死，我怕死呀。科长：都是行伍出身，不怕死基本素质，死要死得其所，你整条命，死于交通事故不值得，我这半条命死在路中水中无所谓，且慢，还得等两天呢，我的遗嘱没写好呢。大方：话儿过头了，回厂吧。科长：不急，靠边停，把病历卡找来过过目。大方：没大病，没拿病历卡。科长：大方呀，出院门时，你拧脸笑蒙了我一会儿，摩托车大马路上风驰电掣了一番，像坐过山车震醒了我。生生死死变作耳边风了。从来医生规劝病人戒烟，今日医生鼓励我吃烟，另加三支二支变五支，证明没治了。直说吧，剩下多少日子。大方：为难了，科长逼迫我违背承诺。科长：张大方，别婆婆妈妈了。快说，判了一年二年？大方：一年医生送给的。科长：一年太久，只争朝夕。大方：一般情况，半年时光。科长：半年还长，过不了关。大方：加码吃烟，三个月，科长：得了绝症，三个月不闭眼，自个儿不耐烦了。爬上锅炉房，狠劲吸煤烟，争取一礼拜解决战斗。大方：吐出真情，科长变态了，良心斥责我呢。科长：想得马头不对牛头，交上病历卡来。大方；我不！交给厂里，让全厂照顾你。科长：个人的生死自行了断，不吵闹工友了。物归原主，知根自个儿得的啥病吗。大方交了病历卡，说：得了肺病，香烟别再吃了。科长看了个真着，仰脸哈哈两声：虽比不上华佗，我也料病如神。肺部占位性病变。占位？占着茅坑不拉屎吗，病得巧了，占位性病变一并带走占位性婚变，天助我也。大方听得一愣一愣地说：啥意思吗？看清了，病历卡我来保管。科长捏紧了不松手：没啥花头，我要在病历卡上做篇文章，交给一个人。大方：我帮你写，你得多休养，省了费脑筋。科长：必须亲力亲为，里厢有你不知晓的过门呢。你只需替我保密，时段不长，一个礼拜吧。七天以后，在你驾驶的摩厢里看见到写满字的病卡，送到注定的收卡人手里就解密了。哪能？工友加战友，七天以后成了过命兄弟了。今夜请吃了大鱼大肉搓一顿。目标，酒肆馆，出发。

这一搓，超了时，回厂傍黑了。令子过问：调解了一整天，没先例呀！小抱：调解三个钟点结束。四个钟点医院排队检体。余下钟点喝酒搓大餐。令子：检了体，身体没捅漏子？小抱：破船没渗水，歪歪斜斜能航行。睡眠见缺点。医生关照吃上一个礼拜的安眠药能调整好。今夜开始执行。令子：暂时的，病体记牢定时检哟，安眠药替你去取。小抱：一次三粒。一礼拜的药剂量悉数取来吧。

令子取了药回说：一次限取三粒。厂医说一次过了量，十二个钟点不醒，醒来十三点了，还说二十粒以上，是危险剂量，领药者有自杀嫌疑，厂医把关的。小抱：图个省事。厂医有规定，每天取一次吧。

七天后的第八天，大方如期从摩厢取了牛皮纸封装的病卡。第一时间送给深夜班落班的令子。她说：早日头哪来的书信。大方：科长写给你的。令子：见天见面的，口头传个话妥了，还练起了笔头。大方：像有要事，神秘兮兮一个礼拜了。快拆开看信，我去看他。令子看了个大概，慌张着塞进衣袋。跳跃着跳进伍小抱卧室。看到大方带着哭腔呼唤着科长。厂医赶来拨开眼皮观察后，无奈地摇了头。令子一阵晕眩，隘上了砖墙，默念着：兄长啊兄长！这是何苦来着，不值得舍命呀，你时常念叨在嘴边的南方大妹子，又欠下你一笔交情。廿九厂再也见不着你，大妹子没法还清这笔情了。愿兄长来生不再缺胳膊少腿，还你一个完美的全身。

## （一百一十）

令子回到八棵榉，面见了细凤。

怎么会呢？前后一年多的时光，扣扣离开了八棵榉，带着一家人离开，一个没有女人的男人之家，应该通个信息，苦了令子寄出了半打的信，见不到半句回音。她说：扣扣就没固定住址？细凤：走时光说是青海。固定在青海哪块地盘，他自个儿走时一无所知。令子：打游击得有个游击地吧。来回书信上留有住址呢？细凤：一家老小在一起，寄信没个收信人，用不着了。令子：你与他儿时伙伴一个，又是八棵榉的支书，寄信你呀。细凤：我也不解，正寻思着进城找你谋地址呢，你来了。这次他出远门，一分钱没找我相帮。有种迁移出走的迹象。他的叔伯儿子强生两口子的部队驻地在那块。他的另一个叔伯儿子顺生的亲妈也在那块。令子：他阖家团圆去了？细凤：他没那个小九九。他是预备着出苦力的，合同两年一订，在那打底两年，可以续订成四年六年的。揣摩着顺生一旦在那块成了亲，一家子欢天喜地回来或书信寄来的。令子：报喜给家乡父母官？细凤：那当然，有我也有你。令子：有种变故的预兆，明显的出远门了不告知一声。细凤：不会，扣扣对你情深似海时有流露，只是家庭重担在身，无意中疏远了你。等有了消息互相通报，你俩的事，我是原始经手人，必须经手到底，像分田到户，包干到人一样。

回城途中，令子不再忐忑，虽未谋面，摸准了退信的原委。她急于回乡下，只因伍小抱留给他的历卡时常在耳边回响，历卡的正反两面写了两桩事。正面写下坚持做令子的入党介绍人，与袁炳炳同志签字摁印在同一张纸上，由他一直管着，随历卡交于令子，预感到这一天的来临，越发的近了。同志哥同志妹的唤着，心头倍感踏实而去。另一面写下伍小抱同志是钮扣扣东令子的证婚人。时光不等人，大妹子四十大几的人了，趁着存有生育能力当口，兄长借用一年光阴送与你，去找钮扣扣，去孕育新生命吧。兄长在世没个姑表亲，姨姊户叔伯系，舅家门。娘亲舅大，期盼着大妹子的囡儿唤一声娘舅，胜似天堂的呼唤呢。

良苦用意，以生命为代介，令子受领不了哇。兄长一生寻求亲情友情同志情。家在工厂，工厂是你家。先行者的家厂情怀感染了大妹子，不负兄长情，加倍去践行。廿九厂的战友工友个个是你的姑表，姨姊，叔伯，舅家亲。你的骨殖撒向了大海。他们抱团来送你一程。我带头唤一声兄长同志哥，漂洋过海的一路走好。

通报了一声兄长，扣扣失联了，暂时的，我会找到他的。

回到廿九厂，提升科长的大方拦下她传话：卫局长打来两只电话找你。令子：啥事体？大方：呒没讲事，去他那儿问事。令子顾不了歇歇，急匆匆前往，走得汗溇溇，进门带着喘嘘。卫局长：还是那样急性子，吃杯白开水匀匀喘。令子：吃饭不喝汤，饭后不喝水。卫局长：这是啥毛病呀。令子肚里说客客气气的毛病，嘴上说：不健康的毛病。卫局长：人到中年，注重身体。袁炳炳的健康状况有变化吗？令子：还是哮喘缠身。年纪增老咳得结棍（方言，厉害。程度词，中性，几乎无褒贬意）了，从一等劳力降到三等劳力降到没劳力了。卫局长：严重了，得抓紧时间为他平反。炳叔要平反？令子说真的吗？卫局长：计划当中。纺织系统成立了专案组，平反各厂的冤假错案。廿九厂报了袁炳炳，专案组查阅了，认为缺份个人的申诉材料，你是个当事人，熟识的，有啥想法。令子：没有，高兴还来不及呢！自顾自地喝光了一杯白开水，卫局长：你不喝汤水的呀？令子：喜事临门。男人遇喜喝酒，女人遇喜喝水，喝糖水。感谢共产党肚量大，卫局长肚量大。传大！光荣！小女子再喝一杯。卫局长：加点糖，现成的。

令子难得请了一天事假，赶头班船进了岛，农闲时节，炳叔两口子睡得早，起来晚。炳婶八点钟升火燃灶。灶屋眠屋虚掩着。令子闯进了眠屋，搅动了室内气流，诱起炳叔吭吭吭一阵急咳，咳着坐起身。令子慌忙着捶背捏肩止住了炳叔的咳。令子：有喜事相告，不敢开口了，生怕刺激犯咳。炳叔：不刺激也咳。咳的时段长，不咳时段少，服用的黄霉素，管不住病菌了。令子：换种药治治。炳叔：身体抗药，特效药失效。咳起来，从头软到脚，四肢乏力了。令子：多歇着，少劳作兴许好点。炳叔：冬日里无望劳作了，天色变暖和，咳得不勤了，冒充个三等劳力长长人头，挣两个口粮钱。令子鼻头发酸强忍眼泪说：该坐家静养了，说好的口粮钱有我呢。组织上亮着眼睛，要为你平反，恢复党籍公职。炳叔听了没咳，淡淡地说：不用，不可能。令子：卫书记亲自配我来的。只需写份申诉材料交上去，妥了。炳叔：转告组织，申诉材料不写了，小囝犯了错爷娘瞪大眼睛纠错，在纪在纲，没有不平，哪来平反。令子：咱也承认有错。组织上纠错，说明处理偏重了。恢复党籍也在理道中，你在廿九厂属中层干部，撤了职务，下放乡下，埋没了前程。我为你抱不平呢。炳叔：在农村动手打下口粮，养活了自个儿。省了农民兄弟供给，也是一种担当，乐在其中呢。令子：病成个烂蕃芋，乐在何处呀。乡间好药用不上，小病拖成了大病。平反了，正好进休养所治病疗身。这种病三分靠治，七分靠养呢。炳叔：再治再疗无济于事。列祖列宗朝我招手了。组织上成全我，还得逆向为我服务，废物一个不值得了，添不了砖，加不了瓦，反而成了组织的累赘，反礼反礼了。令子：炳叔的真心反应，我听进了。

在不明真相的人看来像在唱韶剧高调呢。炳叔：低调高调一个调。自从进曙光夜校学到这副调，一直唱着走老。内心有苦有累，时常有吃香喝辣，穿戴光鲜，遨游大千世界，逛走四海码头等念头来搅动内心。不过既然唱上了共产党的调，就得压制自私，一直压制到死去。要不然，有幸见到了马克思，也骂我是个半吊子党员。令子：一个全心全意的党员。共产党的花名册中必须有你，着手写申诉材料吧。你说我写。炳叔：犯不着再出一次丑了。令子：你不说我也写，一切因我而发，申诉不了，令子这辈子不得安生。

双开的过程令子原经首尾。闭上眼，炳叔的磨难历历在目，没啥难的。令子摊开带来的纸笺坐下即写，情到深处泪水洇湿了笺稿，揩揩眼泪再写，夜到了亮盏油灯续写，当中站着吃，伏案睡了两个多钟点。清洗清醒了头脑接着写，待到太阳从东海跳起时。令子成寿了申请材料，信心满怀，沐浴着阳光回城，冒出了社会面流传的打油诗：日落西山你不在，东山再起你不配。炳叔心中与党常在，与太阳升起匹配。

## （一百一十一）

三天后，令子把申诉书交到卫局长手里。局长掂掂分量，说：你炳叔大作文章呀。令子：我先动的笔，拟的初稿。局长：不简单呢，写了一大叠的文稿。令子：修改定文梦文厂长一手操持，局长请过目。局长：梦文出手的，错不了，直送专案组吧。令子出门又转回身怯声问：审查时段长吗？局长：短不了，申诉材料堆积成山。令子感叹：一拖二三四，一般般的得一年后吧，生怕炳叔等不及了，他身子虚弱呢，想早点报个喜。让他长长劲强强身，增加抵抗力。局长：专组专案，领导不好插手，紧要关头提个建议吧，因事主健康原因，年内或半年内解决完毕，还袁炳炳同志一个公道。

令子只有感激的份了，通报梦文近期预备着吃庆功酒了。梦文：没到庆功时，平反得内查外调，走访公众，甄别真伪，统一看法，拍板定调。若基调定下来，还得增加申请，当年处理炳叔的党委扩大会我参加了，做了记录。双开的根据两条，一条篡改你的出身成分，报效资本家主子，对抗社会主义；二是隐瞒海外关系，妄想反攻倒算。这两条在申诉材料中呈真了，处理得当。

令子：承认错误，接受处理申诉只为处理过度，要求撤销部分处理结果。梦文：五十年代，大陆四周被资本主义包围，不搞阶级斗争，红色政权随时存在被颠覆的可能。大公众肩负着保卫新中国的重任。突兀冒出个阶级异己分子，人人唤打，双开是轻的。令子：卫局长让写申诉书，戏弄呀。梦文：应是真心的，助廿九厂提交提案后，卫局长一直热心着，文革被冲击后，他变了样，说廿九厂人人都在甩开膀子搞社会主义建设，不该有人与人的斗争发生的，似乎为开除炳叔在做心灵的检讨。令子：觉察到了，从那后，卫局长把我当作了照顾对象，还刻意调进了老妈的城市户口。光凭这点，剩下只有爱戴了。梦文：硝烟中走来的这代人，心肠邪乎的慈悲。我反映小组中八个姐妹七个在党内，一个令子关在门外不合情理了。他说都过了三月三了，快打开大门迎接女儿回娘家。我说经手的娘家人故去的故去，离开的离开，没人开门了，他说一并请进门来，袁炳炳是好同志，东令子是好同志，敞开大门迎进来。

　　令子：好一个小组的大姐，句句话儿说开到心坎上了。有你申诉，定心又定神呢。梦文：不可大意。那次会议中，故去的伍小抱科长据理力争，为你辩护，说你的家庭出身不是篡改，属于变故。假如你老爸只有你妈一个，他就不会出逃，谈不上海外关系了，要么一起出逃都成海外关系，用不着不相干的人操心了。事实呢，他有城市中的一大家子，出逃时抛弃了苦命的母女俩，一下子把你从资产阶级推向了无产阶级，因祸得福呢。令子：听起来匪夷所思了，格辰光想不到恁长远。梦文：所以吗，科长当时只说变故，谈不上篡改。拉一拉是贫农，推一推是地主。好在社会的发展，慢慢扯平了。城市人做工，农民也可外出打工，一样的发展经济，为社会多做贡献。谁贡献大谁先进，谁先进了谁进步，所以炳叔平反的基础建立在人心的思变，社会的进步上。枝枝丫丫的争论该抛弃了事。令子：大姐一席话，胜读一年书了。申诉草稿中多用的统统拎出来批改。梦文：有哇。在那次会议上，炳叔只字不提你的进步，你的先进。一味地承认自个没吃透党的方针政策，对党造了假，为党抹了黑。愿承当组织上的任何处理。听起来，他早料到这个结局。他像一个已暴露在光天化日之下的叛徒特务，为保住没有暴露的令子承当了一切。问及大公众最愤怒的海外关系时，他承认在前有联系，眼下失去了联系，今后也许会有联系。这不授人话柄吗？眼下开始三通了，大姐可以大胆问你声大妹，离开大陆的一大帮子，你与炳叔有点儿指向，炳叔知底吗？令子：透露过一次。只知预订了南下的十二张机票，南下到哪儿不得而知了。按一般推理，一家飞到香港，再飞台湾东南亚的。梦文：十二位家庭成员集体出走，又在兵荒马乱的要紧关口，胜利大逃亡呀。令子：只飞走了九个人，老爸、大妈、三妈、大哥、二哥、大姐、二姐、四妹、小弟。亲妈和我落下了。梦文：如此说来，第十二张机票为你炳叔筹的，那才叫个气魄。令子：不对劲了，一个堂堂正正的国营厂长，沾上崇洋媚外的铁锈了。梦文：我的大小姐耶，没听到改革大潮的涛声吗。廿九厂担不动小社会的重担了。别说厂办幼儿园卫生所消防队等负担，单是年年增发的退休人员的工资一项，快压垮廿九厂了。令子：不至于吧，廿九厂有你坐镇，撑起半边天，剩下一半千人顶着呢。梦文：夜到了，还当白天过呀，你我年龄上线，快要退休谢幕了。看着后来人改制呀，重组呀，闯出一片新天地来吧。哇！令子一声叹息：快退休了，心里怪怪的，一百个不愿意。炳叔的事还没个头绪。梦文：看过来，有我呢，按刚才谈话路子，修改好材料，交上去一炮打响。令子：能成？梦文：不成，我这个劳模组长，千人厂长白当了。这叫与时俱进，改革伴着开放，开放意味着与资本主义打交道，建立海外关系。有人崇洋比喻，海外关系等同着金钱关系，你若联系上了海外的一大家子，引来外资助力工厂发展，光凭这一条，炳叔能立马恢复公职。令子：金钱万能呀！你时常挂在嘴边的工人阶级靠手脚立身，靠劳动立命，不贪枉来之财，不吃嗟来之物。怎个，当厂长当丢了？！梦文：哪能呢，成形了，至死不丢。这是借来主义，你借来外资，把个廿九厂改成现代企业，何乐不为呢！

## （一百一十二）

半年足了。令子：不见动静。梦文：去过两回专案组，案件一沓沓的，难见减少，好事多磨呢，耐心等着，磨出来成喜事了。

走近一年。令子：到了卫局长保准时限，该有进展了。梦文：局长说提上台面开档了。案组中清一色的纪检监察人员，开封阅卷，接着模拟法院听证辩论，扮做原告被告证人律师，开庭论证，宣判日难定呢。令子：不会等到退休时了结呀？梦文：难说。厂部开会定下杠杆。降低生产成本，改制要裁减员工，内退一批，你退在明后的年梢年头吧。我吗，戴了顶官帽子拖后五六七八十来年吧。令子：到底几年？厂长出言不准足了。梦文：我也等着上头发配呢，说不准足。在找份海外邮件，兄弟厂转来二三天了，找出来了，请你过目，恐有牵连？令子扫了一下落款说：香港邮寄的，称海外哟！梦文：口误。在前国人多有口误。等上十年回归了，家里家外的唤起来顺口了。令子看内容，像张明信片。寻路：通奄；寻厂：酿造，纺织；寻人：兵兵远，灵芝东，回复联系人：姬奇、邮电。令子看不出眉目，说：像份寻人启事，寻找驻沪海外人士呢，路名不全。梦文：邮寄者像个西风飘的角色。唤人名在前，姓在后，倒转唤成：袁炳炳，东令子的谐音了。令子：真会胡思乱想啊。梦文：这叫浮想联篇。再拿去炳叔过过目，甄别回忆回忆，兴许冒出个惊喜呢。

令子有了心动，歇工日找了炳叔。他戴上老花镜，看了两篇后，面色急速潮红，跟着咳呀咳，不停的咳，眼镜咳震落地，表露心声失去了空间。令子急切唤炳婶：药，止咳药。炳婶调合了一杯药茶。喝完炳叔才止住了咳。令子自责：吓煞了，怪我没头没脑的，急于甄别。炳婶：惯常样，一喜一愁像味药捻子，一点炮仗响。炳叔：今朝喜过头了，没忍耐住。快回复你大哥，他在寻找三妹子你呢。令子：姬奇不是大哥名姓，不会吧。炳叔：姬奇代了大哥邮收，披露的全是大哥信息。多半是东家的第二代人马，女儿名，按辈分唤你嬢嬢呢。令子：炳叔掐算出来，我仍将信将疑。炳叔：通奄路即是酿造厂，纺织厂两厂同在的路牌名。两厂同在一条路相距八百公尺吧。酿造厂你晓得的。纺织厂新中国成立前是东洋人开办的棉纱厂，也是廿九厂的前身。令子：不对呀，这条路的路名三位数，怎变两位了。炳叔：你大哥大学堂念完书聘进棉纺厂做翻译。领教洋人发出的翘舌头音，把天通奄路唤作了头痛焉路，还埋怨路名起得不好，问声路问成了头痛病。大哥纠正了几次，越纠越乱，乱成了头痛眼乱。气得来大哥不再纠缠，你唱你的三字四字调，我改成了两字路，就像大跃进路改唤跃进路，本埠人马照样认知，气死你东洋人，唤成了浑身酸痛与我无关了。慢慢地，在我每天早晚拉黄包车接送时，上车后，习惯性地唤一声：通奄路271号，通奄路19号。令子：两厂的门牌号码，对上号了。炳叔：大哥惦记着三妹呢，快回复吧，邀一家子回家看看，亲不亲，一家情吗。令子：感觉一般般的，想起你因此背了黑锅，一切切的变淡了。炳叔：一码归一码。兄妹间几十年的音讯全无，大哥有所期待的，回复宜早不宜迟。

令子：试试吧。

书信发出后，令子有联想的，一家人的面庞，三十年的再见，浮想不出变异了。加上炳叔的复职，退休的到来，一下子多了三个期待。虽都不由己，令子有足够耐心等待。

梦文说：等来了，炳叔的申诉案结了。令子：一年刚冒头，不晚不晚。梦文：大概结论恢复党籍，恢复公职。补发撤职期的基本工资。考虑复职后已到退休年龄，复职即退休待遇按处级干部结算。令子：待遇足够高了，心底里为炳叔自豪。梦文噗嗤一笑：加了个党内严重警告处分，炳叔毕竟包庇个人说了假话，没与组织交心换心，幸亏庇护的是市区的劳动模范，若是个当时的五类分子，结论就变了。令子：组织上明察秋毫呀。梦文：炳叔的重生，廿九厂的大事，炳叔缠病进厂难，准备以工会部门牵头去报喜。定在礼拜天上午十点钟，一个钟点仪式完毕，能赶上天黑前回厂。令子：你带上多少人呢？梦文：八姐妹是炳叔一手培养的，一个不能少，各部门的再七八个吧。你呢，提早两个钟点打前站，助炳叔有个心理准备。

令子带夜买备了一斤红糖，二斤红枣。侵早（方言：清早）乘上了头班渡轮。进家时，太阳正随着炊烟升高。炳婶见了诧异：大侄女，不过年过节的，带着双红双喜进门礼为哪般呀。令子附耳告知了喜讯。炳婶：多亏我初一月半烧高香。令子：不声张，慢慢吐露给炳叔，他经不起大喜大悲的药捻子诱咳的。炳婶：熬好汤药候着吧。令子：趁早把红枣茶熬了，厂里厢（方言：指"里面""里边"）十多号人，一人一汤碗吧。炳婶：吃准了几号人，双红双喜考究个成双成对。令子：备准十八碗准够。

炳叔晚三刻起床，令子斟酌着一事一议的分开报喜与他。说：口粮钱有来处了，廿九厂恢复了你公职，补发了工钱，这多年的毛估估五千上呢。炳叔，无功不受禄，早不是廿九厂的人了，补啥补，充公？令子察到炳叔激起哮喘，忙改口：补发给工人家属的，凡是自然灾害年份的下放工人。都有照顾的。炳叔：听说的，没得恁多呀。令子：是多是少厂家结算出的，不在于你，发给家属的，接多接少婶子说了算，你呢，从恢复日起发放退休工资，每月几十块的口粮菜金钱，心安理得受领吧。炳叔：工钱十五加饭钱十六，公家补发过界了。令子：基本生活费吗，年数长才结少成多的。你的政治面貌结论同时下了。组织上考虑到你有过错，撤销开除党籍处分，改成党内严重警告处分，恢复党籍。炳叔：组织上大度无边了，问心有愧呀。令子：为你高兴。我慢拍道来的，怕你激动。不出一个时辰，廿九厂的梦文厂长她们贺喜来了。

几十年了，娘家人要来，炳叔要炳婶找衣裳。找一身蓝卡奇中山装。炳婶：噢哟，老古董了，亏你想得出来。市面上通行西装，夹克装了，穿背时装难怪你一辈子背时呢。令子帮着炳叔穿上中山穿，皱褶顺成了直面，说：旧是旧点，穿上只能年轻五岁。穿旧思旧，忆起了炳叔在廿九厂当工会主席的模样，关心顶多的是梦文小组的身体状况。告诫为社会劳动是一辈子的事，要劳逸均匀。年轻人一时一段的出点蛮力不为难，难的是经年累月的保持活力。曾规定小组成员二十四小时内不熟睡八个钟点不许当班。亲记得你穿着这身中山装拦住梦文不准当班，梦文保证睡过八个钟点了。炳叔你说八个钟点分三段轻睡的，不作数，必须再睡上两个钟点才能加班，姐妹们吐吐舌头躺下了，自后想着加班，先要侦察中山装果在上班路上候着。炳婶：侄女把件旧衣裳讲得恁金贵，值吗？炳叔：千金难买呢。入党了两个介绍人送给的定情物。一个郝同志，一个邰同志。在曙光夜校结学当口，两人轮流着来谈心交心。交谈出了共同语言，助我书写申请，填了表，没出三天，同时出现在面前，庄严通知：你已加入了中国共产党，成了党的一员。我说恁简便呀，没对着党旗捏紧拳头宣说誓词呢。邰同志说非常时期的简短举动，有些仪式瞅机会举行。首要任务护厂护权，说动工人把厂原封不动交还人民手中。

半年后，解放了，两同志第一时间告知：作为介绍人，重又注册了你的党员名分，组织通知可以公开党员身份了，放开手脚为党的事业增砖添瓦吧，临了送了这身衣装。同时说他俩要随大军南下，去接管更多城市，认装留个念想吧，送别时，我也回赠了两顶工装鸭舌帽，他俩郑重其事地戴正远行了。

这一离开成了永别。他俩牺牲在一个叫毕节的山城中，被土匪暗杀在人民政权的岗位上。我在几年后得知了噩耗，捧着中山装呆看了半天。两个引路的同志哥哇，一直梦想着回到身边，领着宣读入党誓词呢，唉！再没个机会了。

令子：好办呀，梦文来到，她领着你宣誓呗。炳叔：党旗带啦。令子一愣：不得而知，带没带的定局了。这会儿正下船出站，我去接站。

碰着了。梦文说：想着问路，你出现了。令子：盘算着你呢。党旗带没带。梦文：没必要吗。令子：炳叔指望着党旗宣誓呢。地下党员，入党时没搞仪式，想补上。梦文：没想到这一层，看起来疏忽，实则疏淡了，承蒙炳叔的一片初心警醒，派人去取，一来一去的五个钟点，计划打乱不划算了。令子：错过今日，挑个党员活动日，把炳叔领回廿九厂，由梦文书记领着宣誓，可以吗？梦文：想到一块了。到时，同你入党宣誓一齐进行。令子：突兀，行吗？梦文：炳叔恢复了，你还会远吗？卫局长说：你该回娘家了。令子拉起梦文一溜快跑，说：同志们加把劲啰，红枣甜茶涌到嘴边了。

一群人随令子口气，炳叔炳叔地唤着握手。炳婶端上茶，站边唤上客人坐下用茶。梦文：在座的全是主人，炳叔炳婶一起来。令子：大方向准确，炳叔回到廿九厂大家庭，咱们工作添力量，集体主义精神放光芒，共同举茶庆贺。梦文等着炳叔最后一个用完茶，宣传了组织决定，补发了现金。炳叔：党籍受领了。额外的钞票如数退回，无功不受禄吗。梦文：可不行，这是一个完美的整体。收一退一，组织上以为你不满决定呢。令子劝慰：商定好的，这钱是家属补助，不收下，梦文没法交差。炳婶快来接钱。她小脚颠颠来，把钱笑纳进备好的束腰布中，心意满满走开。炳叔指点她，张嘴出不了声，咳喘发作起来，令子急唤炳婶把汤药端出。

看着炳叔平稳了，梦文说：令子你多照顾一会儿。其余的人赶船期先走一步，预防着人多一次挤不上船，炳叔的病一定得治，挑个晴朗天，接炳叔进城，进医院边查边治，姐妹们轮着做护工，炳叔缓过神来，感激得轻摆手，无力送客人离去。

炳婶二次园紧了钱，进到堂屋客人离开了，说：猜着见了喜钱，老毛病必犯无疑。炳叔瞪了她一眼：快去送送客人。令子进了屋说：代表二老打个招呼了，一群人快步如飞走远了。炳婶双手一摊，做她的活计去。令子见炳叔唉声连连，宽慰说：别再生气。替你想好了，今日没如愿，以后当作党费交给组织吧。炳叔：谈何容易。钞票钻进她袋里，抠不出了。令子：不会吧。她穷怕了，留着改善改善生活，你也得增加抵抗力呀。炳叔：穷啥穷，大不了生活质量的细小差别而已，至于爱钱如命，被街坊邻居唤作金不换？令子倍感意外，炳叔感叹：病因出在哪儿呢？阿是自身在离开党的日子里，没能以身作则，言教身传，放松了思想改造，感染了家人。令子否定：不是的。炳叔：不是又是啥呢？一个共产党员的老伴如此的自私自利，我又进了党没个脸面与同志们并起并坐呀。目前她说服不了我，我也改变不了她。令子你有药方吗？令子：没得啦。不说烦心事了，来点开心的，袁远近期有信吗？十年不见，想他了。炳叔：儿子还是让我省心的，他的事你知之甚少。当爹的装满了话匣子，倒出点来吗。十八岁那年，因我的因素，他没能当上解放军骑兵团的骑兵。令子：这我知晓。十九岁那年凭张小集镇的户籍证随知青大流去了内蒙古，我也知道。只是前不见来往，近不见归家。知青回城了，他人呢？炳叔：落户在那块了，成了牧民家的上门女婿。踏上那块土地起，他就恋上了马，跟着牧马人骑马，养马，训马，报喜说他训教的马中，有两匹成了军马，他终于心到意到了国家的国防建设上。心思放在一桩事业上，慢慢的养马棚发展成了养马场。他成马场的当家人之一，还是党组成员呢。令子：袁远好样的，炳叔说来开心，我听来也开心，一种同命运的感觉。梦文厂长正策划着我加入组织呢，炳叔平反，我没啥顾忌了。炳叔：预料到了，有资责当你的介绍人了，可惜伍小抱同志没等来这一天。

回城的渡船上，令子捧着炳叔保管到现在，两位介绍人签字画押的志愿书，深情亲吻。二位前辈加兄长，允许后来人唤一声袁同志，伍同志吧。

## （一百一十三）

往复信签到，不再是迷宫似的寻人启事了。

信是大哥亲笔写就，大意说老爸，大妈，三妈先后作古了。大哥没想到在有生之年找回了三妹，已委派你大侄女姬奇前来接你回香港。姊亲妹情待见面后再叙。配合好姬奇，她周游过多国，也往返过大陆，办理签证事项得心应手。信的最后把袁炳炳称为三妹的监护人，竭尽全力保护了她，大哥代表逝去的老爸感谢不尽。

令子向梦文汇报，说七上八下的，倾向于不去。梦文：顾虑啥？令子：工作上脱不开，不能拿当班当儿戏，正在进入组织的节骨眼上不合适吧。梦文：此一时，彼一时，放心去吧。你自小视万贯家财为粪土，免疫力强，花花世界踩在脚下。自然啰，进了组织，带着党的光亮去论理论理，说共产党已动员十三亿人民全心发展经济了，拭目以待吧。令子：有你撑腰，我雄赳赳气昂昂跨过去了。梦文：先去打个前站。待到回归祖国了，再去一睹庐山真面目。令子：等着你噢。梦文：等上七八年呀。令子：哪儿呀。等你办妥退休的事，入党的事，好一身轻松去探亲。梦文：误不了，你侄女来又回的，办全各项手续得两个月。退休的事已上报局里，很快会批下来，入党的事，只差两个介绍人的签名了。令子：你签呀，领到半道上撒手呀！梦文：我拈手就来，炳叔得签字呀。上回约了，召开党员大会这一天，邀他来，签字带宣誓，不误事的。炳叔不愿进城治病。身体进城来吃得消吗？要不岛内去签。全由你看着办了。令子：不为难的，一门心思听从你吩咐。二门心思候着侄女回归带人。

侨办主任把姬奇介绍到眼前，令子打眼认出了侄女，东家前辈的额角隆起，古人称角犀，呈富贵之相，后辈全方位继承。特点是女性后人像一个模子刻出的，个桩中等偏高，姬奇令子长相一模样高。姬奇身材现发福迹象，显得矮些。上唇翘许，收紧眼帘围了令子转圈。令子下意识地顺顺衣袖，掸掸衣襟，没尘埃呀？姬奇开口了：你，令子东？令子领会：是的，一个姓，一家人。姬奇：三姑果真活着。祖父留下遗嘱，一定要找到你，活要见人，死要寻尸。看样子自由自在的，奇迹呀。令子：没病没灾，活得活蹦乱跳。一家了尽朝坏处想，干吗如此悲观呀。姬奇：港内议论，凡流落在大陆的富家子女是二等公民。多有忧郁寡欢者早逝。令子：入乡随俗，出言不中听啦。姬奇：晓得的。自由言论惯，出口快了，三姑多指点。令子：够快的，大哥来信没出一月，你到了。姬奇：那是，时间是金钱吗，大陆慢吞吞的，出境证件办妥了，还得对你教育思想，培训礼仪，兑换港币。生怕出境者崇洋媚外，一去不回返了。令子：子女走出去，家长提个醒没错。我也提个醒，家来了，多住些日子，做好等上两个月的准备，姬奇：早有准备了。正好趁机逛逛杭州，玩玩南京，只说长江三角洲一衣带水，阿是东海黄海带着长江水。令子：不恰当。三角洲存有水路到不了的城市，只隔一水的指台湾岛。姬奇：港岛算吧？令子：自然了，国家内部吗，再宽的水带也视作一条衣带，往来方便些的。姬奇：三姑精通国文呢。我只学了点皮毛，日常用西语，以英语为主，代表着西方文化，文明。令子：明白了，侄女拐弯抹角媚洋呢。姬奇：在洋说洋不媚洋。你南下走过看过，身在其中妙不可言呢。令子：南下之前，得北上一趟，把亲妈骨殖送回老家去，姬奇：一起南下呀，爷爷奶奶们复活在一起，言顺了。令子：南下唤作流浪漂泊，不伦不类的。北上唤回归，回归到祖宗血地，顺是。姬奇：入乡听你的，陪你北上，见识见识爷爷发迹的风水宝地。

蛮荒之地！累得呀，小腿抽筋，乘上回城的大轮，姬奇还在抱怨北上不值得。令子：乡村间怎个与大都市对比，在我眼中，大踏步前进了。姬奇：想不出，爷爷辈从茅草丛中走出去的，不简单呢。走过的疙瘩路哟，人行杖着，自行车推着，摩托车跳着，巴士没踪影，吓着我了。令子：大哥说你走四方的，应该啥样的路都走过。下面带你去个小岛，炳叔住那儿，大哥信上说要致谢的，想去吗？姬奇：要去，老爸的使命，亲口交代我的。在江北江南？令子：在江海中，入海处，下了船再乘船，直达。姬奇拍手：一衣带水了。

夜饭时分，炳婶烊熟了饭菜，端着上桌时，令子姬奇闯入了。炳婶直说：大侄女带了个人客，怎晚，买不来小菜了。炳叔：没认错。你是乾儿大哥的女儿吗？姬奇真惊奇：在一个陌生的岛上，一个不相识的原住民，叫出了老爸的乳名，先知呀！令子：炳叔能掐会算。算到你今朝来，烊了一锅大闸蟹专为招待西语系的客人，我搭福了，又对炳婶说：不忙活了。煮啥吃啥。她进门瞄准了饭菜，花搭着蕃芋饭，红满锅的大闸蟹，一盆子红烧杂鱼，白萝卜河虾汤水。上了桌，姬奇咋呼：哇噻！绿色食品好丰盛。贵妇人招待规格，受宠了。炳婶：河浜里杂碎，不起眼的，将就着当正餐吧。炳叔：她的娘家侄子，半下午倒篓倒上两大篮，分给了一半。生怕隔夜了不新鲜，带夜烊了煮了。姬奇抓起一只，掂掂量说：好大个哟，比我手掌宽阔呢。令子：半斤八两的，雄的母的齐备，侄女自选自用，敞开了吃。炳婶：放开肚皮吃。我正担心着馊呢。猫儿狗儿也不闻。姬奇：螃蟹怎可能馊呢！卖呀。炳婶：一角两角钱一斤的，卖不回站街钱。炳叔：螃蟹这玩意儿，膏方长瓷实了，蟹脚痒痒扎堆上岸趴硬土，沟肩上，空地上，张牙舞爪横行，是个走夜的人，均能捉上三只五只的，自捉的吃不完，谁来讨买呢，除非进城卖买。姬奇：这地方珍奇，吃螃蟹不掏钱，多好玩儿了。令子：昨日去的老宅地界同在长江入海口，甜水咸水的交汇处，中华绒蟹在此繁殖成蟹苗，通江通海通河的大闸门一打开，它无孔不入，飞流直下，住满了靠江靠海的条条河浜。眼下正是大闸蟹体大膏腴，逮它吃它时。姬奇：没请我吃呀。还说老家人好客呢。令子：好客还得客好呢，你一上岸，就嫌那儿吃不合味，看不顺眼，路也走不动，猪羊比人多。狗吠，猫鸣，老鼠吱吱，燕雀喳喳，四更天吵醒你。翻身下床两人即刻上路。本家小叔头晚就预订了隔夜后一桌的河鲜海鲜。没准儿，这儿挑灯等你呢。姬奇嗨嗨两声，直呼错了，错过了一次世纪大餐，下次可要补上。令子：走路不平坦，还去呀？姬奇：酒香不怕巷子深吗。令子：听得一句夸家乡的香了。好多的天下第一香只有在长江入海口有，想吃啥的，回去讨教爹妈列个清单，他俩晓得个，姬奇：品尝到鱼蟹虾独一无二的香，一角二角一斤的行市出奇的便宜。天下难找。吃着嘴添馋了。来瓶拉斐红酒搭配，神仙配了。令子：红酒白酒一样没有，白开水漱漱嘴渗渗菜吧。炳婶：烊小菜的老白米酒存有，我去拿来。姬奇尝了一口，说：白开水呀，斟满一大碗。令子：侄女慢慢自用，我来陪着，二老早点歇着。炳叔：宾客没用毕，主家不言离席。令子：侄女小姐，潮涨吃到潮落了，手嘴利索点。姬奇：没得西餐用具，全靠手撕牙啃，快不起来，食材宝贵，不能浪费了。令子：用你的电子表压缩个时限，小公众不能陪你到天明吧。姬奇看了表：没到午夜时分，在南方，夜生活刚刚开始呢。说完嘴唇不歇，一大口酒水下了肚。令子：老白酒甜津津好上口，过量了倒老牛呢。五斤装的你喝去了小半，当心晕上头。姬奇：三姑小气劲上头了。放心，西语社会走出的人，不差钱！啪！一沓港币拍上桌。炳婶：花花纸头呀，糊上窗户蛮惹眼的。令子：港币，厚满一沓，满万元了。姬奇：没错，够用十次八次螃蟹宴了，不用找零，剩下算作下次定金。炳婶好奇去触摸花纸，招来炳叔猛喝一句：不许碰！炳婶触电似的宿回手：三更天了，声嗓轻点。姬奇：先知看上去病恹恹的，一露声嗓底气足呢，这钱送给先知的，保护三姑有功。炳叔：不在项款中，不收。姬奇：歉不到指数呀，我和老爸商讨了商讨。大陆的万元家庭屈指可数。百分之九十九的人家一辈子凑不够这些钱，先知收下拔尖成上流社会了，庇佑到下代人呢。令子插言：炳叔保佑的是我，不用你们埋单，收起吧，我会回报的。炳叔：西语家庭家大业大，开销也大。自留自用吧。钱不在多少，够日常开销我们知足了。姬奇：不可理喻。大陆贫穷习惯了？令子：炳叔是在党的人。不好随意收受钱财的。姬奇：退党呀！退了党一收了之，毕竟党帽是布的，钱钞真金的。先知你年纪一大把了，怎不识事务呢，快退吧！好处就在眼前。炳叔呼地站起，手指姬奇：你——不是一路人！我和令子——他一句话没说连牵，紧紧捂住了嘴。令子：娘家侄女过界了，你真是，把炳叔气得咳血。姬奇：不敢当，有很多逃过去的大陆人士，香岛过着富庶日子，才不管党呀派的，功啊过啊的屁事呢。炳婶：这话我爱听，过上好日子比啥都现实，大侄女家给的保护费不收白不收。老头子不收，我收。当官的也不赶送礼人呢。她跃跃欲试使拿捏那沓钱。炳叔伸出捂口的手制止住，一股鲜血跟手而出，跟着咯血不至，身朝一旁歪，令子扶稳了，他无力垂下手，歪靠在令子的臂弯中。姬奇：什么状况？先知没喝红酒呀。我喝了白水闹头也要吐，出门吹吹风去。炳婶：哪来的药捻子？准备汤药，烧煮去。令子：没用的，送去医院稳妥。炳婶：岛上卫生院，十来分钟路程。我去叫邻居，用藤椅抬了去。令子：护车进不来，只好如此了。

卫生院第一时间注射了肾上腺素。配上呼吸机吸氧输血。医师检验了检验单，说：病情起伏不定，血压忽高忽低的，送市区大医院吧。炳婶：没车没船的咋送呀。医师：护车护士途中挂着药剂，不用担心。渡口早班船五时开船。现时出发正好赶上。令子：立马出发，救死扶伤，渡船兴许提早点开船呢。准备就绪，只等姬奇。她说：你们走，我在这儿挂水，脑子发胀得开裂了，挂醒了走。令子：不可能。救人当紧，人权中的人权懂吗？快上车。剩你一人在岛，人生地不熟的，当心野猫叼了你。姬奇上了车嘟噜：自诩好客，分明是欺客吗。炳婶：老慢病了，包车包船的，要用去一斗银钱呢。

## （一百一十四）

炳叔挂着水吸着氧，像睡着，似迷着，包裹在高楼中的医院，见天少见阳光，令子在意瞌睡中的炳婶醒了，告知一声去看看侄女。看到姬奇在病床上扩胸伸懒腰，口气念叨爽了、爽了。令子：酒精刺激。挂了两个时辰的醒酒液了，能不爽吗？姬奇：先知病情呢？令子：预后难说。姬奇：我预后健康。吃饱睡足了去杭州消费。令子：遇事寻不着你呀。姬奇：BB机随身，呼我。令子：有数了。去白相花钱。把昨夜惹祸的钱带走，放进你的牛筋包了。姬奇：先知不收，三姑留下吧，老爸说这是爷爷留下的基金专门为你的。令子：三姑不缺钱，不存钱，放在袋袋里多样心思呢。在你包中归你了。姬奇：三姑真好，侄女又多一只古驰包包了。

姬奇出发满礼拜了。令子日光灯下护着炳叔，分不清昼夜来。当中，她回了趟廿九厂，销假了再请假。梦文：不用，可以休长假了，内退名额批复中，有你。令子：改革得快呢。梦文：退之前，解决好你的组织问题。令子：炳叔病重，一时脱不开身呀。梦文：变化的新情况，介绍人炳叔不能少的。改革兴策划，策划个新场所，比如说就地。令子：等着你策划吧。

炳婶：这些个医生护士，不说个好，不说个坏，十多天了，耗不起呀，没得本事治，通报一声好转院呀。令子：转院，朝哪儿转，市里差不多的高级别医院了。炳婶：也是的，再转就下地狱了。想起来这儿来过一次。也是大出血，在这块止住了。医生悄声说病人的鼻呀，咽喉呀，气嗓呀，心肺呀，全有病症，再发生大出血难抢回了。令子：医生的口气，全靠自身抵抗力了。心肺不衰竭，还存希望的。炳婶：医生讲不清爽，病家稀里糊涂，听说重症监护房，一天收上成百上千的钞票，自身付出一半呢。令子看了炳婶，没安慰她，去找主治医生问询。医生说病人的各项指标在恶化，家属可做心理准备了，包括转到普通病床，对农村家庭来讲可减少三分之二的医疗费呢，已上报到医务处，等着批复呢。令子：转与不转的利害关系呢？医生：也就时间长短几天的事。令子哽咽：病人吃辛受苦一辈子，幸福来了，转瞬即逝。晚辈想不通哇。我去找医务处。医生：会来找你的，转房前要征求家属意愿。

令子忧郁着回了病房，有女医生查房，翻看病人的病卡对照着病体反映，时而凝思，时而摇头。有护士进来换药撞见，清脆唤着林处长好。令子明了，医务处征求意见来了。没受问，自表态，不承受病人转普通病房，恳请医务处用贵重药，进口药，治疗好炳叔每一天。林处长没回话，摘下口罩审视对方。令子不示弱，对视着林处长好一张轮廓方圆的国字脸，一副担当大事的气魄，女子中的豪杰呢，社会上往来过去的见识不多，似乎遇见过，何时何地呢？林处长反问：认得吗？令子摇头。处长：患者袁炳炳，你叫他炳叔，是他堂侄女，袁姓了。令子：不是的，本姓东。处长嘴角漾起笑意：炳叔果在酒酿厂打过工？令子：是的，你怎晓得的。处长一把把令子拉出病房，两人抱成了一团。令子明了：你是木子，看到你这副大脸庞，察觉了。年代久远，你变富态不敢认了。木子：发觉到高额头，想起了你。变老显身矮小，又吃不准了。若是炳叔不复查病状，不来，相认的机会没了，梦里做不到你在大陆呀。令子：酒酿厂里打杂工，三五个月有的，跟着我炳叔炳叔的唤，三个蛮热络的。木子：在后与炳叔的情谊你就不晓得了，在你离城回乡下时，炳叔关照：酒酿厂生活重，不适合女孩儿当班，指定我进教会医校学医，学制一年，半年后，引领了进曙光夜校听课。讲一统的中国革命与中国共产党。讲推翻蒋家王朝，解放全中国，听着听着醒悟到炳叔在党无疑，谢炳叔助上学助进步。炳叔说只助一点点餐费。学费宿费是郝同志的组织出的，储备你们这些后备医兵，预备着随大军南下的。学成时，城里正一片一片地解放，广播喇叭报出进城解放军露宿街头新鲜事。我去找炳叔要事做，他说眼下千头万绪，杂乱无章，南下，就地参战没定准呢，在家候几天吧，又说闷家没耐心的，令子娘俩非要回乡，江面上还有江匪，不太平陪着走一趟吧，时间有余，随路回家依凑一次父母，出门在外，难得的。临上船时，炳叔兴冲冲告知：你的组织关系获批了。乡下返回城，变成党的人了。

令子：当时我想，那来恁巧相遇，同乘一条船？原是炳叔一手安排的。难怪呀，你已是同志姐了，见不得同志哥蒙难，第一时间冲出救人，同志情啊！木子：你伤了筋骨还辅助救人。可惜了，小同志流尽了血，只怕护理了白忙一场。令子：诶！朝后的事你不知了，伍小抱活下来了，七转八弯进了廿九厂找上了我，送还了那件旗袍。口口声声逼我找木子找救命恩人。我只晓得你回了乡下老家。乡下的平原大地海洋的宽阔，哪儿捞木子呀。他说找不着认定你了。救命恩人两个并一个吧。早知你同在一座城市，接上头，多圆满呀。木子：现在接上，不晚呀。令子：老牛入海，伍小抱他走了。走的前三天，他认定令子一定会找到木子，约定找到时把旗袍交还给你，我受领时只说暂时保管，他一直记牢，旗袍是你的。木子：快四十年的光阴了，不知不觉中，失去了多少的炳叔前辈的教诲，小抱先辈的鞭策呵。

岔子从船上出了江盗开始。木子等了两天，换乘上机帆船登上北岸。回到家五天四宿时光，返到江边时，大轮仍停航着。机帆船只进岛，不进城，只能干等着，也没个确切复航时间，那个心焦哟，恨不得变成行者悟空，一个筋斗翻过江去。待到大轮续航载着她进了城，进了片区军管会，已过二十多天了。坐台的领导，同志面目全非。郝校长，邵部长，医校毕业的同事们呢？答：全开拔，随大军南下了。袁炳炳的去向呢？答：分流了一批，南下了一批，打探的袁同志政治面貌是党员，大多数随邵部长南下了，问：出城了吗？答：出发五天了，这会儿打进杭州城了。她无奈报上名，说出有党员证明在。坐台领导从一沓档案中找出了林木子。说：医校毕业，去教会医院报到。郁姓书记在那儿开展旧医院改制，具体工作听她安排。

木子用自个儿的档案，狠劲抽打自个儿脸庞。咒骂自个儿一副机会主义者的嘴脸，逃兵一个。炳叔介绍你进了党，配得上吗？熟识面孔全离别了，检讨批评机会也没了，谈不上去前线立功抵罪了，只能闷在医院里，小门少跨，大门不迈，用不停歇的工作来洗涮自个儿的耻辱。郁书记找谈话：小林呀，党员起带头作用，工作抢着干没错，可拼命三郎的干劲没人跟得上呀。一个接管医院班子中又红又专的同志，在大批白衣战士中学着互相沟通，学着做思想工作，发现矛盾，解决矛盾要成为医护之间、医患之间、科室之间一方粘合剂，粘合出医院为社会主义服务的大方向，个人效益尽量壮大成集体效益。木子听着想着。郁书记：一套官话难为你了。当务之急轮到休息必须休息。不要加班星期天了。出门呼吸新鲜空气去，换换脑子，听话，事后我要核实的。

木子走出来苏味弥漫着的大院。进院三年多了她没逛过像样的大街，像样的百货公司。她在想象中的马路，标志，单位之间穿梭。见到的酒酿厂改作地方国营酿造厂，东洋纱厂改作了纺织厂。教会医院改作了人民医院。医护堂变作大学堂，医护人员合并培养。铃声响起，下了课的讲师唤住在校门外徘徊的她。说：林同学，你从朝鲜战场回国，伤养好了？莫名其妙呀，她模棱两可说：老师怎晓得的。讲师：你们同班的方同学来信了，说她被空中飞弹削去一条腿，回国救治时写了信。说到你们这批同班医兵，往南开拔时分散开了。她从南方返回到北方开进了朝鲜，战场上伤亡过半了。她不加思索反驳：不可能的，道听途说吧。讲师：问你呀，你是当事人，讲讲战场遭遇吧。她说：我不道听途说，不胡说。查询到真实情况再汇报给老师。自圆了，她像做了贼一样逃离了学堂，怎么会呢，分开了三年多时间，活蹦乱跳的兄弟姊妹走散，一大半的成了先人？要讨问个明白。她走进了大片区的公办地，查询随军南下医兵的阵亡名单。坐台公办员：送上部队的兵员一年年，一批批的，哪一年哪一批呀？木子：解放上海的当年，第一批，郝校长，邰部长带队的那批。公办员：在这不满一年，没印象，找楼上领导询问吧。

领导告诉那一批医兵，有的随军南下去了海南岛，有的中途折返北上朝鲜。多少个牺牲在战场，不得而知，郝校长邰部长牺牲在南下途中，确切的。木子：炳叔，袁炳炳呢，也牺牲了？领导：印象中当时有这个人。当下没随大部队南下，商定了等一个回家告别父母的医兵到，一起乘车追赶。结果五天没等来，只能放弃了。木子：炳叔人呢？领导：再没碰个面。可能被配送到重工局，轻工局整合工厂了，也可能单个南下了。

木子找不着北了。偌大的工业城市，大大小小的纺织布衣鞋帽的厂家多如牛毛，外加钢铁冶金铸造重工，小女子寻人难了。是她延误了炳叔的行程，打乱了炳叔计划，因而牵连他受了组织的处分？抑或炳叔他兑现承诺，单枪匹马南下了？一切皆有可能。木子一时失去了找到炳叔的勇气，像只离群小绵羊，闷头圈在医院中，生发出一个逃兵的负罪感。久而久之，工作上不断进步，年龄逐年的增长，越发的感激前辈的教诲引路，强迫自己有生之年要找到炳叔，当面认个错！不！是认罪，炳叔！你在哪儿呀！

令子：炳叔一直在廿九厂呀。木子：不可能，我查验过纺织系统的人事档案，没个影子，一定经历过坎坷吧？令子叙述了一切。木子唏嘘不已：历来好人多磨难呀，这一次，病历送到医务处，冒出了袁炳炳的姓与名，心想共产党人心连心的，先保护好他，住进了重症监护室，允许家人日夜陪护，看护了两次，想认又不准，直到遇上你，添了意外惊喜。令子：好不容易回到了单位。炳叔能撑得住吗？木子：唯物主义者相信科学，不指望奇迹。你我眼前能做到的，不把炳叔移出重监病房，努力延长他的寿命。令子：炳叔有个心愿未了。恢复党籍了，组织上答应为他集体组织一次宣誓仪式。他新中国成立前入的党，吭没举过拳头。木子：好呀，我也没宣过誓，共同参与。令子：炳叔的现状，能举行吗？木子：要早，最好今明两天。我跟科室讲，进点强生药素。做到能坐身、举起拳头。令子：定下明天吧。组织上已同意本人加入中国共产党，讲好的在通过志愿书的党员会上与炳叔一起宣誓，炳叔还是我的介绍人呢。木子：小姊妹师出同门，一个介绍人呀，心连心互动着注定走到一块了。令子：意外中的必然了。我就去向组织汇报。

火速奔到廿九厂。梦文：火烧狗尾巴，风风火火的。令子端起梦文茶杯，喝光抹嘴说：宣誓，炳叔等不及了。梦文：等你多日了，一来要宣誓，太阳下山了，通知党员开会医院宣誓，也得明朝吧。令子：要的是明朝，太阳升起时在医院病房举办。梦文：炳叔病情不见好呀。令子：加重了。在人民医院新认的同门师姐说炳叔不能移动，仪式只能在病房举行，师姐参与，炳叔也是她入党介绍人呢。梦文：赶早为赶巧。今夜召开党员大会，你的入党仪式先举行了。令子：党员同志加夜班待慢了。梦文：夜档开会是党员本分，一直的义务夜班。

令子不过意，买了二斤大白兔奶糖会前散发，人手两粒，轮上梦文，有两粒飞上她办公桌。她说：没个时间受贿。嘴不空呢，开会，主要的审视通过东令子的入党事宜。重点谈到入党人的两位介绍人没在现场。伍小抱与袁炳炳，一个不在世，一个病在身。哪来的签名呢？因找到在前的两人同纸签名就复印上代一个。因小抱科长已离去，由我补上个介绍人。有老同志发言同意，类似情况，新中国成立前多了海啦。梦文说：介绍人的原始内容我来代读。东令子同意吗？令子：同意。令子自读了志愿词。经酝酿，提出意见后表决，全体一致通过。令子浮想联篇时听得梦文结语：最后一项宣誓议程。明朝挪到人民医院的病房举行。

早晨太阳红彤彤。梦文：红得似党旗呢，她带着七八个与炳叔相识在党小组的老党员，带着党旗来到病房。见识了令子介绍的木子，她指定着白衣人员为炳叔喂药挂水，拆下吸氧机，盯住仪器上病人的血压，脑电，心电的读数。平衡就绪，炳叔被扶直病体，炳婶坐一边搀着，令子木子站两旁，需护卫时紧急出手。仪式开始，在两位老党员双手擎带的党旗下，梦文复读了一遍誓词：我志愿加入中国共产党，拥护党的纲领，遵守党的章程，履行党员义务，执行党的决定，严守党的纪律，保守党的秘密，对党忠诚，积极工作，为共产主义奋斗终身，随时准备为党和人民牺牲一切，永不叛党。接着，她读一句，全体党员读一句。宣誓人一项，每个党员报上了姓名。

令子：炳叔举拳有眼儿发抖，宣词一字没落下，木子：察觉到了。她俯下身，指点自个鼻梁说：林木子，黄毛丫头一个，炳叔指点成为党的一员，忆起吗？炳叔木子木子哼叫了几下，睁开了双眼连番点头。两行热泪随之涌出眼眶。木子掏出手帕擦拭，说：病人不可流泪，激动会加重病情，她扶持炳叔躺下，附耳说：相见恨晚，我的心愿了了。炳叔开心了。她把手心伸在炳叔手指下。明显感到他不停地摩挲她手心，炳叔在有生之日倾近了全身气力接受了木子。她情不自禁淌下悲喜交加的泪水，站在病床前九十度鞠躬三分钟，退出了病房。

梦文一行学着木子手碰手话别了炳叔。炳婶：算啥交情呀，老头子不记挂穿不记挂吃，单记挂着举拳头，哪儿寻来的，一点儿不实惠。令子：共产党教导来的，教得好，炳叔学得深。炳婶：吭没用场了。见识过眼角滚眼泪水，心死脑不死，撑不过三五天。老头子的气数尽了。令子擦去两滴滚在炳叔眼角的泪珠，想起来，突兀冲出病房追赶上梦文一行，说：我是个新党员，想借用党旗保管几天，可以吗？梦文：直说吧，配啥用场。令子：炳婶预言炳叔熬不过五天了。我想在廿九厂为他开追悼会时，红色党旗覆盖在炳叔遗体，多完美，天人合一了。梦文：廿九厂没先例，再高二级的机关事业单位没个例。不晓得党内规定哪一级别可享受到，只看到党和国家领导人逝世时享有如此礼遇。令子：既然不知具体约定，不知者不为过，你是一级党委书记，开扇后门吧，扬一次炳叔的威风。梦文：炳叔与我们同一时代的人，他是全厂工人的娘家人，忙手搭脚比我们小组辛苦多了，在一次党的生活会议上，我实议炳叔任劳任怨忘却了自我，他说他没那样伟大，他对党存有私利，在世时做到不要权不要利，离世时组织上必须送上一只花圈。令子：如此，组织上只有送花圈了。梦文：花圈会有的。党旗会有的。廿九厂新的厂长进驻了，说要改为股份制企业。唤作现代企业，在前的我们变古代了。令子：没有古代，怎走到现代？梦文：可不是吗，迷惘了，不知是他们激进了，还是我们止步了？我已做好退休准备，之前做一回没按条条框框办的主张。追悼会上用党旗覆盖炳叔。若有人质疑，你我理直气壮回复：炳叔耽搁了三十年的进步，要不，早是市长部长了，党旗覆身，实至名归。

# （一百一十五）

追悼会后，儿子袁远捧着父亲骨灰，令子捧着炳叔遗像，送他回乡安葬。一路上令子品味梦文的诉情悼词，炳叔的言行笑貌历历在目回放着，在炳叔离开廿九厂的前夜，她与梦文悄悄去送行话别。炳叔：揩干眼泪，振作精神，眼前事，只不过人生戏剧中一小段过门而已。你俩是我看重的年轻人。一直放得开自我。沿着红线前行，别改初心，党的花名册里有了梦文也应该有令子。梦文：更应该有您呀。炳叔：犯了错退出，天经地义。你哩看在眼里，事情的前前后后，我没出卖灵魂吧？梦文：没有，你一直坦坦荡荡的。炳叔：没出卖同志吧？令子：哪来的闲语，不可能。炳叔：没背叛组织吧？梦文：越说越离谱了。令子：听了寒心，不说吧。炳叔：地下党员出身。党的纲领文件学得少，心中念念不忘重复着：不叛党，永不叛党。没越过底线心安了。一身轻松还乡捞鱼摸蟹，开泥挖沟，乐在其中。

这等心怀，字眼中没个苦字了。

生养您几十载，如今又与家乡的大地融合在一起了。

隔天，袁远带着娘亲去内蒙古了。令子话别时。袁远把清理出的一大张发黄遗条交在令子手中。说：留给阿姐的文字，过过目吧。

展开十六开大纸，一行行似曾相识的毛笔字跳入眼帘。抬头，炳炳，令子：

久等不来你们，急人难呀。我应提早料到两军开战在即，路途凶险，应留个提前量的。恨只恨随大流南逃的富家挤破了头，机票出奇的金贵。人托人订下的全家机票耗费了大半的家当。有心等着母女俩，又怕误了班机，两不甘呀。

两难中，记起来炳侄在夜校学习时，已成为共产党的一员，决定不等了。共产党打下这座城市，也就月内的事了，撇下母女俩，有了吾侄的带牵照应，心存了安慰。小女自小怀有恻隐穷人之心，能跟上你们共产党步调的。急乱之中，只有离别，拜托吾侄了。

不见落款，没署日期，令子读懂了老爸的用心，拎清了炳叔为呵护我而做的果断抉择。令子啊令子，好不谙世事，怎就想不到这一层呢。她强烈要求留下炳叔遗像做纪念。袁远同意，说儿子有底片，回内蒙古放大一张吧，难为阿姐存有这份念想。令子：一家人不说两家话了。留下炳叔，按乡间风俗，每年他的诞辰，祭日好焚香祭拜了。

接下去，该联系姬奇了。她与梦文双双办了内退手续，要离开廿九厂了，约定今朝与改制后的董事会话别。董事长说：梦文书记不能走哇。厂内的新董事对党务工作全是外行。正酝酿着聘任你呢。梦文：改制后党务工作不适应了。感谢新班子照顾劳模提早退休，老有所养了。令子：五十出头退养，入了党不再为党工作，心理像欠下廿九厂一笔人情债呢。董事长：有这份心好呀。听说你快回到资本主义的娘家，说服家庭成员回老家投资，多多益善。可以算作你俩的投资，照样成为董事，按股分红。梦文令子听了面面相觑，起身告辞。

令子：听了不得要领，党委书记受董事长聘用，凭啥哟！不就是个出资的老板吗？你我不走了，共同出资捞个参谋带长的当当。梦文：一钱逼煞挡车工呢，要求出资最低万元，工薪家庭不吃不喝二十年攒不够呢。心里觉得别扭，一咬牙退出了，再学习吧，不在岗有闲时了，自费去学院再启蒙个三年两载，脑筋开通了，再受聘不迟。令子：老骥伏枥志在千里呀，啥辰光去呀？梦文：你出走，我开学两不误吗。令子：交给你的事办不成了。梦文：又不是赴京赶考，市区内学习呢。说吧，每月党费交多少？令子：每月的退休金等于党费吧。省了进出烦劳了。梦文：你疯啦，月带月几十块钱的生活费全交了党费，不食人间烟火了。令子：入党晚了三十年，没交费，权当补上吧。董事长说我进入资本主义地界了，不愁缺钱花。再说了，我一人吃饱，全家不饿，存钱干什么？梦文：这没个先例，我来替你摆布，按规定交纳，剩下的替你保管。万一那边不管饭呢，邮寄给你，剩下了的，待你回到社会主义地界，自个儿亲自交给党吧。当然了，你在那边有了进项，如募到万元以上港币，可以邮汇过来。我直接帮你交上万元党费。令子：万千满意，拍手定下了。

## （一百一十六）

顺生登上绿皮火车，终于只身南下了。

两年前，老不情愿随扣扣叔爹去青海制砖烧砖，怎懂呢，那里的工资类别全国阿末一级呢。自嘲出的牛马劲，挣的猫狗钱，攒不下上千的礼金，难在当地娶媳妇，他一天耐不得一天，见天吵着南下。扣扣：合约两年，剩下三五个月了，毁约金全年工钱的百分之二十呢。顺生咬着牙熬着。当当这档儿，肥水流进了外人田。有个唤作二针的小山村丫头相中了他，两人说说谈谈一年多，烊起谈婚论嫁火候了。女方开出彩礼，包包掬掬两千元人民币，这不还得省吃俭用二年多。二针你等吗？二针：至多等二年，哥哥的婚事等三年就黄了，穷则不思变的地界哟，兄弟姊妹成群，甲方哥哥娶媳妇，等着妹子的彩礼钱。乙方弟弟娶媳妇，指望姐姐的彩礼钱。倒也是约定俗成，两相情愿呢。顺生呒没姐妹来调剂。等不来只有滚了，滚到南方寻大钱，但愿两年之内遂心愿吧。

火车朝前开，一路听着像"轧煞不关"的车轮声。顺生从青海乘车回到离家近的大城市，又从上海转上南去的列车。他不明白这等乘坐法的远与近。只晓得上海有开往广州深圳的列车。他从那一上车固定着一种姿势，扭头朝窗外的姿势，树木电杆眨眼晃过，个个如样。偶尔回了头，还是照面着一对女人，听得小的唤了声姑，哦，是姑侄关系，打扮不同，姑的打扮全身工装，比农民伯伯穿得整洁，顺生似曾相识，侄女妆得细眉细腰，上下穿戴水灵灵的。一个清洁，一个水灵，一定居住在多水的空间。生活在甜水中，水与水不一样呢。一样的有河有江有海，啥辰光浊水变清水，咸水变甜水，绿水青山带笑颜了？该会变的，眼下，认个穷吧，顺生扭过头看风景了。

姬奇让开了靠窗的位置，说：和三姑旅行吃力煞了，没劲，问你第三句，换不换卧铺。令子：不换！姬奇：你不换我去换了。廿四个钟头不躺不睡的，我捱不过。令子：经历过，支援抗美援朝时，我连轴当班三十三小时呢。姬奇：你是牛马呀，不鞭死你！共产党做得出来。令子：注意了！火车没过界，你过界了。姬奇：放着现存的铺不睡，非要坐着熬夜，证实你兴奋过度了。令子：有点，一路的颠呀簸的，你也睡不深吧，只不过耸耸瞌眈（方言：困极、小睡）而已。坐着熬不住了，歪头嵌脑眯会过去了，省去三倍的旅费呢。姬奇：一股小家子气。这回带你去开开眼界。令子：托大哥的福，跟牢侄女开洋荤了，想着快见到兄弟姊妹，别说卧铺，躺上龙床，也干睁着眼过着开心场面呢。姬奇：三姑想得美呢。届时，除去见面大哥大嫂加上我，其余的一个见不着。令子心一哆嗦！顺生人耳眨了一下眉毛，仍看树木电杆。姬奇：他们都不在香港生活。二叔从大陆带来一个华侨之女为妻。靠帮丈人去印度尼西亚经商。大姑在大陆对上了国军的军需官，去台湾了，二姑去了英国，三叔四姑移民到加拿大，带走了小奶奶，连我的直系弟妹都去了美国求学求发展去了，令子：乖乖，社会关系够复杂的，像个小小的联合国，白来一趟了。姬奇：你大哥发话了，在香港定居下，由我领着你去一家一家会面，俩人开开心心周游世界。令子：我可不想练脚劲，大哥通联他们，一个一个地回到你家集体照面的开心又经济呀。姬奇：才不呢。你听老爸的，老爸听我的，想去四姑家决不会改道大姑家。令子：看你能的，大大咧咧像谁呀？大哥识文断字，稳稳当当一个读书人。你一定像你妈！姬奇：恭喜你猜对了。像着呢，妈咪半文盲一个，我也没读上大学。令子：等等，大嫂怎能是半文盲呢？姬奇：爷爷南下时多出了三张机票，决定老大老二老三轧的朋友悉数带走。二叔大姑喜出望外，一手挽来了相好，你大哥的老相好不肯前往。拉郎配式的临时从东洋纱厂带来一张生面孔，成了我妈，一肚子的纱线肠子，做梦时兰花指抖着接纱头。妈能认字吗，直接影响到女儿了。令子：错失了补回来。找对象找个文化高启的。姬奇：比我略许高点，大专文凭。拍拖三年了。令子惊异，姬奇凑上令子耳根，近话高启：与小白脸约定好的，三十岁至三十五岁之间要孩子。遇上闰年两人分开过家家。他回婆家，我回娘家，各自生活，互不干涉，省了长时间在一起，产生审美疲劳。明年闰年到，有闺密脱单，我复单，单者必合，合者又单，寻寻开心的。令子推开她，说：震动我鼓膜了！生怕旁人听不清，啥都往外倒呀，快去你的卧铺吧。

姬奇离开，火车拉响了长汽笛。哦！它进了山洞又出了山洞。顺生仰额望，前方的山峦走高了，几倍于家乡的琅山高，走近仰头望高怕要望落帽子。山腰盘山路上竟有男人女人伴着水牛行。有女人坐上牛背，像牛郎驭着仙女在云中飘悠。顺生惊奇嘟囔：奶娌婆娘胆量妈（没）浑（魂）个驮（大）——一句叫名的老家土话，令子静待下文，顺生闭了口。令子忍不住用家乡土话试问：大侄子果是大东地界人？顺生正眼了回话：通东抱山街八棵村的。令子：介巧呀，同乡同村呢。顺生：八棵村的，没瞄到过你呀。令子：东家小叔的侄女，叫名令子，长大后离开了。顺生：东家地主家丫头呀。怪不得爷手里富一世富呢。令子摊开双手，我富吗，哪方看出来的。顺生：你娘家侄女穿得一身光标，背了一只牛筋包，旁人透露值万元港币呢。你是她嫡亲姑妈差不到哪儿去。令子：差远了。我和你一个工农阶层，你揣着多少钱，我也差不离。顺生丢下一句不相信，又扭过头去看窗外。看着看着挠起头，挠着挠着猛转回，说：记起来了，你唤东令子呀。早几年跟扣扣叔爹稻麦嫂子犯嘴，两人合起来赶跑了你。令子：稻麦何许人也？顺生：叔爹的儿子强生的媳妇，我的嫂子。那会儿强生在队伍上服役，提拔干部的当儿，叔爹预备着接纳你娘俩。稻麦怕敌我不分，误了强生前程，说服叔爹回绝了你，几年后稻麦遂愿随军。多少次的来信开篇一句对不住了。探亲了，当着叔爹的面，自扇嘴巴，磕头跪拜，要求全家一齐去找，找回你。叔爹说人远走高飞了哪儿去找呀？敢情你定居香港了。令子：蛮有想象力的，眼下两人一样定坐在火车上吗。扣扣与你啥关系呀？顺生：长顺的儿子，爹痴娘走人，依附着扣扣叔爹长大。令子：你随扣扣大西北打工，怎个又朝南方奔呀。还是个单身？顺生：成双难呢。好不容易交上一个，摸摸口袋，彩礼金缺一半呢，心一横，奔特区碰碰运气去。令子：扣扣几时回呀？顺生：定下新的二年合约，想回老家得等上二年半吧。令子噢了声闭眼沉思，那年扣扣突兀变卦，答案从顺生口中冒出来，顺了自个儿的心，不存半点隔阂了。

顺生认知出令子，唤了声婶子能给个住家地址吗？令子：没房没家流浪者一个，回老家借住小叔家，城里当班住集体房。这次进资本主义地界进佲女家，扎不住根的。你个人大老远去特区打工，有目标吗，有啥特长吗，顺生：空手两拳头来的，没半点技术，谈不上含量。至多从水网地带来到水网地带，水性好能配上用场，一个猛子能扎一刻钟呢。令子：那就多找些大兴土木的建筑工地。凭劳力打工，兴许能找上，三个月还没活干，你打电话找我。她把姬奇的BB机号码给了顺生，接着说：侄女应允我进港住她家的，我办不成，侄女能办成的，她神通广大，两边常常走动，来去自在自由。顺生：两边夹着关卡，公用电话能接通电传机吗？令子：心中无数呀，试试看吧。顺生：留个住址妥当，有吗？令子想起来：有的有的，她寄我的信上有地址，随身带呢，记下吧。顺生抄写了，心里直犯嘀咕，都说条条大道通北京，没说哪条小道通香港呢，记下也白记。

他乡遇同乡，心里亮堂堂。大东地界的乡音，界外人听起来的蛮腔，令子听讲起倍感亲切。不知在罗湖桥接站的大哥，还能说得上老家的乡音吗？

# （一百一十七）

大哥大嫂一人牵一手，牵得令子不敢承受。

大哥：兄妹俩现身相见，似在梦境中。老爸丢不开三丫头呀！老人生前抹不掉的苦楚把你遗弃在大陆，念兹在兹全家不要错过任何机会搜寻你的下落。令子：不算遗弃，分开吧，分开得长久点。大哥：窃以为共产党运动接着运动，土改运动，文化运动，眼下又搞开放运动，没把三妹运动掉，万幸，万幸啊！令子：大哥言重了，运动了只能身体健康，我一直迈开大步直脚飞跑呢。不瞒大哥大嫂，三妹跑着步跑成了共产党的一分子，组织既是娘家也是婆家，两家一个家。语言落下，像南海坐起来美人鱼，北极走起了长脚雪人。两口子围着令子转圈。令子犯了晕，怯生生：大哥大嫂，进出新地界犯了忌。大嫂：阿不！听着好奇。大哥：共产党政策与富人资本相克。三妹学得了真经，获得了信任，付出的代价难以想象。进了党派不能升官、升大官，赚钱、赚大钱了，用处不大，早早退党了事。令子：娘家婆家，丫头家家的老家，退了，回不了家呀。大哥：用不着刻意去退，到了我这儿，远离了党派，三年以后，自然退化了。令子：三年不可能，我没住恁长时段的想法。

姬奇：三年算短时，你大哥筹办着永久居留证呢。令子：大哥不用忙活，依我心里兄弟姊妹见了面，意思一到，三两月好走人了。姬奇：忒短了吧，兄弟姊妹外加下一代八九十来户呢。每家来回一个多月，一年出头了。大哥：刚到不讲时限。姬奇当好三姑的守护神，做好陪她出游各家各国的准备，姬奇：走访叔家姑家熟门熟路了，三天内出发可以了。令子：亲情要交流时限要缩短，每家半月吧，我的心里预期至多一年半载，时限一到，立马走人。姬奇：回大陆去做啥，没家没小的，这儿就是你归宿了。大嫂：姑娘是单身，没成个家呀？大哥投来征询目光，光内之意三妹的人生不完整的，毫无幸福可言，下半辈子必须生活在大哥身边，让九泉之下的老爸别再为三丫头操心了。

令子思来想去了脱口说：我成家了，没要家小。姬奇：在哪呀？我在大陆一个多月呢，光见你单身进进出出，没见你老公影子？令子：第一个名叫伍小抱，生活了几年，他病故了。第二个叫名钮扣扣，正在谈婚论嫁。他在大陆的大西北搞建设，签下了两年合约，完工家来完婚。姬奇：听起来有名有姓，是真情了。大哥：分分合合是潮流，不留遗憾了。大嫂：没领养个孩子？令子：领养了两个呢，男方亲族的侄儿，都长大了。大嫂：恁大一个家，少不了个女人主家的。大哥：主家不愁。老爸临终立下遗嘱，留给三丫头百万港币。大嫂：百万港币等于百万人民币呢。姑娘做梦没想到吧？

好大的一笔见面礼呀。

姬奇：老爸都是零打碎敲给我，没三姑恁大福气。你可着心，可着劲消费呗，侄女参谋你。令子：不习惯了，垓多钱，无从下手呢。姬奇：你是金钱的主人，自由支配吧。令子：那好，一百万一次性花光，邮回大陆投资去。姬奇：大脚板子呀，贴（踢）给那方圣人？一次性投资忒大。分时分段分股，细水长流的好，预防一次性打了水漂。令子：别人投资了我三十年，还清人情债呀。姬奇：大陆的人情债，一万块钱封顶了，成全了一个万元户呢。令子：听侄女的，邮寄去。姬奇：这边邮款不方便。待我兑换成人民币。过关进大陆邮局去寄，你只把收款人的地址姓名给我即可。令子写下梦文的住址，要求在汇单附言写上，还结组织陈年旧账，即收即办。

姬奇完成得麻利，家来探问：多少年了，有借条借据要收回呀。初始借用多少佣金，用多长时段？令子：借记在心坎上呢，每月从壹角壹块开始，三十年落下来，没法记数，凭良心结的账。我盘算好了，一万忒少，百万忒多。这笔款交给你操办，每月汇一万，汇到抹零为止，七八年下来，细水也就流尽了。姬奇：一块钱起借，三十年结账百万。这是啥组织呀。利加利利滚利几何级的翻倍，比香港的黑帮还黑呀。令子：不能瞎比的，我的组织是红色组织，每个共产党员一体的娘家婆家，多交党费自愿的。姬奇：交恁多的人头费，第一次听说，讲清楚了，就不替你代交了，你大哥知情了会大光其火。他反感向大陆投资，爷爷的遗嘱里委托他全权处理这笔钱，有权收回。留给你的钱让你享受人生，享受生活的，不明不白扔进了红色窟窿，十几亿的人头要吃要喝，多大的无底洞哇，猴年马月填满？令子：骑驴看戏本，走着瞧，组织上已下号令，十几亿人一齐做一件事，十年二十年后，只会与天公试比高，小兄弟们，小姐妹们，围着大陆跳跃起舞吧。姬奇：痴人说梦吧，哪来的资本起动。资本社会的资本金用来钱生钱的，救急不救穷。令子：领教过了，资本金药水里煮得时长了有毒。试探着用去一万结束。剩下的归你，归大哥吧，令子弃权。姬奇：不能随意转手，必须经司法论证，这是金钱转让规矩，你的不可变我的。令子：归于名下的金钱，不能随心去用。用在何方，得听资本家庭的支配。转手又不行，只能拿在手中卖洋，这叫富讲究了。姬奇：投资消费养老呀。令子：我有养老金。姬奇：你大哥出资出言了，各家弟妹照顾好三妹，不准动用你的钱。令子：听来蛮感动，想来这算亲情还是亲钱呀。兄弟姊妹用笔钱请随便。我不想拿在手中显摆，中看不中用。姬奇：三姑嫉钱如仇，侄女试着保管吧。

## （一百一十八）

最后一次合约到期一天近一天了，扣扣盼着。在外四年光景，不想再续约了。家乡八棵榉靠海地界，国家号召开放开发呢，先行一步比这块多前进了一步，归家不二。

节骨眼上，长顺病床了，虽说半年多来，他一直病恹恹的只吃不做，撒尿屙屎还能自理，着床了，扣扣用架子车拉他进了医院，医生问病人话呢：

哪儿痛？哪儿不适意。长顺一无反应，扣扣代答：吃得少，出得少了，走不动步，吐不出言了。医生：住院查病医病吧，一个礼拜下来，扣扣询问病情。医生：查验结束了，各处脏器都有病，又像没有病，由于病人生理、心理上的缺陷，医患无法沟通。家属呢，用法子引他出声，说出来哪块疼痛来好傍证确诊。扣扣：找办法吧。这档儿，打工合约如期终止，他签了字，结了账，收获到一张百元大钞。长顺没接触过，扣扣亦是第一次拥有。他心意满满把大钞展现在长顺眼皮底下，摩搓得呱呱响说：簇刮新的百元钞票，比半块七角多上百倍的钱数，看到了你开声口，哪怕再发一次精神病呀！

长顺无动于衷。

扣扣嘟囔：嗜酒的放弃了酒，抽烟似一日三餐的掐灭了烟，爱钱如命的视而不闻，证实他病入膏肓了。他要带长顺回老家症治。医生：老家多远呀？他说两千多公里吧。医生：病人多器官衰竭，行不了恁远的路途，在这终老吧。扣扣：我的好兄弟，一辈子过得不遂意。医生不用苦药，用打不痛的针剂吧，他自小怕痛，长大了有个头痛脑热的喊叫痛，眼下有痛说不出，别再让他生痛了，愿兄弟无痛无痒度过今生。

余下的日子里，扣扣及时为长顺更换尿不湿，擦脸擦脚擦屁股，病身子见天清清爽爽。长顺喜好吃蛋，扣扣谋足了鸡蛋鸭蛋鹌鹑蛋；鲜蛋咸蛋松花蛋，蛋花小米粥的喂着三岁伢儿。从半流质到流质，到奶粉汤水，到滴水不进，长顺按签下的生死合约如期而去。这世间因人而成了人世间，万物皆可丢开，万不能丢开精灵的人啊！痴瘴人也是真人真事。扣扣整夜地浮想着长顺的精灵处。

二针领着她爹相帮着办丧。扣扣：一切从简。她爹说：用不了几个帮工的。骨灰入土为安了事。扣扣：带着兄弟来，带着兄弟回的，回老家安葬，豆腐饭要办的。致谢小公众悲切切吊唁，你爷俩把这些个人都请来，人头不限，有一个算一个。她爹：得来。包在我身上，一个也不少，你客气了。

豆腐饭办过后，扣扣预备着返程了。二针执意要送上一程。扣扣：有话直说吧。二针：你催逼顺生抓紧呢，约定的两年快到期了，娘说过期不待。扣扣：你娘重要，你更重要，当事人一个，要坐正自个的终身大事，彩礼在次。二针：我不急，未过门的嫂子催得急，娘就急。一次次催我发狠话，说顺生打工的南方是生钱长钱的地方，两年变不了现，在那吃干饭呢。娘还说，拖吧，拖延一年彩礼加码一倍。顺生叔爹，你劝劝他吧，不能再拖了。扣扣：你俩通着信呢，讲清楚了没？二针：挑明了，没回话呢。一封信调换一个地方，不知他猫到那块了。扣扣：找准了他的落脚点，是要规劝他的。婚姻不是儿戏，有心有力的抓紧办了，无心无力了回一声。俩人好说好散各奔东西。二针：娘带着这层意念，我为难着呢，咬紧牙关等着他最后一次回话了。

## （一百一十九）

踏进家门了。天黑着进的门。

三人出的远门，病故一个，失踪一个，费尽心机物色的儿媳妇还在闷葫芦里摇，枉为一家之长，愣是掏不出两千块钞票娶来儿媳妇。看得出顺生对家长凉透了心，分开恁长时段写来两封白水信，落款特区，逼得你无法与他交流沟通。

老屋里转望。四水一家四幢屋舍关门落锁。只有强生家来小住两日，带来点烟火气。他一家三口转业到州城一年多了。间隔一个月，三个月，半年的不定准的家来落落脚。孙女素书学习成绩一流，跳一级升级初中生。扣扣从村中电话中告知了归家口信，这个双休日全家会回的。

扣扣挨家清理老屋。一扫二涮三抹。目标一尘不染。清理自家老屋时，他把屋中大小物件一股脑儿搬出了屋，先内后外逐件清洗。靠十点钟时，强生一家进场了。扣扣站起挥手迎接，说：进前屋吧，饭菜择备好，我只就去烧煮。强生：叔爹歇着，歇不下来忙自个的事。烧煮有我呢。扣扣：你能？素书：老爸队伍上帮厨帮会的。我妈和我一了吃现成的，她把提溜着的平板电脑交与妈带进屋，自个趴上爷爷后背捏呀敲的撒娇。稻麦：见一回爷爷就发人来疯，快下来，素书哈哈嘻嘻落下地，满场观看着叫不上名的家伙。用脚踢一只木匣子，踢出里厢金属碰撞声，打开，红绸袋中几十块的金钱银钱铜钱。素书欢叫：爷爷小有财气，不声不响囤着传家宝呢。诶！当中的两块墨西哥鹰洋，市值八千块一枚呢，妈妈讲过的，妈妈快来，快在电脑上查稀罕。稻麦：帮助爷爷打扫完卫生再查。素书强行拖着妈妈打开了电脑，说：

垓多古钱呢，你时常在电脑上玩它，怎不热心了。稻麦：闲时饱饱眼福的。她瞟了古钱瞟电脑，说大路货多。中山头像的银钱，也就百字头的价码。袁大头冒上了千字头。哦！是限量版，存世稀少，电脑反映估价超百万呢。货真价实吗？素书高呼：爷爷一夜间发大财了。强生：咋呼啥呢，饭煮好，饭时到，唤来爷爷吃饭了。

　　扣扣到。素书说百万富翁到，说着嗤嗤笑。扣扣：家来笑个不停，捡到金元宝了。稻麦：估价叔爹财宝呢，超百万肯定的。强生：两人别玩儿了，玩物丧志，玩古钱失德，电脑估的价不准足，有价无市呢。稻麦：八九不离十的，没有市场，走拍卖呀。素书：爷爷的财宝爷爷做主。扣扣应声：做不了主的，三婶娘的传家物，暂且保管着。稻麦：三奶奶生前赠予的，你有权理继承。如今三奶奶家闭户，叔爹送的老，承的祠，可不做意外缴获，不用交公的。扣扣：先前我也想不是地产房产，金砖银锭，四水一家的后人分留着，做个对三婶娘的念想吧。整出来个万万金，不敢当了，要如数归还于主家，估摸着三婶娘的儿子憋在海外呢，必有后人。开放了，四处走动了，单等着来人回乡，我如愿交还交差了。素书：弄了半天，海外资产呀，不玩儿了，跟牢爷爷去干活，发家致富全靠劳动来创造。

　　劳动了一天多么辛苦呀！素书：累到我抬不起手。强生：过奖了，只劳动了半天的半天，唤累呀。爷爷劳动了大半辈子，从没唤声累，老黄牛精神呀，到这般年龄，该歇歇了。我和稻麦商议妥了，叔爹随家一齐进城，个人在家，不放心呢。扣扣：亏你们想得出来。我身子骨硬朗着呢，进城不撑不隙吃闲饭，会生发毛病的。稻麦：不进城可以，必须找个伴儿，双双进进出出好有个照应。近来果有令子阿姨的消息？扣扣：这多年的不来往，难得提起她了。稻麦：定要找上她。那年我作的孽，拆散了你俩，必须由我弥补，去年出差上海，专门寻访到她的工作单位，认定她去香港探亲了。有个唤作梦文的大姐与令子阿姨工友加同志无话不说。两人来往着书信，说她老里八早好回内地了，是她大哥大嫂说逼她定居在那儿，啥辰光把香港当成个家了，允许回内地探亲。扣扣：主是主，客是客，哪有逼着变客为主的。稻麦：开放旅游了，我与强生有机会去那儿，定要找上令子阿姨，劝说她回老家，扣扣：烦不着了，分开这多年，兴许早已离水离汤了。稻麦：不会的，人性是初心难改的。找不回令子阿姨，这辈子我不得安生了。素书：老妈在爷爷面前认错了，在我面前从不认错。阿是大欺小，一物降一物呢。稻麦：胡诌个啥呀，没你插话的份，快写作业去。

## （一百二十）

今日是个好天气。扣扣有心逛抱山街，去感受改革的变化。老街仍是买卖兴隆的一条商业街。老街的近街外围搭满了脚手架大兴着土木，红布绸中飘扬着标语口号：争分夺秒，为三电企业早日上马加油。啥三电呀，电流电阻电压？没这等命名企业的，看简介牌：台商企业，投资百万，出产小家电豆酱机打蛋机榨汁机。这样个三电呀，怪烧脑细胞的。走进另一个建楼工地，扣扣直接看简介：合资种植业。引进海外植物，学名海蓬子，别名减肥草，是欧美日韩餐桌上的多见食材，称菜又称草，多有减肥保健工效。减肥草吃盐土，喝海水，适合海滩种植。方位找准了，这块海滩连片呢。可这工房不该建在镇区，还是五层，远离海滩呀。嗨！旁观者操哪份心呢，投资者自有考量。当务之急从中找份工才是实在的。

扣扣返村，踏进了村公所。细凤接应倍感惊讶：稀客呀。出门一趟，忘了爹娘。回村恁长时不来照个面，不友好了。扣扣：退养了，羞见江东父老。细凤：彼此彼此，你退养我退位。外村调来的年轻支书快到位了。扣扣：强生逼着退养，我犟着呢。抱山街新建恁多厂房，定有招工名额下分村里。趁你没退位，开扇后门吧。细凤：老黄历了，现代企业招工自个儿去应聘。年轻人居多，你年纪一大把，够呛。扣扣：不见得。老有老的活计，值个更呀。烧个锅呀，扫个厕所呀。何况我样样体力活拿得下的。细凤：拉倒吧，现代化工厂，机器化操作，流水型作业，苦力的不要。扣扣：头条路堵了个严实，不指望你了，待开业时自荐去。

细凤：生意谈不成不走哇。还有二茬谈话呢。你果晓得大东地界有几个八棵榉，八棵村？扣扣：没过问过，问这干啥。细凤：你没回村辰光，县台办主任领着个台商来寻根，南蛮口音找八棵榉。我说这儿是八棵村，差字眼呢。台商：对号，八棵榉有树有村的。我说：八棵榉没有树，八棵村没有榉，不对号呀。台商直摇头，错在哪儿呢，问个人名吧。她叫申伸娥，隔代亲人，大陆上唤作妇女同志的。我一听开动脑筋全村搜索女人，没这个人呀，全村姓申的户头没一个，哪来的申伸娥申伸鸭呢。台商失望着问了个第三者，他叫靳扣扣，男性，有共产党员的政治面目。我心一紧想起了你。姓字犯绞呀，又远在天边，对上号了，也找不上你呀，就说：村中唤扣扣的一打人呢。扣盆扣碗扣铜扣铁的，没得扣金的。回答让你扫兴了。主任发话：年代久远寻亲多有差错的。三问没对上号，不问了，去其他地方寻访寻访，有进步，八棵树离八棵榉近了三四步呢。

细凤又说：两人开着轿子车沿着海边北寻，又探到了一个唤作七棵榉的地方，可惜只是个地名而已，没有树没有村，估摸着会二次回找来。

扣扣：记下台商的姓名没？细凤：话不投机，记下没意思了。扣扣：你真该退位了，八棵村前身就是八棵榉吗。爷爷代他们唤作"榉字"的。经我们这代改的村。细凤：你的记性全呀，村与榉不对榫眼，误作两地呢。扣扣：靳扣扣八成找的我。这个中年台商大有可能是靳布财的后人。误认为四水一家即靳姓一家。细凤：说近了。解放时开渔船逃海的覃大开，靳布财呀。不错，布财的娘申姓，户口本上唤作靳申氏呢。扣扣：三婶娘是我送的老，悼念经文上写着申氏伸娥，悲伤时过而不留。提拔起对上号了。细凤：四水一家亲呢。无意间撞上个在抱山街投资三电厂的台商老板，出个工不在话下，运气好捞个工头、管带当当呢。扣扣：工不工的得随心情。若是布财彰显在眼前，痛骂一顿难解心头之恨呢。细凤：不能胡来，两岸走得蛮热络了。兄弟见面相视一笑泯恩仇呢。朝前看，在家候着，孕育好诚意，台商再找上村公所，立马通报你。扣扣：在台商老宅候着，诚意了吧。

三天，三十天，三个月没上门。

扣扣估摸得正确。台商靳斤是布财儿子。几地碰了壁，他回了台湾，核查了寻找地名人名的具体细节，从已故父亲布财遗书中发觉了差错，扣扣本姓钮，不同姓，确定了一个，举一反三，胜面扩大了。这回又满怀信心跟随台办主任，直接找了细凤，自报家门靳斤。细凤：你是靳布财的儿子。靳斤：你怎知晓。细凤：我摸过底了，八棵村在前是八棵榉。申伸娥是你奶奶，靳扣扣本名钮扣扣。靳斤：对呀，人在哪儿？细凤：你奶奶过世了。这就领着去见钮扣扣，他在你老宅等着三月有余了。

　　细凤当着扣扣面介绍了主任与靳金。扣扣不自然地咧咧嘴，自顾自从水桶中舀满三汤碗凉水，一人一碗递上，说：本地人，城里人，海外人，首次进四水一家的门，每人必须喝下一碗四水一家的水，压压惊，说着自个儿喝下了。细凤：生水少喝点，老规矩，小改改，人客喝一口。扣扣：四水一家的掌门人钮扣扣。敬不敬由我，喝不喝由你。不错，泯了嘴唇给面子了。他看着靳斤用餐巾纸来回抹着含在嘴上的一口水，指点：你把眼镜摘下，凉水生呼气呢。靳斤疑惑，摘下眼镜擦拭。细凤轻声耳提：眼镜是文化人的般配，唤他摘下失礼了。扣扣：戴着不像，摘下眼镜眼泡浮肿，更不像靳布财了。

　　细凤：近视镜摘下大多这副模样，难分辩呢。布财离开大半个花甲子，忆不起模样了。扣扣：模糊有点。杆到我眼前时，打眼认出来。细凤：本来吗。儿子十有八九像娘舅，不像爹，你相啥面哟，热忱点。靳斤：靳布财的儿子没错，老爹就我一个儿子。支书说得在理，长相像老妈。扣扣：你老爹怎个没来，心虚害怕了。靳斤：怎能呢，老爹常说四水一家兄弟情同手足。他没福气来大陆，病故了。扣扣：他死了，我没死呢，死在前头，死了好哇，一了百了。靳斤一阵颤动。扣扣：一人做事一人当，不关儿孙的事。谋财害命的布财落下一笔血债，今生没法厘清。扣扣有冤无处申了。靳斤镜片闪了一下光，拉着主任出了屋说：大陆不讲政治了，这老头满嘴的政治没法沟通了。主任：乡间村民孤陋寡闻，穷则不思变，跟不上潮流，靳老板别往心里去。靳斤：老爹自说自小为家庭挣钱，扣老头自小跟共产党做事，不是一介平民吧。主任：你说他是共产党一员，不可能的，这副腔调像从没学过现阶段的方针政策，我去开通开通他。

　　细凤在屋内责怪：悠着点。劝外人压压惊，自个儿火冒三丈，听着泄了劲。扣扣：自喝一碗冷水，压惊了呀，要不顺手操起扁担了。主任进屋说：老农民是党员吗？细凤：暂且不是。主任：警告扣扣农户，平民百姓待客也讲究个分寸，出言不逊会误大事的。扣扣：这口气忍了几十年，我要扳回理道呀。主任：笑脸相迎台商投资是最大理道。扣扣：兄弟间也该分个是非黑白吧。过往的糊涂账一笔勾销，心中过不去呀。主任：那是政府层面的事，你与台商四水一家亲呢。靳先生在抱山街投资了三电厂，你怂恿他在八棵榉投资个一电二电厂，才是真本事呢。到时，老板兴趣头里。奖你个5%的股份，送你发大财了。扣扣：横空财呀，活了几十岁，连做梦都没梦到过。十七岁开始为共产党做事，为东南巡暑警卫团经管过万元金。格辰光，一圆银钱买全三十斤大米呢，万元买成米堆成五山高呢。这笔钱硬生生被靳布财伙同缉私队偷抢了，与蒋介石把大陆黄金抢去台湾一路货色。飞去的横财漂白了，再人五人六的回大陆办厂剥削人工，大公众的血汗钱呀，一直不明不白至今，对不住死去的徐浩区长，鲍枫先生呀。

主任：这档子事大如天呢？细凤：千真万确。徐浩鲍枫在这块牺牲的烈士。为这，扣扣一生都在负荆前行，弄不清真相，还不了万元债务，他一直远离着党的大门。主任：台商实指望找上扣扣，通过他找准祖坟祭祀修造，把老爹的骨灰迁回安葬。由支部牵头吧，找第二者第三者协助办。细凤：靳家的家事，全是扣扣一手操办，局外人摸不着飘飘呢。主任：顶上牛，难办了。人在气头上，打底一礼拜慢着消气。改天再约吧。细凤：我替着招呼一声。

靳斤在外无聊擦着镜片。细凤说：台商客商，对不住了。四水一家二代人马存有一桩经济冤案，出言惊吓你了。主任：协商着。一方息息火，客商消消气，双方隔阂靠时间托平。海峡两岸不就这样走着吗。细凤：主任政策在胸，吭没摆不平的事体。八棵村时刻候着二位。

细凤进屋瞟了一眼扣扣。说：一通的无名火，发泄了没啥到手，常归空手两拳头。扣扣：骂过心里和软了。细凤：你跟小辈较啥劲呢，一代归一代吗。扣扣：与小辈无关呀，有言在先，他没听清？我去澄清道个歉。人呢？细凤：两人朝抱山桥走，轿子车停那儿，没进车呢。扣扣：说走就走呀，没教养！他急切切捧起木匣子撒腿追去。细凤倒吸口冷气，拔腿追着唤着：扣扣不能啊！木匣子有棱有角，比扁担头锋快呢，一匣子砸下去，脑瓜子会开瓢的！扣扣：唤啥呢，追啥呢。他跑得快，两人传话的空间越拉越大，细凤追到车旁时，车子就要开跑，见得扣扣站立车前，双手高高举着木匣子。细凤冲上去拦腰箍住他。说：砸不得，轿子车砸趴窝了，我侪倾家荡产赔不动哇。扣扣：赔啥赔的，莫名其妙。送交三婶娘家财宝的，唤台商落下车玻璃。细凤：吭一声呀，吓得我跑断了气。

车玻璃落下，靳斤拉动把手下车。扣扣：人不用下了，两样物件交给靳家后人。一把是老宅钥匙，屋内原封未动，一只装有祖传家私的红木匣子。收园好，得空家来细细查收。细凤：要来噢。祖传老宅园财宝呢。藏在睏屋里的暖床，你没看上一眼呢。人见都说红木古董货呢。木匣中的家私，扣扣拒绝了你奶奶的遗嘱馈赠，决意等着靳家后人，等来了，你屁股坐坐热，听全了谈话再走。扣扣：木匣子盖板上记着你爷爷奶奶的生卒年月，你爹的年庚八字，祭奠祭祖不可少的。主任：沟通得蛮好，继续。扣扣：说完了，物归原主。我的心愿两清了，他拉起细凤后退两步，伸直右手前指：请开车。靳斤嗯呵两下，马达声提响，抬抬手，轿子车缓缓前行了。

细凤：唱得哪一曲呀，请呀行的。扣扣：想起来我是主，来是客，不能失礼。宁忍布财负我，不可负他的家人。跑动的汽车中。靳斤说：一会儿魔鬼，一会儿天使，人事难料呢。主任：你来到希望的田野上，时刻存着希望呢，扣扣生发点希望了，他存苦楚，给他点时间消释。靳斤：略有耳闻。老爹生前时常唠叨，与扣扣自小勾肩搭背长大，三日不见，吃饭不香，亲兄弟共到十八岁，当中一件事断了兄弟情分。主任：经济纠纷了？靳斤：这件事上老爹病重时写过一份悔过书。交了我说他没脸面回大陆，你把这份清单回大陆时交给扣扣认个错，我好安生安死了。粗略过了眼，感觉正负面效应五五开，没带来大陆。主任：五五开嘛，扣扣看了也无妨，会互解的。掀开了底牌，透明了真相，解开了疙瘩，四水一家恢复了亲情，也是你爹的凤愿吧。靳斤：书中像隐匿了滴血政治，生发出后遗症来变多事了。主任：我来担保，不秋后算账，你明了的，不再二意了，飞来飞去的，不出三天圆满了，助力你在大陆打牢事业家业的根基，何乐不为呢。靳斤：但愿如此，考量考量吧。

<h2 style="text-align:center">（一百二十一）</h2>

细凤：公家人没食言，没出五天主任送来挂号信，密封的，指定你钮扣扣开启，过目了归还。扣扣：神神叨叨的，鸡毛信呀。细凤：鸡毛鹅毛的拆开看呀，看完了有啥我要反映汇报的。扣扣晒了一眼细凤，拆封展笺，白纸蓝字映下眼帘。

扣扣，唤一声兄弟，多担待，布财从不担心娘亲受苦，四海一家兄弟簇拥着呢。娘亲不可能长命百岁，恐怕见不了不孝儿的书信了，冀盼着吾儿靳斤携真情传给兄弟。

在那个混沌的夜晚，我与覃开大驾船出海，无目的地海上漂、南漂。船过淏淞口，上海的战事停了。共产党得胜，有国民党从海上出逃，岸上用枪弹追击。枪子儿满天飞，不能靠埠呀。覃大开发话：一刻不能停，停船等抓呀，东开南开东南行。行至舟山岛，刚被共产党占了。这水上跑不过岸上，跑不出共产党的手掌心，回头上岸吧。覃大开：两人背着共产党的金债，落套进去，没好果子吃。我说背的黄（财）债，不是红（血）债，治不了死罪，覃大开：死不了也得脱层皮。闯过去，又一方天，赶巧了撞上大运呢。继续南行。船过平潭，大运没撞上，撞上了共产党的叶飞部队，船被租用了。我承认船工一个，留船侍弄船。覃开大慌说做生意的，上了岸，再没了踪影。

租船练船练水，练了上船不摇晃，下船不落水，练上三五个礼拜上阵了。条条船上坐满队伍，驶向外海，去夺金门岛，大陆的兵与台湾的兵在金门的古宁头交上火，撑船的再回平潭接运二梯队。没料到风力潮水变向，船在原地打转，有来无回，趴在船舱听枪弹嗖嗖飞，飞得稀了，停了，仗打完了，船被国军掳了，逮人像拎小鸡要拎我上岸，交于官审：投诚吧！金山岛阵尸满地，阵列的败军之尸，明白处境吧。我想活命，我套近乎：我不是兵，是船工，共产党拉夫来的。本在大陆跟共产党结下根节，乘机投靠国军了。

官审信似不信。

为不被判监，我满嘴的跑火车，标榜在民国政府从政，当上缉私队的侦探，探到共产党军队伍征集到万元雪花银，运作缉私队展开行动，毙了人，抢到银后渡海逃难了。

看到这块，扣扣气息失匀。浮现出那一夜那一幕，他与徐浩区长追逃雪花银。追上了，没见布财呀，他蔽在那块旯旮做手脚呢？估摸到你谋财害命，没冤枉你兄弟。又怎个的当真是你，要招供呢？扣扣脑筋混沌揩把面庞，接着往下看。

兄弟，自肚里明白你十有八九锁定了我，记恨我，多少回的梦里被你骂醒。澄清谋财，没害命呀！冒充个缉私队侦探，糊弄官审的，实则在抢银之前，一直做着驳运私盐买卖。船从运盐河驳送至私盐坝，翻过坎，大洋就上手了。几番后，被缉私队抓住了把柄。队长江大麻子要罚五百块大洋，市值一万五千斤的白米呢。腿肚子当场软了。罚不出大洋，蹲大牢吧。王大麻子：出路有一条。缉私队侦办到共产党劫富筹的银，窝囤在八棵榉近边，你只需提供确切存银地，罚金全免，外加赏金二百。回到家来，意外得知财银就在兄弟家，立马泄气；决断蹲大牢，没透露半点口风。江大麻子迟迟得不到消息，坐不住了，三日一次改成一日一次，骑脚踏车家来约谈。我说：不懂缉私，查不出道道来。江大麻子：一家一户的探访，八棵榉几百家住户，个把月兜底了。我说访家没用，老百姓没人直言囤财，家存大钱不朝脸上写，随意墙上抠个洞，地下挖个坑埋没了。缉私队探访也沾不上边。江大麻子：不止你一人对八棵榉四边厢摸了底。唤作钮扣扣的毛孩与共产党走得近乎，你在意点。我说：扣扣六岁没了爹娘，靠打短工，捞鱼摸蟹讨生活，住的落屑屋，大雨大漏小雨小漏，停雨滴三天，没个立身处，哪儿囤得住钱财，隔夜粮第二天被老鼠一粒粒啃光。穷得呀没人理睬他，从不结交个外人。江大麻子：有门，共产党偏爱这种穷光蛋，你给我盯紧了，冒出来眉眼，动手。

那个怨吆。本想把兄弟抹得穷点，远离了是非。没料到反而加重了江大麻子的狐疑。我得通报一声兄弟呀，漫夜着轻步你家，命该出事，兄弟竟没在家过夜。又不敢四处搜寻你，只在心中默默祝愿你把钱财囤私密点，转移利索点。缉私队光顾无机可乘。自个儿敲定出行，躲开江大麻子，连夜找了覃开大，告知今夜午夜潮，眼下走小庙宏水道出海正当时，不等天亮了。覃开大：自算不如他算，一时出不了海啦，江队长带缉私队后夜到。是虚是实，开门见底。问：开谁家门呀？答：扣扣家呀，砸他门，抓他人，抢他银。这回你们四水一家背时了。问：你怎个知情的？答：一样的缉私队线人，小老弟，别装糊涂。队长对你起了疑心，再三心二意不听话，落得个赏金不赏，罚金照罚的下场。问：白忙活一场呢？答：有了线索，缉私队历来宁可错杀，绝不放过。缉拿不来钱财，缉拿到私党一样的。不磨蹭了，缉私队近七近八了，我俩先去探探门。

真个应了乡下人挑粪前后死（屎）了。硬着头皮跟着覃开大走，绕不出退路了。联想到兄弟不居家中，避开了当面过招，心也少微熨帖点。覃开大走近门场说：东方拢亮了，看似关门落锁着，落屑屋像茅厕屋，不像财宝地呀。我随和：关门闭户有时日了，向队长报个信，油水不足，物色下家吧。覃开大摸了门锁说：没灰尘，没闭户，门环上加套对拔节呢，双重保险防盗，肯定有油水。争论中，缉私队的鬼影围住四处，江大麻子发话：争吵啥呢，快用枪托砸门。覃开大献言：砸不得，这块红白接合地，共产党在这搞个二五减租。东南警卫团、区小队的夜巡队经常来光顾。造出声响惊动共方穷人起闹，报信难办了。江大麻子：开锁，快开锁。覃开大应声承头：由我和布财解决。又私下对我说：四水一家用的同一种铜制推锁，快去快回拿钥匙。我说解开对拔节呢。覃开大：你我都是戏船人，晓得一拉就开的，别多事了，念在多年同船渡的份上，不说开四水一家的兄弟情深，只要神不知鬼不觉地开了门，没现，一走了之。现了，不危及你兄弟的身家性命。千呀万的不是兄弟的身家财富，被劫被抢，至多是他保管不严罢了。

布财顺从了。

事后，覃开大分得一百块银钱，我得五十块。天亮后，我俩出海了。二十天后上了岸听到因这笔钱，战死了一个共产党的大官，江大麻子因此被区小队镇压了。会不会有我的黑名单呢？心有疑惑不敢面对兄弟呀。事后记起那夜开了锁，钥匙挂在锁没拿回，明明白白告诉兄弟当中有我一份了，不出海时，为避开兄弟，整日夜地撒在覃开大家。眼看着你们快当道，两人储备了船上吃食出海游荡了。海上漂没得落堂，脸庞一直高烧不退，那是兄弟牙齿咬进肉诅咒我呢。承认：布财动手谋财了，但没害命，有罪，但罪该不死。多少年多少回的，想过当面认个罪，卸下大山，直至两边开始走动，我心动了，可后来变成人命关天的事，有嘴说不清，两脚不敢动了。

兄弟，听说大陆一直践行着中山国父的天下为公。扣扣你天性为公，为众，正合着胃口呢。念及老一辈的过命交情。念及一点兄弟情，放布财一码吧。但愿在我死后，孝子靳斤能把这情交你手中，念、情、诉、真。

看结信，扣扣追忆那时那情，觉察到布财没作假，一念之差在于信奉人为财死，鸟为食亡，一心想发大财。去光宗耀祖，吾辈落穷于父辈，枉为儿孙了，到头来，客死他乡。可怜你的亲娘至死不知儿子落难何处，亲情已惩罚了你。兄弟间，信任你的自白吧。

细凤来收回书信。说：看信哭了，笑了，骂了？扣扣：一样没有，平常心了。细凤：难以置信，红头赤耳还有时。扣扣：归还他房产后，我就释怀，不跟后辈较劲了。细凤：跟同辈人过不去仍旧原样呀。扣扣：同辈有了交代，两清了。细凤：不许反悔，我如实回复去了。

## （一百二十二）

台办主任回话：靳斤对扣扣阅信后的风平浪静交关满意。接下要与扣扣商讨祭祖事宜。三电厂开张后，家事已排上日程了。扣扣：当主任支书的，听上去成了台商的传声筒了。我过耳不留。爱办不办的在于他，笑脸恨脸的在于我。细凤：三电厂开张了，你顺势去打工呀。两方面跑热络了，老板歪歪嘴事成了。扣扣：求后门呀，不进。细凤：你不进，退位了我进，月工资开价一百多呢。三更当了一辈子盐工，退养了月月仍是四十五十的。去抱山街找靳斤，一起去。扣扣：我不！细凤：你犟。求人的事主动点。扣扣：求啥求，我不负他家。细凤：替你跑一趟吧，前世里欠你的路债。

去了即回，乘坐靳斤的轿子车回村公所。途中眺到扣扣隔河观望。细凤心骂：犟侯，嘴犟心急，候着我呢。近七近八扣扣了她说：大侄子，扣叔在这等你呢，我下车唤他上车，你俩聊。下车后快步接近了说：扣扣：你大侄子唤你进轿子车。扣扣：哪来的大侄子？细凤：台商靳斤呀。扣扣：心里没认呢。细凤：上了车说话口气和软点，别硬翘翘的。车到，靳斤打开车门拉扣扣坐前排，提醒一句：当心碰头。细凤推上车门：叔侄俩车上聊吧。我抬脚就到，车随她的步行速度开。扣扣在意到靳斤礼貌请他上的车，又是拉又是提醒的，自个儿怎一点回礼的反映没有，超个时段加句谢谢显得突兀，车拐弯时拐出了一句词：大侄子，笑脸唤我坐车，没句遂意话回复，心中怪不自在的。靳斤被逗笑了说：认我大侄子，自然要笑了。老爹生前话，四水一家胜似兄弟，说开了亲兄弟。扣扣：那当然。穷帮穷，抱成团，成气候了行四海。靳金：那叫股份制，放在现状，能壮大的。扣扣似懂非懂。看着靳斤从汽车杂物盒里掏出了红绸袋子。心一紧，这是还给的财宝呀，掏出来见差错？靳斤：扣叔把靳家的百年老宅看护得房是房，柜是柜，车是车，床是床的，满房，满财，满贯，金银，首饰，古钱滴水不漏。护功不可没。这袋中的存货平分对半理所当然。你我双方各捧一把，得手为财，扣叔先来。扣扣：你疯啦。这当中有值百万金的。也说有价无市得去拍卖看行情。靳斤：你去过拍卖行？扣扣：笑话，不是我财去拍卖，小公众口诛笔伐呢。奉劝大侄子，不去拍卖的好，祖辈传下来，留作念想吧，一代传一代的各家自有各家的传说。我六岁没爹，八岁没娘也传下了爹的旱烟锅一根，娘的蓝印花布一块。旱烟锅是爹的最爱，蓝印花布扎染着扣扣生庚八字，为娘亲手扎成。你家恁多的传家宝，几代人传着爱呢。大侄子识得大字，用心琢磨古钱上的字眼，兴许推算出哪代人传下的，这些个不起眼首饰有挂着穗子的，穗子里兴许留着先人字眼呢。有的正反面凿着的蚂蚁字，读懂了有传奇呢。靳斤：扣叔的意思传家宝不可外传。扣扣：对呀，传导给你的祖宗，得知不孝子孙传给外人，还不把坟盘闹翻了。靳斤：老爹还有一段没写在信上的遗嘱留给孝子。在我被大陆扣叔认定大侄子后，在大陆获得的遗产必须分给扣叔一半，实物不成，改为支票现金吧。折成一万块，扣叔成为大陆客户的顶尖收入了。扣扣：换汤不换药吗，平白无故得来钱财，像心里撞进个小毛贼，搅动着长年不安宁呢。要不，大侄子算作东家老板，雇我当佣工吧。劳动挣钱心头安稳。靳斤：大陆有规定，不招收超龄工，细凤支书快超了年龄，我也回绝了她。扣扣：不行不强求，恁大的厂规矩重呢。他自拉车门，闷声闷气下车，回门重了，细凤看出他成色不对。说：林海雪原里的杨子荣，耍小孩子脾气啦！扣扣：嫌我超龄，现代工厂收不了我。细凤：不对，男女有别呀。她冲着下车走来的靳斤，说明：退休年龄男六十，女五十五，扣扣年龄合乎进厂，年限存有一大截呢。靳斤：有此一说呀，那快上车，自个进厂挑选个岗位。细凤：好来，去帮扣扣挑个体面坐椅显摆显摆。

车进三电厂。靳斤：二位各个部委转转，意中了，总部备案，得了指令，两人放开手脚乱逛一气。先上了二楼，走进一个门户大开的厂室。没见人，存放着厂家的样品，扣扣把玩榨汁、打蛋、豆浆机种，说：一屋灶间用的小鸡种呀。细凤：三电的厂名正言顺呢，富家敲蛋用机打，懒到家了。两人出了这个门，不愿进那个门了。门里包厢似的露满着人头，并排挂着工程部，人力部，财务监委质检监委等牌子。扣扣：这里是文化人的待处。坐满管工、管钱、管物的工程师，没得劳工的立脚地。细凤：唤作总监、部长、研发师的，进了厂学着点，与时俱进吗。扣扣：没用，学不了，蹭三楼吧。细凤：二楼变部，三楼变总了，这小鸡种的厂家派头十足，部呀委的架势满厂飞，卖洋呢。扣扣：行大了欺客呗，省得被欺。下楼吧，出力气的场所都在底层呢。

　　双双探头车间，没个守门的，乖乖好大的一溜车间，足有连成片的十多间屋舍长，分两边的生产线满满当当站着人流水作业。一道初装，把小鸡种的鸡毛鸡脚鸡头鸡内脏部位装扮成部件，交给二道组装鸡身。两人在意流水线上的人工，在物件过眼时，有的拧紧两颗螺丝，有的焊上一块铁皮传下手了。细凤：变轻巧的，干活不累。扣扣：一色的女工，男工埋没在中间，憋屈了。细凤：幸亏机器声响在，要不然，女工听到这话提抗议呢。扣扣：反正一个大男人与她们一起流水，差劲。细凤：那就找找来劲的。

　　车间的尽头，靳斤指导人张贴标语。两人走近了看，是水桶大的方块字：团队。合作。精诚。感恩映入两人眼帘。扣扣：老板把八个字贴进车间，贴给工人抬头看到。要工人感谢啥人的恩赐呢？正琢磨着，靳斤问话：相中了没？细凤代答：还没呐。靳斤：二楼的中层岗位，没相中一个？扣扣：一个没敢看。车间看了，想看看饭堂、寝室。没现眼呀。靳斤：饭堂外包了，宿舍外包了，厕所正在外包洽谈中。细凤：古怪了，茅厕外包也在厂区外呀，厂内方圆一公里呢，门卫倒是近水先得厕。其他人呢，来回路走过一刻钟呢，多有不便，误了工时。靳斤：只有省时一说，封闭式流动厕所，就近停在车间边，上班拉进，下班拉走。卫生工时两不误。扣扣：吃喝屙睏全撒手。当的现成老板呀。靳斤：想出的现代化管理，往后还得完善。细凤：屙屎撒尿现代化呀，落后了，本身自动化嘛。靳斤笑着说：它们像贴上墙的标语一样，一种企业文化。扣扣：文化可是有指向的呀？靳斤：指向增添打工者的活力呀。扣扣：阿是指向民工们好好干，不偷懒，听说听话了月月有赏金。年终红包因人分发，人工的钱袋鼓了，好生感恩老板啰？靳斤：文化走向有甚不妥吗？扣扣：离谱了，你从岛内来办厂，大陆给你地，人工，优惠政策，共同感恩大陆才合理吗。靳斤：岛内，投资者出钱打工者出力，提倡互相感恩的。扣扣：标语上没个互相呢。医生穿白大褂，是担心被病人传染了。有几个想到是人都存病菌，也会传给病人，互传的，大侄子想到了，把感恩标语贴上三楼总部自个头顶上去，贴在车间看着不舒服，改了！细凤：怎个小孩儿脾气又上来了。靳斤：扣叔政治到家了，入乡随俗依你，改两字，二位出个字眼。细凤：脑子刚好划过中山先生的自由，平等，博爱。大陆台湾都敬仰的，改为博爱吧。扣扣：赞成。靳斤：你赞成我满意。这就去找人打印成字。

　　细凤：悠着点，较啥真呢，有钱老板说翻脸就翻脸的。扣扣：翻吧，上代欠我人情呢，他翻脸我乘势破口大骂一顿。细凤：大西北走了一遭，动嘴破口了，那儿的风沙呛的？扣扣：上火了。年纪不大凭啥在大陆吆五喝六，县的主任围着他脚转呢。不就多两个臭钱，开办个鸡厂像个救世主似的，我就要变着法了煞熬他的威风，煞到他认头了。细凤：无名火呀，闭嘴。电脑打印快呢，老板走近了，提着"博爱"吆人从墙上换下"感恩"，两人抬手动脚欲相帮。靳斤：用不着二位动手，细凤支书帮着扣叔找位子吧。细凤：没有盐，卤也好的。流水线上随大流吧。靳斤：小用了。我在抱山街领会了一个词，叫拿稳，在一块地盘镇得住事态的人，扣叔拿稳着呢，当个企业顾问吧。细凤：吆外，正宗的部委级别，红椅子待遇呀。顾问点啥呀？靳斤：把关、纠正。白领待遇。在厂坐着走着睡着，顾而不问趁便，不顾不问在家歇着也行。发生纠纷了，一个电话招来，配你一只大哥大。扣扣：隰隰儿饭呀，吃了窝心，不干。按支书说的，车间里流水踏实。靳斤：总之是个不怎么遂意的结果，想换了随时。他唤来个开车的，送两人回到村。细凤：多年不在我家同台吃饭了，炒碗青菜猪油饭吧。还好这口吗。扣扣：你一说出，口上淌涎水了，扰一顿吧。细凤：摸不清你心思了，富得流油的红椅子不坐，回得个彻底呢，也不留个余地。扣扣：顾问个屁，收买个狗腿子为他去咬人，去编派厂里的人工，没门！

（一百二十三）

　　培训了一礼拜，扣扣上岗了。培训大多念规章，实则念的像紧箍咒：进出早了晚了要扣金，流水线上出了疵品要罚金，罚哪个呢？车间里设监控。哪一道工艺出了纰漏，控得一清二楚。迫使你心无旁骛专心不二，扣扣比作不动脑子的玩儿，与在田耕地担挑劳作不同，全身出着臭汗时，你可盘算昼饭的标配，穿衣的更换，农具的修理等。在流水线，脑子一走神，工件眼下划过，来不及动手脚，你成疵品了。当然，不动脑子是不能动脑子。工程部的精算师把工件用时算记得忒刁钻。一个个的埋头女工欢快干着呢。工间十分钟休息时，扣扣抖胆过问管工：工效调低一点，阿能？一条线上几十号人工，总有一两个跟不上趟的，抬抬手吗。管工：三次跟不上自动淘汰。大陆啥都缺，呃！人工不缺。进厂的挤破头呢。厂老板调查了，当地人工在家种田月进不足十块钱进来打工十倍利呢，比地方国营高一倍呢。厂里工资标准尚存下调空间。扣扣：上下浮动可改做计件工资呀，多劳多得，少劳少得。十个指头伸出来不一般长呢，使得进了厂的人工没一个被淘汰。力所能及地担当一份工，挣得一份钱，升起了安全感，存在感，获得感。管工：看不出来，流水线上的你有两下子吗。扣扣：当过窑工有体验。我的痴瘴兄弟跟着我同样挣得了少许计件工资。管工：改变结构，效率变低下。另增一条生产线，投资增加，赚钱空间压缩了。现代企业不是福利工厂，讲的时间是金钱，效益是生命，企业要利润，必须优胜劣汰。扣扣：管工吗，是个老板的帮凶呀。

扣扣站上岗位，下手的装配女工难得说了话：爷叔热心肠子，为公众敢与管工较真，管人的人凶恶呢。扣扣：凶狠像狼狗，是人和软的。诶！少开口，当心疵品。女工：摸到门槛了。动嘴时眼瞪工件出不了疵品。有个姊妹她愣是练不出来，平时是个话篓子，喜好与人对眼对讲。说是客气，背着眼对讲对人不恭。进流水线与左右时时有话讲。三个月出了三次疵品。停了工，岗位被备份占了。扣扣：人呢？女工：今早通知她进厂，受领罚单啥的，见了面她眼泪滋滋的。爷叔帮帮她吧。扣扣：好的，饭时歇工辰光吧。

扣扣草草扒完饭，厂内四下里探寻叫名巧俏的女工，底层寻遍，出厂了？门卫：不可能，开工了全天全程封闭的。扣扣登楼，二三四层空荡荡，这些个白领抽空下底层练体了。只能登上五层望天楼一望究竟。果然靠着栏杆站着个女工，仰脸望天，嘴里念念有词。扣扣停步唤：巧俏！你是巧俏吗？望天的没回头回话：催命鬼催魂来了。太阳在天不许出厂吗，催啥催。扣扣忙说：我是催生不催死的催生婆，阿不，是催生男人，阿不，催生的工友。你接着说你嘴里的咕噜话，吐出来心里明快了。巧俏回头：一肚子话留着告诉老祖宗吧。两眼一闭，钞票作废，与你无关。扣扣走近她，想拽住她，说：想开点，没有迈不过的坎。巧俏：好人好心呀。巧俏没想来生呢，还在编排今生呢，好人多心了。扣扣：本来嘛，我来告知你不开除，留下你了。巧俏战栗一下说：一个工友，说了不算，宽慰我呐。扣扣：多大的事呀，小事一桩。巧俏：自小乡里乡亲的编排我嘴快手慢，成事不足，败家有余，传上爹娘耳根责怪我，女孩家家的，书没念足，不是块村干部的料。见天不要像个说大书的，甚事儿都去插一杠子，言多必失，无故遭人厌呢。存下心来学三两件农家活儿，学着烧菜煮饭，缝补浆洗照常持家呢。扣扣：一对宽容的爹娘，自个儿心里不甘心哟？巧俏：进城的路才开始，断了呗。恁好的一只饭碗，每个号头一百多块钱进档，小姊妹群里论起来睏窝里笑醒呢。该死的三错，说开就开了。唉！过了这个街，再没这爿店了。四周的厂家十几家。哪家会收留个疵品呢。认命不做鬼只好做个搅黄泥的黄脸婆了。扣扣：认命只认自个是块白领的料，厂里开罚单不受领，门卫赶你不要走，说等着家中的爷叔接人呢，在这块等着我，不见不散。

饭后复工铃响起。扣扣找管工。说：请个假，快找个备份吧。管工：说你胖真喘了，来事早说呀，误工了。扣扣：闹肚子说来就来，早不了。管工：得写了字据，得附上厂医的证明。扣扣噢了一声，明白了稀珍的女厂医不行医，除去红药水，蓝药水各执一瓶，没其他任何药剂。人工问医配药，两句话打发、去药店去医院，却原来掌控着病假大权，白领监工一个呢。扣扣说肚皮痛请假。厂医说量好体温再讲。扣扣丢下一句肚子痛受不了跑路了，只把简便条子交给了车间。管工：这个刺头不找厂医自找疵品了。

靳斤坐镇四楼老板室。门虚掩着，瞄到老板躺在睏床大的老板椅上眯盹，扣扣进得不见动静。台面上放置一本营销大略的大书。买卖策略上的书呀。难怪市面上流传，卖得出产品催生出老板了。咦？饭后小眯眯的，有外人进屋，也不灵性点。不行，他睡得香，巧俏等不及。他哗啦哗啦翻起了大书，翻得靳斤跳起来一拍板桌。拍来了侍女（秘书）保镖一女一男。扣扣揉揉眼，看不清两人从哪儿冒出来？靳斤：没事，拍走睏猫的，示意二人离开了。扣扣抓紧说了巧俏开除一事。靳斤：正常厂务事，不妥吗？扣扣：一棍子打死个人，不该！急火攻心的巧俏爬到你头顶上要跳楼。靳斤：有这等事，你拦住她了？扣扣：帮你顾问了一次，拉她下来了，果真跳下去，我到大陆的总工会控告你。大陆的农民多，跳出农门不容易，是巧俏她们这辈子的所想，实现了，见天说着笑着唱着我们工人有力量，唱着我们走在大路上。这下可恼，像漂不远的肥皂泡，没用吹灰之力，灭了，这不公平。靳斤：公平是相对的，不公平是绝对的。国有国法，厂有厂规，走遍海内外相似的。扣扣：稍微留点余地吗，刚开工时，厂规立项三个月内三次犯规后再留厂察看一个月，以观后效，不该说紧就紧了。靳斤：人力部门调研说加一个月宽松，起不到处罚效果。扣扣：一味朝死方向整改。换个正反改他个察看两月，兴许人工能激活生产力呢。咳！尿不到一壶里，行大欺客，任你欺了。提出来我停工，换巧俏上岗，留下她可以吧。靳斤：两码事，不可以。扣扣：巧俏是我侄女。相帮她辩个理，换个岗不犯规吧！靳斤：健全的规章没得自废的先例，改变初衷不可能，侄女也不行。扣叔有其他高见尽管说，大侄子耐着性子正耳听呢。扣扣：说个屁哟，日里说到夜里，菩萨仍在庙里算你老板傲很（方言：傲慢），大不了陪着巧俏一起种田去！余音裹胁着怨气伴他下楼，无用的糟老头一个，夸下海口，点事无成，怎个与巧俏交底呢？原设想没有里子也有面子在靳斤面前，有利不用过期作废，一条线上的工友有难帮一把何乐不为呢。接手了，得有个交代呀，把巧俏领回八棵桦吧，交给细凤谈谈心暖暖身，再带上巧俏去海水养殖厂试试工。

不知下得楼了，得知楼上的侍女请他上楼。扣扣不耐烦：请了白请，脱离工厂了。侍女追上他，说：跑得够快的。董事长等你呢。扣扣：侄女没着落，没功夫跟他扯淡。侍女唤不动为难之际，镖男赶到，说：磨蹭啥呢，不见人影，头儿脸色难看了。侍女指向扣扣：他不肯上楼，翻脸了。镖男：真是头儿的爷叔呀？扣扣：假的，不成立。镖男：看着不太像。这副嘴脸还翻脸。胆量分两边了！说着单身搂着扣扣上楼。扣扣涨劲想挣脱像被钳着，动弹不了，骂：你是属狗的，走草啦。镖男不松手，径直推进了老板室。靳斤：叫个人怎动手了？镖男：怕你等不及，推着快吗，没使蛮劲。靳斤：练过拳脚的出手重呢，扣叔没伤着吗？扣扣：一唱一和演双簧呀，绑架我来审堂，量你们也不敢。正好挑明了，当班几十天的工钱，当作顶撞老板的罚金了事。

靳斤：想换就换，想走就走。我没表态呢。扣扣：快说，工钱十五，罚钱十六我认了。靳斤：不批准你走能吗？扣扣：不能。靳斤：设法留下你侄女呢。扣扣：不可能，你刚才回绝了。靳斤：其他可能呀。厂医的老爹与我深交多年，在这县城开办了三星级酒店。大陆唤作县府级招待所。介绍你侄女去跑堂，还可以吧？扣扣：唬弄人呢，到头来编个根节出来空欢喜一场。适时进门的侍女说：打听到了，开除的女工不是他侄女。镖男：他也亲口承认不是亲叔大兴货。靳斤：多嘴了，真假会起变化的，恁大年纪死心塌地帮扶一个人，是假也变了真。镖子、慈孜，你两人相帮着办理好转业各项手续。告诉人力计划部，标明原厂的薪酬待遇，转过去只增不减。

左男右女遵命下楼了。扣扣方才明白成事了，唤了巧俏直下底层。流水线正在停机歇力，两人快步跑至小姊妹身旁。扣扣告诉了喜讯。小姊妹两人牵起双手跳起了圈。扣扣告诫巧俏快去跟随秘书办理转厂手续。女工松开手说：快去，招待所服务员最对你性格了，工资呢？扣扣看着抬脚轻松的巧俏走远了说：待遇照旧，只增不减。女工：爷叔真了不起。像个公家人为大公众呢。扣扣：过奖了。女工靠近他悄声说：都说台商工厂没有共产党组织，爷叔像个县委下派的地下党吧？扣扣：光天化日之下，哪来的地下。别逗了，铃声响，上线当心疵品。

## （一百二十四）

三个月后，财务发薪改成了纸卡，自个去银行领取。扣扣不得要领。取钱时银行告知，这是与企业开发的新产品，时长就应手了。听了吓人倒灶的，钞票变成了产品，产品保不准出疵品，害老百姓呢。工间休息时，他与女工核对工资卡，核出了出入，说：不对呀，你的月工资一根撑篙赶着两只鸭子，我的工资三只鸭子纸上游呢。没见你出疵品，扣去处罚金呀。女工：没有的事，一条线上统一价码：122.00 元，一年改动一次，你的 222.00 错不了，一定要提拔你当监工了。扣扣：疵品，一定是疵品，说来即来了，找财务总监核准去。

总监：头一回碰上错账投诉，总监查账本，查电脑，重复了两回，仰靠坐椅上说：虚惊一场呀。扣扣：明摆着，我卡上多出一百块呢，怎会查不下来呢。总监：多出了钱，查的哪门子呢，多有多的用意。财务账上查出多一百少一百的错，总监净身出厂了。扣扣：查不了，帮着扣除得了。总监：办小人家家呀，全厂财务一年调整一次。半途更改，上交董事会批复呢。扣扣：老板管董事会的，找他去。

靳斤：小事呀，只多不少不争吵了。想跟大侄子说说话套套近乎呢。扣扣：别打马虎眼，小吗？犯了同工同酬按劳分配的劳动法。靳斤：你呀！道出个规呀法的与自个利益过不去呀。你与女工同工不同酬那是男女有别，有个出力大小的区别嘛。扣扣：说到点上了，我没多出力呀，那条钱上有力用不上，不能多得钱，会招来女工不满骂大街的。靳斤：线上没出力，线下有机会出力，出大力的。你已顾问一次了。扣扣：有没有搞错，那是为我的兄弟姊妹顾问的。我没答应过当你的监工帮凶。靳斤：理解，上回你是助人为乐，大陆多有宣扬的美德。这回属无理取闹了，限你三天再讲。扣扣：那我辞工三天，等你开讲。

扣扣没上流水线，也没在家歇着，闲溜着厂区转悠。配电房会议室摸清了，新意不多，除了机器响，还是停下再开的机器响。走进最后一个包装工间，挪只包装木箱坐下歇力。有产品从空中吊机上源源涌来，几位熟练工操纵包装机一一封包在箱。合对的，检验的，销售的轮番上阵。记上了麦头，标明了产品功能，核准了送货地，打上三电厂封关邮戳，又是一条流水线，功夫在文凭文化了。欺不了年轻人文化墨水足，洋水也足，做得得心应手，扣扣干不了。

有个组长模样的拿着块小黑板坐拢扣扣，说：被备份顶了。被顶的人多数坐包装箱唉声叹气。扣扣：没唉声呀，歇工进门学看手艺工艺的。组长：说中了，正要招收个手艺工呢。生意兴隆名声在外，大部的外销东南亚。国内少量需求，不能见生意不做哇。创意招收一名会木工手艺的包装工，当天按订单定制大小不同的木板匣子从三件五件的、十件八件的小生意做起，逐步扩大内销。

扣扣听出了门道，掂量自个儿修过渡船，拉过大锯小锯，鼓捣过长凳方凳小趴凳。装钉出高低有别的木匣子不为难。他说：你把字板交哪儿呀？组长：人力资源部挂牌招工呀。扣扣：交我得了，像董事长为我量身定制的。组长：邪了，创意刚出炉，先知先觉呀。不问你来路多大，我得按程序交人力资源部，能耐大自个儿周旋去。扣扣：马上成为同事了，顺水人情也不送，多烦了。

扣扣借用纸笔抄下了细则，上楼呈现在靳斤面前，说：机会来了，三天等来了定身岗，靳斤看了纸条说：你是木工师傅？扣扣：不敢，忙里偷闲学的，徒弟一个。靳斤：岗位技艺含量不高，胜任了。你老不情愿上流水线，说个理由吧。扣扣：抬头不见低头见的兄弟姊妹，干一样的活，拿着双倍的钱，怕他们骂我帮凶。离汤离水的久而久之生分了。靳斤：为这，听上去不像正当理由呀，扣扣：另加包装工间可加班呀，白天连着夜档的。可加班四个钟点，八个钟点，十二个钟点的，把大侄子另加的月对月一百块人情钱还清了，心就安了，靳斤：倒过来退钱呀？这笔加金替老爹还债了。与钱过不去，等同我过不去了。扣扣：一代归一代，父债子还被骂成封建呢，该退的得退，该争的必争，今后的加班费少发分文我跟你急，自定过程欠债千千万。后程甩开膀子干出来归还，一刻不能耽搁了。靳斤：欠债与四水一家关联吗？扣扣：个人做事个人当，回复一句三岁小团挂在嘴边的话，不告诉你。靳斤溢笑沉思，来到大陆冒出个难缠的主，政治挂嘴，金钱竟摆布不了他。老爹呀老爹，是你的遗嘱逼着孝子找四水一家的乡里乡亲，要回归古里，找了个大麻烦。都说同乡难养，不吃钱的同乡更难养。当初第一次同乡见同乡时当面打一枪得了，打散了老死不相往来，再不存额外瓜葛，眼下豆腐掉灰堆，不能吹不能打了。

扣扣：老板思考老板大事呢，扣扣走人，回家吃饭。明儿包装工间的上班。靳斤：啊！请你吃饭。扣扣：天天吃老板的饭，今天没在线没配饭。靳斤：今天请你县城宾馆吃饭，引荐的巧俏女工哪，看看工作环境去。扣扣：想去酒肆馆呀，用不着爬东海，抱山街北街二里地的朱家饭店，几十年的老店，吃着实惠。靳斤：你喜好下馆子。扣扣：战争年代经常的。靳斤：听从你引荐吧。

朱家饭店房舍简陋点，两厢店堂蛮清爽。分食的配坐，聚餐的配桌，分厢而设，食客相当，互为八成吧。靳斤：老店有啥招牌菜呀？扣扣：靠近东灶渔港，一路的海鲜全是招牌菜呀。靳斥：放开想象力，渔港的海鲜点齐了。扣扣：上百种的难配齐，分季节性捕捞呢，点上三五样名气在外的吧，长脚梭子蟹，蛤子沙蛏汤，油氽蝲蚜饼，细眼梅子鱼，硬壳燕尾虾，够用了。靳斥：好菜配好酒，住地有品牌酒吗。扣扣：有的，拿过国际金奖的颐生茵陈酒，好上口呢。靳斥：来一箱，海鲜菜还得加。扣扣：加多馊了费了，酒一箱够洗身了。靳斥：吃不完的酒菜打包。搁存你家中橱柜冰箱，我来出资，你慢着用，家中合桌享用。扣扣：打我脸呀。请你来的呀，你是客，我是主，主不出手丢面子。靳斥：又得随你入俗了，今朝改改吧。扣扣：板上钉钉的事。来的路上我盘算好了，老板用海鲜炒菜就白酒。我吃配饭。靳斥：随俗了，你用啥我用啥。扣扣：你老爹的血地有句口头禅，省酒待客，主人饿了走不动路，也得照顾人客吃饱吃好。靳斥：死要面子活遭罪呀，大可不必。你主持了我也不用，不随俗，随你了。扣扣：听着不像假意，说声怠慢了，我为两人配饭了。红锅师傅，来两碗盖浇饭，像长江大轮上配卖的。两片走油肉，一只荷包蛋，两荤两素，菜蔬顺手。靳斥改正：当中一碗两素一荤，不加肉。扣扣：老板比我抠门呀，在家顿顿用瓜茄菜蔬的多。进酒肆馆图个大鱼大肉的。靳斥：身体受得了，想吃啥吃呗。身体受不了第一戒酒，第二限肉，限量少吃。扣扣：市面上说有钱人吃菜，吃小青菜，少钱人吃肉，吃大油肉，真个不是造谣呢。

靳斥吃着扣扣说的盖浇饭，说：菜蔬不腻蛮清口，来有所值了。扣叔一碗够饱吧？扣扣：两片肉四两哪，足够。靳斥：你说的进酒肆，下馆子，就为吃上这一碗，眼孔忒小了。扣扣：已经像"南征北战"电影讲的大踏步前进了。大踏步退后几十年，朱家饭店是新四军的进退站，与沙家浜上的春来茶馆同样。诶！你听说过沙家浜吗？靳斥直摇头。扣扣：我俩在朱家饭店先礼后兵置办了五桌酒席。招待像你这样一式的有钱人。徐区长领着监督这些人酒足饭饱后，征得了万元的粮秣钱。回家路上，两人吃着自带的蕃芋面饼。吃得那个香哟。靳斥：赚了大钱吃啥都香喷喷的。扣扣：还有一次，没带路饼，半夜三更后，肚饥的咕咕叫。当紧的归家也没个饭食呀。徐区长咬咬牙敲开了饭店后门。两人合伙第一次吃了朱家饭店的盖浇配饭，吃着吃着流眼泪水了。

扣扣吃完讲完，老板先一步出门了。扣扣懊恼着，冲他忆苦思甜，对牛弹琴吗。他紧步靠近了靳斤。说：清汤寡水的，不合口？靳斤：清汤养颜养生，挺好的。扣扣：也行，多吃素动为纲，打打门球，好好解解赚钱的苦毒气。万不能承学你老爹，一门心思发大财，发横财。到头来，生命没熬过我这个糟兄弟呢。土改时一蛙声地唤有钱人地主老财，见证年老了成为财主的是实财。青年中年发了财是虚财，变数快难知财产落谁手呢。靳斤：扣叔的话听着不像大陆的官话，不像乡间的土话，高深莫测了。扣扣：不懂了我来慢慢破解。八棵榉有算命、郎中，风水宁家三兄弟。他仁琢磨人比琢磨钱要多，算计出了人这一生，只能见识五百四十个人。当中四百个人能唤上名字。一时记不得了，旁人一提，立刻想起某某了。五百人中的一百四十个人，是你的至亲好友：儿时的同胞同伴同窗同班同桌，户族中的同宗同乡，同辈，工作中的同僚同事同行同门，生活中的同好同类同路同仁。这一百四十个的同，在你一生中造化着无常的不同，与你同心协力，同甘共苦，同舟共济的爷们有，与你同床异梦同室操戈，同流相挤的哥们也有，像大屁眼的绗被子针丢进芝麻瓢里，钻进针眼的不是巧，必然的有。靳斤：扣叔行啊，看过易经，周公解梦的书吧？往下破解。扣扣：和睦相处呗！大陆讲个同志之道。心朝一处想，劲朝一处使。三电厂有六百号人，老板用心相识当中的十分之一的员工，六十号人吧，先把这些个人当作客户对待，听取他们的意见，来个小改造，把厂部的苛刻规章改改。改和软，改成弱势群体能接受得了。一年到头呢，有奖金增发，二年到梢呢，有工钱小涨。员工年年有余了，老板口碑见好了，你老爹名正言顺魂归故里了。

靳斤听着有了期待，趁热说：扣叔准许老爹骨殖牵葬回了？扣扣：子女靠爷娘，孙子靠爷爷。死者为大，死了百了，死鬼想回，回吧。靳斤的心病落下地。老爹病危时，迟迟不肯撒手西去，待孝子含泪答应牵回故里时，他含笑离去。这也是他回乡投资的一分子。踏上抱山街，第一要务与县台办主任把这提上日程。主任交给了八棵村，得细风支书告知。单门独户的靳家丧事全是眼前这个不起眼的老头操办。为联络情感，特意回台捎来老爹的回忆家书。他看了亮起了热络迹象。碍于他满嘴的政治讲得有声有色，一时地难接上话茬，有意请烟，请酒，请钱，请酒肆大餐。他一概不接，眼睁着要搁浅，预备着再请主任调和。料不到二月的白萍水竟撬动了他，欺不了和风细雨的调和。扣扣说：这多年的划过，八棵榉搞移风移俗，搞节约用地，靳家上代的三葬祖坟牵移两次了，我用青砖埋着记号呢，没人认得清，明朝带你去认认祖宗坟。靳斤：求之不得呀。没有扣叔护着，我两眼一抹黑，挖地三尺找不到哇，谢恩在后了。扣扣：免谢。四水一家的本分，定个时辰吧，多早晚动土？据说岛内蛮讲究的，靳斤：随俗吧。扣扣：此地动翻骨殖一在清明复活节，二在十月中元节。靳斤：定在清明节吧，两地共同认可的。法事的大与小，道与佛没条条框框吗？扣扣：信奉道教，拜托大圣至菩萨道场搞法事。吹打拜忏行香放灯，施食散钱，踏八卦跑舞方应有尽有。光拜忏咏经行当，有一天、三天、七天的，二十一天、四十九天的，一切随主家心意。靳斤：扣叔定吧。扣扣：折中吧，不做道场加排场。七七做，八八敲的从简。诵经拜忏不可缺。死鬼逃离大陆时，偷抢了共产党的钱。罪孽深重，量他不是主谋，罪不该死。认罪在阳间逃脱了，阴间逃不掉。家庭老小多多助他忏悔，洗罪，定为七天吧。靳斤：按规矩，拨给你一笔款子。全权操办，钱敞开花。扣扣：没这规矩。厂里的财务总监，财务出纳，财务小秘，一抓一大把，随手抓一个吧。我十八岁时给自个立下紧箍咒：此生再不为人经手钱财账目。靳斤见扣扣一脸的沉重，忙不迭说：理解、相信，铁定的约束，不烦劳了，只顾问顾问吧，事过以后，请大侄子吃大餐。扣扣：又来了，大餐小餐的就只一次，没下回。靳斤不再多话，怕节外生枝。

## （一百二十五）

法事的锣镲唢呐吹打起，顺风飘三里，踩着鼓点，八十岁高龄的东家小婶进得扣扣坐镇的靳家老宅。扣扣找了把隐椅助她坐下凑闹热。她听得唏嘘不已，说：申伸娥小姊妹，活着不知儿子客死他乡，兜儿福没享受半幅，冒出个孙儿代父圆场，在天知足了。扣扣：欺不了三婶娘的孙子垓钱。你儿子一样垓钱，生前享清福，生后错不了。小婶：不敢想啰。他爹过世去，催促儿子拜忏拜悔，施财施食，儿子说：爹皱皱缩缩忏悔了一辈子，护财护银护出了忧郁症早逝，拜呀施的糊鬼呀。扣扣：法事，你儿子不信就无，小婶信了就有，待你二百四十岁时，扣侄为你张罗，像今朝一样的场面。小婶：使不得，祭奠施食，没得自个儿亲儿亲女签字画押划十字，金银财宝得不到。扣扣：小婶信的不是道教，是财宝呀。小婶：两眼一闭，人民币作废，管不了身后事了，亲生儿不如随身钱，在世银钱堆积着随意花，去了阴间没了施舍，日子没法过的，有扣侄操办，一块石头落了地。可要逼着我儿子出钱划十字啰。扣扣：小婶时常出口慧心话呢，活着变年轻了。

她的在银行当行长的儿子东冬曾绑架母亲进城，她破口不从。骂儿不孝顺，拿她当后娘，在八棵榉抬头见熟人，乡里乡亲的走访贯了，进城短阳寿呢，死活不进城。住乡又摸不到行踪，东冬为娘置办了座机电话。八棵榉村公所安装的第一，她守住的第二，何乐不为呢。新鲜了三月有余，兴致慢慢坍了。吃准了儿女早叮嘱夜问讯的"喂"两声。大量时光回到她脚下，没闹猛的去处也出门闲逛一趟。东冬一时寻不到拴住母亲的法子。好在社会在进步，亲朋好友之间的电话拥有量一天天多起来，他慢慢收集了七大姑、八大姨家的号码，交与母亲保存，诱导闲来照码一个个地拨出去，会有人问你好的，碰上同类话痨。能唠叨上一个钟点呢。法子是好法子，只是亲眷间电话时长循环，总有厌烦时日。行长冒出属下的几十名员工来，在他们节日请吃送礼时。行长发话：同事同行不收礼，收礼只收电话声。员工眨巴眼。行长：为娘晚岁出名，成了播讲员了。各位每月接打一个电话给予，不胜感激，时日我轮番编排。员工：电话好打，不能空口说白话呀。行长：报上名，问声好。娘俩领情了，员工：懂了。

为娘的没能搞懂，来电一夜之间多起来。每日她按儿子排版的话码拨出去，电话那头总有人接听问候。幸运的行长他娘，从没遭遇过无人接听稍后再拨的失落感，世上少有。她一惊一奇，只觉得有话说了，有人说了，省了出门跑脚筋寻话说了。法事这边，她隔一天看个半天，三次坐过还是老样子，积极性损折。扣扣：小婶不积极呀，稀松着来。小婶：一天接打两三个电台话，走不开，儿女不准假，言明一个礼拜三次点不到名，罚我进城。扣扣笑称：小婶学得的些许字眼，用不到点子上，经儿女电话中调教，入流了。小婶：跟着电台话学八哥叫呗，马虎点。今朝本该不来的，齐巧令子隔江进了个电话，清明节要回村扫墓。回话今年清明使不得了，乡下头正在平整土地，把全村的祖宗坟合并到一起过集体农庄生活，还没合并到位，散乱着呢，不是经办人，摸不着祖宗的落堂呢。侄女有心在城里空拜拜吧。扣扣：估摸来年清明，各家各户排序齐整能编上号。小婶：扣侄身在其中，上点心。令子与我全指望着你。她的心在你身上，我嘛想在有生之年看到两人成个家，生着开心，死了也开心，好名正言顺享受你俩的施食。侄女侄女婿没出本家门，签字画押有效。扣扣：小婶难得糊涂呀。

东小婶前脚走，细凤后脚赶来告知：令子来电话了。扣扣：晓得了。细凤：晓得个啥，我刚放下电话。扣扣：退位了，哪来的电话。细凤：调进的年轻支书客气，凡找我的电话差人唤我接听。扣扣：她要回乡扫墓。阿是？细凤：提起了扫墓。是东家小婶通报你吧。扣扣：你答应了。细凤：回话，与你通报回复。她说扣扣从大西北回了，我说回来快一年了，你怎个不上心呢。她说刚从香港回来，去探亲探出个忧郁来。亲人说起来好意，留我在花花世界里享清福，水土不服呀。我说你退养，我退位了，回老宅来吧，这方水土还养这方人。等几天我与扣扣商议妥去接你。扣扣：今年扫不了墓。秦小婶回复她了。细凤：你呀，去一趟大西北。令子等了这多年，还拖泥带水的。旁观者也闹不明白了。扣扣：一晃见老，不想再打搅令子的平稳生活了。细凤：听着像托词。心底里我不承认你不想令子，我还想她呢。接还是不接，痛快点。扣扣：三番五次亏欠了她。突兀接她，不近人情了。自个家来的好。细凤：不像个男子汉。不去接拉倒，我去接，使唤稻麦共同去接。接回来调转枪头封闭你的门，逼你没地方躲。扣扣：不用你封，法事后自动关门，吃住三电厂了。

小有十天了吧？扣扣没等来细凤。靳斥老板下车间来了，说：细凤代你请假。准假了，假期一礼拜。扣扣：有啥急事？用不着恁长。靳斥：你留洋的夫人回来了，该叫声婶子吧，该表示表示吧。喏，这一沓钱带回家添个彩吧。扣扣：老头老太了，添啥彩，用不着。靳斥：晓得你会拒收。没送奖金，没送礼金，这是你的双月工资，预付了下个月的，算框框内吧。扣扣受领了。不再加夜班往家赶。在路上寻思细凤唱的哪一曲呀，还称留洋夫人的出了洋相。一副包办婚姻的算计。倒也懂我心。若是她照实道来新娘子接回了，新相公请假回家办喜事，外加一句台湾客商随礼贺喜啰。算个啥事呢？老了老了拼拼伙的，不要在小辈面前丢了颜面。

　　到家，该在的细凤令子稻麦都在，多了个孙女素书。他与令子抬抬手算是见了面，问声素书：家来，没上学？素书：请假二天，接回奶奶呀。奶奶是爷爷的本位奶奶，阿是？引出几声掩嘴笑。扣扣挠头转脸定眼摆着的大包小包：乖乖，搬家搬场呀。细凤：装傻，嫁妆看不出吗，被头铺盖。梳妆盒镜。男人的剃须刀老花镜都提前配上了。扣扣：几个真行，行船高车的。背着百斤行李，累不累，傻不傻呀。细凤：就你是智叟，我侪全是痴婆娘，实则这许多陪嫁在余镇置办的。令子想到家来居家过日子的，在城里造好了明细。扣扣：赶行程加带货，辛苦了。素书：我的功劳大大的。令子：孙女叫唤了几十声的奶奶，说来就来了。扣扣：来就来了呗，下一步呢？令子：一屋的人等你回来定章程呢。细凤：我是赖着不走的中间人；不卖关子直说吧。第一步，请两个粉饰工来见见新，见见亮，旧屋变个新貌。扣扣：这活儿，自个动手，用不着生意人，两三天的见新。稻麦：娘俩帮不上手了，上学上班明乘早班车进城，礼拜天与强生一起回，商议好请厨师上门，摆婚宴五桌。当紧的，需通电顺生家来添个全家闹猛。扣扣：不烦着了，两口子在南方打零工为生。立业不易，立家难呢。令子：我是当事人，爱好清静，摆宴请客全免。八棵榉的风俗没忘：女人出嫁，必须在户族长辈家吃请不愿离去的嫁饭，也说哭饭。我吗，只能去小婶家去哭。满门剩下她一个户族长了。星期天，我请客，在座的一个不少，外加强生和小婶，素书称好：听奶奶的，哪个落下哪个是狗熊。令子：素书和着我欢叫了，好一件隔代贴身小棉袄。细凤：你去娘家哭饭，婆家人该是笑饭，跟你去不说触犯天条，这情绪难把握呢。令子：支书还天条地条的摆谱，回家路上有约定喔，娘家人同伙，婆家人也同伙，同时尽笑不许哭。细凤：我倒希望见到你哭，书上有喜极而泣一词呢。

<h2 style="text-align:center">（一百二十六）</h2>

　　扣扣不在三电厂包吃住了。由他提议，包装车间取消了常日班，改成午夜班，下午两点至夜十点，本来吗，成型产品十二点以后才转来包装车间，上午早早去上班，坐那儿等供菩萨一个，练道呢。令子：驻家加顿昼饭我来

烊煮。扣扣：随意呀，大锅灶不像煤球煤气炉，动人工下烧上煮呢。你掌勺
我烧火吧。令子：大锅灶不烊几十个人的饭菜，用不着一个烧香一个拜的。
别忘了青葱时光有过烧大锅灶的经历，烧煮出的菜粥菜饭有板有眼，你吃得
个真叫惬意，眼下初来乍到的，心情没收拢，心思没放到烧煮上来。扣扣：
有苗头，觉察了，你一直没放得开。令子瞪牢他：听着像下流话呀，大白天
的出口不觉得肉麻吗。扣扣：天地良心，绝对没这种含义。令子：量你不会
的，不是一家人，不进一个门吗。《杜鹃山》里柯湘唱的无产者一身奋战求解
放。同志情胜过贴心人呢。扣扣：《长征组歌》上唱的革命理想高如天，高过
家人。令子：说点新词，不忘初心，与时俱进。扣扣：发展是硬道理。令子：
两人一唱一和，不出三个月，忧郁症一扫而光了。扣扣：这个症蛮难治的，
从哪儿搭来的。退养了无所事事，生发出闷心拳头自闹的？令子：才不会呢，
去了一趟香港巴结上了。扣扣：花花世界，人间天堂，得症不合常理呀。令
子：所以想不开了。扣扣：缠不开剪开它，讲出来吗。令子：没口才，丢头
落角的讲不连牵了。扣扣：写出来吗。令子：对呀，心结在心细嚼慢咽写出
来，你看了做评判，判出个谁对谁错来。

　　说写就写。令子翻找起文具，金星铜笔双支的。添瓶墨水求得全了，现
代汉语词典，新华字典成双，求字求词顺手翻找。写字纸笺欠缺，置办它五
本必须的，进入老年大学需写心得笔记。

　　文具置齐，写起来不怕慢，就怕懒。学到老才能老不服老。女人学与不
学大不一样，梦文组长学成了大学，工作当中写得出手，呼得出声，收得拢
口，当个厂长得心应手，木子姐妹完成了卫校学业，又自学了临床医学，跃
上院长岗位一呼百应，俩女人老了老了，在眼前一站，咋看都像个双枪老太
婆。榜样在前，人和在屋，时不我待，先从写字入门吧。

　　在花花世界与六个兄弟姊妹会亲。大哥约定每家不少于两月，一遭走过，
近一年了，像航了一年的海，惊涛骇浪中归来。令子长舒口气：总算见到回
大陆的路了。姬奇留：别急着回，在香岛没住够三个月呢。大嫂动亲情：有
家有室有牵挂，该拢家时不能耽搁。大哥主意：把家人接来生活吧。令子：
讲过的，男人在大陆的大西北，没住址失联了。姬奇：接你时，没见面，没
提起呀。令子：在大陆一个月呀，你没顾及过问，我来这一年多了，没见过

佢女婿影子呢。坐家在哪？姬奇：三姑好忘事。邮寄的信件中铜锣弯地址写得明明白白。令子：没标明娘家婆家的，没见你回过呀。姬奇：陪着你同吃同住同游玩吗。圣诞节后，四年一个周期的闰年结束，约定的分居年亦结束。令子：在大陆，我也算作分散形的，可以哇。大哥：三妹没成个固定家庭，回大陆受制于人，不放心你回，在港生活吧。姬奇领着姑姑满街游玩去。

令子没个兴趣，还是被佢女接去走街了。令子：你那个家，稀奇古怪的家，不像大陆的家吧？照着你葫芦画瓢，大歌顺耳听出没成家，挡住我回家的路了。姬奇：少见多怪。西语社会的正常现象，先同居后成家，紧靠大陆的尼泊尔小国，成家没成家的男人都有三个女情人，女人有三个男情人，见怪不怪的。我们分出个闰年平年来，顾及到华人传统呢，四年轮一回，各自留点空间，消除审美疲劳，留点新鲜感。令子：离传统十万八千里了，还自夸呢。琢磨出了，佢女这儿呢，底子厚，吃的，穿的，玩儿的，样样出彩，玩出格了，我入不了眼呢。姬奇：三姑一时看花眼，不知从哪点开始享福了，定居下来吧，中产阶层一家，家大业大，有啥需求尽管提出，你大哥说，这儿是你家也是你的最后归宿。令子：没听到大哥这话。姬奇：这话也是爷爷生前说的，有朝一日找回来你，不再放你回大陆。令子：家长的爱言一句，按内地规矩，女儿来这儿算回娘家一次，不可以在此长住，女儿的归宿在内地婆家。姬奇：你在婆家住房没得一间，田地没得一亩，股权没得一票，黄金没得半两，有啥留恋的。令子：儿不嫌母丑，故土难离呀。

两人走了一条街区，换上计程车，奔了车站，令子下车后说：这些地方，人挤人，人赶人的，呒没看头。姬奇：我喜见人看人。你指点十个人中有几个穿着比我好看惹眼。令子：屁事不如，要比较自个儿看。这副腔调在大陆脑子出毛病了。姬奇不计较，挽着令子朝人头攒动的地方挤，碰面火车站，有车停站下客，乘客变走客急匆匆出站寻归宿。令子观察到人群中有个女客，似有三分姿色的脸庞上沁满汗迹，个头不高身材单薄，前胸后背挂着两只旅包。手臂搂着个乳期小囝，挪步艰难东张西望着，令子去相帮。傍插出俩人先她出手拎了包。令子入眼了，说：不错呀，香港见人学雷锋了。姬奇：雷锋是个塔吗，学啥呀。令子：雷锋是个人民子弟兵。学他一心归路为人民做好事呀。姬奇看了看拎包客，说：不是义工，赚小费。令子：大陆客不知小费为何物，不给呢。姬奇：索要不到，发发牢骚，嘲讽你一通呗。令子：不行，我得帮一把。两人放开脚步撵，不远处的街面路牙上果然起了哄。先头的两个，又相继加入了三个。叽哩咕噜一通西语，一通粤语，吓出小囡儿的哇哇哭声，小母亲不知何故。令子过问：一群人哇啦个啥，吓着过路客了。姬奇：指责不守信，不文明，乳儿当街哭泣，增添了街头噪音。当妈的没备齐止哭奶粉，没必要带了乳儿出门。令子插进去传话：大妹子，快用奶瓶喂呀。大妹子：奶水喂不完，没用过奶粉。令子：喂奶水呀，小囡哭哑了，不怕，我遮挡你。大妹子怯生生埋下头，忙着解扣宽衣，敞出了半边乳房。令子抵住小囡吮上奶头，小囡安静了。半圈人炸开了锅，背过身去的同时，嘲笑开来：哇噻，好一幅西洋镜，山顶洞走出的猿类人，当街坦胸走光，败坏了梵音闻香的街区意境。令子：难为你们晓得山顶洞人，我们共同的祖先，出门在外恐有急难时刻，当街喂奶迫于无奈。一样的黑头发黄皮肤通融点。别捡到把胡琴，拉起声就唱街戏。拎包者：宣讲分明呀，是你们缠住我们了。令子疑惑：从何谈起？姬奇附耳告知：拎包小费没给呢。令子大声：多少？姬奇：每人五十吧。小母亲闻声，掏出了一百交付了。这群人还不走。姬奇：还有三位呢，他们围圈护住你。小母亲胀红了脸，盯住令子直摇头。令子意识到小母亲钱包"满"了，掏出了随身钱交给了说：大陆的钱币，实用吗。一个说：麻烦呐。一个说：凑合吧。接了钱一窝蜂散去。姬奇唤一声追上了边说边用港币调回了人民币。令子：你跟这帮混混连说带比画啥呢？姬奇：可不敢这样说。他们当中多数有文化，识礼义的学生青年，我在帮助你圆场呢。证明你不是大陆来的阿灿（大陆客）。四九年全家在港了，是半个原住民，小兄弟们见谅了。令子：用不着抬举，大陆居民一个，别说原住民，封我个现议员照样跑路回大陆。姬奇：三姑尽说些办不了的事，回你大哥家去说吧。令子：我俩走人，大妹子咋办，她身无分文，约定的男人接的，恁长时段不见人影，悬了！不能露宿街头吧。姬奇：用不着你操心，社区机构有管控措施，有人介入，该保护的保护，该遣返的遣返。令子：首先有个联络人吧，车站警局在眼前，相帮着去备个案，通通电话，大妹子有证，有家，有号的。

　　三人带着小囡进了警局。姬奇与警员"粤谈"一番后，警员看着签证，家址，号码拨打电话，嘟嘟声响了停，停了响。停了不再响，警员走近小母亲，说：响过三巡，无人接听，疑是空号旧址，个中原委自个去想去找。提醒注意，三日的旅游签证，找不着人，必须三日内离开，过期做留滞处理。姬奇似要做解释，警员挥挥手：局外人少掺和，送走的妥当。

　　送往哪儿哟？令子：进旅社吧，安顿下来商议第二步。小母亲：我晕头转向了，听阿姨的。姬奇：带着孩子来探亲，怎办了个旅游签证？小母亲：不懂呀。男人一手操办的，过卡口没拦档，好使的。姬奇：男人干啥的？小母亲：开着辆大货车，深港两地来回跑运输。两人在车上认识的。姬奇：一定是香港的货柜车司机。这些个自不量力的作践者，挣得几多的大陆钱，热衷过界包二奶，花了几个不上千的港币搞定了。小母亲：不会吧，我男人像个过日子的人。姬奇：想得美呢。他已金蝉脱壳了，给的话码是空号，给的家址罗便臣道有三十年代砌在半山腰的租房，恐怕早已改换门庭，不复存在了。还算不错，分手时办张三日旅证，圆你个香港梦了，三日内趁势回吧，知足了。令子：遭受欺骗还知足！哪能晓得恁多内幕，想当然吧。姬奇：阿妈的口头禅，叫见多识广。货柜车司机进了大陆，冒充老板大款搞定二奶，搞出了小孩养不活两家，后院一起火，拍拍屁股消失了。令子：就这么简单，不讲半点王法、伦理了？姬奇：在西语世界的自由社会，三姑应该见怪不怪就自由了。令子：你们自由了，大陆大妹子没得自由了，你的自由社会见鬼去吧。今夜不回了，陪伴小母亲住一夜。找不着出路，明日送她走。姬奇：如此热心，想随着回大陆吧。令子：证件机关大哥囤着呢，走不成的。实在话，好想偷渡回大陆又没那个胆量。回去招呼一声大哥，外住一宿，不偷渡。明儿你来接我带钱来。姬奇：大数小数？令子：不大不小，一万整。你不用大眼瞪我，学着你高消费，也作兴买只你随身背着的万元包包。姬奇：三姑见怪不怪，侄女为你喝彩。

　　小母亲直视姬奇走远。令子：别发呆了，吃住有我。船航弯头自会直。小母亲：大姐说的句句属实？令子：错不了吧，大侄女香港码头的包打听一个，玩得风生水起，出口可当真。小母亲：没退路了。家中父母得知丫头生下一个没父亲的伢儿，会打折腿的。老家回不去了。令子：回深圳打工养活伢儿呢？在打工仔中物色个肯认领伢儿的男人成个家，盼着日子慢慢圆满吧。

劳累一天，睡吧，兴许一觉醒来，得个好兆头呢。

姬奇姗姗来迟，进门递给了万元金。令子收了悄声说：想资助小母亲一笔钱。助多少，听听你的意见，得到支持。姬奇：我意见不支持。上次的万元党费，老爸发火了，委托我看管好这笔钱，不准同类事件再次发生。令子：大哥那儿我去解释，你不支持为哪般呀？姬奇：很简单，救急不救穷。令子：也很简单，她又急又穷，来个折中，资助五千，剩下五千买包包。姬奇：出手五千自个儿买不来包包。依着我给个一二百的买路钱碰顶了。令子：助三千五百吧，剩下买包够吧。姬奇：八千元左右吧，老爸约定事不过二，后果自负。令子心中有了底，跟着说：依侄女的，两人做事两人当，留下八千买包钱，资助二千吧。姬奇未置可否出门眺望。令子乘机抽出二千港币，掏光了一千多的随身钱合一起塞进小母亲背包，说：大妹子，不留恋这块了，消费型的城市不是你我待的地方，早点回到劳动型的家乡，靠双手摸着石头过河，用勤奋养活自个儿，养活伢儿。

送走了母女俩。令子：还在生三姑的气呀。开心起来，买包包去。姬奇：好呀，来时，东环路上卖新款包，排着队呢。赶到时，实则是看的多，买的少，姬奇检验了一番，买下了。令子付了款，说：怎个与你身上背的一样啊。姬奇：姑侄女背着同款的品牌逛市街，有品位呀。细看，内在不一样了，旧式打开，没灯。新式打开，手袋灯自然亮了。令子：三岁小孩翻行头呀，手提包里安装盏电灯玩儿。姬奇：外行了吧，进剧院听歌剧看电影时，难免从手袋里找戏票，钥匙，面巾纸，口香糖的，不用摸索手到灯亮，一目了然。令子：追着享受，福到家了，送给你吧。姬奇惊奇：如此大礼难接受。令子：买得正着呢。白天出门用旧包，夜到了出门用新包，收下吧。计划本是为你买的。姬奇：礼道不成立。因果呢？令子：走四方时，你一路陪伴我，财务精力多有消耗，我心存感激呢。姬奇：大哥定下的指令，奔谁家开销谁家。我没花钱，消费点馋嘴钱。令子：练脚筋苦劳有的。三姑巴结大侄女，今天之事，不要透露给大哥。姬奇：保证不主动告发。万一你大哥刨根问底难办，说了谎，嘴吃老爸的钱断供了。我闹不明白，无缘无故的财富易主，是大陆的一贯做法吗？令子：在你地界中，随你怎样臆想。我说服不了你，你也诽谤不了我。三姑自小没得财富概念，在大陆长大成型了月月年年的够吃够用，就心意满满了。假如，我说的是假如，东家攒下的一百万，噢！剩下九十八万了，归我支配，定会两年内花光。姬奇：需买大件物，三姑怎用呢？令子：每月交上五万的党费呀。姬奇：大陆来的疯子。东家的兄弟姊妹六七个怎会冒出个另类。你大哥有心用三五年时光把你修造成港人，难如愿了。

一个星期后，姬奇找令子认错：不是我封不住嘴，实在老爸逼得太紧，他似有先知，一了防备着你我乱撒钱呢。小辈败下阵来，同辈对付你大哥吧，他在书房约你训语呢。

大哥：说开来不谈政治，谈经济。老爸留给你的生活基金讨生活的，不能再一掷万金去帮去扶，那样对老爸的不敬了。令子：我有退休金保障生活，老爸的钱多余了。大哥：不起眼的退休金，搁这儿不够塞牙缝的。人往高处走的理，东西方相通的，三妹经父辈搭桥，迈进了上流的台阶。人生必须重置，从提高生活质量品位开始。令子：大哥的高高在上的品位，三妹骨子里生发抵触呢，受制于老爸的钱，只能专款专用，抹去了自个的苦衷，办不到，这钱不要了。大哥：契约社会，不能随心所欲的。令子：契约社会再自立个不受钱的契约，公证后，变不再违背契约的立约了。大哥该不会因妹子不受钱而打契约官司吧。大哥：三妹出口又成律师了。离开大陆两年，该到了转变观念辰光了。死死守住的认知没出路，十几亿人口嗷嗷待哺，天大的流水渠道存不住钱财。不说翻身，转身也难。你匹马单枪唤着激进调门没用。令子：印在脑子里的调门。大哥改变不了的。我也说服不了大哥，不说来回话了。三妹想回大陆，回到习惯了的生活中去。大哥：难如愿，老爸在他年事已高的几年里，时刻念叨着你。逢年过节按老家风俗，摆上你的碗筷，领着全家为你祈祷，为你筑牢了上流社会根基，指望东家丢弃的孤燕，归来兮，团圆吧。你到来却不合群了，任性着从高处朝低处走。毫不领情大哥在遵循着老爸的遗愿挽留你，该念及长辈的儿女之情吧。令子一时无语。

## （一百二十七）

姬奇拆除了房间中的单人床。令子：怎个，不想陪伴了。姬奇：哪能呢，会常来的。闰年过去大半年了，预备着回婆家陪伴小白脸了。令子：应该的，回去后，常回娘家看看。姬奇：我大部分时段在娘家度过。不似你几十年的回了娘家，红椅子没坐热归心似箭了。令子：机器轰鸣的城镇，牛羊哞咩的村庄是老家呀，几代人的娘亲爹亲在那耕耘操持，不再回头忘却祖先了。姬奇：你大哥一心教化你，折了一张床，放置钢琴陪伴你。令子：一窍不通学弹不了。姬奇：有我教呀，用悦心乐曲陶冶你性情。令子：对牛弹琴了，孩提时代正宗学着老黄牛拉过犁，快去禀报大哥，不要白费心了。

姬奇领命回说：不学琴可以，进老年学校，学会简谱，针对性地一月三五次地进剧院，观歌剧，听音乐。令子：偶尔听听音乐，长长知识赞成。姬奇：音乐通人性。不分阶层。三姑入门后，一副的港腔港调港式情愫，原住民不会唤你阿灿了（方言：内地入港新移民）令子：冇得顶了（方言：无与伦比）。姬奇：哇噻，张口就来，上声好快呀。令子：冇心机啰（方言：没那份心），听听唱唱劳累后解乏的，见天哇啦，下辈子没这份心思。姬奇：我也不想锁在家中陪玩音乐，出门在外的好玩。老爸还说不玩音乐，玩股票马票赌票去。令子：大哥真想得出呀。压根儿反对玩票，这壶水不能提，提开了千滚水有毒，姬奇：不玩不要，总得给你大哥点面子。只看不玩，好哇。说着拽起令子出了门。

第一日去了快活谷跑马地。第二日去了大市港股市场。第三日去了葡京赌场。令子木偶似的被拉扯着东突西奔，说是只看不玩。进一地，姬奇还是买了马票股票赌票。示范着玩弄，开头不温不火下注小。临近收市时，整个的投进了。令子提醒：手舞足蹈高声大噪唤着直喘粗气，有失上流社会体统，不觉得丢颜面嘛。姬奇：玩的就是心跳。为我鼓掌吧，投注的枣红马赢了，五百港币进了我的账号，成了私有财产，神圣不可侵犯了。令子：侄女玩得自在，赌鬼一个吧，有赌就有鬼、活鬼。后排的一群赌众，下注的马跑输了。直指着枣红马咒骂：宰了他，去死吧！姬奇：出口狂言，阿灿吧？令子：清一色的阿懿，你应听得清他们咒骂的港语。姬奇：黑社会分子吧，港人也有害群之马的。令子：一个不作数，害马一群呢。一赌一骂，暴露出金钱社会的本质——半夜鸡叫各管各，胜者爬进上流社会成大佬大款，大爷，败者一盘散沙，砖屑子，石灰浆水散流。

改日，姬奇手又痒痒了，拉起令子前往葡京。令子：领教过了，搏不起兴趣，既是日常生活，个人前往吧。姬奇：陪伴你是正业，独来独往过海，你大哥会怪罪的。令子：随你去可以，以我为主玩儿。姬奇满口应承。进场换筹码。令子拦挡了，拉着姬奇漫无目的地转悠。姬奇：你我巡查三只手呢。令子：有点儿意思。这儿戒备森严，小偷小摸表面上绝迹的，三只手长在人心上呢，上了赌台玩着玩着玩空了对方的口袋，比偷儿可耻。我俩共同的老家有句名言：赢钱输钱根，输光在定心。玩物丧志，玩钱丧德。压束侄女只看不玩，没过错吧。姬奇：三姑耶，这是我的一种社会活动，谈不上对与错，输与赢，多与少，湿湿碎啦（方言：洒洒水）。

接下来的几天里，两人在外，每当姬奇出手玩儿时，令子及时阻止了。姬奇气急：你一点面子都不讲，几天打个白鸽转，兜一圈归来，度日如年啦！令子：想玩儿，别拉着我呀。姬奇：像你说的各管各，你大哥记起你自小练过毛笔了，报个老年书法班拢住你。令子：闲来无事，练练笔头比出门兜风实惠，报个短期班吧，计划回大陆进老年大学时续上。

随报随学，进校受听一星期的基础课，专注住家练字了。姬奇置买来够用半年的笔墨纸张，堆满了书房兼卧房旮旯，戏说：三姑被包围，省去我陪伴了。令子：分开了落得个清静，我可关紧门，开始练字了，先练字帖上的字。再任意挥写，大江大河，大山大岭。从松花江练到万泉河，从东黄海练到西玛拉雅，练出了一大串的大海河山。眼下变作练城，从黑龙江练到海南岛，从上海练到西藏，三十一个省会城市悉数呈现宣纸。

姬奇半月后造访，辨认了字帖，说：大陆存有游旅不尽的圣地。我只去了广州深圳，上海南京杭州，玩了冰山一角呀，三姑朝后多领着玩儿哟。令子：只晓得玩，多提意见，姬奇：有哇，好玩儿的地方少写了香港澳门与台湾。令子：公道意见呀。想到了一块儿，祖国的大好河山怎能缺少这三块宝地呢，眼看着回归大陆一步步地走近，补上必须的。姬奇：三姑头一回褒扬我呢，助我开开心心上路远行。西语国度的拉斯维加斯，接小白脸去。令子：接回来可要过过眼，我没照过面呢。

三个月后，姬奇远方归来亲临练字室。屋门入锁，透过窗帘缝，看到满屋堆满字帖宣纸，成乱纸篓了。令子立在纸中，露出少见光泽的脸，双眼紧盯一角，唤他不应，动手弹敲屋门，不动。没添增夹层呀，关紧了门窗不会如此隔声？老妈走近，端着饭菜碗，说：不要穷叫穷敲了，不开门。近门她用汤匙敲碗铛铛两声，门应声开了，令子接过饭菜站着吃开了。姬奇费劲挤进纸堆中，说：在我离开的日子里，三姑练字练出来抑郁了。令子：分开了你，没人犯嘴，禁口了。你回了，白马王子呢？姬奇：他一时回不来，怨怪我没带足资金，缺十万美金。等着我送去还贷加投注，赢了钱好衣锦还乡。老妈：你俩呀，还定了个空巢年，互相三不管。你吗，满世界跑玩儿，他吗，赌钱上瘾。你还怂恿他去赌，说啥爱赌的男儿不花心。实则比抽大烟还结棍。赢了钱买东买西，输了钱，指东骂西，一味想着揩老，这十万块结底出在老爸老妈身上，多早晚寻个正经事做做，让我省省心。姬奇：这两年辞了岗位陪伴三姑，老爸强调正经工作呢，待遇优渥，缺钱，自然要领取了。令子：这笔钱我出，码算一下剩下的港纸够兑十万美金吗。姬奇：足够有余，只是我俩没合约，与老爸合约，只能用他的。老妈：姑娘别理她，这代人呀，花钱似流水，合伙给她筑条拦水坝。她说完，接了令子的碗盏走人。姬奇翻看着满屋的字帖，说：不懂，乱七八糟费思量。前期写的大江大河，我游山玩水回了，该写些吃喝玩乐的字帖呀。你说大陆的美味佳肴用火车装呢，写呀！忘不了上海的大闸蟹，三黄鸡，还想吃呢。令子哼了声没搭腔。姬奇：练字没排忧，练出个抑郁症？令子：有点吧。传话大哥，我想走人。姬奇：想回大陆吧。从你练的字里边看出门道了，上写井岗山黄洋界，红军二万五千里，延安宝塔山百万雄师过大江。北京中南海——全是大陆的词大陆的意。大陆的歌词也练上了。社会主义国家人民地位高，共产主义一定会来到。你大哥看见书屋直摇头。说你尽思念大陆的政治人物。令子：近水楼台先得月吗。大陆有井冈山旗帜、长征道路、延安灯塔、毛泽东思想、周恩来胸怀、焦裕禄精神、雷锋榜样。你们有啥，一样没有，懒得与你争辩。姬奇：听你大哥的话，不讲政治主义，考量生活吃穿吧。令子：好呀，我思念大陆犯了病。这块儿用金钱开路，做笔交易，你说服了大哥放我回大陆，你爷爷留下的遗嘱金全部转你名下。姬奇：你大哥定下了为你正名，正在办程序接纳成港人，难更改呢。令子：你报告老爸呀，实在是思乡心切，得了抑郁病。长此下去，在这难得善终，大哥口口声声以人为善吗。姬奇：有点儿苗头，犯大病不像，令子：要不我把大嫂送来的碗盏掼它个稀巴烂，要不我俩当着大哥的面揪住头发打一架。姬奇：病重了，像个犯痴呆症的疯婆娘了。令子：难说不会疯。闪过一回跟大哥干一架的念头了。姬奇：大可不必的，我清楚老爸爱面子，长子为父，东家大小几十口都听他的，只有个三妹顶牛，猜不透你委身大陆几十年一无所有，还走火入魔似的护着。认个错吧。令子：我一次次的真情流露出来，有人信吗，一大家子的兄弟姊妹，怎就没个明白人呢。姬奇：三姑把我归结成糊涂人不给你出点子了。她漫无目的翻着字帖，又一摞人名映入眼帘：董存瑞、王继光、杨根思、王杰、欧阳海、雷锋、焦裕禄、王进喜、赵梦桃、草原小姐妹龙梅玉荣、医师木子、梦文小组、袁炳炳、伍小抱、鲍枫、细凤、钮扣扣，靠后把自己的人名东令子搭上了，为哪般？上贴的十有八九属亲朋挚友，闺蜜发小吧。铁定的一个人名一个故事。那个钮扣扣，那是她吐露的分散型男女吗？老爸老妈委托她去大陆摸底，他外出流浪了，反馈三年两载回来。兴许回了，三姑忆他了，姬奇一阵惊喜，挥起手在纸贴中触发，触坏了几张字帖，触动了点子，惊呼：机会来了。令子：大呼小叫的啥机会呀。姬奇：助你回大陆的机会呀。如实回答我问话，准成。令子：不是反动提问，乐意回应。姬奇：在前钮扣扣是你的心上人还是贴心人？令子：卖关子呢，心上想过他。姬奇：在后，你诚心办证成家，还是依旧的分散形的露水夫妻？令子：只有结成夫妻即成家呀，没得二三来。姬奇：拿定他会娶你，分散这多年没生变故？令子：认定变来变去又变回了，自小知根知底，农工、窑工、泥水工出身，一张古铜色的脸，变不了小白脸，变不了色。姬奇：重要一点，他回家了吗？还在外流浪，汇报给老爸成无稽之谈了。令子：不知情呀，见天闭锁在这块。姬奇：又得我去探访了。令子：别呀，三通了，你程控的，手提的电话一大把，通只电话结了。姬奇：八棵桦的落后村庄，存电话吗？令子：又反动了。八棵桦老里八早通了。我俩的共同故乡，抹黑它抹黑自个呢，具体地址号码写给你，通话时别信口开河。姬奇：定能探到实情，三天之内的事。令子：先呈情大哥，让他心里备了案。姬奇：交给你大嫂水到渠成。老妈生来有副悲情面孔。提起女人的婚姻不幸，像遇上灾情，声泪俱下连诉起自个儿来。据叔叔大姑们讲。逃难香港时，多出的三张机票，本来没有老妈的份。凭着一副公鸡嗓的哭啼，老爸软了心，依了她。在机场入口与老爸的头牌情人大打出手抢机票。纺织女工膀大屁股圆，三推四捏机票得手，翻围墙，翻人墙先于家人第一个登上飞机，对手还在机场外哭泣呢。之后，老爸多了块怕女人哭的心病。我长成后，整个的大大咧咧嬉皮样，跟老妈的脾性反了过来。老爸从心底里袒护我。父女间我依着他，他依着我了。你也依着，坐家等丰收吧。

三天太紧凑。令子不敢耽误。拔脚进了当地的法务所。咨询时，英语谈不了，港语国语间交谈颇伤脑筋，当紧时写字条沟通。腻腻歪歪对方听懂了告知：很简单，本人立个遗嘱，百万资产由某某继承，公证认可了生效。令子：应该是现立字据吧，本人马上回大陆了，怕离开了生了变故。法务员：这要复杂一点，立据时把你家的遗嘱带来，家庭的相关人员一并到场。令子：懂了，就这么简单。跨出大门的瞬间，隐约听得了身后话？这个大陆的女子阿灿，心眼正真，不像有难言之隐呀。

姬奇报来喜讯时，令子拉起她朝法务处跑。姬奇：喜事成双成对，分享好再去。令子：分个轻重缓急，公证的事办妥，回走大陆才得安定。进得目的地。姬奇瞄见拟好的赠予字据，指定她签字画押时恍然明了。说：有没有搞错，我会接受馈赠？令子：当面锣对面鼓敲定，助我成行了，你爷爷的遗存金归你。姬奇：没承受，一句话也没接呀。令子：没开言表明默认，大陆的规矩喔，不许反悔。姬奇：承认动过这笔钱的念头，假借它解困排难。在征得老爸首肯后，写张借据为凭，用不着公证呀。令子：假借假定用不着。公证了一竿子插到底不留后遗症，签字吧。姬奇：没用，老爸肯定不依。大家庭的金钱大交往，老爸一言堂。小弟弟小妹妹置喙无用，何况隔代人呢。令子：法务公证认可了，通过衙门的契约，天经地义。大哥插一杠子为哪般，生发出与三妹打一场官司呢？没那脑筋，为两个钱劳神费心打嘴仗，不如看两本书呢。姬奇：用不着兴师动众了，我签约。像老妈常挂在嘴边的一句话，接受嗟来之物多难为情呀。令子：动动笔的事，妥啦。好事成双有你的份，用这笔款子接回小白脸，两口子分开时日长久了。姬奇：花钱的事平常事，成双喜在你呢。我一通电话通过去，直白东令子的侄女东姬奇为三姑寻找八棵村的情人钮扣扣，在家吗？接话的细凤满口应承在家在家呢。妮骂你忘情不思乡，回了趟娘家，赖着不归了。乘飞机回来，扣扣等着复婚，阿不！等着合婚，也不！等着完婚。我说你比当事者喜昏（婚）呢。她说当然啰，咱仨是马列三人组，东令子钮扣扣成婚是世纪婚配，天底下数我顶开心了。我说你是小组的介绍人，主婚人，扮伴郎伴娘？她说全不是。令子扣扣一对，细凤扣扣加一对，令子细凤又一对，三人三角恋着呢，说着底气十足咯咯笑开了。笑停又说真情红娘是东家小婶。她梦想当主婚人梦了几十年了。给你个号码联系，给她一个惊喜。

令子：东小婶，你该唤她奶奶的。姬奇：电话中认定了。电话那头冒出个老来熟。断我话说她话：乾儿的丫头吧，开口慢吞吞，一听是个东家后人，令子在旁吧？不在呀，转告她赶早不拖后，延迟了几十年，正愁着这把老骨头赶不上趟的。诶！喜事来了，听儿子说，你哩驻着的地界养眼呢，成家了，带着扣扣饱饱眼福去，慢人有慢福呀。扣扣傍上恁大一棵摇钱树，开心得抱不拢呢。儿子也说多会儿也带上老娘去开开洋荤，我说在家干倍利，出门折三分。坐家拥金藏银，家大钱多，守着一爿洋行，儿又管着银行，那块也不去。儿说老娘要换脑筋呢，现时开放进财，坐庄富甲一方充其量土豪一个。那像大伯的家，满世界布局，钱海里翻浪，顶天立地的大款大佬大爷呀。可不是吗，大哥一家为东家挣足了面子，屋檐高出三尺呢。定要见识见识去，侄孙女不会厌恶吧。

终于接续了一句话：欢迎小奶奶来旅游。老来熟又抢话：小奶奶有幸随着侄女侄孙女一起过江过海玩儿不缺钱。多亏小爷爷打了一辈子的肚皮官司，保存下垓多钱。想想他在世时为钱哭，为钱笑，为钱哭笑不得，把钱暗囥不露。护钱折损了二十年的阳寿，多有不值呀。轮上电话里安慰小奶奶了。人生在世各有各的福分，小奶奶存有一世花不完的钱财。命大福大造化大。穷滴滴的晚辈眼红了，小奶奶追话：没有的事，烂船存有三斤钉呢。古辰光你爷爷富甲一方，不忘照顾着小爷爷同富，亲记得在一张买卖田地的契约书上，兄弟俩画了押，你爷爷在空白项写上：富伴富，伴着两只兔，不闹不咬三代富。侄孙女阿是第三代了。儿子说你财富自由了，啥意思吗？富得流油了。

我把小奶奶的传话说与老爸。他说印象中是这么回事，老兄弟一对年龄相距十二年，同属兔。四十年代中后期，兄弟间合并了土地，小叔用老爸付予的银票兑回了上百坛银洋，用运盐船从州城洋行库里驳回的，至家藏匿何处？不得而知。接下来大陆接二连三的运动，没运动掉是奇迹。也许小叔自我运动成暗财，无根无据无从查起，又藏而不露，没个知情人披露，人缘还得好，看来风风火火的运动，终有漏洞。

令子：多大的事呀，大哥为点小钱分析得透彻呢。姬奇：不少哇，你大哥说这笔钱财转换成不动产够摊分成十个地主呢。三姑该知其中奥妙。令子：略有所知，懒得过问。成年老账大陆早就不追究，不折腾了，一切朝前看。姬奇：海阔胸怀呀。在我得掂量若归我名下下半辈子高枕无忧了。令子：你呀，与大哥穿一条裤子，有钱爱钱，对大陆存在偏见。姬奇：不会是普理吧。老妈在家中最爱钱的，见天抠钱，经手的菜金，也抠一点是一点，日积月累成量了，不知从哪条渠道接济了大陆娘家。偏见变偏爱了。对三姑还偏爱有加。听说大陆众口一词盼三姑回家快回家。老妈一刻不忍敦促老爸放人快放人。老爸：既是世纪婚配，为啥等到人老珠黄配婚。老妈：男女婚配错去错来的开眼见。我的许多女工姊妹。赶上混战时期，错婚、重婚、复婚、离婚、不婚的样样都全。单身女人进了养老年龄，一无所有。当大哥的不心痛吗。老爸说：退养之人立啥业呀，成家也得择善而从吧。老妈：岁月错失了她几十年，你个大哥霸道了二年多。明里为她好，暗里伤她心呢。你当大学的学生，教她啥就得听呀。姬奇讲了，乡间的小奶奶中年时撮合过这一对，照此推算两人属青梅竹马呢。小奶奶夸老大家的后人个个有出息，特地提到乾儿出人头地光宗耀祖了。第一回听到大陆族人的赞美之词。老爸难得地眉开眼笑起。老妈趁机说：送三姑娘回吧，当大哥的实打实去大陆光宗耀祖一回。老爸：气候未到。待到中央谈妥回归不迟。老妈：令子再等变白发了。老爸：三妹回呀，丫头快去为她办出港手续。

令子：大哥总算开恩了。姬奇：快速的，不出三天成行了。令子：也可以今天明天呀，准备了，住所着手处理。大陆有流传，出门在外借宿，离开后必须清扫干净。两人在写字间，姬奇呼啦啦扫纸出门。令子：把人名字拣出来，我要打包带回。你看看你一扫把下去把这三张字帖扫起了皱褶，毛手毛脚的。这三个人名可是大陆的主流民意啊。姬奇：三个人是主流太夸张了吧。令子：全心全意为人民服务的雷锋是全国基层干部群众的榜样，小车不倒只管推的焦裕禄是大陆中层干部的榜样，周恩来是大陆高级干部的榜样。姬奇：榜样呀，放在大戏院，照相馆的招牌嘛。港姐年年发榜的。一上榜，不得了，名利双收，财富满车，下里巴人只能流口水了。令子：一张嘴朝钱上靠，没得可比性。姬奇：来点可比性的。港城港商的榜单榜首李嘉诚，霍英东出马，把内地全比下去了，学着他们的生财之道能生钱呢。令子：大陆的榜样不生钱，不为名，不为利，也为个众为大公众，万众齐心拧成一股绳，前拉后推拱上坡路。姬奇：三姑激动了。说的是一种你认可的社会现象，不会人人为之吧。喏！这张你写的袁炳炳，老爸也认定他是爷爷那个时代的下人，不会也是榜样吧。令子：他是我人生路上的呵护人，引路者，为我的进步，放弃了自身的前程，姬奇：下里巴人撑死了能有多大前程。令子：日后能升上港督大的官位！不信了吧，我信，一个堂堂的大国总理，临终留下五千块的净身钱，不够侄女买只包包的。因他们都有一颗红亮的心，洁白的身，香港没有，世界少有，联合国为总理降半旗呢。

## （一百二十八）

回归了，令子掩饰着内在的激动她与大哥一家辞行。大嫂备了茶食糖果塞进令子旅包，说：晓得此地南北货没得上海丰富，挑了几样，小意思了。令子：大嫂当我三岁小囡了。大嫂：作兴的，你没小囡小人，邻居朋友家有，探亲归家算作回路货的。令子：大嫂周全了。两个纺织女工淡化了官本位，商本位，工农份子真本位，打工精神常在，拍拍肩胛话别吧。

大哥：别呢喃了，落下事没，钱带着了？姬奇：没呢，手忙脚乱捧出了钱。大哥：交代好的港币兑成人民币的，兑成美金回大陆不实用。令子使眼色，姬奇跟话：三姑名下的钱，得听她的，玩儿说带回美金回大陆交党费，让党的基层组织开开洋荤。大哥：玩笑开大了，交钱吧！令子：主张的是我，大哥有所不知，三妹生来的韭菜命，一辈子存不下钱，冒出这笔钱来，拿定主意如数交成党费，没存二心。大哥：怎就一根筋呢。我反对。上对老爸，下对你负全责。大嫂：当大哥的略微开开恩吗。大陆讲究的是组织。三妹当了多年的伙计，也有组织中的老板对她扶持之恩，回报组织理所应当。没个多也有个少。分出的少量钱两方面润润心的。大哥：随嘴瞎掺和。大陆掀起来全民经商，正在浑水摸鱼时刻。三妹已经不明不白丢弃了两万港币，像撒进了伶仃洋，没得水泡冒，没必要投桃报李了。令子：社会主义的市场经济，讲究特色，时刻调整着政府与市场关系，政府与经济关系，全国抱成了命运共同体。大哥用你的政治经济学不要对花眼了。姬奇：三姑内阁成员的口气又来了。贫民讲官话，何苦呢。令子：我心急呀！你们西语社会的一个个人模人样的高高在上。我不服输，企盼着我的婆婆娘家早一天与世上任何人并起并坐，不欺人不被欺。大哥：富足不凭嘴喊，要实力财经支撑，你小儿科的天真奉送，救不了大陆。回到现实中，这笔款项替你打点成房产吧。令子：真金白银不喜见。胎生的一根筋，见钱投资共产党，为大公众赚些生活费，大哥一直的不认可。不好硬上四五我行我素，罢了。这笔钱挪给姬奇救急，配上点用处去。大哥：暂且如此吧。回去后，生活遇磨难，随时可提用，姬奇：听二位长辈话，我先借用了。到时，这笔钱还给谁呀？大哥：自然还给三姑了。记住，三姑急用，必须随叫随送，助她急用好每一笔钱。姬奇贴近令子压低声量：你大哥支配我箍住你，彻底断绝你上交党费的心。令子小声：按程序契约走，不要犯上作乱了。姬奇大声：明白！你与老妈拥抱话别，姑侄两个拥抱还是握手呀。令子：小辈一个，一路走近你蛮靠身，抱抱你吧！大嫂：听三姑的，别一直没大没小，常回礼仪之邦，学着点尊老爱小。大哥：你爱说话呢！打住，该启程了。大嫂：等着你大哥呢。西式礼数会教会做的。快拥抱拥抱三妹送行吧，这一分手，不晓得哪年哪月再会见呢。令子：回归进入十年之内的光阴中，日出日落快得很，与大哥握手话别吧。大哥肯定记着家乡的许多土话，有一句叫台上握手，台下踢脚。两人各持主见谈不到一起。相拥相抱隔着一方桌面呢。待到香港回归时，大陆同胞成了主家，会好生拥抱香港同胞，再澳门同胞，台湾同胞，海外侨胞。说一声你们闯荡世界出门在外辛酸，辛苦了。早年间积贫积弱，兄弟不和，把你们赶到海外，深表歉意，归家不分先后，围席不分上下。大陆习惯堂食家宴，开足大锅饭，唤一声兄弟姐妹们共享了。大嫂：家人常赞美三妹自小伶牙俐齿的，兄弟姊妹间数你聪明，不虚传呀。大哥：有过之而无不及，演说得口干舌燥，添足茶水上路，别耽误行程。姬奇：我送上一程。

大嫂：人走了，你还在较劲呀，不服气三妹胜过你。大哥仰天长叹：结棍个！这句话隐约吹进令子耳鬓，不觉心头一愣，大哥唤的家乡土话，批评表扬一半对一半，泼辣中带着蛮横，互怼时夹着亲情。他还停留在离开大陆时的混沌年代，以为大陆还是一个个的睁眼瞎、空心拳、瘪口袋，讨饭找不到门的草民盲流。没资格对他的上流社会说三道四。三妹挑战了他的权威，驳下了他的颜面，脸上挂不住，找些俚语俗话自慰吧，还好，他忍耐了暴躁性格，没出格骂山门（吴语方言，祖宗，也写作"三订"），念在兄妹情分上吧！

# （一百二十九）

　　扣扣忙里偷闲看了令子的文字，说：欺不了大都市的见多识广，有眼儿成章的味道了。令子：抬举了，结结巴巴的成不了章法，写得比说的好听是后手照着说词修改的，意同词不同了，好啦！一家人别自唱自夸，该去当班了。

　　扣扣去了三电厂。令子照样奔了细凤家，助她忙碌两亩多的承包地。细凤：讲好的昨日抢种完事，怎又来了。令子：瓜儿离不开秧，脱不开你了，没事叙叙旧吧。细凤：想得美呢。既来了，不闲着，不下地坐家摘蚕头荚，也摘也聊不犯困。令子：正合我意，空手聊白话，只动嘴不动手聊不出口，在与纺织姐妹们交流时大多数在忙手搭脚中完成。细凤：这叫号子提声添干劲。种田做工的合得来。令子：见天的忙里忙外，不见你那口子帮个忙？细凤：他呀，自诩为跳出农门吃国家粮的，正统产业成员，用不着，没义务干农活，工人当中的工贼一个，没法与扣扣相比。令子：承包地扣扣总承包了早晚忙不及，开工夜战，我去相帮，被一拦二挡不许碰。养得心宽体胖的得劳动练体呀！好在奔你这儿有了着落。细凤：扣扣呀，十一哥的本色，土里土气难改。只晓得一对一，我干你歇，一对三助你渡难关，向着全村的大公众精赤骨子去奉送。令子：像的，一根筋，一个社会进步的应景人，践行者，骨子里烙下党的印戳，事到如今，尚在门外徘徊。支书任上几十年，没能成全他，掌控他有不够格的致命缺陷？细凤：话长了。他心红亮透明，我一直

模仿着他行事，事挡事，事赶事的没赶上。老来夫妻了，讨问个原话，扣扣
该问答的。令子：似乎心理上存有阴影。我说不成为迈不过的坎呀，捅破窗
户纸就见阳光。他支支吾吾说已制订了进党计划。待计划成熟开开心心投进
党的怀抱。啥计划呀？他深囡着卖关子。支书该晓得他卖点啥。细凤：没透
露过计划呀。遭遇挫折后，他沉默至今，再没提出个入党申请。给他村里的
领导职务再不受领，事务性工作照做不误。我说把你当兄长，当内当家，租
田当自田用，心底里对不住你这只老黄牛呀。黄牛乐呵呵：般配得很吗。两
人师出同门，细凤在前，扣扣在后，走着一条路子。过错支书顶着，报效组
织通过支书实现，思想落得个轻松。令子：师出同门讲得实在呀，当中数扣
扣实践得透彻。我两人有责任介绍他加入组织，奔六的人了，再不作为，逼
着他眼泪朝肚里咽了。细凤：想到一起了，退任时，自责顶多的当属此事了。
总任性扣扣的组织关系在我任上一定要解决。待到退下时，突然醒悟：心动
不行动，慢拖着扣扣胡须花白了，行动吧，我当即找新支书协商沟通。老来
妻为他写份申请书，写光标点，只许成功，不许失败！令子：觉得像地下党
在行动呢，实则扣扣在四八年即是地下党一员了。

　　为扣扣书写申请书没商量。扣扣当班走，令子坐上书桌台，笔墨伺候自
个儿。一时无从下笔，倒是豆蔻年少时两人相处的点点滴滴涌上心。

　　令子扣扣自小读书在一起（没几回）。吃饭在一起（农忙时节），田间劳
作在一起，时光多多，多半扣扣动手她动口，不时地指点他，指得他激起不
耐烦，梗着脑袋回复。她也动了手指戳他，几回回的，她骂他竖头犟牲不听
话，追逐着他满田间的撒野。有朝一日，她突然发现他跟牢了鲍先生，躲开
了她。她几次的截住了他，挑明他受了鲍先生支配，带着她。他说钱命关天
你不要命啦。她说不带我吵起火，鲍先生收我为徒了。他说不可能的。她坚
持只要愿意百分之百的可能。他说先生不愿意枉费了心机。她说打赌，双脚
书橱肯定赢，竖头犟牲必定输。

　　令子散去飘远的思绪，斥责自个儿年少时轻狂，冒充两脚书橱呢。书桌
抽屉的书没装满，用啥竖起脑瓜哟。难怪与扣扣打赌不见赢，也不承认输。
扣扣说从没想着论输赢，你自说自话呢。不过这次与大哥的争论必须论输赢。
大陆准足赢。令子：赢在国家施行的方针政策上。扣扣：这是主骨架。赢的

天平倾斜在血肉苦情上。我俩看到听到，打天下时，劳苦大众求翻身聚拢在共产党名下摸爬滚打，在尖刀悬着头皮转，子弹擦着耳根飞的血火中，共产党人不言败，先于公众去赴死。大公众找到了根基，陌路人成了同路人，队伍越打越大，铁块打成了钢板，铸成了钢铁长城。坐天下了，没得现成路。立下社会主义改造、社会主义建设政令去实践。从自产自销到统购统销到当下的大产大销。当中有对也有错，有大进步也有小退步。底子薄，农民多，一穷二白的国家特色如影随形，进步难见起色。急人难时，三年天灾天降，笼罩四野，上到中央领导，下至生产组组员，一只锅里分吃保命口粮，勒紧裤带度饥荒。饿在地上爬，没人发牢骚，只因血于火中一路走来党民合一了。党的进步，是大公众的进步。党有失误，大公众跟着失误。失误不能失忆，党的伟大在于认知担当了失误，修正了航标，认定了来时路，不忘初心，走好变革的重生路。四路八处远望，世界上没得一个政党为人民打江山建江山有如此苦难的双重履历。悲情路忘不了，时常拎出来过过目，多忆苦，少思甜。远没到富裕程度呢。令子：发展中会改善的。上下一动手，大米饭通吃，红烧肉变家常菜，牛奶面包当点心消闲显现日常百姓家了。香港大哥不相信，说唯利是图的奸商，利欲熏心的腐败分子，嫌家穷投靠资本门户的求荣者，持丛林法则致富的离心人，喊喊口号也能使他们富起来？这些个牛鬼蛇神确实存有呀，与大哥论理时说不嘴响。扣扣：一小撮，始终是一小撮。毛主席前辈就相信个大多数。苦难中靠的是大多数不离不弃。赢大哥的底蕴也在当中，民心者，天下也，党牵挂着人民过上好日子，变着法子寻寻觅觅掐指一算，不能等了，回富于民的时光到了。

时光流逝没抹去他的初心，满脑海装着国是呢，助他写成申请书吧。书桌前坐着一天，扣扣快落班归家了，还一字无成。想他助写他，动笔吧。钮扣扣，雇农出身，大半身务农，眼下变身农民工，务工亦务农——这样写合适吗？他吃在工厂，住在农家，务工不注册，算不算产业工人——征求本人认定吧。他的认知有独到见解，申请书本人叙说或动笔的好。他会配合吗？令子将纸笔搁进抽屉，与归家的扣扣一齐煮夜饭，讲平常，待两口子上床，令子突兀冒出：替你书写入党申请书呢，扣扣转了身。令子：同门师姐细凤的提议。合计助你投入党的怀抱。扣扣：烦劳了，能行？有门，这回没沉默回避。令子：解铃还得系铃人，主角是你，申请书还得自写。时代在进步，八棵村的支书由女变男，以上的各级人马变化更快。你的两段入党行程没成功不能自肚里明白，有必要向新人讲清楚旧情况。扣扣：蛮清楚了。第一段行程走过大半，人也没了，物也没了，损失了万元党费。提起来心里不好受呢。第二段行程，走过了程序，只差上级没核准。想来人没进党，档案进档了，不会消除吧。个人的申请，志愿、履历，心路存在里头。找到了，找回来初心呢。令子：能找则找。原始经历也得回忆好，讲清爽。你回忆我动笔，加上细凤鼎力相助，尽早达到目的。扣扣：正合时段，我的还愿计划只差一只角，圆梦在眼前了。令子：你的圆梦计划猜准不难。扣扣：没透露过半点，你能猜到点子上！令子：我猜你听好，自认自身失误损失了党的万元经费后，一直背负着沉重十字架。咬唇较劲今生今世当牛做马一定如数还清。若是组织不计前嫌，接收你进党，就按月多交党费一角一分的方式还愿。早期的两次变故，迫使你改变了初衷。暗定计划攒够了万元党费当作见面礼交给组织，体面入党。谈何容易呀！过去了的几十年难积聚，只看到牛筋料的挎包中，塞足了分角元小面额钞票。说是积攒的血汗钱，毫不夸张。近几年来，挎包看涨，小面额换成了大面额。每月当你从三电厂领回三位数的劳务费朝挎包中加了钱，都要添一笔合计总额。合计一次，露出一丝笑意，近期笑意满，活像一个见钱眼开，嗜钱如命的守财奴了。

扣扣：有那样龌龊吗？令子：纳闷呀？出奇的反常，与平常格格不入，讨问了吱唔不清。观察时间长了，得出了今天的故事，阿对？扣扣：真个不是一家人，不进一家门。故事编得蛮圆范了。令子：归还万元党费，数目不小，个人扛着吃力，找个肩膀一齐扛，我乐意，细凤准定乐意。扣扣：细凤过往助我不少，不再烦她了，个人犯的错，寻旁人帮助还愿，添了水分，对组织不真着了。共产党历来主张一人出错一人当。令子：一家子人相帮，算真着了。扣扣：有点马虎，掺和进来，一人变两人，不地道了，再坚持一年半载，缺角能补上，用不着你添意了。令子：那你借要的十一块银圆呢，我可从十八岁一直保管到现时，还能配上用处吗？扣扣：求之不得呀，归还烈士家人银钱有着落了。令子：总算插上一枝花，心舒坦了。扣扣：想啥来啥，好神奇呀！无产者一生奋战求入党，胜利在望了。令子：夜静了，怎哼起号子了，传言你激动时吐不出声靠唱号子传话，不假了。扣扣：真的假不了。现时激动了，想抱抱你？令子：我是你老婆，想抱，抱呗。

# （一百三十）

细凤令子坐在村部办公室。

男支书一目多行的浏览了几页，翻翻厚度，移开目光说：好笔头呀。入党申请书，洋洋万字逼我过目，成心与我抢时间呀。令子：我读你听来着，怎样？支书乜了一眼：一样吗，我得候听。细凤：交代给副手处理，候时汇报给你。两不耽误，支书：还一样呀，我得拍板。申请的老头农民出身，干了几年的民工还是农民，寻得两个辛苦钱为子女砌埠房子天字一号了。手头存不住钱的。令子：老头打工寻钱为着入党了交党费，交给村支部。支书：交点儿党费，过过手而已，解不了渴的。抱山街要求村村造桥铺路。硬指标完成一条全村的中心路，急得啦心中一团火，招商引资难呢。得四方八处寻找本村在外的能人朋友，亲眷老板。二位前辈介绍位小老板来，捐上三千五千的，立马安排他加入组织。细凤：安排哪个呀？支书：安排投资的老板呀。令子：小老板，小老头有区别。小老头有过去的过命故事。支书：过去的故事不吃香了，现时讲得春天的故事。入党是年轻人的故事，大学生入了党，争取找个称心工作。当兵的入了党多了提升空间，经济成功的万元户入了党；好向政界发展。小老头半身入土别凑热闹了，背时背运的。直截了当回复你俩，对不住老支书。接了手也是过过场的。令子：烦请支书看完申请书，提出宝贵意见。支书：白天实在忙，时有连着夜的，挤时间吧。细凤：烦不着，理解你的忙，唤你副手看一遍，基层支部出张已阅的证明，好直接去上级沟通了。支书：可以可以，老支书体谅人呢。

出师不利。令子：公家地走一遭，像饭时吃进只苍蝇。细凤：两代人，理念上难免存偏差。农村富先修路，招商引资压倒一切的任务呢。错在两人不识时务吧。这关行不通，去抱山街吧。乡党委是扣扣事件的亲历者。那会儿，扣扣的进党档案乡党委批复接纳了。在县级高压下撤销了。原始材料应仍在档。去查看没个资质，开一张上级政府的协查证明又办不到，蛮棘手的。

令子：人头熟捅捅路子，不谋私利谋实情吗。里路走不通走直路，材料直接送县委。细凤：提醒起，想到一个人，邻村木匠世家的鲁九久，时下的县委副书记。令子：姓鲁？靠海边的双合村人吧，都料匠鲁员外的儿子？细凤：正是，你熟识。令子：有印象，东家学堂念过书，遇难题大胆讨教先生，转学了常来讨教鲍先生。多早晚参加工作的？细凤：在扣扣之后，由村支书提升进乡进区进县，与扣扣合得来的。多次的，我规劝扣扣会会鲁九久。圈进腐化事件中，不为别的，只为自身洗个清白，他犟着不肯，说弯弯绕走后门得了手，正门出来竖直了也不光彩。令子：心有心结，快解开了。细凤：他直说不求面子，重里子，心窍存进组织中，照常干活，力量不减，自我解开了难得，为他跑腿的人底气也足了。快进腊月，撒开脚丫子跑吧，今朝事不拖至明朝，这就进县城。

## （一百三十一）

年节拉近。扣扣：太阳出西山了，顺生来信说带了二针三针回乡过年，闯荡南方没家来过，一年写上一封没落款的信。逼你没法子回复追底，露出了日子过得赖赖巴巴的。家来有起色了？令子：巧了，侄女姬奇与小奶奶通电话，过年也来凑热闹，电话里怨怪我定居在家乡没通告一声，早该探节了。小奶奶电话中描绘乡中过年节五花八门好来戏。单炮仗高声响起世界第一，除夕全夜不息，初一接响依旧。她一合计，港岛过了圣诞节，回乡续过春节两不误呢。扣扣：怕大观园来的探春小姐看不惯脏巴巴的猪圈羊棚。令子：侄女有这天性，只要能玩儿均开心，不考究地儿。扣扣：条件有限，卫生要搞清爽的，从东宅动手吧。节前不在三电厂加班，归家夜档加班除尘，每班四个钟点算起，三宅清洁完毕，用不着一礼拜呢。令子：用时减半，白天我算一个呢，除垢清洗女工的强项，当班时班前班后都得露两手，小菜一碟啦。扣扣：小菜不同味的，工厂清理的油污，乡间除扫的灰尘。当心掉灰呛口，依你吧，为你备好工具动手。令子：别，自小听过鸡鸭叫，烊过大锅灶，懂得除垢的全套，交出东宅的钥匙当你的班去吧。

令子不急不忙，待太阳变和煦，光线回暖，进屋了。用竹竿绑上笤帚，先天面，再内墙，一下一下地扫尘，不时有蛛网屑子，浆灰粒子落进头发丝，无意仰面时撞进了唇舌。她呸呸两声，自吹老手呢，算记不到自吃灰了，又落屑子，这回进了眼角，揉两下，不敢睁眼了，摸索着朝亮处移，跌跌撞撞时，细凤扶住了她。说：咋啦，东家小姐蒙眼抛绣球呢。令子：不许说风凉话。眼中进沙子，帮记忙。细凤得令掏出手帕，蘸了清水，翻着眼皮清洗。令子：方法得当吗。细凤：放心，本人的拿手好戏。之前村公所坐班时，有村民来找村医配眼药水。村医说飞沙走眼用不着药水，找支书手到沙除。令子：诶，真有你的，三下两下，除了。细凤：你呀除尘不戴草帽，不戴眼镜，不戴口罩，三不主义呀。令子：教训上眼了，接下来全副武装去。细凤：帮着搭把手吧，看上去除尘不内行呀。令子：不急，快通报进了县城一礼拜，有音讯，有进展吗？细凤：见面鲁九久了。他看完材料当即表态，扣扣的情况一定要厘清，还他一个公道。自说在抱山街工作，整理大东地界的革命史时，专门为扣扣走访了几个知情人，可以肯定的是，扣扣在四八年初参与了党的工作。我说我与令子能证明了。鲁九久说还有一个证明人，自称老爷车的交通员张骑手，是他推着脚踏车，会同区小队运走过扣扣的钱账。当时大部队北上运动战去了，大东地界的半明半暗的根据地不复存在，留守队伍合并区中队成为东南大队，形势立马严峻起来，县城的国军想绞杀张骑手他们。那时段住无定处，家常便饭时常一天一顿，见天在行军运动中。税务官，粮秣员征集来的钱财轮流背着上路，像背的干粮袋。途中付清百姓饭钱。有战友衣裳破了，鞋帮毁了，队长伸手从干粮袋中掏出钱，帮着添置必需品，不能赤脚光膀的打仗呀。背钱的不知背着多少钱，掏钱的难知花费了多少钱。不记来路去处，糊涂账了，压根儿没账。预防灯下黑，徐浩鲍枫特设了钮扣扣记账理财。熟练了再入队当兵，战斗员兼粮秣员，担子重需脑筋手脚不出差错呢。后来怎个没当成兵呢？出事体了呀。队长说陪了钱财又折兵，亏空了，指令我把扣扣找来问个根底，随便让他带条被子入伍当兵。张骑手说环境出奇的恶劣，招他来送命呀。队长说少废话，徐浩区长生前交代的。张奇手说变故了呀。知人知面不知心，在徐浩牺牲现场，我亲目所睹两个男人在茅草荡里翻上翻下，指指戳戳。见过面的扣扣认定了他，另一个老觉得眼熟，撤退时厘清了是朱家饭店的伙计三更。此人见面熟，两人在一起形迹可疑。

队长说交通员的通病犯了，见人疑神疑鬼的。张骑手说没那么简单。区长一人过的河，重伤在河中，证实两人没在一起。他两人鬼鬼祟祟出现在现场，允许合理怀疑一下。三更是钱精明，一文不落虚空地，又是因钱出的事，不说两人狼狈为奸谋财害命，臭味相投不为过吧。队长说应了你的合理怀疑，等着鲍枫教导员处理吧。

鲍枫从地下转为地上，随大队东跑西颠，运动中助队长整饬捏合队伍，没捏合到扣扣的单独事件时，鲍枫即在江家浦牺牲了，又是钱惹的祸。

营长教导员两个主心骨全没了。临时队长决定临时拼凑起的百人队伍，化整为零，分成小班小队打游击。滴血的钱袋分到小班小队。见天东躲西藏保存着实力，日子出奇的难熬。大半年的时光吧，区中队小队的地方武装紧急集合在一起，随身携带的玩命本钱包包掬掬一同随同第三野战军渡江南下了。

鲁九久说张骑手没有南下。他属于东南巡署行政一块的交通员，在税务官与队伍之间牵线联络。管理大东地界的税务官余浩，即是后来余镇区的区长。

细凤：余区长于我于扣扣有恩，两人再熟识不过了。

鲁九久说当年征求他意见时，他写了份见证材料。肯定了扣扣对党的忠诚。证实徐浩与扣扣一起行动时牺牲的，三更的出现是个捡子弹壳的傍插者，排除了张骑手的合理猜想。至于扣扣战时申请入党的细节。余浩区长一无所知，因他与徐浩不隶属一个支部。那个时段他正在战地医护所治病。回到余镇任职时，他有意有心蹲点八棵村，靠近扣扣的工作生活，被扣扣的初心折服，两人多次的彻夜长谈，驱散着心中阴影，促成扣扣在八棵村支部入了党。没过多久被抹掉，县上一竿子插到底的。小半年后备案到余镇区时，余浩区长得知，骤然加重了病情。病中念叨自个要把死马当作活马医。复活身体后定要助扣扣复活心态。

细凤：可惜余区长过早离去了。

鲁九久：证明中透露，余浩与张骑手同乡，两人一同从上江地界投身大东地界工作。新中国成立后，张骑手在余镇干了几年，他的侉子口音重加上左脚小颠颠，婚姻成了难题。本地丫头撇嘴：脚踏老爷车当拐棍，老爷车废了后女人成了他的拐棍，反撬了。在余区长家人云嫂帮他物色到老家的对象后，他二话没说，请了长假完婚去，再没回来。在他离开前，我正在余镇调查整理地方革命史，过问扣扣的组织关系。他说他非党群众一个，无权过问党事。在新中国成立前干的暗地里接头跑腿活，直接官儿告诫，这一行忌讳抛头露脸，生存第一，不进党的为好。兴许扣扣也有同样的交集吧。在朱家饭店的营部，听说徐浩区长物色了一个地方党员，该是扣扣吧。到头来营长教导员相继离去，鹞子断了线，空欢喜一场。扣扣若有意，眼下进党吗。我说你呢？他说口头申请过，阳光下，不能光做些勤杂工，进了党坐地办公，风光一路，七品官够不上，八品九品的红椅子坐着也不赖。余浩说你呀，独来独往惯了，匪气难改。进速成夜校扫盲吧。能理解买给你看的书的意思了，能写出份费心的申请书了。再提请组织考虑。天爷哟，自小爬树掏鸟蛋玩弹弓，树上掉下摔折了腿照干不误，逼着坐呆认蚂蚁字，有心难为嘛，不学！回老家啰。余浩说看不了书写不成字不批准回去。憋着气只好学小和尚念经，几年拖着没进步，诶，东方不亮西方亮了，老婆从天降。谢天谢地谢同乡。老婆比啥都实惠，之外全部小意思啦？想必扣扣的文化与我差不离严重，哼不出调子出来，承受非党群众一个，老婆孩子热炕头，知足了。

细凤：张骑手帮不上忙了，样子摆着呢。

鲁九久：得岔开思路。东南巡署根据地，与汪伪政权接壤，国民党军队经常涉足，三方打打谈谈，三天与你好，两天与他好，在这片三不统一的地域搜寻知情人摸线索。一来为扣扣。也为这一小片根据地的人民军队人民群众可歌可泣的斗争史扬扬名。

细凤：还原革命史，调查的双方受教育呢，从哪入手呢？

鲁九久：从扣扣呀。立正他四八年入的党，还是五八年入的党？这块儿达成个共识，然后成立个调查组。摸清最后一批以这儿南下参战的人，革命胜利了有多少幸存者，在何处立脚。回故乡的人有多少，见识过张骑手钮扣扣的面目吗？冒出来线索再接线索，一环扣一环的，光荣与伟大慢慢出水了。自然，更多的是普通平凡实在的伟大。

细凤：用得着我吗？

鲁九久：你做些调查吧，从边方开始。八棵榉、东家学堂、朱家饭店、江家浦等。这一片敌我双方拉锯地段中。敌中有我，我中有敌。多有双方沾亲带故。抬头不见低头见的人情关系。回家后与三更先做一次长谈，摸清那年捡子弹壳的动机及来龙去脉，兴许会暴出来猛料呢。

细凤笑笑：尽力吧！

## （一百三十二）

翌日，令子包装完毕，自嘲武装到牙齿了，挥起扫把除尘。细凤适时进屋，说：停下，没我得法（能干）。令子：剥夺劳动权利，办不到。细凤：我扫上，你用抹布抹下齐上阵，动手动嘴两不误呢。昨日两人坐着交谈，误工两小时。今朝回报给你。兑现交谈访问费。令子：歪脖子礼数，捡来的？细凤：从三更口里学来的，抖落了别见笑。令子：两口子吵架了。细凤：正常！不吵反觉失落了。昨晚躺下来，追问弹壳之事，他说忘了，上床了说床上事，提它干啥。我说：一级组织要做宣传材料，要求把当时所见的人，所见的事，一一讲清爽。他说不在组织，没义务讲。我说你必须讲。他说重叠三四讲过十来篇了，再讲不白讲了，得有报酬。各行各业讲究经济效益，开讲有开口费，采访有问话费，写字有稿酬金。一手交钱一手交货不为过吧。我说八棵村出了个伤阴骘（阴德）的现世宝，伤了阳间伤阴间排定的事呢。阎王爷重新排定趁早收你去吧。他沾沾自喜说富人考究算细账，一笔笔的不落下，算出个万元户多光标，你个三不算的穷人，一笔糊涂账，一生穷光蛋，我哼了一声得寸进尺了。他说怎样，再支持一二笔你积攒的现财，我就成了万元户了，变作万元太太，你不喜见？我推开他说做你的大头梦去吧！分床，我离开还是你离开。

令子：话不投机半句多，像我跟大哥斗嘴。心一热，忍耐不住了。细凤：你脱离了大哥，一身轻松。我呢，现世宝天天见，如同喝了墨磨汤，他黑就恶心，没解了。在你这块现买现卖，寻寻开心。饭时到，回家吃饭，有你一份。令子：反礼了，菜儿饭儿有我伺候的。细凤：尘灰满屋飞，瓢不能动，锅不能响，喝穿堂风漂着沙灰呢，不准推诿，来之前备齐了，你自小眼馋的，芋艿，生菜，糁子，稻米，花搭咸酸饭。哪能，开心伐？令子：开心得眈没闲话讲，流口水了。抠门的主儿会不会厌恶？细凤：宽心，被制服时段多，正在屁颠屁颠忙厨呢，这当儿饭菜香了。令子：天上落雨地下流，老两口犯嘴不记仇呀。细凤：高抬他了。手上捏几根鸡毛，逗他个黄鼠狼团团转呢。说你的香港亲眷来我家搭伙一礼拜，每天交五块钱的菜金。田庄里蔬果，院沟中河鱼，家中吃啥他吃啥，没二样。黄鼠狼合记了核算了，满口应承。令子：捉弄他了。侄女没动身呢。来到不会搭伙你家呀。细凤：借点影儿的，邀的是你。待会儿饭桌上我兑现三十五块钱搭伙费，不许穿帮了。要不，他不肯帮厨的。令子：行，钱归我出手。细凤：别顶真。我与扣扣一路走来私钱公用没算过细账。这回除尘搭伙一副灶头，省力省时，帮衬你早完工早丢手。个把礼拜的生活，不惊动扣扣了，他吃住惯了三电厂，加班加点多挣些年货钱。白糖芝麻糕我的最爱，年年指望他呢。令子：不吃你家，吃生活了，遵命。

　　如期完工，第八天上，细凤照来不误，只笑不语。令子：鲁九久回话，扣扣事着落了。细凤：调查组成立了，人员没上路呢，等上一年半载要个。来报喜你，人客进村了。令子：阿是侄女姬奇，人呢？在我家和着凑热闹邻舍吹大牛呢。活宝一个见面熟，与我通过一二次电话顺风找上门了，见面叫一声凤姑，说认上亲，多了三分客呢，进村第一餐要在我家做客。三更大悟，搭伙的贵宾到，赚大钱的机会到，主动忙手搭脚去了。我丢下一句添两个菜呵。侄女到，不可少了陪客三姑。令子：这样呵，不推诿了，这就去帮忙。

　　在路。细凤：三更的赚钱梦隍鹿（梦幻）了。我是没厨艺侍奉阔小姐的。饭后，适时地来一句吃不惯，断去他的财思。至此，淮海战役胜利结束。

　　见面，姬奇勾住令子蹦亲，说起小奶奶夸你找到一个可心的老来伴，过着幸福晚年，多亏大侄女身在其中保的大媒吧，得好生犒劳呢。令子推开她，说：没大没小，哪有侄女给姑姑保媒的。惹得来两口子一个笑来觎，一个觎来笑。姬奇：轰动效应呀，证实我入乡随俗了，三姑凤姑指点戏嬉呀。细凤：这块闹着玩的事儿多呢。明朝带你去观鹗船鱼鹰捉鱼，几十只的鹰捕捉几百条鱼，掀起满沟的浪花。鱼儿逃，鹰儿潜水划蹼追。鱼儿跳，鹰儿凫水张口接，引得路人开口笑。城里话说富有诗意够刺激的。姬奇拍手称好：凤姑体贴侄女呢。

饭毕,姬奇:包包搁小奶奶家,饭后刷不了牙了。令子:从小奶奶家来呀,回去刷吧。细凤看着两人离开一段路了,高声唤起:饭后刷牙,不合口味呀?令子顿了顿回话:有点儿,明朝自理,不搭伙了。姬奇不解:蛮合口味,贪喜着呢。令子:入乡随俗,靠两句俏皮话随不了的,乡间没得饭堂、酒肆馆。吃住当紧,凤姑是叔伯姑姑,吃上一顿二顿的可以,长时必须在嫡亲姑姑家用餐。姬奇:噢哟!小奶奶强留我吃住她家,说有通不完的电话,唠不尽的家常,应承了呀。令子:不矛盾。小婶孤单一人,小辈陪伴几日应当。一日三餐的备菜,烧煮统有我过手。姬奇:互助互资吧。令子:人客来了主家出手是乡俗,助餐长辈是孝敬,没得西语社会的 AA 制一说。姬奇:体会了乡俗加嫡亲,板上钉钉主家出手,我吃住省心。

令子伙食开到小婶家,三日下来,小婶过意不去:从小到大哇!小婶一家没情面在侄女跟前,老来不能老脸皮受侍候呀。令子:东家人不说西家话。燃旺点烟火气没几天的,弟妹们过节家来,姬奇得离开了。小婶:好不过天天在一起喔。她吃一顿夸一次令子的厨艺。姬奇饭碗一丢随三更看玩鱼鹰逮鱼,兴致见天有提升。这天令子又买来七八斤重的乌青鱼,搁在满篮的菜蔬上从市场上满载而归,脚踏车上卸下,姬奇跨门接篮,从外场拎进屋。拎得她龇牙咧嘴:身腰弯似皮皮虾。放下时鱼菜泼了一地,乌青鱼在地上跳,她赌气踢它两脚,自个儿踢了个人字步没滑倒。令子扶起她,说:豆腐一块。三根发丝折你腰呢。姬奇:明白了。难怪你大哥说大陆的知识分子,知识青年去农场农村劳动改造呢。令子:大哥个歪嘴和尚念歪经了,那是劳动锻炼,社会个人的财务靠劳动来创造吗。像你自小见识不到农场农村的,只当是菜蔬长在柜台,活鱼养在冰箱呢。看真着了没,活蹦乱跳的活鱼生长在家户的院沟中。怎个今朝不去,看腻了?姬奇:没得看了,三更说四周的院沟鱼逮清,鹗船搬场了。令子:那不行,败了侄女的兴致。姬奇:有种失落感,浑身软绵泄了气。令子:找他去。三更退休了,四面八处闲逛,哪儿有玩意儿心中有谱儿。一阵紧跑奔进细凤家,姬奇一阵紧喘。细凤:追野兔呢。上气不接下气的,令子叫停背剪双手闲庭踏步的三更。说:戏角儿别放手,带着侄女继续找戏玩。细凤:鹗船离去了,找新事儿玩。三更:就近点的去海边,书房放了寒假。大朋友小朋友花插在海滩放鹞子玩呢。细凤:光看意义不大,扎只鹞子自个放线有抓挠，侄女喜欢看，喜欢放呀。姬奇：鹞子是风筝，自然自手自抓好玩了。三更：有门儿，动手扎起来。姬奇：姑夫善解人意呢。令子：你个风吹跌倒的身坯，当心顺风放鹞子被拖进海水里，家去吃夜饭，睏一觉，长足脚劲海滩上站稳妥。

三更满屋寻找鹞子料作，他少年时学扎过阴间火烧库，跟扎鹞子相通。暗使劲扎出一只一米二尺高六角鹞来。竹梢、面布、芦秆、鞋线，主料齐动手了。样品成形后，再去鹞师傅手中买回哨吱锁在风口，上天海风一吹，哨子汪汪响，乐得大朋友笑着小朋友跳着来劲。细凤瞟一眼雏形说：用上绸布，下血本了。三更：当然啰，鹞师傅出卖现成的六角鹞，廿五块钱一只没还价。得扎得比他傲很卖三十块。细凤：我说嘛，应声得恁爽快，黄鼠狼给鸡拜年赚大块的鹞子钱呀。三更：难伸手呢，难得有人当面唤一声姑父。细凤：像句人话。三更：反过来。对方提出买卖，也不推诿了。说完，立起身拍拍屁股走人买哨吱去了，他预感细凤惯例会吐出，人改不了吃饭，狗改不了吃屎的话来。她怎个想不来狗要吃肉，猫要吃鱼，猪朝前拱，鸡朝后扒，人要发财，千钱要用，一钱要寻，各有各的爱好吗。

三更买回哨子，放进口中试响调音。姬奇闻声进屋：动听的鸟叫声，姑夫口技出众呢。细凤努努嘴：他的口技吹牛，吹不来鸟声。三更取去哨吱炫耀：别看它小来一点点，上了天变成大喇叭呢。姬奇心痒痒了：上天试试。三更：遇上五级风七级风，顺风飘响十里外呢。今朝不行，鹞子没收口。明朝起早点，吃饱点，穿暖点，海滩上碰头。

姬奇使把劲起了个早。来到海边已晚了一截。看完日出的人群三三两两往回撤。迎着朝阳拽着鹞子的小朋友，使着吮奶力气奔跑希冀鹞子飞上天，难如愿。眼前天蓝蓝，海蓝蓝，天海一色，无风绝浪。三更手扶着一米二尺高的六角鹞，一会儿抬头望天，一会儿平头望海，望不出风大风小来，一群大小朋友围着庞然鹞鹰叽叽：上天听响。三更：小不点的鬼头鹞子上不了天呢，瞎吵吵没用，姬奇走近来道声晚点了。三更：正合时，风得等会儿来。一个大朋友说：孔明呀，借来东风。三更：太阳升高，人出门，车上路，风自然起了。大朋友：等着蝴蝶效应呀。三更：就这个意思。有道是东风早起，西风夜静，全仗着行路人日去夜归呢。大朋友：听着别扭。蝴蝶效应是大自然的威力，小范围没概率。百米高空有风向流束，鹞子若升上一定高度不会朝下掉。姬奇附和：人走动生风，人多能拉动鹞子上天。小朋友欢呼雀跃，目光求助老人家。三更：见识见识吧，大块头上天会吹百鸟朝凤哨哓，受百鸟朝拜呢。拉起来，跑起来，快起来。他放开了百米鹞线，指令大朋友拉高线，小朋友拉低线。唤声开跑，撒开了鹞子。

鹞子呼风，谈不上风向，一群人无方向在海滩上跑着百米圈。姬奇一圈败下阵来，小朋友第二圈拉下来。三五个大朋友望着鹞子维持在十米空中，不死心咬紧牙关跑了三圈停住，鹞子跟着倒载冲着地，人群汇拢来，小朋友泄气骂鹞子：百鸟朝凤呢，苍蝇嗡两声也没听着，骗人呢。大朋友：拉高鹞子百米冲刺练身，对应的体育课，不是音乐课。想听交响乐曲，不可能。古人诵筝：雁柱十三弦，一一春莺语。早有发声器装上鹞子，为体育课添彩，添穗子了。姬奇：不争议了，哨哓没响不是老人家的错，是风的错。三更：本来吗。绿豆苍蝇不会停在台面上嗡嗡。服侍小公众玩体育，不收器材费蛮大方了，晓得哇，大鹞子市面价三十块大洋呢！小公众哄哄：吹大牛吧，三块钱不值，倒贴钱不要，像只大王八壳子背不回家呢。三更：没得你们的份。名鹞早有主了，话间转向姬奇：阿是？姬奇逢场对话：应该是，正是，口头交过定金了。大朋友讥讽：一个要补锅，一个寻补锅。成交十万雪花银不为过。三更：一只锅里吃过饭的人。买多卖少关联你们屁事。

一哄而散，姬奇悻悻回到家。令子：哪能，三更没去海滩？姬奇：人来了，风不来，三十块钱买下风筝，上不了天一文不值。令子：开口价三十是三更？姬奇：傍人言价高。点儿买卖无谓高低，三更姑夫人热情，买下来吧。令子：买下他的服务态度吧。由我与三更结账，你丢开吧，专意在这等风，大风暂时不来总会来。一等三天后，西北刮起的朔西风——三更唤作内里风——劲直朝东南外海刮去的五级风。早饭后，增加到七级。令子告诫姬奇增添保暖衣。姬奇：还添呀，这身已是成人后穿得最多衣裳了。令子：加上我的外包棉袄，缎子布，碎花面，半新不旧，穿得出门。姬奇：见识小朋友穿着这种棉袄，鼓鼓囊囊的，风一吹，使劲扭，钮扣易脱，敞开后像只鹞子了。令子：可用腰带束牢呀。姬奇：多没风度呀。令子：你呀，只要风度，不要温度，忘了随俗了。姬奇：不听三姑言，吃亏在眼前，随了。令子：换下衣装进拉杆箱。替你带回我的家。小婶的子女今日归家。午餐由我家管，不用来回跑路了，在海滩等着，有人送。鸡蛋葱花饼，白煮鲫鱼汤，你一向的贪爱。棉猴包裹，保证保暖。姬奇：够刺激，享受逐浪者待遇了，一定是风姑送吧，几日前她送过一回。令子：漂流在外的儿子，儿媳妇，孙女归家，由他们当中的人配送。姬奇：有故事呀，阿是你的私生子出现了。令子：滚远点，花花肠子粘在嘴皮上，开口探寻八卦。是钮扣扣的儿子，我自然认下了。姬奇：顺便玩一把，别来气。滚去海边了。

海滩上，大块头鹞子成群，翻出花样见风使舵来了。姬奇掌控着鹞线的"舵"，三更撒手，六角鹞扶摇直上，姬奇放慢着放线速度。不时有加大的阵风刮过，手中线被一拢一拢的拃得哨吱声响起，先嗡嗡，再汪汪。胜过全村狗吠声呢。三更：托着风婆婆的福了。

六角鹞子登高瘦了身。空着手的小朋友不消停地穿梭在鹞线下，时而仰望海空，猜测着不同面孔，不同色彩的鹞子名分。一个猜中，像共同猜中，拍手称快一阵，又奔向另一只鹞子猜测。二三个钟点的运动量，胜过一礼拜的体育课呢。能量也消耗的快，退场得快，人群慢慢在消肿。姬奇瞄了眼坤表，时针跳得快呀，不觉中临近饭时了，环视四周，一对母女正从棉猴中，提出保温盒与杯，像熟人似的递给两人，三更接手一份，受宠若惊，说：生面孔送饭，唤不上名来，不敢接呀。三岁小朋友自我推荐：三针是我，二针妈妈，一针奶奶。哟？三更：祖孙三代起名蹊跷，啥来头呀。三针叫唤：不晓得，爸爸晓得。二针：别顽皮，让爷爷用饭，令子婶娘叫送的，放心用。三更：令子送的呀，照吃不误。明了，你哩是顺生一家吧。三针好奇，没见过呀，你认得爸爸？三更：看着长大的。出门南方多年发家了，钞票背回一蛇皮袋吧。二针：说对了一半，一家三口是背着蛇皮袋回的，装的旧衣零碎，拉杆箱没啥得买哟。在外小打工，钟点工，季节工，养育着尕娃日子过得紧巴巴的。三更：不见得吧，光凭你手指上套的钻戒，胜过牛黄狗宝，少了一万块拿不下吧！姬奇闻言惊悚，乘着二针接玩鹞线轱辘时机，仔细，认真观赏了戒指，认定了东家的财宝无疑。爷爷传给了老爸，再传给了她。不说价值，不估价值，只说是信物，一代传一代的。怎就七转八弯落到不相干的女人手中？她望着二针连环想时，三针嚷要着线轱辘。二针说：手上拿不稳，系腰玩吧。三更：使不得，蝴蝶风还要加大，鸡毛禅子轻重的伢儿挺不住。大人带着小囡玩，三针抬起手玩不着力，蹦跶两下从妈妈手中薅下轳辘，跳前几步玩。鹞线拽着她前移，没人觉察，阵风袭来，她被刮倒在地，惊恐着唤妈妈。线轳辘滚出廿米开外，鹞子在空中翻筋斗。姬奇：天耶，鹞子！二针：地耶，尕娃！三更：追呀！天地走远了。他紧追不舍，紧追不上，轳辘始终离着靠廿米，追止天水一色，鹞线随波，鹞身逐浪，上下翻几番，没了踪影。

姬奇没追，慢步至海边，听得三更骂着风婆婆，水妖精，抢走了我的鹞子我的钱！姬奇劝告：玩物玩过了随它去吧。三更：你说得轻巧，扎成它用去三十块钱，好玩三个年节呢。姬奇缩肩摊手，这老头精细着呢，冲我发难，又不是我有意为之，说出口吓得他一屁股跌进海水里呢，万元钻戒失去时眼也没眨，若不是今日重现，早就忘了个精光。

各自归家。三更追风追得气急败坏，回家皱眉奓眼跌坐饭桌旁，瞄见桌面有钱，伸手去拿。细凤猛喝一声：不要碰，令子送来的三十块鹞子钱，夜饭后归还她。三更听罢迅速装进衣袋：正合我意。劳动所得，为啥要归还？细凤：一团破布烂杆糊的玩意，块儿八角的成本，要价三十，亏你开得动这张臭嘴，朋友间面子让你丢尽了。三更：一个愿打，一个愿挨不犯法。可以再扎一只，二十块钱卖给她，少赚点。细凤：还想着拐骗呀。二不过三，人家马上当你一堆烂狗屎了。三更：不扎鹞子，扎兔灯，十块钱一只多让利于她。香港来的有钱人油水足呢。不赚白不赚。细凤：姬奇口口声声自诩西语社会的人自由富有，傲视世界呢。你个中语社会的人能不能做到自强自力，君子爱财，取之有道，财富靠劳动来创造。

（一百三十三）

夜饭后，令子与姬奇同寝。

姬奇搁心事，床上反转无宁。一家子一起用餐时，她瓷瓷盯着顺生回忆，不错，一个实打实的大陆打工仔，不像新义安的人。在那个恼人的夜晚，两人照面，辩不清双方面目。打工仔先发话：弥顿道××号吗？姬奇答非所问：

你找谁，哪方人？打工仔：找个乡人，一个叫令子的人。她说：你是她什么人？打工仔顿了顿说：同乡人，呵，应是同村人，算是同路人吧，见过两面。她说：有急事？他说：急也不急，借用两千块钱，打借条。她说：见过两回借钱，数目不大，她同意吗？他说：不晓得呀，碰碰运气的。两千块撑破天了，还不大。港人个个是有钱的主呀。姬奇已吃准了眼前是打工仔阿灿无疑。她关门拒人了：这儿没有领子袖子，没住乡下人，你认错门了。打工仔把住门朝里望，室内熄灯瞎火，有人猫着看不见。他说：认准了号牌，认准了这扇门，错不了。见认过你了，还会再来。她说：为何再来呀？他说：见过你的背影一回，认出你是个有钱人又加一回，无路走了再来借钱，一回生二回熟吗。她说：这不是扯淡吗！走人了哇。在她关门的当儿。他突然箍上了黑头套，转身四望。她说：你到底何许人呀？他说：看不出来吗，"新义安"的人。合金门哐当一声重敞开，她说：劫富济贫社团，有所闻，不强买强卖，小市民慢待了。两千块我出手，在外等着好吗。黑暗中的他没言语没动作，她递给了钱。他慌乱中不点不数囤了钱，呼吸不匀，空出的手指在黑暗中乱抖乱动。似乎想抓住她的手道谢一声，又不敢抓。远处晃来一束摩托车拐弯灯光。激灵了她手指的钻戒闪出一丝逆光。显出抖动不止的手指像着指指戳戳着钻戒。他激楞着缩回手，语无伦次：难为……难了。她似乎悟出了奥妙，忙不迭退下钻戒移了手，说：不难，小玩儿一点不难，湿湿碎了。他似懂非懂攥在手心，退下头套忍下头算言谢后转身消失在夜色中。

　　这点事，折腾了半夜，值吗。一家子用毕早饭了，姬奇尚在回笼补觉。令子强行唤醒了她。说：旧屋旧床，不适应？姬奇：梦中被人拐骗了。令子：走遍天下无对手的铁姑娘，没人蒙得了你，无聊玩把戏吧。姬奇：无可奉告，与你眼下的家庭相关，得回避。令子：有这等事，必须奉告，有权利知道真相。

　　姬奇讲了钻戒之事，说：不会看花眼吧？令子：真实的，我注意到了，二珍手指的钻戒与老爸定制的一模一样。七兄妹人手一只，大哥的传给了你。哪来第八只呢。在你手上摘去理应照了面即认准了顺生所为。姬奇：黑暗中复杂来兮。遇上蒙面黑帮，哪敢认面孔呢。只有唯唯诺诺，谨记着老爸的家训，花钱消灾了。有一点不明白：他能准确无误找到我的婆家。那地方你没到过，路名无从谈起呀。他随机抽样、能掐会算？令子：天晓得，只能问他本人了。此事非同小可，需请回一家之主商议。

扣扣听来惊呆，着劲薅自个头发压火，压不住发骂：强盗坯，入门抢劫，等坐牢吧。姬奇：三姑夫言重了，一个门外，一个门里，谈不上抢劫。令子：侄女回避吧，让姑夫稳稳舵。扣扣盯着姬奇离去。说：稳不住呵，教育，一定是从小的教育出了差错。自小亲妈离去，不听不信任何人。勉强听进了我的三句半，性格偏执自私，有心用自身的助人为乐行动感化他，慢慢有了改观，出门在外对他有了放心感。到头来，换来了牢狱之灾，我个监护人的老脸往哪儿搁，还恬不知耻想进党，趁早丢开念想吧。令子：不是你的错，出门四路里讨生活。不良思潮腐蚀了他。社会片面强调励志，先得端正为谁励志，那些咬牙励志发财，发横财，励志当官，当贪官的大有人在呵。扣扣：顺生我懂他，励不下忒大的歪志。成个家，大人小囝饿不着满足了。还是一家之长优柔寡断害了他。令子：怎个变作你害了，不可能。扣扣：话长了。问你两桩事，见过小婶家几十坛银钱吗？令子：新中国成立前的事，见过，老大拨付老二的。扣扣：了解小婶家的儿子，你的堂弟吗？令子：一知半解，小婶说他在县银行当副行长。扣扣：正是他，叫名东冬。从他的银坛说起吧。

土地改革，评判成分时。小叔家评为富裕中农。没动用他家的半点财产。小叔误会是我从中帮忙，保全了他，偷着送来两坛银钱。名义上找个地窖收藏，实则变相送礼。推辞不了，寄存吧。后在灾荒年间，用光了二百块银钱。他家的财物呀，不明不白挪用，总得写张借条。小叔死活不肯受领。暗中交给小婶保管。思忖着一块银钱抵一块人民币花销的。攒够二百块钱归还吧。攒了几年，农村收入低，到不了二百指数，先还去一百吧，又与小婶暗中改了借据，还了一百，剩下一百未还。

又过了两年吧，也就改革开放始起时。东冬出现了。借据夹钱在虎口捏着，进门掼上台面，说：啥意思讲清爽？我说：火劲脱手，讲清爽的是你。他说：还在要老资格呢。出口不凡呀。我说：想必你从小婶嘴中探清了，明知故问吗？他说：跑社会的人，不会拎不清吗。一百纸币与一百银币不可同价而语，中间隔着三座大山呢，我说：不必兴师问罪，直讲吧。讲清爽加几倍兑还。借钱还清，天经地义。他说：纠错态度还算正常，退一步直说了。

我家下传的几十坛子银钱出入口子野豁豁了，你借用了二坛，一定知晓丢失了的去向。我说：这得过问亲房户族亲眷朋友。你爹的口风紧，从不外传的。他说：老爹胁迫老娘死不吐口，威胁我找不回了，若有回路银钱冒出，他的死期到了。老娘的堡垒攻破后，一个装痴，一个装病，死活不准找你论理。这就怪了，一提起，老爹像老鼠见了猫，口呓模糊，被子箍箍头蒙睡几天十几天的常有之。任凭软硬兼施，死不开口了。老娘说儿啊，你这是谋财害命，作死你爹呀。如此的血泪恨逼迫着我查出真相来。老爹一定与某些穷人造反派做了绞尽脑汁的智斗。抑或与某些黑心的头头脑脑做了权钱交易，落下了心病。爹娘落后时代了，改革开放兴起，有钱的成了大爷，有钱不必囤着掖着，大喊大叫着炫富，没有人再斗你批你，一平二调抄家充公了。像扣扣样的共产党一分子，得知了干瞪眼了。

我说你抬举了。党外群众一个，至多算是共产党的同路人。他说闹了几十年，是个跑龙套的货呀。爹娘把你当神仙供，言听计从，家中丢失的五百块大洋，想必你心中存数了。我声明只见到二坛，你爹存寄，不是借用的。他诱导其余的坛子存放在谁家，你透个准信，儿子做主免去你的全部债务。

我说不批驳你造谣生非了，只因欠债之人嘴短。当初你爹拥有几十坛银钱乱了分寸。东藏藏西囤囤恐有埋入地下忘了方位，搜寻不到的。八棵榉的党员群众没人过问你家的破事。我只晓得三年自然灾害期间。一块银钱只换一个兜馅馒头。市面上不通用没人敢接收，求爹爹拜奶奶难调换来吃食。你个自小进城的儿子，混上副行长了，挖空心思算计着爹娘的存钱，只计进账，不记出账，存心捉弄二老，孝心何在？提升正行长难了。他说这笔钱不是小数目，认错了，还两个钱了结。诶！朝我头上扣屎盆子呀。那好，行长副行长的拿手好戏即是算账，吃这碗饭长大的。白纸黑字一百块银钱逃不了吧。在市场流通时，一块银钱可买来三十斤大米。不流通，按国家牌价大米每斤一角伍至两角伍之间，折中一角八，乘以三十斤，每块价码得五块四，一百块的底价一目了然了。我说：早年头，一百块银钱你兑给我七十块人民币，这又得怎讲。他说社会在开放开化，人得跟着，钱得涨着，眼见到你个农民落下一大截，像我去年买的房，今年转手赚了三万。我用我的存钱炒房，成为百万千万富翁也快了。

我说开放开化到猴子身上了。它们嘴娇得不吃口味单调的桃子了，想着冰激凌呢，当心噎着，听着也不像副行长算的价，像《白毛女》中的狗腿子拨拉的算盘，一笔糊涂账。没法子，欠债总归要还清的，不明不白的也得还。折合的伍百肆拾块人民币认下了。他说才是个债务零头，大头在后头呢。走访了几个大城市，摸清了市场旯旯每块要价三十块人民币呢。这是黑市交易呀，我经识过，上不封顶漫天要价，不能认同的。他说不懂了吧，市场经济没有黑市。银圆当银子买卖，一个愿卖，一个愿买，成交合理了。没与国际期价接轨呢。三十块价码不稳定的。接轨后水涨船高，每块跳上三百块指日可待。

我说孙行者变戏法呀。万变不离其宗，银钱不算货币，硬核该值几钱就几钱吗。他说外行加白痴呢。银钱通用时一钱抵一钱，年代常久不通用，变成了文物，一钱抵万金呢。三十块只是民国银圆的价码。像墨西哥鹰洋一块抵价八千元人民币呢。在家中我细致检查过每坛银钱的成色，每坛存有七八块鹰洋。掰着指头算该值人民币多少！

我说估算估猜呀，实物耗尽，你我都没个数，没了依据。小叔小婶做个数为准吧。他说不管谁做主都是这个数，利息减免，去了已归还的一百块不计较了。去了一个最高价五千，去了一个最低价二千，中间价三千，同意了，合约签字生效。我说得分个时间段吧，恁大一笔现金。一时半会捞借找不到门户呀。他说早看出你险道神卖豆腐人硬货不硬。三年五年难还清呢。提醒个门道，开放打工，出门挣到钱了。合约上延迟三年结清吧，怎样，算得仁至义尽了。临出门时他又说：预防你债多人不愁，怠慢债务，合约中加了一条，失信一年加还一千。

掌钱的副行长掌控了借钱还钱的方方面面。论证得条条是道。认证找不来出处，稀里糊涂地旧借据变成新合约。徒然添堵还债压力。动力呢？细凤找上门来，劝说组织劳力去青海制砖烧窑。我二话没回，全家跟帮去了。

两年一晃而过。顺生二针对上了眼，没用。她爹娘伸手彩礼二千块。二针她哥没钱也娶不来女人，等着妹子这把米下锅呢。不怨怪亲家，只怨怪自家攒不下这笔钱，二年了仍缺着方块。劝说顺生续订合约，再干二年，二千块钱有望攒足。顺生说需三人见天只吃咸菜窝窝头呢。再是二针哥的对象只肯等二年。我说等呗，到时缺只角让强生补上。顺生说不能了，这二年的生活强生大补着，一大家子变相吃国家粮了。可不是吗，家中账目算错斜了，没有强生赞助，二年存不了一千多块钱。这笔钱横竖不够办成一桩大事，索性把云嫂那块的一百块欠债加价成二百办了。用"莫文随"的谐名邮出，又在青海，云嫂摸不着边际退不回了。

这当儿，东冬来信，提醒二年到梢了，别说钱了，纸片儿没见一张。这二年等于二十年呢，市面上银钱翻了三倍。一块涨到九十九，小心吃罚酒。顺生看了信后说四地八处缺钱，坐等一处白毛地，娶亲还债积重难返了。人挪活，狠下心来去南方闯闯，仍是两手空空，该我这辈子光棍一条。我说带着钱走吧，爷儿俩两地积攒一年彩礼钱应该差不离了。有钱没钱千万候着时光回到这儿认领二针，有我兜着底呢。他只拿盘缠钱消失了，只说去南方，南方大着呢，蔽在那个角落？查无此人呀。只听到一年后，二针走失了，她与顺生合了？散了？无人知晓。

三年过头了，东冬来了第二封信。纸上破口骂人。耳听不到，省了骂相骂，骂拖上一年等于三十年了，每块银钱涨了几十倍，等着被罚，罚不出吃官司吧。

四年后，攒够了二千块。顺生的彩礼钱不缺角了，可双方当事人去向不明，没处出呀，归还债务，远远不够，无底洞也得填呀。细凤来信说回家吧。抱山街，海滩边有台商投资办厂了。家门口有工做，工钱见涨，包吃包住，光这一项省下一笔钱呢。

家来第一时间与细凤说了债务事。细凤说反了他了，绞尽脑汁骗借据骗合约，狗屁行长一个，我说被他钱与宝的说昏了头，心目中钱就是宝，宝就是钱，借钱要还，借钱成宝要还，加倍还。这是与世界接轨呢。细凤：他心臭呢。我两个得去银行，法律所问个底细再行事。

细凤：银行回话，钱是银行之本，行内钱也有，宝也有。进进出出的钱与宝以票据合约为基准。法律所搬条文说明，合约票据有效。在与世界接与未接轨之间，正好被钻了孔子。属陈年旧账，民间借贷，按票据合约行事，以双方当事人协商解决为主。诸如违约金，借钱成文物，法律原则上不支持，但合约中另有规定的除外。扣扣说：借款还清心中太平。在外打工攒下二千块。加上每年自个给自个发的压岁钱。从失了钱开始，发了几十年，汇总有三百块呢。归还一笔是一笔。细凤：先还本金，罚金缓缓，顺他开口，金不换呀。总觉得这是一笔腌臜钱，吃豆腐还肉钱呢，错在何方，找不来出口。扣扣：不找了，你我为公家办过事体的人，钱款惹起的无端事，在我俩手上了结了一桩一桩的，吃了亏心里踏实。任凭它兴风作怪，影响八棵榉民风呢。常听说借十块还百块，丫头大于娘的蹊跷事发生。副行长的品性决定他握屎当淖泥，扔得出手的。他说他等着资金投资呢，一次性还清二年的罚金减半，罚一千，加三千，拢共四千。细凤：话到这份上，全力以赴出钱出力吧。这桩事体的发生我有对半关联。你出二千，我出二千吧。三百压岁钱压到二百四十岁归还公家欠债吧。扣扣：你个不理财的月光支书，发洋财了？细凤：三更有钱呀。退休后口吹着牛皮。在行将就木之前攒成个万元户。估摸着手头二千块足足有余了，当紧的是找个由头把二千块抠出来，扣扣：你儿女成家立业了，找理由难了。以我的名分出借据，定利率，像银行样借贷吧。细凤：他呀，手中核两个臭屎钱。瞧不起借钱人了，一口回绝还奚落你呢。还是我来，轻车熟路行不通，大不了开张借据。

　　不错，二千块一文不少。扣扣：三更恁大方，出手不凡呀。细凤：全靠你的私章。开口三句谈崩了，说前头骗了他无数次的小钱，再来骗大钱，关门了。只能量出底牌，扣扣急着用钱，你见死不救呀。他说还是扣扣，你俩合伙串通骗我上百次，这次借钱，得立规矩，写上借条，盖上私章，有人见证。苦思冥想中，记起来扣扣的私章现成呀。你去青海时签约盖章后忘台面上了。提笔就写了二千块的借据，盖上钮扣扣的章，盖上细凤的章。三更说你是见证人，帮谁呀。我说见证人不帮和尚，不帮道士，手续齐全，掏钱吧。三更唤一声慢！在前自家屋里钱来钱往，不计利息，现时外人借去，多少得写上利息，高过银行上等利率。稍微高点，百分之五吧。我说亏你开得动口，心黑胜过东冬呢。他说跟银行学嘛，钱生钱来得快。我说不怕雷响敲你头呀，通报扣扣不借了，做你的白日梦去吧。三更说不借拉倒，不贪意借出呢，大头钱红白胖胖睏银行生钱，少是少了点，没风险呢。借给扣扣，能几时还？恐怕十年八年也难还。我说就你能赚来钱。其余人全是坐在屋里念南无佛，等你化缘呢。扣扣候到好的工地搬砖头抬黄沙，寻的钱超过你。三更说坐等丰收了，好哇，只怕像出走四年一样还得借钱救急。开出三倍的银行利率倒逼他早日还清，一年二年内还上只收银行存款利率的三倍知足了。我说听着像人话了，写上银行存款利率的。三倍，签字画押吧。三更说不，必须倒逼！二年以后写上本金利率的倍数，三年三倍，四年四倍，五年以上五倍。我说加上五倍变作万元，成就你万元户了，账算得滴水不漏哇。东冬是副行长，你超越他变成正行长了。没闲话说，扣扣急用钱，代他签约了，三天内钱汇拢来，过时不候，你一分利得不到。

两口子像对白了一段戏文。扣扣：救人之急，还本加息抬多高也不为过。细凤：你听三更的，年节过错着，还是老套子，他借出了，还不还利息在于我，不在他，也不在你，快去清债吧。

## （一百三十四）

扣扣选了个礼拜天，约了东冬家来，当着小叔小婶面，举行清债仪式。东冬数收了钱款，交出了借据。扣扣：钱交二老吧，是他俩亲手借寄我的。小叔：陈年旧事，约定的是奉送，这不打我老脸了。扣扣：当初说是奉送，接济的，用现在的说法赞助的。我没接受过，一直定下借用的。苦于寻不来原配归还，拖了几十年。小叔：扣扣还钱加利息，戳我痛处，折我阳寿了。断断不会收的，东冬也不会收的，他不差这点钱。他说现时不把钱财当作资本主义尾巴了，还号召个人发家致富，钱多光荣，阿是？扣扣：有这种说法，朝这方面发展呢，这与你收下债钱没关联。金银财宝好像没属性。不属于社会主义，也不属于资本主义。小叔叹息：背时背运呀！卧了床重复着。

小婶眼瞪着老头子犯了老毛病，她拿来钞票分一半扣扣，一半东冬。说：一个实心要还一个硬心要收，为娘的做回主，一碗水端平，两方对半分，开交了吧。只听得床上一声吼：放手！女人当家，房倒屋塌。你敢收钱，休你出门。奶娌婆娘封不住嘴，生发枝丫哇。东冬：不要怨怪老娘，是我的主张，你还想活成个老爹样。消失的四坛银钱，囥在哪了，借给谁了，快露个底。犯嘴骂相骂，起诉打官司由我挡着，怕啥呢？小叔坐身，手臂手指伸得笔笔直指向东冬：老子怕的是你小子！只有想不到，没有你做不到的心事。区区一百洋元，要价万千，不孝之子逼着老爹棺材里伸手死要钱哇！东冬：提起来钱，抑郁病犯了，搞不懂你是得钱犯病，还是丢钱犯病。我办的事有根有据，套着银行的财理，怎就避免不了你得病神经呢。小叔：自小的歪嘴和尚一个，不念真经，光吹邪气。把扣扣的借据撕了，钞票退了，银钱去处说与你。东冬：可以考虑，待你们摊牌了酌情而定。扣扣：小叔的身体一直有病。不用摊牌了。扣侄交出的钱是泼出的水，不会收回的。小叔：该做个决断了。和尚见天敲着木鱼，念叨我丢失的银钱被扣扣揩去了，老婆子三当六面照实说来。

小婶：不敢说。你咬紧牙关叮嘱我和扣扣两人有一人穿帮了，就是你的寿终之时。出口怕呀，怕你真走了。小叔：你的宝贝儿子逼的，说与不说一个样了。小婶：有你这句话下放，说了噢。我与东冬关上房门，里厢说。扣扣陪你说说平常，千万忍耐住了。

东冬：几坛银钱吗，神神叨叨的。老娘：开着门日光下，不敢说，生怕老头子听出个三丈两短。东冬：莫非银钱当中有血债？老娘：扣扣为钱背上血债，老头子背上早不在人世了。不像一奶同胞的你大伯，胆大寻大钱，他呀，从陌生人家门口过，狗叫两声拍着胸口去惊吓。自打园上几十坛银钱，魂就散了。东冬：别婆婆妈妈了，说正事。老娘：集体了，你爹挖空心思一坛坛的寄放到三亲六眷家。扣扣二坛子正是那时存放的，剩下的十来坛，封作咸菜坛子自存家中，出不了手也露不了面。揪心存放了十多年，"文化大革命"说来就来，金银铜铁全成了四旧，放话下来上交充公，若私分暗园，查实了当牛鬼蛇神批斗，查出成坛的，重新评定当家的成份。老头子急哟，一说滚到海里去。潮水冲上滩现世，罪加一等。有心扔进院沟、河浜、运河里。条条水流都有罱泥扒蚌，网拖鱼的。当中混杂着东家印记的光洋迟早回出水的。深埋吧，块块田地归集体。见天有人踏地耕地种与收。埋银挖出的新泥变成了一块牌子。老头子说牌上写着此地无银三百两呢。水路、旱路、海路不通。老头子走通了余镇的铜匠铺，商定银圆烊成堆银。烊成了三七开，不付烊工钱。见天烊一百块，出炉像鸡冠，疙瘩来些。支棱着占地方，咸菜坛子装不下了。老头子说颜色与家中汤碗相似。烊了一苈汤碗家来比样。十只八只混在其中不显眼。烊成上百只的银碗。银白对雪白。串门者打眼看出，比园咸菜坛子可耻多了。老头子只好寄放在铜匠银铺。央求烊成的碗呀块呀对半，遇上破四旧，只要不露主，倒三七、倒二八的随意开分。

横竖不成个生意了。五天后，我相告扣扣，求他出出主意。他二话不说，皱了几下眉，趁夜把剩下的五坛银钱埋园在他家羊棚里，羊棚灰三尺五尺的深厚，黑又臭，深埋当中，雨来不怕，人来不怕，东狱庙里鬼来了不怕，万无一失。破四旧风声平了，老头子再走余镇。掌柜的说银钱灭了，被造反派灭的。老头子说你人怎个还在，没灭了。掌柜说没到辰光。过些时日再去，铺子灭了，人灭了。探问邻铺，说不准去向，只说一夜之间灭光了。好歹等到文化不革命了，这些个银钱早打了水漂。倒是扣扣如数送回了五坛银钱，老头子自责，铜匠铺子害煞人，只怨自个儿不识人，这碗墨磨汤水当米汤吞了。不说，你与扣扣也不说烂进肚里。东冬儿啊，扣扣不欠东家钱，不能收缴扣扣的钱，一分钱不收，你老爹的底线哇。

东冬：兜住底线就兜不住底账了。扣扣的债钱低收的。堤外损失堤内补。铜匠担子逃到天边要追逃个真相。遗失在亲眷朋友的几百块银钱，要一块块的校正。烙有大伯家印记的大头钱，一块含银七钱二分，值点小钱不计较。标的高的西班牙本洋，日本龙洋，英国杖洋，墨西哥鹰洋查出，块块收缴。古钱文物每块估值千钱万钱呢。可惜了，为啥不交给我打理呢。老娘：那块儿你在城里跑红卫兵，人毛难见。老头子说满地家财是福也是祸，压得他喘不过气来。托交给十六七岁的愣头青，镇不住邪，百害无一呀。好在现在的你念大了书，承担了管钱的差使，门槛精了，门路广了，会道能说了可不敢得罪人。扣扣家底簿，日子过得苦饥饥的，筹来垓多钱烦难呢。抬抬手免了吧，好了扣扣，好了老爹啊！

东冬：他自个儿不当心，为银钱从中打埋伏，作梗，免不了啦。不懂进出少为扣扣多嘴。老娘嘀咕：不懂的好，不懂清净。她先一步走近床头，俯下身告诫：老头子，怨你两句忍耐点。儿子面前忍过错，没啥难为情的。又轻身：扣侄呀，作弄来作弄去，作弄到你了。东冬一竿子插到底，骂娘常有的事，不跟他一般见识，答应我了。扣扣：答应小婶。有几句重话钻进小叔耳朵，他脸涨得成色有变。东冬：活该！三岁小囝不如呢。现成的银钱，化成一堆烂狗屎，屎屑子没剩一粒，这是人干的事吗，多少次的摆谱你听，私有财产不可侵犯，现时政府认了，你偏不信，一辈子认死理。当初为何不调换成黄金，跟着大伯闯资本主义世界。现在，起码在资本后添了家。我也不用在小县城混来混去混个副行长，见天的受行长打压。小婶：人算不如天算，老头子不是发大财的命。东冬：命中是个败家子，一败涂地。小婶：错，说反了，败家子只能老爹骂你，轮不上你骂老爹。扣扣：不吵骂，小叔晕过去了，快送医院。

也在这一年，小叔一病不起，悄无声息地走了。小婶去县城住了一年。家来了，死活不肯与儿子同住，为啥？儿子烦得啦见天对她像孙子一样上课。她怕听课听混，脑筋像老头子一样错斜了。

## （一百三十五）

令子：听你稀稀落落分段讲的故事，没到点子上，顺生的事没个着落呀。扣扣：穿插其中，悔那年，没分个轻重缓急。推迟东冬欠债，用一千二百块钱的本金，配上叁百来块压岁钱，强生再支持几个月的工钱。两千块彩礼钱凑满。顺生顺势娶回二针，家中不可能出个犯人了，我也不会急吼吼还债，小叔不会恁早离世。若拖到今日没还，小叔肯定还活着。为啥？一动用起钱财，人命关天的事绊着后脚呢。令子：偏题了，讲顺生的事，脑瓜子不灵动了！扣扣：犯着心了，我去唤来细凤出出主意。

细凤进门坐上条凳，睁大眼熟虑着。任支书期间，似乎经手过扣扣在路上讲的事，借钱与偷钱劫钱。一个是民事，一个是刑事。熟人间与生人间发生，一个可以朝上拉，一个可以朝下推，后果天壤之别。她说：我学习过普法，这事能大能小，急不得，单独找当事人摸清底细，暂不在双方间说开。以两面的认知态度决断报案不。年节快到，各路亲朋家来，过个热闹节再讲吧。扣扣：心头猫抓呢，年节打折扣了。细凤：主家稳住舵，别忘了约定的年初四与鲁九久会面，问声平反调查的进展，顺便咨询一下司法问题。扣扣：谈不上平反。进党路上一分一分的积攒六十分，进门及格了。顺生出了乱子，倒扣五十分。树要皮，人要脸，进党缓缓吧。细凤：没到不可收拾地步。主家放宽心，思好了。今夜找顺生单独谈话，找个僻静处。令子：在你家吧。

细凤：不可不可。管不住三更好奇，无事找叉呢。瞒着他吧，真当作月亮掉井呢。扣扣：小婶家吧，小婶傍黑躺下不问窗外事了，我俩有保健小婶家的钥匙，她偷偷给的。

令子催促姬奇斜躺在床，耳挂耳机沉醉音乐，说声要去串回门。姬奇：早回呀，没你护床，难得入睡。

令子匆匆进了小婶家。谈话开讲一阵，扣扣说：这事夯实了，等着坐牢吧。顺生扑通跪下：叔爹、婶娘、支书三位长辈在上听言，小辈没料到会搭进去坐牢哇！二针三针咋办？两个跑路了，家就散了。长辈救我，走里路找个熟人，别无他路了。扣扣：成个家烦难呢。这一来，离散占大份。你爹精神犯病，脑筋不开窍偷几个钱，情有可原。你落地哇哇哭叫，预示着聪明灵动。四水一家心中暗喜，痴愚没传代，长大有发相呢。就在今年，你亲娘一针特为你从新疆回来探视。我说顺生在南方务工呢，一家三口其乐融融，不要牵挂。待他过节家来，敦促他寄信联络。此话出口没三月，怎能对你亲娘交代。细凤：人托人求情行不通的，犯事了讲究个证据。过问其中几个过门儿，认知关键点你认识东姬奇吗？顺生：见过两面，认知她是婶娘的侄女，其余一概不知。细凤：姬奇对你印象呢？顺生：估摸她过眼不留，认不了我。令子：你怎见到她的？顺生：在南下的火车上呀。婶娘与我坐同厢硬座。她单独睏软铺，找过婶娘两回呢。令子：想来如是，当时侄女邮给的带有地址的信封，图方便把地址抄进记事本后，一时搁置在车窗台上。顺生：有心记下方便的，出门在外多个熟人多条路吗？后来才晓得香港地方不是想去就去的。令子：你偷渡了？顺生：眼望着成家成了一场梦，在深圳隔水想偷渡了。蛇头说交一万港币。交不出？加入他们的新义安。助你进港后，吃喝不愁，三年内赚到的钱悉数交给帮会，过后就自由了。蛇头看我犹豫塞给我一只黑色留眼蒙面巾，说小子，送上一顶讨饭帽，过街去往头上一箍。吆喝一声新义安。阿灿借俩钱不打劫，给多给少不过问得手走人，文明要饭成了。稀奇古怪事呀，我没答应，没等上三天回话。当夜自个游水过去了。叔爹知晓的，我的游水技巧比强生过硬。尤其是扎猛子。扣扣：本事不用在正道上，还自吹呢。活着回转天大造化。顺生：回转便当多了，主动自首警方，承认个偷渡客的骂名，想回家了，警方三下五除二像送瘟神一样遣返了。扣扣：颜面丢尽，亏你说得出口。令子：你的本意游过去找我借钱，找到了侄女姬奇，你开口借钱了，她不认你，尔后怎个反转了？细凤：姬奇的态度是借与抢的关键，你进门了没？顺生：没进门叫门唤出了她，我朝里张望。有意说出两句家乡话，不让她听懂期望着令子婶娘的出现，没有。淡淡说了找令子借钱她不在，待她在时再来。她说令子大陆人吗？回大陆了，此地无钱可借。婶娘不在，结果不见怪，这时天色徐暗，抹抹自个面孔，面皮再厚挣不来半点面子，下意识箍上蛇头送的黑头套，骂声新义客见鬼去吧！正在闭门的她重又开了门，唤声新义安等等，把钱带走。我抖抖索索接了钱，她又添了一只钻戒，惊喜中夹杂惊奇，脑筋转不过弯了。晕晕乎乎迈腿走人，没道声谢，道声借，也没说声还，一股脑儿冒出了蛇头文明讨饭的传说，真灵验呀！扣扣：箍黑社会行头，得钱全不费工夫。高级讨饭呀。回来干吗，枯萎在那了结。顺生：在长辈面前赌咒发誓，奇古怪事就此一次再没下次。归来了打零工，睏桥洞再苦再累从没动过这种念头。令子：相信你的坦白。借用二千彩礼钱，姬奇给了。钻戒没借，她不会无事拉扯送人。细凤：这个细节得搞清楚，常理，女流之辈不会把信物自个捋下送给陌生人。顺生：我觉察蛮古怪，借只鸡咋生了个凤凰蛋呢。定是接钱时手指抖索像指点钻戒呢。当中有光束射来，钻戒反光刺眼，手抖一缩一指的，她以为我上了眼，送了。细凤：巧得啦，像钻戒有灵性，得知你完婚缺只婚戒，自动送上手了，听上去蛮圆络的。只是一面之词，得核实。顺生：找另一个当事人核实呀，没人回话。

　　一时冷场，有人敲门。凤姑三姑的轮番唤。细凤：另一面到了，该改变方法了。叔侄俩别再翘棱了。共同朝变好方向靠。基本上排除牢狱之苦，回去定心睏觉，天明醒来见分晓。

　　姬奇好奇，两姑护夜呀，小奶奶没相邀呀？令子：从哪儿冒出了你？姬奇：不见你回，一通电话小奶奶，说听着你俩声噪，兴冲冲来了。俩人相视一笑。细凤：不请自来，趁热打铁啰。几件促狭事过问，不介意吧。姬奇：除去小白脸与我的隐私。随便问吧。细凤：痛快，不愧是花色社会的人，问在前见过顺生吗？没有。在前见过他老婆儿女吗？没有：在前认识他的亲眷朋友吗？没有。在前听说过顺生吗？姬奇：没有哇。凤姑姑喂，是否我回答了与顺生有一腿，打住审问了？令子：没大没小的，天理冲撞人。顺生找你借钱时，提起了令子姓名，阿是？姬奇：没错。令子：我是顺生亲朋中的一员。证实你没如实回话。那年在南去列车上，你与顺生碰过面。他为你泡过一杯茶呢。姬奇：长远了，忆起来得半年呢。嗳！幸亏脑瓜子好使，有了，一身的工农蓝装束，泡茶与我时不敢正面看人。老爸管这些人叫小瘪三呢。不可能直接记住，除非没梦做了。令子：思思想想阿是证实了。伸手借钱实至名归，社会上少有伸手朝陌生人索借的，那是讨、偷、抢了。姬奇：出海绕了个大湾区，从伶仃洋回来了。二位姑姑随意发问吧。细凤：侄女一歇歇的七月流火去，八月云高淡，爽气劲回身来。先是碰上小瘪三借钱，坏了心情不借，一会儿心气顺了，送二千文无妨，外加着钻戒拿去，阿是哇。姬奇：态度的转折在于新义安头套。大陆人不了解，香港的义帮比街头厕所多。各路神仙进得来，抱团打拼赚黑钱，画地为牢收买路线，合伙串通先砸后护场子钱……凡此种种，没义、没帮、没人头、没霸气一事无成。有的发迹了，走上白道，办了工厂开了公司，洗白了义帮。老妈自小告诫我远离黑帮义帮。沾上了你花钱消灾，权当一次慈善捐赠了。细凤：如此说来，钱与钻出借无疑了。姬奇：应是奉送。送钱时有种施舍的自豪感。来者奔着三姑来的，钱给的少了点。想着时，借钱的紧着走人，我二话不说，捋下送了，省得进屋二次拿钱误了时。令子：钱与钻我来还。天亮了就兑现。姬奇说不要还，三姑你百万港币支持了侄女，赎回来小白脸。这俩小钱算另头的另头了。令子：钻戒是同样的，你帮我超前传给了儿媳妇。现金正好有二千退休金积蓄。一来二去算借了还了。你在资本社会，我暂时在无本社会，借债归还相通的，不许推诿。

姬奇：闹不明白，三姑不是腰缠万贯的大佬，过着勉强温饱的生活，为啥过手钱财一推了之。令子：大陆公家人的基本功，吃苦靠前享乐靠后。你常回老家看看，杨树梢棒隈壁角，沾着地气，兴许能发芽呢。姬奇：听着有些空洞，三姑你除去交纳组织费，再没生活上的用处啦，逼迫大额钱财的受领人成为功利者了。令子：不可比的。找个不恰当的理由吧，三姑是在拉拢侄女成知音，香港回归近了，东家姊妹聚合的机会多了，免不了与大哥犯嘴。巴望着侄女合着我一口话呢。姬奇：忘不了老本行，又推销社会主义了。趁着你大哥不在，今朝靠上你了。细凤：真个抱成团了。慢着亲热，问个兜底问题，不会起诉顺生吧？姬奇：本来就不会，钱是奉送的。三姑硬着还清了，没得起诉之本了。细凤：里外清了，结果明了，写成个材料送抱山街派出所备案，万事大吉。令子：拿捏得恁准，没偏差了。细凤：那是，普法积极分子吗，脸再稍微黑点，断案包公一个。

## （一百三十六）

所长看完材料说：不错，备案文书写得蛮靠谱，像学过法律的。有啥要求呀？细凤：等你一句开罪释放呀。所长：打游戏呀。送案来了总得先侦查呀。细凤：借个钱吗，送案送个罾了，收回了。所长：收不回了，里厢夹杂着刑事成分呢。有些细节像戏说，芝麻掉针眼巧得很。现在不做了结，若干年后翻起阵仗，难讲清爽，后患无穷。送得对，把当事人带来做笔录吧。细凤遵命，一个带来问讯，签字后送回。再带来一个笔录后没消停，又让把钻戒交上来。所长询问钻戒价码。姬奇说祖传的无价。一答一问得细凤心情落底，自责牛皮吹大了。

隔天，细凤再进派出所，被告知，笔录没出入，定性借款无疑义。对钻戒得定位价值，做检验，耐心等着吧。细凤：节节中长出个瘤，布衣麻线可能吗。不起眼的小东西，金面上镶了钻石，犯得着耗时费力呀。所长：说出个基数，市值价码来。细凤：不是我的家私，哪能晓得。所长：平常人没见过，生意人没买卖过，没人估摸出实则价码。万一它是价值千万的出土文物呢。那不成了轰动社会的盗窃案了。很明了，世上没人出借贵重文物的。细凤：听着玄又玄的。马上请来钻戒主人报价码。所长：真情呀，时间不等人，派出所里的三轮摩托接送，快去快回。

摩托进场，细凤不管扣扣他们焦躁，拉上令子上车，开车一溜烟。车行半道，令子理清了细凤的问话，说：兄弟姊妹七个定做了七只钻戒。亲妈告诉老爸共花去三万元。平均价四千元多点。细凤：还文物呢，没得东冬一块鹰洋要价高呢。进了所，如实落成白纸黑字，交了差。所长：全不费功夫呀，好得不是文物，要不南京北京的做鉴定跑断腿呢。令子：下次有机会做文物鉴定，所长帮记忙，我有个堂弟。他有十来种的银洋。民间交换漫天要价，没个底线。所长：他要价要破天，你不买，他只能干瞪眼，鉴定文物烦着呢。一人一个价，去掉一个最高价，一个最低价，折成平均价，持有人不服价，最后不成价。上下级之间，同级之间分开闭门鉴定。有成几何级翻落价的。闹到司法又不能断价，难断定呢。不在自个儿镣脚上的事，罢得。你在你自个儿的鉴定书上签上名，摁上印完事了。细凤：结案了？所长：认定备案不起诉。公检法吗。尚有小段的检法程序走过，年前没时间了。待到春暖花开当事人来签字了结。

俩人皆大欢喜。走路归家练练体，令子在前迈大步，细凤在后跑小步，跟得气急。追并排了说：行啊！走得腰直气壮，显得乡下人落后了。在前去抱山街开会，一路小跑，半个钟点冒五六分，准时进会场。退下二年多，多走十分钟呢。不劳不动不行。屁股一扭动，身上粘滞滞。到家了，跑出一身的臭汗。扣扣：人来疯追凤呢，今朝无风绝浪呀。细凤：风凉话吹了凉飕飕，难得，还不是急着归来报喜，备案不起诉，无事释放了。免了你见天凉飕飕的。扣扣：法律层面事，没恁快吧。令子：无事了，真的呀！扣扣顺势抱着细凤，双脚离了地。细凤：抱错了。扣扣放下：信任你呀。强生一家晚前家来，一家人全了。动手买买买，煮煮煮了，阖家欢乐过大年啰。细凤：我也掺一股。扣扣：求之不得，包全家。细凤：儿子春运忙，归不了家，三更上不了台面，免了。扣扣：欠着一笔借款呢。请他来招呼一声，不许拦挡啰。

## （一百三十七）

过一年节，回味了五天。姬奇仍沉浸在欢乐氛围中。天天改吃食，光面食一种花样百出：有饺、有糕、有馄饨、有汤团、蒸团、米粒团。主食赤豆饭，馒头。饭馒头实心没馅，肉馅、菜馅的管叫菜馒头。在港时，老妈把包子唤作菜馒头时，只当她是口误，无意中在此找到了出处。大年三十，港人称作春节平安夜的。大陆唤作守岁夜，一家子看一台晚会，一乐俱乐。港人张明敏登台唱了一首《我的中国心》博得全堂喝彩，翘起大拇指赞美他，可惜了，自己只会哼几首小夜曲，唱不了大陆的时代歌曲，得不来赞赏。歌声又起，唱响了大陆歌曲《血染的风采》，唱道：也许我的眼睛再不能睁开，共和国的土壤里有我付出的爱；也许我倒下将不再起来，共和国的旗帜上有我血染的风采。引得全家肃穆，小不点三针跟着唏嘘不止。一首歌曲，一声号令，引起共鸣。凝聚着共和国的情怀，一呼百应啊。三姑在港时牛皮烘烘说过共产党的党性融化在大陆的土壤里，人民的生活中。老爸与我私下里爱理不理的，只当是一个单身的黄脸女人的变态呢，实则是底气十足的真情流露。听，千家万户的爆竹声在欢呼着政治的清明，共产党的成就，看样儿，在归还大陆后，老爸与三姑少不了打嘴仗，争高低呢。

三姑带了素书、三针来陪伴她，最后一夜的相处，明早离开八棵榉了。姬奇油然升起缕缕留恋来，为哪般呢？除了整夜不消停的爆竹声，没啥惊天动地事呀？姬奇嗅嗅鼻子，似乎乡间与都市气息有别；就像老妈时常念叨家乡的人气地气烟火气，应是这股味道吧。两个孙女见面阿姨长阿姨短的唤个不停，她回声清脆。老妈说过，大陆的爷叔阿姨是大众的亲近称谓，她自觉彼此靠近了。四人同床睡，扣扣姑父麻利打好地铺，大通铺也，三针喜悠悠在上翻筋斗。令子：过节活动少，不辛劳。玩儿累了自觉睡了。我在廿多岁进纺织厂时先生产后生活，成百上千的女工统一睡大通铺，班加班的忙下来，挨着地铺呼噜声响起了。素书：扣扣爷爷讲过在大干快上年代。集体开河挖沟时，经年累月以地铺为家，你们辛苦了。令子：要说地铺，是为工农兵设置的。有的睡了一生的地铺，在土地上滚打。没睡过地铺的人，难体会到打江山建国家的艰难。三珍嚷嚷：听奶奶讲地铺的故事。素书：酝酿好了故事先讲给你听。令子：素书的故事新鲜，她多次进得大山沟里支教，给五六岁的山里娃讲故事。小姐姐听大姐姐的故事，对称。姬奇：称谓乱了。大姐的弟妹应称小妹。小妹还没弟妹呢，没人称她姐呀。三针：奶奶说小妹妹要大小姐姐照顾。我不要，要做小姐姐照看别人。姬奇：大姐就是大姐，小姐就是小姐，加上一个姐，添足了。素书：大小姐听来别扭。加一个姐字，合乎风俗，听起来亲切，接地气。姬奇：小姐可是公主称谓，接洋气。三针身坯过众，培养她来个蝶变，农家女变阔小姐，竖毛鸡变金凤凰，跨进上流社会人见人爱呢。三针摇摆双手，不要当公主小姐。大姐姐说公主不劳而获，小姐灵魂扭动。姬奇：扭曲吧。啥叫灵魂扭动呀？三针睁大眼想了歇了双手叉腰扭动起小屁股，念着词：脖子扭扭，屁股扭扭，扭得脚下铺草沙沙响。三个成年的女人看了开口笑。令子：别扭了，小屁股拧歪曲了。三针：听奶奶话，不拧曲，爱劳动，做健康的劳动模范。姬奇留心听，她们不说了，这是个啥样的家呀。大人说着少儿话，少儿学着大人腔。扭动扭曲了谁呀？这次厘不清了。令子：今年离开明年再来。常来常熟。姬奇：必须的，每年来。这次回家了回归女人的本性。组建家庭，结婚生子，不去东游西荡了。令子：哪来的动力呀？姬奇：在这感悟到的呀。偌大的一个家，并不富裕，却不以玩钱为主导。钱多钱少不论高低，生活得其乐融融。我心扭动拧曲了。令子：侄女难得上心，搁在暂且贫困的小山村了。姬奇：有点，那个了。

## （一百三十八）

送走了姬奇，送强生家三口，虽说一年有个三五回的会面，离别时，依依不舍依旧。稻麦伏在令子肩胛，细声唠叨：女人做出混账事，不配做女人。婶娘早该成为素书的奶奶了，被混账东西硬生阻挡了十来年。令子：又来了。约定过提起此事刮鼻头的。稻麦：碰面感受到你的大度，我心肠不经压了。求婆婆谅解媳妇的无知无礼，老觉得有磕不完的头，请不完的罪。令子：别炒冷饭了。焦裕禄说过嚼过的馍再嚼没味道了，刮风下雨平常事，过后现出彩虹一份惊喜呢。俗话说得好，不是一家人，不进一个门，素书、三针见天唤我十来声的奶奶，奶奶后面还加个亲，唤得我飘乎乎的，倚老卖老了。素书说：奶奶不老。奶奶是全家提着红灯照路的，不许奶奶变老。强生冷不丁来一句：好闺女！稻麦：当爹的冒出军营的北方话夸丫头呢。令子：搭福军营烘托出个先进少年，属羊的孙女进得大学每年暑期进山支教，还递交了入党申请书，进展怎样了？素书：距离爷爷奶奶的高度一大截呢。细凤奶奶说扣扣爷爷心中装着八棵榉的每个人，唯独没有他自个儿。她正在为爷爷的党籍奔波，盼望恢复爷爷的政治面目，朝爷爷看齐。如爷爷说的，待到自我感觉越来越像个共产党员了，与爷爷一起迈入组织的大门。扣扣：跟不上年轻人了，光文化底蕴，相差孙女一大把的。欠了组织的一屁股债，一笔一笔的想还清。啥辰光跟牢孙女一起进山，把拖欠烈士的十一块银钱归还烈士的家人，了却一桩远方的心愿。素书：爷爷存着一肚子的故事呢，走路行车正是听行军打仗故事时，进山途中，不能没有红灯照。奶奶爷爷一起去，齐步跑。三针跑拢来，紧拉素书的手：还有我呢。素书：一路的支教对象，少不了你。强生又来一句：好闺女！还拍起手。

顺生：一个个的离开了，下一个该我了。去南方赶早能挑选进流水线当班，晚一步干零工了。扣扣：派出所有言在先，出门前去派出所通报一声。他这就去找细凤，二传三的传四，细凤坐着所长的摩托，嘀嘀两声停进家场。所长进门喝光了扣扣递给的白开水，展开了案料推给了当事人，说：仲顺生，看清了，明白了，签上字。顺生提笔签了字站立一边。所长：结案语看懂了？顺生：公检法下文没错。所长：下文写着矫正你，自愿吗？顺生：不敢，没看周正。所长：没理清签的哪门子字呀。听着，没啥大事，备案不起诉。加了一条硬性规定，社区矫正六个月。啥叫矫正？就是在六个月之内，在驻地社区听讲法律简报，阅读法律条文参加公益活动，帮扶弱势群体。相帮搞好社区卫生，动手动脚扫扫大街。每月向派出所汇报一次，六个月内最好不出远门，可在当地打工。顺生：明白，接受六个月的劳动改造。所长：明白了一半。不强制改造，着重灵魂深处洗洗澡，出身汗，荡涤掉好逸恶劳的污垢。法律条文上讲，实施了偷渡行为，沾染了黑帮习气，社区矫正的判罚属轻型的。偷渡只为亲友同乡间借款，没出任何纰漏，该豁免的都豁免了。抱山街辖区地处沿海地界，偷渡行为常有发生。年节前有五个愣头青结伴，带足汽油，开着小汽艇闯进了济州岛，落得个罚款遣返的下场，败坏了国家名声，还涎着脸吹嘘玩海玩渡玩世界的高手，拘留着呢。所以本所提出了对顺生的矫正。而且，朝后对偷渡事件得加重处罚，直至担负刑责。扣扣：要得，不劳而获的邪念该刹。人不动脑子，不动身子没好果子吃。顺生多年不学习，不看报了。刚好静心下来洗脑子，医筋骨，良医名下疾人多，刮骨疗毒换新颜，五个指头分长短，人群每时每刻在变幻着上中下。你有污点，一时进不了上升的通道，万不可滑向下降的深沟。六个月的洗涤，住在中间位置，能持否，快向所长表个态，应承下。顺生：遵守公检法条文，我签字认领了。一点不明白，六个月后，能出远门打工吗？细凤抢话：用不着远去了。公安部门人性化执法。来之前，所长与我去三电厂帮着找岗位，让你边打工边学习。结果，二针的岗位定下，男工满岗，一时没岗。半年用工调整一次，肯定有换岗退岗增岗的顺生立马上岗。扣扣：三电厂的岗呀。我年龄快到期限了，提早退岗，顺生顶岗吧。所长：打哭一个，引笑一个，烦不着。除了琅山还有庙呢，海滩上种植海蓬子的，忙时用工缺口大呢，联系了，顺生可去当个季节工。扣扣：合适不过了。海边长大的人经得住海风吹。三电厂退下，还干种田老本行。现时我嫌我岗位生活太轻，几年下来懒得啦走不动路，撑不快船上不了战场了，时时眼馋着罱泥挖土掼砖坯，犁田蹚水莳稻秧，推车挑担抬楼板，一晌活计干下来，胜过厂家一天的活，练筋练骨连身练心，工厂中的上班跑步唤口号，歇时扩胸练体全顺带了。所长：老农民的实在话呀。我的老父亲七十岁了还在务农兼干建筑泥工，默默无闻一天天地走来。否管挣的角票元票，有钱上手他终归乐滋滋的。一同干活的农友问，你抹泥灰的手艺一流。好向老板张口提高身价的，父亲说钱不是争来的，给得八九不离十了，在框框中。开口讲钱，闭口想钱自个嫌烦呢。吃得饱了，穿得暖了，丢了旱烟锅，抽起了小白条，知足了。凭这心态，现时还能背起二百斤的中粮麻袋行几步呢。扣扣：公家人讲得贴心呢，放心，当家长的配合公家，全身心调教顺生，力争个事半功倍效果。

## （一百三十九）

扣扣：一礼拜后六个月到期，该做个自我总结了。顺生：正在兴头上，一点儿没觉察呢。扣扣：证实你上心了，端正成正派人了。好带着二针三针认知亲娘一针了。古言涉婚有风波之异，你爹你娘涉足婚配，诡异错配呀。如果母子难相认，错配没解了，千错万错我的错。顺生：忌恨亲娘，儿的错，半年来的学习改造认清了人生在世立足正派是根基。抛开儿子远走新疆是亲娘的错。正如叔爹说的她有她的苦衷。儿子怎能光记着自个儿的苦，不记亲娘的苦呢。想好了，先通信叙叙家常再见面。扣扣：宜早不宜迟，我在三电厂已退岗，谈妥了，单等办好交接手续，你就去三电厂当班。进厂合同工，不是临时季节工了。多年来人群分住城市农村，城市分派的正式工，农村分派的临时工，更长时的无工分配。分了等级。现时政府见错就改开发大批岗位分派给农民了，当班去要知足，理解政府的良苦用心。顺生：体会到了。叔爹退下来歇着，养养体。扣扣：没到歇的时候，人生欠着债呢。小车不倒尽管推呗。种植海蓬子的海滩还要试种海水稻呢。大干快上就在眼前。深耕蹚水正合心意。话间，细凤令子领着三针放学归来。细凤进门自责说漏嘴了，木轮手推车说成小车了。三针吵着不坐奶奶的脚踏车，坐爷爷的小车去抱山街幼儿园。令子：爷爷的小车不冒烟。吱嘎着送到幼儿园满一个钟头呢。奶奶的脚踏车送达只需二十分钟。孙女眉头一皱计上心来了：奶奶的车跑得快。令子：满小时六十分减二十，快多少呢？三针：快四十分，不是时不是秒。细凤赞赏：聪明的一休转世八棵桦了。难怪有专家放言，爹妈各自的衣胞之地，天南海北的直线距离拉得越长，孕育的子女越聪明。新疆的奶奶会见你嘴巴笑豁到耳根呢。令子：凤奶奶欢呆得，进门一直笑嘻嘻的，出门归来还特意弯进幼儿园接回三针。细凤：下了班车，顺路吗。主要的有喜讯告知：扣扣的组织关系敲定了。鲁九久说四八年的火线入党，内查外调下来，有信息没痕迹，有口传，没文字。直接的主持人决定以后，没来得及上传下达，就牺牲了。一丁点的证据文字消失在当事人当时泗渡的通潮河中。有一百个理由相信当事人事后自然流露的真实，但传递眉目的最后一个互传者离开了人世。没半点火线入党的程序要素了，光凭当事人的流露不能成立。不要！不要哇！扣扣突兀转变了情绪。细凤：没说完呢，你不要啥。扣扣喃喃：不要离开！大哥二哥同志哥不离开讲好的搭把手，路靠自个儿走，牵到河半中，怎忍松开手，小弟尚未上路呢。忘不了四八年年前，大哥二哥把我带进一处农家灶屋，进门点火烧水。我烧热了水，大哥为二哥剪头发，剪毕洗头刮胡须自清理，然后二哥为大哥同样服务。临了二哥为我剪了头发，大哥接着为我洗头，我说自个儿来吧。大哥说一是年节，二是刚入组织门，为你除旧布新，当一会勤务兵必须的，主要的等着你往后为我俩剪头发呢。洗了头，大哥看着发式不均匀，帮着修理，说：世上自理自的能人千千万，这自剪头发有难度。互相帮助必须的，团结互惠吗。

节后，我发疯着学剃头。剪剃推刮学全了。做梦在为大哥二哥剃头，当着勤务兵呢。到头了，成了一生完不成的任务，没福分呀。令子抚慰：冷静，听细凤把话说完。细凤继续：四八年不成立。五八年成立。鲁九久说扣扣的入党程序经支部大会全体党员举手通过的，半月后，经上级党委批准夯实的。一个月后东窗事发，基层组织被糖衣炮弹击溃。上级的上级组织一刀切解散了支部，撤销了相关决议连同扣扣一起埋没了。严格讲，扣扣通过的入党程序在腐败窝案之前，扣扣失去的党籍属错案。鲁九久说眼下正是有错必纠时，恢复钮扣扣同志的党籍，党龄从五八年计起，是专访组及组织部门的共识，只待县委召开一次常委会除旧布新了。

令子：候上多长时呀？细凤：鲁九久答应三个月之内。到时，他要亲自来宣布。扣扣你要提早剃剃头，净净身，换套新衣裳。令子摇摇扣扣的肩，说：缓过神来，你呀，提起来大哥二哥绕不开路了，像我提起亲娘一样，骤然间涌起无尽的思念。最小处，浮现出美貌的亲娘学着猫叫啊呜一口喂猫咪粥呢。细凤：记性强，记得三岁事呢。惹得我念起三十岁时口对口喂瞎娘粥饭。那会儿，娘的视力失去了最后一点白光。不满足调羹喂她，嘴碰嘴的，饭食喂饱。她还吮会我的舌尖，含着我的舌唇不放。可怜的亲娘，没眼光亲抚了，只好唇对唇表达亲情，亲人情深啊。扣扣的同志加兄弟情义一样，忆起来怎能不动情。

接下去的几天里，扣扣老样子的不苟言笑，喜悦底色溢于言表了。一早起床说上街买酒，犒劳自个儿。又说：犯啥痴，享乐靠后，没到这一天呢。再说：鲁九久顶好半月之内下乡发话。刚好素书暑期去支教，我以党员之身随去，把十一块银钱归还给徐浩烈士的妹妹。令子：难得见你如此亢奋。扣扣：以往过多的想着这辈子不遂愿，进不了党，清不了债，生活过得稀里糊涂。顺生转好快，梦想成真了。多年的加班加点挣钱为的这一天，越走越近了，有点儿忘形。令子：不够部分有我呢。扣扣：一人做事一人当，你一出手，枉费了我的诚心了。还行，在党的批复下达前。我备齐了，清出家底，你来过目。

令子没拦挡。看着他从壁洞中捧出全部家当，展开来说：牛筋包中装的十一块银钱，二哥所有，预备着去大西南归还。可惜了，包中烈士的文字记录，烈士与母亲的约定书，还有我的申请书真迹，全在凫游通潮河时淹没了。令子：背诵着一首革命诗史呢。淹没的申请书比作真迹，似有抬高个人之嫌。

申请书又写成，你忘了？扣扣：一样的写在心坎上，这一回在电灯下，你指点着我写。那一回，煤油灯下大哥二哥指点着，第一次白纸黑字中印下对党的懵懂认知。在失去爹娘后，有缘进入大哥二哥承头的一级组织，突兀涌起了亲情友情，大哥为父成了爹，二哥护小成了娘，像一个完整的家了。令子：这回没有造作，初心流露了。

扣扣放下牛筋包，捧起两只牛皮纸包说：小包的二千块，是还给三更的借款。大包的万元款，单等着组织回话，做党费交组织了，按当时丢失的价码，毛估估的，交上八千也行，顶好万元不留遗憾。正好与三电厂结账时，财务总监多结了二千。总监说别重叠三四忘却五六了。回答权在老板。靳斤说二千是安抚金，董事会规定的。我说不合拍吧。见到离厂的人多了，从来结钱有减无增的。靳斤说那是他们非正常离厂，你是按合约离去，加俩钱错吗。我说没错，老板用心朝政府政策层面靠呢，在大陆，二次分配一律向一线工人倾斜，一直的政治正确，多多善益。当老板的把手下工人加高与你一样的薪金，成为个大人马不在话下。

令子：台湾岛暂时是个西语社会的小伙计。不存在与劳动者的共同语言。老板交好，和你与他的特殊关系有关。在前，有没零碎交还过。扣扣：没有，不知朝哪儿交给组织，嫌疑在争党票，主要的没得钱交。一块八角的交给政府，不伦不类的，不如服务于八棵村的小公众实惠。从定下心来零存整交后，一心归路朝牛皮纸里存钱了。直至这次顺生意外犯错，心不淡定了。你说这家庭重要还是组织重要呢？令子：一样重要，分清轻重缓急定倾斜。扣扣：合谋到一块儿了，第一时间想了党费缓缓或少交，把顺生的借款先还了。结果，你先手填上了，组成家庭这多年的，你把老本填了个精光，老来伴长时间伴吃咸菜粉丝汤了。令子：小菜田里瓜茄菜蔬四季青枝绿叶。城里人想吃眼馋呢。再是党员之身讨吃起家的，不说过时话了，万元党费哪能交法，给个说法。扣扣：托细凤操办吧。她能及时领受到组织意向，你交到她手中妥了。令子：你不出面，还找了个中人，当上三人小组的组长啦，扣扣：中人做到家，还给三更的欠款一并送上。图个卸了肩无债一身轻。难得三电厂老板宴请去县城酒肆吃酒，等着我回话呢。去不去呢？令子：去恁远的路，酒香不怕巷子深了。扣扣：动用轿子车的，不怕路远。我怕酒不醉人人自醉。

平身醉过三回了，有点儿怕丝丝呢。令子：醉酒三回，事出有因。为娘亲，为二哥大哥，也为我。全是二十岁之前的所为，在后再没沾酒。这第四回吗，人逢喜事精神爽，破例为自个庆喜寻开心。吃酒、不醉，去！

## （一百四十）

扣扣松了口。靳斤来了劲，忙支派他进会客室，定人看管，防溜人。自个踱方步定吃酒方案，见识见识觥筹交错戏酒场面。他呀，像个古代节烈女人，至死不从，只好放弃。两岸制度不同，沟通不易呀。大陆的经济在转型，生活在前行。从农耕到产业到消费。头脑活络的多层次人物接触了现代酒文化，红头赤脸着贪杯在酒气中。扣叔不开化，拒绝酒色财气，在于见得不多，识得不广？或根本没见识。用大陆的酒后语评议，没开过洋荤。开了天门，机会不能错过，一只急铃电话唤来总监，一个紧跟靳斤的发小，在台岛起家发迹后来大陆发展，总监形影跟随着。靳斤：包装间的钮扣扣离厂办桌晚宴欢送。县城，同乡的愚人饭庄。总监：规格、陪客？靳斤：老规矩，八仙过海九长富贵的。从工程部，人力部，技术部几个部门，挑选五个能喝酒劝酒的部长，添上你我、助理、请吃者扣扣、不满十位算满贯。总监：董事长亲临呀，抬举不起眼的小老头了。靳斤：进了大陆，遇上了另类。从来我求助他，他不求助我。为留住违规女工，他对着干逼着修改厂规，多次的普世价值观遭遇了挑战。总监：太阳出西天啦！满厂的打工者为钱所困一直感恩着，低眉顺眼的，小老头算哪根葱呀。酒桌上会会他，杀杀他的威风。靳斤：思想意识上的感悟公说公有理，婆说婆有理，交缠不清，你不是公不是婆的靠边站吧。小老头照看了我奶奶半辈子，同时圆了我爹的铁心意愿，原谅他血与火的过错，同意他回归故土，与爷爷奶奶合葬在一起，有恩啊。现退出了三电厂，以后少了交集，这一恩怨翻篇了。总监：董事长善心大发。收留小老头七八年，让他赚足了油水，临走办一桌大陆活跃的分别酒，犒劳犒劳他，要得。靳斤：你带几个大陆的部长先去愚人宾馆，物色好包厢，指点全酒菜，我晚夜点带吃请者同往。

扣扣坐椅上眯了一瘾，冷水冲了冲脸。自语：没事跑这块睡觉，太阳要下山了。他从老板室门口过，唤声家去了。靳斤闻声一起下了楼，手指桥子车说：上车吧！扣扣：不用，我蹬脚踏车。靳斤：去县城蹬脚踏车，得一夜吧。扣扣：半夜不消。走着去大半夜，多了两轮子省时一半呢。靳斤助理不由扣扣往下说，搀他进了车说：董事长请吃酒，多说多话了。扣扣：徐徐夜了，改日吧，家中等着呢。靳斤：不许反悔，不在外过夜，没关系的。三心二意中，车开动了，扣扣并坐着，一路上瞪着靳斤转动的方向盘，熟路熟门径直开进了愚人宾馆。扣扣没得手表，码不出行驶时段，平常的一顿饭工夫吧。车停妥，一长两短三声嘀嘀响，人群中冒出了总监，差不多牵着靳斤的手进大门。靳斤：不忙着进包间，在大堂体验一下环境。大堂四周彩色灯光轮番转换眨着眼。比人高的扩音箱敲出的咚咚声，像锤敲铜鼓，振荡得心口往下坠。扣扣猜想酒馆兼戏馆呢，朝里走，勾肩搭背吃酒的，唱歌唱戏祝酒的，混合一堂。又吃酒又唱歌的一嘴两用了，扣扣观看过《红灯记》的戏。铁路工人斥责日本人对酒当歌如神仙过的日子。刻意编排讽刺鬼子的，今朝真兑现，开眼界了。总监笑问：感觉如何。扣扣：有感觉了。酒气、人腥气、汗酸气加一起，我想吐。靳斤发话：进包间。

九长富贵围着酒桌坐下。靳斤来两句开场白：召来三电的中层，陪护扣叔前辈喝酒劝唱，否管台湾人，大陆人，随我一样称呼前辈，扣叔大家敞开喝，喝高了奖金万元。前题是三天后三十天前再次请来扣叔喝一回酒。扣叔若有请必到，奖金五万。啪啪一阵掌声过，总监指点侍务员斟酒。扣扣见壶中倒出了红色，捂住酒杯说：葡萄酒呀，我尝过，怕甜。总监：有没有搞错，拉斐酒你闻所未闻，在席的也很少喝。为了你与世界接轨，这杯酒必须满上喝下。听号令，共同举杯，零库存，痛快，满上。扣扣不肯续加，说：酒也喝了，菜也吃了，来碗盖浇饭吧。总监：黄昏头呢，你用饭，一桌人的奖金泡汤了。靳斤：扣叔喝不惯红酒？扣扣：小到大，喝过一种酒，颐生茵陈酒，喝别样酒，怕浑身起疙瘩。靳斤：换酒，换当地的白酒，得过世博会金奖的酒，主随客便，陪扣叔。

撤了红酒高脚杯，换上白酒无肩杯。扣扣估估满杯二两酒只多不少，想起在宁家中堂听到古人吃烈火酒，唤作呷酒，抿抿嘴唇的。呷一次酒，吃一口小菜。二两酒半个钟点呷完，肚子也填实了，一举两得。靳斤的保镖兼助理提出异议：我们喝一杯，前辈抿抿唇，不公平了。扣扣：不好意思，高兴吃慢酒自说自演了，自罚一杯。保镖：开场酒应该连喝三杯的，董事长除外。大伙举杯来个满贯。扣扣：这是约定。保镖：对头，约定。扣扣：我先喝为敬了。保镖监察大家喝尽，自斟了一杯说：痛快，单独再敬前辈一杯。扣扣阻止：慢，坐下来，约定结束了。保镖：自己约定自己，干了。扣扣：猫多了不捉虫，约定多了变没约定了，不作数。卖个老提醒一句，酒杯不是酒盅，一杯二两，一瓶酒斟五杯。自个儿掂量自个儿，剩下多大酒量？喝杯水吃吃菜散散酒吧。两位部长同声：前辈面不改色心意宽，酒量深不可测呢。扣扣：不能与年轻人比的，没酒量，平生喝过三瓶酒。保镖一声我的妈呀！一下子仰椅上，全台面的鸦雀无声。靳斤：戏剧静场呀，幕布拉起来，挨个儿敬酒扣叔。保镖摇摇晃晃站起，一口闷了杯中酒，卷舌腔声调：听命令两肋插刀，到位，尽力。工程部长：你看他呀，喝醉了，趴下了。销售部长：酒量不大胆量大，焉有不醉之理，酒量跟不上，我不逞能了。靳斤：气可鼓不可泄，我敬扣叔一杯。总监：慢着，冲天酒量的前辈，上一杯没干呢。靳斤：酒能健身也伤身，敬酒者讲究个诚意，我喝了，扣叔随意。扣扣：想到他人，有点像四水一家后人了，卖老的人话说一半被拦挡，七八两飞快下肚高指数了。总监：三瓶的酒量没人能及，前辈别忽悠我们了。扣扣：三瓶酒分三次喝光的，第三次喝了一天，第二次喝了一夜，第一次喝了一天一夜。总监：这种喝法我也能，早讲清楚呀。吓得阿拉全成了缩头乌龟。人力部长：一人不喝酒，二人不探井。一人借酒消愁，愁更愁了。扣扣：离地三尺有神灵，先人陪护着呢，不陪酒，只对话。劝后人少吃酒多吃菜，少栽刺多栽树，少伤感多练体。工程部长：对点，喝酒图个闹猛，来点酒文化，猜拳行酒令。人力部长：猜拳罚酒缺少文化内涵。史书记载，唐明皇与贵妃酒酣后。妃子统宫妓百余，明皇统小中贵百余，对阵排庭中，目为风流阵。以霞被锦被当旗帜，互相传送，互相攻击，败者罚酒。工程部长：仍罚酒花样吗，怎么个玩儿？人力部长：我的理解风流阵的玩法，类似于击鼓传花，鼓点子停住，花在谁手中，谁罚酒。风流阵几百号人玩儿，玩的旗帜几十面，一通鼓点敲停，不少于二十人身手中存旗罚酒，九长富贵每次一个人受罚吧，用一块布巾传送。

工程部长：小不点的酒文化，小学生的课外玩儿呀。人力部长：醒醒酒莫急，文化马上开始，酒桌上没有鼓，敲碗有失体统，大家传送中，由我诵了诗唤停，巾在谁手谁喝酒。保镖萎靡不振，布巾从他传起。来两句白居易的开场诗开始：驱愁知酒力，破睡见茶功。停！工程部长：屋漏偏遇连夜雨，布巾又传回保镖手中。总监：九个人传两句五言诗布巾从那儿来，回到那儿去有作弄之嫌。人力部长：不可能，再来两句拭目以待，开始。脱凡风流人，醉中亦——求——名。停！看看，传到董事长手中了。他酒没喝饱，再来一杯是刚需。总监：等会儿，你这是酒文化呀！像是醉文化。掌控着诵诗的节奏，传巾想落在谁手落谁手。总监：来首七言诗。诵时随你快也好慢也行，必须闭上双眼。人力部长：我一直闭着眼呢。诵咏唐诗必须眯着双眼摇头晃脑才能诵出韵味来，诵首李白的草堂诗吧，开始：李白一斗诗百篇，长安市上酒家眠。停！席中两三人唤停。总监：这回逃不出我手掌心了，布巾在手，罚酒。人力部长：停声不是本人唤的。总监：罚你自个儿不唤停，罚酒三杯。人力部长：凭啥呀，诗没诵完没到唤停时呢，接下去传着巾听着诗：天子呼来不上船，自称臣是酒中仙。他唤了停睁开眼，惊讶：太阳升错地方了，布巾怎会落入总监手中呀。总监：故弄玄虚，小儿科西洋镜一看就会。据说沾酒的唐诗几百首呢。换主持人，谁会谁上。工程部长：理科生重工轻文，基础课的诗歌范文早归还给讲师了。技术部长：平时，能思量出几首酒诗来。喝了酒压在底部，冒不出了。总监：完了。我也不会酒诗，当不了主持人反制不上了，任其捉弄，罚酒吧。扣扣：喝酒图个和气。古人说相视一笑泯恩仇呢，劝酒不是斗酒，并无恶意，代人喝酒也不为过。这三杯酒我包干了。他喝干一杯，靳斤制止了，说：按游戏规则办，该我的一杯我喝了。总监：该我的我喝下，助理保镖的一杯呢？靳斤追问：行吗？不行可找代喝。助理呼一下起身发话：照常行，喝下的全部存档，点儿没滴漏，这杯酒请人力部长陪喝，他送我一杯，得送回一杯呀。人力部长：听董事长的，找代喝。这杯酒呀。你不能喝，我也不能喝了，强行下去，成难兄难弟，淹没酒精中了。总监：看你成色，这杯下去不为过的，别婆婆妈妈了，酒场上没有懦夫。助理：这话好听。来来来！我俩干了，人力部长犹豫。总监凑近耳语：桌面上人人酒量满指数了，只有董事长留有余地，总不能让他代喝，日常他有心器重你，看着办吧，没看，他与助理办了。总监：局部战斗结束，接下来，自由行。

　　难兄难弟勾肩搭背到一起。人力部长：保持距离。你老兄把酒气喷我脸上了。助理：你还把酒气吹进我耳朵眼里。我想唱歌，散发酒气。人力部长拦住，说：不能唱歌，民国前唱歌的全是戏子。煮饭的唤作师厨，高出戏子一截，属官员类的。戏子一介布衣矮三分，还是去厨房的好。助理：好在哪呀？人力部长：厨房置放着泔水桶呀。助理：必须得去。怎个的一团漆黑呀，哇！找到了。哇——像喷泉。你吐了，一股臭气。恁香的酒食经过你变味了。助理：一样呀！上身上流，下身下流，你不懂？人力部长：比你懂。祖先从猿变得人模人样了，从吃得进，屙得出开始进化。上身穿衣图光标。下身围裳图方便，似两块麻袋布扎拼一起，遮住下身完事。所以古人站着，跪着吃喝的。遇上婚酒，月子酒，寿酒的，亲朋好友欢聚一屋。进步到桌椅板凳了，四开桌四边落座，上身下身正好被桌面隔离开，放心大胆轧闹猛。搭上你的上身上流，下身下流了。助理：作的我的诗句呀，不为奇。快拉我一把，直想朝桌底下钻。部长拉住，说：钻进桌底有理讲不清古代坐席男女同桌。想想看，桌底下跷脚抬腿风景全，隐私随时走着光。成年人有意无意间钻下桌底。亲房户族把他打入另册，街坊领导白眼以对。年轻者失去发相，年大者失去走相，这辈子难翻身了。助理：高见，找到胯下之辱出处了。可得拉紧我呀。近椅的工程部长：两人嘀咕啥呢。抬起头，阳光点。助理：吟诗讲故事呢。工程部长：好诗诵给大家分享。助理：说着戏子与泔水诗啊？不是，酒水与老婆诗，更不是。对了，裤裆与饭局，千真万确了。靳斥：两人搀扶着茶室休息，多喝开水。扣扣：难免。酒一上口，离上头不远了，还是不喝的好。总监：前辈千杯不醉，万杯不倒，一桌人。就你稳住钓鱼台了。为啥董事长几回回的邀你陪酒陪客户，愣是不给面子呢。扣扣：不爱好酒足饭饱烟过瘾的饭局。一顿酒肆会，好酒配好菜好烟。不是三钱买碗面的。眼下这桌酒菜，恐怕我半年的工钱拿不下，减了董事长丰收了。总监：宴请你不是AA制，前辈不用凑份子。相反，你为三电厂招来当地业务，声誉，创造了价值，奖励有加呢。扣扣：饶了吧，不是这块料。认同吃苦创造价值，吃酒吃不来利润。总监：农工思维呀，整日的为收成多少考量。人说大陆得天下靠千万农民兵，建天下靠千万农民工，此言虚虚实实的。农工者，日子过得穷没点儿怨言？前辈想过发财吗？扣扣：好日子人人想往。得一步一步走上共同富裕路呀。十年二十年的苦阿穷呵挺过来，儿不嫌母丑家穷。认定社会主义这杆秤。她秤杆秤砣不离，秤星准足，秤盘子公平，老小无欺，前程无量，上下一心求索富裕路子。这回改革开放路子准足，农民有了财富积余，出现万元户了。世上独有的大家庭，初级社会主义时期，不求大富大贵。小步动起来，小富带动众富，大公众有盼头，个人自然跟着托福了。总监：听着像大陆的上层建筑发表演讲呢，口号喊得强劲有力。你自身不发财怎能带动农工发财？像董事长，财大气粗来大陆办了三电厂，染富了几百号的打工群体。笃笃笃，靳斤弹桌制止：过界了。喝酒不谈政治，忘却厂训了。快送扣叔休息去，赔个不是。他跟你较真，打起嘴仗来，批驳得你体无完肤。总监嘟噜：不官不财的一介老夫，有这等能量？他不太情愿接受。

靳斤思忖：算顺当了。扣叔欣然赴宴，喝足了酒。夙愿完满落幕。他宣称：同僚们，散去点热能，卡拉ok吼两声去。

## （一百四十一）

傍晚时分，令子等不来扣扣吃夜饭，领着三针逛荡田野。像是有人推操着，无意中逛荡进细凤家。令子：好意外呀。细凤：一点儿不意外。令子：本人意外，没打算来。细凤，掐指算定一定来。县上一通电话打到八棵村支部，通知三天后的礼拜一村党支部召开党员大会。扣扣的党员资格，常委会上通过，鲁九久亲自来宣布。令子：有预兆，扣扣今天讲过净身剃须，换新衣的。喜事临门了。前两天三电厂老板相邀他去县城吃酒。含含糊糊的没答应，今朝又心血来潮想吃酒了，下午去三电厂敲定吃酒日程，天黑没家来呢。细凤：那没个定数了。说不准今夜已进了县城，正在酒肆碰酒晕乎着呢。难兄难弟一个，一路走来，没进过酒肆，至多大排档里三钱下碗面条完事。难得充当一回酒客，让他尽兴吧。一切我俩为他准备。你送来的万元经费托我，决定了，县上宣布后，直接交给县委组织部门，算作交给组织第一次党费吧。令子：赞成，扣扣遂愿了。

# （一百四十二）

　　进更时段，扣扣听响，大堂的时鸣钟敲八下，是夜不算个晚。他没在混浊的茶室打盹，站着喝干大杯茶水，出门呼唤新鲜气流：快来吧！吹吹酒气。风婆婆没得小狗小猫听唤，没动没风。小步小风，快步来风。他索性跑动了脚步，朝没得楼宇阻挡，空旷的原野追赶风。灯光越跑越稀，发白地变成水塘，暗黑处生成了田禾。停脚蹲下，摸出了青枝绿叶，捏出了一畦畦的番茄豇豆。这一着跑，跑进了菜园地，跑出县城七八里了。折返吧，不太情愿，找到愚人饭庄需一番周折，找到轿子车难了，没记号牌呀，停在你跟前等于零。出门招呼没打一声，这群脑子活络的大开小开一百个理由断定你回了：跑回的？搭二等便车回的？抑或住在便宜客栈，澡堂子，明日再回。联想的猜测汇成一万句话跑步回家。白天在三电厂睏了个懒觉，精神着呢，加上酒劲助跑，寅时归不了屋，卯时包到家。

　　子夜。唱了歌，洗了澡，靳斤尽兴了，传话回三电厂。跑去茶室唤人的工程部长回话：四人唤醒两人，正在苏醒。助理唤不醒，还在酣睡，前辈不见人影，疑似失联。靳斤：回报业绩呀，事事俱细的，叫个人也不精干。他快速进了茶室，强行推醒助理。说：三个人连个老人看不牢，高薪白给了。人力部长：辩解两句，我在做美梦呢，飞黄腾达去，不能顾蟾蜍。四人中前辈最清醒，他陪看三个醉酒人合适。三人陪看他变成迷雾天放鸽子，混天糊涂看不清。总监：有见识，酒一上头，歪下身变迷糊，自个看管不了，谈不上看管他人了。靳斤：酒多话啰唆，分头查找去，饭庄的客房，四旁的出口，查个明白，问个清楚。

　　查访人倒是想找人问个去向的，只是更深人静，路灯下空空如也。一个个的搜寻一圈，灰溜溜回到一起。靳斤：白白跑腿了，经济效益等于零。没半点线索交代吗？工程部长：有线索，不精干，不准备回话了。有人掩嘴偷笑。靳斤：不要走极端吗，有线索共同分享。工程部长：出门随缘，碰上两个巡夜的保安，呵斥我。我说急着找人，找前半夜走失的人。唉！保安顺妥妥转上我话头了。说还真遇上个急匆匆跑路人，唤他没停，时辰约在八点后。此人从饭庄出走，目不斜视，只管开路。我跟了他，他快我也快，一直跟到城乡接合部，超出职责范围止步了。他喝酒了没？保安说肯定喝了，呼出的酒气跟近时闻到了。多大岁数呢？保安说看着他跑路起劲，迈腿腾腾的，十有八九青壮年一个。完了，年龄不对号，没戏唱了。总监：笨牛一只，保安没与他直面，望其项背跑，年龄估不准足。你好问声哪条路，朝哪个方向跑？留住点线索吗。工程部长：问了，东北方向，一路朝海边而去。总监：线索显灵。三电厂在海边吗。假如跑步的是小老头，这块儿正在床高头呼呼大睡呢，精英们被玩儿了。靳斤：饱酒生的枝丫，上车吧，我车在前，商务车在后。慢着行驶，车窗打开，打起精神来，余光到两边有坐着的黑影，使劲唤一声。

车行来是路，靳斤驾车五十码，留有空间两边观望。不时有行道树在灯光中消失。观察最多的是副驾驶位上的助理。车行五里地，他即昏昏沉沉进入醉梦状态。靳斤摇头直唤：喂！做梦别喝了，快到三电了。助理扭动身坯，含糊其辞：天不怕，地不怕，就怕董事长打电话。喂！请讲。靳斤：酒话连着梦话，限速装置失效了。他慢下车速，一只手推醒了他，说：牛皮哄哄的第一保镖呢，靠着主人服侍你了。助理不情愿揉着眼眶逼着清醒自我。他喃喃：董事长驾车一级，驾悠悠坐着轿子前行。颠呀簸的难有不睡之理。靳斤：抬着轿子坐轿子，有你两下子。眼睛睁大点，发现黑影早预警。我的眼光起了叠影，似疲劳驾驶症状。助理：遵命！把头伸出窗外，惊呼：路边有个人影！靳斤：在哪呢？助理：在右，靳斤：没发现。助理：在左。靳斤：又是左又是右的，丈量路宽呢。深更天快明，哪来逛公路的。树影吧。助理：人影跳来跳去的，这回跳进了路中间，方向朝路边打。靳斤：路边是哪边呀？助理：无边无沿，白茫茫一片，停车！哎呀，来不及了！他伸出手，一把薅驻方向盘左右推搡。车身急刹着滑过沟滩，徐徐滑向沟塘。

白水沟塘没河浜宽阔，家户的院沟深浅。宽不过十米，长不过百米。沟床两边浅，中间深些，一米左右水位，车身下水没招灭顶。呈三十度倾斜进水中。车后身高翘。前车窗没水大半，车前身外侧吃水重，还在下沉。驾驶位的人脸露出水面，副驾的人立起半身后仰着才不会呛水。好在车窗开着。露脸的人往外爬着。商务车的人下水施救，后排座两位连拉带爬率先出了车。总监拉扯着靳斤往车外拔救。听得外间的助理咕嘟着呛水，咋呼：快去外侧两人，搀抬车身救人。正时，扣扣赶上听见，划两下水至外间，用肩膀扛起车窗上沿上抬，活水中，也就抬高一两公分吧。助理鼻孔露出水面，嗅咻几下朝窗外拱。扣扣唤：转身转身。从里档露脸的窗口出身保险。助理听命了。两个移来搀车的一时找不到抓手。埋怨：啥鬼地方呀。一半是浑水，一半是淤泥，动一下陷一寸。长征途中的沼泽地呀。扣扣：你两个快去里侧救人，外侧我顶着，我水性好。两人抬脚不痛快，一个拉扯一个拔出腿相帮着移回内侧。把助理拉上了沟滩。靳斤早爬出车窗了，依然立于水中。总监催促：董事长快上岸。泥水中泡久了难受。靳斤：上不了哇！越陷越深，汽车轮子加淤泥双重压住腿了。总监：早说呀！靳斤：难受着正要喊救命，你开口了。总监大声绝呼：所有人掀汽车，借着水的浮动，掀远它，救董事长。听口令：一二、起！一二三，走吧，汽车泼腾了两下，移远了一大步，董事长的腿脚得救了。部长助理们，众手抬着他上了岸。人群吐了一阵污腥气。人力部长叹道，乖乖隆地咚（方言口语助词，意思类似于"哎哟，我的妈呀"），汽车水上冲，部下临受命，救人黑暗中。总监：有惊无险。靳斤：感觉着有惊有险有祸呢。总监：董事长受了惊吓，同事们上车，上商务车。八个湿漉漉的身子挤进一辆车。靳斤：少一人，扣叔呢？总监：县城没找到呀，出城就八人。靳斤：有人见过吗？总监：黑灯瞎火的，在现场也认不得。助理：现场像有他的声嗓，那种饱经风霜吐语一字一顿的嘎哑声。靳斤：你见的人影怎么回事？助理：也是模模糊糊酒气眼瞟来的，像肯定出现过，又持怀疑态度。

商务车行驶中，天空明晃晃了。靳斤指算着扣叔晚八时从县城出发，汽车四小时后出发。五十八里的汽车路扣叔小跑四小时能跑出四十里。接着，汽车前行了四十分钟。扣叔又前行了不下六里。差不多进了抱山街地界。适才翻车地正好对上号。助理发现的人影是扣叔无疑。他大声发问：谁去过外侧搀车。两人立马回答都去过，只是被人赶回内侧，说他水性好，能顶住。靳斤：立即报警，返回落水处，出大事了。

## （一百四十三）

令子细凤接到交警队的通知，已是改天下午了。抱山街派出所所长兼交警队长在警务公办地接待她俩。所长：熟人生事。你俩看下遗容，确认一下。医院为死者清洗妆容覆盖了白布。哭诉哭诉吧，家中至亲非正常离去。不可长时段无休止的哭，待会我要向家属通报事故结论。

令子出门摇晃两下立停。细凤：我扶着你走，节哀呀。令子：你的小老弟，我的老来伴，离开了我，也离开了你，一样的翻江倒海呢。两人进了瞻仰室，守门的清洁工掀开死者盖面布，站立一边。细凤令子搀扶着见证扣扣妆容。令子两眼一黑，瘫倒在地。细凤抱紧说：别这样，情到悲恸处，放开嗓门哭诉。令子：身不由己了，俩人抱紧痛哭吧。哭到伤心处，细凤诉开了：小老弟扑搽了脂粉，变耐看了。活着辰光从没这样白白胖胖过，吃糠咽菜没叫声苦，当牛做马不唤声累。我当支书二十多年，八棵榉年年是温饱生活的排头村。桩桩件件的便民事务，有你的幕后献策参与。在村里没有任何债务。我自封你个村长助理。报酬没出处你淡淡一笑，重在参与吗，不用担心，我有钱紧巴巴够用了，在一分一角的攒钱呢，保密哟。多少年后，摸到底细，你铁了心的要为一时的过失埋单，直言完不成任务，不配做一个共产党人，说你傻你不承认，学雷锋样愿做一个革命的傻子吗。在那一穷二白的日子里，一个农民伯伯攒钱谈何容易，生活的苦楚只能烂在心底了。

令子缓过神来，接着细凤话茬诉说：老来伴哇，前半辈子错过了时段，后半辈子走到了一起。讲好的白头到老，开心一世的。头发刚花白，不言不语丢开了我，致命的食言哇。细凤说你艰苦劲头天下无双。感同身受，你的穿着没个新三年，只有旧三年，缝缝补补又三年。我说旧的不去新的不来，总不能一身劳护服穿到老吧。你说不，习惯了。我说不丢开可以，新衣照常添置。你还说不，新衣穿不惯。我只能背着你，里里外外置办了一套新衣。有心囤着等上喜庆日子给你个惊喜，等来的是惊恐，成了老来伴的送老衣。想到过去县城做客逼你换上新衣的，也许一切错开了，没有也许，只留下无穷的思念。家人劝你别再加班工厂加劳承包地自讨苦吃了，你说苦是假象，心中殷实着呢。自小爱好咸菜苦瓜菜粥辣饼，对胃口的就是好小菜。鱼肉盖浇饭油水足，多吃了心宽体胖，上不了包装场，打麦场。多年下来，老来伴也习惯苦瓜菜粥了。三针孙女提意见：爷爷煮的菜苦。你开导她，怕吃苦不吃苦瓜，单吃当中的鸡蛋。真的吗？你说是真的。爱吃苦瓜，是因与鸡蛋炒，鸡蛋不苦，与土豆丝炒，土豆丝不苦。苦瓜从不把苦味传导给合伙食材。苦了自个，不连累他人。老来伴呀，你何尝不是一根苦瓜呢。一个人吃点苦，并不难，难的是一辈子自讨苦吃。不图个回报吗？你想了半天说有呀。井底之蛙要求不高，本人二百四十岁，盼着有人送花圈来。像《为人民服务》上说的，村上的人死了，开个追悼会寄托哀思。如有公家组织送了花圈。通融了我心中有组织。组织上也有我，融为一体了。

清洁工罩下盖布，说：所长限定的时间到，停吧。又说：你们通东地界追思死者，千篇一律的诉说他活着时的苦啊，累啊，没过上好日子呀，越哭越苦越思念，有的还请人代哭。人生故有一死，或重于泰山，或轻于鸿毛，哭不哭定型了。重要的多想想死者意气风发，春风得意辰光，为大公众做过一些有益工作辰光。细凤：谢谢你的劝哭词，人离去带走与兄弟姊妹夫妻儿女的人之常情，空留下至亲至爱的念想了。

所长亲临门前候着，见面说：主家主妇间隔一个钟头，一下子见老了五年。人之情呀。令子：跌倒了爬起，能承受。进了所长办公地，聆听所长的事故通报后，细凤：闹不明白，扣扣的水性在八棵榉那么一只鼎（吴语方言：数一数二），大江大海游过来的，会在露胫的沟溏中淹死。所长：你提出的，正是接下去细说的。严格地讲，不是交通意外，属见义勇为行为，要申请表彰的。在他肩扛车窗慢慢陷下淤泥时，一群愣头青无意中把车身朝外推动了五十公分，整个的压倒了他。打捞车与遗体时，同样用吊车吊出淤泥的。令子：车外有人，推的哪码子车呢。所长：当中细节，每个人做了笔录，主因是董事长跳出车窗时，双脚被车轮压住，陷淤泥中，遇险一声唤，慌乱中慌忙推车了。细凤：一大群厂里的又是部长又是助理的，怎就没个明白人呢。救活一个，致死一个，玩命呢。所长：当时黑灯瞎火的，救生、逃生杂乱无章。生命的消失也就分分秒秒的时间，回过神来，为时晚也。群人中毫无疑问均有过失。重点上升到过失犯法，相差一定距离。为此，董事长要求出资置办死者丧事。我答应了，主家呢？追悼会安排在殡仪馆还是老宅。令子：回家。扣扣回家，令子送花圈陪伴他。细凤：我也送。所长：时间？细凤：后天吧。恐有县上干部来。所长：应当，见义勇为吗。所里据实上报材料，有机会争取到奖励金呢。董事长通过我传递，有啥困难尽管开口，他预备救助一笔上不封顶的资金。令子：不做交通事故处理，先头的丧葬费算施舍了。
所长：无论与交通意外，还是救险意外考量，均与汽车接触而生，车主出资
丧葬费天经地义，没讨价还价余地。至于扶助，救援，奖励啥的，另当别论。
令子：该我侪的，受领了，额外拒收。提个要求，所长安排一下，送我的一
家回家。所长：职责所在，马上组织。

令子细凤跟不上小跑着的所长。在约定地点等着。细凤：我去买花圈，
伴着扣扣回家。令子：一并办。情况突变，县上也会变，去邮局通只电话，
通报一下。细凤：紧事先办，先通话吧。令子：通话时加只三电厂的，让顺
生二针请两天假。加强生全家，务必明日晚前赶回家。号码写在你手心上。
还有八棵村的支书，后天借用党旗来飘飘。细凤：不妥吧，万一县上变故呢。
令子：悲昏头了，还是在村口喇叭上唤两句。通报八棵榉的父老乡亲，明后
两天来老宅与扣扣诀别。你能喊上话吗？细凤认可。令子：逝者历来欢喜个
闹猛，巴不得见天与大公众在一起。

## （一百四十四）

大殓日。该来的来了，不该来的也来了。三电厂的几百号人，一拨拨地
来，发号施令的董事长在灵堂前磕头三拜完，挪到一侧与强生顺生一起长跪
不起，令子见状，告诫细凤拉开他身，说：使不得，如此大礼，死者生者都
受领不起。细凤：不出格，靳斤也是四水一家后人。他爹靳布财排行老三吧，
此言一出，亲人抬起头，齐刷刷瞄准了他。令子：愿来是水中桥，连着两岸
呢。难得你有一颗寻根问祖之心。靳斤：为两代人赎罪的。令子：忘了吧，
大陆提倡一切朝前看的。牙齿口腔血脉相通，还生出紫血泡呢。脱不开恩恩
怨怨对两方面没前程，不该招来恁多工人来。厂呀家耶，时间即是金钱啊。
靳斤：没挤压人工薪资，带资放假一天。令子：资方吃亏了。大多数素昧平
生打工者，大可不必兴师动众的。靳斤：扣叔是个高尚的人，是个有益于三
电厂全体打工者的人，像大陆提倡的一不怕苦，二不怕死的那种人！在厂吃
住干这多年，触动了人心，触动了三电厂的无形资产稳步升值。令子心中咯
噔一下。小辰光听说大书的人讲，干不煞的人（出尽苦力）饿不死，因他还

是价值观不同的人。讨人心呀，为讨生活卖掉一身的光阴。有人认领，有人认同？值了。

主持大殓的人提醒主家。场地忒小，被院沟合围施展不开，追悼会时，拥挤着没站地呢，好不过来一群，走一群。疏散开去，少停留。靳斤：好办，安排助理去办。细凤：抓紧哟，追悼会十一时开。令子：县上能来多少人？细凤：没个定数，鲁九久带队来，抱山街党委他通知了。在接第一个电话时，他足足沉默了半个钟头，像我俩同样心绪难平。再通话时。他委托秘书告知，正在电话通气，评估，统一。回电话黄昏时了。告知主要领导之间统一了，由入党确认变作追认，追认钮扣扣同志为中共党员。党龄从五八年七一算起。令子：不幸中的有幸。有娘家人送花圈了。扣扣不再孤单。细凤：想起个要事，去去就来。

不多时，细凤从八棵村支部双手托来了党旗。令子接过，埋首亲亲，说：扣扣，老来伴代你亲吻组织了，现场添了旗帜，变光标了。细凤：村里的男支书，接抱山街党委通知快来了，怎个说呢。现时的年轻人像一块高楞墩没得的弥坨山，描不到他的样。借旗时，八棵村引进的项目谈黄了。他躁躁着说死一个一般党员，用不着党旗。老钮一个，若是反过来变作有贡献的钮老，另当别论了。你是老支书，同时代的人，主讲两句好听话了结。我说《为人民服务》上写着村上的人死了，开个追悼会呢，县上吩咐的。男支书：没提出具体要求？此事，电话铃声响起，冒出鲁九久的声嗓。男支书唯喏着好呀，是的，就去办，这不屁颠着来了。

县上一行人先到的村委会。男支书细凤刚布置好会场，被叫回村委会听从追悼会的程序安排。鲁九久一一做了分工。拟定的悼词过眼了表示赞同，时间定下十三时进行。现时十一时，去八棵村的邻村双合村用餐。我的老妹子家，昨晚敲定的。步行一刻钟抵达，走人了。细凤返回，男支书带着县乡村三级组织二十来号人前往，走了半程男支书突然把鲁九久拉停，面告机语：不妥呀违俗了。别人家倒下人，去你妹子家用饭不吉利。鲁九久：新人新面孔，不该留条虫呀。我是本地人，自小也搭牢着这条虫，随着年龄增大。不知不觉的牢门洞开了。真不吉利，找上我好了。考虑到主家人多势势的，省得烦扰了。同志哥，大踏步走哇。粗菜淡饭，田庄里小菜管饱，别嫌老妹子小人家家的不出客。

　　细凤这边讲了。令子感叹：这些个父母官，豆腐饭不扰一顿。鲁九久青年时与扣扣存有交情，这样的客气呀。细凤：鲁九久交代我追悼会会后，他要送扣扣全程，今夜宿住老家，不走了。

<h2 style="text-align:center">（一百四十五）</h2>

　　入土为安，一沓烧纸，送走了扣扣。

　　下了夜雨，开门睛了天。素书全家要回城了。她沉默无语，盯着奶奶整理爷爷的遗物。令子：暑期转眼就到，孙女进山支教，但愿爷爷保佑你一路平安。奶奶一时走不开，这只公文包你带好。烈士留下的包包，爷爷保管了一生呀。连同十一块银钱，一并归还烈士的家人。素书：具体方位地址。令子：漆写在包包里层。大方向不是六盘山就是六盘水，自个儿查找。素书翻开寻找到，笑了：爷爷保佑了，正是我要去的山区。令子：烈士有个妹子，年龄与我相仿。烈士姓徐，妹妹笃定徐姓，没名。兜转着找吧。找不出交给当地政府。素书：看我的啦。山村里阿婆比奶奶见老思路闭塞，直至今日，徐家阿婆可能没见过一百元面值的人民币呢，去年暑假经历过的。唤声老爸，阿能奖励一张百元大钞，送给徐阿婆见识见识，做个纪念。强生：备着呢，好闺女！

　　素书受托离去。令子继续整理。尘封的小册子勾起她尘封的记忆。不时地停手追忆。鲁九久细凤站她身后，看好她抹去两本小册子的尘灰。鲁九久接手，说：钮扣扣的遗物，不可能有两本呀？令子：《共产党宣言》是他的，《共产主义ABC》是我保管的。本来连同藤条箱，一并交还烈士家属的，扣扣着意留下做了念想物，两人走到了一起，存放在一起了。鲁九久：好大一个疑团。ABC我念想她几十年，今日终于露脸了。你们知道小册子两月一交换，交换时约法三章吗？细凤令子同补话：知道。不照面，不打探，不信任。细凤加话：鲍先生特意用白契油光纸包的书皮。令子：白契纸我在小婶家找来的。细凤：明白了，东家千金不会针线活，轮上我上手了。鲁九久：现时一个一个的全暴露了。那一次，应该是最后的交换。新中国成立前夜了。鲍先生交代交换地定在东家饭堂壁橱后的夹缝中后出远门了。《共产党宣言》《湖南农民运动考察报告》两本相继交换走了。我的《中国革命与中国共产党》久久躺在缝中，不见《共产主义ABC》来交换。会是谁呢，自私自利压在箱底不见天日了。夸张点说：东家饭堂，学堂进进出出的几百号人全在怀疑之列。没料到在东家小姐手中。可能先生特意保护你，来了个约法三章。乡村大户人家子女，那会儿接触共产党的无几。那时你十六七岁吧？令子：初生牛犊呗。家中上下不谈共产党，提起来色变。出于好奇，请教先生。他悄悄塞给小册子看。四本小册子看了，先生笑看我红彤彤的面庞，述说着残酷的现实。铁的纪律，钢的意志，血与火的灵魂洗礼。隐隐约约觉察离地三尺有神灵支配着你。家中父兄的言谈说教听得少，不想听，先生的话听着走心了。细凤：我也一样，先生手把手教我认字练字。从小册中认理认国。唉！小心眼的女流之辈心胸扩展了。鲁九久：好样的，近朱者赤。令子全家去了海外，单独留在大陆建设社会主义。令子：那来恁高觉悟，懵懵懂懂留下了。认知定形还是在实践中，在社会主义的前行中，身边清一色的先进党组，先进班组，党员模范，劳动模范。个顶个的一人先进，带动一片。身在其中，不被带起也难。与扣扣自小的互不认输，他追我赶。发觉他认字写下的共产党字眼，即刻认定了他学啥我学啥，学起了小册子，算是启蒙吧，自然也有心仪的爱好成分。自至今日，扣扣才被追认共产党员，在我心念中，他骨子里早已烙上党的印记，虽然他不在了，足够我后辈子受领了。细凤：令子摊开的实话呀。互相争着学也夹杂着少男少女的爱慕心。四本小册子互换着学着，前前后后一年左右吧，助你安身立命，不可能，得益匪浅的还是轰轰烈烈的社会主义建设，后来学习的老三篇。《纪念白求恩》教会了毫不利己专门利人的精神品质。《为人民服务》一切为大公众的根本宗旨，为人民服务要全心全意。《愚公移山》要坚定理想信念，在困难面前去争取胜利。革命队伍里，不管是炊事员，是战士，学了老三篇，争先做个有益于人民的人。在党的人，自然是队伍上的人，对标着老三篇这杆天地之间的公平秤，做些有益于大公众的工作，要不然，不像个在党的人。鲁九久：改革开放多年了，二位打造进灵魂的信念，痴心不改，向二位致敬。我们师出同门，受一个先生的启蒙，退休后，做一些有益于你俩的工作吧，把扣扣与你俩的原始经历汇总成册，保留在县里的革命史中。两人同声赞同总结扣扣，活着的人没得闪光点，免除。鲁九久：挖掘出来必须的。闪光点自有后来人去评说。要回县城了，去扣扣的安葬处向同门师弟告别吧。

雨后，水搅泥的，一路上拓着的脚印，直通扣扣坟墓。走近了，细凤认出了小三子在烧纸供菜磕拜。令子：惊动了乡里乡亲来祭坟，耗费了财物，谢了。细凤：小三子是八棵村位数不多的大专生、自小爱念书。扣扣喜见会认字的伢儿，把他兜在心里，一路上搀扶着送进了大学堂。鲁九久与小三子握了手问：在哪块服务呀？小三子：在州城港务码头。鲁九久：与江海打交道，应该与烹饪无关。你用的鱼肉虾蛋四只祭祀菜中为啥都配上咸菜？印象中，没这等风俗呀。过门何在？小三子：扣叔对我的恩泽三天三夜讲不完，光说咸菜吧。在本村上完初中，我考上抱山街高中。三年的就学期，正是三年自然灾害期。早去晚归，中饭自带，青菜在田时，带一坨子青菜糁子饭。三号碗胖足一碗，用线兜提溜着去上学。青菜起了田，需腌上一缸芥菜咸菜，方便几个月的路饭用。老爹不得法腌上一缸，半月后臭烂了。光板麦栖团子带了一个星期后，家中接济不上，只能停学了。扣叔连夜赶至，责怪老爹腌不成咸菜吱一声呀。瓜菜代的时月，伢儿的饭团已限量了，肚皮里少了一团咸菜，空了一只角。不说识文断字耗能量，单是早晚十六里的来回路，瘪着肚皮难为了。老爹说小时候腌了一次咸菜小脚臭，就停脚了手了。扣叔说：今年用我家的，后两年的咸菜由我搞定，再苦不能苦伢儿，上学的伢儿。就这样，扣叔直接送我返校，咬紧牙关读完高中，考进了海运学院。毕业工作了。我有心走访了酱坊，察看制作流程。坊主说：农家腌制全用赤脚踩成。发生溃烂，一是踩踏不到位，没踩出菜汁来。男人力道足，大脚板，每脚得力。伢儿女人的小脚踩，上下分成挤不实而发生小脚臭。多数的是鲜菜咸盐配比失当造成的。家庭中的多数二号腌缸，用盐保证五斤以上、多了只咸不臭，少了出纰漏。你为节约骗它，它就腐烂骗你没二话讲。我回家追问小脚臭的成因，老爹说你问我呢我问扣扣去。扣叔来了说：不要怨怪老爹，他对生活少主见。一味的老把式管家，能省则省。一缸咸菜腌下来，他用半斤咸盐直喊心痛，一月的煮菜料作呢。若用上五斤咸盐，全年的咸味泡汤了，折磨他五夜失眠。

全明了。扣叔全方位扶持了家，扶助了我走完求学路。心思着年节到，家来为扣叔办一桌咸菜宴。田庄里菜蔬为主：咸菜毛豆，咸菜竹笋，咸菜粉丝，咸菜豆腐，咸菜肉丝，咸菜蛋花。加上两只咸菜海鲜，满桌铺了。细凤：加一个咸菜豆瓣汤。扣扣生前最爱，他常挂在嘴边：咸菜豆瓣汤，三天不吃酥恻恻。小三子：必备的呀。苦心筹备着咸菜宴。请不来扣叔了。晚辈吃上咸菜对虾，咸菜鲍鱼，咽不下口呀。

鲁九久：有菜有汤，多了份素材，扣扣在眼前立体高大了。二位师妹，多提供呀。令子：领导费心了。扣扣生前有个愿望，委托我和细凤恭恭敬敬交上第一笔党费，也是最后一笔党费，交给哪一级党组织为好？鲁九久：县乡村三级组织部门都可以。不急，出了乱子，稳稳舵，定定神，全家老小恢复好心情，再交不迟。

## （一百四十六）

细凤横三竖四地把梳妆盒翻了个过，不见委托他代交的万元党费，气得啦把盒子掼了个稀巴烂，梳子镜子女人的小玩意儿洒了满地，出错了！出鬼了？定是三更挪了地方，人跑县城逍遥去了。夜长梦多，尽早唤他来。细凤小跑着奔村公所拨打催人电话，儿子接的，回话爹逛街去，回家得明天了。细凤气得扔下话筒。出门被三电的总监用手中拎着的包包拦挡。细凤见过他几回，说：靳斤助手呀，找上门公干。总监：靳斤老板在令子家等你，说你在当地架桥修路，条条道精通，邀你做个见证人。细凤：拐弯抹角的，直讲。总监：死者在厂多年，为老板的公司发展，耗尽了最后一滴血，功劳苦劳盖厂，想增加万元丧葬金。不吉利吧，应做抚慰金。稀奇事轮番显现，丢失了一万元，紧跟着冒出来一万元。扣扣的魂灵不散呀！细凤：走吧，去令子家。

农家小屋没靠背椅，靳斤、令子各坐一张条凳，隔着台面饮清茶。细凤进门坐上令子坐的条凳，总监进门把汽车上取出的包包啪嗒拍上台面，说：开门见山吧，适才主家再三的辞收万元抚慰金，父母官做个主收下吧。细凤：这万元金哪儿来的，捡来的吧。令子：是谁也做不了扣扣的主。死者为大，死者不允，活者收了，有悖天理。靳斤：逝者进了天堂，给家人留下多多少少的苦情，这点儿钱抚慰家属的，以补贫困之难。令子：多此一举了，本人生活过得去，不差钱，钱多钱少没个比较，日常开销马虎着够吃够用了。总监：多份金钱多条道，生活质量大步跨，董事长历来同情变故变穷的家庭，收下吧，收下我们难得的一片好心情。令子：你们安心，我俩不得安生了。该收的己受领了，把不在约定中的钱款收下，变作棺材里伸手死要钱了。总监：另码事，不是你们伸要，三电厂奉送的。靳斤示意他从包中又抽出了二捆钱，说：三万块一捆算作奖励金，五万块算作救助金，按大陆标准立项送的无理由退货了吧，加一万成九万，收下了长久富贵。令子：加大得离谱了。细凤：收买人心呀。小家小户的消化不了恁多钱，三电厂大来大去，配个用场去吧。总监：请来的说客帮谁说话呢？细凤：帮自个儿，我俩本是同门师妹。总监：没调查到呀。两人学的哪门专业？细凤：财会专业。这样不明不白的金钱送往，违反财务规矩的。数目不算小了，该当何罪掂量掂量吧。总监：官不打送礼的，你们何苦来着。靳斤：财务出了报表，送来不收回了。私家不接受，委托你两个赠予养老机构或集体组织吧。令子：路子是一条。我也同意，但不提倡。细凤：丑话在前。我们不能借花献佛，朝自个儿脸上贴金。赠予钱自个儿去，不认得门路，指点出一条来。靳斤：来到大陆，听得频繁的一句话，帮帮忙，帮记忙，你俩帮一把吧，拜托了。细凤：董事长还婆婆妈妈的，钱不明不白搁这儿，后果自负。大陆讲究个为大公众，上交国库了不许埋怨人。总监：我不赞同董事长的赠予，这组织那组织的跟我俩没啥交集，不收，谢了。他把钱包掬进包，跨过了门槛。靳斤双手摊开了表示无奈，跟步走人。细凤：冷落你俩的钱了。令子：不能冷落你俩的心。送送两个上大道吧。

总监把包包钱扔上轿子车，坐上车椅仰头感叹：奇了怪了，碰上了傻子，不按常理出牌。穷不认穷，认定个死理钱不要，扣扣样命也不要。靳斤：我怎觉察原告变作了被告，好像真理全在她们那边，天然的价值观瓦解了。总监：言重了，损耗了几多资金，应感到庆幸，亏得大陆酒驾没入刑，要不，一年的吵吵闹闹，损失一个车间不为过。靳斤：还是不理解大陆，有些事不受金钱支配的。死者钮扣扣是三电厂的员工，按规受我支配。实情恰好相反，经常的据理力争，车间的一线工人与他抱成一片。若选举他当工会主席，还不变成他的家工厂，只能能拖则拖不成立。有心收拢他，他说不当狗腿子，小恩小惠的滴水不进。请他吃酒，六年请一回，进了愚人饭庄，吃成了最后的晚餐，于情于理，于脸面于地位，一败涂地。有意在他家属面前挣回颜面。结果，女人比男人更强势。底层的庶民一族，哪来如此的强硬底气？不可理喻了。脑子里的价值观走向全方位坍塌，不干了，三电厂的股权转让给愚人饭庄，回岛闭门休悟三年。总监：决断草率了。公司蒸蒸日上，利润可观，地位高尚，有一种被人朝拜的优渥感。我不想走呢。靳斥：你没念到大陆的真经。眼下大陆不设老板，三五年后，老板像春笋一样冒出来，全民动起，为家为国创造财富，河东变河西。大陆员工用脚投票，不再青睐我们，红利悉数散去，你我不再是佼佼者了。总监：时下进三电厂的员工挤破头呢，看不到些许变化。靳斥：留下要朝前看，考虑到发展中的预后。早在一穷二白年代，大陆号召过全民学雷锋行动。在大陆读书读到，雷锋是个兵，月津贴十块八块的，他用有限的津贴，投入到无限的为人民服务中。拆开来讲，三分钱分两份，一是一来二是二，一分钱自用二分钱助人。随着大陆积聚财富的人越来越多，捐款救急的倡导随之增多，你必须合着变化随大流。大陆的号令一呼百应一竿子插到底的。十三多亿的人众人均捐款一元，等同二亿美金呀，援助一个国家。足够有余，家国遇上战争呀，瘟疫呀，地动山摇呀，一声号令，没有迈不过的坎，总监：董事长成个社会主义者，尽情美化大陆了。靳斥：吃不准，再待上几年，社交朋友圈认不出我的面貌了。总监：不可能！大陆套着三电厂的路，粗线条办公司呢。解放不到我们，用脚投票遥远呢。靳斥：难说，也许你明早醒来员工走光了，至多七八年吧。总监：那我再待六七年，赚足后辈子的养家养老钱，全身而退。

## （一百四十七）

细凤急懵了。找令子，气急着：坏事，坏大事，万元党费失踪了。令子：问清了，三更家来没说动用？细凤：承认拿走了。令子：债有主，那不没事了。细凤：变成一笔糊涂账了。开始问他一问三不知，问急了说用光了。令子：进了三天城，用去万元钱，高消费，咋用的？细凤：一说他买彩票了，二说他找小姐，再说他存银行了，一门心思独吞这笔钱了，无赖一个。令子：走，见识见识耍无赖的。

三更见搬来救兵。照常捧着小嘴茶壶，像吸水烟吸得山响又吐了。清了嗓门，郎个里个郎的哼小调。细凤七孔生烟，翘起一脚，小茶壶踢翻在地。三更没气恼说：有脚劲踢翻屋舍呀，一起住猪圈痛快呢。钱在我手，我是坐仗，你是行仗，搬来一屋的说客，无用。令子：我不是说客，是主家，来收回扣扣生前一万元血汗钱的。兄弟应该明了。三更：透心明，不驳你的面子，给你看张借款欠条无话可争了。细凤：你个卑鄙小人，还真囤着欠条呢，交出来，一把火烧了。三更：懂你会来这一手，防备着呢，备着打官司用，一式三份呢。细凤：那是我用左手描着扣扣字迹签的字，你还当真了。三更：诶！这叫对字不对人，利害在白纸黑字上。令子：兄弟说在常理中，露露欠条见识见识。

令子：借条是真迹，借款利率忒离谱。丫头大则娘了。三更：我嫌未到指数呢。几千元的现钞，一借七八十来年的，存银行也得翻上几十个筋斗吧。细凤：要钱冲我来呀，偷摸偷盗扣扣的钱，犯上死罪了，那是扣扣替共产党保管的钱，蒙在鼓里呢。令子：不吓他，兄弟把话讲完。三更：没啥偷啊盗的。抛开这张借条不说，你和扣扣借用我的钱无数。光说一百元以上大数字。从通江达海兴修水利开始，你伙同扣扣为赶进度争红旗，自作主张每个挖河劳力加半斤口粮，每人买一双胶鞋。村上没得里囊，只得自掏腰包。压箱钱揩完，募捐到我头上，三年多呀，在盐场的工钱悉数投进去了，还装模作样用铅笔写上便条，等集体积累了归还。自然灾害一来，集体的点滴积累不够扶贫的。最终算记的还是我的钱。你当三个十年的八棵村支书，每个十年连拐带骗不下于三千块钱。我成了八棵村三十年的现金出纳。我还光出不纳，保管着白纸便条找村上还债，村里的会计说，这是家庭成员之间的来往呀，不简单呢，一笔笔的记录。成为八棵村勤俭持家模范户呢。到如今，借条上的铅笔字自动退去字迹。我去庙里讨钱去。令子：一肚子的苦水，成为受公婆压榨的媳妇了。细凤：他发钱来疯呢。晓得哇，扣扣为啥借你二千块吗。为村里大公众，无路可走时动用了银钱，遭人逼债清还高利贷去了。你呀！打从周岁起与五更争抢一调羹猫咪粥开始，一路争着没消停过。与工友争，与农友争，美言为了家庭而争，家庭剩下两人了还是分文必争，为的谁呀？生在猫儿骨头里的病，改不了吃腥啦。我是用的维权办法，讨回属于家庭成员的本分。三更：大头大部分啦。你当支书一年到头二年到梢挣的工分，养儿子乏力呢。退位了劳作承包田辅张嘴。没得我东凑凑西拼拼，家户没个像样的后程。细凤：又来了为个家，耳根听起老茧了。各走各的道，分开过吧，省了你劳心费神。令子：不说过头话，想出个补救措施来，会有的。细凤：没挽救了，这件湿布衫焐在身几十年，又龌龊又腌臜。见面开口他钱多你钱少，像只争食的狗呀，掺和不到一只碗里。除去离婚没得第二条路。令子：儿子成家立业了，他的感受呢？细凤：儿子老说出身贫苦农民家庭，向着娘呢。我说身为村支书，八棵村带出贫困家庭的没几个，失职了！儿子说他们的后代不再是贫困农民出身，与你吃辛受苦息息相关的。令子：儿子靠着你。倍加欣慰。离婚须经过民政，与司法恐有交集，考虑周全了。细凤：周全了，一块蕃芋面饼的欠债，生了儿子后还清了。今朝无论他交钱不交钱，婚是离定了。三更哼一声：如意算盘拨得精细呢。通过离婚分出一半钱去。我不签字离婚，一万贰千块的本金罚金一分钱分不到。细凤：狗眼看人低，看肉骨头高。我一分钱不争，净身离婚。三更：听清了。有令子作证。我签字离婚。这一天来得晚了点，争得个万元户了。超过爹娘，光宗耀祖成了真。成打的丫头随便挑呢，随便找一个比黄脸婆强，细凤回瞪他一声哼：狗通百分之一的人性，爱肉爱骨头，人有精神世界，你这代人生入不了门了。三更：懂你的世界，先前你与扣扣合伙作弄我，骗钱骗人。扣扣去了另一个世界。保不住你存有其他的花花世界？细凤：牙缝的掺子喷出成了粪。信不信，再喷，我和令子绳捆扎绑你送去司法，告你个诽谤罪。令子：互相冷静下来。全是钱惹的祸。找出路慢慢公议私议地找。细凤：落河里要命，上了岸要钱的主儿没得路。扣压了扣扣的生死钱，彻底断绝了家庭的共生路，羞于为伍，存点清白在人间吧。三更：离了婚福星高照，再没人从我碗里拣饭吃了，保全了万贯家财。老祖宗坟盘里跳出来夹道欢呼，小郎有儿来呢。拜拜，生钱的主儿，洋话嘣出口了。

　　令子：他就这样走了，朝哪儿走呀？细凤：进城？去儿子家？不行，得提前通只电话。告知儿子家中发生变故，防着他点。离了婚的娘急需钱财偿还扣扣。儿子没个多也有个少，东凑凑西借借，积少成多呗。令子：想来有办法的，我来吧。一代人有一代人的担当。债务不能留给下一辈。扣扣说过，自个儿挣的钱归还组织不做假，心安实在。上辈的共产党人认准了一个理：求解放生命置之度外。轮到我们这代人，求进步钱财置之度外不为难吧。细凤：现实中被小丑占了，应急中勉为其难了。冷静了想想，扣扣他活得屈憋，和平年代，党和国家号召人人珍惜生命呀。死有不当，钱被霸占，人傻被人欺呢。不能便宜了三更，司法程序坚决走，扣扣的钱争回点是点。令子：也感觉过，扣扣一辈子做着傻事，不该还的钱他要还，不该死的他去赴死。共产党人似乎是这个样的，像焦裕禄随时推起小车受难，像董存瑞时刻托着炸药包赴死。他生前，我规劝他，时代不同了，只许勤奋、不许拼命。

我们两个人，用不着费心费力讨生活了。细凤：小老弟呀，就像雷锋说的，一门心思做着一个社会主义的傻子。他的未竟事宜。同门师妹动手去完成。客商在海滩边增加种植了上千亩的减肥菜，海蓬子，急需农工去打工，明朝报名去。令子：我也去，十八岁前在田野上野大的。细凤：你报名老人大学了。令子：大多是分发书自个儿看。领回来，忙时种地，歇下两人同时看书，两不误。细凤：一举多得了。海滩要试种海水稻，有力气不愁没处使。四到八处的打工世界，月工资上千，有上万的。照此下去，几年的时光，扣扣的凤愿在我俩的劳动中圆满实现。令子：这一天望得到了。细凤：到那时，物质极大地丰富，像你的旧社会家庭一样，生活怎个过法的？令子：没得可比性。一个是小家个户，一个是万家万万户的共同富起来，人类的伟大工程啊！勇挑重担的各级共产党人为之奉献着毕生心血。现代人，当紧的要认知社会主义精神，抱定社会主义理想，像扣扣一样融入社会主义大家庭中。细凤：感知到了，路越走越宽宏。我的农民出身的儿子，当工人的孙子会成为富二代、富三代的。令子：功在当代，富在千秋。

全书完

# 后 记

通东话，大东地界方圆五十里，人口三十多万。夹在江淮官话，吴语口音中间。南不南北不北的大东口音。南来北往东西走向的过客听了懵，视为少数民族方言。有在地界中经商公务的外来客决意像啃英语样啃土语，五年英语通过了八级，土语没得级升，入不了门。笔者国语不全，土语不连的合成文本，四到八处不得要领，似有南蛮北侉之嫌。

大东地界是长江三角洲北翼的主要地带。蛮荒时代，长江挡着，黄海围着，白茫茫一片水汪汪，草荡滩，人烟稀少。有共产党的开拓者在这成立了工农红军第十四军。尔后有陈毅部队、粟裕部队、梁灵光部队驻扎在江边海边，海上有新四军的机帆船机动，开辟了东西走向为主的小面积红根地。从红军打土豪，分田地播下火种开始，持久的抗战，解放战争期的拉锯战，留下了可歌可泣的战斗史迹。笔者从小学开蒙聆听最多的是战争故事。小升初考的作文题也是我来讲个革命故事。所在的乡村地界，每条河流，每处树林，叫上名的庙宇、集街、作坊，十有八九孕育过战事过往。年复一年的累积，慢慢成节成章连牵了一串故事压在心底，助我长大。算作生活的原始积累吧，20世纪40年代，本村的一位东南行署的地下交通员，早年在保管征集来的一斗银圆结算数目时，苦难中长大的小伙子，从没见过恁多钱，一夜之间精神发生了错乱，由此退出了革命队伍，没能随第三野战军南下，新中国成立后郁郁寡欢过着清苦日子，时常的旧病复发，年龄不高离开了人世。本人萌发了以他的过往为切入点，写出一群共产党人与钱交往时无私无图的高风亮节。

自觉底蕴缺火候，迟迟不敢下笔。故事存档在心了。直到进入21世纪，我们这些一代接一代的解放牌自小听党中央话跟共产党走长大，转眼见老。

在党言党吧。于是工具书当指挥棒，万能书，指挥个杂乱无章来，文中有时像在对白口号，直唤政治宣言。犯了讲故事直奔主题的大忌。推倒吧，没勇气重来，不是这块料。想起来解放牌的第一代人，从少年先锋队开始，历经共青团组织、共产党组织、工会农会组织、士兵的连队组织，一路在集体组织中熏陶，不写出这些经历感慨，反而觉得空洞无力了。

　　捧不出花来，捧出棵草吧，一棵带着土腥气的小草吧。